한국의 고전과
공연예술

사재동(史在東, Jae Dong, Sha)_ 저자는 세종시 금남면 장재리에서 태어났다. 충남대를 졸업하고 같은 대학원에서 문학박사 학위를 받았다. 충남대 인문대 교수로 재직하면서 인문과학연구소장, 교육대학원장, 인문대학장 등을 역임하였다. 어문연구학회, 한국언어문학회, 한국고소설학회, 한국공연문화학회, 한국불교문화학회의 회장을 지냈다. 지금은 충남대 명예교수로서 불교문학과 불교예술, 불교문화 등을 중심으로 집필 활동을 계속하고 있다. 저서로는,『한국문학의 방법론과 장르론』,『한국문학유통사의 연구』1~2 등 15종 20책의 단독 저서와『한국서사문학사의 연구』1~5와『한국희곡문학사의 연구』1~6 등 10여 종 20책의 편저서, 그리고『학문생활의 도정』과『심청황후』1~3 등 수필 및 소설작품 7종 10여 책이 있다.

한국의 고전과 공연예술

초판인쇄 2018년 12월 12일 **초판발행** 2018년 12월 26일
글쓴이 사재동 **펴낸이** 박성모 **펴낸곳** 소명출판 **출판등록** 제13-522호
주소 서울시 서초구 서초중앙로6길 15(란빌딩 1층)
전화 02-585-7840 **팩스** 02-585-7848 **전자우편** somyungbooks@daum.net **홈페이지** www.somyong.co.kr

값 39,000원 ⓒ 사재동, 2018
ISBN 979-11-5905-305-4 93810

한국의 고전과 공연예술

사재동 지음

Korea Classical Literature and Performance Art

소명출판

　한국문학과 공연예술은 둘이면서 하나다. 이 문학이 공연예술의 대본·극본이기 때문이다. 원래 문학·희곡은 공연예술로 생동·발화하고, 마침내 공연예술은 문학·희곡으로 귀착·결실되는 게 당연하다. 실제로 문학·희곡이 문자로만 고착되어, 낭독으로부터 시작되는 공연예술과 단절된다면, 그것은 유폐·사장된 잔해에 불과하고, 한편 공연예술이 연행에만 치중하여, 그 구비·문장으로 조성되는 그 대본, 문학·희곡을 묵살하면, 그것은 한 차례의 불꽃같은 잔영일 수밖에 없다.

　그동안 이 문학·희곡의 연구가 공연예술과 무관하게 진행되거나 공연예술의 탐구가 문학·희곡을 등한시하는 경향이 없지 않았다. 그러기에 문학·희곡의 연구가 문학을 중심으로 그 예술적 공연 양상까지 추적하고, 공연예술의 탐구가 공연을 주축으로 그 극본·희곡의 실상까지 파악하는 데까지 나아가야 마땅하다. 그래야만 전통적 문학·예술의 실상·진가가 입체적으로 발양되고 문학·예술사 내지 문화사상의 역할·위상이 종합적으로 파악되기 때문이다. 이러한 관점과 방법론으로 우리 문학·희곡과 공연예술을 중점적으로 연구해 온 게 사실이다. 그리하여 그동안의 이 방면 논고를 총망라하여 『한국의 고전과 공연예술』로 출간하게 되었다. 이 책은 다음과 같이 구성되었다.

　제1부 방법론적 총론에서는, 먼저 공연문화학의 과제로 그 연구대

상인 원전의 영역을 확장하고 그 연구방법론을 참신하고 과학적으로 개발해야 된다고 제시하였다. 그리고 한국희곡의 원전을 여러 분야에서 담색 개발하여 다양화하고, 그 첨단적 희곡론에 충실하여 입체적인 연구로 나아가야 된다고 논의하였으며, 이어 한국희곡사의 실재 양상과 극본 실태를 점검하고, 그 장르적 실상을 검토하면서, 이 희곡사의 실제적 전개과정을 파악하였다. 한편 한국음악 관계의 문헌을 유형적으로 분류하고, 그 공연 대본적 성격을 규명하면서 희곡적 실상을 밝혀내고, 그 예술사적 위상까지 파악하였다.

제2부 불교문학과 공연예술에서는, 우선 불교문학의 실상과 그 유통 양상을 전제하고, 그것이 불교미술과 불교음악, 불교무용, 불교연극으로 전개된 내막을 살피면서, 실제로 불교연극의 형성과정과 전개 양상을 통하여 그 장르적 실상을 규명하였다. 그리하여 불교고사가 변문적 유전과 소설적 전개를 통하여 희곡 장르로 연진되는 과정을 고찰하였다.

제3부 강창문학과 공연예술에서는, 먼저 한국 가요전설의 형성과정과 강창문학적 성격을 밝히고, 그 문학적 실상 위에서 희곡 장르로 전개되었다고 논의하였다. 이어 강창문학의 중국적 배경과 한국적 형성 전개과정을 연계시켜 살피고, 문학적 구조 형태와 희곡적 실상을 규명하며, 그 연극적 유통 양상을 탐색하면서, 희곡사상의 위상까지 파악하였다. 한편 강창문학의 전통과 극본적 실상을 밝히고, 연극적 공연과 판소리 연창의 상통성을 전제로, 강창극이 변모 발전하여 판소리로 전개되었다고 논증하였다. 나아가 판소리가 공연예술, 강창극임을 전제하고, 형성 전개과정을 검토하면서, 연극적 실상과 장르적 전개 양상을 고증

하고, 문학 예술사상의 위상까지 파악하였다.

이로써 한국의 고전문학·희곡과 공연예술의 실상 내지 전개과정이 중점적으로 논의된 것으로 보인다. 그러나 이것은 도도한 한국문학 예술에 대한 올바른 파악에 있어서는 빙산의 일각에 불과하다. 더구나 이 논저는 처음부터 저서 체제로 쓰인 것이 아니고, 그에 관한 임의적 논문 형태로 이뤄진 것이기에, 그 전체적 체계에서 어긋날 뿐만 아니라, 때로 기술상에서 중복되는 점도 없지 않을 것이다. 다만 그에 대한 완벽한 논술을 위하여 그만한 발원을 세우고 정성을 기울인 것만은 사실이다.

돌아보건대 사계의 학문정신과 방법론을 일깨워 주신 지헌영·김열규 두 은사의 학은과 사계 석학의 교시, 지금껏 건강과 지혜를 주신 부모님의 은혜에 감사하고, 진실행의 내조·격려와 은경 이하 자녀들의 조력, 특히 김진영 교수의 적극적인 도움에 고마운 마음을 전하며, 나아가 어려운 가운데도 이런 저서를 선뜻 간행해 준 소명출판 박성모 사장에게도 감사의 뜻을 표한다.

2018년 가을
저자 사재동 근지

제1부

방법론적 총론

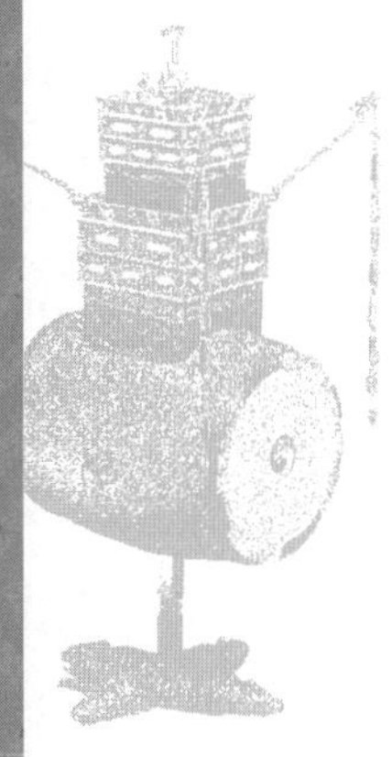

제1장

공연문화학의 과제와 전망

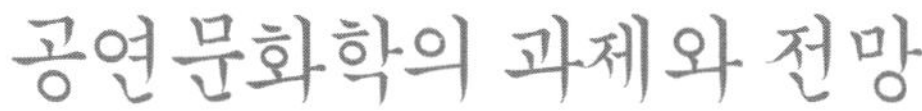

1. 서론

한국 학계에서 공연문화학회가 창립되어 거듭 발전하면서 공연문화학의 당면 과업을 성실히 수행하고 있는 것은 실로 인문학사적 소명이요 시대적 요청이었다. 새로운 문화세기를 맞아서 세계 각국의 공연문화는 고도로 성장하여 상호 간에 강력한 경쟁력을 발휘하고 있다. 이러한 국제적 추세에 앞장서서 한국 공연문화학의 개념과 영역을 정립하고 그 실상을 고구하여 장르적 전개 양상과 역사적 전승과정을 파악함으로써, 현대적 과제를 제시·실현하고 있는 것은 실로 값진 일이 아닐 수 없다.

잘 알려진 대로 고금을 통하여 인문계의 모든 문화는 공연으로써 존재하고, 공연으로써 생장하고, 공연으로써 전승·유통되어 온 것이 사실이다. 그러기에 한국 정통문화의 실상은 공연문화에서 찾아야 할 것이라 본다. 실질적으로 한국의 정통적 문화는 바로 공연문화의 진상을 갖추고 있기 때문이다. 따라서 시원시대로부터 문화가 열리면서 공연문화가 형성되어 강물이 흐르듯이 장족의 발전을 이룩하고 시대의 변천에 따라 성세를 이어 왔다.

이에 상응하여 인문학이 열리고 문화학이 개척되면서 공연문화의 각개 분야가 독자적으로 연구되어 상당한 학문적 성과를 올렸던 것이다. 그리하여 공연문화의 각개 분야는 전문적으로 분화·독립되어 그 자체의 체계를 이루면서 분리·각산의 방향으로 치닫게 되었다. 이로써 그 분야별 연구 업적들은 총체적이고 입체적인 공연문화학의 구조와 조직으로부터 이탈하여 편협한 길로 빠지게 되었다. 이러한 현실을 직시하고 한국공연문화학회에서는 각 분야의 연구 역량을 총체적으로 집성하고 귀납적으로 종합하여 공연문화학의 학문적 체계를 구조적으로 조직화하여 나갔다. 그리하여 이 학회에서 10년 미만의 성실한 활동을 통하여 16집의 학술지 『공연문화연구』를 내서 학문적 권위를 공인받았고, 『영산재의 공연문화적 성격』(박이정, 2006) 등 몇 권의 공연문화 학술총서를 간행하여 사계에 기여하고 있다. 위 학술지에 실린 논문만도 대강 문학·희곡계에 20여 편, 연극·연희계에 근 60편, 음악·무용계에 30여 편, 제의·무굿계에 20여 편, 축제·놀이계에 15편, 총론·기타계에 5편 등 무려 150여 편이나 된다. 여기에다 이 학회의 회원들이 다른 학술지에 발표한 업적들을 가산한다면, 그동안의 성과는 실로 괄목할 만한 것이라 하겠다. 특히 이 성과들은 문헌기록의 원전보다 공연 현장의 수집 자료에 의하여 실증적으로 연구된 것이기에 더욱 주목되는 터다.

이러한 성과를 되돌아보면서 공연문화학의 당면 과제를 새삼스럽게 제시·강조하며 앞으로의 방향·방법을 전망하는 것은 의미 있는 일이라 하겠다. 그리하여 여기서는 공연문화학의 영역을 확대·심화하는 차원에서, 그 원전의 확충과 함께 그 방법론을 모색하여 보겠다. 먼저 공연문화학의 원전을 문헌기록 중심으로 분야에 따라 검토하겠고, 다음 이 원전들을 새롭게 해석하여 합리적으로 연구하는 방법론을 몇 가지 측면에서 제시해 보겠다.

2. 공연문화학의 원전 확충

이미 논의된 공연문화학의 개념과 영역을 전제하고 이를 보다 적극적으로 확대·개방할 때, 연구의 원전이 확충되는 것은 필연적이고 당연한 일이다. 원전의 확충은 연구 영역의 확대와 함수관계를 유지하면서 확고한 기반을 이루고 있기 때문이다. 나아가 원전의 확충은 연구의 획기적인 개발·진전을 확보하는 전진 기지가 된다. 기실 원전의 확충은 연구의 개척·선진과 함수관계를 가지면서 직접적인 자료를 제공하기 때문이다. 실제로 원전을 대강 문학류·역사류·경전류·문집류·의궤류·미술류·악무류·연극류 등으로 나누어 개관하겠다.

1) 문학류

기실 모든 문학작품들은 일단 공연예술 내지 공연문화의 대본으로 활용될 수 있다. 고금의 문학작품들은 무슨 장르든지 실제적인 유통 과정에서는 어떤 형태로든 연행될 수밖에 없었기 때문이다. 그중에서도 고전문학은 운문이나 산문할 것 없이 모두 연행되는 것이 필연적인 운명이었다. 고전작품들은 다양한 형태로 연행될 때 비로소 생동하는 진상을 드러내고, 그 진가를 제대로 발휘해 왔던 것이다. 시가에서는 이른바 한역 민요로부터 향가, 고려가요, 단가, 사설, 가사, 잡가에 이르기까지 연극적 상황 속에서 가창으로 연행되지 않은 것이 하나도 없다. 심지어 한시마저도 시화에 얽혀 음영·연행된 것은 잘 알려진 사실이다. 그러기에 공연문화학에서는 역대 시가집으로 『삼대목』(실전)을 비롯하여 『삼국사기』「악지」·『삼국유사』 향가군·『고려사』「악지」·『악학궤범』 가사부·『악장가사』·『청구영언』·『해동가요』·『가곡원류』·『잡가』(고대본), 심지어 역대 한시집(문집 포함) 등을 주목해야 된다.

이어 소설에서는 고전소설 자체가 강독이나 강담, 강창 형태로 연행될 뿐만 아니라, 삽입시가들의 가창이 연행·공연의 면모를 보인다. 그리고 이들 작품 속에 연극적 공연 장면이 자주 나와서 공연의 실제적 효과를 올리고 있는 터다. 나아가 고전소설들은 극적 서사문맥으로 희곡적 각색이 얼마든지 가능하여 판소리에서처럼 공연의 대본이 될 수 있었던 것이다. 그러기에 현전 고전소설의 전체를 중시해야 된다. 또한 희곡에서는 그 작품들이 그대로 연극적 공연의 대본이 되어 왔다. 이런 원전은 그 당시의 한문 표기에 따라서 응축·변형되어, 서사적 산문으로 음성화되어 있는 실정이다. 그러기에 이러한 서사적 산문을 연극적으로 재구해 보면, 바로 희곡적 면모를 드러내게 마련이다. 적어도 『삼국사기』 속의 특이한 열전, 『삼국유사』 중의 건국신화나 탁이한 고승별전 등이 그런 내막을 보이고 있으며, 저명한 야담·소화의 기이한 단편들이 그만한 사례를 보여 준다. 한편 잘 알려진 『월인석보』 가운데는 국문희곡이 여러 편 들어 있고, 조선 후기에는 중국희곡과 관련되어 한문희곡이 제작됨으로써, 공연에 이바지 하였다. 그러기에 위와 같은 문헌기록을 중시하여 이 희곡적 원전을 탐색해야 된다. 그리하여 이런 희곡작품들은 그 연극적 공연 형태와 직결되어 가창극본·가무극본·강창극본·대화극본·잡합극본 등으로 전개되리라는 점에 대해서도 유의해야 될 것이다.

2) 역사류

역대 사서에는 문화·문학에 기반을 둔 공연문화 관계의 기사들이 상당히 많다. 원래 이런 사서들은 종합적인 성격과 내용을 구비하였기에, 그것이 국사학만의 원전일 뿐만 아니라, 모든 인문학 내지 문화학의 보고가 되어 왔던 것이 사실이다. 그동안에도 공연문화학 측에서 이런 사서 속의 관련 자료를 일부 활용하였지만, 이제는 더욱 적극적으로 접근하자는 것이다. 기실 이 사서들의 공연문화 자료들은 확실한 역사적 전거 위에서 그만한 신빙성과 가치를 갖추고 있기 때문이다. 실제로 『삼국사기』의 「본기」·「잡지」(제사·악·색복), 「열전」 등과 『고려사』의 「세가」·「열전」·

「잡지」(오행·길례·가례·잡례·악) 등『조선왕조실록』의 역대 왕기 등에
는 공연문화 관계의 소중한 기사들이 얼마든지 실려 있다. 특히『삼국유
사』의「기이」·「흥법」·「탑상」·「의해」·「신주」·「감통」·「피은」·
「효선」 등에는 공연문화의 자료들이 광맥처럼 박혀 있으니, 가위 공연문
화학의 보고라고 하겠다. 전술한대로『삼국유사』의 각 편들은 거의 연행
을 통하여 생동·전개되었다는 점에서, 공연문화의 대본으로 복원될 수
가 있기 때문이다. 이와 같은 사실은 이미『풍속관계자료촬요』1·2(조선
총독부 중추원, 1939)와『국악문헌자료집성』(단국대 동양학연구소, 1990) 등에
서 확인되었고, 지금도 컴퓨터를 통해서 얼마든지 탐색할 수 있다. 이러한
사서의 공연문화 사실들은 계통적으로 정리·체계화됨으로써, 한국공연
문화사의 골격을 이룩할 수가 있을 것이다.

3) 경전류

종교계의 경전들, 그중에서도 불경은 그 신앙문화에 기반을 두고 이
공연문화 관계의 기사 내용을 많이 싣고 있는 게 사실이다. 원래 불교
에서는 불타의 법문으로부터 역대 조사의 설법에 이르기까지 여법한
양식이 으레 음악과 무용 등을 수반한 연극적 공연 형태로 진행되었다.
그리고 승·속의 모든 신행활동이 독경, 염불, 주력, 기원 등을 통하여
예술적 제의 형식으로 전개되어 왔다. 여기서 이른바 불교예술과 불교
문화가 형성·전개되어 공연문화의 양상으로 정립되었던 것이다. 이
와 같은 불교의 모든 것을 다 포괄한 보전이 바로 전형적인 경전이다.

그러기에 사계에서는 대승경전의 대부분이 기발한 소설이요 장엄한 희곡이라고 평가하여 오는 터다. 따라서 공연문화의 거시적 관점에서라면, 이런 경전 전체가 불교적 공연의 대본이라고 간주할 수도 있겠다. 이러한 사실은 불교권의 문화 예술, 공연문화를 연구하는 데에서 거의 보편화되어 있는 실정이다. 이런 점에서 경전에서 공연문화의 자료를 탐색하는 것은 당연한 일이고, 일찍부터 이와 같은 작업이 진행되어 왔다. 실제로 『신수대장경』을 대본으로 『대장경 색인』(신문풍출판공사 영인)과 『한문불경중음악사료』(왕곤오·하검평, 파촉서사, 2002) 등이 간행되었고, 지금도 컴퓨터로 얼마든지 찾아볼 수가 있다.

4) 문집류

역대의 문집들은 야승류와 함께 공연문화에 관한 풍부한 자료를 갖추고 있다. 그동안에도 공연문화의 유수한 논문들에서 이 방면의 자료를 활용해 온 것이 사실이다. 그러나 이제는 어떤 특정 논문에서 필요한 자료의 일부만을 뽑아 쓰는 소극적인 차원을 벗어나서, 그 속의 모든 자료들을 다 끌어내 공연문화의 연구에 입체적으로 이용하자는 것이다. 원래 문집은 야승류와 더불어 문예·문화계 작품들의 선집이거나 전집이니, 그 안에는 당시의 문학과 예술, 문화의 세계가 어울려 있는 게 분명하다. 이러한 문예·문화의 보고에서 다양한 공연문화의 자료를 발굴·정리하는 것은 너무도 당연한 일이다. 일찍이 『풍속관계자료촬요』3(조선총독부 중추원, 1944)에서 이런 작업을 시도하였지만, 지금은 컴퓨터로 더욱 정확하고 풍부하게 집성·활용할 수 있겠다.

5) 의궤류

역대 궁중 왕실과 종교·불교계에서는 각종 의례와 제의가 발달·성행하여 전형적인 의궤가 사실적으로 작성되고, 계속되는 그 공연행상의 전거·대본으로 전승되었다. 그러기에 이들 의궤는 바로 공연문화의 대본이 되었던 것이다. 먼저 궁중 왕실에서는 종묘·사직, 가례·하례, 국장·상례, 책봉·진연 등에 걸쳐 궁궐 무대의 찬연한 제의·의례를 거행하고 공연 과정을 작문·도해하여 완전한 의궤 대본으로 제작해 놓았던 것이다. 실제로 이러한 의궤는 역대 왕실에서 모두 작성·보전하였을 것이지만, 지금에는 조선 후기 것만이 유존되어 『궁중의궤총서』(서울대 규장각, 1995)로 영인·출판되었다. 다음 불교계에서는 각종 기도 법회, 낙성 경찬회, 천도 법석, 예수재, 수륙재 등에 걸쳐 여법한 재의를 진행하고, 공연 과정을 작문·도해하여 의궤 대본으로 작성해 두었던 것이다. 기실 이런 의궤가 역대 사찰에 많이 수장되어 왔던 터이지만, 이제는 조선시대 것만이 전래되어,『한국불교의례자료총서』전4집(박세민, 삼성암)으로 영인·간행되었다. 그동안에도 이런 의궤를 통하여 공연문화를 연구한 업적이 적지 않게 나왔지만, 이제 공연문화학에서는 이런 의궤를 그 대본으로 확인하고 여러 분야의 입체적 방법론으로 적극 검토·탐구하자는 것이다.

6) 미술류

역대 미술작품들은 공연문화의 배경 · 무대가 되어 주기도 하고, 공연문화의 내용을 사실적으로 표현해 내기도 하였다. 우선 건축에서는 조각과 함께 궁전이나 별궁, 경향 관아의 다양한 전각과 전정, 양반 대가의 사랑채와 마당 그리고 대소 사찰의 특수 전각이나 강당과 도량, 시중의 특설 무대 등이 공연문화의 배경 · 무대로 활용되었다. 이는 공연문화의 무대론을 위하여 새롭게 검토되어야 한다. 다음으로 회화에서는 궁중 의례의 의궤화 이외에 왕실의 행사나 진연 장면을 표현한 그림, 왕의 행차나 야외 연회 현장을 묘사한 그림, 수령 · 방백들의 부임 행렬이나 유행 면모를 그린 그림, 또한 시중의 풍류나 연희 장면을 여실히 표출한 민화 · 풍속화 등이 공연문화의 생동하는 일면을 잘 반영하고 있다. 이러한 회화들은 많이 발굴되어, 『조선시대의 민화』 전6권(이녕수, 예원, 1998)과 같은 화집으로 집성 · 인행됨으로써 찾아보기가 용이한 편이다. 한편 불화에서는 부조와 더불어 이러한 내용이 더욱 풍부하여 주목된다. 전술한 바 불전이나 의궤 속에 들어 있는 공연문화 현상을 더욱 다양하고 실감나게 묘파하고 있기 때문이다. 이 불화의 공연문화적 특징은 인도로부터 서역을 통하여 중국을 거쳐 한국에 이르러서 보다 선명해진 것으로 보인다. 이러한 현상은 이미 간행된 『서역미술』 전3책(강담사)과 『돈황미술』 전2책(권영필, 예경, 1995) 『한국의 불화』 전40책(성보문화재연구원, 2007) 및 『감로탱』(강우방 · 김승희, 예경, 1995) 등의 자료를 통하여 알 수가 있겠다. 지금껏 이러한 미술작품들의 특징적 내용을 통하여 공연문화의 일면을 조명한 좋은 논문이 나온 것은 사실이지만, 이제는 그 미술 자료의 문을 활짝 열고 보다 적극적으로 들어가 보자는 것이다.

7) 가무류

역대 악보와 무보는 공연문화의 직접적인 대본이었다. 악보는 공연에 음악을 공급하고, 무보는 공연에 무용을 제공하여 가무와 융화됨으로써, 공연문화의 중심을 유지하여 왔기 때문이다. 기실 이러한 의견은 이미 상식에 속하는 것이지만, 지금까지 공연문화학에서 이런 전통적 악보나 무보를 얼마나 소중히 여기고 올바로 활용해 왔는가를 되돌아보면, 그 부실함에 새삼스럽게 놀랄 수밖에 없다. 원래 고금의 모든 공연에는 음악이 필수되는 법이니, 음악에는 반드시 악보가 따랐던 터다. 이런 악보라 하면 벌써 전문성이 전제되어 멀리하게 되지만, 따지고 보면 구음악보와 기호악보, 문자악보를 거쳐 정간악보까지 추적하면 그 실상이 파악되고, 공연문화와의 긴밀한 관계가 밝혀질 것이다. 또한 무용도 이와 같아서 모든 공연에는 무보가 필수되는 것이 당연하였다. 무보 역시 전문성이 전제되어 아예 무관심하게 마련이지만, 알고 보면 몸짓무보와 기호무보를 거쳐 정간무보까지 탐색하여 그 실체가 드러나고, 공연문화와의 친밀한 관계가 확인될 터다. 이와 같이 악보와 무보를 중시·고찰하지 않는 한, 공연문화의 본질적 구명은 그만큼 어렵다는 것이다. 이런 악보와 무보는 궁중과 불교계에 걸쳐 공연문화와 운명을 같이하며 면면히 계승·축적되었을 것이지만, 전형적으로 현전하는 것이 드물어 연구상의 장애 요인이 되었던 것이 사실이

다. 다행히도 고려 말기의 계통을 이은 조선조 궁중 중심의 악보와 무
보가 후대적으로 집성되어 매우 중시된다. 이른바『한국음악학자료총
서』전27책(국립국악원, 은하출판사, 1989)이 바로 그것이다. 여기서는 음
악이론과 실제 기악·성악의 다양한 악보와 무보가 역대 불교와 함께
성쇠를 같이 하여 고려시대까지 많이 제작·유전되었을 것이다. 그렇
지만 조선시대의 사태를 만나 이제는 전형적인 전적을 수습하기가 어
렵고, 다만 복원·탐색의 가능성을 보일 뿐이다. 그동안 공연문화학에
서 전문성의 전제와 자료의 빈곤을 내세워 등한시했던 이 악보와 무보
를 중시하지 않을 수 없다.

8) 연극류

　역대의 모든 공연은 넓은 의미에서 연극 형태를 취하고 있는 것이 사
실이다. 이런 점에서 위 7개 분야에서 거론한 공연 관계 기록들은 모두
연극을 입체적으로 증언하고 있는 터다. 물론 연극이 공연문화와 동일
시 될 수는 없다. 연극은 공연문화의 핵심 주류를 이루어왔기 때문이
다. 그래서 연극 형태는 대본성이 강한 문학류와 의궤류, 미술류와 악
무류의 자료에 근거하여 재구되는 것이 상책이다. 실제로 연극은 위와
같은 대본적 기록을 저본으로 하여 재현될 수밖에 없기 때문이다. 기
실 연극은 수준면에서 여러 층위가 있고, 형태면에서 다양한 유형이 존
재한다. 따라서 공연 중의 연극은 몇 가지 장르로 유별될 수 있다. 주로
위 문학·희곡 장르에 따르면, 이 연극은 가창극·가무극·강창극·

대화극·잡합극으로 나누어지기 때문이다. 이 가창 중심의 연극이 가창극이요, 가무 중심의 연극이 가무극이요, 강창 중심의 연극이 강창극이요, 대화 중심의 연극이 대화극이요, 위 장르적 요소를 집합시킨 연극이 잡합극이라는 것은 분명한 사실인데, 이에 대한 인식은 아직도 부족하다. 그동안 희곡적 대본이나 극본적 서사문맥을 저본으로 하여 연극 형태를 재구·재현하는 작업에 등한시하여 왔지만, 이제는 이 방면에 적극적인 관심을 가져야 된다. 이것이 바로 공연 관계의 모든 기록으로부터 공연의 실상과 위상을 재구하고 그 장르까지 유별하는 기준이 되겠기 때문이다. 실제로 연극 형태를 직접적으로 보장하는 극본적 원전은 적잖이 제작·유통되었겠지만, 현전하는 것은 아주 드물다. 그중에서도 잘 알려진 『악학궤범』이 가장 값지다. 그것은 신라음악과 고려음악을 계승하여 조선음악의 전형을 완성하는 차원에서, 음악의 이론과 실세를 통하여 종합적인 연극 대본, 그 공연 방식 등을 망라·집성한 이 방면의 보전이기 때문이다.

3. 공연문화학의 방법론적 전망

위와 같이 공연문화의 원전이 확충되었다면, 이에 상응하여 효율적으로 연구해내는 방법론이 모색되어야 함은 물론이다. 이 방법론이란 연구 성과와 함수관계를 가지고 있다. 이 방법론이 진전되면 그 성과

가 올라가고, 그 성과가 높아지면 방법론이 발전하기 때문이다. 그런데 이 방법론에는 왕도가 없고, 더구나 이상적 이론이 연역·적용될 수도 없다. 다만 방법론은 연구대상, 원전들을 효율적이고 완벽하게 연구해 내는 최선의 도구요 최고의 방책일 따름이다. 이러한 연구의 실천적 과정에서 체득된 작은 방안을 귀납적으로 집성·체계화하여 이른바 방법론이 성립되는 것이었다. 이런 전제 아래, 위 공연문화의 원전들을 효율적이고 합리적으로 연구하여, 가능한 한 완벽한 성과를 내는 여러 방법 가운데서, 대본의 복원, 연행의 재현, 입체적 접근, 장르의 설정, 현장의 비평, 총체적 체계화 등의 방법을 실질적으로 모색하여 보겠다. 그리하여 하나의 주제나 원전을 구심점으로 하여 입체적으로 접근하는 이른바 종합과학적 방법론을 정립해 보려 한다. 여기서는 획기적인 방법론이 창안될 수가 없고, 다만 보완적 방법, 한 걸음 앞서 가는 방법이라면 족하다.

1) 대본의 복원 방법

어떤 공연문화의 원전이든지 일단 공연의 대본으로 대상화될 수밖에 없다. 따라서 이 연구는 우선적으로 대본을 검토해야 된다. 그것이 가장 기본적이고 확실한 방법이기 때문이다. 먼저 대본이 기록되어 있는 상태 그대로의 전체적 구조와 내용을 파악할 일이다. 그것이 원형·원본 그대로인가, 아니면 전승·기록 과정에서 변모·축약된 것인가를 정확히 판단한다. 여기서 그것이 조금이라도 변모·축약된 흔적이나 증거가 나타나면, 바로 복원 작업에 착수해야 된다. 기록된 원전 대본들은 거의 다 변모·축약된 면모를 보이는 것이 사실이다. 특히 한문으로 기록된 것들은 문장의 성격상 필연적으로 그런 현상을 나타낸다. 그러기에 원전 대본의 복원 작업은 보편화될 수밖에 없었다. 이러한 복원 작업에는 상상과 창작의 저의만 제외한다면, 실로 다양한 방법이 동원될 수 있겠다. 대본의 자체 논리에 따라서 주제와 구조·내용, 구성·표현 등을 순리적으로 증폭시킨다든지, 기록의 환경, 기록자의 의도나 동기를 찾아서 그 역방향으로 복귀시킨다든지, 전체 문맥이나 문장·어휘 등을 해석하거나 번역하는 차원에서 부연한다든지, 그와 유사·근접하면서 비교적 완전한 다른 작품과 대비시켜 증보한다든지, 나머지는 연구자의 재량에 달려 있는 터다. 이리하여 그 대본이 복원되면, 작품을 문학 예술론에 의하여 주제와 사상, 구조와 내용, 구성과 표현 등을 분석·비판하여 문학성과 예술성을 검증해야 된다. 그래야만 위에서 벌어지는 공연 문화의 생동하는 실상과 예술적 감동파, 민중적 감화력을 올바로 파악할 수 있기 때문이다.

2) 연행의 재현 방법

모든 원전·대본들은 구비 유통을 바탕으로 연행·공연을 필수적 전제로 한다. 본래 그것들은 운명적으로 공연되기 위해서 형성·제작되었기 때문이다. 그런데도 대본들이 일단 기록되면 공연의 흔적조차 남기지 않고 화석화되는 법이다. 그래서 모두가 대본들의 화석에만 집착하여, 연행·공연의 엄연한 사실을 아주 망각하기 마련이었다. 따라서 대개는 그 기록에 충실한 나머지, 공연 사실을 밝혀 놓지 않는 한 그것이 연행·공연과는 무관하다고 속단·고집한다. 나아가 누구든지 이런 대본들이 연행·공연되었다는 사실을 복원·조명하면, 근거 없는 상상이거나 억측이라고 반박하고 나선다. 그러나 이제는 일체의 문헌기록들이 구비 유통의 원형을 갖추었듯이, 모든 대본들은 필연적으로 연행·공연되어 왔다는 사실이 분명해졌다. 이런 점에서 공연의 재현 작업은 그리 어려운 것이 아니다. 위 대본의 복원을 기반으로 하여, 연행의 환경과 공연의 여건 등을 점검하고, 공연의 조건과 당위성 및 분위기를 파악한 다음, 거기에다 공연의 생동하는 요소들을 전체적으로 주입·재생시키면 된다. 무대를 꾸미고, 인물들을 움직여 말하게 하며, 음악과 무용 등을 집어 넣으면, 공연은 다시 살아날 수밖에 없기 때문이다. 그래야만 대본들이 원형대로 본질적 생명성과 본래적 기능을 역동적으로 발휘하는 것이다. 이와 같이 대본들의 공연 사실을 재현한 다음에야, 공연론이나 공연예술론, 공연문화론에 의하여 그 실상과 위상을 올바로 파악하게 될 터이다. 이제 문헌기록에 대한 선입견을 벗어나서, 대본들의 공연상을 재현하여 본격적으로 탐구할 때다.

3) 입체적 접근 방법

모든 원전·대본들은 공연물로서의 종합성과 입체성을 겸유하고 있는 것이 사실이다. 그러기에 이것들을 완벽하게 연구하기 위해서는 여러 측면의 방법을 동원하여 입체적으로 접근하는 것이 필수적이다. 마치 큰 짐승을 잡을 때 여럿이 들러리하여 꽉 짜고 동시에 접근하는 형국과 같은 것이다. 그동안 공연문화학에서는 하나의 큰 원전 대본을 놓고 각개 약진으로 접근하여 당시에 필요한 부분이나 요소만을 빼다 쓰고 마는 격이어서, 아주 작은 성과는 올렸을지 몰라도, 전체적으로는 별다른 진척이 없고, 오히려 일부 흠집을 내는 결과가 되었던 듯하다. 그것은 자칫 장님이 코끼리를 만지는 식으로 끝날 수가 있었기 때문이다. 이제는 학회 차원의 종합과학적 방법론으로 필요한 방법을 모두 동원하여, 계획적으로 크고 값진 주제, 원전·대본을 선정하고, 조직적으로 입체적인 접근·탐구를 해야 된다는 것이다. 그래야만 원전·대본의 공연문화적 실체와 실상, 그 가치와 위상이 완벽하게 파악·실증되어 찬연히 빛날 것이다. 이런 점에서 잘 알려진『삼국유사』나『고려사』·『궁중의궤총서』·『한국불교의례자료총서』·『월인석보』·『한국음악학총서』·『악학궤범』 등을 주제로 하여 공연문화학적 공동 연구를 추진한다면, 참으로 유익한 업적을 내리라 본다. 오늘날 인문학 연구에서 학제 간 공동 연구를 강조·강화하는 이유가 바로 여기에 있음을 명심해야 될 것이다. 이런 과업을 폭넓고 원만하게 수행하기 위해서는 주변의 유관 학회들과 긴밀히 제휴해야 함은 물론, 국제 간에도 학술 교류를 증진하고 관련 분야와의 비교 연구도 강화하는 것은 너무도 당연한 일이다.

4) 장르의 설정 방법

모든 문학·예술·문화는 장르를 유지하며 전개되어 왔고, 따라서 각기 장르론이 다양하게 펼쳐지고 있다. 그러기에 공연문화에도 장르가 존재하고, 그래서 장르론이 대두되는 것은 당연한 일이다. 원래 장르론은 그 분야의 학문적 성과와 함수관계를 갖는다는 게 분명한 사실이다. 그래서 공연문화학의 발전을 위하여 그 장르에 관심을 두고 장르론을 펴려는 것이다. 실제로 이 장르론은 절대적인 기준 없이 상대성을 띠는데다 역사성까지 끼어들어 결코 단순하지 않다. 그것은 장르 상호 간의 상대적 변모를 간단없이 검토하고 장르사적 흐름까지도 살피면서, 그 분야의 학문적 진전에 상응해 나가야 되기 때문이다. 그동안에도 공연문화학에서 장르론을 시도하고 점진적으로 모색하여 온 것은 사실이지만, 확연한 성과를 기대하기는 아직 이르다. 여기서 가장 용이한 것은 기존의 관념대로 음악, 무용, 연극 등으로 나누는 방식이지만, 이것만으로 공연문화의 장르론이 충족될 수 없다. 또한 전술한 대로 문학·희곡계, 연극·연희계, 음악·무용계, 제의·무굿계, 축제·놀이계 등으로 나누는 것도 합리적이고 명료한 것이 되지 못한다. 이것은 편의상 연구분야를 유별해 본 것에 불과하기 때문이다. 현재로서는 어떤 장르적 논의에도 만족하기 어렵다는 것이 중론이라면, 학회 차원에서 이에 대하여 본격적인 관심을 기울일 때가 되었다는 것이다. 장르론의 성질상 문학계, 예술학계, 문화학계 등의 보편적인 장르론에 상응하고 공연문화학의 발전적 추세에 순응하면서, 독자적이고 합당한 장르론을 수립하기 위해서 전문적 작업을 시작해야만 되겠다.

5) 현장의 비평 방법

모든 공연의 현장은 공연문화학의 생동하는 연구 현장이다. 그러기에 학자들이 그 현장에 뛰어들어 자료를 엄밀히 수집하고 학술적으로 분석·고찰하여 훌륭한 업적을 낸 것은 당연하고도 값진 일이다. 이것이 바로 공연문화학의 본격적이고 전문적인 과업임에는 틀림없지만, 그것만으로 만족하고 끝나서는 안 된다. 공연 현장을 거시적으로 조감하고 미시적으로 고찰하여, 공연의 역사적 전통성과 공연학적 실상 등을 고증·논의하여, 그 가치와 위상을 현실적으로 비평해야 되기 때문이다. 나아가 공연의 현대화에 올바른 방향과 방법론을 제시하고, 그 기획론이나 연출론까지 제공해야 된다. 그동안 학계에서는 이런 일련의 작업이 비학문적 외도라고 금기시하는 경향이 있어, 이를 문화평론가나 문화부 기자들의 몫으로 돌렸지만, 이제는 그 영역을 적극적으로 확보할 때다. 공연문화학계에서는 공연 자체의 이론과 실제를 겸비하여 무게 있고 튼튼한 비평을 가함으로써, 학계뿐만 아니라 문화계나 언론계에도 공연문화의 역량을 적극 공연하자는 것이다. 그래야만 공연문화학이 생동하는 학문 세계로 널리 진출할 수 있기 때문이다.

6) 총체적 체계화 방법

공연문화학은 종합적이고 입체적인 학문이다. 거의 독자적인 각개 분야의 연구 성과가 종합되고 입체화되어 있기 때문이다. 따라서 여기에는 이 업적들을 총합하고 체계화하는 거시적 방법론이 필수되어야 한다. 이미 거론된 연구방법론이나 장르론을 거쳐 각개 분야의 각론을 총합·체계화함으로써, 결국 공연문화개론, 공연문화각론이나 공연문화사를 완성하는 데까지 나가야 하기 때문이다. 기실 공연문화학은 상대적인 상위 학문이라 하겠다. 학문적 체계상 하위 학문이 얼마든지 있기 때문이다. 종국에 가서는 공연문화학에서 그 하위 학문의 연구 성과까지 총합·체계화하는 필연적 과업을 수행해야 된다. 따라서 그들 학문과 공유할 수 있는 상위 학문의 체계가 실제적 이론으로 정립되어야 하니, 이것이 바로 공연문화학의 무거운 책무라 하겠다. 가령 공연원리학이나 공연철학, 공연사회학이나 공연심리학, 공연경영학 등을 예상할 수 있기 때문이다. 이런 것은 오지랖이 넓은 난제라 하겠지만, 마침내 그것은 공연문화학의 운명적인 당면 과제로 다가오고야 말았다. 이제부터 이를 예비·설계하고, 그 과업을 위하여 착실한 실천이 있을 따름이다.

4. 결론

이제까지 공연문화학의 당면 과제로서 원전의 확충과 함께 방법론적 전망을 건론하였다. 이를 요약하면 다음과 같다.

우선 원전의 확충에서는 문헌기록 자료를 중심으로, 문학류와 역사류, 경전류와 문집류, 의궤류와 미술류, 악무류와 연극류 등을 들어 그 가운데의 공연문화 기사 자료를 점검하였다. 나아가 원전 자료 자체가 공연문화의 대본이 된다는 점도 검토하였다.

다음 공연문화학의 방법론적 전망에서는 기존의 방법론을 보완하고 한 걸음 앞서 가는 방향·방법을 제시하였다. 이런 원전을 바탕으로 공연문화의 대본을 원형적으로 복원하는 방법에다, 그러한 원전 대본이 생동하여 연행·공연되는 실상을 재현하는 방법을 논의하였다. 그리고 공연문화학이 모든 방법을 동원하여 원전 대본을 구심점으로 삼아, 입체적으로 접근·탐구하는 종합과학적 방법론을 내세웠고, 공연문화의 장르론이 합리적이고 타당하게 설정·성립되는 잠정적 방법을 제시하였다. 한편 공연문화학이 공연 현장을 연구 현장으로 삼아 비평하여 생동하는 학문세계를 개척하는 방법론을 제안하였고, 공연문화학이 종합적이고 입체적 학문이니, 각개 분야의 연구 성과를 총합·체계화하여 공연문화개론과, 공연문화각론, 공연문화사 등의 집대성으로 나가는 방향·방법을 모색하고, 나아가 공연문화학이 상위 학문으로서 하위 학문과 공유할 수 있는 상위 이론을, 공연원리론이나 공연철학, 공연사회학이나 공연심리학 등으로 집성하는 방법론을 개관하였다.

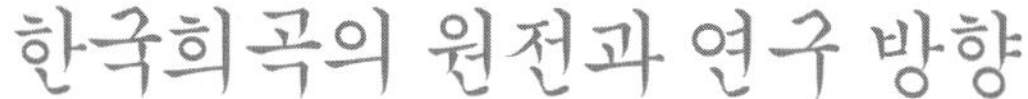

제2장

한국희곡의 원전과 연구 방향

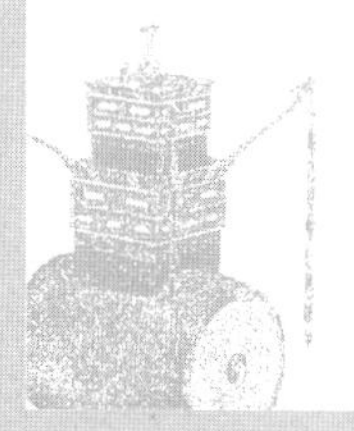

1. 서론

한국 고전희곡을 본격적으로 연구하는 단계에서, 원전과 함께 연구 방법과 방향을 새로운 관점으로 검토하는 것은 당연하고 필수적인 일이다. 그동안의 꾸준한 연구 성과에도 불구하고 원전에 대한 기초 작업이 확고하지 못하였고, 연구 방법 내지 연구 방향이 참신하고 올바르게 자리 잡지 못한 게 사실이다. 모든 연구가 그러하듯이, 기초 작업의 확고한 기반 위에서 연구 방법 내지 연구 방향이 참신하고 올바르게 운용될 때 본격적인 연구가 가능하다. 이런 점에서 위 연구 주제는 그만큼 중요한 의미를 가지게 되는 것이고, 따라서 이것이 우리의 긴요한 당면 과제로 대두될 수밖에 없는 터다.

그동안 우리 고전희곡에 대한 전반적인 논의가 부진했던 것은 부정할 수 없다. 실제로 국문학 고전의 많은 논저에서 '고전희곡'이 전문적으로 논의된 사례가 없었기 때문이다. 기실 '고전희곡' 내지 '고전희곡사'를 본격적으로 거론한 것은 사재동의 「한국희곡사 연구서설」에[1] 나타나기 시작하고, 박진태의 「고전희곡사의 시대구분」에서[2] 구체화되어, 『한국고전희곡의 역사』로 발전·정리된 터다. 나아가 고전희곡의 개념과 장르에 대하여 전문적으로 논의한 것도 사재동의 위 논문에서 시작하여 김익두의 「한국고전희곡의 개념·범위·양식」에서[3] 본격화되었거니와, 아직도 합리적인 정론에 이르지 못한 것이 사실이다.

따라서 고전희곡의 원전에 대한 확실한 인식과 함께 그 개념·범위 등이 제대로 파악되지 않은 상태라 하겠다. 이 원전은 고전연극이 존재하는 이상, 그것이 구비나 기록으로 존재하는 게 철칙이다. 그리고 이 원전은 고전연극의 극본이 본령을 이루지만, 고전희곡 내지 고전연극에 관한 일체의 기술까지 포괄되어야 한다. 그래서 그간에 전통극·민속극·무극의 대본으로서 가면극본·인형극본·무극본 등을 중추적 원전으로 취급해 온 경향에서 벗어날 필요가 있다. 그러기에 이 원전의 범위를 더욱 확대시켜, 적어도 고전희곡의 작품론·장르론·역사론 내지 예술론·문화론 등을 탐구·정립하는 데에 필요한 대상 자료를 모두 직간접적인 원전으로 간주해야 된다.

한편 희곡 원전의 연구 방법 내지 연구 방향이 대체로 소극적이고 보수적이었던 것이 사실이다. 대강 그 원전을 민속극이나 전통극의 관점에

---

1 사재동, 「한국희곡사 연구서설」, 『어문연구』 18·19, 어문연구학회, 1988·1989.
2 박진태, 「고전희곡사의 시대구분」, 『고전희곡연구』 1, 한국고전희곡학회, 2000.
3 김익두, 「한국고전희곡의 개념·범위·양식」, 위의 책

서, 연극론·연회론을 중심으로 고찰하는 데서 크게 벗어나지 않았기 때문이다. 이제 우리 고전희곡이 보편적이고 독자적인 작품·장르라고 한다면, 세계적이고 동방적인 방법론을 바탕으로 한국적인 방법론을 정립하여 참신하고 가치로운 연구 방향을 개척해 나갈 단계가 되었다고 본다. 그리하여 우리 고전희곡이 가장 한국적이고 세계적인 방법론에 의거하여 다양하고 입체적으로 영역을 극대화하는 방향이 모색되어야 한다.

이에 본고에서는 첫째, 고전희곡의 개념·범위와 그 장르 성향을 세계·동양의 장르론에 결부시켜 대강 점검하겠다. 둘째, 위에 근거하여 고전희곡의 원전을 다각도로 검토하여 그 영역을 여러 분야로 확장하겠다. 셋째, 고전희곡의 연구방법론 내지 연구 방향을 종합적으로 모색·정립해 보려는 것이다. 그리하여 이러한 논의가 고전희곡론·고전희곡사론을 통하여 우리 희곡론·희곡사 뿐만 아니라 문학사·예술사·문화사에 다소나마 보탬이 되었으면 좋겠다.

2. 한국희곡의 개념과 장르체계

1) 고전희곡의 개념과 범위

우리 고전희곡은 이른바 일반 장르론의 상위 장르에 속하기에, 세계적이고 보편적인 규정을 받아야 한다. 그것은 일단 국가적 공간이나 역사적 시간을 초월하여 원칙적으로 논의될 수밖에 없기 때문이다. 따라서 이 희곡은 모든 연극 형태의 극본이라 하겠다. 그러니까 모든 연극을 성립·진행시키는 극본문학이 바로 희곡이다. 이미 세계적으로 보편화된 종합예술이 연극이라면 그것을 가능케 하고 좌우하는 주체적 문학이 바로 희곡이라는 이야기다. 이러한 연극과 희곡의 상관성에서, 희곡을 정의하고 그 개념을 규정한 것은 이미 동서고금의 문학이론이 공통으로 입증하고 있는 바 그 원론을 재론할 필요가 없다.

따라서 한국의 희곡도 이 원칙적인 정의와 개념에 따르는 것이 당연하다. 그러기에 중국이나 일본 등의 희곡도 결코 예외가 될 수 없다. 나아가 한국의 고전희곡도 근·현대희곡의 정의·규정과 결코 다르지 않다. 따라서 중국·일본 등의 고전희곡도 한국의 그것과 동류일 수밖에 없다. 전술한 대로, 희곡은 국가와 시대를 달리한다 하더라도, 상위 장르라는 엄연한 원칙에 의거하여 공통성을 지니는 것이 필연적인 현상이기 때문이다.

여기서 각 국가나 각 시대의 희곡을 독자적으로 특수하게 정의·규정하려고 노력하는 것은 이른바 하위 장르의 문제다. 하위 장르는 상위 장르의 일반성·보편성과는 달리 지리·풍토, 역사·문화, 민족·민속 등에 의하여 각 국가와 각 시대에 따라 독특성과 고유성을 확보하고 있기 때문이다. 여기서 한국의 희곡은 서방희곡은 물론 동방희곡, 즉 중국·일본 등의 그것과 다를 수밖에 없다. 그래서 각국의 희곡과 상대하여 한국희곡 그 하위 장르가 독자적이고 특성 있게 형성·전개되어 온 것이다. 따라서 하위 장르는 동일 국가라도 그 시대에 따라 특성을 갖출 수밖에 없다. 따라서 고전희곡의 하위 장르는 동일국가라도 그 시대에 따라 특성을 갖출 수밖에 없다. 그래서 고전희곡의 하위 장르는 근·현대희곡의 그것과 다른 개성을 확보하고 있는 실정이다. 이런 하위 장르의 체계적 정의와 개념 설정은 다음 장르론에서 거론할 것이다.

고전희곡의 범위는 실로 광범하고 다양한 내면을 지니고 있다. 우선 고전희곡의 상하 장르체계를 중심으로 범위를 검토하면 입체성과 함께 복잡한 관계망이 이루어진다. 고전희곡은 역사적으로 근·현대희곡의 이전에 위치하는 것이 당연하다. 시대적 상한선은 계속하여 소급될 수 있는 상대성이 있겠지만, 하한선은 근대의 그것과 맞물려 개변·재창조의 미묘한 상관성 내지 조화로써 연결·인계되는 터다. 그리고 고전희곡은 공연층·수용층의 계층을 따라 그 범위를 넓히고, 공간적으로 경향과 각개 지역의 여건에 따라 보급의 영토를 확보하며, 구비·기록에 구애됨이 없이 수용층을 상대적으로 파고들어 범위를 유지하여 왔다. 나아가 고전희곡은 언어·문자를 극복하고 국경을 넘나들면서 유통·교류하여 상호관계로써 그 범위를 확장하여 왔던 것이다.

결국 고전희곡은 장르체계의 한계를 벗어나 한국문학의 다른 장르와 교섭을 통하여 그 범위를 확대시켜 왔다. 가령 그것은 민요와 가요, 설화나 소설 등과 교섭 관계를 통하여 상호 간에 영향을 주고받으며, 자체의 성장·유전을 주도하였다. 그리고 이 고전희곡은 국내외 예술 장르와 교섭하면서 그 범위를 증대시켜 갔던 터다. 가령 희곡과 미술, 희곡과 음악 내지 희곡과 무용의 상관성을 통하여 상보적 관계로 성장·발전하게 되었다. 나아가 고전희곡은 국내외 문화 장르와 교류하면서, 범위를 확장시켰던 것이다. 희곡과 철학, 희곡과 종교, 희곡과 역사, 희곡과 민속 등의 상보적 관계가 이를 실증하고 있기 때문이다.

2) 고전연극의 장르와 희곡체계

우리 고전희곡의 하위 장르는 유기적 체계를 유지하고 있다. 희곡의
상위 장르는 이미 논의되었거니와, 하위 장르는 구체적으로 거론될 것
이다. 그것은 한국 고전희곡의 하위 장르로서 고유성과 독자성을 갖추
어 자국적인 특징을 보여 주는 터다. 여기에 논의의 초점을 맞추어 세
계·동방의 하위 장르론과 한국의 하위 장르론을 조화시켜 실제적인
논의로 들어가겠다. 이 점에 대해서는 일찍이 사재동의 위 논문에서
논의되었기로 이를 바탕으로 기술하겠다. 우선 연극 장르가 논의된다.
그 대본·극본이 바로 희곡이기 때문이다.

그동안의 연구 업적들은 상고대의 종합예술을 전제하면서, 부족국
가 이래의 국중대회에서 벌이는 가무백희를 공인하고, 나아가 가면
극·인형극을 계통적으로 검토하며 후대의 판소리를 연극 형태로 규
정하려는 경향을 보이는 정도였다.[4] 그러면서도 조희 내지 소학지희
등을 거들어 대화극의 가능성을 암시한 것도 사실이다.[5] 그러기에 연
극의 장르도 합리적으로 규정된 바가 없다. 기존 연극사의 기술에서
명명한 대로 가면극·인형극·판소리·구극·신극 정도로 편의상 부
르고 있을 뿐이다. 이들 장르는 그 작품 자체의 구조·형태 등에 확고
한 준거를 두지 않고 실연의 방편이나 그 연극의 시대성 등에 입각하여
임의로 설정한 것이라 하겠다. 그러므로 연극 각 장르의 실체가 제대
로 파악되지 못하고, 나아가 그 장르들의 형성·전개 과정이 불투명하

4　전게한 연극학계의 업적이나 국문학계의 이 방면에 대한 논급이 이런 경향을 띠고 있다.
5　이두현, 『한국연극사』, 학연사, 1987, 72~75쪽.

게 취급될 수밖에 없었다. 그 결과로 한국연극사의 기술이 공백과 허점을 적잖이 드러내게 되었던 것이다.

이제 희곡의 장르를 전제로 하고 작품 자체의 제반조건을 기준으로 할 때, 연극의 장르는 마땅히 재조정되어야 한다. 실제로 극본 희곡을 기준으로 하여 연극의 장르를 규정한다면, 가창극·가무극·강창극·대화극·잡합극 등을 내세울 수 있겠다. 여기서는 연극의 개념을 현대적으로 축소·전문화할 것이 아니라, 그 시대에 상응하여 상하 민중에 통용되던 모든 연극 형태 내지 연극적 상황까지 포괄하는 방향으로 확대·보편화해야 될 것이다. 적어도 한국연극사의 유구한 전통을 탐색하고 체계화하는 데에는 원초적인 제의극으로부터 생활상의 희비극, 대중 포교를 위한 종교극, 민중계도를 위한 역사·윤리극, 궁중·상류·서민층의 경사에 따르는 각종 오락극에 이르기까지 모두 그 나름의 의미를 지니고 소중한 위치를 차지하고 있는 것으로 파악되어야 한다. 만약 현전하는 연극사의 자료들을 전문적인 연극관으로 재단하거나 '연극'이라고 표시된 것에만 신빙성을 부여한다면, 현실적으로 한국연극사는 기술될 수가 없겠기 때문이다. 실제로 우리는 위와 같은 범위 안에서 완전하게 드러난 자료는 물론, 변모된 자료, 숨겨진 자료, 부서지고 없어진 자료의 편린, 연극과 근접·관련된 방증 자료까지 세밀하고 엄정하게 분석·검토해야만 한국연극사를 재정리·복원할 수가 있을 것이다. 이런 점에서, 위에 든 연극 장르들은 각기 중요한 위치와 계맥을 유지하고 있다고 보아진다.

첫째, 가창극은 가장 원초적이고 소박한 형태라고 하겠다. 민간신앙·종교적 염원이나 생활·윤리상의 희비극에 얽힌 서정·서사가요를 독백 내지 대화 형식으로 구연하여 연극적 상황을 조성했던 경우가 예상된다. 고금을 통한 문답체 서정·서사민요나 향가와 고려속요의 대부분, 심지어 시조·사설·가사·잡가 등의 상당수가 가창극의 형태로 연창되었던 것이라 추정된다. 사실상 이런 가요들은 그 자체의 내용과 정조·분위기 등으로 보아 연극적 현장에서만 생동하는 효능을 발휘할 수 있었기 때문이다.

이와 같은 가창극 형태는 상하 민중 어느 곳, 어느 경우에서든지 기본적으로 통용되면서, 여타의 연기와 융합할 수 있는 가능성을 언제든지 지니고 있었던 것이다. 따라서 가창극은 한국연극사상에서 폭넓고 뿌리 깊은 맥락을 면면히 유지하여 왔다고 보아지는 터다. 가창극은 원칙적으로 선행하여 오랜 역사 위에 전승되면서, 그 자체의 성장·변모 과정을 밟아온 것은 물론, 다른 연극 형태에 가창적 요소를 제공하거나 직접 삽입가요로 동참함으로써, 연극사에서 중대한 역할을 해왔으리라 본다. 그런 한편으로, 가창극은 후대 전승 과정에서 여타 연극, 가령 가무극·강창극·대화극으로부터 가창 부분만 분리되거나 살아 남아서 그 면모를 유지해 온 사례도 허다하게 나타났던 것이다. 이런 경우에는 가창극 자체로서도 그 명맥을 유지해 온 터이지만, 분화 이전의 모체, 원형적 연극을 유추·복원하는 데에도 소중한 근거가 되리라 본다.

둘째, 가무극은 일단 가창극에 무용·무극이 융합된 형태라고 파악된다. 한편 무용·무극의 연원을 올려 볼 때는, 이것이 주체적으로 가창 양식을 수용해 온 것으로 간주할 수도 있겠다. 그래서 가무극의 역사는 유구하고 그 형태는 연극적으로 입체화되었던 것이다. 이 형태는 극적인 서사문맥을 전제로 하여 극정을 가창과 무용으로 얽어 나감으로써, 실로 역동적인 기능을 발휘하고 본격적인 연극에 보다 접근하였다. 부여·삼한 등 고대국가의 국중 대회에서 벌인 '가무'나 고구려의 초기 국중대회에서 보여 준 '가희'로부터 〈처용무〉·〈무애무〉·〈황창무〉 등을 거쳐 〈학연화대처용무합설〉에 이르기까지 풍성한 가무극의 맥락이 면면히 이어져 왔던 것이다. 이 가무극은 내용과 분위기로 보아 홀로 출연하기보다는 2인 이상 집단적으로 합연하여, 연극적 역동성과 효능이 극대화되었던 것은 물론이다. 따라서 이 연극은 궁정이나 상하 민중에까지 필요에 응하여 기탄없이 연출되었던 것이다.

그리하여 여타 연극 형태와 제휴하거나 상당한 영향을 미치면서, 한국연극사상에서 막중한 위치를 점유하고 있었던 터라 하겠다. 가무극은 형성·전개 과정의 융통성과 함께 그 자체의 뚜렷하고 면면한 전통이 돋보이는 한편, 그것이 여타 연극 형태와 상호보완 내지 상호전환의 관계를 유지해 옴으로써, 불투명한 연극 장르를 유추·복원하여 한국연극사의 전체 흐름을 부상시키는 데에 소중한 역할을 다하였다고 보인다.

셋째, 강창극은 감동적인 서사문맥을 효과적으로 설창하는 연극 형태라 하겠다. 강창극은 한 사람의 연기자가 나와 악사나 고수의 도움을 받아가며 서사문맥 전체를 이야기하고 노래하면서 작중인물들의 행동·표정까지 연출해 내는 형식으로 완결된다. 그러므로 강창극은 일인 전역의 경제적이고 용이한 연극이다. 현대극의 관점에서 편협하게 재단한다면, 강창극은 연극의 수준에 미달한다고 하겠지만, 그것은 그것대로 그 시대에 상응하여 적어도 한 사람의 연기자가 한 사람 이상의 보조·반주자와 함께 일정한 자리의 청중 앞에 나와 지정된 화본·

대본을 현장적으로 연출해내는 연극임에 틀림없다.[6] 다만 화려한 무대장치가 필요 없고 작중인물의 배역·분장이 생략되어 한 사람의 연기자에게 위임되었을 따름이다. 기실 무대장치와 배역들의 분장·연기 등은 한 연기자의 능숙한 말솜씨로 실제보다 실감 나게 묘사·대치되고 있는 실정이다.

그러기에 강창극은 형성 동인부터 민중적이고 보편적이라 하겠다. 그것은 치민·교린의 의도, 포교·교화의 방편, 민중 생활의 오락 등을 표방하여, 그와 관련된 각종 제의·축제의 일환으로 표연되고 있기 때문이다. 연기자도 전문적인 광대로부터 속강승, 거사, 선비, 전기수, 설화인, 무격 등 각계각층의 누구라도 입담 좋고 신명만 있으면, 의욕에 따라 출연할 수가 있다. 그리하여 연기자는 독연으로써 작중인물을 대역하므로 특정 인물에 기준하여 분장할 필요가 없고, 그렇게 할 수도 없다. 그 당시 그 자리에 맞도록 연기자의 복장 한 가지만으로 만족하게 된다. 그에 따라 개인적 분장이나 소도구 내지 무대장치 전반이 필요치 않으므로, 연출장소도 전문극장 등으로 제한되지 않고 퍽이나 자유스럽다. 위로 궁중·사원 및 대가大家 등의 실내·마당이나 동네 안팎의 야단野壇과 광장 등 다소간 관중이 모일 수 있는 공간이면 족한 것이다. 다만 음악과 장단이 요청되는데 그것도 폭넓고 다양하다. 때로 전문 악사와 고수들이 등장하지만, 때로 관중의 소박한 타악기, 신나는 손뼉이나 무릎장단, 절주 있는 환성과 추임새 등이 있으면 더욱 좋다. 요컨대 능력 있는 연기자와 격에 맞는 반주자, 열기 있는 관중이 어

6　葉德均, 「樂曲系 講唱文學」, 『宋元明講唱文學』, 河洛出版社, 1978, pp.8~27에서 전통적 강창극이 형성·유통되었음을 고증하였다.

우러져 한 마당을 벌인다는 것이 중요하다.

이런 점에서, 강창극은 형태가 자유스럽고 광범위하다고 보아진다. 주제자들의 시조풀이로부터 무당들의 본풀이, 거사와 선비들의 사담, 시화풀이, 설화인과 전기수들의 소설 이야기, 속강류의 불전, 승전풀이, 그리고 광대들의 판소리나 재담·소화에 이르기까지 그 모두가 독연 형태로 현장화되고, 연극적 상황을 창출해 내기만 한다면, 강창극의 형태를 띠게 되기 때문이다. 그중에서도 판소리는 현전하는 강창극의 대표적 형태라고 보아진다.

그런데 강창극은 아무래도 단조롭고도 평범하다는 한계성을 내포하고 있는 것이 사실이다. 그러기에 강창극은 그 한계점을 극복하는 내부장치와 탈출 방법을 예비하고 있는 것이 특징이다. 우선 내부적으로 강창극은 청중을 감동시키는 훌륭한 대본을 갖추고 있다. 최소한 그 자체만으로도 감격할 이야깃거리와 감미로운 노래가 역동적인 조화를 이루어 나가는 판이라야 한다. 그러면서 이 대본을 족히 연극으로 소화해내는 연기자가 능력을 최대한으로 발휘해야 될 특수 조건이 전제되는 것은 물론이다. 다음으로 강창극은 그 한계점을 탈피하려는 변신의 방법을 모색하여 왔던 것이라 보아진다. 하나는 이 강창극의 가창만을 뽑아 가창극으로 구성되거나, 그 가창에 무용을 곁들여 가무극으로 재편성되기도 하고, 각개 배역을 맡아 대화·연기로써 소도구까지도 활용케 되는 대화극으로 확대·발전시키는 길이 열렸던 것이다. 한편 강창극은 기존 가창극 내지 가무극을 효과적으로 해설·연창할 수가 있었고, 대화극을 경제적으로 축소·설창할 수도 있었으리라 보아진다.

그렇다면 강창극은 가장 기본적이고 보편적인 연극 형태라 하여도 무방할 것이다. 따라서 강창극은 실제로 효율적이고 능소능대한 연극 형태로서, 그 시원이 오랠 뿐만 아니라 상하 민중에 가장 널리 유통되어 온 것이 사실이다. 그러므로 강창극은 기본적인 한국의 연극으로서 고전시대를 기반으로 한국연극사의 중심·저변을 이루어 뚜렷한 위치를 점유하여 왔던 터라 하겠다.

넷째, 대화극은 한국의 정통적 본격 연극이지만, 아무래도 강창극을 바탕으로 발전·완비된 양태를 보이고 있다. 전술한 바와 같이, 강창극의 작중인물을 각기 분장·출연시켜 대화·생동하게 만들고 무대를 장치하여 소도구까지 마련해 준다면, 그대로가 대화극으로 입체화될 것이기 때문이다. 따라서 강창극계열의 대화극이 한국연극사의 핵심·주류가 되었지만, 뚜렷한 증거를 드러내지 않고 있는 것이 현실이다. 여기서 대화극과 맞물려 병존하는 가창극·가무극·강창극 등을 통하여 대화극의 실태를 유추할 수가 있겠다.

한편으로 대화극은 나름의 몇 가지 계통을 가지고 있다. 먼저 이른바 조희·소학지희 등에서 대화극의 한 면모를 발견할 수 있다는 것이다. 이두현 교수 등이 이미 지적한대로,[7] 거기에는 대화와 행동의 연극 형태가 도사리고 있기 때문이다. 이러한 대화극의 맥락은 비교적 뚜렷하며 그 위상이 주목된다.

다음으로, 잘 알려진 가면극과 인형극이 대화극의 계통을 이어오고 있다는 것이다. 그것은 대화극의 정통에서 벗어난 듯 보이지만, 그것이 가창과 무용을 적극 수용하고 후대적으로 변모된 실태를 보일 따름

---

7   이두현, 앞의 책, 92~96쪽.

이라 하겠다. 이런 현상을 비교·검토하여 대화극의 원형적 모습을 재구해 볼 수가 있다는 것이다. 관객이 지켜보는 일정한 무대와 놀이마당에서 각종 배역이 가면으로 분장하거나 인형으로 대신 등장하여, 소도구까지 들고 연기를 펼친다. 거기에서는 분절된 서사문맥이 대화와 행동, 또는 가창과 춤사위로써 사실적으로 연출된다. 따라서 그것은 본격적인 대화극이라 하겠다. 이것의 연극적 실상에 대해서는 그동안 논의된 바가 적지 않다.[8]

그리고 고려 후기라면, 중국의 잡극과 같은 계통의 대화극이 유통되었을 가능성이 있다. 이것은 바로 원잡극의 형태와 관련될 수밖에 없었기 때문이다. 이 잡극은 원대의 경제·사회와 예술적 취향에 따라 가장 효과적으로 계발·성행된 전형적인 연극 형태였다. 그것은 전 4절의 단형극이지만 매우 정제된 극본을 갖춤으로써, 중국의 연극사상 가장 획기적인 대화극으로 연출·유통되었던 것이다.[9] 그렇다면 이런 잡극이 고려 대를 통하여 한국의 대화극과 관련되었으리라는 것은 추정하기에 어렵지 않겠다. 전술한 바와 같이, 고려 대에는 이미 대화극이 전통적으로 형성·유통되고 있었던 것이 사실이다. 그 무렵에 참신하고 효율적인 원의 잡극이 문화·예술 교류의 도도한 흐름을 타고 고려 사회에 유입되었다면, 그 연극이 실로 큰 충격을 주었을 것은 거의 확실하다. 더구나 그것은 전문적으로 창작·기술된 희곡을 간행·동반하여 연출의 방법·기술마저 자유롭게 유통될 수 있었던 터이므로, 고려 중기 이후의 연극계에서 꽤 민감한 반응을 보이고 대처했을 것은

8　이두현, 『한국의 가면극』, 일지사, 1985.
9　青木正兒, 隋樹森 譯, 『元人雜劇序說』, 長安出版社, 1981, pp. 2~8.

당연한 일이다. 따라서 고려 대로부터 잡극식의 연극이 점차적으로 보급·유통되어 자생적인 연극으로 인식되면서 대화극으로 실연되었을 가능성이 짙다. 이런 점에서 고려이래의 '잡극'이라는 명칭과 실제 잡희 형태의 제반 면모를 주목해야만 되겠다.[10] 적어도 원·고려 이후 기록에 나타난 '잡극'은 '백희'로서의 잡극으로만 보아 넘길 것이 아니다. 일찍부터 전형화된 원잡극元雜劇의 형태를 기준으로 하여 고려의 잡극을 재조명하고, 그 당시의 대화극을 잡극과 관련지어 검토할 필요가 있기 때문이다.

한편 역대 불가에서 선문답이 대화극 형태로 전개되었던 것을 보게 된다. 주지하는 바와 같이, 역대 선승들이 서로가 성불의 경지를 확증하기 위하여 선지禪旨를 문답할 때, 그것은 문자 그대로 생사를 결판하는 희비극적 절정을 이루게 된다. 실로 세속을 떠나 선문에 모든 것을 바쳐 온 것 자체가 비극적이거니와, 상호 간의 선문답에서 깨달은 바가 참된 것일 때는 승리의 극락을 누리고, 그것이 거짓일 때는 실패의 지옥으로 떨어지고 말기 때문이다. 그러기에 선문답에는 어떠한 권위와 위력도, 세상의 어떤 것도 무력할 뿐이고, 오직 칼날 같은 진리만이 승리의 힘일 따름이다. 실제로 선가에서는 선문답을 연극의 형식으로 실연한다. 말하자면 선방이나 토굴에서 자리 잡고 2인 이상의 선승이 문답을 벌이기로 예정하면, 인근 수좌들이 이심전심으로 연락하여 청중으로 들러리 하는 것이다. 거기에는 승패와 생사가 비수처럼 맞서는 긴장감이 돌고 마침내 문답이 시작되면, 당사자들은 결전의 용사로서 연극상의 등장인물이 된다. 그들이 주고받는 대화나 게송은 너무도 응

---

10 여증동,『한국문학사』, 영운출판사, 1973, 89·104쪽 참조.

축되고 은유·상징되어서 그 경지의 선승만이 그 진가를 안다. 그러기에 그들의 언행은 극적인 함축성과 신비력을 발휘한다. 그들은 서로 간에 말이 부족할 때, 강한 행동과 표정으로 대치하고 필요한 소도구를 활용하여 전문 광대 이상으로 격렬하고 감동적인 연기를 해내는 것이다. 그 문답은 구경究竟의 승패를 가름하기 위한 처절한 투쟁이기로, 극정이 고조되고 따라서 신화적인 분위기와 이야기가 덧붙어 실제로 대화극을 이루기 마련이다. 어떤 때는 단막으로 끝나지만, 때로는 여러 막으로 연첩되는 경우가 있다. 이런 선문답이 오랜 전통 속에서 유형화되고 전문화되면, 결국 견성성불을 선도·격려하는 교육극으로까지 승화·정립될 수가 있었던 것이다. 요컨대 이러한 선문답은 마침내 그 당시 불교계를 대표하는 능동적인 대화극이었기 때문에 이것을 선극이라 하여 마땅할 터이다.[11]

이와 같이 대화극은 상게 연극 장르를 바탕으로 하거나 그 자체의 계맥을 따라서 폭넓게 유통되었으리라 보아진다. 여기 전형적 대화극은 그 연기자의 분장·동원, 무대장치와 소도구 준비, 관극자들의 대거 참여 등 막대한 부담으로 하여 궁중·사원·대가 등 상류층에서 주로 연출될 수 있었으리라 추정된다. 그러면서 그 대화극은 상대적으로 축소·변형되어 임시·변칙으로 유통되고, 그에 따른 변종을 낳기도 했던 것이라 하겠다. 그래서 대화극은 면면한 전통 위에서 다른 연극 장르와 유기적 관계를 유지하는 가운데, 본격적인 연극 형태를 정비·완성하게 되었고, 그 영역을 확대하여 나갔던 것이라 하겠다.

다섯째, 잡합극은 흔히 말하는 잡희 형태인데, 원대 이래 잡극과 구

---

11 이행원, 『도화집』, 홍법원, 1985 참조.

별하면서 그 성격 내막을 좀더 선명히 하기 위해서 이런 명칭을 따온 것이다. 이것은 문자 그대로 여러 가지 연극적 요소가 혼잡·결합하여 이룩된 잡다하고 종합적인 연극 형태라고 본다. 고대의 '산악백희'로부터 '산대잡극'을 거쳐 근래의 '남사당패놀이'나 '난장판'을 망라한 잡동사니 연극이었기 때문이다. 거기에는 가창극·가무극·강창극·대화극 등의 일부를 뽑고 무예·잡기·가장 등과 섞어서 벌이는 만화경적이고 백화점식 연극이라 해도 과언이 아니다. 그러나 이 잡합극은 그 인소들을 분리·환원시킬 수 없는 그 자체의 구성과 조화가 이룩되어, 독자적인 종합성을 과시하고 있다. 이 연극이 축소·영세화되면 연행의 맥이 빠져 보잘 것 없지만, 배경과 후원이 충분하고 민중의 호응이 열기를 띠면 실로 대규모의 연극판으로 대성황을 이루는 터이다. 이때 잡합극은 엄청난 공연 역량을 발휘하고 상하 민중을 흡인·수용하는 연예적 기능을 널리 선양하게 되었다. 이러한 점에서 중국의 연극이 문학·음악·미술·무예·잡기 등을 망라·연행하여 대규모의 종합예술, 만능극 형태를 과시하는 것과 대동소이하다고 보아진다.

이상과 같은 5대 연극 장르는 대본·화본으로서 반드시 극본을 갖추고 있는 것이 분명하다. 이 극본은 질량 면에서 차이는 있지만, 한결같이 희곡의 기본 요건을 갖추고 있다는 점이다. 우선 극본들은 시종일관하는 이야기 줄거리를 가지고 있다. 그리고 행동을 매개로 하는 대사가 필수된다. 또한 이 극본들은 전체의 흐름에 활력과 역동성을 주는 가요를 삽입하고 있으며, 필요에 따라 연극의 진행을 돕고 극정을 돋우기 위해서 효과적인 해설·지시가 붙어 있는 터이다. 이상과 같이 극본들이 희곡의 기본 요건을 갖춤으로써, 그것은 각기 희곡의 자질을 갖추고 그 기능을 족히 발휘할 수가 있는 터이다. 그리하여 각개 극본을 희곡의 한 장르로 삼는다면, 한국 고전희곡의 하위 장르는 가창극본·가무극본·강창극본·대화극본·잡합극본으로 체계화되는 것이다.

3. 한국희곡의 원전과 영역

1) 희곡적 원전의 존재 양상

한국 공연예술 중에서 공인된 전형적 연극 형태의 극본은 족히 희곡 원전의 중심부에 자리하는 게 당연하다. 기실 극본들이 원전의 핵심·본령이기 때문이다. 전술한 바 한국연극의 장르는 바로 극본을 희곡 장르 내지 원전으로 부각시킨다. 이제 그 희곡 장르를 열거하고 거기에 해당되는 원전을 예시해 보겠다.

첫째, 가창극본에 해당되는 원전이다. 여기에는 역대 민요의 연행대본이 있다. 이른바 한역민요라는 공무도하가 전승이나 황조가 전승·구지가 전승 등은 민요가 소희 형태로 연행·정착된 것이다. 그것은 단순히 민요의 독립된 형태이기보다는 그 연행 서사문맥과 조화롭게 공존하는 원전이다. 그리고 역대 악부는 역사적 사건이나 충효와 애증에 관한 극적 이야기를 내용으로 하여 가창·연행되고, 그 극본으로 남아 있는 원전이라 하겠다. 삼국·신라 이래 소위 향가는 고려시대 가요와 함께 극적인 서사문맥과 관련하여 연행됨으로써, 극본의 모습을 보이는 원전이라 하겠다. 고금을 통한 구전 민요나 조선시대의 시조·가곡·가사·잡가 등도 가창·연행된 극본의 역할을 다 해낸 원전들이다. 그리고 저명한 서사물을 수반한 명작 한시는 이른바 '시화詩話'라 하여 가창·음영의 대본으로 극본에 준하는 원전이라 하겠다.[12]

둘째, 가무극본에 해당하는 원전이다. 고대 사회 국중대회에서 주야로 술 마시며 '가무'하고 '가희'한 것은 가무극의 연행을 전제로 한 극본의 원전이 있었음을 증언한다. 삼국·신라시대를 통관한 〈무애무〉·〈황창무〉·〈처용무〉 등은 가무극의 연행을 통한 극본의 존재를 증명하는 지표적 원전이다. 역대 궁중이나 대가에서 성행하는 가무극, 특히 고려시대 궁정·사원·대가에서 흥청대던 가무극의 대본으로서 그 원전이 존재하여 그 전거를 남기고 있는 터다. 『고려사』「악지」나 『악학궤범』을 통하여 고려 말·조선 초 가무극의 연행을 뒷받침한 극본이 그 원전으로서 거의 원형을 보여 주고 있는 실정이다. 조선 중·후기에도 가무극의 연행은 이어졌고, 그 극본의 원전이 현존하는 것은 사실이나, 많이 인멸되고 변형되어 엄밀한 검토와 재구가 요망된다.[13]

셋째, 강창극본에 해당하는 원전이다. 역대의 강창문학이 연행되면, 그대로 강창극본이 되는 터이므로, 그 극본이 재정립되어 원전으로 행세하게 되었다. 잘 알려진 대로, 강창문학은 산문과 운문이 교직되어 극적인 서사문맥을 이끌어가는 독특한 문학 양식이다. 삼국시대 불교

---

12 김학주, 「서한 『시경』 해설과 중국 고적의 새로운 이해」, 『고전희곡연구』 1, 한국고전희곡학회, 2000; 사재동, 「고려가요의 서사적 구조와 연행 양상」, 사재동 편, 『한국희곡문학사의 연구』 Ⅲ, 중앙인문사, 2000.
13 김학주, 『한·중 두 나라의 가무와 잡희』, 서울대 출판부, 1994.

가 전래된 이래 불경을 강설하는 강경계 강창문학과 불교계 서사문학을 강창으로 조성해 낸 위경·변문계 강창문학 등이 전승되고, 역사강설이나 윤리선양을 위한 강사계 강창문학이 가세하여 강창계의 큰 흐름을 이룩하였던 것이다. 이러한 강창문학은 속강계통의 연행대본을 중심으로 극화·공연된 나머지, 그 극본이 정립되어 원전으로 모습을 드러내었다.[14]

강창극은 '일인 전역'의 경제적이고 독특한 연극 형태이거니와, 이 연극을 계승·발전시켜 정립된 것이 바로 판소리이다. 판소리 역시 극적인 서사문맥, 설화나 소설 등을 강설과 가창으로 극화·연행하는 일인극의 가장 세련된 형태이다. 여기서는 그 판소리 연행을 통하여 성립된 창본이 바로 극본의 원전으로 행세하게 되었다.[15]

넷째, 대화극본에 해당하는 원전이다. 우선 상술한 가무극본이나 강창극본 등이 유통·연행 과정에서 좋은 여건을 만나 보완·전문화되면 대화극의 면모를 갖추고, 거기서 대화극본의 원전으로 변모·정립될 수 있었다. 이런 과정을 통하여 이 대화극본의 원전은 수많이 복원·재구될 수가 있다는 것이다.

그리고 역대 가면극·인형극의 대본에서 대화극본의 원전을 찾아볼 수가 있다. 가면극은 가면을 분장·소도구로 연행하는 연극으로서, 그 언어·문학적 대본은 그대로 대화극본이다. 그래서 고금에 구연·채록된 모든 가면극본은 대화극본의 원전이라 보아지는 터다. 이런 점에서 인형극이 인형을 조종하여 연행하는 연극으로서 구비·기록된 대

---

14 김진영, 「불교계 강창문학의 연행 양상」, 사재동 편, 앞의 책.
15 전신재, 「판소리의 연극성에 관한 연구」, 성균관대 박사논문, 1989.

본은 그대로 대화극본이다. 그래서 고금에 실연·채록된 모든 인형극본은 일단 대화극본의 원전이라 간주될 수가 있겠다.

이미 알려진 역대 '조희'나 '소학지희' 등은 확실한 대화극이므로, 그 대본을 대화극본의 원전이라 보는 것이 당연하다. 역사적 선양이나 정치·세태적 풍자를 내세우는 조희와 소학지희가 많은 연행 사실을 남기고 있음에도 대본을 제대로 보존하지 못한 것은 사실이다. 그러나 위 사실을 근거로 연행 상황을 재구할 수 있다면, 거기서 많은 대본, 즉 대화극본의 원전을 복원할 수가 있겠다.[16]

이어 중국의 잡극에 준하는 대화극이 적어도 고려시대를 전후하여 연행되었으리라 본다면, 이 연극의 대본이 대화극본의 원전으로 행세하였으리라 추정된다. 원대 잡극이 성행하여 고려 궁정과 상류층에서 수입·공연된 것을 부인할 수 없다면, 그 잡극에 상응하는 모방·창조의 대화극이 고려 사회에 연행되었음을 인정하게 된다. 따라서 잡극형 대화극의 극본을 대화극본의 원전이라 간주하고 탐구·복원에 관심을 가져야 될 것이다.

이러한 잡극형의 대화극은 면면히 전승·개작되어, 공연이 제한되었던 조선시대에는 상류·지식인 사이에서 읽는 희곡으로 행세하였던 것이다. 그러기에 조선 후기에는 한·중의 소설과 희곡에 관심을 가지거나 조예 있는 선비·문사들에 의하여 중국 잡극의 모방작이 나오게 되니, 그것의 번역·소설화로 나타났다. 그래서 「서상기」가 국문소설처럼 축역되어 읽히거나 「형차기」가 「왕시봉전」으로 변환·행세하게도 되었던 터다. 여기서 중국 대화극본의 한국화라는 전제를 두고, 적

---

16 사진실, 「소학지희의 공연방식과 희곡의 특성」, 서울대 석사논문, 1990, 32~37쪽.

어도 번역·번안을 통한 한국 대화극본의 원전을 탐색·재구할 수가 있겠다. 더구나 위와 같은 선비와 문사들이 그 잡극의 작법을 원용하여 한국의 저명한 서사문학과 고전소설 「춘향전」·「심청전」 등을 대화극본으로 개작한 사례가 나타났다. 이러한 극본들이 비록 연행의 여건을 제대로 만나지 못하여 상류·지식층에 읽히는 정도에 머물렀다 하더라도, 그것은 족히 희곡으로서 대화극본의 원전으로 간주될 수가 있는 터다. 〈동상기〉나 「광한루악부」·〈잡극 심청왕후전〉 등이 바로 그런 것이다.[17]

한편 선문답을 극화한 이른바 선극의 대본은 불가의 '선승어록' 형태로 풍부하게 현전한다. 이미 논의된 대로 선극이 대화극의 형태를 유지하였다면, 대본은 대화극본의 원전이라 보아야 할 것이다. 고금에서 불교계 연극·희곡의 유통 양상을 고려한다면, 이 선극이 정립시킨 대화극본의 원전 실태를 족히 추량할 수가 있다.

이어서 이른바 창극의 대본이 대화극본의 원전으로 취급될 수 있다. 창극본은 판소리의 입체화·전문화로 생긴 대화극본이라 하겠다. 흔히들 창극을 조선 말기나 개화기·일제시대에 판소리의 신극적 수용·개작이라 간주하고, 역사가 짧고 연극적 위상이 초라하다고 보지만, 연극·희곡적 실상이나 연극사·희곡사상의 위상이 실로 중요하다고 생각한다. 창극이 현존하는 것 그 이상의 실상과 역사적 위치를 확보하여 왔다고 보이기 때문이다. 창극의 실상을 원형적으로 통찰하고 시대적으로 소급해보면, 그것은 가창극·가무극·강창극·대화극

---

17 정하영, 「잡극 심청왕후전考」, 사재동 편, 『한국희곡문학사의 연구』 V, 중앙인문사, 2000.

의 적통을 계승·발전시킨 종합예술적 연극미학을 두루 갖추었으리라고 본다. 그러기에 이 창극은 아주 일찍부터 한국연극의 중심에서 주도적 역할을 하면서 대형 대화극으로 행세하다가, 조선조에 이르러 공연 조건을 잃고 허물어져, 그 잔영을 다른 연극 형태에 분산시키고 말았던 것이라 추측된다. 그래서 조선 말기·개화기·일제강점기 공연예술의 성황·변혁기를 맞아, 대형 대화극의 회상·복원의 분위기를 타고 재기의 꿈을 겨우 판소리에 의탁·실현한다는 것이 이제의 창극으로 전개된 터라 하겠다. 지금이라도 창극이 강창서사·판소리의 승계라는 데서 벗어나 고전극의 적통을 계승한 것으로 자부하고 그 종합예술적 대화극으로 소급·비약할 수 있다. 따라서 그 극본이 본래의 실상과 역사를 족히 복원할 수가 있고, 그래서 대화극본의 원전을 얼마든지 복원할 수가 있을 것이다. 비록 지금의 창극이라도 대화극적인 소화력으로 고전 서사문학·소설, 그리고 현대적 소재들을 극화·공연할 수 있기에, 극본 즉 대화극본의 원전은 끊임없이 창정·탐색할 수가 있을 것이다.

다섯째, 잡합극본에 해당하는 원전이다. 잡합극의 다양성과 종합성에 맞추어 극본이 정립되는 게 당연하다. 잡합극이 형성·연행된 이래, 잡다하고 풍성한 전체적 구조와 구성이 하나의 전형을 이루고, 규모가 능소능대하게 조정되기에 이르면서, 극본이 여러 갈래로 전개되었으리라 본다. 이렇게 자유분방하고 시간과 공간, 여건과 분위기에 능히 대처하여 구비와 기록으로 정착된 극본이 하나의 전형과 정형을 이룩하고, 다음의 연행을 위하여 그것대로 전승·유통되었으리라 추정된다. 이에 한·중이나 동방권의 산악백희와 그 극본, 산대잡극과 그 극

본, 남사당놀이·난장판과 그 극본 등을 바탕으로 잡합극본의 원전을
재구·복원해 볼 수가 있겠다.

2) 고전희곡 원전의 유통영역

고전희곡의 원전은 위와 같이 희곡작품 자체로서만 존재한 것이 아
니라, 그 유통·연행을 통하여 다양한 분야와 오래 깊이 교섭하여 광범
위한 영역을 확보하고 있었다. 다양한 분야 중에서 우선 문학 장르를
비롯한 예술 장르 내지 문화 장르와의 상관성이 중시된다. 그 영역들
이 고전희곡과 가장 심각하고 구체적인 관계를 맺고 있기 때문이다.
그리하여 이 분야를 중심으로 고전희곡의 원전이 교섭하고 투영된 실
상을 파악하고, 거기서 이 원전의 면모·내막을 탐색·재구하는 데 주
력하려는 것이다.

첫째, 고전희곡과 문학 장르와의 상호관계다. 고전희곡은 우리 문학
장르 중의 하나이면서 그 입체성과 종합성이 뛰어나고 수용력과 융화
성이 높은 것이 사실이다. 그리하여 시가, 설화, 소설 등을 중심으로 상
호교류·교환하고 변화·발전한 실태가 현저한 터다. 이에 위 장르별
로 거기에 반영·변모되어 잔존하는 고전희곡의 요소를 파악하고 그
원전의 면모를 대강 탐색하겠다.

우선 고전희곡과 시가의 상관성이다. 전술한 대로 이 시가에 속하는
역대 가요 중에는 가창극본에 해당하는 원전이 많은 게 사실이다. 그
리고 시가 장르 자체가 독립되어 많은 작품을 거느리며, 이를 통하여

중요한 시가집을 내고 있는 것도 잘 알려진 사실이다. 여기서 시가작품들은 본래부터 독자적으로 형성·제작되어 고독하게 행세할 수 없다는 점이 주목되는 터다. 시가작품들은 꽃과 동일하여 꽃나무와 같은, 다른 문학·문화 장르와 결부·교섭하지 않고는 생존할 수 없기 때문이다. 시가작품들은 지극히 자연스럽게 생동하는 모습으로 악곡에 의하여 가창되고, 가무극의 곡사로 동참하며, 강창극의 창사로 어울리고, 대화극의 창사로 삽입되어 행세하였다. 그리고는 이들 교섭 장르로부터 벗어나서 마치 화려한 꽃다발처럼 시가작품들이 군집하고 있는 실정이다. 그러기에 시가작품들은 희곡작품에 수용되어 적절한 기능과 역할을 다하다가 그로부터 분리·독립되어 시가 장르로 행세해 왔다고 본다. 따라서 고전희곡의 관점에서는 시가작품이 희곡의 하위 장르에 각기 수용·흡입되어 극본과 희곡을 이루어 왔기에, 그것은 희곡 그 자체이거나 그 필수적인 인소라고 간주될 수밖에 없다. 그러기에 시가작품들이 많이 생산·유통되었던 시기에는 언제나 희곡의 각개 장르가 생동·유통되어 왔다는 것이 확실해진다.

다음 고전희곡과 설화의 상관성이다. 역대 설화 중 신화는 신성한 제의와 관계한 연극의 극본이라 보아진다. 모든 신적 존재에 바쳐진 신성제의 그것은 제의극으로 발전하였고, 그것의 구비상관물이 극본이요 신화였기 때문이다. 따라서 결국 모든 신화는 제의극의 극본 희곡이 되는 것이다. 그러기에 역대 구전신화나 『삼국유사』, 『삼국사기』 등 기록에 나오는 자연신화, 종교신화, 건국신화 등에서 재의극의 연행 양상을 재구하고, 나아가 재의극본으로서 각종 희곡작품의 원전을 재구할 수가 있겠다. 그리고 고전희곡과 전설의 관계도 위 신화에 준하여 논의할 수 있다. 전설은 신화의 역사적 변형일 수가 있고, 그 극적 서사구조가 신화의 그것과 상통하기 때문이다. 실제로 전설은 자연전설, 인물전설 등을 망라하여 극적인 사건이 더욱 뚜렷하여, 그대로 극화·공연되고 극본으로 정립될 수 있다는 것이다. 고금을 통하여 이 전설을 소재로 극화·연행하고 극본의 흔적을 남긴 사례가 얼마든지 있었던 터다. 그러기에 다양한 극적 전설은 마치 그런 소재의 연극·희곡을 이야기 형태로 풀어낸 것처럼 보이기도 한다. 이러한 불가분의 관계 아래, 역대의 구비·기록된 전설을 발굴·재구할 수가 있겠다. 역시 고전희곡과 민담의 관계도 위 신화·전설의 관계와 상통한다. 그 설화 중에서 가장 재미있고 허탄한 것이 민담이다. 따라서 서민 대중의 이상적인 꿈과 연극적 인생을 가장 잘 표현하고 있는 게 사실이다. 그래서 이런 민담은 역대 전문적 연극과 희곡의 소재가 되었고, 그대로 민중의 연극 극본이 되었던 터다. 기실 흥미롭고 감명 깊은 민담은 즉석에서 민간 연예인에 의하여 즉흥적으로 연출되고, 그 극본으로 행세하였기 때문이다. 그러기에 역대의 구비·채록된 민담 가운데서 민중극본의 원전을 얼마든지 탐색·복원할 수 있다는 것이다. 그중에서도 특히 저명한 소화는 그대로가 이야기꾼이나 민간 연예인의 소학극의 극본이었을 터다. 따라서 역대 소화에 주목하여 그 속에서 민간 소학극 나아가 소학지희의 극본, 그 원전을 발굴·정리할 수 있겠다.

이어 고전희곡과 소설의 상관성이다. 자고로 희곡과 소설은 기본적 서사문학의 양면적 형태로 알려져 왔다. 그 서사문학의 정적인 강독산문이 소설이라면, 그 동적인 연행문예가 희곡이기 때문이다. 기실 이것은 이론적 논의에 불과하고 실제로 문학사상에서는 고전소설이 극화되어 희곡으로 성립 · 전개되고, 고전희곡이 부연 · 조정되어 소설로 정립 · 행세한 사례가 허다하였던 것이다. 그러기에 전술한 바 저명한 고전소설이 희곡으로 각색 · 연행된 사실이 확인되었고, 유명한 고전 희곡이 소설로 전환 · 행세한 현상이 얼마든지 일어났던 터다. 따라서 고전희곡의 관점에서는 고전소설 속에서 두 가지 측면의 탐색과 고구 가 가능하다. 하나는 그 속에서 고전희곡의 원형적 소재를 탐색하는 일이요, 또 하나는 그 속에서 고전희곡의 원형 즉 원전을 재구하는 일 이다. 그래서 여기서는 고전소설 속에서 고전희곡의 소재적 원전과 원 형적 원전을 동시에 탐색 · 재구하는 작업을 통하여 그 원전의 영역을 적극적으로 확대시키자는 것이다.

둘째, 이 고전희곡과 예술 장르와의 상호관계다. 고전희곡은 그 자 체의 성립요건이나 연행조건에서 여러 예술 장르와 긴밀한 관계를 유 지하여 왔다. 역시 고전희곡은 스스로 입체문학 내지 종합문학이면서 연행 과정에서는 총체적 종합예술을 지향하기 때문이다. 실제로 이 희 곡은 미술 · 음악 · 무용 등의 순수예술뿐만 아니라, 연행 현장의 장 치 · 기술 · 소도구 그리고 무예 · 잡기 등에 걸쳐 불가분의 조화를 이 루는 것이다. 여기서는 희곡과 순수예술의 관계만을 고찰하겠다.

먼저 고전희곡과 미술과의 상관성이다. 미술 중에 건축은 공연 때의 무대로서 희곡에 기재된다. 역대 궁궐과 별궁의 화려한 전각 또는 그 앞마당, 별도의 궁원, 그리고 대가의 객사와 사랑방이나 마당, 정원, 대 찰의 특수방사나 큰 방, 강당, 누각 등이 희곡공연의 무대와 그 장치가 되는 것은 이미 알려진 사실이다.[18] 또한 회화는 벽화나 단청, 괘불, 탱

---

18 사진실, 「조선시대 궁정 공연 공간의 양상과 극장사적 의의」, 『서울학연구』 15, 서울학

화 등을 통하여 무대장치나 공연의 보조로서 작용하여 왔다. 역시 조각은 입체적 무대와 장치를 이루는 데에 기여하였으며, 공예는 무대장치뿐만이 아니라 극중의 소도구로서 활용되었던 터다. 한편 미술은 고전희곡을 수용·반영하는 구실을 다하였던 터다. 실제로 건축은 궁전이나 사원 등이 희곡의 중요한 사건과 내막을 반영하고, 회화는 다양하게 희곡의 내용이나 연극 장면을 사실적으로 묘사한 사례가 얼마든지 있다. 돈황, 운강, 용문 등의 벽화는 그 저명한 사례이거니와, 고대의 암각화나 고구려의 고분벽화, 그리고 역대 화가들의 저명한 화폭에는 실제적 연행 양상이 실감나게 그려져서 그 극본과 희곡의 내용, 윤곽을 말해 주고 있다. 역대의 부조물이나 다양한 조각들이 무대와 함께 등장인물과 연기까지 나타내는 경우가 있다. 또한 그 조각의 평면에 새겨진 연행도, 공예품 청동기나 도자기에 새겨진 문양과 연행도가 당대의 연극과 희곡의 윤곽을 증언하고 있는 터다. 이러한 미술들에 반영한 연행도를 근거로 하여 고전희곡의 원전과 그 역사를 복원·조명할수가 있다고 본다.[19]

다음 고전희곡과 음악과의 상관성이다. 음악은 예악의 주체로서 독립되어 있는 것은 사실이나, 분명한 것은 그것이 소리로써 운용되고 더불어 연행될 때 그 실체와 진면목이 드러난다는 점이다. 잘 알려진 대로 음악은 만인의 감동적인 언어다. 그래서 말하지 않고 웅변하는 것이니 말을 듣지 않고서도 감동할 수 있다. 그런데 이 음악은 연행을 그

연구소, 2000.

19 김진영, 「회화를 통해 본 서사문학의 연행 양상」, 사재동 편, 『한국희곡문학사의 연구』 Ⅳ, 중앙인문사, 2000.

본령으로 하여 기악을 통하여 천고의 이야기를 웅변하고 성악을 통하여 가창극과 가무극을 형성하고 나아가 강창극과 대화극·잡합극을 주도한다. 실로 음악이 없으면, 모든 연극은 성립될 수 없고, 따라서 극본·희곡이 존재할 수 없다. 그러므로 모든 종류의 음악은 연극음악·희곡음악이라고 해도 과언이 아니다. 그래서 음악을 통하여 연극과 희곡의 면모와 내질을 알고, 악보를 보고 연극과 희곡의 원형적 원전을 파악하게 된다. 역대 사서의 악지들,『조선왕조실록』의 악보,『시용향악보』,『대악후보』등 각종 아악보, 향악보들이 역대 연극음악, 희곡음악을 연결하고, 그와 직결된 연극과 희곡의 윤곽을 실증해 준다. 그러기에 이런 음악을 통하여 산실되고 부실해진 연극과 희곡의 원전을 탐색·복원할 수가 있겠다.[20]

이어 고전희곡과 무용과의 상관성이다. 무용은 이미 기본적인 연극이다. 이것이 극적인 서사문학을 몸의 율동과 생명력으로 아름답게 표현하고 있기 때문이다. 이것이 경음악에 의하여 연행된다면 벌써 악무극이요, 또한 성악에 의하여 연출된다면 이미 가무극이다. 더구나 무용이 대화극에도 삽입되는 경우가 허다하니, 그 인소 중의 중요한 부분이다. 그러기에 이러한 무용을 통하여 가무극·대화극의 원형과 실상을 재구하고 그 원전을 복원하자는 것이다. 기실 역대 무용계에서 각종 악무·가무에 따르는 무보를 많이 남겼거니와, 현전하는 것만을 가지고도 그 가무극·대화극의 원형과 실상을 재구할 수 있다. 그러기에 이러한 무보를 통하여 연극과 희곡의 원전을 복원할 수가 있는 터다.[21]

---

20 이혜구,『한국음악서설』, 서울대 출판부, 1967.
21 장사훈,『한국전통무용연구』, 일지사, 1986.

셋째, 고전희곡과 문화 장르와의 상호관계이다. 기실 희곡은 종합적 양상을 통하여 예술 장르와 교류·조화되고, 마침내 문화 장르와 교섭·동화될 수밖에 없다. 문화 장르가 종합적 포용력을 발휘하여 이 희곡의 개성과 특성을 살려가면서 결국 하나로 만들기 때문이다. 여기서 연극문화·희곡문화의 영역이 생겼던 것이다. 이 문화의 영역은 언어·철학·종교·역사, 민속 등 순수문화를 중심으로 산업문화와 기술문화까지 뻗치고 있거나와, 여기서는 위 순수문화의 장르에만 주목·논의하겠다.

먼저 고전희곡과 언어와의 상관성이다. 기실 희곡은 언어예술이요, 대화문학이다. 희곡은 언어·대화의 발전과 함수관계에 놓이는 게 사실이다. 그 시대의 언어가 발전할 때 희곡이 발전하고, 희곡이 발전할 때 언어가 발전하는 것은 당연하기 때문이다. 그리하여 한 시대의 언어를 사실대로 파악함으로써, 그때의 희곡을 재구·정립할 수 있는 것이다. 나아가 언어는 희곡작품의 부실한 부분을 재구하거나 올바로 해석·평가하게 되는 터다. 고대어와 삼국어, 그리고 통일된 신라어, 고려어, 조선어 등을 올바로 파악하여 그 당시의 희곡작품, 그 원전을 제대로 논의할 수가 있는 것이다.

다음 고전희곡과 철학의 상관성이다. 철학에는 그 본질을 이루는 사변·순수철학이 있는가하면, 한편 인생의 이상을 추구하는 예술철학과 미학 등이 있다. 그리하여 철학계에서 종합예술에 관심을 둔 나머지 연극과 희곡을 대상으로 희곡철학 내지 희곡미학을 체계화하고 있다. 그런데 여기서 중요한 것은 우리 희곡계에서 희곡을 주체적 원전으로 하고 철학의 이론체계를 방법론으로 삼아 희곡철학과 희곡미학을 정립해야 된다는 점이다. 적어도 그것은 희곡론의 철학적 승화 내지 미학적 심화일 때 참된 의미가 있기 때문이다. 이런 점에서 고전희곡의 이론과 그 원전을 철학 속에서 찾아야 될 것이다.[22]

그리고 고전희곡과 종교의 상관성이다. 주지하듯이 종교와 예술은 구경에서 상통한다. 그래서 종교미학·종교예술·종교문학 내지 종교희곡이 전통과 체계를 이룩하고 있는 터다. 고대 종교로부터 유교·불교·도교 등에 걸쳐 모든 종교는 그 장엄하고 세련된 제의로부터 각종 법석, 행사, 축제, 연회 등에 이르기까지 일체 연극을 창안·활용하여 왔던 것이다. 나아가 모든 종교는 그 이상과 목적을 성취하기 위하여 최대·최선의 방편으로 연극을 계발·운용하였던 터다. 이런 전통에서 그 종교연극과 희곡은 일반화·대중화되어 각개 민족의 연극과 희곡의 원형·전형을 이루게 되었던 게 사실이다. 그중에서 동방연극, 한·중의 연극과 희곡은 이러한 종교 성향이 더욱 뚜렷하다. 그러기에 고전희곡의 연원과 형성·전개의 계통이나 작품과 장르의 원형·전범을 그 종교 이론이나 교리체계 내지 경전 등의 예술·미학 등에서 발굴·연역해 내어야만 된다. 이미 알려진 대로, 고급 종교의 훌륭한 경전은 모두가 소설이요 희곡이기 때문이다.[23]

이어 고전희곡과 역사의 상관성이다. 역사는 오랫동안 연극에서 소재와 내용을 이루어 왔다. 따라서 이러한 역사적 사건들은 민중화, 유형화를 거쳐 연극과 희곡의 원천·보고가 되었던 터다. 이러한 경향은

---

22 사재동, 「불교희곡의 형성·유통」, 사재동 편, 『한국희곡문학사의 연구』 III, 중앙인문사, 2000.
23 田仲一成, 『中國的宗敎與戲劇』, 上海古籍出版社, 1992.

정사의 본기나 열전에서, 야사와 패설의 기사나 별전 등에서 현저하게 나타났던 것이다. 그 중의 뛰어난 서사 형태는 그대로가 소설이요 희곡이라고 할 만한 수준이라 하겠다. 그리하여 이러한 소재적 원전을 극화·각색함으로써, 고전희곡의 작품과 장르를 충족시켜 왔다는 점이 주목된다. 이런 과정에서 역대 인물 중 삼강오륜에 투철한 충신, 효자, 열녀, 의인, 선인 등의 탁이한 행적을 극화·선양한 사례가 허다했던 것이다. 이런 점에서 『삼국사기』「열전」, 『삼국유사』「기이 별전」, 『고려사』「열전」 등의 극본적 성향과 극화·연행의 필연성을 감지하게 된다. 특히 그러한 인물들의 특출한 행적을 입체적으로 작품화한 『삼강행실도』나 『오륜행실도』 등은 그 자체가 극본·희곡이라 하여도 과언이 아닐 터다. 한 인물의 극적인 행적을 한문으로 입전하고 국문 초역에다 찬시를 붙인 다음, 그 내용의 핵심적 장면을 도상으로 그려낸 것이 바로 일인분의 대본이기 때문이다. 이것은 그 도상에 기반하여 대본대로 연행하면 그대로가 한 편의 연극이 된다. 그러기에 이 대본이 극본·희곡으로 간주되는 것은 당연하다. 이와 같이 역사적 사실이나 사서, 역사적 서사물 등에서 역사계 연극·희곡의 원전을 탐색·복원하는 일은 필연적이라 하겠다.

나아가 이러한 사서와 역사적 서사물들은 역대 문집, 잡기와 함께 연극과 희곡에 관한 기사를 싣고 있다는 점이다. 거기에는 당시 문신, 학자, 문사의 연극관과 희곡관은 물론 연행사실과 극본의 내용, 관극의 견해와 평가 등에 관하여 다양한 논의·언급이 공존한다. 그것은 각기 그 시대의 연극과 희곡의 단면을 증언한 것 같지만, 그 기사들을 입체적으로 종합해 보면, 이 연극·희곡의 원형적 면모를 유추할 수가 있다. 따라서 이런 기사를 중시·발굴하여 그 원전으로 확인·고찰하는 게 필요한 터이다.

한편 고전희곡과 민속과의 상관성이다. 잘 알려진 대로, 역대 서민 대중의 민속은 이른바 민속극과 전통극의 요람이요 기반이었다. 그러기에 고전연극과 희곡은 그동안 민속극으로 공인·연구되어 왔고, 전통극의 범주를 벗어날 수 없었던 것이다.[24] 그래서 민속은 집단적으로 고전연극과 희곡을 점차 형성·발전시켜 온 모체요 주체라고 할 수가 있겠다. 궁정·상류층의 세련된 연극과 희곡이 서민 대중의 민속극으로 변용·유통된 것은 사실이지만, 서민 대중의 민속극이 궁정·상류층에 상달·승화된 것도 확실하다. 이러한 상통하달의 과정에서 본격적인 고전연극과 희곡이 형성·전개되었다면, 그 모체와 기반이 된 민속을 크게 주목하는 것은 당연한 일이다. 실제로 역대 민간신앙과 무속 등의 제의와 제의극, 전통민속놀이나 세시풍속과 통과의례의 제의와 연희 등이 모두 고전연극·희곡 그 자체이거나 그것의 인소로 작용하고 있는 점이 확실한 터다. 그러기에 고전희곡의 기본적이고 원형적인 원전을 이 민속의 다양한 소재 속에서 찾아낼 수가 있겠다.

---

24 심우성 외편, 『한국의 민속극』, 창작과비평사, 1984.

4. 한국희곡의 연구 방법과 방향

1) 고전희곡의 연구 방법

고전희곡의 본질적 연구는 작품론임에 틀림없다. 작품연구는 문학 전반이나 다른 장르의 작품론과 상통하는 것이 당연하다. 그러나 한국 고전희곡이 처해 있는 몇 가지 특성으로 인하여 보편적 방법론의 바탕 위에서 독특한 방향을 모색할 수밖에 없다.

첫째, 개념론과 장르론의 문제다. 전술한 대로 고전희곡은 고전시가나 소설처럼 개념을 올바로 규정하지 못하고 따라서 합리적인 정론을 세우지 못한 실정이다. 이에 대하여 학계·학회 차원의 논의나 개인적인 검토가 신중하고 근거 있게 진행되어야 한다. 이러한 개념의 규정은 결코 편협한 독단을 경계하고, 작품과 장르를 중심으로 최선을 다한 합의와 공감을 통하여 잠정되는 터이기 때문이다. 그러기에 이 개념에 관한 다양한 규정이 대두되어 치열한 논의를 벌이는 것은 바람직한 일이다. 이러한 학술적 노력이 상당히 진행되는 과정에서, 가장 정확한 구심점은 마침내 부각·도출되는 법이다. 그리하여 개념 규정을 기점으로 장르론, 작품론, 역사론 등이 체계적으로 일관성 있게 진행될 수 있는 것이다.

다음 고전희곡의 장르론도 관점과 방법에 따라 논의가 다양해질 수 있다. 그러기에 장르의 분류가 어떤 학회나 개인의 관점·방법에 따라 독특하게 체계화되는 것은 당연한 일인지도 모른다. 그러나 그것은 결코 자유방임의 개인적인 문제가 아니다. 거기에는 세계 장르론과 동방 장르론 내지 한국 장르론이 보편적으로 일반화되어 있기 때문이다. 기실 고전희곡은 그동안 한국문학 장르 안에서도 정식으로 공인되지 못하였던 터로, 각별한 논의가 요망된다. 전술한 대로 고전희곡은 세계, 동방, 한국의 공인된 장르론에 근거하여, 고전문학의 상위 장르 중에서 엄연한 자리를 차지하고 있다는 사실이 확증되어야 한다. 상위 장르는 세계, 동방, 한국의 운명적 공통점을 확보하고 있기 때문이다. 그리고 고전희곡의 하위 장르가 분류·규정되어야 한다. 이것은 한국의 지리, 풍토, 역사, 민족, 문화, 민속 등에 의하여 고유하고 독자적으로 분화·생동하는 것이기 때문이다. 이러한 하위 장르가 바로 본격적인 장르론의 대상이다. 장르론은 작품론과 함수관계를 유지하고 있다. 합리적이고 올바른 장르론이 올바르고 합리적인 작품론을 가능케 하는가 하면, 역순도 가능하기 때문이다. 그러기에 장르론이 부진한 작품론은 올바르고 값진 성과를 내기 어렵고, 작품론이 부실한 장르론은 형식과 허구에 머물기 쉬운 터라 하겠다. 따라서 올바르고 확실한 장르론을 위하여, 고전희곡 작품론에 주력하고, 이와 상대되는 시가·소설 등의 하위 장르론이나 동방권 중·일 문학과 희곡의 하위 장르론과 비교·검토하는 것이 필수적이다.

둘째, 원전론과 작품론의 문제다. 전술한 바 원전의 중요성이나 그 탐색과 재구에 대하여는 재론할 필요가 없다. 원전이 완전하게 정립되었을 때, 비로소 작품론이나 역사론 등이 올바로 진행되기 때문이다. 원전은 크게 작품 자체와 그에 대한 주변·참고 자료로 유별된다. 그래서 작품의 원전은 작자와 연대의 정확성과 작품의 완전성 내지 원형성을 최대한 확보해야 된다. 그러기에 작품의 교정을 거듭하고 복원·재구에 최선을 다하는 터다. 그리고 주변·참고 자료는 그 중요성만큼 역사적 정확성이 과학적으로 검증되어야 한다. 이러한 미검증의 원전을 진신하고 당시 작품의 실상이나 역사적 위상을 논구·정립하였다면, 자칫 사상누각이 될 수도 있기 때문이다. 이러한 원전은 작품이나 참고 자료에 걸쳐 위작이 없지 않고, 이본 또한 많은 법이다. 따라서 이에 대비되는 위작 논의와 이본 고찰이 항상 신중하게 진행되고 있는 실정이다.

다음 작품론은 다양하고 입체적으로 진행되어 왔다. 기실 이 작품론은 문학연구의 본질적이고 본격적인 분야이기에 이미 보편화된 형편이다. 그러나 적어도 고전희곡에 관한 한 본격적인 작품론이 미쳐 보편적으로 적용되지 않은 실정이므로 대강 논의하겠다. 여기에는 소재·내용론, 주제·사상론, 구조·형태론, 인물·성격론, 서사·사건론, 문체·표현론 등이 입체적으로 적용되어야 한다. 각개 분야에 대한 논의가 작품의 실상을 분석·종합하여 문예학적 성과와 가치평가를 이루어 내야 하기 때문이다. 다만 위 작품론의 각 분야에 대한 상론은 유보할 수밖에 없다.

셋째, 연행론과 유통론의 문제다. 우선 연행론은 바로 고전희곡의 연극론에 해당된다. 역시 희곡은 연극 형태로 연행될 때, 생동감과 함께 본령을 드러내기 때문이다. 기실 희곡의 연극·연행론은 실로 화석에 생명을 불어넣어 재생시키는 작업이 될 것이다. 연행·연극론은 희곡의 관점에서 거론하는 점만 다를 뿐이지, 연극학의 그것과 다르지 않다. 따라서 우리는 희곡학의 차원에서 무대·장치론, 의상·도구론, 배우·연기론,

연출·공연론, 관객·정보론 등을 거명하고, 그 전문적인 논의는 일단 연극학 쪽으로 미룬다.

다음 유통론은 고전희곡이 연행을 전제로 시간과 공간상에서 유전·소통되는 현상을 논의한다. 고전희곡은 그 자체가 어엿한 생명체로서 활동·연행되기에, 공간과 시간에 제한되지 않고 널리 유통되는 게 당연하다. 물론 그 작품과 하위 장르론에 따라 차이는 있겠지만, 그것들이 경향 간에 상통하달하는 성행을 보였던 것은 물론이다. 여기서 궁정·상류층의 연극과 서민 대중의 민속극이 상호교류하여 조화롭게 발전하였을 것이다. 그리고 지방에 따라 그 연극이 개성을 지니고 연행되었던 것이 다른 지방의 그것과 상호교류·발전하는 경우도 있었던 것이다. 여기서 가장 주목되는 것은 국제 간의 유통과 교섭이다. 이것은 동·서 간이나 동방 간에, 한·중 간의 유통과 교섭으로 구체화되었다. 이런 현상은 고전희곡과 연극의 상호교류와 상보·발전의 기반을 이루게 되었던 터다. 이에 상응하여 시간적 유통은 역대 고전희곡과 연극의 시대적 유전으로 그 전통을 정립하게 되었다. 그것은 희곡과 연극의 변화·발전을 가져온 흐름과 전후 영향관계를 이어온 계통을 실증하게 되었다. 그것이 바로 계통론을 거쳐 역사론으로 부각되는 터다.

넷째, 가치론과 역사론의 문제다. 고전희곡은 본래 문학적 가치, 예술적 가치, 철학적 가치 등을 갖춘 작품을 그 중심에 두고 있다. 그러기에 이 작품의 연구는 그 가치를 규명하고 평론하는 작업이라 하겠다.[25] 따라서 이 작업은 결국 가치 있는 작품과 그렇지 않은 작품들을 구별해

---

25 敏澤 外, 『文學價値論』, 社會科學文獻出版社, 1995.

내는 일이기도 하다. 그리하여 그 모든 희곡작품의 가치층위 내지 가치체계를 정립해내는 작업이 중시되는 터다. 마침내 이 가치론적 연구는 '가치의 피라미드'를 쌓게 될 것이다.

다음 이 역사론은 이런 가치론에 바탕을 두고 희곡작품·장르가 형성·전개된 큰 흐름을 파악하는 작업이다. 여기에다 유통론과 연행론이 생명력을 부어 주고, 장르론이 계통을 잡아 주는 게 사실이다. 결국 가장 생동하는 고전희곡사는 각개 장르·작품의 시대적 전개 양상이라고 보아진다. 그러기에 우선 시대적 상한선이 소급될 대로 소급되고도 여유와 가능성을 남겨야 한다. 그리고 가장 합리적인 시대구분을 논의·잠정해야 될 것이다. 상한선이나 시대구분은 해당 작품·장르의 연구 성과에 따라 유동성을 지니기에, 속단·확정은 자칫 학문적 독단에 빠질 수 있기 때문이다. 그리하여 시대 작품과 장르의 작품론, 유통론, 가치론에 따라 층위와 계통을 유기적으로 체계화하는 것이 이 희곡사 기술의 본령이라 하겠다. 따라서 이러한 전거에 의하여, 이 희곡사가 생동하는 흐름으로 파악되고, '연원·발생—형성·발전—난숙·융성—흥행·개변' 등으로 완결된다면, 그야말로 금상첨화라 하겠다. 그러나 이러한 희곡사의 흐름은 하나의 전형이요 이상형이기에, 결코 무리와 억지를 가할 수 없다. 실로 이러한 고전희곡사는 허식적인 가구물에 불과하기 때문이다.

2) 고전희곡의 다변학적 연구 방향

이제 고전희곡은 문학론적 연구범위를 벗어나 바야흐로 다변적인 방법론을 적용하여 그 범위를 넓히게 되었다. 원래 희곡이 그 연행과 함께 다양하고 종합적인 면모와 내면을 갖추고 있기에, 주변의 다변적 학문의 방법론을 통하여 얼마든지 연구 영역을 확대할 수가 있기 때문이다. 따라서 그중에서도 이미 거론된 예술론과 문화론에 입각하여 일단 범위를 좁히는 것이 좋겠다. 위에서 이 희곡의 원전이 예술 장르와 문화 장르에 걸쳐 유통·교섭되어 존재하고 있음을 논의하였기에, 그 연장선상에서 거론하는 것이 순리라 하겠다.

첫째, 희곡의 예술론적 연구에 대해서다. 예술론은 고전희곡을 예술과 결부시켜 거론하는 작업이다. 이러한 연구는 결국 희곡예술론을 대강으로 하여 구체적인 업적으로 이어질 터다. 그러기에 여기서는 희곡예술개론 내지 희곡예술통론이 대두되고, 나아가 희곡예술사나 희곡예술론사로 전개되리라 본다. 그러면서 마침내 희곡예술 장르론으로 분화되고 희곡예술 장르사로도 발전하게 될 터다.

그리하여 먼저 희곡미술론을 통하여, 희곡미술개론 또는 희곡미술통론이 정립되고, 이어 희곡미술사가 체계화되리라 보아진다. 다음 희곡음악론을 통하여 또한 희곡음악개론 및 희곡음악사가 나오고 희곡무용론을 통하여 희곡무용통론 내지 희곡무용사가 기술될 것이다. 이미 이러한 조짐이 보이고, 벌써 그런 연구 성과가 출판되기도 했다.

둘째, 문화론에 의하여 희곡을 연구하는 문제다. 그동안 막연하고 상식적이던 문화의 개념이 이제는 전문적 방법학으로 재무장되어 문화학을 제창하고 각종 문화현상을 문화학적으로 연구하여 많은 성과를 내고 있다. 그간에 대두된 희곡문화론 등이 바로 그것이다.[26] 이러한 사조를 감안하고 위에 든 문화 장르, 언어, 철학, 종교, 역사, 민속 등에 걸쳐 개괄적으로 언급하겠다.

우선 희곡언어학에 의하여 희곡언어학개론 또는 희곡언어학통론이 대두되고, 나아가 희곡언어사가 정립될 것이다. 다음 희곡철학을 통하여 희곡철학개론 및 희곡철학통론이 가능하여, 이미 『희곡철학』이[27] 간행된 실정이다. 이 희곡철학의 연장선상에서 희곡미학이 성립되었고 나아가 희곡미학사가 정리될 전망이다. 이미 『중국희곡미학적문화천석』 같은 책이[28] 나와 있기 때문이다. 그리고 희곡종교학에 의하여 희곡종교학개론 또는 희곡종교학통론이 가능해졌기 때문에 희곡종교학사가 체계화될 수 있다. 한편 희곡역사학을 통하여 희곡역사학개론이나 희곡역사학통론이 대두되고 나아가 희곡역사학사가 가능하게 되었다. 끝으로 희곡민속학에 의하여 희곡민속학개론이나 희곡민속학통론이 성립되겠고, 드디어는 희곡민속학사까지 정립되리라 예견된다.

26　周育德, 『中國戲曲文化論』, 中國友誼出版公司, 1996.
27　孫文輝, 『戲劇哲學』, 湖南大 出版社, 1998.
28　姚文放, 『中國戲劇美學的文化闡釋』, 中國人民大 出版社, 1997.

5. 결론

　이상 한국 고전희곡의 원전을 중심으로 고전희곡의 개념과 장르체계를 논의하고 나아가 그 원전의 존재 양상과 유통 영역을 점검한 다음, 이 고전희곡의 연구방법론을 모색하며 그 연구 방향을 전망해 보았다. 지금까지 논의해 온 것을 요약하면 다음과 같다.

　① 고전희곡의 개념을 상위 장르와 하위 장르로 나누어 정의·규정하였다. 이 상위 장르적 개념은 연극의 극본문학으로 세계와 동방권의 희곡개념과 공통성을 지니고, 하위 장르는 한국의 지리·풍토, 역사·민족, 문화·민속 등에 의하여 각국에 상대하고 시대에 상응하여 고유한 특성과 독자성을 갖추었다. 그래서 고전희곡의 하위 장르는 한국적 연극 장르에 기준하여 가창극본, 가무극본, 강창극본, 대화극본, 잡합극본으로 분류·설정되었다.

　② 고전희곡의 원전은 연극공연의 극본계 원전과 유통된 유관 영역에 반영·존재하는 원전으로 나누어 검토·재구되었다. 전자는 극본·희곡의 장르에 따라, 가창극본, 가무극본, 강창극본, 대화극본, 잡합극본을 내세우고, 그에 해당되는 역대의 작품 내지 작품집을 들어 거론하였다. 후자는 역대 예술 장르 즉 음악, 미술, 무용 등이나 문화 장르 즉 언어, 철학, 종교, 역사, 민속 등에 반영·존재하는 고전희곡의 원전을 탐색·복원하였던 것이다.

　③ 고전희곡의 연구방법론을 새롭게 모색하고, 앞으로 예견되는 연구 경향을 전망하였다. 연구 방법은 희곡작품을 문학론에 의하여 분석·종

합하는 이론으로 제시되었으나, 개념론과 장르론, 원전론과 작품론, 연행론과 유통론, 가치론과 역사론을 중점적으로 적용하였다. 그리고 연구 방향은 예술론을 바탕으로 희곡예술론이 전개되는데, 그것이 희곡미술론, 희곡음악론, 희곡무용론 등으로 분화되고, 다시 각개의 개론 또는 통론을 통하여 역사적 전개 과정까지 체계화되리라고 보았다. 나아가 문화론은 문화학으로 재무장하여 독자적인 활동을 선언하고 각개 분야의 문화학적 연구를 왕성히 전개하고 있으니, 결국 희곡문화학을 표방하여 희곡문화개론을 내고 나아가 희곡언어학, 희곡철학, 희곡미학, 희곡종교학, 희곡역사학, 희곡민속학 등으로 분화·발전하게 되었던 것이다.

이상의 논의가 한국 고전희곡의 개념과 장르를 확고히 규정하고, 그 원전의 실태를 총체적으로 광범하게 탐색·재구한 것은 희곡학회의 현황으로 보아 기초 작업의 차원에서 의미 있는 일이 될 것이다. 그리고 고전희곡에서 연구방법론의 모색과 연구 방향의 전망은 그 연구 영역을 크게 확장하고 나아가 연구의 시야를 널리 개방하는 데 작으나마 기여하는 바가 있으리라고 본다. 특히 고전희곡의 원전을 총합하는 과정에서, 그 질량은 다른 나라의 원전에 비하여 결코 손색이 없음을 발견하였다는 점이다. 일찍이 간행된 중국희곡연구원의 『중국고전희곡론저집성』[29]이 유명하거니와, 한국의 고전희곡이론 및 자료총서도 그처럼 방대하게 집성될 수 있다고 믿는다.

29　中國戱曲硏究院, 『中國古典戱曲論著集成』, 新華書店, 1959.

제3장

한국희곡사 연구의 방법론적 전망

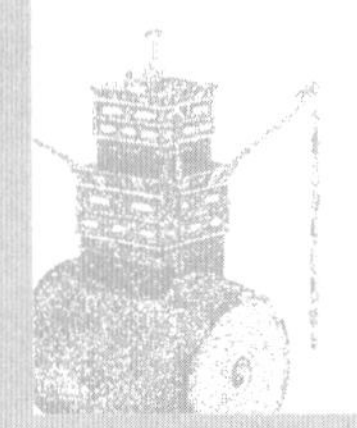

1. 서론

주지하는 바와 같이, 연극과 희곡은 둘이면서 하나요 하나면서 둘이다. 여기서 희곡은 연극의 대본으로 그 기반과 구조 형태를 결정·운용하는 언어예술이다. 그러기에 연극을 관람하는 입장에서는 희곡의 실제화·행동화를 염두에 둘 따름이지만, 일단 그 연극을 논의하는 차원에서는 희곡을 연극으로부터 분리·독립시켜 검토할 수밖에 없다. 당연한 상식으로, 연극은 연극학에 맡기고 희곡만을 문학 쪽에서 다루어야만 되겠기 때문이다.

이런 점에서 문학의 5대 장르 중에서도 그 기층과 저변을 이루는 희곡이 국문학 장르 상에서 그만한 비중을 차지하고 있는 것은 물론이다. 따라서 이 희곡의 형성·전개 과정이 국문학사상에서 차지하는 위치는 실로 중차대한 것이라 아니할 수 없다. 어느 장르보다도 종합성과 입체성을 지니고 있는 희곡 양식이 문예사회학적 측면에서 민중 수용층과의 긴밀한 관계로 하여 문학사적 기능과 영향력을 가장 크고 깊이 행사하여 왔기 때문이다. 이러한 배경과 기반 위에서, 이 민족의 문화 예술이 창시되던 그때로부터 면면하게 생동하여 그 형성과 전개의 계맥系脈을 오늘에 이어 주기까지, 한국희곡사의 실체는 대하의 흐름처럼 간단없이 완전한 것만은 사실이다. 다만 그 희곡사의 실제적 흐름을 탐색·고구하여 체계적으로 파악·기술하지 못한 데에 문제가 있는 것이다. 이렇게 볼 때, 그 희곡사의 본격적인 연구는 그 자체를 위해서나 국문학사의 완벽한 기술을 위해서도 학계의 당면 과제가 아닐 수 없다.

그동안 학계에서는 이러한 희곡사에 대하여, 적극적인 관심과 함께 본격적인 검토를 하지 않은 것이 사실이다. 그간에 드러난 이 방면의 업적을 살펴보면, 대체로 연극사를 기술하는 데에 역점을 두고 부수적으로 해당 연극의 대본을 해설·소개하는 정도에서 머물렀던 것이다. 이제 이른바 전통의 단절을 결코 외면할 수 없는 마당에, 실제로 희곡사가 엄연하게 형성·전개되어 한국문학사에 위치하고 있다는 것을 재확인하고, 그 실체의 흐름을 유기적이고 계통적으로 파악하기 위한 최선의 작업이 절실히 요망되는 터다.

이에 본고에서는 첫째로, 한국연극사의 장르적 전개에 준거하여 그 극본 희곡의 실태를 개괄적으로 검토하겠고 둘째로, 한국희곡의 장르적 실상을 구체적으로 고찰하겠다. 셋째로, 한국희곡사의 전개 양상을 합리적으로 구명하기 위하여 희곡사의 전모를 파악하는 종합과학적 방법론을 제시하고, 우선 희곡 각 장르의 형성 연원을 유기적으로 추적하여 그 상한 연대를 확대·소급한 다음, 희곡사의 계통적 전개 양상을 개괄적으로 체계화하겠다.

그리하여 한국희곡사를 본격적으로 연구·기술하는 데 있어, 중국 희곡사의 제반 사항과 연구 성과를 참고·대비하고자 한다. 역대 한·중 문학의 긴밀한 관계 속에서, 연극 희곡의 교류와 유통은 참으로 빈번·성행하였던 것이다. 그래서 양국의 희곡은 동양권 희곡으로서의 공질성을 갖고 있을 뿐만 아니라, 상호 영향관계로 하여 상당한 유사점을 보이고 있는 것이 사실이다. 나아가 양국의 희곡이 민족과 국가의 특성에 의하여 각기 독자성을 유지하고 있는 것은 당연한 현상이다.

따라서 한국희곡의 개념과 장르를 규정하는 데나 그 작품을 분석·고찰하는 데도 중국의 그것은 상당한 참고가 되리라 본다. 더구나 한국희곡의 원전·작품이 영성한 데다 불투명한 면이 있을 때, 현전하는 중국희곡 작품은 좋은 전거가 될 수 있겠다. 한편 한국희곡사의 연구와 기술에 있어, 중국의 희곡사를 대비시켜 보는 것은 적지 않은 상호보조가 될 것이다. 이런 작업은 양국 희곡사의 미개발 분야나 미비점을 보완하는 첩경이기 때문이다.

2. 한국연극사의 전개와 극본 실태

1) 한국연극사의 장르적 전개

한국희곡사가 완벽한 계맥을 유지하여 왔다는 것은 그것이 실연된 한국연극사가 완벽하게 전개되어 왔다는 사실로 일단 실증되는 터라 하겠다. 어떤 형태의 연극이 출현하면, 거기에는 무의식적이든 의식적이든 반드시 극본 희곡이 전제되기 때문이다. 아무리 단순·소박한 고대의 연극이라 해도, 그 나름의 대본을 바탕으로 연출되는 것이므로, 그 핵심과 기반을 이루는 희곡이 자리 잡게 마련이다. 이런 점에서 먼저 한국연극사가 전통을 완벽하게 이어 왔다는 사실이 확인되어야 한다. 주지하는 대로 연극사를 보조·육성한 미술사, 음악사, 무용사, 제의사, 유희사 등이 그 면면한 전통의 실체를 드러내고 있는 마당에, 연극사의 실체가 완전한 흐름을 유지하고 있다는 것은 당연한 일이다. 그런데도 연극사의 기술이 완벽하지 못하다는 것이 문제다. 이제 희곡의 장르를 전제로 하고 작품 자체의 제반조건을 기준으로 할 때, 연극의 장르는 마땅히 재조정되어야 한다. 실제로 희곡을 기준으로 하여 연극의 장르를 규정한다면, 가창극·가무극·강창극·대화극·잡합극 등을 내세울 수가 있겠다.[1]

여기서 한국연극의 장르적 전개 양상을 전거로 하여, 중국연극의 유형

---

[1] 한국연극의 장르체계에 대해서는 2장 「한국희곡의 원전과 연구 방향」의 2절 '한국희곡의 개념과 장르체계'를 참조하길 바란다.

을 대비·조감할 수 있겠다. 이러한 작업은 양국 연극의 장르 규정을 위하여 상호보완적 역할을 하게 될 것이다. 따라서 중국 연극유형을 거론할 필요가 있다. 일찍이 임반당任半塘은 『당희롱唐戲弄』에서 그 연극의 유형을 '전능류全能類·가무류歌舞類·가연류歌演類·과백류科白類·조롱류調弄類'[2] 등 5대 형태로 나누어 보았다. 이 분류 방법은 중국 학계에 큰 호응을 받지 못하는 것 같지만, 실은 가장 합리적인 탁견이라 하겠다. 이에 한·중 연극의 유형을 비교해 보면, 거의 공통성을 지니고 대응되어 있다. 가령

> 한국 : 가창극·가무극·강창극·대화극·잡합극
> 중국 : 가연류·가무류·조롱류·과백류·전능류

이렇게 조응현상을 보이고 있다. 그 열거의 순서는 유동성을 띠고 있기에 형편에 따르겠지만, 위 강창극과 조롱류만은 제대로 상통하지 않는다. 그래서 한국적 조정론을 펴자면 두 가지 논의가 가능하다. 우선 조롱류가 괴뢰희와 후희라면, 그 속의 대화를 중심으로 극본을 분석·고찰하여 과백류로 포함시킬 수 있다는 것이다. 그리고 중국에서도 이른바 강창문학과 강창회를 일인극으로 인정하여 강창류, 즉 강창극을 설정할 수 있다는 점이다. 이런 실정을 감안하여 양국 학계가 협동한다면, 그 연극 장르론 내지 작품론에서 공동의 성과를 크게 올리리라고 본다. 한편 중국 학계에서는 위 5대 유형을 독립된 연극 장르로 공인하는 것에 유보적 입장을 취하고 있는 듯이 보인다. 그러나 그 각개 유형

2　任半塘, 『唐戲弄』, 漢京文化公司, 1985, pp.218~222; 王小盾, 「從任半塘先生中國戲劇研究的意義和趨向」, 『고전희곡연구』 2, 한국고전희곡학회, 2001, 70쪽.

의 연극성과 독자성이 바로 독립·행세하여 온 연극임을 실증하고 있다. 그리고 이 유형들이 독립된 연극으로 공인·규정될 때, 중국연극사의 소급·확대에 지대한 영향을 주고, 한국연극과 그 역사적 전개를 논의하는 데에도 적지 않은 도움이 될 것이다.

이렇게 볼 때, 한국의 연극은 강창극을 바탕으로 대화극을 지향하면서 상호보완 내지 전환 관계를 유지해 온 것이 사실이다. 따라서 이 연극의 각 장르는 그 자체로서 독자적인 계맥을 면면하게 지켜온 것을 계통적으로 파악할 수 있다. 나아가 각 장르가 교합하여 뚜렷하고도 풍성한 연극사를 이루어, 강물의 흐름처럼 도도하게 흐르고 있다는 사실이 체계적으로 밝혀질 수가 있겠다. 요컨대 한국연극사는 다른 예술사 내지 문화사와 함께 실질적으로 완벽하게 형성·전개되었다는 것이다.

2) 한국연극 장르의 극본 실태

이상과 같이 한국연극사가 완벽할 때, 그 기반과 전제가 되는 희곡사가 완전하리라는 것은 당연한 귀결이라 하겠다. 전게한 연극 장르별로, 가창극본, 가무극본, 강창극본, 대화극본, 잡합극본 등이 엄연한 희곡으로서 형성·전개되어 역사적 계맥을 유지해 온 것이 확실하기 때문이다. 물론 현대적 희곡관을 기계적으로 적용한다면, 고대로 올라갈수록 희곡의 개념이 모호하고 불투명한 것은 사실이다. 그러나 통시대적이고 민중적인 희곡관을 폭넓게 적용한다면, 그 시대에 상응하고 그 연극 장르에 조응되는 희곡이 필수되는 것은 분명하다. 어떤 형태의 연극이든 희곡이 따르는 것은, 그것이 의식적이건 무의식적이건, '희곡'이란 용어를 내세우든 말든, 하나의 철칙이 아닐 수 없기 때문이다.

여기서 중요한 것은 위에 든 각 극본들이 질량의 차이는 있지만, 한결같이 희곡의 기본 요건을 갖추고 있다는 점이다. 첫째로, 극본들은 시종일관하는 이야기 줄거리를 가지고 있다. 연극을 이끌어 가고 극정을 일으키는 의도적 서사문맥이 자리 잡고 있다는 것이다. 이른바 플롯으로서의 그 이야기가 이심전심으로 표징될 수도 있고 의식적으로 표출될 수도 있지만, 그것이 필수되어야 함은 물론이다. 가령 그 전체의 서사문맥이 들어나지 않는 가창극 내지 가무극이라 하더라도, 바탕에 전제되어 있는 사건구성이 내적으로 일관되지 않는 한 연극으로서 성립될 수가 없기 때문이다. 실제로 그 가창이나 가무에서 심각하고도 감동적인 서사문맥을 가무로 응축시키고 상징적으로 동작화함으로써, 보다 압축되고 효율적인 연극으로 승화되는 것이라 하겠다. 이런 점에서 강창극이나 대화극에서는 서사맥락이 노골적으로 표출되어 현실화·행동화되는 가운데, 연극으로 완성되는 것이 다를 뿐이다.

둘째로, 극본들은 행동을 매개로 사건을 구체화하는 대사를 갖추고 있다. 그 대사는 묵언이거나 성언일 수도 있고, 독백이거나 대화일 수도 있다. 그래서 이 대사는 온갖 형태로 미묘하게 드러나 극본을 완성하는 필수요건으로 작용하는 것이다. 물론 가창극의 경우, 겉으로 드러나는 것은 노래와 동작뿐이라고 하겠다. 그렇지만 이 노래와 동작은 실제로 가장 효율적으로 응축된 대사의 다른 표현이다. 실로 그 노래는 대사 그 자체라고 하겠다. 그것은 일반적으로 대사를 응축시켰을 뿐만 아니라, 연극 전체의 서사문맥을 집약한 대사 중의 대사라고 보이기 때문이다. 그리고 동작은 대사의 상징적 행동화라 할 수가 있겠다. 그러므로 가창극에서는 음악의 언어와 동작의 언어로써 대사가 조화롭게 엮어져 나가고 있는 터라 하겠다. 기실 가무극의 대사는 가창극의 그것에 무용이 수용된 것일 뿐이다. 흔히 무용을 음악과 언어의 행동화라고 하거니와, 그것이야말로 음악과 언어를 융합시킨 침묵의 대사다. 그러기에 가무극의 대사는 무용으로 하여 한층 내면화되고 고차원으로 생동화되는 것이다. 그러던 것이 강창극에 이르러서는 대사가 상당히 발달되어 있다. 연극상의 작중인물들이 독백 혹은 대화로 이어가는 대사는 자못 풍성하고 활기찬 것이다. 여기 연기자의 실연에서는 결국 한 사람의 성음으로 주고받는 대사로서 대화 상의 이질적 실감이 감소되는 것은 사실이지만, 희곡으로서는 차이가 없다. 그리고 연기자의 해설격으로 나오는 강설부에도 독백과 대화가 간접화법에 의해 숨어 있기 마련이다. 이것은 연기자의 자질과 능력, 창작적 분위기에 의해서 재생시키든지 그냥 두든지 자유롭게 운용될 수가 있겠다. 여기서 첨가할 것은 한 사람의 연기자가 보조·반주자나 청중들과 나누는 대사다. 말하자면 연기자가 현장의 분위기에 맞추어 즉흥적으로 대화의 수작을 걸면, 보조·반주자와 청중들 가운데서 간단하고도 신나는 호응이 장단·추임새격으로 나오는 것이다. 이러한 대사야말로 예상치 않았던 것이기에, 현장에 즉응하여 극정을 돋우고 강창극의 한계를 벗어난다. 드디어 대화극에 이르러 대사 중심의 희곡이 완결된다. 희곡은 완전히 독백 또는 대화의 연속으로 짜여 있기 때문이다. 다만 대사 사이사이에 무대와 소도구의 표시, 분장과 행동의 지시 등이 제시되었을 뿐이다. 이 대화극의 대사는 강창극의 대사보다 좀더 세련되고 나아가 저것의 간접화법에 숨어 있던 대사까지 직접화법으로 재생·현실화된 결과라 보아진다.

셋째로, 이 극본들은 극 전체의 흐름에 활력과 역동성을 주는 가요를 삽입하고 있다. 이 가요는 각 극본에 따라 비중이 다르고 형태도 다를 수밖에 없다. 그것은 때로 극본 전체를 차지할 수도 있고, 대사나 강설부 사이사이에 적절하게 배합될 수도 있다. 또한 가요의 용도는 객관적 해설을 맡거나 직접 대사를 대신하는 경우로 나뉘는데, 그것이 필수되어 가창되는 것만은 분명하다. 적어도 가창극·가무극에서는 가요의 가창이 주축이 되어 연극적 상황을 전개시키고 있는 것이 사실이다. 그리고 강창극에서는 가요가 서사문맥에 삽입된 양상을 보이기는 하지만, 가요의 비중과 역할은 대단한 것이다. 여기서 가요는 대사로 활용되거나 강설부를 집약·강조하는 역할로써 강창극의 가창 부분을 전담하고 있다. 그러므로 강창극의 입체적 구조에서 가요는 불가결의 위상을 확보하고 있는 터라 하겠다. 그런데 대화극에서는 그 가요가 절대적인 것은 아니다. 가창극·가무극과 관련되고 나아가 강창극을 계승·발전시켰다는 차원에서는, 대화극이 가요를 반드시 동반했던 것은 사실이다. 그러나 대화극 자체가 독자적으로 창작·전개되는 과정에서, 이 가창을 소홀히 하거나 생략하는 경우가 나타났던 것이다.

넷째로, 이 극본들은 필요에 따라 극의 진행을 돕고 극정을 돋우기 위하여 효과적인 해설을 붙인다. 해설이 전제되어 성음화되지 않는 경우도 있지만, 대체로 극판의 주변에 있는 보조자나 등장인물 자신을 통해서 직간접적으로 그것이 나타나기 마련이었다. 가창극이나 가무극에서는 그 자체의 응축·상징성으로 하여 해설을 배제하는 것이 원칙이지만, 실제로 그 방면의 전문가가 아닐진대 해설 없이는 완전한 감상과 의미를 전달하는 것을 기대하기 어려웠던 것이 사실이다. 여기서 해설은 이들 연극의 현장에 정면으로 드러나지 않고, 청중의 주변에서 직간접적으로 통용되었던 것이다. 그러므로 극본들에는 해설이 명시되지 않고, 구전이나 기록으로 그것의 유래담 정도가 유통되었던 것이라 하겠다. 그런데 강창극에서는 해설이 기본적 서사문맥을 제대로 이끌어 나가고 있는 실정이다. 말하자면 해설부가 강설의 중요한 부분을 이루고 있으므로, 극본에 명시되어 뚜렷한 기능을 발휘하고 있는 것이다. 한편 대화극에서는 해설이 약화·축소될 수도 있었다. 그 연극의 실연에서라면, 머리에 극 전체에 대한 해설이 나오고 그후부터는 등장인물들의 대사와 행동으로만 진행되어도 무방하기 때문이다. 그런데 극중에 미진하거나 불투명한 데가 나오면 청중 상호 간에 자연스럽게 문제를 풀어나갈 경우가 있고, 연기자들 가운데 누군가가 대사를 통하여 해설을 맡는 사례가 나타난다는 점이다. 그래서 이 대화극이 강창극의 해설부를 행동화하고 대사화하는 과정을 밟았다는 전제 아래, 해설의 위상을 고려해야 된다. 그렇다면 대화극본에서는 정착·기록 과정에서 무대장치나 소도구와 등장인물들의 분장, 행동 등에 관하여 지시적 해설을 붙이지 않을 수가 없다. 이러한 해설에서 서사문맥이 살아나고 대사가 약화·수용되면, 극본의 모습이 결국 강창극본의 그것과 거의 동일하게 정립된다고 하겠다.

이상과 같이, 각종 극본들이 희곡으로서의 기본 요건을 갖춤으로써, 연극사의 그것처럼 희곡사는 간단없이 완전한 실체를 갖추고 있다는 결론이 나온다. 이점은 한국문학사의 흐름에서 희곡사와 직결되어 있는 시가문학사와 서사문학사가 완벽하다는 사실로도 증명된다. 주지하는 바와 같이, 가창극이나 가무극의 형성·전개 과정에서 창사와 가요는 그대로 시가사의 주요한 부분이며, 강창극이나 대화극, 잡합극에 삽입된 시가 또한 시가사의 소중한 일부를 이루고 있는 것이 사실이다. 그러므로 적어도 가요사는 희곡사에서 분화·독립된 양상을 보이며, 한편 희곡사는 가요사를 포괄함으로써 완전해질 수 있었다는 이야기가 된다.[3] 그렇다면 한국시가사가 완벽할진대, 그와 직결된 희곡사가 완벽하리라는 것은 당연한 귀결이라 하겠다. 위에 든 모든 극본들이 근본적으로 서사문맥을 기반으로 하여 성립·실연되어 왔다는 것은 확연한 사실이다. 기실 기본적 서사문맥이 산문으로 정리·정착되면 그대로 서사문학·소설 형태로 전개되는 것도 분명하다. 따라서 희곡 형태와 소설 형태는 동일한 서사 기반 위에서 뻗어나간 두 줄기 문학 장르라고 파악되는 것이 옳겠다.[4] 그러므로 희곡사와 소설사는 동일 서사문학사의 양면적 전개 양상으로 간주할 수밖에 없다. 따라서 서사문학사와 소설사가 완벽한 것이 사실일진대, 그에 맞물린 희곡사가 완벽하다는 것은 필연적인 현상이라 하겠다. 나아가 한국희곡사와 교류 관계가 깊었던 중국의 희곡사가 완벽하다는 것이 구명된 이상,[5] 한국의 희곡사가 완전한 실체와 위상을 유지해 왔으리라는 것은 자명한 일이라 보아진다. 다만 한국희곡사의 실체를 탐구·정리하는 것이 당면 과제일 따름이다.

---

3 조윤제, 「희곡과 시가」, 『국문학개설』, 동국문화사, 1955, 221~223쪽.
4 조윤제, 「희곡과 소설」, 위의 책, 218~221쪽.
5 張庚·郭漢城, 『中國戱曲通史』 全3冊, 丹靑圖書出版社, 1985.

3. 한국희곡의 장르적 실상

1) 가창극본

전술한 대로 가창극본은 희곡으로서의 요건을 최소한 집약하고 있다. 가창극의 연극적 현장감에 비하면, 그 극본의 희곡성은 미약한 듯이 보이는 것이 사실이다. 그나마 현전하는 가창극본은 의도적인 원형이 전하지 못하고, 변형이거나 축약된 형태로 가사만 남아 있는 실정이라 하겠다. 상고시대부터 가창극과 극본이 형성·유전되어 왔을 터이지만, 현존하는 것으로는 향가와 고려속요의 형태로 남아 있는 것이 가장 뚜렷하다고 보아진다. 여기서 특히 고려가요를 주목할 때, 여증동 교수가 지적한 〈쌍화점〉·〈서경별곡〉·〈만전춘별사〉 등은 가창극본으로 그 희곡성이 주목된다.[6] 여른 교수의 방법대로 이 가요들을 분석해 보면, 그 자체가 희곡적 구조 형태를 지니고 있는 것이 확실하다. 이들 가요 속에는 이미 기본적 서사문맥이 박혀 있으며 노래로 주고받는 등장인물의 대사가 무대와 청중을 전제로 하여 응축되어 있기 때문이다.

이러한 기준 아래서, 우선 가요 자체에 서사성이 뚜렷하면서 이른바 가요전설이 부전하는 〈동동〉·〈서경별곡〉·〈정석가〉·〈이상곡〉·〈가시리〉 등도 모두 가창극본의 변형적 잔존·정착이라고 간주해야 될 것이다. 실제로 가요 자체 속에 서사적 맥락과 대사적 요건이 구비된 것이라면,

---

6 여증동, 『한국문학사』, 영운출판사, 1973, 77~96쪽; 여증동, 「〈쌍화점〉 노래 연구」, 김열규 외편, 『고려시대의 가요문학』, 새문사, 1986, 101~103쪽.

그것이 가창될 때 나타나는 현장적 극정을 바탕으로 극본・희곡적 형태를 유지하고 있는 터라고 보아진다.

원래 가요는 한시의 음영과 달라서 가창되는 것이 원칙이므로, 그 가요의 서사성과 대화성으로 말미암아 극적 상황이 벌어지고 가창자의 수효와 가창 수준에 따라 연극적 기능을 발휘하는 것이 사실이다. 그렇다면 현전하는 가요는 독립된 '시詩'이기보다는 대부분 연극적 현장에서 가창되던 극본의 잔존물로 파악하는 것이 옳겠다. 이런 점에서, 고려가요뿐만 아니라 고대 서사민요・향가 등도 연극적으로 가창되었으리라고 추정되고, 조선조의 시조・사설・별곡・가사・잡가 등의 상당 부분이 연극적으로 가창되던 대본의 잔영이라고 보아진다.[7] 요컨대 역대 가요는 천차만별의 연극적 현장에서 가창되었던 것이 사실이므로, 그 자체 안에서 극본・희곡의 구조 형태를 찾아볼 수 있을 뿐만 아니라, 그 가요를 근거로 하여 가창극본의 희곡성을 유추・복원해 볼 수가 있다는 것이다. 그것은 마치 중국의 곡사가 희곡을 대변하기도 하고, 중국희곡을 구성・복원하는 기준・근거가 되는 것과[8] 같다고 하겠다.

---

7 적어도 사설의 희곡성에 대해서는 신은경,「사설시조의 시학 연구」, 서강대 박사논문, 1988에 논급・시사된 바가 있다.

8 任二北,「散曲研究」,『元曲研究』二, 里仁書局, 1984, p.11에서 "至於本爲雜劇中有科白之套曲, 而選者削其科白, 僅登曲文, 如『詞林摘艶』,『雍熙樂府』等書所載者"라고 하였다.

2) 가무극본

일단 가무극본은 가창극본에 무용을 수용한 형태를 취하고 있는 것이라 보아진다. 원래 가창극의 현장에 무용이 끼어들었을 가능성은 충분하다. 가령 전술한 바 고려속요의 경우 후렴이나 합창부에서 그 가곡에 어울리는 몸짓·무용이 수반되었으리라는 것은 당연한 추정이다. 그런데도 가무극본에서는 수용된 무용의 전문성과 비중이 차원을 달리하고 있는 것이 사실이다. 이 무용극이 가창을 도입한 정도의 수준을 유지하고 있는 것이라 볼 수도 있기 때문이다. 그러므로 무용을 기준삼아 가창극과 가무극이 구분되고, 따라서 극본들이 장르적 독자성을 확보하게 되는 것이라 하겠다. 결국 가무극본은 가창극본과는 달라서 무용의 존재 근거와 방법을 명시하고 있는 것이 특색이라 보아진다.

주지하는 바와 같이, 상고시대에 가무와 가희가 있었고, 삼국시대에도 가면무극의 일면을 보이는 가무극이 있어,[9] 가무극본의 연원을 암시하고 있는 것이 사실이다. 실제로 그것이 극본으로 정립되어 온 맥락은 분명한 것이지만, 자료적 근거는 현재까지 뚜렷하지 못하다. 다만 현전하는 기록으로 〈처용무〉·〈무애무〉·〈황창무〉 정도가 드러나 있는 실정이다. 이들 가무극에 대해서 주로 연극적 면모를 검토·논의하는 가운데, 그 극본들의 실존 가능성과 함께 희곡으로서의 윤곽이 드러나 있는 것도 사실이다.[10] 이로써 이 극본들의 희곡적 실상을 구체적

---

9 이두현, 「삼국시대의 가면희」, 『한국의 가면극』, 일지사, 1985, 35쪽.
10 조동일, 「처용가무의 연극사적 이해」, 『탈춤의 역사와 원리』, 홍성사, 1983, 13~28쪽;
    황인덕, 「황창무연구」, 『한국민속학』 20, 한국민속학회, 1987 등 참조.

으로 검토해 볼 단계에 이르렀다. 여기서 역대 가무극본의 집대성이라 보아지는 〈학연화대처용무합설〉을 들어 논의해야만 되겠다.[11]

이 합설무는 『악학궤범』에 실려 극본으로서의 실상을 명시하고 있었으며, 문자 그대로 처용가무극을 중심으로 여러 가무극을 통합·조정한 종합적 형태를 보여 주고 있는 것이 사실이다. 그러므로 극본 역시 여러 극본을 집성·정리한 양상을 보이고 있다. 여기 합설가무극본은 무용과 가창이 잘 짜여 어울리고 있는 데서 각종 극본이 하나의 장중한 극본으로 재구성된 것이라 판단된다. 먼저 무용을 보면, 〈처용무〉가 전체적으로 주축이 되면서, 조무로서 〈정읍무〉와 함께 〈연화무〉·〈학무〉 등이 연속된다. 이 무용에 대해서는 오방처용을 비롯하여 연화동자, 청백학 등 등장인물의 분장·춤사위까지 구체적인 내용과 방법을 지시하고 있다. 다음 불려진 가요를 보면, 〈처용가〉를 비롯하여 〈봉황음〉·〈삼진작〉(정과정곡)·〈정읍사〉·〈북전〉(창사)·〈영산회상〉(창사)·〈미타찬〉·〈본사찬〉·〈관음찬〉 등으로 연결된다. 그 가요에 대해서는 기녀·악공 등 등장인물의 수량과 가창방법까지 지시함으로써, 연극적 실감을 드러내고 희곡적 구성 내용을 응축·명시하고 있다.

이와 같이 연첩되는 무용과 가창의 배합으로 하여 하나의 종합적인 가무극본을 집대성한 것은 실로 주목할 만한 일이다. 그러나 극본의 종합성을 전제하고 독자적인 가요를 중심으로 분단시켜 보면, 각기 독립된 여러 편의 가무극본을 재구해 볼 수가 있겠다. 말하자면 이 합설가무극본으로 통합·조정되기 이전의 선행 극본을 각기 복원해 낼 수가 있다는 것이다. 그렇다면 이른바 〈처용가무〉 등의 무불계, 〈봉황음〉·〈정과

---

11 김용구, 「처용연구」, 『졸업논문집』 1, 충남대 문리과대학, 1956, 78~87쪽.

정〉 등의 유교계, 〈영산회상〉・〈미타찬〉 등의 불교계, 〈정읍〉・〈북전〉
등의 통속계에 걸쳐 풍성하고도 알찬 가무극본들이 희곡의 구실로써 오
랜 전통 속에 유통되었으리라 추정된다. 그러던 것이 조선시대의 정치
이념, 시대사조나 예술・연극관에 의하여 국가적으로 통폐합되어 현전
하는 모습으로 정립・유통된 것이라 보아진다. 물론 합설무에서도 실연
과정에서 필요와 형편에 따라 어떤 부분을 발췌・상연할 수 있었다면,
극본이 후대적으로 개별화되어 독립적으로 유통되었을 가능성도 있는
터라 하겠다.

3) 강창극본

　전술한 대로, 강창극이 가장 기본적이고 보편적인 연극 형태로 자유
롭고 광범한 영역을 유지한 것이라면, 그 극본 또한 그럴 수밖에 없었
다. 그러기에 그 극본은 자체 존립과 영역의 확보를 위해서 몇 가지 소
중한 요건을 갖추고 있다. 우선 강창극본은 감명 깊은 이야기 줄거리
를 지녀야 한다. 그것은 의도된 플롯으로서 누구에게나 공감되고 어떤
의미를 충격적으로 불어넣을 수 있어야 하겠기 때문이다. 따라서 이
극본은 그 자체로서 완결된 서사적 작품이 되어, 가뜩이나 평범하고 단
조로운 강창극을 생동감 있게 유지・발전시키고 널리 유통・전승시킨
주역이 되었던 것이다. 이런 차원에서, 그 극본은 실연이 불가능할 경
우 단순히 이야기되거나 읽힘으로써, 연극적 효과와 소설적 효능마저
발휘하게 되었던 터다. 그러니까 이 극본은 강한 서사성으로 하여, '읽

는 희곡'으로서 소설적 면모까지 겸유한 셈이라 하겠다. 그렇다면 이 극본이 기본적 서사구조를 소설 형태와 함께하고 있다는 논리가 여기서 입증된다. 말하자면 동일한 서사 기반 위에서 희곡 양식과 소설 형태가 전개될 때, 희곡 쪽이 상대적으로 사건의 허탄성, 극정의 충격성, 현장의 역동성 등을 보다 확연하게 갖추고 있는 정도에 불과하다는 것이다.

그래서 이 극본 가운데에는 대사가 빈번하게 사용되고 있다. 이것은 실로 강창극본을 극본 희곡답게 만드는 핵심적 요소라 보아진다. 그것이 작중인물의 독백이든 대화이든 간에, 이 대사가 실제로 그 극본에서 가장 큰 비중을 차지하여 온 것은 당연한 일이라 하겠다. 기실 이 극본의 대사야말로 그것이 서사문학·소설 형태와 구별되는 요건 중의 하나다. 물론 소설 형태 속에도 대사가 끼어 있지만, 그것은 서사상의 방편으로 희곡 형태로부터 차용한 기법이라고 보아진다. 따라서 극본의 대사는 상대적으로 직접적이고 획기적인 위치를 차지하는 만큼, 비중이 그처럼 크다는 것이다. 다만 그것이 기록·정착될 때에는 현장적 생동감이 소설적 차원으로 하강되면서, 대사가 약화·생략되고 간접화법에 의해 지문에 흡수됨으로써, 소설 형태와 유사하게 보일 따름이라 하겠다. 그러므로 기록·정착의 사정과 정도를 감안하여, 대사를 원형적으로 재구하는 절차가 꼭 필요하다고 보아진다.

여기서 극본에 가요가 적절히 삽입되어 있음을 주목하게 된다. 이 가요는 고유·고정성이 강한 데다 강창극본의 구조·형태를 이루고 있는 두 분야 중의 하나이기 때문이다. 실로 이 가요는 일반 서사 형태로부터 강창극본을 구별해내는 절대적 기준이 되는 것은 물론, 변모·

실전된 강창극본을 재구·복원하는 데에 유일한 근거가 된다. 물론 가창극본이나 가무극본에서는 그 가요가 극본 자체이거나 극본을 대변하거니와, 그 점에 있어서는 강창극본에서도 다를 바가 없다. 실제로 역대 강창극본이 최소한으로 축약될 때, 남는 것은 삽입가요이기 때문이다. 그러므로 각종 기록상의 악지·악보·가집 등에 현존하는 가요들은 극본·희곡 상에서 복합적인 해석이 가능한 것이다. 비록 그것이 가명만으로 전하든지, 이른바 가요전설을 대동하든지 간에 그것은 강창극본 상에서 매우 소중한 근거 자료가 되는 것이 사실이다.

원래 강창극본은 해설부가 적절히 연결되어 있다. 이것은 전체 이야기를 이끌어 가고 극정을 강조·부각시키는 역할을 맡는다. 연극의 환경·무대, 진행·분위기, 작중인물들의 모습·행동·표정까지 알려주는 문자 그대로의 해설이다. 해설부의 기능으로 하여 강창극본은 소설에 가까운 서사 형태로 정착되기도 하지만, 그 현장적 생동감에 있어서는 차원을 달리하는 것이 사실이다. 해설부가 필수됨으로써 가창극본·가무극본과 구별되는 것은 물론, 그것이 대사와 함께 조화되어 대화극본을 지향할 수도 있다는 것이다.

이상과 같이 강창극본의 전형을 마련하고 이를 준거로 하여 작품의 실태를 폭넓게 점검해 보면, 실로 질량 면에서 풍성한 현전 자료를 찾아 볼 수 있다. 그동안 구비나 기록으로 정착되어 단순한 가요전설로 취급된 전승들, 그에 준하는 가요들, 여러 형태의 설화, 서사문학·소설 형태로만 간주되던 많은 작품들은 어떤 계기로든지 일단 강창극으로 실연되었거나 그렇게 실연될 수 있었던 극본으로 파악되어야만 옳겠다. 실제로 연극의 실연 계기와 실태 등이 근거 있게 밝혀지기만 한다면, 위 모두가 생동하는 극본으로서 희곡적 면모를 드러낼 것이기 때문이다. 이러한 측면에서, 강창극본의 현전 실태를 편의상 몇 가지 유형으로 나누어 대강 검토하는 것이 좋겠다.

첫째, 건국신화류에 대해서이다. 역대 건국신화는 국조신 신앙과 직결된 연중제의나 국중대회를 통하여 대강 강창극 내지 대화극으로 실연되었을 가능성이 충분하다. 흔히들 신화의 형성·전개 과정에서 제의나 연극적 현장성을 강조하여 그 희곡적 단계를 인정하거니와, 한국의 건국신화야말로 그런 실례의 전형이라고 보아진다.[12]『삼국유사』에 제시된 단군·동명·온조·혁거세·수로·견훤 등의 건국신화는 어떠한 형식으로든지 강창극을 통하여 풀이되고 변형·정착된 극본의 성격을 지닌 것이라 보아진다. 이 신화들이 수로와 견훤의 그것 이외에는 현전 문맥에서 가요를 동반하지 않은 것은 사실이다. 그렇지만 그만한 종교성과 서사성을 가진 신화에서 찬송·가창이 원래부터 빠져 있었으리라고 속단할 수는 없다. 어느 시대, 어떤 경우든지 신화의 제의적 실연에서 실제로 기원·찬송의 창사唱詞가 필수되는 것은 당연한 일이기 때문이다. 따라서 이들 신화가 대부분 창사를 결하고 있는 현상은 그 실연이 강창극에서 대화극으로 전이되거나 축약·기술되는 과정에서 생략·탈락된 결과라고 보아진다. 수로신화의 연극적 재연과 그 희곡성에 대해서는 일찍부터 논의되어 왔거니와[13] 견훤신화는 문맥 속에 가요가 삽입되어 있음으로써 최소한 강창극본의 양상을 띠고 있는 터라 하겠다.[14]

---

12 최남선, 「연극사 문답」, 『조선상식문답』(속편), 동명사, 1947, 316쪽.
13 위의 책, 316~317쪽; 김열규, 「가락국기고」, 사재동 편, 『한국희곡문학사의 연구』Ⅲ, 중앙인문사, 2000, 109~110쪽.
14 사재동, 「甄萱傳의 形成에 대하여」, 『어문논지』 3, 충남대 국문학과, 1978, 82쪽.

또한 동명신화는 이규보의 「동명왕편」에 이르러 완벽한 강창극본의 양식을 보여 주고 있는 것이 확실하다.[15] 나아가 고려의 건국신화도 그 범주에서 벗어날 수 없었던 것이고,[16] 조선조 창업을 신화적으로 찬송한 『용비어천가』도 가사와 해설부를 종합해 볼 때, 강창극본의 성격을 다분히 지니고 있는 터라 하겠다.

둘째, 궁중비사류에 대해서이다. 각종 사서·야록에 기록된 대로, 역대 궁중에서는 왕권을 중심으로 갖가지 희비극적인 사건들이 수없이 벌어져 왔던 것이다. 그것들이 후대에 전승·유형화되어 교화·경계·추모 등의 동기에서 강창극 내지 대화극으로 연출되었을 가능성이 높다.[17]『삼국사기』「본기」에 들어 있는 「유리왕」(고구려 제1)·「호동왕자」(동 제2)·「산상왕」(동 제4)·「개로왕」(백제 제3)·「동성왕」(동 제4)·「무령왕」(동권4)·「유리왕」(신라 제1)·「선덕왕」(동 제5) 등의 비사이문류와『삼국유사』에 나타난 「제사탈해왕」·「미추왕·죽엽군」·「연오랑·세오녀」·「사금갑」·「도화녀·비형랑」·「진덕왕」·「천사옥대」·「태종춘추공」·「문호왕법민」·「만파식적」·「경덕왕」·「원성대왕」·「홍덕왕·앵무」·「경문왕」·「진성여대왕」·「김부대왕」·「무왕」(이상「기이」 제2) 등의 기사이적류는 풍부한 서사구조에 대부분 창사를 갖추어 강창극본의 양식을 보여 주고 있는 것이 사실이다. 그중에서 현재 창사를 갖추지 못한 것도 있지만, 그것은 연기자의 설창 과정에서 창사가 자유로이 출입·활용될 수 있다는 융통성에서 기인된 것 같다. 말하자면 연기자가 그 대본을 실연할 때, 그 현장의

---

15 이규보의 「동명왕편」은 운문의 각단에 해설산문이 일관성 있게 결부됨으로써, 산(散)·운(韻)이 교직되어 필연적으로 강창구조를 이루고 있다.

16 김열규, 「高麗王朝傳承의 巫俗素」,『한국신화와 무속연구』, 일조각, 1977, 93~96쪽.

17 최남선, 앞의 책, 318쪽 참조.

필요성 여부에 따라 이미 들어 있던 창사를 유보·배제할 수도 있고, 이왕에 없었던 그것을 새삼스럽게 끌어드릴 수도 있다는 점이다.[18] 그러므로위에 든 서사물 정도라면 창사의 유무에 관계없이 일단 강창극본으로 간주될 수 있다고 하겠다. 게다가 이 서사물을 정립·기록하는 각도와 방법등에 따라 창사의 출입이 임의로 결정될 수 있었으므로, 현재 창사를 지니지 못한 경우라도 원래 그것을 갖추고 있었을 가능성은 얼마든지 있다고하겠다. 이런 점에서, 위 서사물들은 중국의 강사변문과 성격을 같이하는것으로 보인다.[19] 그렇다면 이 저명한 서사물이 후대적으로 전승되면서인구에 회자되고 보편화됨으로써, 그만한 동기와 계기에 의하여 강창극형태로 실연되었으리라 추정된다.

셋째, 명인전기류에 대해서이다. 각종 사서의 열전류 중에는 서사구조가 특출하고 표현 문체가 정제된 명인전이 많이 남아 있다. 이러한 전기가전승·부연되어 훈교나 추모 등을 위한 요청에 따라, 강창극 내지 대화극으로 연출되었을 가능성은 얼마든지 있겠다.『삼국사기』열전 중의「을지문덕」·「을파소」·「온달」·「창조리」·「개소문」(이상 고구려),「계백」·「흑지상지」·「도미」(이상 백제),「김유신」·「녹진」·「석우노」·「최치원」·「설총」·「해론」·「김흠운」·「관창」·「실혜」·「백결선생」·「효녀지은」·「설씨녀」(이상 신라) 등과『삼국유사』중의「김제상」·「죽지랑」·「수로부인」(이상「기이」제2)·「이차돈」(흥법 제3)·「물계자」·「신충괘관」(이상「효선」제9)등과『고려사』열전 중의「신숭겸」(권5)·「김락」(권5)·「하공진」(권7)·「정몽주」(권30)·「신돈」(권45) 등 수많은 기전들은 강한 서사성에 대부분 창사

를 동반함으로써 강창극본의 구조 양식을 갖추고 있는 것이 사실이다. 이상과 같은 명인들을 추모하고 세인을 교화하기 위하여, 그 추모제의와 기념행사에서 그의 저명한 행적을 연극으로 실연했다는 것은 잘 알려진 일이다.[20] 이런 실연을 거쳐 부연·정립된 것이 현전하는 기전이었다면, 그것의 극본적 면모는 확실하다고 보아진다. 여기서 이 기전들이 역사적 사실에 바탕을 두면서도 중국의 강사변문과 같은 성격을 갖추고 있음을 점검하게 되고, 따라서 그 강창극본의 면모를 드러내고 있음을 확인하게 된다.

넷째, 신통승전류에 대해서이다. 역대 불교계에서는 신이승·창도승의 전기가 포교를 위한 강창극 내지 대화극으로 실연되었던 것이 확실하다. 역사적 사실에 바탕을 두었으되 서사적으로 허구화된 승전이 그 신빙성과 신성성으로 조화되어 수범적인 포교의 전형을 보여 주고 있었기에, 그것은 대중 설법의 현장에서 강창극으로 실연하는 데 가장 적합하였으리라 보아진다. 『해동고승전』의 규식적 전기성을 벗어나, 『삼국유사』에 실린 「노힐부득 달달박박」·「조신」(이상 「탑상」, 제4)·「양지사석」·「원효불기」·「의상전교」·「사복불언」(이상 「의해」, 제5), 「광덕 엄장」·「경흥우성」·「월명사 도솔가」·「선율환생」·「김현감호」·「융천사 혜성가」(이상 「감통」, 제7)·「영재우적」(이상 「피은」, 제8) 등은 신이기적으로 일관된 독특한 서사구조에다 거의가 창사를 갖추고 있어, 강창극본으로서 충분한 양식과 면모를 드러내고 있다. 주지하는 바와 같이, 이런 승전들은 포교의 현장에서 속강을 통하여 강창·정리된 대본이며, 그것은 언제 어디서든지 필요에 따라 강창극으로 재현될 수가 있었던 것이다.[21] 이 승전들의

20　이두현, 앞의 글, 35쪽·72~73쪽.
21　당·송대의 「高僧傳變文」, 「廬山遠公話」 등이 속강 대본으로 강창되었던 것이다.

기록 현황은 단순·소박한 골격만을 보여 주고 있는 터이므로, 그 현장적 연출 대본을 재구해 볼 수가 있고, 그런 대본을 속강승 등이 창의적으로 부연·강창했을 가능성을 타진해 볼 수도 있을 것이다.[22] 그와 같은 원형적 강창극본을 고려의 「균여전」에서 찾아볼 수가 있겠다. 이 승전의 완전한 구조와 감동적 서사문맥은 물론, 〈보현십원가〉와 그 한역가가 적절하게 배합되어 강창극본으로 완결된 것이라 하겠다. 위에 든 승전들은 중국의 고승전변문과 같은 실상을 갖춤으로써[23] 그것이 강창극으로 연출될 수 있는 가능성과 함께 그 극본으로서의 면목을 뚜렷이 부각시키고 있다.

다섯째, 강경위경류에 대해서이다. 일찍이 불교가 본격적으로 유포되면서, 대중 포교의 효과적인 방편으로 속강이 행해졌던 것은 잘 알려져 있다. 이른바 속강승이나 이에 준하는 거사배가 불경 속의 설화를 바탕으로 하나의 서사문맥을 새롭게 꾸며나갈 때, 그것을 이야기하고 노래하는 양식으로 연출함으로써, 실로 강창극의 전형을 이루게 되었다. 이때의 대본이 바로 강경변문계의 강경문과 위경으로 나타나 그대로 강창극본이 되었던 것이다.[24] 적어도 신라와 고려 대에 형성·성행하였던 고승 대덕의 서사적 강경문과[25] 『석가여래십지수행기』에 실린 10편의 본생담,[26] 그리고 「목련경」·「안락국태자경」·「선우태자경」

---

22 金岡照光, 「關於敦煌本高僧傳因緣」, 『古典文學』第七集 1冊, 中國古典文學研究會, p.281에서 "高僧傳因緣和'變文' 同樣也是講唱的 現今遺留下的'高僧傳因緣' 抄本 雖然很短 但實際上講談時大槪講得很詳細"라고 하였다.

23 경일남, 「高麗朝 講唱文學 研究」, 충남대 박사논문, 1989.

24 羅宗濤, 「講經變文與講史變文 關係之試探」, 『幼獅月刊』46卷 3期, 幼獅文化公司.

25 원효, 『불설아미타경소(佛說阿彌陀經疏)』1권·경흥, 『무량수경연의술문보(無量壽經連義述文寶)』3권, 한국불교전서편찬위원회, 『한국불교전서』1~2, 동국대, 1999.

26 사재동, 「불교계 서사문학의 연구」, 『어문연구』12, 어문연구학회, 1983, 182~189쪽.

같은 위경 등은 장엄한 서사구조에다 그럴 듯한 창사를 동반하여 거의 완벽한 강창극본의 형태를 보여 주고 있다.[27] 이러한 강창극은 원래 사원 중심으로 행해졌으나 차츰 시정과 민간에 유통되면서 그 극본이 구전 내지 기록으로 널리 보급되었던 것이라 하겠다. 이와 같은 강창극본의 계맥은 무기의 『석가여래행적송』으로 정화되고,[28] 나아가 조선조에 계승되어 『월인석보』와 같은 일대 강창극본을 집대성하게 되었다. 실제로 그것은 월인부가 가창되고 그 부분을 상절부가 강설함으로써 강창극본의 전형을 이루어, 필요에 따라 부분적으로 실연되었던 것이다.[29]

여섯째, 가요전설류에 대해서이다. 전술한 바 가요가 서사적 문맥에 삽입되어 산문·운문의 조화를 이루니, 그것은 마치 변문계의 강경문 내지 위경과 같이, 강창극으로 연출되었던 것이 확실하다. 어떠한 경우에든지 서사 부분은 이야기되고 가요 부분은 노래됨으로써, 강창극의 실연 상황을 조성하는 것이 필연적이기 때문이다. 한편 이러한 강창적 구조 형태가 그 연출의 목적에 따라 다양하게 전개되는 가운데, 가창극·가무극이나 대화극으로 넘나드는 융통성까지 발휘해 왔던 것이라 추정된다. 유명한 고조선의 〈공무도하〉로부터[30] 고구려의 〈내원성〉·〈연양〉·〈명주〉 등과 백제의 〈선운산〉·〈무등산〉·〈정읍〉·〈지리산〉 등 그리

---

27 사재동, 「『안락국태자경』의 연구」, 『인문과학논문집』 13-2, 충남대 인문과학연구소, 1986.
28 이종찬, 「서사시 『석가여래행적송』 고찰」, 『한국의 선시』, 이우출판사, 1985.
29 『세조실록』 「14년 5월 12일」조에 "上御思政殿 與宗宰諸將談論 令各進酒 又命永順君溥 授八妓諺文歌詞 令唱之 卽世宗所製月印千江之曲"이라고 하였다.
30 사재동, 「공무도하 설화의 문학적 고찰」, 『한·중 국제 학술발표 논문집』(제1회), 충남대 문과대학, 1988.

고 신라의 〈동경〉·〈목주〉·〈여나산〉·〈장한성〉·〈이견대〉 등(이상 『고려사』「악지」)은 그대로 강창극 내지 대화극의 명칭이요 극본 자체의 축약된 모습이라고 보아진다.[31] 원래 위와 같은 '속악'은 연극음악을 가리키거니와, 실은 그것이 연극 자체를 표상하고 있기 때문이다. 그렇다면 고려속악으로서 가명과 함께 간략한 해제 전설이 붙어 있는 전승 기록, 〈동동〉 이하 31편(『고려사』「악지」)은 모두 강창극 내지 대화극으로서 실연되었던 극본의 잔영이라고 볼 수가 있겠다. 이른바 이들 극본이 그처럼 초라하게 축약된 것은 그 전승·정착 과정의 자연스러운 현상일 수도 있지만, 무엇보다도 조선조의 속악·연극·희곡에 대한 부정적 관점에 따라, 그것이 '비어·음사·석교'라는 이유로 폄시·산삭된 결과라고 보아진다. 이런 점에서, 『악장가사』·『악학궤범』 등에 가사만 전하는 고려 대의 속악가사는 원래 강창극 내지 대화극을 통한 극본이었던 것이 서사 부분을 삭제 당하여 가창극·가무극본의 체재로 전환된 나머지라고 볼 수도 있겠다. 그렇다면 이상의 모든 속악가사들은 원래의 강창극본 내지 대화극본으로 재구될 수 있는 근거와 방법을 갖추고 있는 셈이라 하겠다.

여기서 이 극본의 전범·기준이 될 수 있는 것이 바로 이른바 향가전설이다. 『삼국유사』와 「균여전」을 통해 볼 때, 그 향가전설은 대부분 신라에 연원을 두고 고려 대까지 유통되던 강창극본으로서 비교적 원형에 가까운 형태를 유지하고 있기 때문이다. 전게한 향가 및 「처용랑」(「기이」 제2)·「천수대비·맹아득안」(「탑상」 제4) 등에 얽힌 일련의 향가

---

31 이상 『고려사』「악지」「삼국속악」조에 나오는 것을 최남선, 앞의 책, 317~320쪽에서 모두 극곡(劇曲)(희곡)으로 보았다.

전설들은 그런대로 풍성하고 틀잡힌 강창극본으로서 실감 있게 연창되었을 터이다. 다만 그것이 한문으로 정착되는 과정에서 부득이 축약되고, 다시 『삼국유사』에 수록되는 마당에서 요약·축소됨으로써, 현전의 상태를 유지하고 있는 터라 하겠다.

이와 같은 가요전설형의 극본적 전통은 조선조에 계승되어, 시조계에서도 정몽주·이방원에 얽힌 「단심가」·「하여가」의 수창전설같이 극적인 가요전설이 등장하게 되었다. 저명한 사설·잡가·가사류도 그 내용의 성향에 따라, 전설과 결부될 여지가 얼마든지 있었던 것이다. 나아가 유명한 민요, 〈아리랑〉·〈양산도〉·〈징검이요〉 등에 그럴 듯한 전설이 붙어 있다는 사실도 소박한 민간 강창의 차원에서 주목해야 될 것이다.

일곱째, 고전소설류에 대해서이다. 고전소설이 국한문 표기를 막론하고 구비적으로 감상·수용될 때, 그 현장에 알맞은 강창극 형태로 실연되어 왔다는 것은 잘 알려진 사실이다. 언제나 고전소설은 강독하고 강담하는 데서부터 연극적 생동감과 분위기가 생기게 마련이었다. 소설의 내용을 실감 있게 풀어내는 설화인, 전기수들은 이야기의 적절한 곳에 가창을 삽입하여 역동적인 입체감을 강화해 나감으로써, 강창극본의 기본 형태를 만들어 내었던 것이다.[32]

이로부터 고전소설이나 이에 준하는 서사 형태를 혼자서 강창·설창하는 연극형식이 성립되고, 나아가 만능적 광대가 출현하여 이른바 판소리를 정립시켰던 것이다. 그리하여 판소리는 그간의 강창적 전통을 계

---

32 임형택, 「18·9세기 '이야기꾼'과 소설의 발달」, 『한국학논총』 2, 계명대 한국학연구소, 1975, 68~75쪽.

승·발전시킨 대중적 강창극으로 공인되었던 것이다.[33] 그러므로 이 강
창극을 통하여 정립된 대본은 전형적인 극본으로 취급될 수가 있다. 그
풍성하고 극적인 이야기 줄거리보다 발달된 대사와 창사 등이 제대로 조
화되어 있기 때문이다. 따라서 이른바 창본으로 정리된 다섯 마당 〈춘향
가〉·〈심청가〉·〈홍보가〉·〈수궁가〉·〈적벽가〉는 그대로가 극본 희
곡이거니와,[34] 이로부터 전개된 판소리계 소설도 족히 강창극본으로 복
원·흡수될 수가 있다고 보아진다.[35] 그리고 「구운몽」 같이 시가가 많이
삽입된 문장체 소설도 실제의 강창 과정에서는 극본으로 부연·전개될
수 있는 기본 요건을 갖추고 있는 터라 하겠다.[36] 실로 판소리가 폭넓고
다양한 강창극이라면, 그것을 운용하는 연기자의 수준에 따라 여러 가지
형태의 실연이 벌어졌을 것이다. 이에 따라 그 극본 양식도 다양하게 전
개되어 많은 이본異本으로 정립되었고, 소설 형태와 근접하여 넘나드는
소설적 극본으로 정착되기도 하였다. 여기서 주목되는 것은 이들 극본계
소설이나 그 계통의 서사 형태라도 판소리의 강력한 소화력에 의하여 바
로 극본화될 수 있다는 점이다.

이렇게 강창극의 현장적 설득력을 전제한다면, 신라·고려 대를 거쳐
온 「최치원」(『태평통재』)이나 조선 초기의 『금오신화』와 같은 전기소설

---

33 정노식, 『조선창극사』(조선일보사 출판부, 1940) 이래 조윤제(앞의 책, 224~226쪽)
와 이두현(앞의 책, 105~111쪽) 등 대부분의 논자들이 판소리를 연극 형태로 시인
하고 있다.
34 신재효, 『신재효 판소리 전집』(영인), 연세대 인문과학연구소, 1969; 김연수, 『판소
리唱本』, 동초창본간행위원회, 1974.
35 소위 판소리계 소설, 「완판본 춘향전」·「심청전」·「홍부전」·「토끼전」·「적벽대
전」 등은 판소리창본, 강창극본으로 복원될 수 있다.
36 『구운몽』 같은 소설은 주제·내용도 연극성·희곡성이 강할 뿐만 아니라, 삽입시를
중심으로 이루어지는 사건의 장면마다 강창극적인 분위기가 강화되어 있다.

도 그 문맥에 배치된 삽입시의 빈번한 역할로 하여, 그 수준의 선비·독자층에 의하여 강창되었을 가능성이 크다. 어떤 선비·독자들이 실연자로 나와 산문부는 이야기하고, 삽입시는 음창했다면 그것이 곧 고아하고 조촐한 강창극이 되는 터요, 따라서 그 소설은 현장적으로 극본의 기능을 발휘하는 셈이라 하겠다. 그렇다면 유식층·선비들 사이에서 유통되었던 그 많은 패설과 소담 중에서 특출한 서사성과 상당한 삽입시를 지닌 것들은 풍자와 오락 등을 빙자하여 강창극 내지 대화극의 형식으로 실연되었으리라 보아진다.[37] 따라서 그것들은 인기리에 유포되면서, 이른바 독연하는 조희·소학지희와 결부되어 왔으리라고 보인다.

끝으로 현전하는 민담이나 서사무가 등 대중적 서사 형태도 원초적이고 기본적인 강창극의 대본으로서 형성·활용되어 온 것이 확실하다.[38] 민담은 구연자의 설창과 현장적 연기에 의하여 강창극 같이 실연되는 것이 보편적인 현상이다.[39] 그리고 서사무가는 무당굿이 원형적인 연극이라고 전제한다면,[40] 한 사람의 무당이 벌이는 강창극의 대본이라고 보아 틀림이 없다. 민간에 뿌리박힌 무궁무진한 민담과 서사무가는 대중적 서사성과 가창성으로 하여 가장 생활적이고 원형적인 강창극본이라 하여도 무방할 것이다.

---

37 임형택, 앞의 글, 68~80쪽 참조.

38 장한기, 『한국연극사』(동국대 출판부, 1986), 190쪽에서 그롯세의 "모든 原始的 이야기는 戲曲이다. 왜냐하면 演話者는 간단한 事蹟을 오직 口述만으로 만족하지 않고, 이에 適切한 소리와 動作으로 그 빛을 더할 수 있다고 믿기 때문이며 따라서 그 이야기를 劇的으로 표현하기 때문이다"라는 주장을 전제하고, 우리의 옛이야기들도 고대에서 상전(相傳)하는 가운데, 거기에 광채을 더하기 위하여 어떤 극적 수단이 적용되었을 것이라고 추정하였다.

39 Albert B. Load, *The Singer of Tales*, Harvard University Press, 1973, p.13.

40 다니엘 A. 키스터, 『巫俗劇과 不條理劇』, 서강대 출판부, 1986.

4) 대화극본

　물론 대화극본은 가장 발달되고 완벽한 희곡 양식을 갖추었다고 보아진다. 그러면서도 그 형성·전개 과정에서, 그만큼 확실하고 고전적인 희곡 형태를 제대로 남겨놓지 못했던 것이 사실이다. 그리하여 우선 대화극본은 그와 상호 변환 관계에 있는 강창극본을 기반으로 하여 그 희곡적 실상이 구명되어야 할 것이다. 전술한 바와 같이, 일인 전역의 강창극이 일인 일역으로 전환·연출되면 곧 대화극이 된다는 전제 아래, 강창극본에서 대화극본을 얼마든지 재구해 낼 수가 있기 때문이다. 한편 대화극본은 그것의 축약판이라고 볼 수 있는 가창극본이나 가무극본을 근거로 하여 그 희곡적 면모가 드러날 수도 있겠다. 실제로 2인 이상이 출연하는 가창극이나 가무극은 서사문맥에 따라 가창을 주고받는 자체만으로도 벌써 대화극의 면모를 보여 주고 있는 것이 확실하다. 그러므로 이 극본들은 축소된 모습이나마 그 속에 대화극본의 기본 요건을 갖추고 있는 셈이라 하겠다. 그리고 기술한 바 조희·소학지희와 가면극·인형극, 잡극·선극 등이 대화극이라면, 그 극본들은 현전하는 모습으로나마 대화극본의 일면을 족히 보여준다고 생각된다. 이와 같은 전제 아래서, 대화극본의 기본 요건을 몇 가지 측면에서 확인할 필요가 있겠다.

　우선 대화극본은 보다 특출하고도 수미일관된 이야기를 지니게 된다. 물론 그것은 의도적으로 꾸며진 구성이므로 가장 근본적이고 필수적인 조건 중 하나다. 이런 점에서, 이 극본은 강창극본과 직결되고 가창극·가무극본의 연장형과도 상통하는 점이 있다고 하겠다. 이러한 구조적 공통점은 강창극, 판소리 대본으로부터 전개된 창극본에 이르러 구체적으로 특성화되었다. 여기까지는 적어도 전체적인 서사문맥이 장면 단위로 단락을 이루면서 하나의 일관된 구성구조를 지니고 있는 것이 사실이다. 한편으로 대화극본은 독립된 서사 단위의 연장형을 유지해 왔던 것이 확실하다. 마치 별곡의 장면처럼 개별적으로는 독자성을 지니면서 전체적으로 크게 연결되어 장편극본의 양상을 이루고 있는 터다. 이런 점에서는, 〈쌍화점〉 계통의 가창극본이나 〈학연화대처용무합설〉 계열의 가무극본과 그 구조적 공통점을 지녔다고 하겠다. 이와 같은 구조적 특성은 가면극본이나 인형극본에서 구체적으로 실현되었다. 이 극본들이 전체적인 주제의식 아래 독자적인 과장科場을 필요에 따라 연첩·조정하여 왔던 것은 주목할 만하다.

여기서 대화극본은 등장인물들의 개성적인 행동과 대사를 중심으로 엮어나간 것이 분명해진다. 이 대사는 오히려 등장인물의 성격을 입체적으로 강조하면서 극본을 완벽하게 조직하고, 나아가 이를 희곡답게 만들어 온 것이 사실이다. 물론 다른 극본에서도 대사가 끼어 있지만, 실제로 등장인물 상호 간의 대화·대창과 독백·방백 등에 걸쳐 행동을 수반한 대사로만 이어지는 것이 대화극본의 특질이다. 다만 이런 극본이 고전시대에 정리되어 한문으로 기록될 경우에는, 그 대사가 생략·축소되거나 지문에 간접화법으로 용해됨으로 해서, 현실 원형과는 상당한 거리를 가지게 되었을 따름이라 하겠다.[41] 따라서 극본 자료 중에서 대사로만 조직된 대화극본을 찾아 헤매기에 앞서, 기록된 상태

---

[41] 이같은 현상은 그 기록자의 주관과 취향에 따라 원형이 획기적으로 축약되기도 하고, 또한 한문의 생략·응축적 성향에 의하여 축소되는 데서 나타난다고 보인다..

이면서도 대사가 발달되어 있거나 흔적이 있는 자료를 특히 중시해야만 되겠다.

이에 대화극본에도 가요가 삽입되어 있음을 간과할 수가 없다. 그 가요는 일단 가창극·가무극 내지 강창극과의 상관성에 의해서 삽입된 것이라 하겠지만, 대화극 자체에서도 대사를 겸하여 매우 소중한 역할을 해왔던 것이다. 이 경우에 가요는 대사의 화답형식으로나 등장인물의 독백 형태로 자리 잡고 있는 것이 상례이다. 그러나 가요가 삽입되는 것은 원칙적인 요건이지 절대적인 조건은 아니다. 실제로 대화극이나 극본에서는 삽입가요가 빠져나가도 그런대로 희곡 형태를 유지하기 때문이다.

실로 대화극본에서 필수되는 것은 이른바 지시문이다. 그것은 서사문학 일반에서 지문이라 통용되고 강창극본에서는 해설문이라 하겠다. 그런데 대화극본에서 지시문은 역할이 중요하고 다양하다. 먼저 지시문은 연극 진행의 전체 설계와 순차를 알리고 무대장치까지 암시한다. 거기에는 등장인물의 외모·분장, 의상·소도구 내지 악사들까지 제시되고 있다. 그리고 지시문에는 등장인물들의 행동거지, 모든 짓거리와 표정까지 드러내고, 전체에서 풍기는 극정을 들어 연극의 효능까지 알려 주고 있는 실정이다. 다만 지시문이 정착·기록될 때에는, 모든 요구사항이 혼효·용해되어 전체적인 해설문과 지문처럼 변모될 수밖에 없었던 것이다. 그러기에 일반서사물의 지문이나 강창극본의 해설문·지문처럼 변모되었던 것이다. 따라서 일반서사물의 지문이나 강창극본의 해설문에서, 대화극본에서의 희곡적 지시문을 재구해 내야만 되겠다.

이상과 같이 대화극본의 모형을 유추하고 이를 기준으로 하여 작품의 실태를 검토해 보면, 극본 그대로 정착·기록된 자료를 거의 수습할 수가 없다. 이 극본의 주류가 실연 과정을 벗어나 정착·기록될 때에는, 그것이 성질상 필연적으로 변모·축소될 수밖에 없기 때문이다. 이 극본은 최선의 방법으로 기록된다면 서사문학·소설 형태로 국문화될 것이요, 차선의 방편이라면 강창극본의 모습으로 한문화될 것이었다. 더 나아가 이 극본은 서사 부분이 탈락·망실되는 과정에서 삽입가요만 남아 수습됨으로써, 마치 가창극본이나 가무극본의 현상을 유지하고 있었으리라 추정될 수도 있겠다. 또다른 분야에서 대화극본의 맥락을 찾아내야 한다면, 전게한 조희·소학지희의 대본, 가면극본·인형극본, 잡극식 극본, 선극본 등이 중요한 근거가 될 것이다. 이런 점에서 대화극본의 현전 실태를 부득이 몇 가지 양식으로 나누어 대강 추적해 보겠다.

첫째, 가창극·가무극본적 잔영에 대해서다. 현전 가창극본 내지 가무극본은 대화극본의 잔영일 수도 있다는 가설이 가능하다. 원래 가창·가무를 대동한 대화극이 유통·정착되는 과정에서 유동적인 서사 부분은 의식적이든 무의식적이든 탈락·망실되고 상당한 고정성을 지닌 가창·가무만 오늘에 유전되었을 것은 짐작하기에 어렵지 않겠다. 기실 〈쌍화점〉이나 〈학연화대처용무합설〉 같은 것은 선행한 대화극본으로부터 유래하여 재조정·기록됨으로써, 현전하는 모습을 드러내게 되었다고 볼 수도 있겠다. 그러므로 그것이 삽입되었든 분리·독립하였든 간에 가창극·가무극과 관련되는 한에서 모든 가요는 대화극본의 분신·편영일 수 있다는 가능성을 결코 배제할 수가 없다. 전술한 대로 중국의 사곡·가요 등이 희곡의 분신·근거이듯이,[42] 우리의 '~사', '~곡', '~가' 등의 가요는 대화극본의 희곡적 면모를 실증하는 부분적 근거가 되리라고 보아진다.[43]

둘째, 강창극본적 정착에 대해서이다. 전술한 바와 같이, 정통적인 대화극이 극본으로 기록·정착되었다면, 현전하는 강창극본 양식으로 정착·유전될 수밖에 없었을 터이다. 구비적 극본의 원형을 문자화하는 데서 생략 여건과 한문 문장의 응축·간요한 특성으로 하여, 극본의 현대희곡적 기록은 거의 불가능했을 것이다. 다만 서사문맥, 대사와 창사, 그리고 해설과 지문의 양식으로 정착시키는 것이 적절한 방편이었으리라고 추정된다. 그렇다면 현전하는 강창극본의 양식은 강창극 자체의 극본일 뿐만 아니라, 대화극의 극본을 반영·대행하는 이중적 기능을 갖추고 있는 터라 하겠다. 이러한 현상은 강창극과 대화극이 상호변환의 혈연 관계를 증명하는 것으로서, 이러한 극본을 기반으로 하여 어떤 동기와 계기에 따라 그에 알맞는 연극 형태가 실연되었으리라고 추정할 수 있다. 위에서 강창극의 실연 동기와 계기에 대해서는 대강 검토되었거니와, 같은 차원의 극본을 가지고 대화극으로 실연하는 데에는 그만한 동기와 계기가 전제되었을 것은 물론이다. 그러니까 연극판을 벌이게 되는 동기가 공사 간에 보다 확대되고 강화될 때와 계기가 좀더 화려하고 고급스럽게 마련될 경우,[44] 대체로 극본은 대화극

---

42 정건, 『북곡신보(北曲新譜)』, 藝文印書館, 1973에 보면 잡극에 들어 있던 곡패(曲牌)·곡사(曲詞)를 모아, 그것이 희곡의 분신·근거임을 증명하고 있다.

43 현전하는 향가·여요 등이 그 전설과 함께 대화극의 창사(唱詞)로 활용되다가 분화되어 나온 것이라면, 그것이 대화극본의 분신이며 동시에 산일된 그 극본의 존재·유통을 증명하는 근거가 될 것이다.

44 국가적 치민·교화·경찬(慶讚) 등의 목적으로 궁중에서 연극판을 벌였다면, 같은

으로 실연될 가능성이 크다는 것이다. 적어도 대화극이라고 하면 차출되는 인원과 재정 등이 증가·확대됨은 물론, 연극 전체를 이끌어 가는 연출능력과 장치, 연기자의 전문성과 협동 등에서 강창극과는 수준을 달리하기 때문이다.

이런 전제 아래서, 이미 거론된 강창극본은 거의 대화극본으로 재구·복원해 볼 수가 있을 것이다. 우선 건국신화류만 하더라도 그것이 국중대회나 국조신제의에서 보다 거창하게 실연되었다면, 그것은 대화극의 양식으로 본격화되었을 가능성이 크다. 뿐만 아니라 극본이 씨족이나 부락 단위의 민중연극으로 실연되었다 하더라도, 그것은 대화극으로 풀이될 수 있었으리라고 보아진다. 하나의 실례로 동명신화를 든다면, 그것은 고구려 역대 군왕이 친임한 국중대회와 국조신앙제의에서 대화극으로 실연된 극본이라고 하여도 무방할 터이다. 이 극본적 양식은 고구려로부터 백제로 계승되고, 두 나라 유민들에 의해 신라시대를 거쳐 고려에서 인수·재연되는 과정에서, 「동명왕편」과 같이 강창극본 내지 대화극본으로 실연되었으리라고 보이기 때문이다.

그리고 이른바 궁중비사류도 당대보다는 후대에 이르러 궁중이나 그 주변 양반 사회에서 훈교와 오락을 겸하여 적절한 제의·행사를 계기로 연극화되었다면, 대화극의 양식으로 실연되었을 공산이 크다. 비록 그것이 민간에 유통되어 민중적으로 극화되었다 하더라도, 그 사건 내용의 신기성과 방대성 등으로 인하여 작으나마 대화극으로 재연되었으리라고 추정된다. 일찍이 육당도 『삼국사기』와 『삼국유사』에 역사적 사실로 기재된 것 중에는 연극의 대본으로 보이는 기사가 많다고

극본을 가지고도 확대·전문화하여 대화극으로 연출했을 가능성이 크다.

하였지만,[45] 『삼국유사』 「기이」편의 그것들은 대화극본으로 활용되었을 가능성이 더욱 짙은 것이다. 가령 무왕조의 서동설화만 하더라도 국왕 추모나 창사기념제의 등을 통해서 궁중·사원이나 그 주변에서 연극으로 놀이되었다면, 대화극으로 실연되었을 것이 거의 확실하다고 보아진다.

다음 명인전기류는 국가적 현창행사나 가문적 추모제의 등을 통하여 연극화되었다면, 대화극본으로 전개되었을 가능성이 높다. 나아가 그것은 민간으로 전승되면서 민중들의 교화와 오락을 위해 극화될 경우라 하더라도, 대화극본으로 실연되었을 여지를 배제할 수가 없다. 이미 육당에 의하여 『삼국사기』의 「온달」·「도미」·「설씨녀」 등이 무대에서 실연된 극본 자체라고 언급된 바 있거니와,[46] 『삼국유사』의 「김제상」·「김유신」·「문호왕」 등도 대화극의 극본 자체라고 볼 여지는 얼마든지 있다고 하겠다. 실제로 『고려사』 「열전」에까지 실린 「신숭겸」·「김락」의 전기는 그들의 충성을 기리고 추모하는 제의에서, 인형이나 가면을 이용한 대화극으로 실연되었음을 시사해 주고 있다.[47]

그렇다면 이제 신통승전류야말로 대화극본으로 실연되었을 가능성이 더욱 크다고 하지 않을 수 없다. 불교계에서 이미 열반한 고승 대덕들을 추모·현창하고 대중 포교·중생제도를 위하여, 신통·이적이 가득 차 있는 고승들의 전기를 강창하고, 나아가 대화극으로 실연해 보이는 일은 불교계의 관례였던 것이다. 실은 불보살과 고승들의 탁이한 전기

---

45 최남선, 「연극사 문답」, 『조선상식문답』(속편), 동명사, 1947, 315~316쪽.
46 위의 글, 315쪽; 황인덕, 「「설씨녀전」의 극본적(劇本的) 시고(試考) 上」, 『한국민속학』 22, 한국민속학회, 1989, 148~153쪽.
47 이두현, 「조희(調戲)」, 『한국연극사』, 민중서관, 1973, 63쪽.

가 불전으로 승화·공인되어 포교문학·희곡 양식으로 전개된 사례가
허다하거니와,[48] 전게한 고승전들이 대화극으로 공연되었으리라는 것
은 의심할 여지가 없다. 이들 고승별전 중에서 「원효불기」만 하더라도
대화극본으로서의 성향이 두드러진다고 하겠다. 원래 「원효전」은 상하
민중에 널리 유통되어 인구에 회자되었거니와, 그것의 구성구조가 몇
단위의 극적 장면으로 이루어지고, 전체적으로 대사가 발달되어 있으
며, 창사와 함께 무용까지 곁들임으로써 상당히 역동적인 대화극본을
연상케 하는 것이다.

나아가 강경 위경류는 승전류보다 적극적으로 대화극을 통하여 실
연되었을 가능성이 크다. 이것들은 본래부터 포교문학으로 정리·창
작되어 서사적 구조·맥락이 극적 장면으로 점철되어 있고, 대사와 창
사 그리고 이른바 해설격의 지시문까지 갖추었기 때문이다. 이것들은
물론 강창극본의 양식을 일단 취하고 있지만, 그것을 극화하는 동기와
계기가 확대·강조되면, 곧장 대화극으로 변환·전개될 수 있는 제반
요건을 다 갖추고 있다. 그중에서도 「목련경」이나 「안락국태자전」 등
은 그 대화극본으로서의 희곡성이 이미 구명되고 있는 실정이다.[49]

한편 이른바 가요전설류는 강창극에 바탕을 두고 곧장 대화극으로
실연·전개되었을 가능성이 매우 높다. 이 유형의 축약된 현상을 원상
적으로 복원·활동시킨다면, 그것은 실로 그럴 듯한 대화극본으로 재

---

48 小川貫一, 「目連變文 源流—大目連塔 法樂供養」, 『佛敎文化史研究』, 永田文昌堂, 1973,
    p.168; 澤田瑞穗, 「釋敎劇敍錄」, 『佛敎と 中國文學』, 國書刊行會, 1975, pp.115~124 등
    참조.
49 사재동, 「한·중 목련고사의 유변관계」, 『인문과학논문집』 14-2, 충남대 인문과학연
    구소, 1987, 26~32쪽; 사재동, 「「안락국태자경」의 연구」, 『인문과학논문집』 13-2,
    충남대 인문과학연구소, 1986, 50~54쪽 등 참조.

구될 요건을 갖추고 있는 게 확실하다. 이것들이 강창극으로 실연되었던 제반 여건에 좀더 적극적인 동기와 보다 확대된 계기가 부여된다면, 그대로 대화극으로 실연·전개될 수밖에 없기 때문이다. 적어도 국가 차원의 사서나 악본에 '속악'으로 정착·기록된 모든 가요와 그 전설은 대체로 가창극본·가무극본 내지 강창극본 등을 집약·대신하고 있거니와, 그것은 결국 국가·왕실이나 백관·대가의 차원에서는 대화극의 양식으로 공연되었을 공산이 크다고 보아진다. 따라서 전게한 〈공무도하〉를 비롯하여 역대 왕조의 속악에 들어 있는 가요와 그 전설에서 대화극본을 재구·복원해 볼 수 있겠다. 그렇다면 조선시대의 선비 사회·서민 대중에 통용되던 속악으로 시조·사설·잡가·가사 등과 그 전설까지도 대화극본의 잔영이라 간주하고, 그 원형적 면모를 탐색·재구해야 되겠다.[50]

여기서 고전소설류는 판소리로 실연되어 강창극본의 형태를 유지하면서 그대로가 대화극인 창극으로 실연·전개된 사실이 뚜렷해진다. 물론 판소리가 대창 내지 입체창으로 변화되어 일찍부터 창극의 터전을 마련하고 있었다. 기실 좀더 적극적인 동기와 화려한 계기에 따라 판소리에 병행하여 창극 양식이 유통되었으리라 보아진다. 그러다가 판소리 말기에 근대적 대화극에 자극되어 새삼스럽게 '창극'이라는 대화극을 전개시켰던 것이다. 그리하여 유명한 판소리 다섯 마당은 물론, 시의와 공연 목적에 맞는 고전소설은 거의 창극으로 각색·공연될 수가 있었던 터다.[51]

---

50 앞의 주 44·45 참조. 역대의 모든 가요전설은 모두 강창극본으로 활용되었을 뿐만 아니라 나아가 대화극본으로 변환·전개되었을 가능성이 있다.

이런 전제 아래서, 강창극으로 실연될 수 있었던 삽입시 계통의 전기소설이나 패설·소화류의 단편들도 교화와 풍자 내지 오락 등을 위하여 보다 입체적이고 종합적인 대화극으로 변환·공연되었으리라 추정된다.[52] 실제로 이러한 대화극본들은 이미 지적된 조희·소학지희에 소재를 제공했거나 직접 그 대본이 되었을 가능성이 농후한 것이다. 이와 같은 연극 형태는 대화극의 전통적 일면을 계승하면서, 당시 상하 민중의 비판의식을 대변하고 그 목적을 달성하기 위하여 적절한 대본을 마련함으로써 즉흥극인 양 실연되었을 것이기 때문이다.

마지막으로 현전하는 민담이나 서사무가도 서민생활과 직결되어 원형적인 대화극본으로 전용되어 왔다고 보아진다. 실제로 민담은 전승되는 과정에서 구연자와 상대자가 대담·대화하는 형식으로 실연되는 경우가 허다한 것이다. 그것은 민담의 담당층에서 자발적으로 벌이는 대화극의 일면임에 틀림이 없겠다. 그리고 서사무가는 그 구연의 현장에서 무당과 청중 사이에 대담·문답하는 형식으로 진행될 뿐만 아니라, 2인 이상의 무당이 등장하여 대사를 주고받는 양식으로 실연되는 경우가 적지 않다.[53] 그것이야말로 유구한 전통 속에 현재까지 전래되는 대화극 그 극본의 실상을 제대로 보여 주고 있다고 하겠다.

셋째, 조희·소학지희적 맥락에 대해서이다. 전술한 바와 같이, 조희와 소학지희는 대화극의 전통적 맥락의 한 분야를 유지하여 온 것이 사

---

51 백현미, 「창극의 변모과정과 그 성격」, 이화여대 석사논문, 1989, 23~26쪽.

52 그중에서도 희비극적 사건과 발달된 대사·창사로 엮어진 극본적 자료와 당대 상하 민중에 유랑·행세하던 이야기꾼 내지 광대들을 결부시킨다면, 그것들은 족히 대화 극본으로 희곡적 수준을 유지하고 있는 터라 하겠다.

53 현용준, 「巫儀의 樣態―神話儀禮와 聖劇儀禮」, 『제주도 무속 연구』, 집문당, 1986, 294~297쪽; 다니엘 A. 키스터, 「무당굿의 연극성」, 앞의 책, 9~17쪽 참조.

실이다. 물론 강창극적 독연도 있었지만, 그것은 2인 이상의 대화극 형태가 주류를 이루었던 것이다. 거기에는 경향 간에 전문적 배우가 왕궁·대가나 민간 광장에 차출·동원되어 본격적인 연극을 이끌어 갔던 것으로 추정된다. 따라서 이 극본은 대화극본으로서의 모든 요건을 갖추고, 그 시대에 상응하여 상하 층의 갈등과 상류층에 대한 불만·불평을 폭로·승화시키기 위하여 주제의식이 뚜렷한 구성구조를 가지고 있었다. 이 극본은 얼른 보기에 현장적 즉흥성이 강조되고 있으나, 실은 어떤 극본·희곡 못지않게 의도적으로 꾸며진 사건·내용을 대화나 행동으로만 엮어나가고 있는 것이다. 이 극본은 흔히 아주 짧고 소박한 웃음거리처럼 기록되고 또한 그렇게 해석되고 있지만, 실은 그만큼 절실하고 깊이 있는 동기와 계기에 의하여 벌어지는 본격적이고 소중한 극판대본이라 하겠다. 그러므로 그것은 전체 구조와 내용에 있어 어떤 극본에도 미칠 만큼 질량의 비중을 갖추고 있었던 터다. 이미 지적된 기록에 따르면, 이 연극은 어전이나 고관의 주변에서 벌어지는 경우가 많으므로, 그 극판의 규모와 내용 등이 결코 왜소한 것이 아니고, 그 의도와 분위기 내지 그 연극에 대한 인식·감동 등도 실로 심각할 수밖에 없었던 것이다.

그렇다면 이 대화극의 극본이 엄연히 존재하여 그만한 연극을 뒷받침하는 데 조금도 손색이 없었으리라 추정된다. 그러므로 이 극본은 대소간 희곡으로서의 체재와 내용을 제대로 갖출 수밖에 없었던 것이라 하겠다. 지금까지 지적된 자료들 중에 몇 가지만 보아도 그 실상이 대강 드러나게 된다.

기술한 바 고려 초 공신 신숭겸과 김락의 충성을 기리기 위해서 그들의 저명한 행적을 인형극 내지 가면극을 통하여 실연함으로써, 결국 대화극이 마련되었으리라는 사실은 분명해졌다. 이러한 기반 위에서, 하공진河拱辰의 충절을 추념하고 계승하기 위하여 배우들이 어전에서 그의 혁혁한 행적을 대화극으로 실연했다는 것이 주목된다. 하공진은 현종 초, 거란이 침입할 때, 철군교섭을 위하여 적진에 갔다가 포로로 연경에 억류되어 적국 왕의 갖은 회유에도 변절을 거부하고 살해된 충신이다. 이러한 그의 충절담을 배우들이 극화한 것이라면, 그 극본이 비장한 서사문맥, 의도적인 구성 구조, 곡진한 대사 등 희곡으로서의 제반 요건을 갖추고 있었으리라는 것은 의심할 여지가 없다.

한편으로 하류층의 사회적 갈등을 바탕으로 상류층의 부조리와 불의 부정을 비판·풍자하는 연극 형태가 횡행하여 상당한 영향력을 발휘하고 있었다. 유몽인의 『어우야담』에 나오는 대화극의 이야기로, 「귀석의 놀이」와 「동윤의 탐화봉접놀이」, 그리고 「우인의 상소놀이」 등이 있어 사실적이고 흥미로운 서사문맥에 기지와 풍자에 넘치는 대사가 어울림으로써, 그 극본의 희곡성을 족히 헤아릴 수가 있겠다. 또한 어숙권의 『패관잡기』에 「정평부사 말안장 사는 놀이」와 「무세포놀이」가 있고, 필자 미상의 『지양만록』에도 「사회 풍자놀이」가 있어, 역시 그 극본은 어느 모로 보나 대화극본의 희곡성을 드러내고 있는 것이 사실이다.

이와 같은 사회 풍자극은 여러 사서 내지 패설·소담 등에 허다하게 드러나 있거니와, 그것이 거의 대화극의 양식으로 실연되고 있다는 사실이다. 기실 연극에 대한 해설적 기록 내용과 연극 자체의 서사문맥, 극정에 따른 대사 등을 통하여 이 극본의 희곡성을 탐색·유추할 수 있다는 것이 중요하다. 이러한 극본의 희곡성이 현전 기록의 축소·응축된 상황 위에서 원형적으로 재구·복원된다면, 그것의 희곡사적 맥락은 실로 알차고 면면한 것이라 하겠다.[54]

넷째, 가면극·인형극적 유통에 대해서이다. 이른바 이들 민속극은 이미 대화극의 두 분파라고 규정되었다. 이 연극은 사람이 가면을 쓰고 인형을 조정하여 진행하지만, 대사·창사와 행동·춤사위를 중심으로 실연되기에 실로 본격적이고 전형적인 대화극이라 하겠다. 물론 연극의 측면에서는 가면과 인형이 다 같이 소중하기에 가면극과 인형극의 구별과 함께 각기 다른 장르로 독립시켜 보는 것도 당연할지 모른다. 그러나 희곡의 차원에서는 가면과 인형이 분장·소도구나 대리 역할에 머물 수밖에 없다. 가면은 등장인물이 착용한 분장 내지 소도구의 역할을 하는 것이고, 인형은 등장인물 그 자체이거나 그 대신의 역할을 하는 것이 고작이기 때문이다. 여기서 가장 중시되는 것은 전체나 과장의 구성구조와 서사문맥, 그리고 등장인물의 행동과 대사가 주축이 되어 창사와 춤사위를 조화시킴으로써, 빈틈없는 대화극본을 이룩하고 있다는 점이다. 그래서 이 극본이야말로 근대적 수준의 희곡양식을 유지하고 있는 것이라 하겠다.

우선 가면극본의 경우, 그것이 비록 후대의 채록이라 하더라도, 그 전통적 원형을 어느 만큼 지니고 있는 터이므로 희곡으로서의 요건을 모두 갖추고 있는 것이라 보아진다. 이 극본의 많은 이본 중에서, 「봉산가면극본」만을 보아도 그 사실이 실증된다.[55] 전체 7과장으로 구성되어 있

---

54 이두현, 「광대소학지희」, 『한국연극사』, 학연사, 1999, 75~77쪽; 조동일, 「소학지희의 내용과 풍자」, 『한국문학통사』 2, 지식산업사, 1989, 471~477쪽 등 참조.
55 임석재, 「鳳山탈춤臺詞」, 심우성 외편, 『한국의 민속극』, 창작과비평사, 1975, 215~249쪽.

지만, 제5과장까지는 '파계승'의 장면으로 일관되고 나머지 1장면이 '양반·말뚝이' 과장, 마지막 1장면이 '미얄' 과장으로 끝을 맺는다. 일찍부터 가면극이 백제의 기악에 연원을 둔 불교 교훈극으로 전개되었다고 하였거니와,[56] 실로 이 극본은 그 시대마다 야기되는 불교계의 타락상을 한 노승의 파계와 그 수습 과정을 통하여 준엄하게 비판·경계하는 구성 구조가 주축을 이루고 있다. 그것은 불교·승려들을 탄압·비방하는 데 머물지 않고, 그 타락·부조리의 내면상을 폭로하여 자가비판함으로써, 정화와 발전의 계기로 삼으려는 강한 의지를 극적으로 표현하고 있는 것이 확실하다. 이런 관점에서, 이 극본은 불교 교훈극의 실상을 제대로 보여 주고 있거니와, 거기에 다만 양반들의 이면적 생활상을 풍자·비판하는 장면을 덧붙여 대조시킴으로써, 불교와 유교의 상관성을 조정하여 그 특성을 균형 있게 입체화한 결과가 되었다. 이 극본은 끝으로 인생무상적 애환을 집약한 소무·미얄 장면을 여흥처럼 추가함으로써, 극본 전체의 연극적 흐름을 절실하고도 자연스럽게 마무리하고 있는 것이다. 그래서 이 극본은 외형적 분장分場과 내용적 분절에도 불구하고, 전체적으로 일관된 주제의식과 희곡적 구성·문체를 갖추고 있는 것이 사실이다.

이 극본은 '악공'(반주자)을 포함한 등장인물들을 통하여 매우 발달된 대사로 엮어 나간다. 등장인물이나 대화 내지 과장 사이사이에 서사적 해설을 배제함으로써 대사만으로 연결된다. 따라서 연극 전체를 이야기식으로 연결하는 고리가 없는 셈이다. 그리하여 희곡적 요건을 일단

---

[56] 이혜구, 「山臺劇과 伎樂」, 『한국음악연구』, 국민음악연구회, 1957, 234~235쪽.

완결하고 있다. 게다가 창사가 적절하게 삽입되어 고전극본·희곡으로서의 요건을 좀더 강화하고 있는 실정이다. 그것은 반드시 등장인물의 입을 통하여 가창됨으로써 대화나 독백의 역할을 하되, 춤사위와 직결되어 역동적으로 극정을 돋워 주고 있는 터다.

끝으로 자세한 지시문을 통하여 무대구성, 등장인물들의 분장, 행동내지 소도구 활용, 춤사위의 시기와 방법, 악공들의 연주 등에 이르기까지 모든 것을 구체적으로 표현하고 있다. 그러면서 이것은 결코 서사문학·소설 형태의 지문과 같이 서사맥락을 이어주는 것이 아니다. 그러므로 지시문은 극본을 본격적인 희곡으로 부상시키는 불가결한 요소로 작용하고 있는 것이 확실하다. 이로써 다양하게 전승되는 가면극본들은 유구한 전통 속에 대화·창사와 행동·춤사위로만 조직·표현된 본격적 대화극본이라고 규정될 수밖에 없다.[57]

다음 인형극본의 경우도 후대적 채록이지만 전통적 원형을 확보하고 있다는 전제 아래, 그것은 가면극본과 같이 대화극본의 요건을 제대로 지니고 있는 것이 사실이다. 이 극본의 여러 이본을 비교·종합해볼 때, 그 희곡적 양식이 실증되기 때문이다. 이 극본은 전체가 8막으로 되어 있지만, 매 막마다 박 첨지가 주축이 되어 사건을 이끌어 감으로써, 수미일관된 구성 구조를 유지하고 있는 것이다. 이 극본은 박 첨지의 강산유람으로 시작하여 그와 관련된 7장면이 연속됨으로써, 전체가 서사적 맥락을 드러내게 된다. 이 극본은 파계승을 풍자하고, 가족의 파멸, 처첩 간의 갈등을 경계하면서, 벼슬아치의 횡포와 이면상을

---

57 김열규, 「탈춤의 연행성」, 『한국신화와 무속연구』, 일조각, 1977, 164~168쪽; 조동일, 「봉산탈춤 분석」, 『탈춤의 역사와 원리』, 홍성사, 1987, 185~198쪽 등 참조.

비판한다. 끝으로 부모의 장례를 치러 명복을 비는 불교재의와 건사 장면으로 모든 것을 화해시키고 종결짓는 데에서 다양의 통일성이 확보된다. 더구나 매 막마다 박 첨지가 등장하여 악공과 함께 앞으로의 극정을 예고·해설함으로써 전체적 흐름은 서사적 고리로 연결되어 있는 것이 특징이라 하겠다. 그래서 이 극본은 주제의식과 사건 내용 그리고 전체의 극정에 있어 내외적으로 일관성을 유지하고 있는 것이 사실이다.

그런데다 '촌사람'(악공)을 포함한 등장인물들을 내세워 보다 발달된 대사를 구사해 나간다. 대사만으로 연결되어 있는 데다, 박 첨지와 촌사람의 대화를 통하여 매 막의 극정을 연결시킴으로써, 비로소 전체적으로 일관된 극적 분위기를 마련하였던 것이다. 이로써 대화 중심의 극본으로서 희곡의 요건을 완비했으되, 가면극본보다는 각막 간의 유기적 관계가 좀더 강화되어 있는 점이 다르다고 하겠다. 이 극본 역시 창사가 적절하게 삽입되어 고전극본·대화극본으로서의 요건을 강화하고 있는 것은 사실이나, 그것이 아주 약세를 드러내고 있는 실정이다. 그러면서도 창사는 등장인물 내지 상대역의 대화격으로 활용됨으로써, 춤사위와 함께 극정을 활성화하고 있는 것을 보게 된다.

끝으로 실질적인 지시문을 통하여 등장인물의 행동, 춤사위의 시기와 방법, 악공들의 반주 사항 등을 간략히 알려 준다. 그것은 이미 지적한 대로 박 첨지와 악공의 대화를 통하여 해설·지시적 역할을 대행할 뿐만 아니라, 극의 연출이 가면극에 비하여 상당한 제한을 받기 때문일 것이다. 그러면서도 지시문은 그 극본을 실제적인 희곡으로 규정짓는 데에 필수적인 조건으로 자리하고 있는 것이 사실이다. 따라서 이 극본은 면면한 전통 속에 여러 이본으로 전개되면서, 대화·창사와 행동·춤사위로만 편성·실현된 본격적인 대화극본이라고 규정되어 마땅할 것이다.[58]

다섯째, 중국잡극적 각색에 대해서다. 전술한 대로 원 이후로 잡극이 대화극으로 연출되었다면, 고려에서도 그에 상응하는 극본이 대두되었을 것은 물론이다. 기실 이 잡극은 일찍부터 극본이 희곡 형식으로 창작·유통되었거니와, 고려 이래로 잡극에 따른 극본이 희곡 양식으로 각색·모작되고 나아가 창작의 경지까지 나갔으리라 추정된다.[59] 이미 지적된 대로, 고려가요 중의 〈쌍화점〉 같은 것은 가창극본으로서 고찰되고, 거기에 서사문맥을 재구·결부시킴으로써 대화극본의 가창 부분으로서도 검토된 바가 있다. 이런 경우의 대화극이 어쩌면 저 잡극의 형태와 연결·재편되었을 가능성을 배제할 수가 없겠다. 이렇게 볼 때, 충렬왕 대를 전후한 속요들은 '남녀상열지사'를 중심으로 하는 대화극본의 사곡적 잔영으로서, 저 잡극의 사곡과 결부시켜 볼 수도 있을 것이다. 그렇다면 현전하는 고려속요를 통하여 그것을 사곡으로 포용·삽입했던 잡극 형태의 대화극본을 적잖이 재구·복원해 볼 수 있겠다.

이러한 잡극의 형태는 조선조에 이르러 적극적으로 배격되었고, 따라서 공공연한 기록이나 악서 등에서 그런 사실이 축소·삭제되었을 것은 물론이다. 그러나 명대에도 그 잡극이 명맥을 유지했던 것처럼, 조선조 선비들 중에는 저 잡극본들을 수입·감상하면서 그 형태를 모

---

58 최상수, 「꼭두각씨 人形劇 硏究 및 꼭두각씨극 脚本」, 『한국민속학』 1, 한국민속학회, 1956, 24~75쪽.
59 이두현, 앞의 책, 66~67쪽 참조.

방한 극본을 지어내는 경우가 있었던 것이다. 그런 근거가 조선조 초 중기에 남아 있기는 어렵겠으나, 적어도 말기에 그만한 흔적을 보여 주고 있는 것이 주목된다. 수산선생水山先生의 〈광한루기〉와 문양산인의 〈동상기〉 등이 바로 그것이다.

〈광한루기〉는 「춘향전」의 한 이본으로 여러 학자들에 의하여 소개되었지만,[60] 그것을 희곡적인 측면에서 검토한 바는 없었다. 이 작품은 원대 왕실보의 잡극 〈서상기〉에 대응하여 그것을 능가하는 극본·희곡으로 재편·각색된 「춘향전」의 잡극본이다. 그것은 전체 구성 구조가 「춘향전」의 그것에 바탕을 두고 8장(회回)으로 구분되었으되, 그 서사문맥과 극정의 흐름은 일관되어 있음이 분명하다. 이 작품은 '심춘尋春·탐춘探春·응정凝情·석별惜別·거령拒令·수절守節·봉명奉命·천약踐約' 등의 제하에, 다시 매 장마다 각기 "烏鵲橋仙郞醉春風 楊柳堤佳人送秋千"식으로 내용을 요약하여 오히려 제목(심춘)을 설명하기에 이르렀다. 매장의 본문 앞뒤에는 비평문이 붙어 있고 그래서 본문은 지문, 지시문을 매개로 하여 등장인물의 대화·독백·창사로만 이어지고 있다. 이 작품이 연극으로 실연되었다는 근거는 아직 없지만, 그것은 곧장 실연될 수 있는 극본·희곡의 양식을 취하고 있는 것만은 확실하다. 그것은 선비들 사이에서 실연이 되면 그런 대로 환영되었을 것이고, 만약 그렇지 못했다면 그것을 읽는 것으로 만족할 수도 있었을 것이다. 말하자면 그것은 '읽는 희곡'으로서도 행세했던 것이다. 이러한 양면적 기능을 가진 대화극본이 조선 말(19세기 초)에 찬성되었다고 추정되고

---

60 소재영, 「水山廣寒樓記(해제 및 자료)」, 『숭실어문』 4, 숭실대 국어국문학회, 1987, 251~265쪽.

있거니와, 이런 극본·희곡적 전통은 그 상한 연대가 원·고려에까지 소급되리라 추정되는 바다.

그리고 〈동상기〉는 이덕무의 「김신부부전」(김신사혼기)을 모태로 각색된 원잡극류의 한국잡극본이다. 이 작품은 〈서상기〉와 대비시켜 하나의 소설 형태를 극본·희곡으로 각색·개편한 전형적인 사례가 될 것이며, 따라서 한국의 〈서상기〉라 불리워도 무방할 터이다.[61] 이 작품은 전체가 뛰어난 서사문맥을 가지고 있으되, 모두 4절로 나뉘어 극화되었음이 확실하다. '동상기'라 제하고 '정목正目'을 '궁차대남동절탄窮借大南洞竊歎(재질才質)', '노처녀북궐철문老處女北闕徹聞(덕혜德慧)', '제상서서역주혼諸尚書西域主婚(권택眷澤)', '호부부동상감은好夫婦東廂感恩(복록福祿)'으로 삼아 본문 각 절이 연결·진행되어 있다. 1개 절은 등장인물의 자기소개로 시작되어 그들의 대사·창사(곡조표시)와 행동으로만 엮어지고 있음이 분명하다. 그리고 거기에는 적절한 지시문이 끼어 극본·희곡의 조건을 보완하고 있다. 이로써 〈동상기〉는 중국 잡극본과 같은 한국판 희곡, 대화극본임에 틀림없다고 하겠다.[62] 실제로 이 작품의 희곡화는 조선 말기를 크게 벗어나지 못할 것이지만, 희곡작품이 각색·재편되는 전통은 〈광한루기〉와 함께 당당히 소급되리라고 추정된다.

이상과 같이 서사문학 소설 형태를 잡극식 희곡으로 각색·개편하던 사례는 얼마든지 있었을 것이고, 실제로 의욕과 능력에 따라 다양하게 전개되었을 것이다. 이런 현상이 비록 모방·각색의 차원에 머물러

---

61 유탁일, 「한국희곡문학 자료 「동상기찬」에 대하여」, 『한국문학논총』 5, 부산대, 1987, 77~79쪽.
62 박선영, 「〈동상기〉 연구」, 이화여대 석사논문, 1985, 77~79쪽.

있었다 하더라도, 그러한 대화극본으로서의 완전한 희곡 양식이 일찍부터 터를 잡아 선비·광대 사이에 제작·유통되었다면, 그 희곡사적 의의는 참으로 큰 것이라 하겠다. 그 자체가 희곡사의 한 부분이 되고, 나아가 한국적 희곡을 창작해내는 기반이 되었기 때문이다.

여섯째, 선문답식禪問答式 정립이다. 실제로 불가의 선문답식 연극 형태가 정립되었다면, 그 극본이 희곡으로서의 기본 양식을 갖추고 있었던 것이 사실이다. 이런 식의 대화극은 처음에는 어느 선사들의 실제적 문답을 모형·고칙으로 하지만, 점차 유형화되고 연극적 성향을 지니게 됨으로써, 전승·반복의 연출을 위한 화본 즉 극본이 어느 정도의 희곡적 면모를 지향하게 되었을 것이다.

이른바 선극본은 대화극본의 요건을 모두 갖추어 희곡으로 규정되기에 족하리라 보아진다. 그 극본에는 희비극의 절실한 이야기가 시종일관되어 있다. 거기에는 갈등과 대립 이상의 영웅적 투쟁으로 절정을 이루고 승패를 결정하여 하강·종결되는 구성 구조가 뚜렷이 자리하고 있다. 그리고 실은 이 극본이 대사와 게송으로만 엮어짐으로써, 희곡의 특성을 제대로 살리고 있는 것이다. 또한 행동과 표정, 소도구 활용에 이르기까지 모두 알려 주는 지시문도 있어서 희곡의 요건을 다 갖추었다고 할 만하다. 이런 극본이 선가문헌에 수많이 수록되어 있거니와,[63] 그중에서도 저명한 것이 고려 혜심·각운의 『선문염송설화회본』에 집성되어 있는 실정이다. 여기에는 저명 선사들의 어록·예화가 1,463측이나 있어, 각기 대화극본의 양태를 보여 주고 있는 것이다.[64] 그 예화들은 대

63　道泰, 『禪林類聚』 全20卷과 圜悟, 『碧巖集』 全10卷 「萬續藏經 第17冊」에는 대화극적 선문답과 게송·창사가 교직되어 있다.

부분 극적인 서사문맥이 생략·축소된 모양을 보이나, 대화와 게송으로 연결되면서 극적 행동의 구조 형태만은 제시되고 있는 것이 사실이다. 이러한 잔본을 재구·활성화하면, 그것이 곧 이 대화극본의 원형으로서 희곡의 진면목을 드러내게 될 것이다.

끝으로 대화극본의 면모를 축약·반영하고 있는 두어 가지 경우를 들 수가 있다. 역대 문집에 보이는 악부시와 관극시가 바로 그것이다. 우선 고려 선비들의 악부시를 보면, 대부분이 연극 자체나 연극적 사건을 읊어내고 있다. 기실 악부시는 악곡에 실어 부르는 것이 원칙이므로, 그것 자체가 연극 내지 창사 역할을 해 온 경우도 없지 않겠다.[65] 원칙적으로 연극 장면을 그린 경우에는 거기에 작자의 연극관을 보이고, 대화극의 실태를 엿보게 하며, 그 극본의 면모를 복원해 볼 근거를 제공해 주기도 한다. 역대의 많은 악부시 중에서 이제현의 소악부 같은 것은 고려가요의 희곡적 면모와 관련시켜 주목해야만 되겠다.[66]

옛날 선비들의 관극시를 보면, 모두가 연극과 얽힌 상황을 묘사하고 있다. 그 시들은 문자 그대로 작자의 연극관을 드러내고 대체로 대화극의 실상을 그려냄으로써, 극본을 재구할 수 있게 만든다. 그러기에 역대 관극시를 제대로 분석·복원한다면, 선후·좌우 관계를 분간하여 체계화함으로써 일단은 연극평론사와 연극사 전반을 개관할 수 있겠고, 나아가 편린이나마 희곡사의 흐름도 어느만큼 파악할 수 있으리라 본다.[67]

---

64 혜심·각운, 『선문염송설화회본』 전60권, 한국불교전서편찬위원회, 『한국불교전서』 5, 동국대 출판부, 1983 참조.

65 이가원, 「『악부』사 개관」, 『한국한문학사』, 민중서관, 1961; 계명국학자료실, 『漢文樂府·詞資料集』 I, 계명문화사, 1988 등 참조.

66 이제현의 『익재난고(益齋亂藁)』 권4 「소악부(小樂府)」는 가창극본 내지 대화극본의 창사가 되었던 고려가요를 한시화함으로써, 그 희곡적 면모를 반영하고 있다.

이 희곡사의 경우 그것은 대화극본뿐만 아니라, 가창극본·가무극본 내지 강창극본 전반에 걸쳐 복합적으로 체계화할 수도 있기 때문이다. 적어도 최치원의 「향악잡영」을 비롯하여 이규보·이색·이곡 등과 성현·김만중·신위·송만재 등이 남긴 역대 관극시는 한국희곡사를 체계화하는 마당에서, 하나의 지표적 계맥을 이루고 있는 터라 하겠다.

5) 잡합극본

잡합극본은 잡합극의 극본 희곡이기에, 성격이 복합적이고 유동적이라 하겠다. 전술한 바 잡합극의 성향이 이를 실증하고 있기 때문이다. 따라서 잡합극본이 다양한 형태로 전개될 수밖에 없었던 것이다. 그런대로 대강 세 가지 유형을 보이는 게 사실이다. 우선 잡합극본 본연의 적통을 이어 받은 것과 나머지 4대 장르의 요건을 인용·복합시킨 것, 그리고 여타 4대 장르 중의 하나를 중심으로 다른 연행 요건을 혼합시킨 것 등이 바로 그것이다. 그러기에 잡합극본은 고정적이고 전형적인 작품으로 고유명칭을 띠기 어려웠던 터다. 이에 그 유형에 따라 잡합극본을 유추·탐색하여 보겠다.

첫째, 잡합극본이 본연의 전통을 이어 받은 것에 대해서다. 전술한 대로 잡합극본은 고금을 통하여 '백희'·'잡희'의 적통을 이은 게 분명하다. 여기 백희는 산악백희로서 잡합극의 형태를 보이니, 그 극본이 그대로

---

67 윤광봉은 『한국연희시 연구』, 이우출판사, 1985, 17~91쪽에서 역대 연희시를 통하여 한국연극사를 개관하는 성과를 내었다.

잡합극본으로 성립되는 터다. 그리고 잡희의 측면에서도 산대잡희로서 위와 같은 유형을 보이면서 잡합극의 양식을 나타내니, 그 극본이 바로 잡합극본으로 행세하였던 것이다. 이러한 잡합극본의 전통은 남사당패 놀이로 결집된 것으로 보인다. 원래 산악백희나 산대잡극은 궁중이나 사찰 그리고 상류층에서 공연·유통되었지만, 후대에 오면서 민중화되 어 남사당패놀이로 정리·정착됨으로써 극본이 성립되었던 것이다. 남 사당패놀이는 풍물놀이를 비롯하여 버나(접시 돌리기)·살판(땅재주)· 어름(줄타기)·덧뵈기(탈놀음)·덜미(꼭두각시 놀음) 등으로 연결되는데, 이것들이 전체적으로 종합·기록됨으로써, 극본 희곡으로 완결되었던 터다. 이러한 극본은 종합적이고 유동적이어서 형편과 분위기, 기타 공 연 여건에 따라 계획적인 가감을 할 수가 있었다. 남사당패놀이는 광대 출연자들의 생활고로 하여 발전·성황을 보지 못하고 오히려 축약·생 략되는 경향을 보이면서, 사찰과의 관계를 더욱 긴밀히 하였다. 기실 사 찰에서는 남사당패들에게 숙식과 편의를 제공하고 그들은 사찰 측의 권 선 공연에 적극 협력하게 되었다. 이러한 관계로 남사당패의 공연 현상 이『감로탱』의 중요한 부분에 자세히 묘사되고 있는 실정이다. 이것이 바로 남사당패놀이의 시각적 극본이라 하겠다.

　나아가 이런 남사당패놀이의 민속화와 민중놀이의 합작으로 잡다하 고 자유분방한 연희판이 벌어지니, 그것이 이른바 난장판으로 나타났 던 것이다. 상당한 전통을 가진 이 난장판은 하나의 유형과 전형을 마 련하게 되었으니, 이것이 잡합극의 면모를 보이기에 이르렀다. 이러한 공연현상을 정착·기록하면, 그대로가 잡합극본의 면모를 유지하였던 터다. 이처럼 산악백희나 산대잡희로부터 남사당패놀이와 난장판에 이르기까지 잡합극의 전통이 그대로 종합적으로 정형화되어 잡합극본의 유동적 전형을 이루게 되었다.

둘째, 잡합극본이 다른 4대 장르의 요건을 인용·복합시킨 것에 대해서다. 실제로 가창극본과 가무극본·강창극본·대화극본 중에서 각기 요긴한 부분을 뽑아 내어 재결합시키면, 바로 이상적인 잡합극본이 성립되는 터다. 이러한 복합적인 극본이 유기적으로 조직되어, 그 자체의 독자적인 희곡적 실상과 연극적 기능을 족히 발휘할 수가 있었기 때문이다. 이럴 경우에 잡합극본의 편성 제작자가 그 연극의 규모와 소용에 따라 그 4대 장르로부터 임의로 인용하여 재구성하는 일은 얼마든지 가능한 것이다. 그러한 잡합극본의 성립·제작은 그만큼 자유자재로 성립되기에, 극본이 그 유형과 형태에 따라 다양하게 전개될 수 있었던 것이다. 그래서 잡합극본은 취향에 따라 선택하는 자유가 보장되어, 전형적인 작품의 고유 명칭을 가지기도 어렵고 그럴 필요도 없었던 터다. 기실 위 남사당패놀이도 처음에는 선행 연극 형태와 그 극본의 긴요한 부분을 인용·조합시켰던 것이 오랜 세월 속에서 오늘의 모습으로 정립된 것이라 하겠다.

셋째, 잡합극본이 그 4대 장르 중의 어떤 것을 중심으로 여러 연극적 요건을 흡수·혼합한 것에 대해서다. 이것은 실제로 손쉽고 흔히 볼 수 있는 잡합극 내지 그 극본이다. 그래서 가창극본 중심의 잡합극본, 가무극 중심의 잡합극본, 강창극 중심의 잡합극본, 대화극 중심의 잡합극본 등이 얼마든지 가능하다는 것이다. 우선 가창극 중심의 잡합극본이 기본적이고 보편적으로 성립되어 있는 터다. 원래 가창은 여타 연극 장르에 필수적인 기반이 되므로 가무·강창·대화나 기타 연극

요건들을 유기적으로 혼합시키면, 잡합극 내지 잡합극본은 얼마든지 조립될 수 있는 것이다. 따라서 구체적인 작품명을 열거할 수도 없거니와 그리할 필요도 없었던 터다.

다음 가무극 중심의 잡합극본이 역동적이고 다양하게 성립·전개되었던 터다. 본래 가무는 역동적이고 입체적인 구조·구성을 갖추었기에, 가창·강창·대화나 특색 있는 연극 요건이 끼어들 여지가 얼마든지 있는 실정이다. 그리하여 가무극본은 이미 잡합극을 지향하여 자연스럽게 증보·부연되어 나갔던 것이다. 실제로 〈처용무〉 같은 가무극본이 주축이 되어 가창·가무·강창·대화를 흡인·조정하여 〈학연화대처용무합설〉을 이룩하였을 때, 그것은 이미 잡합극본을 지향하여 그 실상을 보이게 된 것이었다. 이처럼 모든 가무극본은 잡합극의 입체적 성취와 풍성한 공연을 위해서 얼마든지 잡합극본을 지향하고 그렇게 변신할 수가 있었던 터다. 그러기에 가무극 중심의 잡합극본은 그 공연 목적과 수요·소용에 따라 자유자재로 성립·조성되어 왔던 것이라 본다.

이어 강창극 중심의 잡합극본이 공연의 효과를 극대화하기 위하여 적극적으로 성립되었던 터다. 원래 강창극본은 강창극의 극본으로서 만족하지 않고 역동적이고 입체적인 공연을 지향하는 의욕을 가질 수밖에 없었다. 서사구조가 그다지 극적으로 전개되는 데도 불구하고, 그것은 강설과 가창만을 공연의 방편으로 삼았기에, 불가피한 한계점을 보이게 되었다. 이리하여 공연의 한계를 벗어나려고, 잡합극을 지향하여 보수적 공연 공식을 과감히 벗어나, 가창·가무·대화와 여타 연극요건을 거침없이 흡인하여 변신을 도모했던 것이다. 그러기에 모든 강창극본은 스스로 잡합극을 지향하여 결국 잡합극본으로 전개된 터라 하겠다.

끝으로 대화극본 중심의 잡합극본은 지극히 자연스럽고 편리하게 성립 · 전개되었던 터다. 원래 대화극본은 종합성과 입체성 속에 이미 잡합극본의 요건을 거의 갖추고 있었다. 다만 그것이 대화극의 전문성에 의하여 음성화되어 있을 뿐이었다. 이런 대화극본이 연행되면서 그 공연의 효과를 극대화하려는 의욕을 보이면, 자체 내의 잡합극적 요건들이 속속 양성화되고, 나아가 가창 · 가무 · 강창과 특색 있는 연극 요소들을 손쉽게 흡수하여 바로 잡합극을 조성하고 잡합극본으로 변모 · 성립되었던 것이다. 그렇다면 잡합극본은 적통을 이은 본령의 작품도 작품이려니와, 여타 장르에 의한 재창조 · 재생산된 작품이야말로 상당한 성세를 보여 왔다고 하겠다. 따라서 잡합극본은 어떤 점으로나 백화점식으로 풍성하고, 언제 어디서나 능소능대하게 공연된 전능극본이라고 하겠다.

4. 한국희곡사의 전개 과정

1) 한국희곡사의 전모

이상과 같이 각종 극본이 희곡의 양식을 갖추고 있다면, 그것들의 희곡사적 전개 과정은 종래와는 다른 각도에서 검토될 수밖에 없다. 이미 지적된 대로, 한국희곡사의 상한선을 민족과 언어의 형성사와 함께 제한 없이 소급시킨다는 전제가 성립되어야 하겠다. 최소한 민족이 형성되고 언어가 사용되었다면, 가장 원초적인 삶을 위해서도 연극이 필수되고 따라서 희곡의 원형이 이룩되었을 것은 당연한 일이기 때문이다. 그리고 희곡사는 형성·전개 과정에서 어느 시대, 어느 곳에서나 공백기가 있을 수 없다는 원칙이 재확인되어야 한다. 전술한 바와 같이 실제로 어느 시대를 막론하고 상하 민중이 함께 사는 곳에 연극·희곡이 어떠한 형태로든지 상존한다는 사실은 이미 상식화되어 있는 실정이다. 따라서 연극·희곡사의 흐름이 강약과 기복의 차이는 있다손 치더라도 어떠한 상황의 공백기도 있을 수 없다는 것은 자연스러운 이치라 보아진다. 물론 그 시대의 희곡사를 실증·기술할 수 있는 자료가 아주 인멸되었거나 아직 파묻혀 있어 빛을 못 보는 경우와 그것이 현존하고 있는 데도 제대로 검토·해석되지 못한 경우는 예상할 수 있다. 그러나 어떠한 경우라도 결코 공백기는 아니다. 위와 같이 자료가 현존할 때는 과학적인 방법론으로 분석·규명해내면 되고, 그것이 묻혀 있을 때는 발굴·조사해내면 되고, 그것이 아주 인멸되었을 때도 그 실존했던 사실만 확인·복원된다면, 어느 시대든지 공백기로 처리될 수는 없기 때문이다.

한편 희곡사의 전개 과정에서 그 시대의 주동계층과 그 연극·희곡을 연출·제작하는 사회사조적 근본 동인, 문화예술상의 직접 동기, 그리고 그것이 형성·전개되는 실제적 계기 등에 대해서도 유기적으로 재검토해야 된다. 이런 점은 이미 개술되었거니와, 여기 희곡사의 합리적 체계화를 위해서 좀더 본격적으로 재고될 수밖에 없겠기 때문이다.

이 희곡사의 시대구분은 그 자체의 문학 현상에 주안점을 두어 독자적으로 이루어져야 하는 것이 원칙이다. 그러면서도 그것은 연극의 대본으로서 어디까지나 연극사와 운명을 같이 할 수밖에 없다는 것이 분명하다. 그러므로 연극사와 한데 어울린 음악사·무용사 그리고 미술사와도 혈연적 관계로써 조응되어야 할 것은 물론이다. 그러면서 희곡의 원초적이고 민중적인 언어예술, 대사문학이라는 전제 아래, 국어사 내지 대화문체사와 직결되어야 한다. 실제로 희곡은 종합문학의 형태이므로 시가사나 서사문학·소설사 등과 같은 맥락에서 시대구분이 이뤄져야 마땅하다. 나아가 희곡사는 사회경제사·종교사상사·민속제도사 등과 깊은 관련을 가지고 있다는 것이 고려되어야 한다. 이처럼 한국희곡사는 그것의 종합성만큼이나 복잡 다양한 관계 속에서 시대구분이 이루어져야만 합리적이라 하겠다. 이것은 희곡사의 시대적 검토·기술에 있어 커다란 장애요인이 될 것으로 속단되겠지만, 실제로는 그와 반대라고 보아진다. 적어도 희곡사가 불완전·불투명할 때는 그다지 입체적으로 이를 둘러싸고 있는 문학사·예술사·문화사의 보조 아래, 그것이 재구·보완될 수가 있기 때문이다. 여기서 이른바 보조과학에 의한 종합과학적 방법이 제대로 확립·적용된다면 혼잡하고 무리한 시대구분이란 결코 필요하지도 않고 성립될 수도 없으리라 본다. 실제로는 시대구분이야 어떻게 떨어지든지, 결국 희곡의 각 장르가 형성·전개되는 과정에서 유기적 상호관계를 견지하면서 계통적으로 전승·발전된 맥락·실상이 합리적으로 파악되면 그만인 것이다. 그리하여 한국희곡사가 제대로 체계화되면 스스로 지니고 있었던 마디[節]가 가장 타당하고 자연스러운 시대 구분선으로 드러나기 마련이다. 실로 희곡사의 시대 구분은 그것의 효과적인 연구·검토를 위하여 시작되는 것이지만, 깊이 있고 완벽한 연구를 통하여 그 자체의 구분선을 발견해 내는 부단한 방황이요 탐색 작업이라고 보아진다. 그러므로 시대 구분과 그에 따른 문학사의 연구 작업은 언제나 상보적인 관계로서 균형 있게 조응되고 조정되어야 할 것이다. 그렇다면 현 단계에서 기발하고 혁신적인 시대 구분을 서둘러 제창하기보다는 좀더 신중을 기하면서, 일단은 문학사를 중심으로 예술사에서 흔히 채택했던 시대 구분법을 참고하고 점차로 합리적인 방향을 모색해 나갈 수밖에 없다. 대체로 고대문학, 상고문학, 중고문학(전·후기)·근고문학(전·후기)·근세문학(전·중·후기)·근대문학·현대문학 등으로 나누고, 구체적인 왕조나 시대는 문학·희곡사상에 따라 조정·구획해 나갈 일이다.[68]

2) 한국희곡의 형성연원

전술한 바와 같이, 각 장르의 극본들은 상호 간에 전환·보완하는 혈연적 관계를 가지고 있다. 따라서 극본들은 희곡적인 발생·전개 과정에서 결코 고립·분리되지 않고 다른 장르와 융합하여 종합예술적인 현상을 드러내게 마련이었다. 각 극본들이 형성된 연원을 찾기는 어렵겠지만, 그중 한 장르의 극본만이라도 그럴 만한 근거를 잡게 되면 동시에 다른 장르의 극본도 그곳에 연결시켜 검토할 수가 있다는 것이다.

첫째, 가창극본의 경우 그 형성연원이 상당히 소급될 것이다. 지금 고

---

68 조동일,「문학사 이해의 새로운 관점―시대구분의 방법」,『한국문학통사』1, 지식산업사, 1989, 32~38쪽; 이기백,「한국사의 시대구분 문제」, 한국경제사학회,『한국사 시대구분론』, 을유문화사, 1970, 5~10쪽 등 참조.

고학·고대사학계에서 한국 고대국가의 상한선을 멀리 소급하는 마당에, 가창극의 시원을 거기까지 올려 볼 수 있는 것은 물론이다. 적어도 고조선같은 규모와 문화를 갖춘 국가라면 정치 현실과 생활현장에서 그만한 동기와 계기로 하여 가창극이 소박하게나마 실연되었으리라 추정된다. 고금을 통하여 어느 국가든지 복합적인 요청과 다양한 계기에 의하여 가창 내지 가창극이 필수되는 것은 너무도 당연한 일이기 때문이다. 우선 궁중이나 조정, 그리고 문무백관의 가정에서 어떤 형태로든지 그에 상응하는 가창극이 행해졌던 것이며, 백성·민중 사회에도 그에 상응하는 가창극이 유통되었을 것은 뻔한 일이다. 주지하는 바와 같이, 고대문학기(고조선~삼국전기)에는 부여·고구려(초기)·예 그리고 마한·변한·진한 등 국가마다 각종 제의와 국중대회에서 가무·가희를 즐겨 행하였으니,[69] 그것이 바로 가창극의 한 면모라고 보아지는 것이다. 더구나 고조선으로 지목되는 조선에서는 〈공무도하〉가 중국 기록에 전하여 당시 가창극본의 면모를 증언하고 있는 실정이다.[70] 고구려 초기 유리왕 대의 〈황조가〉나 신라 초기 유리왕 대의 〈도솔가〉와 〈회소곡〉, 그리고 가락국 수로왕의 탄생에 관한 〈구지가〉 등이 바로 가창극의 실존과 그 극본의 잔영을 실증해 준다고 하겠다.[71] 그래서 백제 초기에도 그에 상응하는 가

---

69 『후한서』「동이전」에 "夫餘國 以臘月祭天大會 連日飮食歌舞 名曰迎鼓 (…中略…) 行人無晝夜好歌吟 音聲不絶"이라 하고, 『삼국지』「위지」「동이전」에 "高句麗 其民喜歌舞 國中邑落暮夜男女群聚 相就歌戱 (…中略…) 以十月祭天 國中大會名曰東盟", "濊 常用十月節祭天 晝夜飮酒歌舞 名之爲舞天 又祭虎以爲神", "馬韓 常以五月下種訖 祭鬼神群聚歌舞 飮酒晝夜無休 其舞數十人 俱起相隨踏地低昻 手足相應 節奏有似鐸舞 十月農功畢 亦復如之"라 기록되었으니 각종 제의와 가무·가희의 실제적 연원은 보다 올라갈 것이다.

70 사재동, 「〈공무도하〉 설화의 문학적 고찰―그 희곡적 실상을 중심으로」, 『한·중 학술 발표 논문집』(제1회), 충남대 문과대학, 1988, 57~61쪽.

71 이러한 가요들이 각기 해당되는 제의나 국중대회에서 가창되었다면, 그것은 연극적

창극과 그 극본이 존재했으리라 추정되는 것이다.

그렇다면 가창극본은 고대문학기에 그런대로 발생하여, 복합적 동기와 다양한 계기에 따라 실연되었으리라 추정할 수가 있겠다. 여기서 중요한 것은 중국 사기나 한국 사서에서 기록으로 증명되는 가창극 형태와 그 극본에 대해서는 신중하게 검증할 필요가 있다는 점이다. 그만한 작품이라면 고대문학기에 발생하였다고 추정해도 무방하겠거니와, 만약에 그것들이 후대의 부연이라 하더라도 그 시대, 그런 나라에 그만한 작품이 있었을 가능성을 결코 배제할 수는 없겠기 때문이다.

둘째, 가무극본의 경우도 가창극본의 그것처럼 그 발생의 연대가 상당히 소급될 것이라 보아진다. 실제로 고대문학 시대에 상응하여 전개한 고대국가에서는 가무극이 유행하고, 그 극본이 성립되었던 것이라 하겠다. 보다 시원적인 무극에 가창을 수용하여 가무극과 그 극본이 형성될 때, 가창극과는 춤사위에서 차이를 보이며 좀더 다양하게 상호 관계를 유지해 왔던 것이라 추정된다. 전개한 고대국가 시대의 가무·가희에서 가무극과 그 극본의 확실한 근거를 찾을 수 있다.[72] 실제로 가무·가희는 가무극 그 자체로 보이며, 가무극적 성향이 보다 강렬하게 드러나고 있는 것이다. 그래서 전개한 여러 가요와 그 전설들은 오히려 가무극본의 잔영으로서 뚜렷한 개성을 보인다고 하겠다. 그것들은 실제로 가창극본으로서보다 가무극본으로서 그 입체성이 돋보인다고 하여도 과언이 아니다. 무엇보다 중요한 것은 위와 같은 작품이 실제로 존재·실연되었다는 사실을 확증해야 된다는 점이다. 그것들의

현장을 조성하여 그대로 가창극으로 실연됨으로써, 그 극본이 되었으리라 보아진다.
[72] 앞의 주 55 참조.

연극성과 그 극본의 희곡성이 더욱 부각되면, 위 고대문학기에 가무극 본이 발생하여 어느 정도의 형태를 유지했으리라는 추정은 얼마든지 가능하기 때문이다.

셋째, 강창극본의 경우에는 그 형성의 연원을 찾는 데 좀더 폭을 넓혀 볼 수 있겠다. 우선 고대문학기에 가창극과 가무극이 유통되고 그 극본들이 그런대로 발생·성립되었으리라는 사실이 주목된다. 전술한 바 각종 극본의 상호관계를 전제할 때, 적어도 강창극본은 위 극본을 근거로 하여 그 발생의 가능성이 일단 방증되는 터라 하겠다. 실로 가창극과 가무극은 거기에 서사문맥을 재구하고 해설을 덧붙임으로써 곧장 강창극 형태로 변환·전개될 수가 있기 때문이다. 나아가 전술한 바 강창극본의 몇 가지 유형을 고대문학기에 적용시켜 볼 때, 그것들은 족히 강창극과 그 극본으로서 발생·활용되었으리라는 추정이 가능해진다.

우선 건국신화류는 이 시대의 강창극으로 실연되고 극본으로 성립되었으리라 추정된다. 이미 거론된 단군·동명·온조·혁거세·수로 등의 건국 행적은 각기 그 나라의 초창기를 지나 안정권에 들면서 추모제의나 국중대회를 통해서 신화화되었을 것이 분명하다. 엘리아데의 신중한 견해도 있지만,[73] 개국의 영웅이 서거한 후에 바로 추모제의가 열리고 그를 계승·선양하는 국중대회가 벌어질 때, 그것은 곧 그의 신화를 생성시키는 과정이요, 강창극을 조성·실현하는 계기가 되었으

---

[73] 엘리아데는 한 인물의 사실이 적어도 2~3세기는 지나야 전설화된다는 일반적 경향을 제시한 바가 있다. Mircea Eliade, *The Myth of Eternal Return or, Cocmos and History*, Princeton University press, 1971, p.43.

리라 보아진다.[74] 이와 같이 각국 시조에 관한 신화는 그 강창극적 실연 과정을 통하여 자연이 극본의 역할을 하게 되었고, 생동하는 신화, 강창극본으로 발생·전개되었으리라 추정된다.

다음 궁중비사류는 고대문학기에 강창극으로 실연되고 극본으로 성립되었으리라 추정된다. 이 시기의 각 국가에는 국초 개국의 이적 못지 않게, 왕권을 둘러싼 희비극적 사건이 무섭게 행해졌던 것이고, 그것이 궁중비사로 유형화되면서 그것은 서사문학성을 띠고 궁중과 그 주변을 몰래 맴돌게 되었을 것이다. 그런 후에 해당 인물의 추모제, 역사적 훈교 행사 등을 통하여 그 비사류가 강창극으로 실연되고 그 극본이 발생·유통될 수 있었던 것이라 하겠다. 전게한 바, 『삼국사기』의 각종 비사이문류와 『삼국유사』의 제반 기사이적류 중에는 고대문학기에 해당되는 것이 있어, 그만한 동인과 계기에 따라 강창극으로 실연되었고, 결국 극본으로 생산·승화되었던 것이라 추측된다. 따라서 이러한 강창극본의 전통·맥락이 고대문학기에 연원하였으리라는 것은 족히 짐작할 수가 있겠다.

또한 명인전기류는 고대문학기에 강창극으로 실연되고 극본으로 생성되었으리라 추정된다. 고대국가의 어느 경우든지, 국초에는 국권·왕위를 둘러싸고 많은 영웅들이 부침하고, 그 나라의 정신문화 수립에 희생적 업적을 남긴 명인들이 드러나게 마련이었다. 그런 영웅·명인들이 타계한 후에, 국가적으로 추모하고 그 행적을 선양하기 위하여 전기를 만들고 공사 간의 제의와 행사를 통하여 이를 강창하게 만들었던 것이다. 이것이 민간에 보편화되면 민중적 차원에서 그들의 전기는 신

---

74 김열규, 「한국신화의 원형」, 앞의 책, 2쪽.

화와 전설처럼 변형·부연되고, 후대적 제의·행사에서 강창극으로 실연되었을 뿐만 아니라, 드디어 극본으로 성립되었던 것이라 하겠다. 『삼국사기』「열전」이나『삼국유사』「기전」류에는 고대문학기와 직결되는 전기물이 현전하여,[75] 이 시대의 강창극 내지 강창극본의 실태를 어느 정도 알려 주고 있는 실정이다.

그리고 신통승전류와 강경위경류 등은 고대문학기에 강창되었을 가능성이 희박한 것은 사실이다. 그러나 한국에 불교가 전래된 시기를 국가적 공인·공식기록(4세기) 이전으로 소급한다면,[76] 위와 같은 유형들은 족히 강창되고 나아가 극본으로 성립되었을 가능성이 오히려 높다. 이런 유형은 초창기 포교를 위하여 전달 내용을 오직 강창하는 것으로 일관하였기에, 그것이 연극 형태를 유지하고 극본 양식으로 생성되었을 것은 당연한 일이기 때문이다. 실제로 중국이나 한국의 경우 불교의 전래는 공인·공식기록보다 훨씬 선행했던 것으로 재검토되어야 할 것이다. 고금을 통한 어떤 종교이든지 미개 지역에 침투하여 전교하는 것이 생명이므로, 그 지역 토착신앙의 반발·제지에도 불구하고 생사 간에 포교활동을 감행하여 왔던 것이 상례라고 보겠다. 그것이 상하 민중의 종교로 보편화됨에 따라, 국가 차원의 공인을 받고 공식기록에 남은 것이라 보는 편이 합리적이라 하겠다. 그렇다면 이 시기에 각국에서는 초창기 포교를 위하여 승전이나 강경에 관련된 강창극을 어떤 경우보다도 적극적으로 실연했을 것이고, 그 극본은 보다 일

---

75 『삼국사기』「열전」이나『삼국유사』의 「기전」류에는 기록·정착의 하한선에도 불구하고 적어도 삼국 초부터 형성·전개되어 온 것이 있다고 보아진다.
76 불교가 중국에 들어와 공인된 것이 후한 명제(後漢明帝) 때(1세기)라면, 그것이 한국에 비공식적으로 전래·유통된 것은 4세기보다 훨씬 상회하리라 추정된다.

찍이 생성되었으리라고 추정된다.

이어 가요전설류는 고대문학기에 이미 강창극으로 실연되고 극본이 생성되었으리라고 추정된다. 고대의 어느 국가에서든지 상하 간에 가요가 일찍이 창작·유통되어 있었거니와, 그 가요는 반드시 그 내용과 직결된 서사문맥을 대동하기 마련이었다. 그것은 가요와 산문이 조화된 가요전설로서, 반드시 이야기하고 노래하는 강창 형식으로 풀이되어 왔던 것이다. 결국 그 가요전설은 강창극의 형태로 실연되었고, 거기에서 극본이 발생·성립되었던 것이라 하겠다. 전게한 고조선의 〈공무도하〉를 비롯하여 부여·예나 마한·진한·변한 등의 가요, 그리고 고구려의 〈황조가〉, 신라의 〈도솔가〉·〈회소곡〉 나아가 가락국의 〈구지가〉 등은 모두 그 전설을 대동하여 강창극으로 실연된 결과, 극본 양식으로 남은 것이라 보아진다.

한편 민담이나 서사무가가 고대문학기에 형성되어 있었다면, 그것이 그대로 강창되면서 극본으로 생성·행세했을 가능성이 높다. 확실한 기록은 없으나, 고대로 올라갈수록 민담과 서사무가가 당시의 문학을 좌우하며 주류를 이루어 왔으리라고 추정되었다. 그렇다면 이 민담과 서사무가 등이 당시 여러 국가에 성행하면서 강창극으로 실연되고 나아가 극본으로 성립되었으리라 추정할 수가 있겠다.

이와 같이 이 강창극은 고대문학기에 깊이 뿌리박고 널리 유통됨으로써, 다양한 극본을 발생·성립시키게 되었다. 그 극본은 역시 소박한 대로 희곡의 양식을 취하였던 것으로 재구해 볼 수가 있겠다. 그렇다면 강창극본에 의한 희곡사의 연원은 실로 광범하고 유구한 것이라고 재검토되어야 하겠다.

　넷째, 대화극본의 경우 이제 그 형성의 연원을 검증하는 데 있어 기반이 이미 마련되어 있는 셈이다. 누언한 바와 같이, 대화극은 가창극과 가무극 내지 강창극에서 발전·승화된 연극 형태라 하겠거니와, 이미 고대문학기에 이 극본들이 생성·유통되어 있었다고 추정되었기 때문이다. 따라서 대화극본은 위 극본들을 바탕으로 하여 거의 동시에 발생·유통되었으리라는 추정이 얼마든지 가능하다. 전술한 바와 같이, 대화극본은 가창극본·가무극본들과 원형·축약의 관계라고 하겠거니와, 좀더 높고 큰 동인과 계기에 의하여 위 극본들로부터 부연·재구됨으로써, 그 대화극본이 복원·활용될 수가 있다는 것이다. 그러므로 가창극본·가무극본이 확증·고정되어 있기만 하다면, 그로부터 대화극본은 족히 재생·복원될 수 있다고 하겠다. 이런 대화극본은 강창극본과의 관계에서 위치가 더욱 확고해진다. 기술한 바와 같이, 대화극은 강창극이 보다 거대하고 차원 높은 동인과 계기에 따라 '일인일역'으로 전환됨으로써, 무대장치·소도구에 분장한 등장인물들이 대화와 행동으로만 엮어가는 본격적 연극이라 하여 마땅하겠다. 그러므로 강창극과 그 극본이 확정·고착되어 있기만 하면, 그로부터 대화극본은 자연스럽게 재생·활용될 수가 있다는 것이다. 위에서 강창극본이 고대문학기에 발생·성립되었다는 것을 건국신화류·궁중비사류·명인전기류·신통승전류·강경위경류·가요전설류·민담·서사무가류 등의 측면에서 추증한 바가 있거니와, 따라서 대화극본은 위 8개 유형의 사례를 통하여 바로 그 시대에 생동하는 희곡 양식으로 재생될 수가 있다는 이야기다.

　이로써 대화극본이 고대문학기에 실존했다는 사실이 방증되었거니와, 이제 몇 가지 유형의 사례를 더 들어 그 실태를 검증할 필요가 있겠다. 먼저 이른바 조희와 소학지희같은 대화극이 고대문학기에 실연되고, 그 극본이 발생되었을 가능성을 가늠할 수 있겠다. 전술한 대로, 이런 대화극은 정치성을 띤 교화성 추모극 형태거나 치자 내지 상류층의 생활 이면을 폭로·비판하는 풍자극 형태이었으므로, 그것이 고대문학기에 소박한 극본 양식으로나마, 생성·유통되었으리라는 점은 족히 헤아릴 수가 있겠다. 기실 이러한 극본 형태는 한·중 간의 고대로 올라가서도, 창우·배우가 소담·풍자하는 명목으로 실연해냈던 것이라 하겠다.[77] 일반적으로 고대국가에서 창우·영인을 인정하고 제도적으로 뒷받침하면서 다각도로 활용했던 것은 바로 이런 연극·극본의 실제적 기반이 되었으리라 보이기 때문이다.

다음 가면극과 인형극 계통의 대화극이 고대문학기에 실연되었고, 그 극본이 유동적이나마 발생·성립되었으리라고 추정된다. 주지하는 바와 같이, 가면과 인형의 역사가 고대인의 생활·풍속과 관련되어 가장 오랜 연원을 가지고 있다 하거니와, 그것은 바로 가면극과 인형극의 형성 연원이 그만큼 장구하게 소급될 수 있다는 것을 알려 주는 터라 하겠다.[78] 이런 연극 형태가 고대문학기에 실연된 것은 물론이고, 따라서 그 극본이 태동·생성되어 상하 민중 속에서 점차 희곡적 면모를 갖추어 나왔던 것이라 보아진다. 그중에서도 특히 가면극에 대해서는 그 형성 연원과 계보, 그 연출의 동인과 연극적 실상·기능 등에 걸

---

77 鄭向恒, 『中國戱劇發展史』, 學藝出版社, 1980, pp. 26~27.

78 김재철, 「삼국 이전의 가면극」, 『조선연극사』, 학예사, 1930, 37~40쪽; 김재철 「人形劇의 語義와 發生」, 위의 책, 122~125쪽; 최상수, 「한국인형극의 기원」, 『한국인형극연구』, 성문각, 1988, 5~8쪽 등 참조.

쳐 다양하고 깊이 있게 논의를 거듭해 왔거니와,[79] 그 본질적 속성과 형성의 상한선은 아직도 탐색 중에 있는 실정이다. 그런데도 여기서 분명해지는 것은 그 연원이 실로 유구하고 그 실상·내막이 비교적 확실해서 인형극과 함께 고대연극의 큰 흐름을 유지해 왔다는 사실이다. 그러므로 가면극이 그만한 동인과 계기에 따라 고대문학기에서 다양하게 연출되었으리라는 것은 의심할 여지가 없다. 다만 그 극본이 어떻게 태동·생성되었는지를 속단할 수는 없지만, 그래도 그간에 전승되는 가면극의 면모와 역사로 미루어 그 양식이 어느 정도 유추될 수 있는 것은 사실이다. 이처럼 가면극과 그 극본은 인형극의 경우와 함께 고대문학기에 그 생성의 근거를 가지고 있다는 것이다. 물론 이 극본들이 어느 정도의 희곡적 면모를 갖추었던 것인지 장담할 수는 없지만, 이들 극본들이 비록 시원적 형태라도 취하고 있었다면, 희곡사의 연원이 그만큼 소급되리라는 것만은 부인할 수가 없다.

다섯째, 잡합극본의 경우 이 시기에는 그 형성의 기반이 족히 마련되어 있었던 터다. 이 잡합극 내지 그 극본은 그 자체로서도 당시에 산악백희의 형태로 시원적인 종합예술을 형성하고 있었기 때문이다. 나아가 위와 같이 가창극본·가무극본·강창극본·대화극본의 형성 연원이 밝혀진 이상, 이 잡합극본은 그 장르들에서 임의로 연극·극본적 요건을 인용·조정하여 재삼의 극본을 얼마든지 창출할 수가 있었던 것이다. 이런 점에서 이 잡합극본은 당시의 여러 극본을 통합·조정하여 전능극적인 면모와 기능을 정립하기 시작했던 터라 보아진다.

---

79 이두현, 『한국의 가면극』, 일지사, 1985; 조동일, 『탈춤의 역사와 원리』, 홍성사, 1987; 박진태, 『한국가면극 연구』, 새문사, 1985 등 참조.

이상 검토한 바와 같이, 한국연극의 각 장르가 고대문학기에 발생·유통됨으로써, 그 극본이 태동·성립되어 왔으리라고 추정되었다. 그렇다면 적어도 한국연극사와 함께 그 희곡사가 고대문학기로부터 출발하게 됨으로써, 그 상한연대는 최대한으로 소급될 수밖에 없겠다. 동서고금의 예술·문학사에서 그 시원이 종합예술, 연극 형태라는 것은 주지된 사실이거니와, 한국예술·문학사상에 있어서도 연극·희곡의 역사가 그러한 궤도를 결코 벗어나지 않았으리라고 보아진다. 그렇다면 한국 고대사회에서 시원적 종교활동과 심각한 경제생활 등을 효율적으로 수행해 나가기 위해서는 일찍부터 연극은 필수적 방편으로 실현되었고, 그 극본이 무의식적으로나마 희곡적 원형을 갖추기 시작했을 것은 필연적인 현상이었으리라 추정된다. 한국의 문학사·예술사가 일찍부터 중국의 그것과 대등하게 교류·생장해 온 것이 사실일진대, 중국의 역대 사서에 남아 있는 한국문화·예술에 관한 방증기록 등을 엄밀히 분석·검토하여, 한국희곡사의 상한선을 최대한으로 소급·탐색해 가야 할 것은 물론이다. 이런 점에서 한국연극의 제 장르와 그 극본이 고대문학기에 태동·생성되어 유기적 관계를 유지하면서, 희곡사의 형성 연원을 이루어 왔다는 사실은 의심할 여지가 없다고 하겠다.

3) 한국희곡사의 계통적 전개

전술한 대로 각종 극본이 고대문학기에 발생·성립됨으로써, 한국희곡사의 형성 연원이 그만큼 소급되는 것임을 밝히게 되었다. 그렇다면 이 희곡사가 상고문학기(소수림왕~무열왕)에 이르러 제대로 형성·전개됨으로써, 그 후의 전통·맥락이 간단없이 연결되어 왔다는 것은 필연적인 추세로 보인다. 그러므로 한국희곡사는 중고문학기(문무왕~성종)에 계승되어 발전을 거듭했을 것이고, 나아가 그것은 근고문학기(문종~태종)에 다다라서 난숙·성행의 전성기를 맞이했던 것이라 하겠다. 그런데 이 희곡사의 성세가 근세문학기(세종~고종)에 이르러 크게 변환·강화됨으로써, 침체 일로를 벗어나지 못한 채 근대문학기(20세기 초~중기)로 계승된 것이라 보아진다. 이와 같은 한국희곡사의 거시적 흐름은 미시적 내부 맥락과 함께 결코 우연한 현상이 아니다. 이러한 희곡사의 전통 계맥이 한국문학사와 예술사 내지 문화사의 그것과 대체로 조응되면서 독자적인 내부 질서를 갖추고 있기 때문이다.

희곡사가 위와 같은 시대에 상응하여 구체적으로 형성·전개되어 왔다는 사실은 한번에 논증될 문제가 아니요 쉽사리 해결될 과제도 아니다. 그렇지만 한국희곡사의 각 장르가 유기적인 관계를 유지하면서 계보적 맥락을 면면하게 이어왔다는 사실만은 확인할 수 있겠다. 이런 점에서, 한국희곡사가 상고문학기 이래 장르별로 각 시대에 따라 계승된 계통적 전개 양상을 개관해 볼 수 있겠다.

첫째, 상고문학기의 극본이다. 전술한 대로 각종 극본이 고대문학기에 발생·성립되었다면, 그것이 상고문학기에 와서 제대로 형성·유통되었으리라는 것은 당연한 일이다. 이 시기에는 삼국의 문화·예술이 발전하여 문학 전반과 함께 가요가 성행했으리라는 것은 추정할 수가 있다. 이에 가요를 연창하는 가창극이 유통되고, 그 극본이 형성되었을 것은 당연한 귀결이라 하겠다. 다만 현존하는 자료가 영성하므로 음악사를 비롯한 여러 보조 근거를 통하여 복원·유추해 볼 수 있을 따름이다.

실제로 고구려의 경우는 가창극본의 근거 자료가 겨우 전게한 〈내원성〉·〈연양〉·〈명주〉 등에 불과하지만, 이것만이 전부라고 속단할 수는 없다. 지금까지 밝혀진 고구려의 문화·예술 중 특히 음악사의 발달된 실태를 감안할 때, 그에 상응하는 가요와 함께 가창극본이 형성·실연되었을 것은 족히 추정할 수 있다. 또한 백제의 경우는 기술한 〈선운산〉·〈무등산〉·〈정읍〉·〈지리산〉 등만이 가창극본의 근거 자료로 남았지만, 음악사가 완벽하게 발달되어 있었다는 사실 하나만으로도 그에 조응하는 가요와 더불어 가창극본이 족히 형성되었으리라 추정된다. 기실 삼국 중에서 예술·문학이 가장 발달했었으리라는 백제에 가요가 발전하면서 가창극본이 형성·유통되었다는 것은 너무도 당연한 일이기 때문이다. 그리고 신라의 경우는 뒤늦게 고구려·백제의 음악과 가요를 수용하고 가락국의 그것을 통합함으로써, 실제로 풍성한 가요와 가창극본을 유지하여 왔으리라고 보아진다.[80] 주지하는 대로 삼국시대 신라의 가요는 고구려·백제의 경우와는 달리 상당수의 작품과 가명들이 현전하여, 그 가창극본의 맥락을 증언하고 있는 실정이다.[81] 이러한 신라의 사례를 기준으로 할 때, 삼국의 가창극본들은 실질적으로 형성되어 활발하게 유통되었으리라 추정된다.

그렇다면 이 시기의 가무극본은 역시 본격적으로 형성·유통되었으

---

80 송방송, 「향악의 형성과 발전시대─고구려·백제·신라·가야의 음악문화」, 『한국음악통사』, 일조각, 1988, 42~75쪽 참조.

81 『삼국사기』 「악지」·「열전」이나 『삼국유사』 등에 나타난 전기 신라의 가요들은 상당수 가명(歌名)과 전설을 갖추고 있어, 가창극 이상의 연극에 활용되었던 극본의 면모를 드러내고 있다.

리라 보아진다. 전술한 대로, 가무극이 가창극과 무용의 합성·조화로 이루어지는 실정이라면, 그 극본이 또한 그런 성향을 지니는 것은 당연한 일이다. 우선 이 시기에 가창극본이 형성되어 있었다면, 이를 기반으로 하여 가무극본이 형성될 수 있다는 것은 얼마든지 가능한 터라 하겠다. 여기 가무극과 그 극본의 특성이 일단 무용에 있다면, 삼국의 무용에 관심을 돌릴 필요가 있다. 사실 음악과 무용은 결국 하나로 어울리는 것이므로, 삼국의 음악이 그만큼 발달되어 있었다면, 바로 무용의 수준을 증언해 주는 바라 하겠다. 실제로 이 시기 고구려의 무용은 상당한 수준에 이르렀음이 밝혀졌고, 따라서 백제와 신라의 그것도 그에 못지 않은 정도에 이르러 있었음을 족히 추단할 수가 있겠다.[82] 그렇다면 삼국시대의 가무극본은 가창극본의 발전된 양상으로나 〈처용무〉·〈무애무〉·〈황창무〉 계통의 양식으로 그 희곡적 면모를 이미 갖추고 있었으리라 보아진다.

그리고 보면 이 시기의 강창극본은 충분히 형성·실연될 수가 있었다고 하겠다. 전술한 대로, 강창극은 가장 보편적이고 경제적인 연극 형태이므로, 삼국의 정립·각축 시기에 실연의 요청과 계기가 절실하고 다양했던 것은 물론이다. 따라서 강창극본이 여러 방면에 걸쳐 다양하게 형성되었던 것이 사실이다. 기술한 바, 건국신화류는 삼국의 후반기에 각국의 의도에 따라 더욱 적극적으로 강창되어 극본으로 강화되었을 것이 예상된다. 또한 궁중비사류는 『삼국사기』「본기」에 나타난 것만도 이 시기의 삼국에 걸쳐 긍정적으로 강창·재연되거나 각국이 교차하여 부정적으로 강창·부연됨으로써, 강창극본이 제대로 형성·

---

82 장사훈, 「三國時代(舞踊)」, 『한국전통무용연구』, 일지사, 1977, 17~32쪽.

정립되었으리라 보아진다. 이에 명인전기류도 『삼국사기』 「열전」에 나타난 삼국시대의 명인전名人傳만을 검토해도 그것이 어떤 동기와 계기에 따라 강창되었던 극본이라고 볼 수가 있겠다. 그리고 신통승전류는 삼국시대 후반기에 각국의 불교 상황으로 보아, 당시 고승 대덕·신통이승들이 허다했던 것이고, 그들의 열반 후에 그 전기가 강창됨으로써, 극본의 역할을 제대로 해내고 있었던 것이다. 겸하여 이 승려들이나 그에 준하는 불교계 문사들에 의하여 이룩된 강경 위경류도 강창·유통되는 과정에서, 삼국시대 후반기에는 벌써 극본으로 정립되었으리라 보아진다. 그리고 이 시기의 가요에는 거의 다 전설이 붙어 있거니와, 이런 가요전설류는 전술한 가창극본이나 가무극본과 결부시켜 볼 때, 반드시 강창되었을 것이고, 나아가 극본으로 형성·행세하였으리라 추정된다. 이 시기에 서사문학·소설 형태가 형성되어 있었다면, 그것이 어떤 계기에 강창되고, 따라서 강창극본으로 재정리되거나 그 대행 역할을 해왔으리라 보아진다. 끝으로 민담이나 서사무가가 이 시기에 형성되어 있었다면, 그것들은 현장적 유통 과정에서 강창극본의 실제적인 형태와 기능을 갖추고 있었으리라 추단된다.

이와 같이 가창극본·가무극본 내지 강창극본이 상고문학기에 형성되어 있었다면, 대화극본은 그런 터전 위에서 족히 성립·유통되었을 것이다. 기실 이들 극본 중에서도 강창극본이 전문적으로 발전하고 입체적으로 변환되면, 곧 대화극본이 되기 때문이다. 이 시기에 이르면, 삼국을 중심으로 예술·문학이 발달하여 연극에 대한 요청이 더욱 강렬해지고 고급화됨으로써, 대화극의 등장과 극본의 출현은 당연한 것이었다고 보아진다. 이러한 추세 속에서 전개한 극본 형태, 적어도 강창극본의 몇 가지 유형에 바탕을 둔 대화극본이 비교적 완전하게 형성·전개되었을 것이다.

한편 대화극본은 조희·소학지희의 모습으로 이 시기에 형성·유통되었을 터이다. 아무래도 삼국시대의 전성기를 지나면서 고구려·백제·가락국 등에서는 문약에 흐르고, 왕과 백관들의 실정·타락에 따른 연희·오락의 기회를 통하여 지난날의 충신·열녀를 추모·찬양하는 조희를 벌이고, 나아가 망국적 현실을 풍자·비판하는 소학지희를 펼쳤을 가능성이 높기 때문이다. 그러면서 이 극본들은 후대적 유통과정에서 『삼국사기』·『삼국유사』 등에 기이한 사실로 변형·기재되어 있는 실정이라 하겠다.[83] 그리고 대화극본은 가면극과 인형극의 형식으로 형성·유전되었으리라 추정된다. 삼국 초기에는 이들 연극 형태가 이미 유전되고 있었던 터이므로, 이 시기에 이르러 좀더 정형화되면서 그 극본이 형성되었을 가능성은 얼마든지 있다. 더구나 이 연극은 가면과 인형을 활용함으로써 조희·소학지희와 관련하여 풍자와 오락의 기능을 함께 발휘할 수 있었으므로, 망국의 내리막길에서 더욱 널리 통용되었을 것이라 본다. 결국 대화극본은 이 시기의 모든 극본을 희곡적으로 정리·승화시킴으로써, 한국희곡의 형성기를 마무리하고 있는 것이라 하겠다.

따라서 잡합극본도 이 시기에 족히 형성되어 적극적으로 유통되었으리라 본다. 이 시기까지도 각개 장르의 전문적인 분화·연행보다는 종합예술적 공연이 오히려 실세를 유지했을 것이기 때문이다. 그리하여 이 잡

---

83 『삼국사기』「본기」·「열전」의 '기문이사'나 『삼국유사』의 「기이」편 중에는 연원적으로 조희·소학지희와 결부되는 것이 있다고 파악된다.

합극본은 당시의 연극적 수요에 따라 다양하게 활용되었을 것이다.

둘째, 중고문학기의 극본이다. 이 시기에 다다라서 각종 극본이 전체적으로 발전된 양상을 보이게 되는 것은 필연적인 현상이라고 하겠다. 신라가 삼국을 통일하고 문화·예술을 통합하여 독자적인 문학세계를 이룩하는 마당에, 각종 극본들이 선행 장르의 전통을 계승·발전시켜 본격적인 희곡 양식을 마련하였으리라고 보이기 때문이다. 이 시기에는 불교문화의 심화·성행과 함께[84] 이미 발달된 예술·음악·무용이나[85] 당대의 희극[86] 등이 연극의 발전을 뒷받침하고 있었던 것이다. 이런 속에서 독특한 가요들이 다양하게 창작되고, 따라서 가창극본이 발전·유통되었을 것은 뻔한 일이라 하겠다. 기실 이 시기의 신라가요는 『삼국사기』「악지」와[87] 『고려사』「악지」의 신라속악, 『삼국유사』의 향가 등 적지 않은 작품과 가명들이 현전함으로써, 스스로 가창극본의 잔영임을 말해주고 있는 실정이다. 이러한 신라가요와 가창극본의 전통은 고려 초까지 그대로 이어져 균여의 〈보현십원가〉를 중심으로 전개되거니와,[88] 여기서 신라의 그것을 계승·정리하면서 고려의 그것을 재창조하려는 과도기적 가창극본이 상당히 발전된 모습으로 성립되었으리라고 추정된다.

---

84 김영태·우정상, 「통일기의 불교문화」, 『한국불교사』, 진수당, 1970, 83~88쪽.
85 송방송, 「통일신라시대 음악 사료」, 『한국고대음악사연구』, 일지사, 1985, 238~257쪽; 장사훈, 「統一以後(舞踊)」, 앞의 책, 33~36쪽 등 참조.
86 任半塘, 『唐戲弄』, 漢京文化公司, 1985 참조.
87 송방송, 「『삼국사기』「악지」의 음악학적 연구」, 『한국음악사연구』, 영남대 출판부, 1982, 225~250쪽.
88 「균여전」의 〈가행화세분(歌行化世分)〉과 〈역가공덕분(譯歌功德分)〉을 결부시켜 보면, 〈보현십원가〉나 그 역시(譯詩)가 독창(獨唱)·화창(和唱) 등으로 가창됨으로써 가창극본의 역할을 했으리라고 보아진다.

이에 따라 이 시기의 가무극본은 역시 발전의 계기를 마련했으리라고 보아진다. 전술한 대로, 이때의 가창극본과 당대의 무용이 그만큼 발전되어 있었으므로, 그에 바탕을 둔 가무극본이 자연스럽게 발전할 수밖에 없었을 것이다. 기실 전게한 〈처용무〉·〈무애무〉·〈황창무〉 등이 이 무렵에 본격화되어 극본으로 정립되고, 『삼국유사』「처용랑 망해사」에 반영된 바, '용무'·'신무' 등도 이 시기의 가무극으로 등장함으로써[89] 그 극본을 발전시킨 것이라 보아진다. 이러한 가무극본의 전통이 고려 초까지 연결되어 본격적인 가무극본의 등장을 촉진하게 되었던 것이 사실이다.

그렇다면 이 시기에 강창극본은 본격적인 발전단계를 맞이하게 되었다고 보아진다. 물론 가창극본이나 가무극본의 발전과도 연계되겠지만, 강창극본 자체로도 발전의 계기가 마련되었다. 그것이 당시의 사회적 여건과 시대적 요청에 의하여 보다 활발히 유통·실연됨으로써, 그 극본은 희곡적 면모를 본격적으로 보완해 나갔던 것이라 하겠다. 이에 관한 근거 자료가 비교적 풍성할 뿐만 아니라, 그것들은 대부분 『삼국사기』나 『삼국유사』 등에 현전하여 신빙성을 더하고 있는 점이 주목된다. 우선 건국신화류도 이 시기에 이르러 신라에서나 고구려·백제 유민들에 의하여 본격적으로 강창되고 극본으로 정립되었을 것이라 본다. 기실 국조신앙과 그 제의적 행사가 그 신화류를 강창극으로 실연하게 되기까지는 상당한 세월을 요하게 되는 것이 사실이다. 이와 관련하여 궁중비화류도 이 시기에 와서야 본격적으로 강창되었으리라 보아진다. 그 사건의 성질상, 당대의 왕권과 직결되기 때문에

---

89 조동일, 「처용가무의 연극사적 이해」, 앞의 책, 15~17쪽 참조.

그것은 그 왕조의 하반기나 멸망 후에 추모적으로 강창되는 것이 보편적인 현상이라 하겠다. 또한 명인전기류도 이 시기에 와서야 다양한 계기에 따라 본격적으로 강창되고 극본으로 재조정되었으리라 보아진다. 전게한『삼국사기』「열전」이나『삼국유사』「기이」편 등에 실린 전기들은 대부분이 이 시기에 원형을 갖추었으리라 추정된다. 이와 같이 신통승전류도 이 시기를 거치면서 사원에서나 신도·민중들 사이에서 포교의 방편으로 널리 강창되고, 나아가 극본으로 정립되었을 것이다. 『해동고승전』이나『삼국유사』에 실린 고승별전의 대부분이 이를 직간접적으로 증언하고 있기 때문이다. 이에 따라, 강경 위경류도 이 시기에 와서 본격적으로 강창되고 그 극본으로 정립된 것이라 하겠다. 이것들은 실로 승전류와 그 맥락을 같이하기 때문이다. 이런 점에서 이 시기에는 가요전설류가 보다 활발히 강창되어 본격적인 극본으로 전개된 것이라 보아진다.『삼국사기』「악지」의 주축을 이루고 있는 신라의 악곡·가요가 거의 모두 전설을 갖추고 있다는 것은 그 시기의 강창극이 그만큼 성행한 것을 반영하며, 발달된 극본의 잔영을 보여 주는 바라고 하겠다. 한편 이 시기의 서사문학·소설 형태가 점차 본격화되면서, 그것이 생동하는 유통 과정에서 강창극의 형태를 취했으리라 보아지고, 그래서 그것들은 스스로 강창극본으로 행세할 수가 있었던 것이라 하겠다. 끝으로 민담과 서사무가가 이 시기에 본격적으로 전개되었다면, 그것이 강창극 형태로 연출되고, 나아가 극본의 역할을 수행하였으리라 보아진다.

드디어 대화극본은 이 시기에 본격적으로 발전했으리라 보아진다. 물론 가창극본·가무극본과 강창극본들이 뚜렷하게 전개되어 있는 터전 위에서 대화극본이 자연스럽게 전화되어 온 계보가 뚜렷하거니와, 그 자체로서도 발전할 수 있는 필연적인 계기가 마련되었던 것이 사실이다. 대화극본이 선행 장르를 계승하여 발전된 것을 예상할 수 있고, 나아가 몇 가지 계열의 대화극을 통하여 발전적으로 전개될 수가 있었던 것이다.

전술한 대로 조희·소학지희 등은 이 시기에 이르러 보다 발전된 형태로 실연되고, 그것이 극본으로 성립되었으리라 보아진다. 신라가 통일의 절정기를 지나 태평성대를 구가하면서 문약에 흐르고, 왕과 대신들이 퇴폐적 풍류와 무리한 연회에서, 삼강을 강조하고 국운을 경계하는 교훈극 내지 풍자극이 성행했던 것이라 하겠다. 실제로 신라 말에 이르러 망국을 예고하는 갖가지 기사와 이적들이 일어난 것은 그러한 연극적 성향을 드러내고 있기 때문이다.[90] 이와 관련하여 대화극본은 대사 중심의 잡극 형태로 정리되어 「향악잡영」의 월전 같은 유형으로 전개되면서 후대 잡극의 원형을 이루고 있었던 것이다.[91] 그리고 이 대화극본이 가면극·인형극을 통하여 이때에 발전된 형태를 갖추게 된 것도 사실이다. 이 시기에 이르면, 특히 가면극은 〈처용무〉·〈황창무〉 내지 〈비형희〉 등이 유통되어 매우 발달되어 있었고,[92] 그것이 풍자·비판의 목적극 아래 더욱 성행함으로써, 그 극본이 상당히 발전된 수준

---

90 『삼국유사』「기이 2」「처용랑 망해사」조의 "山神戱舞 唱歌"와 「진성여왕 거타지」조의 "國人乃作陁羅尼·隱語·居仁作詩訴于天" 등에서 망국(亡國)을 예고·풍간한 것은 다분히 정치극적인 분위기가 있다.

91 윤광봉, 『한국연희시 연구』, 이우출판사, 1985, 27~31쪽; 권택무, 『조선민간극』, 예니, 1984, 33~35쪽.

92 조동일, 『처용가무의 연극사적 이해』, 홍성사, 1987; 황인덕, 「황창무연구」, 『한국민속학』 20, 한국민속학회, 1987 등 참조. 기실 『삼국유사』「기이 2」「비형랑도화녀」조는 「처용가무」와 직결되는 가면극의 극본적 정착이라고 볼 수도 있겠다.

으로 정립되어 있었으리라고 본다.

끝으로 주목되는 것은 선문답식 연극 형태와 그 극본의 발전이다. 이 시기에서는 선학이 심오하게 발전하여 나말·여초에는 구산선문이 확립되거니와,[93] 이에 따라 선사·도인들이 벌이는 선문답이 성행하여 절정을 이루었다. 그것의 제도화와 교육적 기능을 강화하는 가운데, 그 대화극은 발전된 형태를 스스로 개발·실연하였던 것이라 하겠다. 이러한 대화극이 거듭되는 가운데 하나의 연극적 전형을 이루게 되고, 따라서 이 극본의 희곡적 정립이 비로소 가능했던 것이라 보아진다. 이로써 대화극본은 중고문학기의 각종 극본을 희곡적으로 정리하면서, 발전된 양상으로 전환·승화시키는 소중한 역할과 함께, 그 지표가 되었던 것이라 하겠다.

그리하여 잡합극본은 필연적으로 발전의 계기를 맞이했던 것이다. 여타 극본 장르들이 전문적인 발전을 기하면서, 잡합극본도 종합적이되 전형적인 구성·구조를 갖추고 활발하게 전개되었기 때문이다. 나아가 잡합극본은 그 규모와 내용을 바탕으로 연행방법과 효과·기능을 실천적으로 강화하게 되었던 터다. 그러기에 주제 중심의 명칭 아래 그 극본이 다양하게 전개되었으리라 본다.

셋째, 근고문학기의 극본이다. 이 시기에 들어오면, 각종 극본은 전반적으로 난숙의 경지에 올라섰다고 보아야 할 것이다. 고려가 신라의 문화·예술을 순조롭게 계승·발전시켜 새로운 문학세계를 창조·정립하려는 시점에서, 그 바탕을 이루는 각종 극본들이 선행 장르의 전통·궤도를 능가하여 난숙된 형태로써 수준 높은 희곡 양식을 지향해

---

93 김영태·우정상, 「통일기의 불교문화」, 『한국불교사』, 진수당, 1970, 95~100쪽.

나갔던 것은 당연한 결과라 하겠다. 이 시기에는 불교를 중심으로 하는 문화예술이 난숙·성행하였고,[94] 나아가 발달된 음악과 무용 등이[95] 행락풍조와 함께 연극을 적극적으로 후원하여 육성·발전시키고 있었다. 더구나 송·원대의 발달된 연극과[96] 교류하여 지대한 영향을 받음으로써, 바야흐로 각종 연극과 극본은 명실상부한 전성기를 맞이하게 되었던 것이다.[97]

따라서 우선 가창극본의 흐름이 이때에 와서 절정기를 이루었다고 보아진다. 이른바 고려가요가 이 시기에 창작·성행함으로써, 모든 것이 일단은 가창극본으로 활용되었기 때문이다. 전술한 바 고려가요들은『고려사』「악지」·『악학궤범』·『시용향악보』·『악장가사』등에 풍부하게 집성됨으로써,[98] 해당 음악과 함께 여러 형태의 연극으로 실연되어 왔음을 스스로 실증하고 있다. 이 시기에 가요와 음악의 통속적인 결합은 실로 수준 높은 가창극으로 연출되고, 나아가 보다 전문적인 연극으로도 전개되는 기반이 되었던 것이다. 이처럼 연극의 전성기에 가창극본이 난숙의 경지를 유지하게 되었다는 것은 너무도 당연한 현상이라 하겠다. 이로써 가창극본은 완성·전승되어 그 전형을 오늘에 보여 주고 있는 실정이다.

이에 따라 가무극본도 역시 이 시기에 절정기를 맞아 난숙의 경지에서 실연되었다고 보아진다. 실로 가창극본의 완전한 전형에 기반을 두고 가무극본이 전개된 것은 사실이지만, 그 자체로서도 그렇게 완성될

---

94 허흥식,「고려의 불교제도와 그 기능」,『고려불교사연구』, 일조각, 1986.

95 송방송,「고려향악의 악조에 대한 음악사적 고찰」,『고려음악사 연구』, 일지사, 1988, 79~84쪽; 장사훈,「고려시대의 향악정재」, 앞의 책, 55~56쪽 등 참조.

96 陳萬鼐,『元明淸戲曲史』, 鼎文書局, 1974.

97 이두현,『한국연극사』, 민중서관, 1973, 66~71쪽.

98 조윤제,『시가사강(詩歌史綱)』, 박문출판사, 1937, 190~209쪽 참조.

만한 필연적인 여건이 조성되어 있었다. 속악과 무용의 발달에 따라, 단순한 가창극을 벗어나 보다 역동적이고 충격적인 가무극을 숭상·장려한 데에는 상하 민중의 예술 취향이 중요한 역할을 하였던 것이다. 그러기에 전통적인 가무극본이 좀더 보완·실연되는 한편, 일단 가창극본으로 정립되어 있는 데에다 무극적인 부분을 가미·강화시켜 가무극본으로 개작·실연하는 경우도 있었으리라 보아진다. 그러기에 현전하는 고려가요들은 원칙적으로 가창극본의 정착이라 하겠거니와, 한편으로는 가무극본의 잔영이라고 간주할 수도 있겠다. 실제로 전게한 〈처용가무〉·〈무애가무〉·〈황창가무〉 등도 이 시기에 와서 연극적인 완성을 보았고, 나아가 가무극본의 계맥을 정통적으로 확보하여 온 터라 하겠다.

그리하여 강창극본이 이 시기에 이르러 전성기를 맞이하게 되는 것은 당연한 일이다. 이 강창극은 왕성한 소화력과 다양한 기능에 의하여 다른 장르의 연극을 곧장 강창극으로 변환시키며, 또한 다른 서사문학·소설 형태를 바로 강창극으로 연출함으로써 다양한 극본을 완성하게 되었다. 전술한 바 건국신화류도 이 시기에 이르러 강창극본으로 완성된 것이 사실이다. 이승휴의 『제왕운기』도 그런 경향을 보이지만, 전술한 이규보의 「동명왕편」은 그 대표적인 사례라 하겠다. 또한 궁중비사류는 실제로 이 시기에 여러 가지 동기와 복잡한 계기를 따라 마음껏 강창되다가 극본으로 완성된 것이라 하겠다. 『삼국사기』「본기」나 『삼국유사』「기이」편에 실린 이 계통의 자료들은 실제로 이 기간에 강창극본으로 유전되다가 정착된 것이라 보아진다. 이어 명인전기류는 그것이 비록 삼국·신라 대에 근거를 두었다 하더라도, 이 시기에 이르러 유형화·전설화됨으로써, 강창극으로 실연되다가 극본으로 완성된 것이라 하겠다. 그리고 신통승전류도 이 시기에 이르러 서사문학적 구조 형태를 완비하고[99] 포교법석이나 각종 제의현장에서 자유롭게 강창되다가 극본으로 완성·정착된 것이 확실하다. 각훈의 『해동고승전』과 『삼국유사』의 고승별전들이 고려시대 중·말기에 완성·정착되었다는 사실이 이를 증명하고 있기 때문이다. 따라서 강경 위경류는 이 시기에 전형적인 강창문학으로 완성되어 불교적 현장이나 신불 민간의 도처에서 수시로 강창되다가, 극본으로 정리·정착되었다고 보아진다.[100] 전술한 바 『석가여래십지수행기』나 『석가여래행적송』 계통의 강창극본이 대부분 이 시기에 이룩되었다는 것은 주목할 만한 일이다. 여기 가요전설류는 이 시기에 절정을 이루니, 고려시대의 가요치고 전설이 붙지 않은 경우가 거의 없는 실정이라 하겠다. 전게한 『고려사』 「악지」에 보인 것처럼 가요전설이 성행하였을 때, 그것은 교화나 오락 등 여러 가지 동기와 계기에 따라 언제 어디서나 자유롭게 강창되다가 극본으로 완성·정착된 것이라 하겠다. 게다가 서사문학·한문소설류는 이 시기에 성행하였으므로,[101] 그것들이 삽입시가를 많이 갖추고 현장적으로 유통될 때에는, 자연 강창극 형태로 실연됨으로써 강창극본의 역할을 담당하고 있었던 터라 보아진다. 끝으로 민담과 서사무가는 이 시기에 성행한 것이 분명하므로,[102] 이것들이 현장적으로 강창되다가 그

---

99 김승호, 「僧傳의 敍事體制와 文學性의 검토」, 『한국문학연구』 10, 동국대 한국문학연구소, 1987, 268~273쪽.

100 사재동, 「불교계 서사문학의 연구」, 『어문연구』 12, 어문연구학회, 1983, 151~176쪽; 경일남, 「고려조 강창문학의 연구」, 충남대 박사논문, 1989, 6~19쪽 등 참조.

101 차용주, 「中世의 稗官文學의 各種傳文學」, 『한국한문소설사』, 아세아문화사, 1989, 45~96쪽.

극본으로 완성·정착된 것은 자연스러운 일이라 하겠다.

드디어 대화극본은 이 시기에 완성·유통됨으로써, 전성기를 맞아 난숙의 경지에 이르렀던 것이라 보아진다. 이 시기에 가창극본과 가무극본 내지 강창극본이 성행하여 튼튼한 기반을 마련한 가운데, 대화극본이 완성·유통된 것은 지극히 당연한 일이기 때문이다. 그러면서 대화극본은 그 자체로서도 독자적인 국면에서 난숙의 경지를 개척하였던 것이다.

우선 조희·소학지희 등이 이 시기에 와서 대화극으로 본격화되어 극본으로 발전·정립되었던 것이다. 이두현 교수가 지적한 대로, 이때는 이 연극이 전문적으로 실연되어 대화극의 진면목을 보이면서 그 극본의 희곡적 면모를 갖추게 되었던 터라 하겠다.[103] 또한 가면극과 인형극도 이 때에 대화극의 형태로 완성되어, 그 극본 역시 희곡적 정형을 유지하게 되었던 것이다. 그동안 많은 논의를 통하여 이 가면극·인형극이 이 시기에 본격화된 것이라 밝혀졌거니와,[104] 그 극본은 비록 구비라 하더라도 상당히 발전되었던 것이 사실이라 하겠다.

다음 이 시기에 대화극이 원대의 잡극 형태와 유사하게 각색·전개됨으로써, 본격적인 극본이 성립되었으리라 보아진다. 이때는 잡극의 영향이 정치나 예술 방면에서 매우 거세었기로, 그것을 본뜬 대화극 형태가 고려의 잡극으로 대두되고, 따라서 그에 상응하는 극본이 국제적

---

102 김열규, 「巫俗과 敍事文學—巫俗的 英雄譚」, 앞의 책, 248~264쪽.
103 이두현, 「조희」, 『한국연극사』, 민중서관, 1973, 63~66쪽; 권택무, 앞의 책, 33~35쪽·45~49쪽 참조.
104 이두현, 「高麗朝의 山臺雜劇」, 『한국의 가면극』, 일지사, 1985, 66~81쪽; 최상수, 「한국인형극의 발달」, 『한국인형극의 연구』, 성문각, 1988, 50~52쪽; 권택무, 위의 책, 36~45쪽 등 참조.

희곡 형태로 정립되었을 것이기 때문이다. 이미 지적된 대로, 고려가 요에는 '~사', '~곡'의 형태가 유전하여, 마치 잡극 속에 삽입·활용되다가 분리되어 온 가곡의 모습을 보이고 있는 것이 주목된다. 그리고 선문답식 대화극이 이 시기에 본격적으로 전개되어 연극으로서의 형태와 기능을 겸유하였고, 따라서 극본이 완성되었던 것이다. 이때는 불교·선종의 전성기로서 그런 선문답은 생사 간의 칼날같은 법시험일 뿐만 아니라[105] 나아가 수행 과정의 교육적 시범이나 불교적 놀이 내지 구경거리로서 문자 그대로 대화극 형태를 취하게도 되었던 터다. 따라서 이러한 선문답의 연극적 대본이 고려 후기에 전게한 『선문염송설화회본』의 모습으로 집대성된 것은 특기할 만한 일이다. 이로써 대화극본은 연극이 전성하였던 근고문학기의 각종 극본을 마무리하여 희곡 양식으로 난숙·승화시킴으로써, 희곡사의 황금시대를 장식하게 되었다고 하겠다.

따라서 잡합극본은 난숙의 경지에 이르게 되었다. 원래 잡합극본은 다른 장르의 그것과 정비례하기 때문이다. 실제로 잡합극본은 시의에 적합하고 수요에 합당한 극본을 능소능대하게 재구성하거나 재창작할 만한 경험과 역량을 갖추고, 당대의 연극계를 좌우할 수가 있었다. 즉 시대적 요청과 연극적 요구에 민감하고 폭넓게, 다변적으로 대처·대응하였던 것이다.

넷째, 근세문학기의 극본이다. 이 시기에 와서는 각종 극본이 획기

---

105 당대 저명한 선사(禪師)들의 어록에 그러한 사실이 반영되어 있다. 혜심의 『진각국사어록(眞覺國師語錄)』·경한의 『백운화상어록(白雲和尙語錄)』·혜근의 『나옹화상어록(懶翁和尙語錄)』, 『한국불교전서』6, 동국대 출판부, 1984 참조.

적으로 변환·위축되고 침체 일로를 벗어날 수가 없었던 것이다. 조선에서는 고려의 문화·예술을 혁명적으로 인수하여, 숭유배불의 이념 아래 모든 것을 개혁하고, 완전히 개조된 문학세계를 모색하게 되었다. 따라서 유교적 예악관에 입각하여 고려 중심의 연극 형태를 전면적으로 철폐·축소·개작하게 되었고, 극본들이 한결같이 개폐·축소될 수밖에 없었다. 고려기의 연극으로 각광을 받고 전성하던 것은 거의 모두 통속적이거나 불교적인 특징을 가졌거니와, 바로 그 점이 혁신의 대상이 되었기 때문이다. 먼저 궁중 제례와 연희에 관계된 아악을 정악으로 정리·강화하였고,[106] 그동안의 속악이나 연극·음악 등은 아주 부득이 한 것만 개제·대용케 하고,[107] 나머지는 거의 폐기했던 것이 사실이다. 그런데도 유구한 전통의 연극·극본은 끈질긴 생명을 민중예술 속에서 유지하였고, 더러는 궁중이나 상류 사회에서 재활되는 경우를 보게도 되었다. 이러한 사조 아래서 연극이나 극본에 대한 사실이 제대로 기록될 수는 없었으리라 보아진다. 이러한 전제 아래서, 조선조에 재정리·편찬된 고려의 기록이나 조선조 자체의 문헌에 보이는 연극·극본 관계의 기사는 재구하는 방향으로 엄밀하게 검토되어야 할 것이다.[108]

---

106 송방송, 「아악의 정비시대」, 『한국음악통사』, 일조각, 1988, 259~276쪽.

107 『중종실록』 「13년 4월 을사」조에 "大提學南袞啓曰 前者 命臣改製樂章中 語涉淫詞釋教者 臣與掌樂院提調及解音律樂師反覆商確 如牙拍呈才動動語涉 男女間淫詞 代以新都歌 (…中略…) 舞鼓呈才井邑詞 代用五冠山 亦以音律相叶也 處容舞靈山會相 代以新製壽萬年詞 本師讚彌陀讚 代以新製中興樂詞 盡且二曲 皆涉異端 亦命臣正志故 不得已撰之"라고 하였다. 지헌영, 「井邑詞의 연구」, 『아세아연구』 7, 고려대 아세아문제연구소, 1960, 172쪽.

108 조선조에 편찬한 고려기의 문헌이나 조선조의 기록 속에 연극적 분위기 내지 연극에 관한 자료가 있다면, 그것을 엄밀히 분석·검토하여 본래의 형태대로 확대·복원해야 될 것이다.

그리하여 가창극본이 이 시기에 활달하게 실연되지 못했을 것은 물론, 극본의 체재를 제대로 유지할 수도 없었을 터이다. 실제로 가창극은 고려의 그것을 개혁·축소하는 쪽으로 계승함으로써 침체의 길을 걷게 되었고,[109] 극본도 가요만이 남아서 각종 가집에 단순한 시가와 같이 수록되어 있는 형편이었다. 그러면서도 선초의 악장체로『월인천강지곡』과『용비어천가』등류가 제작되어 근엄하게 가창됨으로써[110] 차원 높은 가창극본의 면모를 보여 주고 있는 것은 특기할 만한 일이다. 이런 과정에서, 생동하는 민중의 가창극은 점차로 빛을 잃기는 했으나, 전통이 근근히 이어져서 민요·시조·사설·가사·잡가·무가 등의 가창으로 명맥을 유지해 왔던 것이다. 그리하여 가창극의 나약한 흐름은 대체로 가무극과 합류하여 행세하는 처지가 되었다.

따라서 가무극본은 전술한 가창극본을 바탕으로 전개되었다. 그중에서도『용비어천가』같은 것이 〈봉래의〉에 합류되어 가무극본으로 행세하게 된 것은 저명한 사례가 되겠다.[111] 그런데도 이런 가무극본은 역시 국가적인 제례·연희에서 필수되는 중후한 가무극의 그것을 제외하고는 모두가 재정리·축소될 수밖에 없었다. 전술한 바 〈학연화대처용무합설〉만 보더라도 선행한 여러 편의 독립적 가무극본들이 통합·조정된 면모를 보여 주고 있는 것이 사실이다. 그러는 가운데,『월인천강지곡』같은 것은 훌륭한 가무극본이면서 제대로 공인·유통될 수가 없었다. 전게한 〈무애무〉나 〈황창무〉 등이 혁신·축소되면서 민중적 가무

---

109 앞의 주 92 참조.
110 『월인천강지곡』이 궁중 어전이나 장엄한 불교재의에서 가창되고(앞의 주 43)『용비어천가』가 〈봉래의〉 가무극를 통하여 가창되었다.
111 장사훈, 「봉래의」, 『한국전통무용연구』, 일지사, 1986, 181~185쪽.

극·극본으로 겨우 명맥을 유지하고 있었다.

그런데 강창극본은 이 시기에 와서 강창극의 위축된 형세에 따라, 공공연한 실연보다 개인적으로 설창說唱되는 경향이 있었다. 우선 건국신화류는 허탄한 것으로 취급되어 공연의 기회를 얻지 못했지만, 조선조의 건국신화가 『용비어천가』의 창사와 해설사화로써 강창되던 조류에 따라, 강창극본의 명맥을 유지했던 것이다. 또한 궁중비사류는 역시 공적인 강창이 제한되어 그 극본으로서의 기능을 제대로 발휘하지 못하였고, 호사가에 의하여 야담 정도로 축소·정착되는 형편이었다. 그런 가운데, 저명한 것은 강창의 기회를 못 가지고 극비리에 유통되다가 궁정수필 내지 소설로 전개되는 경우도 있었다.[112] 한편 명인전기류는 유교적 사관에 따라 엄중히 선양되어야 한다는 명분 아래서 공공연히 강창되지는 못하였다. 따라서 그것들은 극본으로서의 원형적 변모를 떠나 삼강을 기준으로 하는 역사적 전기로 축약되었던 것이다. 그것이 『삼강행실도』 내지 『오륜행실도』 등으로 재조정·집성된 것이라 하겠다. 그러면서도 그것은 행실도와 간단한 전기, 그리고 찬시를 대동함으로써 강창될 수도 있는 기본 구조를 갖추고 있었다.

그리고 신통승전류는 이 시대에 들어와 연극적으로 강창될 무대를 잃게 되어 극본으로서의 기능을 제대로 발휘할 수가 없었다.[113] 그것은 불가와 신도들 사이에서만 근엄하게 이야기되고, 역사성을 강화하여 『동

---

[112] 궁중비사를 작품화한 「계축일기」·「인현왕후전」·「한중록」 등이 대개 그런 계통이라 본다.

[113] 조선조의 숭유배불정책에 따라 승려들이 천시되고 역대 고승들의 신이 행적을 찬양·설창할 환경과 무대를 얻지 못하게 되었다. 고교형, 『이조불교(李朝佛敎)』, 보문관, 1935, 96~114쪽.

사열전』 정도로 축약·집성되었던 터다.[114] 그러면서도 몇몇의 기승들에 의하여 변칙적으로 강창되는 경우가 있었을 뿐이다.[115] 그런데도 강경 위경류는 당시의 여러 가지 제한과 탄압을 묘하게 벗어나 어느만큼 강창의 기회를 가지게 되었다. 그것은 조선 초에『월인석보』로 집대성되어 강창극본으로서 요지부동의 형태를 갖추게 되었다. 실로 그것의 월인부는 반드시 노래하게 되고 상절부는 부득이 이야기하도록 극본식으로 조직되어 있었기 때문이다.[116] 게다가 소헌왕후 이래 왕실의 추천 불사에 활용된다는 불문율에 따라, 각사원이나 민간의 불사에서 비교적 용이하게 강창될 수가 있었던 것이다.

이에 가요전설류는 성격상 민중 사회에서 비교적 자유롭게 강창될 수가 있었고, 따라서 극본으로의 역할이 주목할 만한 것이었다. 그간의 민요·사설·가사·잡가 등에 얽힌 낭만담이나 희비담을 보면, 서민적이고 통속적으로 실연될 때 필연적으로 강창극의 형태를 취하게 되고, 바로 그것이 극본으로 행세하여 왔던 터라 하겠다. 이어 이 시대의 고전소설류는 국문소설을 중심으로 민중 사회에 읽히다가 강독에 음악성이 붙고 강담에 가창이 더하여, 드디어 강창극 형태로 발전되었던 것이다. 그것이 바로 판소리, 강창극으로 정립되면서 조선조의 저명한 서사물들은 대체로 판소리를 통하여 강창되고 나아가 극본으로 정립되었던 터

---

114 각안,『동사열전(東師列傳)』권6, 한국불교전서편찬위원회,『한국불교전서』10, 동국대 출판부, 1989.
115 성현,『용재총화』권6; 사재동,『불교계 국문소설의 형성과정 연구』, 아세아문화사, 1977, 102~103쪽 등 참조.
116 사재동,「『월인석보』의 형태적 연구」,『어문연구』6, 어문연구학회, 1970, 39~41쪽; 사재동,「『월인석보』의 강창문학적 성격」,『3개학회합동학술발표회논문』(제4회), 국어국문학회·한국어문학회·한국언어문학회, 1989 등 참조.

다.[117] 결국 판소리가 이 시기의 강창극을 집성·대표하고 따라서 대본이 강창극본의 주종을 이루게 되었다. 끝으로 민담과 서사무가류는 원래 민중의 강창극으로 별다른 제약 없이 연극 내지 극본의 전통을 계승하였던 것이다.[118] 오히려 조선조에 제한되던 강창극의 여파가 이쪽으로 몰려와 민중의 연극, 민중의 희곡으로서 실질적인 기능을 발휘했던 것이라 하겠다.

위와 같은 사조와 연극적 풍토 위에서, 대화극이 제대로 피어나지 못하고 위축·쇠퇴할 수밖에 없었던 것이다. 따라서 그 극본이 어느만큼 정립되고 나아가 희곡으로서의 양식과 기능을 갖추기 어려웠던 것은 사실이다. 그러기에 강창극본 중에서도 비교적 민중적 성향을 띤 강경 위경류, 가요전설류, 민담과 서사무가 등이 소박하게나마 대화극본으로 전개되었을 터이고, 유명한 판소리가 창극으로 전개된 것이 고작이라 하겠다.[119]

그런데 이 시기에 대화극본의 본령은 아무래도 소학지희에서 지켜왔다고 보아진다. 선비 사회나 서민 사회를 넘나들면서 소학지희가 대화극으로 인기를 모았기 때문이다.[120] 그 극본은 연극으로서 성행·계승되기보다는 선비들의 패설·소담집에 축소·편입되어 주로 읽히는 서사적 극본으로 행세했던 것이라 하겠다.[121] 그리하여 상하 민중이 함

---

117 장주근, 「한국의 판소리와 중국의 강창문학」, 『경기어문학』 2, 경기대 국문학과, 1981.
118 위의 글, 102~108쪽.
119 백현미, 「창극의 변모과정과 그 성격」, 이화여대 석사논문, 1989, 92~94쪽.
120 이두현, 「광대소학지희」, 『한국연극사』, 학연사, 1999, 75~77쪽; 조동일, 「소학지희의 내용과 풍자」, 『한국문학통사』 2, 471~477쪽; 권택무, 「15~19세기 연극—극」, 『조선민간극』, 예니, 1984, 89~101쪽 등 참조.
121 조선조 역대 패설·소담류(笑談類) 가운데에는 '극담(劇談)'으로서 곧장 소학지희계의 대화극으로 실연될 만한 것들이 허다하다. 그러기에 그것들은 본래 소학지희의

께 누릴 수 있는 가면극과 인형극이 대화극의 주역으로 부상되었던 것이다. 그것은 제의나 포교의 방편으로 평범하게 유전되었다지만, 조선조의 연극적 여건에서는 가장 적절하고 폭넓은 연극 형태였다고 보아진다. 주로 가면극을 보면, 가면을 내세워 모든 제한과 규제로부터 일단 해방될 수가 있고, 과장이 다양하여 어떤 사건이든지 수용할 수가 있었다. 등장인물이 수다하여 누구나가 동참할 수 있는 데다, 통속적인 대사가 비판·폭로·욕설까지 마구 구사할 수 있다는 것이 특징이다. 더구나 거기에는 마음껏 불러대는 창사와 신명껏 뛰어대는 춤사위가 끼어들어 크게 어울려 북새통을 놓고 난장판을 벌릴 수 있다는 점이 유리한 것이다. 실로 조선조의 가면극 등은 제한받던 가창극과 가무극 내지 강창극의 제반요건을 모두 흡수·보완하여 민중극으로서 거의 완전한 양식을 유지했던 것이라 하겠다.[122] 그러던 것이 어느 단계에 이르러 산대도감의 통제·조정을 받으면서 입체적 생동감을 잃게 되었고 그나마 산대도감의 관리·보호로부터도 버림받게 되면서 그것은 중심을 잃고 각 지방에 흩어져 겨우 명맥을 유지해 왔던 것이다. 그러기에 가면극은 인형극과 함께 지역별 특성을 갖추긴 했으나 극본은 산만하게 구연됨으로써 희곡의 면모를 제대로 유지하지 못했던 것이다.

　한편 연극지향적 선비 사회에서는 서민 사회와 어울려 중국 잡극계통의 희곡을 만들어 내기는 했지만, 대화극으로는 연출될 여가와 기회

대중적 극본으로 활용되다가 서사 형태로 정리·정착되었으리라고 추정된다.
122 김재철, 「내용으로 본 산대극」, 『조선연극사』, 학예사, 1930, 84~102쪽; 김재철, 「내용으로 본 인형극」, 위의 책, 141~155쪽; 이두현, 「가면극과 인형극의 전승」, 『한국연극사』, 민중서관, 1973, 89~137쪽; 심우성 외편, 『한국의 민속극』, 창작과비평사, 1984, 79~85쪽; 권택무, 「15~19세기 연극─가면극·인형극」, 앞의 책, 49~89쪽 등 참조.

를 얻지 못하였다. 그것은 과즉 읽는 희곡으로 유통되었고 아니면 소설류로 취급되는 정도였던 것이다.[123] 조선조에서도 역시 선문답식 연극 형태가 명맥을 유지해 온 것은 사실이나, 참선수행의 엄격한 규제와 쇠퇴의 분위기로 하여 그 연극적 형태와 기능이 경직·위축되었다. 따라서 그 대본이 극본으로서 정립되기가 어려웠던 것이다.[124] 이와 같이 근세문학기의 대화극본은 여타 극본과의 상관성 위에서 결국 위축·쇠퇴되면서 희곡적 전통을 혼잡하게 마무리하여 근대문학기로 넘겨주게 되었다고 하겠다.

한편 이 잡합극본은 다른 장르의 위축·쇠퇴에 이어 하나의 대안으로서 서민 대중의 연극적 요구에 부응했던 것이다. 위 전문적 장르의 통합과 폐기를 계기로 잡합극본이 새로운 활로를 찾고 능소능대한 연극적 특성을 살려, 당대의 연극적 역량과 기능을 족히 발휘하였기 때문이다. 이러한 연극적 혼성기에 처하여 잡합극본은 오히려 무난하게 성세를 보였던 것이 사실이다.

---

123 박선영, 「〈동상기〉 연구」, 이화여대 석사논문, 1985, 74~77쪽.

124 조선시대 선사들의 어록으로 기화(己和)의 「득통화상어록(得通和尙語錄)」, 보우(普雨)의 「여환몽중문답(如幻夢中問答)」 등에 선문답의 흔적이 보이나 그것이 연극적으로 실연되기는 어려웠던 것이라 본다. 한국불교전서편찬위원회, 「조선시대편 제1책」,『한국불교전서』7, 동국대 출판부, 1986.

5. 결론

이상과 같이, 한국희곡사를 유기적이고 계통적으로 파악하기 위하여, 몇 가지 측면에서 방법론을 제시하고 추론을 시도하였다. 이제까지 논의한 바를 요약하면 다음과 같다.

① 한국연극과 희곡의 상관성을 전제하고, 먼저 한국연극사가 가창극과 가무극·강창극 그리고 대화극·잡합극 등의 장르를 통하여 고대로부터 근대까지 완전하게 형성·전개되어 왔음을 확인한 다음, 그 연극 장르에 따른 극본들의 희곡적 실상을 개관함으로써, 그것을 기반으로 하여 한국희곡사가 문학사상에서 완벽하게 실존하여 왔음을 추정하였다. 그 점은 희곡사와 직결되어 있는 가요사 내지 서사문학·소설사의 계맥이 완전하다는 것으로 하여 보증되고, 나아가 한국희곡사와 맞대어 있는 중국·일본의 희곡사가 비교적 완벽하다는 것으로 하여 방증되었던 것이다.

② 한국희곡사의 실체를 검증하기 위하여 각 장르의 극본에 따른 구체적인 자료를 탐색하고, 이를 그 시대에 상응하는 희곡론으로 분석·고찰한 나머지, 역대의 가창극본·가무극본·강창극본·대화극본·잡합극본은 모두 희곡 양식을 갖추고 있다는 것을 증명하였다. 적어도 가창극본은 〈쌍화점〉·〈서경별곡〉·〈만전춘별사〉와 같이 가창 중심의 응축된 희곡 양식이고, 가무극본은 〈처용가무〉·〈무애가무〉·〈황창무〉 내지 〈학연화대처용무합설〉처럼 가창과 무용이 조화된 역동적 희곡 양식이다. 강창극본은 가창극본·가무극본과 관련되면서도 건국신화류·

궁중비사류·명인전기류·신통승전류·강경 위경류·가요전설류·고전소설류·민담·서사무가류 등과 같은 기본적인 서사구조를 일인 전역으로 강설하고 가창하는 폭넓은 희곡 양식이며, 대화극본은 위 모든 극본들의 바탕 위에서 일인 일역으로 대화와 행동을 살리거나 나아가 조희·소학지희본, 가면극본·인형극본·잡극본·선극본처럼 원래부터 대사와 행동만으로 엮어 나가는 입체적 희곡 양식이라는 것, 잡합극본은 산악백희식의 총합극으로 다양하게 연행되는 전능적 희곡 형태라는 것 등이 판명됨으로써, 희곡 장르 상호 간의 유기적 관계와 희곡사상의 위상이 어느 정도 밝혀지게 되었다.

③ 한국희곡사의 전개 양상을 합리적으로 파악하기 위하여, 우선 희곡사의 상한선을 고대문학기로 확대·소급하고, 희곡의 형성·전개 과정에 결코 공백기가 있을 수 없다는 필연적 논리를 편 다음, 희곡사 자체의 흐름과 굴곡에 입각하여 자연스럽고 실질적인 시대구분을 제시하였다. 그래서 희곡의 각 장르가 고대문학기에 발생·성립되었다는 것을 상호 간의 유기적 관계를 통하여 추정함으로써, 희곡사의 형성·연원을 최대한으로 추적하여 보았다. 그리하여 이들 희곡 장르들은 독자적 계맥과 함께 상호의존 내지 상호보완적 관계를 깊이 있게 유지하면서, 상고문학기에는 거의 완전하게 형성되었고, 중고문학기에는 발전을 거듭하게 되었으며, 근고문학기에는 절정을 이루어 난숙의 경지를 유지하던 끝에, 근세문학기에는 변혁·위축되어 쇠퇴일로를 벗어나지 못하였다는 사실을 합리적으로 파악하였다. 이로써 한국희곡사는 고대문학기에 발생한 이래, 근대문학기에 이르기까지 각 장르의 유기적 관계를 항상 유지하면서 계통적으로 면면하게 전개되어 왔

다는 실상이 종합과학적으로 밝혀진 것이다.

④ 그렇다면 한국희곡사는 본래 완전한 것이고, 그것이 실상대로 밝혀짐으로써 문학사상의 위치가 그만큼 중대하다는 것을 주목하지 않을 수 없다. 이 희곡이 종합적이라 할 때, 희곡사의 실체는 문학사의 튼튼한 기층·주류를 이루어 온 것이 확실하다. 실로 희곡은 직접적이고 역동적인 행동문학으로서 대중과 함께 생장·발전해 온 것만으로도 문학사상의 역할이 지대하다고 본다. 기실 희곡사는 그 시대마다의 가요를 직접·활용시킴으로써 시가사의 생동하는 흐름을 그 속에 포괄하고 있었던 것이다. 말하자면 희곡사를 통하여 시가사가 활성화되고 문학적 기능을 대중적으로 발휘할 수 있었다는 것이다. 한편 희곡사는 그 시대마다의 서사문학·소설 형태를 구성구조의 바탕으로 삼아 활용함으로써, 서사문학사의 생동하는 계맥을 그대로 대변하고 있었던 것이다. 말하자면 희곡사를 통하여 서사문학사가 대중적으로 수용·유포되고 뿌리박게 되었다는 사실이다. 이와 같이 희곡사는 시가사·서사문학·소설사와 함수관계를 유지하면서 입체적으로 전개된 것이 중요한 의의를 지닌다. 여기서 희곡사를 통하여 시가사와 소설사를 보완하는 근거가 마련되지만, 또한 시가사·소설사를 통하여 희곡사를 재구·복원하는 기반이 이룩된다고 하겠다.

이상으로 한국희곡사의 유기적이고 계통적인 실체를 파악·정리하려 시도하였지만, 이것은 어디까지나 구상이요 기초 작업에 그칠 수밖에 없다. 이런 작업이 타당성을 지닐 때, 그것을 구체적으로 실증해 나가는 본격적인 작업이 다시 요망되기 때문이다. 따라서 이에 대한 방법론의 재정비, 해당 자료의 발굴과 과학적 정리, 그것의 희곡문학적

분석·고찰, 작품·장르 간의 구조 형태적 비교와 계통적 위상 정립,
외국 희곡사 특히 중·일 희곡사와의 대비적 고찰 등에 걸쳐 많은 문제
점을 보다 정밀하게 검토해 나가야 되리라 믿는다.

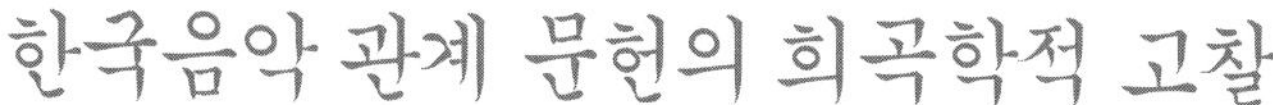

제4장

한국음악 관계 문헌의 희곡학적 고찰

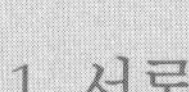

1. 서론

한국음악 관계 문헌은 일찍부터 풍성하고 다양하여 현전하는 것만
도 상당 수준에 이르고 있다. 이 문헌은 기본이 되는 '음악'을 표제로 찬
성되었지만, 음악에만 국한되는 게 아니고, 무용과 문학 내지 연극 등
예술 형태와 직결되어 있는 것이 사실이다. 따라서 이 문헌들은 한국
음악학 · 음악사를 비롯하여 무용학 · 무용사나 문예학 · 문예사 등의
원전으로서 지보적 가치와 중요성을 갖추고 있다. 따라서 이 문헌은
상호 간의 유기적 관계와 종합적 성향을 스스로 발휘하여 연극 형태로
연행됨으로써, 극본 희곡으로 더욱 중대한 실상과 위상을 확보하고 있
는 실정이다.

지금 이 문헌을 통하여 음악학 · 음악사와 무용학 · 무용사 그리고

시가학·문학사 등이 상당히 연구되고, 올바로 체계화되는 과정에 있다. 이에 힘입어 한국연극학·연극사가 이 문헌을 원전으로 하여 본격적으로 검토되어야 할 단계에 이르렀다. 따라서 한국의 극본 희곡학·희곡사도 자료 빈곤의 한계점을 벗어나, 이 문헌을 원전으로 삼아서 전문적으로 고찰할 필요성이 절실한 터다.

그동안 이 문헌을 원전으로 하여 음악학·음악사가 적극적으로 연구되어 값진 업적을 내어 온 것은 잘 알려진 사실이다.[1] 그것은 이 문헌을 음악학계의 전유물로 인식하여 적극적으로 고구하였기 때문이다. 그리고 무용학·무용사는 이 문헌의 무용 관계 기록에 중점을 두어 어느 정도의 성과를 올리고 있는 것이 사실이다.[2] 여기서는 음악 관계 문헌이 그대로 무용 관계 원전으로 직결되어 있음을 절감하지 않고 음악학계로 주도권을 양보하였기 때문이다. 한편 시가학·문학사는 이 문헌 속의 시가만을 따다가 작품 자체만을 분석·고찰하고,[3] 그것이 위치하는 현장적 실상 내지 위상을 도외시하였기에 좋은 업적을 내기 어려웠다. 기실 이 원전 속의 시가는 그 위치에서 그만한 예술적 여건과 유기적으로 논의될 때만, 진가를 유지·발휘할 수가 있기 때문이다. 이러한 관점에서 연극학·연극사는 이 문헌 중에서 '연극'으로 표상된 원전에만 관심을 둔 나머지, 비교적 빈약한 성과를 낼 수밖에 없었다.[4]

---

1 이혜구, 『한국음악서설』, 서울대 출판부, 1967; 성경린, 『한국음악논고』, 동화출판공사, 1976; 장사훈, 『한국음악사』, 새광음악출판사, 1986; 송방송, 『한국음악통사』, 일조각, 1988 등 참조.
2 장사훈, 『한국전통무용연구』, 일지사, 1986; 송수남, 『한국무용사』, 금광, 1989; 정은혜, 『정재 연구』, 대광문화사, 1993 등 참조.
3 지금까지 출간된 한국문학개론, 한국문학사의 시가 부분, 고시가론 및 시가사의 거의 전부가 이런 경향을 띠고 있으므로, 구체적인 사례를 들지 않는다.
4 한효, 『조선연극사개요』, 국립출판사, 1956; 장한기, 『한국연극사』, 동국대 출판부,

실제로 이 문헌이 그 자체로써 유기적인 관계와 종합성을 유지하여 연극으로 실연될 가능성 내지 필연성을 도외시하였기 때문이다.

나아가 희곡학·희곡사는 그간에 학문 분야로 자리 잡지 못한 데다, 이 문헌 가운데에 '희곡'이라는 원전이 보이지 않는다는 이유로, 그 실상과 체계를 제대로 갖추지 못한 게 사실이다. 여기서는 이 문헌이 종합적이고 다양한 연행의 대본으로서, 연극 형태의 극본 희곡임을 염두에 두지 않았기 때문이다. 기실 이 문헌은 단독으로든 연합으로든 간에 연극 형태로 연행되는 한, 그 대본·극본임에 틀림이 없다. 이런 대본·극본은 그 연행·극화의 기본·기반으로서, 아무리 간단·소박해도 원형적이고 원칙적인 희곡이다. 따라서 이 문헌은 당대의 용어상 '희곡'이라는 이름을 붙이지 않았을 뿐, 모두가 극본 희곡의 자질과 위치를 확보하고 있는 것이 분명하다. 그렇다면 이 문헌이야말로 한국희곡·희곡사의 보고라고 하여 마땅할 것이다.

이에 본고에서는 첫째, 이 문헌을 몇 가지 유형으로 나누고 전형적 원전의 자료적 실태와 찬성 경위 등을 개관하고, 이 유형의 성격과 기능을 검토하겠다. 둘째, 이 문헌의 희곡적 실상을 예술적 전문성과 희곡적 총합성으로 나누어 고찰하겠다. 셋째, 이 문헌의 예술사적 위상을 장르사와 결부시켜 어림하여 보겠다. 그리하여 이 문헌이 종합성과 입체성을 구비한 예술·문화의 국보적 원전으로서, 실상과 위상을 통하여 한국예술사 내지 문화사에 지대한 역할과 영향을 끼쳐 왔음을 새롭게 조명하는 계기가 되었으면 한다. 여기서는 국립국악원 전통예술진흥회의 『한국음악학자료총서』[5]와 서울대 규장각의 『규장각자료총서』(의궤),[6] 삼

1986 등 참조.

성암의『한국불교의례자료총서』,[7] 세조의『월인석보』현존본[8]과 구비
계의 민요집[9]·무가집[10]·판소리창본[11]·창극본[12] 등을 중심 원전으로
삼겠다.

2. 음악 관계 문헌의 유형과 성격

음악 관계 문헌은 삼국시대로부터 조선조 말까지 왕궁을 중심으로
다양하게 찬성·성행하였다. 역대 어떤 왕조에서든지 음악 관계의 모
든 문물·행사가 필수되었기에, 그것의 문헌적 정립·기술은 당연하
고도 풍성할 수밖에 없었다. 그러나 이 문헌은 오랜 기간 활용·전승
되는 과정에서, 어려운 여건을 만나 많이 유실되고 현전하는 것이 오히
려 적은 편이다. 그런데도 이 문헌을 수습해 보면, 위에 든 총서에 수록
된 것만 해도 130여 종을 헤아리게 되고, 아직도 발굴의 여지가 없지 않
은 터다. 그래서 전체적인 윤곽과 개별적인 특성을 살피는 데는 아무
런 문제가 없겠다. 지금까지 수습된 문헌이 필수 분야의 전통적 유형

---

5 국립국악원, 『한국음악학자료총서』 전 34책, 은하출판사, 1989.
6 서울대, 『규장각 자료 총서』(의궤), 서울대 규장각, 1997~2002.
7 박세민, 『한국불교 의례자료 총서』 전4책, 삼성암, 1993.
8 세조, 『월인석보』(현존 영인본).
9 강성구, 『한국민요대전』(가사·녹음), 문화방송, 1995.
10 박경신, 『동해안 별신굿 무가』 전5책, 국학자료원, 1993.
11 신재효, 『판소리전집』, 연세대 인문과학연구소, 1969.
12 조운 외, 『조선창극집』, 한국문화사, 1996.

을 상당히 충족시키고 있기 때문이다. 이 문헌은 관례와 실상에 따라 대강 악론류·악보류·무보류·가사류·의궤류·총합류 등으로 자연스럽게 나누어진다. 따라서 이 유형에 속하는 원전들을 들어 간략히 해설하고 성격과 기능을 가늠해 볼 필요가 있다.

1) 문헌의 유형

첫째, 악론류에 대해서다. 이 유형은 역대 음악이론서를 포괄한다. 대강 역대 악률·악조 등에 관한 이론과 악기·악보·악현·가무 등에 대한 논설을 아악과 당악·속악에 걸쳐 제시하고 있다. 실제로『삼국사기』「악지」를 비롯하여 중국계의『악서』와『증보문헌비고』의「악고」·『악원고사』·『악통』그리고『시악화성』·『난계유고』·『악서고존』등이 현전한다.

이 중에서 가장 전형적인 것이『증보문헌비고』의「악고」로 보인다. 「악고」는『증보문헌비고』제90권에서 제108권까지 총 19권으로, 홍문관의 찬집·교정으로 되어 있으며『삼국사기』나『고려사』의「악지」,『조선왕조실록』·『경국대전』·『용재총화』등 정사·야사·문집의 음악기사를 망라·편집하여 집대성한 것이다.

그 내용을 보면,「악고 1」에서는 율려 제조에 관하여 기술하고,「악고 2」에서는 후기지법候氣之法[13]을 소개한 뒤, 기본적 도량형을 설명하였다.

---

13 후기지법은 1년 12달의 절기에 따라 음율을 정한 방법이다. 이 방법은 12지와도 관계가 있는 신비적인 것으로 중국 한나라 때 역학자요 음율학자인 경방이 창안한 묘

「악고3~5」에서는 역대의 악제를 계통적으로 서술하였고, 「악고6~7」에서는 역대 악기를, 금지속·석지속·사지속·죽지속·포지속·토지속·혁지속·목지속 등에 걸쳐 아부와 속부로 나누어 소개·해설하였다. 「악고8」에서는 악현이라 하여 등가·헌가 등의 악기 편성법을 아악부와 속악부로 나누어 설명·예시하는데, 〈고려제사악현〉·〈어전연예악현〉·〈아악등가〉[14]·〈아악헌가〉·〈회례연등가〉·〈회례현헌가〉 등 아악이 주류를 이루고, 〈속부악현〉 정도의 속악이 약세를 보인다. 「악고9~14」에서는 「악가6」부에 걸쳐 역대 왕가의 다양한 악장 가사와 진연 때의 구호 및 치어를 기록하고, 특히 당악정재의 각종 가사와 향악정재의 일부 가사 및 치어를 소개하였다. 「악고15」에서는 악무에 관하여 종묘 제향 때 춤을 추는 일무인의 배열과 그 공연 위치 등에 대하여 설명하고, 일무인의 관복과 악인의 제복 등에 대하여 논의하고 있다. 「악고16」에서는 악인에 대하여 그 분야와 정원·자질 등 각종 행사에 소요되는 악사와 악기 나아가 그 편성 방법에 관하여 기록하고, 그 연행 절차와 준비에 따른 악기의 편성, 연주하는 곡목까지 알려 주고 있다. 「악고 17·18」에서는 속부악으로서 기자조선악부터 삼한악·신라악·고구려악·백제악·고려악을 거쳐 조선악에 이르기까지 개괄적으로 다 언급하고, 역대 문헌의 속악 관계 기사를 망라하여 곡목을 제시하고 간단히 소개하거나 때로 연행 방법까지 해설하고 있다. 특히 잘 알

방인데, 그 실현성이 부족하여 한국에서는 제대로 실용되지 않았다. 장사훈, 『국악대사전』, 세광음악출판사, 1984, 851쪽.

14 등가(登歌)는 종묘·문묘 등 제향과 대궐 뜰에서 연주할 때 댓돌 위에서 연주하는 음악이고, 헌가(軒架)는 위와 같은 경우에 댓돌 아래서 연주하는 것이다. 위의 책, 255~256쪽·827쪽.

려진 당악정재나 향악정재 등에 대하여 언급한 것과 산악에 관심을 두고, 이황·이이의 시조, 정철의 가사「장진주사」, 선산 지방의 〈산유화가〉까지 언급한 것이 주목된다.「악고 19」에서는 훈민정음에 대하여 소개하고 있어, 국문가사와 관련하여 시사하는 바가 적지 않다.

이와 같이 『증보문헌비고』의 「악고」를 통해 볼 때, 이 악론류의 윤곽이 대강 잡힌다. 이 악론류는 전체적으로 음악이론과 음악사를 논의하고 있는 것이 사실이지만, 취급 범위가 종합적 연행을 지향하여 다양하게 확대된 점이 주목된다. 그것은 역대의 음악이론과 음악사 외에도 악기와 연주, 가창 가사, 악무와 악인·복색 내지 모든 연행법까지 폭넓게 언급하고 있기 때문이다. 따라서 이 악론류는 음악을 기반으로 하는 다양한 연행예술의 이론과 실제를 총괄하고 있는 터라 하겠다.

둘째, 악보류에 대해서다. 이 유형은 역대 모든 악보를 포괄한다. 이 유형은 적어도 삼국 이래의 당악과 속악의 악보를 예상할 수 있지만, 실제로는 고려 이후 세종 대부터 정립된 아악·속악의 악보에 중점을 두게 된다. 이 음악·악보는 옛것을 이어받을 수밖에 없다고 하거니와, 이 유형들이 현전하는 모습을 통하여 그 원형을 추적할 수 있는 것이 사실이다. 이런 점에서 이 유형들은 음악사 및 악보사상의 위치가 분명해진다. 이 악보들은 일부 관현악이나 무용에만 전용되는 경우가 있지만, 대부분 가창·가무를 위한 것이다. 여기에 해당되는 현전 악보들 중에서 중요한 것을 들면, 『세종실록악보』·『세조실록악보』를 비롯하여 『대악후보』·『속악원보』·『시용향악보』 등 종합적 악보와 『금합자보』·『금보신증가령』·『양금신보』·『아금고보』·『삼죽금보』·『백운암금보』·『학포금보』·『연대금보』·『아양금보』·『동대금보』·『경대금보』·『신증금보』·『고대금보』·『하바드금보』·『금은금보』·『강외금보』·『인수금보』·『신작금보』·『한금신보』 등 60여 종 금보 중심의 악보가 있다.

이 중에서 가장 중요한 것이 『대악후보』라 하겠다. 이 악보는 7권 7책의 관찬본으로 서명응이 영조 35년(1759)에 편찬한 국보적 악보 중의 하나다. 원래 이 악보는 세종과 세조 대의 기보법을 전제하고 양대의 음악을 구분하여, 세종 대의 악보를 『대악전보』로, 세조 대의 악보를 『대악후보』로 모두 16권으로 편성되었다. 그런데 『대악전보』는 청일전쟁 때에 없어지고 『대악후보』만이 남아서 그 가치를 더하고 있다.

그 내용을 보면 매우 다양하고 풍성하다. 산실된 『대악전보』의 내용은 그 목록이 『증보문헌비고』에 아악 악가 〈정대업〉·〈취풍형〉·〈치화평〉·〈봉황음〉·〈여민악만〉·〈보허자〉·〈낙양춘〉·〈환환곡〉·〈수룡음〉·〈하운봉〉·〈오운개〉·〈회팔선〉·〈천년만세〉·〈절화〉·〈중선회〉 등 22종이나 들어 있어, 그 아악 중심의 윤곽을 족히 드러내고 있다. 『대악후보』는 전보에 비하여 더 풍성한 데다 내용이 속악·향악 중심으로 이루어져 더욱 중시된다. 권1에서는 「세조조 속악보서」에 이어, 세조 때 신제한 속악의 한문가사만 있는 「속악보 원구악」과 등가와 헌가의 악기평성도, 종묘 및 원구의 문무와 무무를 운용하는 절차, 그리고 〈창수곡創守曲〉의 한글 가사와 〈경근곡敬勤曲〉(1~9)의 한문 현토 가사 등을 싣고 있다. 권2에서는 『시용보대평보時用保大平譜』의 〈영신迎神〉·〈전폐奠幣〉·〈진찬進饌〉·〈기명基命〉·〈귀인歸仁〉·〈집녕輯寧〉·〈융화隆化〉·〈현미顯美〉·〈용광龍光〉·〈정명貞明〉·〈중광重光〉·〈대유大猷〉·〈역성繹成〉 등 13곡에 한문가사를 붙여 놓고, 『시용정대업보時用定大業譜』의 〈독경篤慶〉·〈탁정濯征〉·〈선위宣威〉·〈신정神定〉·〈분웅奮雄〉·〈순응順應〉·〈총수寵綏〉·〈정세靖世〉·〈혁정赫整〉·〈영관永觀〉·〈송신送神〉 등 13곡에 역시 한문가사를 붙여 실었다. 권3에서는 『시용향악보』의 〈치화평〉(1·2·3)에 『용비어천가』 해동장 이하 15장의 한문가사를 붙여 놓았고, 권4부터 권7까지는 『시용향악보』의 〈치화평〉·〈취풍형〉·〈봉황음〉·〈진작〉·〈이상곡〉·〈만전춘〉·〈납씨가〉·〈횡살문〉·〈감군은〉·〈서경별곡〉·〈한림별곡〉·〈쌍화점〉·〈보허자〉·〈영산회상〉·〈북전〉·〈동동〉·〈정읍〉·〈자하동〉 등 20여 곡에 거의 다 가사를 붙여 놓고 있다.[15]

이와 같이 이 악보류는 아악·속악에 걸쳐 다양한 악보를 수록·제시하고, 여기에 대부분 가사를 붙여 가창·연행의 실태를 명시하고 있다. 게다가 이 곡들에 해당되는 무용과의 관계를 지시하여 입체적인 연행 실태를 보여 주는 터다. 따라서 이 악보류는 전문적인 악보로서 적어도 가무·연창을 위한 음악 중심의 대본이라고 하겠다.

셋째, 무보류에 대해서다. 이 유형은 역대 무보를 총괄하고 있다. 이 무보들은 가무가 실연되었던 상고·삼국시대부터 어떤 형태로든지 형성·활용되어 왔으리라 추정된다. 무용의 실기가 전형화된 이래, 이 무보는 구비든 기록이든 그림이든 필수적인 것이었기 때문이다. 그러기에 한·중 고대의 가무 기록이나 삼국시대 사원·고분의 벽화 등에 전거가 나타나며, 『삼국사기』「악지」, 『고려사』「악지」, 『악학궤범』 등의 무보적 기록에 전형이 제시되고 있다. 따라서 궤범·도형의 본격

---

15 이 중에서 〈만전춘〉·〈한림별곡〉·〈북전〉·〈동동〉·〈정읍〉·〈자하동〉 등은 가사가 생략되었다.

적인 무보는 고구려 고분벽화 무용도 이래로, 삼국·신라시대를 거쳐 고려시대에 이르면 전문화되고, 조선시대까지 전수·성행하였던 것이다. 그러던 것이 세조 이전의 무보는 개수·유실되고, 그 후의 무보가 정재무도와 더불어 조선 말까지 유전되어, 1920년대까지도 이왕직 아악부에 무려 수백 책이나 산적해 있었던 것이다.[16] 그러나 지금껏 유전·발굴된 것은 『시용무보』와 『정재무도홀기』뿐이다.

먼저 『시용무보』는 편자·연대 미상의 1권 1책 사본으로 장악원에 전래하는 종묘 제향의 무용도보이다. 이는 제향 시의 『보대평지악』과 『정대업지악』에 맞추어 추는 육일무의 도보로서 한국무용사상 무용의 실체를 그림으로써 예시·설명한 유일한 원전이기에 가치와 의의가 비할 데 없다. 원래 종묘의 제향에는 음악·악장·일무가 삼위일체로 종합예술을 이루어 제의에 병행되는데, 이런 종묘제의의 악무는 이미 세종 때에 형성되어 세조 때부터 시행됨으로써, 그 무보가 수반·제작 되었으리라 본다. 따라서 『시용무보』는 그 계열의 무보를 모본 삼아 후대적으로 모사된 것이라 추정된다.

『시용무보』는 일무를 실제적인 그림으로 예시하고 특수한 용어로 구체 적인 설명을 가함으로써, 완전하게 표출하고 있다. 또한 해당 악보를 크게 확대한 정간에, 이를 직접 그려 넣고 전용 술어로 설명을 가하고 있어, 악무 의 대본으로 부족함이 없다. 여기에는 「시용보대평지무」로 〈희문〉 아래 〈기명〉·〈귀인〉·〈형가〉·〈집녕〉·〈융화〉·〈현미〉·〈용광〉·〈정

명)·〈대유〉·〈역성〉 등 11곡의 무도와 『시용정대업지무』로 〈독경〉·
〈탁정〉·〈선성〉·〈신정〉·〈분웅〉·〈순응〉·〈총수〉·〈정세〉·〈혁
정〉 등 9곡의 무도가 실려 있다. 따라서 『시용무보』는 단순한 무도가 아니
라, 이미 악보에 기반하여 악무·가무의 대본으로 행세·역할할 수 있다
는 데 그 특장이 있다고 보아진다.

다음 『정재무도홀기』는 편자 미상으로 고종 30년(1893)에 편찬된 1권
1책의 사본으로 국립국악원에 전래되는 궁중무용, 정재의 도보 해설서
이다. 『고려사』 「악지」나 『악학궤범』 등에서 이미 당악정재·향악정
재가 알려져 널리 통용되어 왔거니와, 『정재무도홀기』는 그 계통을 이
어 후대적으로 증보·편찬된 것이다. 그런데 여기서는 당악·향악의
구별 없이 각개 작품마다 명칭을 제시하고 무용의 배열도를 보이되, 무
원·죽간자·봉화 등 전원의 이름과 소속을 밝혀 놓는다. 나아가 그것
은 무용의 연행 절차나 작무까지도 비교적 상세히 기술하고 있지만, 악
보의 정간이나 무용의 그림이 없어, 무보와 결부될 필연성을 보인다.
이러한 기술적 양식은 『고려사』 「악지」나 『악학궤범』의 「정재 무의」
를 그대로 본받고 있는 것이다.

이 『정재무도홀기』에는 반드시 노래가 수반되어, 순한문가사나 국문
가사를 가곡의 곡조와 아악의 음곡에 따라 독특하게 가창되도록 마련하
였다. 이처럼 이 홀기는 무용과 가창이 종합적으로 어울려 가무극을 연
출하는 대본의 역할을 해냈던 것이다. 이러한 『정재무도홀기』는 궁중
에 예연·진찬·진연이 빈번해짐에 따라 그 수요가 급증해지고, 『악학
궤범홀기』(1705) 이래로 성행·산적하였지만, 『정재무도홀기』만이 현
존하여 그 가치를 드러내고 있다. 여기에 실린 작품은 〈봉래의〉를 비롯

하여 〈몽금척〉·〈아박무〉·〈무산향〉·〈고구려무〉·〈첨수무〉·〈헌천화〉·〈심향무〉·〈만수무〉·〈제수창〉·〈수연장〉·〈무고〉·〈보상무〉·〈가인전목단〉·〈포구락〉·〈연백복지무〉·〈초무〉·〈박접무〉·〈오양선〉·〈하황은〉·〈사선무〉·〈장생보안지무〉·〈첩승무〉·〈춘앵전〉·〈연화대〉·〈향령무〉·〈무애무〉·〈최화무〉·〈검기무〉·〈학무〉·〈처용정재〉·〈선유락〉·〈항장무〉·〈사자무〉·〈육화대〉 등 38종이다. 모두 한문으로 표기되어 있는데, 오직 〈육화대〉만은 국문 전용으로 표현되어 후대적 발전상을 보인다. 이런 작품들은 원전으로부터 변형·개작된 것도 있고 창작된 것도 있거니와, 삼국 이래 고유한 정재가 50여 종으로 추산되는 가운데 10여 종이 확인된 데다, 이제 20여 종을 복원·재현케 되었다.

이와 같이 무보류는 무도와 무의, 작무·연행을 중심으로 음악 및 가사와 직결되어 종합예술적 양상을 확보하고 있다. 이것은 이미 전형화된 정재의 연행이 보여 주듯이, 가창·가무의 종합적 대본이라는 확증이 된다. 따라서 이 유형은 무용을 중심으로 무보·홀기로서 전문화되었을 뿐, 실제로 운용될 경우에는 종합예술적 연극 형태의 대본이 될 수밖에 없다는 사실이 주목된다.

넷째, 가사류에 대해서다. 이 유형은 역대 악장·가사 내지 악장집·가사집을 총망라한다. 이 유형은 모두 역대 음악·무용의 가사, 노랫말로서 그 연원을 음악·무용의 역사와 함께 하였으리라 본다. 상고시대 '가무'의 민요적 가사로부터 고조선의 〈공무도하가〉를 거쳐 삼국시대의 가요, 특히 향가 그리고 『삼대목』에서 가요집의 진면목을 보인다. 고려시대의 가요, 그것도 가요집이 편성되었을 터인데, 『고려사』 「악지」 정도로 전하고 조선 초『악장가사』나 각종 악보에 삽입·전승된 정도다. 조선시대에 전대의 가요를 계승·개작하거나 창작된 가요가 유통·연행되어 음악의 가사집, 가요집으로 집성·성행되었다. 『월인천강지곡』·『용비어천가』·『월인석보』·『악장가사』에 이은『청구영언』·『해동가요』·『가곡원류』·『여창가요록』 기타 가사집·시조집, 그리고 민요집·무가집·판소리창본·창극본 등이 현전한다.

이 가운데 가장 전형적인 것이 바로『악장가사』라고 본다. 이 가사집은 편자·연대 미상의 장서각본으로, 국조악장과 고려·조선 초기의 속악가사를 수록한 값진 원전이다. 여기서는 편자와 연대에 대한 논의나 서지적 고증 관계보다도 악장·가사 전체가 악곡·악보의 노랫말 '가사'라는 사실이 주목된다. 전술한 바 악보류와 무보류의 악곡에 상응하는 가사가 전문적으로 수집되어, 실제적인 연행에 언제 어디서든지 응용할 수 있는 대본으로 행세하였기 때문이다. 여기서 역대 모든 가요집은 가창·가무의 가사집으로 그 기능과 위상을 유지해 온 터라 보아진다.

그 내용을 보면, 종묘 영녕전 악장으로 〈영신〉·〈전폐〉·〈진찬〉, '보대평 11성'으로 〈초헌희문〉에 이어 〈기명〉·〈귀인〉·〈형가〉·〈집녕〉·〈융화〉·〈현미〉·〈용광〉·〈정명〉·〈대유〉·〈역성〉과 '정대업 11성'으로 〈아헌소무〉에 이어 〈독경〉·〈탁정〉·〈선위〉·〈신정〉·〈분웅〉·〈순응〉·〈총수〉·〈정세〉·〈혁정〉·〈중광〉·〈영관〉과 끝으로 〈철변두〉·〈송신〉 등 모든 악장의 한문가사가 자리하고, 이어 여러 종류의 악장이 40여 곡이나 나오고, 〈납시가〉와 〈정동방곡〉이 들어가면서 '대보단악장' 5수로 마무리된다. 한편 속악가사로 〈여민락〉과 〈보허자〉의 한문가

사가 나오고, 이어 국문가사로 〈감군은〉·〈정석가〉·〈청산별곡〉·〈서
경별곡〉·〈사모곡〉이 줄을 이으며, 한시 현토체의 〈능엄찬〉·〈영산회
상〉이 자리 잡았다. 그리고 국문가사 〈쌍화점〉·〈이상곡〉·〈가시리〉·
〈유림가〉·〈신도가〉가 나오고, 한시현토체 〈풍입송〉·〈야심사〉에 이
어 국한문 〈한림별곡〉·〈처용가〉·〈어부가〉·〈만전춘〉과 〈화산별곡〉·
〈오륜가〉·〈연형제곡〉·〈상대별곡〉 등으로 끝맺는다. 이만하면 고려·
조선 초기의 악장·가사집으로 보배로운 것이라 아니할 수 없다. 이를 근
거로 하여 시가사뿐만 아니라, 가창사와 가무사의 계통을 잡아 볼 수 있기
때문이다.

이상과 같이 가사류는 언제 어디서나 가창·가무 내지 강창의 '가사'
로 위치하고 행세하였던 것이다. 이러한 현장적 가사가 집성되었기에,
원래의 위치에서 해당 악곡이 명시되는 것은 물론이고, 가사집 속에서
도 악곡이 표시되거나 해설을 남기는 것은 당연하다. 따라서 가사류는
가창·가무·강창의 문학적 대본이라 보아야 마땅하다. 그러므로 가
사류는 악보나 무보 등과 유기적으로 융합·연행되는 데서, 의미와 기
능이 생동·발휘되는 터라 하겠다.

다섯째, 의궤류에 대해서다. 이 유형은 궁중의 진연·진작·수작·진
찬 등의 경사에서 벌린 연행의궤와 사원 내외의 대소 재의에서 벌어진 연
행의궤를 모두 포함한다. 이 유형은 역대 궁중과 사원의 행사에서 연출된
종합적 연행의 유래, 준비와 절차, 연행의 실태를 망라하여 궤범으로 성
립되어 있다. 이러한 의궤는 적어도 삼국시대 이래로 형성·전개되었을
것이나, 현전하는 원전은 대강 조선 중·후기의 것이 대부분이다. 그런
데도 의궤는 전통성·보수성이 강하여, 현존본을 통해서 원형의 실상을

소급해 볼 수가 있겠다. 따라서 이 의궤의 시대성에 집착하지 않고 전형에 관심을 둘 수밖에 없다. 우선 궁중의 의궤로『원행을묘정리의궤園幸乙卯整理儀軌』를 비롯하여 『순조무자진작의궤純祖戊子進爵儀軌』·『순조기축진찬의궤純祖己丑進饌儀軌』·『자경전진작의궤慈慶殿進爵儀軌』·『헌종무신진찬의궤憲宗戊申進饌儀軌』·『고종임인진연의궤高宗壬寅進宴儀軌』·『고종신축진찬의궤高宗辛丑進饌儀軌』·『종묘의궤宗廟儀軌』 등과 사원의 의궤로서『법계성범수륙승회수재의궤法界聖凡水陸勝會修齋儀軌』를 비롯하여 『수륙무차평등재의촬요水陸無遮平等齋儀撮要』·『예수십왕생칠재의찬요預修十王生七齋儀纂要』·『천지양명수륙재의촬요天地陽冥水陸齋儀撮要』·『영산대회작법절차靈山大會作法節次』·『석문의범釋門儀範』 등이 값지게 현전한다.

그 가운데서 가장 전형적인 것은 바로『순조기축진찬의궤』라고 보아진다. 이 의궤는 순조 29년(1829)에 의궤청에서 전대의 의궤를 계승하고 발전적으로 보완하여 충실·풍성한 내용을 갖추고 있다. 당대 대리청정에 임한 효명세자가 양전의 탄일을 기념하고 정치적 혁신을 내외에 선포하는 저의에서, 진찬으로 베푼 대연 상황의 총체적 보고서가 바로 이 의궤라 하겠다. 따라서 이 의궤는 궁중의 진찬의례와 연행이 전체적으로 망라된 화려하고 조직적인 공연의 대본이라 하여 마땅할 것이다. 이것은 음악과 정재가 가장 발전·성행하였던 순조 때의 그것을 제대로 반영·집성하고 있기 때문이다. 이 의궤의 본편에는 2월의 본 진찬 행사에 대한 내용을 담고, 부편에는 6월에 행한 순조 탄일의 진찬 행사의 내막을 실었다. 이 진찬은 대전외진찬과 대전내진찬, 대전야진찬 그리고 왕세자회작으로 나누어 진행되었는데, 이들 의식·행사의 광경은 그대로가 거대한 종합예술, 연극의 장면을 연출하였던 터다.

　이 진찬의궤의 총목을 보면, 수권의 「택일擇日」에서는 진찬의 일정을 정리하고, 「좌목座目」에서는 진찬소와 의궤청의 구성원을 열거하고 있다. 이어 「도식圖式」에서는 행사장 전경과 참여 인원의 위치를 문자로 표시하고 반차도로 제시하니, 〈명정전진찬반차도明政殿進饌班次圖〉와 〈자경전진찬반차도慈慶殿進饌班次圖〉·〈자경전야진찬반차도慈慶殿夜進饌班次圖〉·〈자경전익일회작반차도慈慶殿翌日會酌班次圖〉 등이 바로 그것이다. 이 반차도는 각기 독립되어 거창한 궁중 연희의 대강을 거시적으로 그려내고 있다. 그리고 〈명정전도明政殿圖〉·〈자경전도慈慶殿圖〉·〈환취정도環翠亭圖〉를 무대로 제시하고, 거기서 연행되는 공연 장면을 실제적으로 도시하니 〈명정전진찬도〉·〈자경전진찬도〉·〈자경전야진찬도〉·〈자경전익일회작도〉 등이 화려하게 전개된다. 이 진찬도들은 그대로 궁중 행사에서 연행된 거대한 공연 양상을 생생하게 보여 주는 터다. 나아가 「외진찬정재도外進饌呈才圖」로 〈초무〉·〈아박〉·〈향발〉·〈무고〉·〈광수무〉·〈첨수무〉, 「내진찬정재도內進饌呈才圖」로 〈몽금척〉·〈장생보연지무〉·〈헌선도〉·〈포구락〉·〈수연장〉·〈하황은〉·〈연화무〉·〈검기무〉·〈선유락〉·〈오양선〉·〈춘앵전〉·〈보상무〉·〈가인전목단〉·〈처용무〉, 부편의 〈연백복지무〉·〈무애무〉·〈최화무〉·〈제수창〉·〈사선무〉·〈가자〉(중복 제외) 등 26종의 무용도를 그려내고 있다. 이 정재도는 그대로가 궁중 가무의 연행 양상을 보여 주니, 거대한 연희 속에서 연출된 핵심적 가무 장면을 실제적으로 드러내는 터다. 또한 이 진찬 연행에 사용된 무대장식물이나 출연자가 활용한 각종 소도구의 그림으로 「채화도綵花圖」와 「기용도器用圖」·「정재의장도呈才儀杖圖」 등이 나오고, 그 때에 연주된 「악기도樂器圖」와 출연자의 다양한 의상으로 「복식도服飾圖」가 자세하게 이어진다. 이것은 공연에 필수되는 구체적인 상관물을 도식화하여 대본의 기능을 강화하는 것이라 하겠다.

나아가 권1의 「예소睿疏」에서는 진찬을 허락해 달라는 상소를 수록하고, 「영교令敎」와 「연설筵說」에서는 행사 준비에 대한 세자의 명령과 신하들과의 대화를 모아 놓았다. 이어 「악장樂章」에서는 의식·연행에 사용된 악장의 가사를 실었고, 이어 「정재악장」에서는 〈금척〉·〈장생보연지무〉·〈헌선도〉·〈향발〉·〈아박〉·〈포구락〉·〈수연장〉·〈하황은〉·〈무고〉·〈연화태〉·〈오양선〉·〈검기무〉·〈선유락〉·〈첨수무〉·〈보상무〉·〈가인전목단〉·〈춘앵전〉·〈처용무〉 등의 순서로 해설과 악장의 가사, 연행 절차를 비교적 소상히 밝혀 놓았다. 이것은 바로 정재 가무의 대본으로 행세할 수가 있는 터다. 그리고 「치사致詞」에서는 국왕의 덕을 기리는 시찬, 「전문箋文」에서는 세자가 국왕에게 올리는 글을 늘어 놓았다.

마침내 『의주儀註』에서는 「명정전진찬의明政殿進饌儀」와 「자경전진찬의慈慶殿進饌儀」·「자경전야진찬의慈慶殿夜進饌儀」·「자경전익일왕세자회작의慈慶殿翌日王世子會酌儀」 등으로 나누어, 진찬의례의 진행과 절차에 따른 일체의 연행 양상을 구체적으로 정리·기술하였다. 왕과 왕비를 중심으로 왕세자와 세자빈, 공주와 내명부, 백관과 종친 그리고 찬의·전찬, 상식·상찬, 여관·여집사, 나아가 악공·영인·무용수 등이 등장하여 치사·산호와 선교를 교환하고 국궁 4배하는 등 대화적 의례를 진행한다. 이 가운데 악장의 제곡이 울리며 온갖 정재 가무가 연행되니, 이것은 가위 대화극 내지 잡합극의 장면을 그대로 묘사해 놓은 바라 하겠다. 「계사啓辭」나 「달사達辭」·「중목中目」 등에서는 이 진찬소에서 국왕이나 세자에게 보고한 문서를 모으고, 「이문移文」·「내관來關」
에서는 이에 관한 유관 기관과의 왕래 문서를 실었다.

그리고 권2의 「품목稟目」에서는 진찬소가 그 준비사항을 보고한 것
을, 「감결甘結」에서는 하위 관서에 지시한 문서를 수집해 놓았다. 「찬품
饌品」에서는 행사에 준비된 음식과 상차림에 관한 기사를 모으고, 「채화
綵花」에서는 꽃 장식에 대하여 취급하였으며, 「기용器用」에서는 행사에
필요한 도구들을 준비한 사항을 밝히고, 「수리修理」에서는 그 물품들을
수리한 내역을 알려 주고 있다. 이어 「배설排設」에서는 행사장을 꾸민
데에 대한 기록을 들고, 「의장儀杖」에서는 각종 깃발·부채 등을 마련한
내용을 적고, 「의위儀衛」에서는 진찬별 행사의 보조 인원과 경비 군사들
의 임무, 배치 상황 등을 수록하였다.

이어 권3의 「진찬참연제신進饌參宴諸臣」과 「내외빈內外賓」에서는 진찬
에 참가한 모든 인원을 등급·관직, 계층·서열 등에 따라 명부를 수록
하여 관청자의 일면을 짐작케 하고, 「공령工伶」에서는 악공과 무용수들
의 명단과 역할을 기술하여 예인·연기자의 면모를 알려 주는 터다.
「악기풍물樂器風物」에서는 각 단계의 음악과 무용에 필요한 소품과 악
기, 이것을 조달하는 데 든 비용을 수록하였고, 「상전賞典」에서는 행사
에 참여한 인물들에게 시상한 것을 적었으며, 「재용財用」에서는 행사에
든 비용을 수입과 지출로 나누어 정리해 두었다. 마지막의 「부편附編」
은 전술한 바 6월 19일에 행한 진찬의進饌儀를 적은 것인데, 「택일」에서
「전상典賞」까지는 그 구성이 위 본편과 거의 같다.

이상과 같이 의궤류는 궁중이나 사찰의 중요한 행사·제의를 종합
예술로 크게 연행하는 과정과 현장을 생생하게 도식화하여 기술하고

있다. 거기서는 이런 행사·제의의 발의·준비와 진행의 예행연습까지 보이고, 연행의 현장을 연극적 상황으로 생동감 있게 묘파하고 있다. 그리고 제의·행사에 필요한 각종 용기·도구·치장, 악기와 악인·여령의 분장·의상도 모두 그림으로 해설하며, 행사의 정리·보고에 이르기까지 언급하고 있는 터다. 따라서 의궤류는 거시적으로 보아, 궁중·사원의 종합예술적 행사 진행, 연극적 연행에 대한 완벽한 대본이라 하여 마땅하고, 전문적으로 보아 그 속에 자리 잡은 음악·가창·가무·대화에 대한 완전한 극본이라 하여 무방할 것이다. 의궤를 가지고 그때의 행사·제의에 따른 종합예술적 연행이나 연극적 공연을 현대적으로 재연할 수 있기 때문이다.

여섯째, 총합류에 대해서다. 이 유형은 상술한 다섯 가지 유형을 다 정리·총괄하여 총합적인 전범을 정립하고 있다. 이 유형은 음악이론과 연주의 실제, 악보와 무보로 연결고리를 마련해 놓고, 가사와 각종 의궤, 정재 무의 등을 총망라하여 체계적인 대본으로 완결되었기 때문이다. 여기에 해당되는 원전으로 현전하는 것이 희귀하지만, 그래도 『고려사』 「악지」에 이어 『악학궤범』이 현존하여 천만다행이다. 실로 이것은 그 총합적이고 입체적인 가치로 하여 사계의 보전이 되기 때문이다. 여기 『악학궤범』은 압권임에 틀림이 없다.

『악학궤범』은 성종 24년(1493)에 의궤와 악보를 보정하라는 왕명을 받고, 성현·유자광·신말평·김복근 등이 편찬한 조선조 음악의 유일한 지침서로 9권 3책으로 되어 있다. 이 책의 편찬 배경 및 동기는 당시 장악원에 전하는 의궤나 악보가 너무 낡았고, 요행히 남은 이 방면의 책들도 모두 미비되었기에, 이것들을 교정·보정함으로써 전형적이고 완벽한 음악궤범서를 편찬하는 데에 있었다. 따라서 이 책은 성종 대를 기준하여 그 선대의 그것을 계승·정리하고 당시의 그것을 새롭게 체계화한 바 완전한 음악지침서라는 점이 확인되는 터다. 그러기에 『악학궤범』의 전체 내용은 음악 12율의 결정과 거기에 쓰이는 악조, 악기의 진설, 정재가무의 진퇴, 이에 따르는 악기·의물·복식에 걸쳐 제향·조회·연향 때의 연주에 필요한 사항을 모두 갖춤으로써, 당시의 아악·당악·향악 등 전반을 집대성한 것이었다.

권1에서는 아악을 중심으로 당악·향악의 음악이론을 모두 다루었다. 특히 음악의 이론은 실제 제향의 연주에 필요한 것만을 인용·보완하여 적절하게 엮어 놓았다. 그래서 『세종실록』에 산견되는 아악 시정의 이론들을 총정리한 것처럼, 실제 음악에 적용되고 연주·연행에 적합한 이론들만을 체계적으로 정리하여 두었다. 기본적인 육십조六十調와 〈시용아악십이율칠성도설時用雅樂十二律七聲圖說〉·〈율려격팔상생응기도설律呂隔八相生應氣圖說〉·〈십이율위장도설十二律圍長圖說〉·〈양율음려재위도설陽律陰呂在位圖說〉·〈오음율려이십팔조도설五音律呂二十八調圖說〉·「삼대사강신악조三大祀降神樂調」·「악조총의樂調總義」를 거쳐「오음배속호五音配俗呼」·「십이율배속호十二律配俗呼」 등이 도시·논의의 주류를 이룬다. 이런 음악이론은 선행한 중국의 악서나 역대의 음악이론을 본받아 이룩되었고, 후대의 악서에 영향을 끼친 것이 사실이다.

권2에서는 당시의 모든 제향과 조회·연향에 필수되는 악기의 진설법을 도시·해설하였다. 각종 제향에 쓰이는 아악의 악보와 악장을 게재하고, 당시의 조회·연향에 쓰이는 음악의 절차·곡목·무명을 기술함으로써, 오례의를 비롯한 종묘의궤나 진연의궤와 같은 성격을 띤다. 실례로

「아악진설도설雅樂陳設圖說」에서 〈오례의등가五禮儀登歌〉·〈오례의헌가五禮儀軒架〉·〈시용등가時用登歌〉·〈세종조회례등가世宗朝會禮登歌〉·〈세종조회례헌가世宗朝會禮軒歌〉 그리고 〈문무文舞〉와 〈무무武舞〉에 이르기까지 도시·해설한 뒤, 「속악진설도설俗樂陳設圖說」에서 〈오례의종묘영령등가五禮儀宗廟永寧登歌·헌가軒架〉·〈시용종묘영령전등가時用宗廟永寧殿登歌·헌가軒架〉·〈보대평지무保大平之舞〉·〈정대업지무定大業之舞〉를 도식으로써 설명하였다. 나아가 문소전文昭殿·연은전延恩殿·소경전昭敬殿의 제례에 쓰이는 악기의 진설, 곡명과 악보 또는 악장을 기재하고, 〈오례의전정헌가五禮儀殿庭軒架〉와 〈시용전정헌가時用殿庭軒架〉에 이어, 각종 고취鼓吹를 소개하며, 〈정전례연여기악공배립正殿禮宴女妓樂工排立〉의 악기·악사·악공·기녀·가동·관현 맹인의 인원과 배치, 관복에 대하여 설명하였다. 또 「시용아악부제악時用雅樂部祭樂」에서는 제향아악의 악보와 악장, 무용의 종류 등을 들어 연주에 필요한 구체적 사항을 제시하였고, 「시용속악부제악時用俗樂部祭樂」에서는 각종 제향에 필요한 곡명, 악보 없는 악장과 무명, 그 진행에 관한 기록을 남기었다. 나아가 「시용하례급연향악時用賀禮及宴享樂」에서는 악보와 가사도 없이 곡명·무명만 내세워 그 절차에 대하여 설명하고 있다. 끝으로 세종조회례연의世宗朝會禮宴儀의 곡명과 무명 그 진행 과정, 세종조수월용율世宗朝隨月用律의 곡명과 악보, 가사 등을 표기해 두었다. 이로써 권2에서는 궁중 제향·조회·연향에 따른 음악 악보와 악장 가사 및 무용 등의 진행·연행 과정을 기술한 대본을 완전하게 보여주는 터라 하겠다.

권3에서는 『고려사』「악지」에 실린 「당악정재」와 「향악정재」를 그대로 실었다. 「당악정재」에서는 〈헌선도〉·〈수연장〉·〈오양선〉·〈포구락〉·〈연화태〉 등에 걸쳐, 그 연행의 과정과 절차를 상술하였고,「향악정재」에서는 〈무고〉·〈동동〉·〈무애〉 등에 걸쳐, 그 연행 과정과 절차를 상술하였다. 이것은 고려 대 정재 가무의 연행 대본으로서 거의 완벽한 실태를 보이고, 나아가 성종 대의 시용당악정재·향악정재와 비교할 수 있는 전범을 제시하는 터다.

권4에서는「시용당악정재도의時用唐樂呈才圖儀」를 싣고 있다. 여기서는 고려 대의 〈헌선도〉·〈수연장〉·〈오양선〉·〈포구락〉·〈연화태〉 등을 계승하여 〈초입배열도初入排列圖〉와 〈작무도作舞圖〉를 내세우고, '격박擊拍'과 함께 춤사위의 변화를 일일이 알려 줌으로써, 그 보완·개선의 면모를 보인다. 이어 태조 때 새로 만든 〈금척〉·〈수보록受寶籙〉, 태종 때 이루어진 〈근천정覲天庭〉·〈수명명受明命〉, 세종 때 창제된 〈하황은〉·〈하성명賀聖明〉·〈성택聖澤〉, 세종 때 부활된 〈육화대〉·〈곡파曲破〉가 실려, 그 운용·연행의 실태를 그대로 보여 준다.

권5에서는「시용향악정재도의時用鄕樂呈才圖儀」를 싣고 있다. 여기서는 향악과 당악의 교주로 된 〈보대평〉·〈정대업〉·〈봉래의〉의 가무 절차를 실었고,『고려사』「악지」의 〈아박〉·〈무고〉의 가무 절차에다 국문가사 〈동동〉·〈정읍사〉를 추가하였다. 이어 향발과 나례 후에 연행되는 〈학연화대처용무합설〉의 연행 절차, 기녀들이 어전에서 연행하는 〈교방가요敎坊歌謠〉, 태조 때의 〈문덕곡文德曲〉에 의한 가무 절차를 실어 놓았다. 이처럼 권5는 향악정재의 연행 절차를 소상히 도시·기술한 것 이외에, 국문가사를 활용함으로써, 조선시대 가창·가무의 연행 대본의 진면모를 드러내고 있다.

권6에서는「아부악기도설雅部樂器圖說」, 권7에서는「당부악기도설唐部

樂器圖說」·「향부악기도설鄕部樂器圖說」을 실었다. 모두 먼저 악기의 전체 모양을 도시하고, 그림에다 악기의 치수를 일일이 적어 정확을 기하였다. 그리하여 활용법의 기초를 이르고, 새로 악기를 만들 때 그 전범·기준이 되게 배려하였다. 나아가 여기서 악기의 제작법·연주법·조현법, 이상한 악기의 사용법까지 알려줌으로써, 정재 음악, 공연음악의 기반과 실상을 파악하는 데에 큰 참고가 된다.

권8에서는 「당악정재의물도설唐樂呈才儀物圖說」의 죽간자·인인장·용선·정절·작선·포구문 등 의물을 작성하는 그림을 그리고, 자료와 치수, 만드는 방법을 설명하고, 「정대업정재의물도설定大業呈才儀物圖說」의 갑주·검·창·대각·대고·청룡기·주작기·백호기 등 의물을 만드는 데에 필요한 모든 것을 알려 주고 있다. 이어 「향악정재악기도설鄕樂呈才樂器圖說」을 설정하고 아박·무고·동발·지당판 등의 도시와 제작법 및 자료를 제시하고 있는 터다. 여기서는 연행의 의물·용기를 공연에서의 소도구와 견주어 볼 수 있겠다.

권9에서는 「관복도설冠服圖說」을 내세워 복두·개책·진현관·피변·무변·오관·초립·두건·녹초삼·비란삼·홍록주의·흑피화·사모·천의天衣·한삼 등의 제작법, '무동관복舞童冠服'의 동련화관·부용관·운화·중단 등 제작법과 '여기복식女妓服飾'의 유소·차·대요·단의·상·흑장삼·남적오리 등 제작법을 도시·설명하고 있다. 이것은 연행에서의 분장·의상으로서 필수적인 것이라 하겠다. 이처럼『악학궤범』은 제향·조회·연향 때의 주악·연행에 필요한 악론으로부터 그 관복에 이르기까지 전반에 걸친 내용을 담았고, 그것이 치밀하고 정확하게 기술되어 그 유실을 막고, 언제 어디서나 그 연행의 대본으로 행세하게

되었던 것이다.[17]

이상과 같이 총합류는 5개 유형의 진수를 체계적으로 통합하여 궁중의 제향·조회·연향 등 모든 제의·행사의 극화·연행에 관한 제반 요건을 다 갖춤으로써, 성현이 말한 '무불비재無不備載'[18]를 실감케 한다. 따라서 이 총합류는 모든 제의·행사에서 극화·연행의 대본으로 충분한 역할을 해내었던 것이다. 나아가 이 유형은 연희·연극에서 무대론·음악론·연기론·무용론·문학론·분장론·의상론·도구론 등을 펼치는 데에 매우 중요한 원전이 되리라 보아진다.

2) 각 유형의 성격과 기능

첫째, 이 유형들의 독자적 전문성이다. 이 유형들은 문헌적 정착에서 이미 독립된 책자로 독자적 형태를 유지하여 왔다. 이러한 독자적 형태가 전문성을 보증하고 있는 것이 주목된다. 위에서 지적된 대로, 이 유형들은 모두 연행·공연을 전제로 하여 각기 전문 분야를 전담하고 있기 때문이다. 우선 악론류가 음악이론을 기반으로 실제적인 공연 음악을 제시하며, 나아가 공연 전체의 원리와 분야, 그리고 그 운용에 대한 이론적 체계를 완비하고 있다. 따라서 역대 음악과 전반적 공연에 따른 역사를 기술함으로써, 음악사에 기초한 공연사 내지 연극사의 면모를 보여 주고 있는 실정이다. 이어 악보류는 음악이 공연되는 현

---

17 이혜구, 「『악학궤범』 해제」, 『신역 악학궤범』, 국립국악원, 2000, 8~15쪽.
18 『악학궤범』 「악학궤범 서」 대제각, 1998, 4쪽.

장적 실기를 제시하고 있다. 이것은 음악 자체의 생동하는 모습일 뿐만 아니라, 공연의 실태를 그대로 입증하는 터다..이것은 공연상의 음악적 전문성을 유지하는 확고한 전거이기 때문이다. 또한 무보류는 악보류와 함께 연행의 무용 분야를 전담하고 있다. 이것은 무용 자체의 독립적 위상을 보유하면서, 적어도 가무의 역동적 일면을 감당하고 있기 때문이다. 그리고 가사류는 모든 공연의 언어·문학적 분야를 전담하고 있다. 공연예술 전체에서 언어적인 요소의 의미론적 표출이나 문학적인 맥락의 미학적 표현에 있어, 가사류는 핵심·기반을 이룩하고 있는 터다. 실제로 공연예술의 의미론이나 미학은 이 가사류가 아니고서는 애매모호하고 지리멸렬할 수밖에 없기 때문이다. 따라서 가사류는 문학 장르상의 독자성과 함께 공연예술상의 전문성이 확인된다. 한편 의궤류는 궁중을 중심으로 하는 특수 공연의 궤범이라는 점에서, 이미 독자적 전문성을 지니고 있다. 이것은 악보류·무보류·가사류 등과는 달리, 원래 종합적인 연행성을 갖추어, 그 자체로서 공연상의 제 요건을 완비하고 있는 터다. 그러면서 이것은 악론류나 총합류와는 달리 궁중 제례·행사의 연행에 한하여 전문성을 발휘하게 될 따름이다. 끝으로 총합류는 문자 그대로 음악·연행의 이론과 역사, 악보와 무보·가사·그리고 정재의 실연 양상, 장치·도구·의상 등에 이르기까지 공연에 필수되는 모든 것을 갖춘 궤범이라는 점에서, 종합적 의의와 전문적 위치가 확인된다. 말하자면 이 총합류만 가져도 고려·조선 초기에 걸치는 궁중 중심의 연행·공연이 재구·실현될 수 있다는 것이다. 이렇게 볼 때, 악론류는 총론에, 악보류·무보류·가사류·의궤류는 각론에, 총합류는 결론에 해당되는 것이라 하겠다.

둘째, 이 유형들의 종합적 공연성이다. 이 유형들은 원래 모든 공연 예술을 위하여 편성·정립된 것이다. 따라서 공연의 완성을 지향하여 상호 간 유기적인 관계를 갖추고 있다. 그것들은 종합적인 연행을 통해서만 역동적인 생명성을 십분 발휘할 수 있기 때문이다. 모든 공연 예술의 대본·극본이 다 그러하듯이, 이 유형들은 연행되지 않는 한 화석화된 문서집에 불과한 것이다. 그래서 이 유형들 자체가 본원적 공연을 지향하여 아우성을 치는 격이고, 따라서 활화석의 차원에서 마침내 실연될 운명을 스스로 지니고 있는 터다. 우선 악론류는 본래 종합적 연행을 위한 총론을 펴고 분야별 영역과 방법론을 제시한 것이 사실이다. 이어 악보류는 벌써 가사를 동반하여 가창을 지향하고, 나아가 무보와의 상관성을 내세워 가무를 형성하려 한다. 다음 가사류는 물론 가창과 가무의 핵심적 의미가 되거니와, 단독적 가창과 상대적 대창에도 직결되어 있다. 한편 의궤류는 원래 궁중의 종합적 공연을 목적하여 완벽하게 제작된 것이다. 그러기에 각종 제례·행사의 종합적 공연에 효율적으로 활용된 것은 당연한 일이다. 끝으로 총합류는 이상적인 종합적 공연을 실현하기 위하여, 그 이론을 펴고 작품의 연행을 주도하며, 그 장치·도구·의상 등 주변 사항까지 도시·해설한 것이다. 따라서 총합류에 의하여 역대의 종합적 연행을 재현하거나 그에 관한 공연원리와 역사, 작품론과 장르론 등을 펴는 데에 있어 전범이 되어 온 것은 필연적인 현상이었다.

셋째, 이 유형들의 극본적 기능이다. 기실 이 유형들은 단독이거나 연합이거나 간에 종합예술로 공연된 것이 사실이다. 그러기에 이 유형들은 역대 종합예술의 대본으로 활용되고, 나아가 극본으로 기능하여 왔던 것이다. 역시 이것은 종합예술로서의 연극적 공연을 시종 주도하면서, 극본으로서 행세하였기 때문이다. 여기서 이 유형들이 실연되는 종합예술적 공연을 모두 연극이라고 규정할 수가 있다. 적어도 궁중의 모든 제의·행사에 따른 화려·찬란한 종합예술, 공연예술이 모든 연극 장르를 대표하여 포괄하고 있다는 것은 부인할 수 없는 사실이다. 다만 다양하고 고급스런 연극 형태에 대하여 '연극'이라는 명칭을 기피하였을 뿐이라고 보아진다. 오늘의 연극론에 의하면, 공연예술은 분명히 연극 형태라고 규정되는 것이 당연하기 때문이다.

그렇다면 이 유형들은 다양한 연극 형태의 극본이라 해야 마땅할 터다. 여기서는 실제로 궁중의 의례·행사에 따른 공연예술을 연출하기 위하여, 빈틈없는 계획·설계에 의한 극본이 우선적으로 제작된다. 그래서 그것의 성격·방향에 따라, 먼저 공연의 이론적 근거와 법도, 그리고 이것의 관례를 찾기 위한 공연사를 검토한다. 그리고 이 연극적 순차와 절차가 결정되면, 실제적인 공연의 요건을 입체적으로 준비한다. 먼저 내력과 역사적 사건을 중심으로 공연의 서사문맥을 의미 깊게 조정한다. 그것은 제향·회연·연향에 적합한 서사문맥에 따라, 악장·가사와 구호·치어, 그리고 대사 등이 짜인다. 이어 거기에 해당되는 아악·당악·향악 등이 악보로 구체화되고, 여기에 적합한 무용이 무보로써 결합된다. 이제 여기에 출연할 악사·악공·기녀 등을 내세워 가창·가무 등을 연행하도록 연기·언행을 지시·기록한다. 한편 연출에 필요한 무대와 장치·도구, 출연자들의 분장·의상, 소품까지 구체적으로 명시한다. 나아가 연행 과정과 준비, 그리고 연습 등에 따르는 시간·예산까지도 상세히 밝히고 있는 것이다. 이렇게 제작된

이 대본들이야말로 완전한 공연을 위한 완벽한 극본이라 보아진다. 이러한 극본 유형이 상술한 6대 유형으로 정립·현전하는 터라 하겠다. 따라서 이 유형들이 유기적이고 입체적으로 생동하여, 공연예술의 극본으로 기능했던 것은 필연적인 사실이다.

3. 음악 관계 문헌의 희곡적 실상

이 유형들은 다양한 연극의 대본이란 점에서 연극론적 입체성을 드러내고 있다. 그것이 무대론·음악론·무용론·연기론·문학론·분장론·의상론·도구론·장르론 등과 직결되어 있기 때문이다. 이러한 논의는 연극론적 고찰로 시작·전개되어, 결국 희곡론의 기반으로 수렴될 것이다. 이러한 전제 아래, 이 유형들의 희곡적 실상을 밝히려 한다. 그러기에 이들 극본 희곡의 총론을 원론과 사론으로 나누어 보고, 이 희곡의 하위 장르로서, 가창극본·가무극본·강창극본·대화극본·잡합극본 등에 걸쳐 전체적인 윤곽과 작품 내면을 고찰하겠다.

1) 각 유형의 연극적 다양성

첫째, 무대론과 그 실제다. 연극론에서 우선적인 윤곽은 무대론이다. 이 유형들에서 무대론과 실제적 무대는 궁중·전각으로 전형화되었다. 모든 제향·회연·연향이 다 종묘나 사직 내지 궁궐의 전각을 무대로 삼고 있기 때문이다. 크게는 성곽을 둘러리한 이들 전각과 치장은 실로 공연예술의 장엄한 무대로 승화되어 있다. 위 의궤류에서 도식으로 보여 준 여러 전각과 치장이 연극의 효율적 무대로 활용되고 있기 때문이다. 그리고 의궤류나 총합류『악학궤범』등에 보이는 각종 정재도설에도 무대가 궁중의 전각과 사원, 치장으로 전제되고 있는 터다. 따라서 이 유형들의 모든 무대는 무대론을 족히 충족시키고 전형을 보여 준다.

둘째, 음악론과 그 실제다. 기실 연극론에서 매우 중요한 것은 음악론이다. 이 음악에 기반하여 연극이 성립될 뿐 아니라, 실제적인 가창·가무·강창 등 연극 형태가 모두 음악에 의거하여 성립되기 때문이다. 이 음악은 악보류를 주축으로 가사류와 총합류『악학궤범』등의 악조 표시에서 구체적으로 고정되어 있다. 다양하고 풍성한 악보와 여타 유형의 다양한 악조 표시는 연극의 음악론을 정립하는 전거가 됨은 물론, 실제적 음악 연주의 본보기가 되어 값지게 자리하고 있는 터다.

셋째, 무용론과 그 실제다. 연극론에서 가장 역동적인 것은 무용론이다. 무용은 연극의 역동적 미감을 강조할 뿐만 아니라, 가무의 주체가 되기 때문이다. 무용은 무보로써 생동감을 보여 주며, 의궤류와 총합류『악학궤범』등의 각종 정재도설 내지『정재무도홀기』같은 데서 언어·문장으로 설명되고 있다. 그리고 사원계의 의궤류 가운데 이른바 작법무의 도설도 소중한 사례라 하겠다. 이러한 무용들은 연극의 무용론을 성립시키는 전거가 되면서, 그 무용의 실제로서도 위치가 뚜렷한 터다.

넷째, 연기론과 그 실제다. 연극론에서 주체가 되는 것이 연기론이다. 등장인물들이 유기적으로 언동하여 연극을 이끌고 연출의 성패를 좌우하기 때문이다. 이 유형들에 등장하는 연기자로 악사·악공과 기녀·무용수 기타 단역들을 주목하여 그들의 위치와 역할을 지시하게 된다. 위 악론류에서 내세우는 악인·배우의 역할과 자격, 악보류와 가사류에서 전제되는 가창인, 무보류와 의궤류·총합류『악학궤범』 등에서 도설하는 무용수·기녀들, 정재도설에서 보이는 다양한 배역들을 점검하고 연기를 도출하면, 연기론을 족히 정립할 수 있다. 그리고 연기의 다양하고 생동하는 면모까지 확인할 수가 있는 터다.

다섯째, 문학론과 그 실제다. 연극론에서 언어적 상관물로서 가장 핵심적인 것이 문학론이다. 그것이 극본의 의미론적 주체가 되어 연극의 미학적 효능을 극대화하고 있기 때문이다. 기실 가사류는 온통 시가문학으로 충만되어 연극문학을 대표하고 있는 것이 당연하다. 이어 악론류에서도 악장·치사 등의 시문이 의미 전달의 주맥을 이루고, 악보류에도 가사가 수반되어 가창의 주체가 된다. 의궤류와 총합류『악학궤범』 등에서도 시문이 합세하여 가창·가무·찬송 등에서 의사소통의 핵심적 역할을 다하고 있다. 따라서 그것은 연극문학론·희곡론을 도출하는 전거가 되며, 그 자체로서 극본적 기능을 발휘하고 있는 터다.

여섯째, 분장론·의상론과 그 실제다. 연극론에서 등장인물 배우의 배역·연기와 관련하여 소중한 것이 분장론과 의상론이다. 기실 등장인물은 분장과 의상에 의하여 비로소 배역을 맡아 연기를 제대로 해낼 수가 있기 때문이다. 분장·의상은 하나로 맞물려 매우 중시되고 있거니와, 의궤류와 총합류『악학궤범』 등에서 이를 도시하고 자세한 해설까지 붙이고 있는 실정이다. 그리하여 분장·의상의 사례는 분장론·의상론의 확고한 전거가 되고, 그 자체로서 연극상의 기능을 제대로 발휘하고 있는 터다.

일곱째, 도구론과 그 실제다. 연극론에서 실연 과정의 용구·매체로서 중시되는 것이 도구론이다. 연극의 진행 과정에서 소요되는 장치·용구, 연기자들이 소지·활용하는 소도구들이 올바로 고려되어야만 하기 때문이다. 연행상의 도구는 실로 광범위하여, 무대장식, 각종 악기, 온갖 의물, 연기자의 소지품 등에 걸쳐, 의궤류와 총합류『악학궤범』 등에서 상세히 도시·해설되고 있는 실정이다. 그리하여 이것들은 도구론의 풍성한 전거가 되고, 실제로 그 역할이 광범하고 소중한 터다.

끝으로, 장르론과 그 실제다. 위와 같이 연극론이 다양한 측면에서 입체적으로 성립되면, 장르론이 대두되고 실제적 전개가 주목되는 것은 당연한 일이다. 실로 연극론은 장르론으로 구체화되기 때문이다. 위 유형들이 제시하고 있는 장르는 음악을 중심으로 크게 분류되어 왔다. 이른바 제향음악·회연음악·연향음악이라거나 아악·당악·향악 등의 진설 연주, 정재 가무 정도로 구분해 놓은 것이 바로 그것이다. 그러나 위 유형들을 일일이 분석·종합해 보면, 고금을 통한 한국연극의 장르가 귀납적으로 도출됨을 볼 수가 있다. 여기서는 객관적 연극론에 입각하여 음악 중심의 관념을 벗어나, 공연 위주로 공질성과 유사·근접의 밀도에 따라, 동궤의 형태를 유추·분화시키는 원칙과 기준을 적용한다. 그렇다면 이미 알려진 전통연극의 장르와 직결되어 대강 가창극·가무극·강창극·대화극·잡합극 등 5대 장르로 분류된다고 하겠다.

우선 가창극은 가사류가 악보류와 결합하여 연행되는 형태이다. 이 가사류의 작품들과 그에 상응하는 악보류의 음악이 조화되어 가창으로 연출되면, 가창극으로 성립되기 때문이다. 이 가사류에 악곡·악조가 표시되거나 악보류에 가사가 수반됨으로써, 모두가 가창으로 연행되는 전거가 되고 있는 터다. 다음 가무극은 가사류와 악보류, 무보류가 합일·연행되는 형태다. 이 가사류와 악보류가 결합하여 가창을 이루고 여기에 무용이 결부되면, 그게 바로 가무극으로 정립되기 때문이다. 기실 악보류·무보류나 의궤류·총합류『악학궤범』등에 보이는 아악계의 가무나 당악정재·향악정재의 도설에는 가무극으로 연행하라는 지시가 명기되어 있는 터다. 이어 강창극은 가사류 중의 해설 내지 서사산문이 붙은 시가와 악보류가 합세·연행되는 형태다. 해설·서사산문의 시가가 음악을 만나 강설되고 가창되면, 그대로 강창극으로 성립되기 때문이다. 위 가사류 중의『월인석보』나 서사무가·판소리창본 등은 해당 음악의 적용에 의하여, 바로 강창극으로 연행될 수가 있다. 그리고『고려사』「악지」의 고려속악 〈동동〉 및 〈서경〉 이하 24편도 가사에 해설·서사산문이 붙어, 강창극으로 연행될 가능성을 배제할 수 없다. 그리고 대화극은 무보류의 〈항장무〉나 가사류의 창극본, 의궤류의 '의주'와 같이 대사·대창 등 대화로 연행해 가는 연극 형태다. 실제로 등장인물들이 분장·의장하고 일정한 무대에서 배역에 따라 적절한 대화와 행동을 섞어가며 사건·극정을 이끌어 가면, 일단 대화극이 이룩되기 때문이다. 위에 든 사례 말고도, 가무극이나 강창극은 무리없이 대화극으로 전환될 가능성이 얼마든지 있기 때문이다.
마지막으로 잡합극은 위 연극 장르가 2개 이상 축약·혼효되거나 각개
장르에 잡기·속설이 섞이어 폭넓고 재미있게 연행되는 형태다. 이것
은 중인·서민층에서는 얼마든지 연행되고 환영받는 백화점식 연극이
기에, 궁중이나 상류층의 연극에서는 그 가능성만을 제시할 따름이다.

이상과 같이 연극의 전문적 각론과 통합적 장르론이 정립되니, 그것
은 바로 희곡의 전문적 각론과 장르론 내지 작품론의 전제가 된다. 이
제부터 희곡의 전반적 실상을 고찰할 단계이기 때문이다. 기실 연극과
희곡은 둘이 아니라 한 사물의 양면과 같은 것이다. 하나의 문학예술
적 기반 위에서 예술적으로 공연되면 연극이요, 어문적으로 정리·기
술되면 희곡이 되는 터다. 그래서 이상의 연극론 전반이 바로 희곡적
실상을 밝히는 이론과 실제로 넘어 갈 수밖에 없다.

2) 각 유형의 희곡적 총합성

이제 희곡론에 따라서, 이 유형들의 연극론적 전문 분야들은 모두 희
곡론적 전문 분야로 귀결될 수 있다. 원래 이 유형들을 모두 공연의 대본
내지 극본·희곡으로 볼 때, 위와 같은 희곡론의 분야는 당연히 성립될
수밖에 없었다. 그래서 희곡론 중의 무대론·음악론·무용론·연기
론·문학론·분장론·의상론·도구론에 대해서는 상론을 유보한다.
그리고 위 연극론에서 윤곽이 잡힌 희곡작품들을 기반으로 작품론에 이
어, 장르론을 펴고 그 구체적인 작품들을 거론할 필요가 있다.

먼저 희곡의 작품론이다. 이 작품은 기본적으로 서사구조를 갖추고 있다. 이것은 바로 영웅적인 이야기나 극적인 이야기를 가리킨다. 어떤 작품이든 서사구조가 결여되면, 성립될 수가 없다. 서사구조는 산문적으로 전개되기도 하고, 운문적으로 응축되기도 한다. 한편 서사구조는 겉으로 명시되기도 하고, 속으로 숨어 암시되기도 한다. 이런 점에서 이 유형들의 모든 작품들은 일단 구조적인 측면에서 부족함이 없는 터다.

그리고 그것은 희곡적 구성요건을 갖추고 있다. 첫째, 무대가 제시된다. 이른바 무대론에 입각하여 그 적절한 무대의 규모·정황, 그 장치·장엄이 지시·서술된다. 그리고 등장인물들이 분장론에 의하여 배역으로 갖가지 분장을 하고 의상론에 따라 화려·적합한 복식을 갖추라고 지시한다. 이어 그들이 악보·무보·가사, 구호·치어, 찬송·산호 등에 의하여 사건·극정을 밀고 나가게 제시·기술하니, 이른바 연기론에 의거한 것이다. 이 사건 진행은 위 서사구조와 직결되고 장면분화에 순응하면서, 대강 '발단—예건의 설명—유발적 사건—상승적 동작—절정—하강적 동작·대단원' 등의 과정을 밟는다. 이와 같이 이 작품들의 희곡적 구성은 완벽하게 제시되어 있다.

나아가 그것은 희곡적 표현을 다양하게 충족시키고 있다. 원래 희곡의 문체는 대화와 지시문의 조화로 짜여지는 것이 원칙이다. 그런데 여기서는 현대희곡과는 다른 특성이 나타난다. 먼저 대화라는 게 회화 중심이 아니요 여러 가지 변형을 가져 온다. 물론 대사도 있지만 회화체를 벗어나, 시가나 구호·치사, 찬송·교령 등으로 대신되기 때문이다. 그러니 이런 점을 보완하기 위해서 지시문이 매우 다양하게 발달하였다. 그것은 무대·장치, 음악·무용, 분장·의상 또한 소도구·연기 등에 이르는 대부분을 지시문 양식으로 기술하고 있는 실정이다.

그리하여 이들 작품들은 작품론에 의하여 보편적인 자질과 높은 품격을 지니고 있음이 확인된다. 이제는 희곡의 장르론에 의거하여, 작품의 실제를 거론할 단계가 되었다. 위 연극의 장르에서 규정된 가창극·가무극·강창극·대화극·잡합극 등에 상응하여, 그 극본이 희곡의 구체적 하위 장르라는 관점에서 검토하게 된다. 가창극본·가무극본·강창극본·대화극본·잡합극본 등이 바로 그것이다.

첫째, 가창극본이다. 가사류의 모든 작품은 악보와 함께 가창극본으로 성립되어 있다. 그동안 가사류의 원전들을 시가문학으로만 취급하여 음악·무용 등과 어울려 가창·가무로 연행되는 대본임을 중시하지 않았던 게 사실이다. 물론 그것이 구비·기록을 막론하고 시가임에 틀림은 없지만, 문학적 실상·성격·기능 등에서 가장 본질적이고 미학적인 정체는 공연의 대본이라는 데에서 들어 나는 것이 확실하다. 따라서 가사류의 모든 작품이 악보를 전제한 가창극본이라고 볼 수밖에 없다. 이와 관련하여 악보류 중에서 가사를 동반한 모든 작품은 역시 가창극본이라고 보아진다. 그것은 현실적으로 가창하기 위한 대본임을 직증하고 있기 때문이다. 고조선의 〈공무도하〉 이래 삼국시대 고가, 향가를 거쳐 고려가요, 조선시대의 각종 가사집, 시조집·가곡집, 민요집·무가집 등과 고금을 통한 여러 악보 속에 들어 있는 작품, 가창극본들은 헤아릴 수도 없고, 상론할 여지도 없다.

둘째, 가무극본이다. 역대 궁중의 중요한 가창극본은 그에 상응하는 무용을 통하여 가무극본으로 입체화되는 것이 상례였다. 위 무보류와 『정재무도홀기』 등에 들어 있는 작품들은 당연히 가무극본으로 규정된다. 그래서 의궤류의 「당악정재도설」이나 「향악정재도설」, 그리고 총합류의 『고려사』「악지」의 「당악정재」・「속악정재」와 고려속악 24편의 상당 작품, 나아가 『악학궤범』의 「시용당악정재도의」・「시용향악정재도의」, 이 모두가 가무극본의 실상을 유보하고 있다. 진행 과정을 보면, 대강 음악 연주, 구호・치사・가창, 무용이 순차에 따라 조화롭게 배치되어, 가무극본의 진면목을 보이고 있다.

셋째, 강창극본이다. 총합류 중에서 『고려사』「악지」 고려속악 24편이 가창과 해설・서사산문이 붙어 있기로, 그게 강창극본의 면모를 보이는 터다. 그리고 『월인석보』는 전체적으로 일대 강창극본이라 하겠다. 그것은 일단 월인부가 가창되고 상절부 서사산문이 강설됨으로써, 강창문학・강창극본의 실상과 위치를 유지하는 것이 사실이다. 더구나 이것은 내질적으로 『월인천강지곡』과 『석보상절』이 서로 부합・순열되는 가운데서, 상호 분절작용을 일으켜 수많은 강창 단위를 양산하여 소단위・중단위 강창극본을 이룩하고 있는 터다. 나아가 가사류의 판소리창본은 그대로가 강창극본이니 질량 면에서 상당한 작품이 건재하다. 그리고 무가집 중에서 서사무가는 당연히 강창극본으로 평가되어야 할 것이다. 그것은 서사문맥의 산문적 연설과 가창이 효율적으로 조화되어 있기 때문이다.

넷째, 대화극본이다. 실은 위 가무극본이나 강창극본이 족히 대화극본으로 각색될 여지와 가능성을 예상할 수 있다. 기실 가무극본 중의 〈육화대〉나 〈항장무〉 등이 이런 경향을 보이고 있다. 원래 연극 장르 상호 간의 변환이 용이하듯이, 희곡 장르 간의 전환도 필연적이기 때문이다. 더구나 고전시대에는 대화극본의 기술 형식이 제대로 정립되지 않았기에, 기록상에서는 가무극본 내지 강창극본의 형태를 취한 채로, 대화극을 연출했던 것이 아닌가 싶다. 이제 의궤류의 진작이나 진찬의의 의주에서 대화극본의 화려한 모습을 보게 된다. 그것은 거시적 의례 반차에서, 다양한 등장인물들이 정장·분장·관복을 입고 전체 진행 과정에서 구호·치사·헌작·부복·찬양·하교 등의 절차와 각종 악장·가창·정재가무 등이 조화되어 실로 거대한 대화극본의 전범을 과시하고 있기 때문이다. 한편 이것은 너무 다양하고 거창하여 총합적인 잡합극본의 면모를 드러내기도 한다. 그리고 고금을 통한 모든 창극본은 그대로가 대화극본이다. 그것은 전래설화나 고전소설의 서사구조와 사건 진행에서 대사와 가창·가무를 적절히 조화시켜 기술하였기 때문이다. 이 또한 거창한 규모의 창극본에 잡기나 속설을 섞어 넣는다면, 자칫 잡합극본의 일면을 보일 수도 있겠다.

다섯째, 잡합극본이다. 위 유형들 중에서 잡합극본을 직접 찾아내기란 어렵다. 잡합극과 같이 두 개 장르 이상의 극본이 축약·혼성되거나 어떤 장르가 확대되면서 잡기·속설이 혼입되면, 족히 백화점식 잡합극본이 가능할 것이다. 상게한 의주나 창극본 등에서 그런 조짐이 보이기 때문이다.

4. 음악 관계 문헌의 예술사적 위상

이 유형들은 오랜 세월 동안 궁중과 그 주변의 예술사적 전통과 환위 아래서 유통·연행되어 왔다. 그것은 총론적인 음악·예술의 이론과 사론에 입각하여 각기 전문 분야를 전담하면서 종합과 합류를 거듭하게 되었다. 따라서 이 유형들은 예술적 융합이나 전통적 흐름을 지향하면서, 독자적인 역사를 이끌어 올 수밖에 없었다. 원래 예술은 장르적 분화와 전체적 총화를 동시에 수용하니, 이 유형들과 직결된 미술사와 음악사·무용사 내지 연극사·문학사의 계통이 바로 그것이다.

1) 각 유형의 미술사적 위치

이 유형들의 미술적 분야는 실로 다양하고 풍성하다. 의궤류에 보이는 '도식'에서 성곽과 궁궐 전각의 그림은 실로 화려한 풍경화요 장엄한 무대도이다. 그리고 진작의궤나 진찬의궤의 다양한 반차도는 근엄한 의례화요 멋진 풍속화다. 여기서는 당대의 풍경화·무대화 내지 의례화·풍속도의 화풍을 드러내고 있다.

그리고 의궤류나 총합류『악학궤범』등에서 각종 의물·복식의 그림이나 장신구·악기 등의 그림을 미술로 보게 된다. 그리고 무보류의 그림에서 인물화의 일면까지 보며 분장의 도시에서 당시 배우의 분장 미술을 접하게 된다.

이러한 일련의 미술은 오랜 역사와 전통을 이어 받아 재창조된 것이다. 그러기에 이 방면 미술사의 계통이 조선 전기 내지 고려 대, 심지어 신라·삼국시대까지 소급되는 것을 짐작할 수 있다. 나아가 당대의 이 미술품들은 상당한 영향력을 가지고 유통·전파되었으리라 본다. 나아가 그 미술품들은 권위 있는 궁중 문헌을 통하여 후대적으로 전승·파급되어, 그만한 역사적 흐름을 형성하여 왔던 것이다. 이른바 연극미술, 공연미술의 역사를 이끌어 왔다는 이야기다. 그런데도 한국미술사에서는 이런 미술작품들을 그리 유념하지 않는 것 같다.

2) 각 유형의 음악사적 위치

이 유형들은 얼핏 모두가 음악문헌으로 인식되기 쉽고, 따라서 여지 껏 음악계의 전유물로 행세해 온 것이 사실이다. 위 악론류와 악보류, 의궤류와 총합류 등이 온통 음악 중심으로 모든 것을 풀어 나갔기 때문이다. 기실 음악적 관점에서라면 그렇게 볼 수밖에 없을 것이다. 실제로 이 유형들은 상고 이래 고려 대까지 전승된 음악의 모든 것을 계승·개선하여 당대의 음악으로 정립해 놓았다. 실제로 이 유형들은 그 자체가 음악의 원리와 그 유통사, 연행사를 종합적·입체적으로 집대성한 것이라 하겠다. 이러한 유형들은 집성된 이래, 그 역할과 기능을 다하면서 그 시대 음악계 내지 공연계를 풍미하고 후대 음악의 전범으로서 지대한 영향을 끼쳤던 것이다.

그러기에 이 유형들은 그 자체가 광범한 음악사일 뿐만 아니라, 한국음악학 내지 음악사의 연구에 필수적인 원전이라 하겠다. 그래서 음악학계에서는 이 유형들을 거의 전유물처럼 활용하여 놀라운 업적을 내었던 터다. 다만 연구 과정에서, 이 유형들이 음악의 유통·공연에 의하여 무용계와 연극계에까지도 영역을 넓혀 왔다는 사실에 주목하지 않았다는 것은 실로 아쉬운 점이라 보아진다.

3) 각 유형의 무용사적 위치

이 유형들에서 실제로 무용이 차지하는 영역은 매우 넓고 무겁다. 이 유형들 중에서 무용과 무관한 분야는 없기 때문이다. 따라서 무용 분야는 음악과의 긴밀한 관계로 하여 음악과 거의 대등한 실상과 위치를 차지하고 있는 실정이다. 무용 없는 음악은 있어도 음악 없는 무용은 없다고 하거니와, 따라서 무용은 음악사와 더불어 그 흐름을 타고 왔던 것이다. 이 무용은 고대의 가무에서부터 고려 대 가무에 이르기까지, 그 전통을 계승·발전시켜 당대의 것으로 집성된 것이 사실이다. 그리하여 이 유형들의 음악 분야는 당대의 무용계에 널리 활용되고 후대적으로 지대한 영향을 끼쳤던 것이다. 그러기에 무용 분야는 그대로 한국무용사를 대변하는 전거가 되고 있는 실정이다.

따라서 이런 유형의 무용 분야를 중심으로 한국무용학과 무용사를 연구해 온 것은 당연한 일이다. 그리하여 이 유형들을 원전으로 하여 무용학과 무용사에 대한 연구 성과를 크게 올리고 있는 터다. 다만 무용이 음악에 버금간다는 관념 아래, 연구가 적극적으로 전개되지 못한

점과 그것이 연극학 내지 연극사와 직결되었다는 데에 주목하지 못한
점이 실로 문제라고 하겠다.

4) 각 유형의 연극사적 위치

이 유형들은 각기 독자적 전문성을 갖추었기에, 서로 융합하여 차원 높
은 연극 형태를 이룩해 장르별로 발전·전개되었던 것이다. 이와 같이 엄
연한 사실은 악론류·악보류·무보류·가사류·의궤류·총합류 등이
각기 독특한 공연을 통하여 총합적인 연극 형태를 집대성함으로써, 확증
된 터다. 이러한 연극 형태는 상고시대의 '가무'로부터 삼국·신라·고려
기를 거쳐 조선시대를 간단없이 관통하여 왔다. 따라서 이 유형들은 합
세·공연되는 필연성 아래서, 그대로가 한국연극사 자체요 역사적 전개
를 전담하여 온 것이 분명해진다. 나아가 이 유형들은 연극의 유구한 전통
을 계승·발전시켜 전형을 완결하고 정연한 장르로 전개되면서, 당대나
후대의 예술계에 지대한 영향을 끼쳤던 것이다.

따라서 한국연극학이나 연극사학에서는 이 유형들을 체계적으로 고
찰할 때 그대로가 커다란 성과로 나타날 일이었다. 그런데도 사계에서
는 이 유형들을 크게 주목하지 않은 게 사실이다. 대개 의궤류나 총합
류『악학궤범』의 향악정재, 특히 〈학연화대처용무합설〉 정도를 주로
검토하는 데 머물고 있는가 싶다. 이제는 이 유형들을 연극학·연극사
학의 관점에서 본격적으로 연구할 단계가 되었다.

5) 각 유형의 문학사적 위치

이 유형들에서 언어·미학적 맥락을 계승·유지해 온 것은 바로 시가와 산문, 문학작품이다. 나아가 이 유형들은 전체적으로 공연·연극의 대본 내지 극본이라 하여 희곡 형태로 규정되었다. 여기서 부각되는 문학 장르가 시가·수필·희곡이고 보면, 그 장르사를 파악해 볼 필요가 있다.

우선, 시가의 역사적 전개이다. 이 유형들의 시가는 상고의 〈공무도하〉로부터 삼국의 속악과 신라의 『삼대목』으로 이어지는 향가, 그리고 고려가요를 거쳐 조선시가에 이르는 전체적 계맥을 유지하고 있다. 따라서 이러한 일연의 시가군은 족히 한국시가사를 전담하고 있는 터라 하겠다. 그래서 실제로 시가사를 체계화할 때, 으레 이 유형들의 시가 원전이 다 동원되었던 것은 당연한 일이다.

따라서 국문학계에서 이런 원전을 주축으로 시가학이나 시가사를 체계화하는 데 큰 성과를 올린 것은 괄목할 만한 일이다. 다만 시가의 본질과 기능 등을 고구하는 과정에서, 그것이 예술적 연대 아래 유통·공연되었다는 엄연한 사실을 등한시한 점은 재고의 여지를 갖는다. 한 송이 꽃을 올바로 보려면 꽃나무와 직결시켜 보듯이, 모든 시가작품은 음악·무용·연극 등과 융화되어 가창·가무·강창되는 데에서 그 진면목과 진가가 발휘되는 것이기 때문이다.

다음 수필의 역사적 전개이다. 이 유형들 중 악론류나 의궤류·총합류 등에는 음악 관계의 산문이 실려 그 장르별 시대상을 보이고 있다. 작품들을 통관해 보면, 왕·왕세자가 내린 교령, 왕세자의 진찬 전문,

음악 관계 신하들의 주의奏議, 전문가의 음악 관계 논설, 음악 서적의 서발, 음악기관의 고사 등 명문들이 허다하다. 이 장르별 산문들은 당대 문장가의 정성어린 글이기에 수준과 가치가 높고, 더구나 음악 예술에 관한 문장이기에, 이 방면에서 매우 소중한 터다. 이 문장들은 선대의 전범을 따른 작문이거니와, 그것이 장르별 시대순으로 연결되어 수필 사적 의의가 크다. 이런 문장은 음악학·음악사 내지 예술학·예술사에서도 주목해야 되지만, 문학사·수필사상에서 더욱 중시해야 될 것이다. 그런데도 한국문학계에서는 이런 작품들에 대하여 관심을 갖지 못하고 있다. 이제부터라도 이 음악·예술 계통의 독특한 산문을 대상으로 연구의 시야를 넓혀야 할 것이다.

그리고 희곡의 역사적 전개이다. 위 유형들은 모두 유기적인 관계망 아래서, 공연·극화된 대본·극본으로 희곡에 포괄되는 것이다. 나아가 그것은 가창극본·가무극본·강창극본·대화극본·잡합극본 등 하위 장르로 전개되었다. 그래서 이 극본 희곡은 5대 장르 아래 실제적 작품을 많이 거느림으로써, 그 체계를 완결하고 역사적 계통을 이어 왔던 것이다. 이 장르들은 위 유형의 편성·전개사와 같이, 상고시대부터 시원하여 삼국시대, 신라시대, 고려시대를 거쳐 조선시대에 이르기까지 그 유기적인 계맥을 간단없이 지켜 왔던 것이다. 따라서 이런 장르의 계통·계맥은 그대로 한국희곡사를 대변하고, 나아가 희곡의 유통사와 공연사를 주체적으로 전담하여 왔던 것이다. 그러기에 이 유형들은 그 자체가 포괄적인 극본 희곡의 소재사이고, 희곡학·희곡사의 완벽한 원전임을 재확인할 수 있는 것이다.

그런데도 국문학계에서는 이 유형을 전거·원전으로, 희곡의 실상과 위상을 본격적으로 거론한 적이 없는 것 같다. 그동안 고전시대에는 연극은 있는데, 희곡은 없다는 식의 이상한 논리와 방법론으로 일관하여, 이에 관한 업적이 제대로 나오지 않은 게 사실이다. 최근에 고전시대의 희곡을 거론하고 희곡사를 본격적으로 연구하는 데서도, 이 유형들의 지보적 원전을 도외시하였기에, 본격적이고 합리적인 성과를 기대하기 어려웠던 것이다. 기실 궁중・상류층에서 중류층・민중층까지 뻗어 내려온 이 유형의 희곡적 보고를 그 연구에서 포괄・체계화하지 못하였기 때문이다. 이제 이 유형들의 희곡사적 위상을 사실대로 직시하여 전문적으로 고구할 단계가 되었다.

5. 결론

위에서 한국음악 관계 문헌을 희곡학에 의하여 고찰하였다. 실제로 이 문헌을 유형별로 나누고, 그 유형들의 희곡적 실상을 분석・종합하며, 나아가 그 예술사적 위상을 정립해 보려는 것이었다. 지금까지 논의된 것을 요약하면 다음과 같다.

① 한국음악 관계 문헌은 실로 다양하고 풍성한다. 그 외형・내질과 성격・기능 등에 의하여 분류해 보니, 대강『증보문헌비고』「악고」와 같은 악론류와『대악후보』와 같은 악보류,『시용무보』와 같은 무보류,『악장가사』와 같은 가사류,『순조진찬의궤』와 같은 의궤류,『악학궤범』과

같은 총합류 등으로 나타났다. 그래서 이 유형들은 각기 독자적 전문성을 유지하여, 연행·공연을 위한 전문 분야를 전담하고, 따라서 이 유형들은 종합적 공연성을 드러내어 상호 간 유기적인 연합을 실연적으로 도모하였다. 그리하여 이 유형들은 종합적인 공연예술의 대본으로 그 기능을 발휘함으로써, 다양한 연극 형태의 극본으로 행세하여 왔다.

② 이 유형들의 희곡적 실상을 구명하기 위하여, 우선 연극론적 다양성을 검토함으로써, 무대론과 실제, 음악론과 실제, 무용론과 실제, 연기론과 실제, 문학론과 실제, 분장론·의상론과 실제, 도구론과 실제를 추출해서 연극론으로 총합하였다. 이러한 연극론에 입각하여 장르론을 도출하고, 그에 따라 실제적 장르로 가창극·가무극·강창극·대화극·잡합극 등을 제시하였다.

③ 연극론은 희곡론과 장르론으로 직결·귀납되어, 이 유형들에 근거한 희곡의 작품론을 구조·구성·표현 등으로 실증하고, 나아가 장르의 실제로 가창극본·가무극본·강창극본·대화극본·잡합극본을 설정하였다. 그리하여 가창극본은 가사류와 악보류가 결합되어 가창의 대본으로 성립됨으로써, 가사류에 실린 시가만큼 많은 작품을 남겨 놓았다. 가무극본은 실제로 가사류·악보류·무보류가 합세하여 가무극의 대본으로 형성됨으로써, 여기에 도시·해설된 무용만큼 많은 작품을 이루었다. 강창극본은 가사류의 강창 형태가 악보류와 어울려 강창의 대본으로 성립됨으로써, 적어도『월인석보』의 강창 단위, 서사무가·판소리창본에 실린 것은 모두 그 작품이었다. 대화극본은 가무극본과 강창극본이 확대·입체화되는 양식으로 정립되는데, 의궤류의 '의주', 가사류의 창극본이 전범을 보이니, 수많은 작품을 추출할 수 있

었다. 잡합극본은 여타 극본이 2종 이상 축약·혼효된 가운데 잡기·속설이 삽입된 형태로 성립되니, 많은 작품을 양산할 가능성이 있는 것이었다.

④ 이 유형들은 궁중과 주변의 예술사적 전통과 환위 아래서 장구하게 유통·연행됨으로써, 역사적 의의가 큰 것이었다. 이 미술계는 유통·연행의 미술적 요소에 근거하여 한국미술사의 일환으로서 뚜렷한 위치를 차지하였다. 이 음악계는 유통·연행의 음악을 중심으로 그 자체가 음악사를 전담하고 한국음악사의 주체·주류로 부각되었다. 이 무용계는 유통·연행의 무용을 주축으로 그 자체가 무용사를 전담하고 한국무용사의 중심·주류로 행세하였다. 마침내 이 연극계는 종합예술, 연극의 공연을 통하여 그 자체가 연극사를 전담하고 한국연극사를 그대로 이끌어 왔다. 이 문학계는 언어·미학적 맥락을 지켜 온 시가와 산문을 기반으로 시가사와 수필사의 일환을 형성하고 흡수되었다. 마침내 이 희곡계는 전체가 거창한 극본으로 수많은 희곡작품을 거느리고 정연한 체계를 갖추어 풍성한 희곡사를 이끌어 옴으로써, 한국희곡사를 전담·대표해 왔다.

이 한국음악 관계 문헌을 예술론·연극론의 각도에서, 희곡학으로 고찰한 것은 당연하고 긴요한 과업이었다. 원래 호방하고 값진 원전에다 방법론의 미비와 그 적용의 미흡으로 이 과업의 일환이 기초 작업, 개척의 단계에 머물고 말았다. 그러기에 이 유형들의 가치는 더욱 돋보이고 본격적인 연구의 가능성과 당위성은 보다 간절해지는 터다. 이런 연구 과제는 예술학, 미술학·음악학·연극학에서 뿐만 아니라, 희곡학 및 문예학 나아가 문화학에까지 확대될 수 있으리라 믿는다.

제2부

불교문학과 공연예술

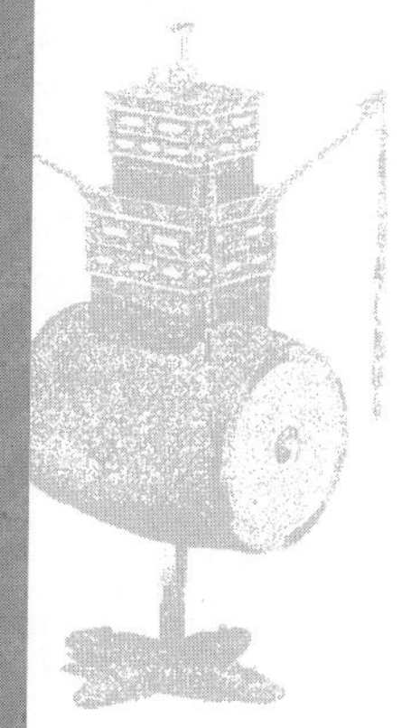

———

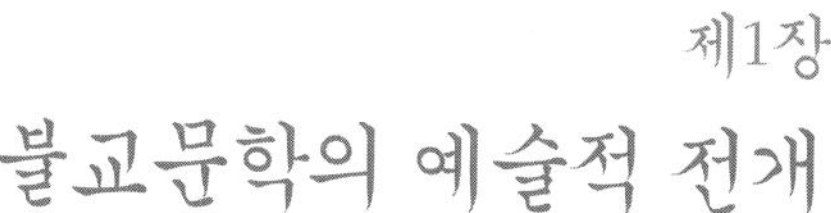

제1장

불교문학의 예술적 전개

1. 서론

일찍부터 불교계 문학이나 불경까지도 불교문학으로 인정하려는 경향이 새로운 문화세기를 맞으면서, 점차 설득력을 얻어 가고 있다. 그렇다면 불교문학이야말로, 불교 전체를 함장하고 표현하며, 선양하는 일대 방편이라 하겠다. 그동안 역대 승·속 간의 많은 학자들이 불교문화의 실상과 가치, 그 성격과 기능에 대하여 수많은 논의를 거쳐 이 방면 논저를 산더미같이 내 놓았던 것이다.

그러나 불교문학에 대한 검토와 연구는 불교문학 자체의 전통적 개념과 범위 내에서 철저하고 엄정하게 진행되어 왔을 뿐이다. 따라서 불교문학에 대한 폭넓은 인식이 확산되는 마당에, 불교문학의 영역과 위상을 적극적으로 확대하는 데까지는 미쳐 이르지 못하고 있는 터다.

지금 일반 문학계에서는 문학을 그 자체만으로 연구하는 데서 벗어나, 문학을 유통론·연행론에 입각하여 예술로 유통·연행되는 과정을 예의 주시·검토하는 데까지 이르렀다. 이러한 조류 속에서, 불교문학은 가장 민감하게 각성하고, 그 자체의 실상을 튼튼한 기반으로 삼아 예술적·문화적으로 전개되는 양상을 크게 주목하며 고찰할 단계에 이르렀다. 실제로 밀어닥친 문화세기에 대중 사회의 종교적·문화적 행복을 추구·선도하기 위해서는 불교문학이 생동하며 예술적으로 연행·광포되는 게 필수적인 요건이기 때문이다.

원래 문학은 대중적으로 생동·기능하는 과정에서 예술화되는 것이 필연적이고, 문화적으로 확산되는 것이 당연한 현상이다. 그래서 불교문학이 그 자체의 미학적 승화나 대중 포교를 위하여 예술적으로 전개되는 것은 필연적이고 당연하다는 점이 입증되었다. 따라서 이러한 불교예술이 최고 수준의 예술적 실상과 권능을 갖추어 하화중생·대중교화에서, 그만큼 획기적인 성과를 내어 왔던 것이 사실이다. 그 거창한 불교진리를 언어와 문자로써 가장 멋지게 표현한 문학을 중심으로, 이를 시각적으로 아름답게 묘사한 미술, 이를 청각적으로 청아하게 표명한 음악, 이를 육신적으로 신명나게 표출한 무용, 이를 종합적으로 장엄하게 조화·연출한 연극 등이 바로 그것이다.

이와 같이 불교문학을 중심으로 불교미술·불교음악·불교무용·불교연극 등이 각기 독자적인 영역과 방법론을 확보하고 그 기능을 발휘하면서, 유구하고 값진 역사를 이끌어 왔다. 그런 가운데 이러한 예술 형태들이 서로 유기적 관계로 '불이不二'의 경지를 이루어, 그 불법을 종합적이고 입체적으로 부각·승화시키는 데서 그 진면목을 보여 주었다. 이로써 그것이 지고지순한 불교예술이 된 것은, 교화의 최대·최고의 대방편으로 군림하여 왔기 때문이다. 이런 점에서 대승불교·대중불교에서는 불교예술이 그대로 생동·활약하는 일대진리요, 그 진리가 그대로 불교예술로 엄연히 존재한다. 따라서 우리 신중이나 일반 대중들은 알게 모르게 불교예술을 통하여 불법을 실천적이고 감동적으로 수용·체달하고, 나아가 이 거룩한 불교예술을 통하여 실천적이고 감동적으로 불법을 홍포하고 교화에 최선을 다하였던 것이다.

여기서 주목할 것은 이 불교예술의 커다란 흐름과 찬연한 권능에 휩싸여, 불교문학의 영역과 위상이 위축·은폐의 처지를 면치 못하고 있다는 점이다. 그리하여 위에서 불교예술이 각 장르에 걸쳐 불교문학을 중심으로 전개·활성화되어 왔음을 지적한 것처럼, 불교예술을 불교문학의 예술적 전개라고 제대로 파악함으로써, 그 계통과 체계를 올바로 잡아 보자는 것이다. 그것이 불교문학의 영역과 불교예술상의 위상을 확대·정립하는 첩경이요 불교예술 전체를 유기적으로 통어·활용하는 정도이기 때문이다.

그리하여 본고에서는 첫째, 불교문학 자체의 실상과 흐름을 개괄적으로 파악하고, 둘째, 불교미술의 실상과 전개, 셋째, 불교음악의 실상과 전개, 넷째, 불교무용의 실상과 전개, 다섯째, 불교연극의 실상과 전개 등을 개관하겠다. 따라서 불교문학이 불교예술의 핵심·주체로 자리하여 영역을 확대시켜 왔음을 예증하게 될 것이다.

2. 불교문학의 실상과 흐름

전술한 대로 불교문학은 불교의 진리를 가장 잘 보전하고 표현하며 널리 유통시키는 위대한 언어예술이다. 따라서 불타의 금구옥설, 경·율·론이 모두 불교문학이요, 역대 조사 대덕들의 법문이나 각종 저술, 신불 문사들의 법화·문장 등이 다 불교문학이라 하겠다. 나아가 고금을 통한 일반 문사들이 불교적 소재·내용, 주제·사상 등을 작품화하였다면 그것 또한 불교문학이 아닐 수 없다.

이와 같이 가치롭고 광범한 불교문학은 불교의 진리를 다양·다기하게 작품화하되, 얼마나 성스럽고 거룩하게, 쉽고 재미있게, 아름답고 멋지게, 진솔하고 값지게, 그리고 감명 깊고 행복하게 표현·활용하느냐에 중점을 두며, 그러한 방향으로 효율적인 방법론을 거듭 개발하여 왔던 것이다. 그래서 불교문학은 불법을 표현·전달하기 위하여 온갖 방편을 다 쓰게 되었으니, 그 방편이 발달할수록 풍성하고 감동적인 소재·내용을 탐색하며, 참신하고 경이로운 표현수법을 개발했던 터다. 그러기에 불교문학은 당시의 일반문학을 선도하고 소통하면서 문학적 기예와 수사법 등을 개발·활용함으로써 최상 수준을 지향하여 왔다. 기실 불교문학의 최고 집대성인 대장경 중에 나타난 중송·수기·무문자설·인연·비유·본사·본생·방등·미증유·논의 등 12분교를 비롯하여, 연설·비유·상징·대조·과장·미화·점층 등 각종 기예와 수사법이 바로 이 점을 실증해 준다.

그리하여 불교문학은 일반문학의 수준을 능가하면서 진리를 탐구·

표현하고 중생을 구제·교화하는 절대적 사명을 가지고, 불교 특유의 장엄·신비와 청정·고아의 세계를 구축함으로써, 미증유의 작품을 산출하였다. 이러한 불교문학의 세계에서 그 절실한 사명과 능소능대한 방편에 따라, 불타 이래의 고승·대덕·거사·신중 등 훌륭한 인물들이 이에 적극적으로 동참하였기 때문이다. 그러기에 불교문학은 다양하고 풍성하며 가치롭기가 비할 데 없다.

실제로 호한한 작품세계를 일일이 거론할 수는 없지만, 제작과 저술의 주체에 기준하여 대강 갈피를 잡아볼 수가 있다. 우선 불타의 금구옥설이 구전되거나 후대적으로 결집·기록되면, 그것은 불경으로서 삼장 모두가 불후의 문학작품이다. 이른바 초기 경전으로부터 대승경전에 이르기까지 일체는 불교문학이 아닐 수 없다. 이 경전 전체가 불교의 진리를 가장 효과적으로 표출하고 있기 때문이다. 자고로 혹자는 일반문학을 통속시하는 편견에서, 불경은 성전일 뿐이며 결코 문학이 아니라고 하였다. 그러나 문학은 가장 효과적인 표현으로서 그 자체는 결코 통속적이거나 저급한 것이 아니다. 다만 그것이 어떠한 소재·내용을 담느냐가 문제일 따름이다. 그래서 통속·저급한 소재·내용을 담으면 통속문학이 되어 저급한 수준에 머물고, 성스럽고 거룩한 소재·내용을 담으면 종교문학이 되어 최고의 수준으로 승화되는 것이다. 따라서 그것이 거룩하고 위대한 불교의 소재·내용을 실었으니, 불후의 불교문학으로서 최상의 경지를 견지하고 있다는 것이다.

다음 역대 조사·고승들이 불타를 본받아 불법을 강설하고, 각종 불경을 연구·논소하며, 나아가 불법에 관한 생각과 느낌을 기술한 문장·문집은 모두 불교문학이라는 것이다. 이런 논저와 문집은 불경을 기반으로 하여 시가로나 산문으로 인식되고, 때로는 강창문학으로 유통됨으로써, 실제적으로 진솔한 불교문학으로 행세하였다. 현전하는 역대 고승의 많은 문집들이 이 점을 실증하고 있기 때문이다.

그리고 수행·정진하는 거사나 신불 문사들이 남긴 법화 내지 모든 저술들은 불교문학으로 집성·유전되는 경우가 허다하다. 그들의 저술 중에서 불교와 관련된 작품들은 실로 수준이 높고 아름다운 것들이 많아서 불교문학에서 중요한 위치를 차지한다. 또한 이러한 불교문학이 신중·민간에 영향을 미치고 호응을 일으켜, 그들이 불교적인 담화나 기록으로 작품을 내어 전파시키면, 그대로 불교문학으로 공인·행세할 수가 있었던 것이다.

이처럼 각계각층의 불교문학들이 유구한 역사상에서, 인도로부터 중앙아시아 실크로드 지역·중국·한국·일본 등지에 걸쳐 얼마나 많이 형성·유전되었던가 상상하기조차 어렵다. 이러한 불교문학은 오래 널리 유통·연행되면서, 어느새 여러 갈래를 이루었다. 거기 불교의 진리를 응축시켜 표출한 시가와 이를 자세히 설명·해설한 수필, 이를 허구적인 이야기로 부연한 소설, 이를 대화와 행동의 극적인 사건으로 엮어 나간 희곡, 그리고 위 모든 장르를 비평한 평론 등이 바로 그것이다.

이러한 갈래의 불교문학은 각기 독자적으로 행세하거나 2개 이상 연합·기능하여 불교의 진리를 가장 능률적으로 표현하고, 역대 사부대중四部大衆을 제도·교화하는 데에 지대한 영향을 끼쳐 왔던 것이다. 그런데 여기서 가장 소중한 현상에 주목할 필요가 있다. 불교문학은 그 자체로서 존립할 뿐만 아니라, 그것이 유통·연행되는 과정에서 다른 예술 형태로 전환되고 역할·기능을 극대화한다는 사실이다. 전술한 대로 불교문학이 불교미술·불교음악·불교무용·불교연극 등으로 전개되었기 때문이다.

3. 불교미술의 실상과 전개

불교미술은 불교문학의 세계를 가장 사실적으로 묘사·조성한 시각 예술이다. 따라서 불교문학의 온갖 소재·내용·주제 등을 선과 색·입체 등으로 표현해 놓은 미술작품은 모두 불교미술이라 하겠다. 여기서 '시화일여詩畵一如'의 경지를 실감하면서, 문학이 미술화되는 과정을 실증하게 된다. 따라서 불교문학이 불교미술로 변환·생동하는 입체적이고 역동적인 면모가 확실하게 드러난다.

그러기에 불교미술은 불교문학의 전체를 얼마나 성스럽고 거룩하게, 아름답고 멋지게, 그리고 원만하고 감동 깊게 묘사·조성하느냐에 심혈을 기울이며 그 방법론을 집중적으로 개발·진전시켜 왔다. 그리하여 불교미술은 점차 최고도의 예술적 수준을 유지하며 당시 일반 미술의 전범으로서 크게 공헌하였던 것이다. 이러한 불교미술을 불교건축·불교회화·불교조각·불교공예 등의 갈래로 나누고 각기 불교문학과의 상관성을 살펴보겠다.

우선 불교건축의 문제다. 도량·수행처를 장엄하기 위하여, 기술을 개발하고 수많은 사찰 전각과 탑파를 조성한 것이 큰 성과로 나타났다. 이러한 사찰 전각은 도량 전체와 함께 불타 이래 불보살의 상주처요, 역대 승려들의 수행처며, 모든 신도·대중들의 교화처로서 최대한의 장엄을 갖추게 되었다. 그러기에 이런 전각들은 일반 건축물과는 달리 각자의 성격·위상에 따라 해당 불경에 전거를 두고 근엄하게 조성된 것이다. 말하자면 대웅전은『법화경』에 근거하고, 대웅보전은『화엄경』등에, 극락전은『아미타경』등에, 약사전은『약사경』에, 팔상전은『팔상경』등에, 관음전은『관음경』에, 지장전은『지장경』에 전거를 두고 창건되었다는 사실이다. 그러므로 사찰의 전형적인 전각들은 결코 단순한 건물이 아니고, 모두 저명한 불경, 불교문학의 내용을 시각적 입체적으로 집약·표출한 데에 큰 의미가 있다. 따라서 이러한 전각을 관망·존숭하고 그 안을 드나들 때에는, 그에 상응하는 불경을 되새기고, 그 거룩한 내용을 지성으로 심념해야 된다는 것이다.

다음 탑파는 불교건축의 핵심체로 의미가 심중하다. 바로 부처님을 상징하고 있기 때문이다. 탑파는 불멸 이후 고금을 통하여 전석·목조·석물 등으로 정교하게 축조되어, 그 안에 사리나 법보, 여타 보물 등을 봉납하고 점안함으로써, 부처님과 똑같이 숭신·경앙되었다. 이러한 탑파의 조성에도, 그에 상응하는 불경을 전거로 하여 양식·미용을 특징적으로 나타내게 되었다. 따라서 어떤 재료로 어떻게 제작·설치되었던 간에 언제 어디서나 부처님으로 신념하고 경배하는 것이 당연하다.

그리고 불교회화의 문제다. 불교회화는 사찰의 모든 전각을 장엄하고 불보살의 위신력을 찬연히 드러내기 위하여 불경, 불교문학의 내용을 평면적으로 그려낸 시각적 예술이다. 따라서 불교회화는 각개 전각이나 석굴 등의 단청과 다종·다양한 벽화, 불보살이나 신중의 성상, 괘불과 후불탱화, 그리고 불교에 관한 일체의 그림으로 나타났다. 그러기에 불교회화를 '삼보의 회화'라 하고 고금 불교국의 일반회화 인물화·풍경화·서사화 등의 전범으로서 지대한 영향을 끼친 터라 하겠다.

이어 불교조각의 문제다. 불교조각은 이른바 불교회화를 입체화한 것이라 하겠다. 각개 사찰의 전각 내외에, 금속·토석·초목 등을 재료로 하여 불보살이나 신중의 성상, 고승·조사의 존상, 불교 관계 석등·연지 등의 장엄물, 동식물들의 형상을 입체적으로 조소해 놓은 것이 바로 불교조각이다. 이처럼 각양각색의 불교조각은 각기 상응하는 불경, 불교문학을 대본으로 하여 성립된 것이 자명해진다. 말하자면 비로자나불은『화엄경』에, 석가모니불은『법화경』에, 아미타불은『아미타경』에, 약사불은『약사경』에 근거하여 조성되는 것 등이 엄연한 관례이기 때문이다. 따라서 이러한 불교조각은 단순한 일반 조각이 아니고, 어디까지나 불보살의 등신, 신중의 현신, 불교 관계 사물의 생동하는 현상이라 실감하여, 정성스럽게 숭앙·경배하는 것이 당연하다.

한편 불교공예의 문제다. 불교공예는 사찰 전각 내외의 섬세한 장엄물로부터 불보살이나 신중, 역대 조사 등에 기도하는 향로·다기, 목탁·요령, 공양구, 밖으로 범종·법고·운판·목어 등 사물과 승려의 장신구 등에 이르기까지 모두를 포괄한다. 이것들은 작으나마 그 용도에 따라 깊은 의미를 가지고 있다. 따라서 이것들 모두가 경전 내지 불교문학에 근거하여 조성된 것임에 틀림이 없다. 그러기에 모든 사부대중들은 불교공예를 값진 성물로 보고 소중히 여겨야 마땅하다.

4. 불교음악의 실상과 전개

불교음악은 불교문학의 세계를 가장 장중·청아하게 표출한 청각예술이다. 그래서 불교문학의 온갖 소재·내용, 주제·사상 등을 음성·선율로써 묘파한 음악은 모두 불교음악이라 하겠다. 원래 불교의 모든 것은 음악으로 표현된다 하거니와, 불경 내지 불교문학의 일체는 음악으로 유통·연행되는 게 원칙이다. 그 불교문학에 기반을 둔 온갖 의례·재의, 찬탄·공양, 염불·기원 등이 음악에 맞추어 시행되는 것은 당연하기 때문이다.

불교음악은 크게 기악과 성악으로 나누어지는 게 사실이다. 먼저 기악은 불교계의 정악으로 작곡·편성된 악곡을 필요에 따라 연주하는 음악이다. 따라서 기악은 법석이나 행사에서 찬불·기원으로 연주되는 순연한 '음성공양'이라 하겠다. 그런데도 거기에는 음악이 함유·표출하고 있는 깊은 의미가 있다. 이 묵언의 의미가 보다 심원한 불교문학의 진수라고 본다. 그것은 이미 진지·절실한 불교문학의 세계를 상징적으로 진솔하게 표출하고 있기 때문이다. 이 경지야말로 불교문학의 음악적 전개에서 핵심을 이룬다고 하겠다.

다음으로 성악은 비교적 실제적이고 다양하게 전개된다. 그것이 불교문학의 갈래와 맞물려 풍성하게 펼쳐지기 때문이다. 우선 불교시가에 기반하여 각종 게송·찬불·기원, 염불·주력 등의 음악이 전개되고, 여러 민중적 가창·민요 등의 민간속악이 펼쳐진다. 그리고 불교산문에 입각하여 독경음악과 사설음악·강창음악 등이 활발하게 연출되었다. 이러한 평상음악은 승·속 간에 독경할 때나 기원문·발원문 등을 사설할 때에 사용되고, 설법에서 강설하고 가창할 때 족히 활용되었던 것이다. 한편 불교음악은 전문음악, 범패梵唄의 차원에서 영산재의 작법무용과 함께 연창되기도 했다. 범패는 어떠한 어휘·가사 내지 다라니 등을 깨달음의 영묘한 경지, 자유자재한 성음으로 신묘하게 표출하여 작법무와 조화를 이룬다. 범패 역시 실질적으로 불교문학의 기반을 벗어나지 않았던 것이다.

이러한 불교음악은 당시나 후대의 궁중음악이나 민간음악과 교류하면서 지대한 영향을 끼쳤다. 기실 신불 궁중·왕가에서 의례·행사에 불교음악을 초청·활용하기도 하고, 궁중 왕족 등이 사찰에 거동하여 불교음악을 향유한 게 사실이기 때문이다. 더구나 불교음악은 신도 대중을 통하여 민간화되고 또한 민간음악을 상당히 수용하여 왔던 것이다. 나아가 이 불교음악은 불교무용을 가능케 하고 활성화하는 필수·전제 조건으로 작용했던 것이 확실하다.

5. 불교무용의 실상과 전개

불교무용은 불교문학의 세계를 가슴과 온몸의 율동으로 묘파해 낸 시청각·육신 예술이다. 실제로 인간은 매우 즐거울 때나 극히 슬플 때에 춤을 추는 게 본능이라 하거니와, 사부대중이 불교문학의 세계에

노닐면서 절실히 깨닫고 법열에 넘칠 때, 이 경지를 공유하기 위하여 자유자재로 춤추거나 의식에 맞추어 춤추면, 그대로가 불교무용이 되는 것이다. 그리하여 불교무용은 자연스러운 법열자유무와 의식잡법무, 그리고 민간민속무 등으로 나누어지는 터다.

우선 법열자유무는 실로 진솔한 심성을 자발적으로 표출하는 것이므로, 불교무용의 원형이요 출발이라 하겠다. 승·속 간에 불교문학 속에서 진리를 추구하다가 문득 깨달아 법열을 이기지 못하여 춤출 때, 그것이 불교무용의 진면목을 보여 주기 때문이다. 이것은 자유자재의 경지요, 해탈의 차원이다. 그래서 춤이야말로 도리어 깨달음의 법열을 다시금 음미하고 확인시키는 터다. 춤은 무형식의 형식 속에서 몸과 마음이 하나되고, 너와 내가 하나되는 진실미의 경지를 실감케 하는 것이다.

다음 의식작법무는 불교계의 오랜 전통 아래서 전문화되고 전형화된 바 여법한 불교무용이다. 사찰의 모든 의식과 재의 가운데 가장 거창하고 본격적인 재의로써 영산대재가 실시될 때, 범패·가창에 의하여 실연되는 전형적 무용이기 때문이다. 작법무에는 나비춤과 바라춤, 그리고 법고춤이 있다. 이 춤들은 각기 상응하는 범패·가창에 의하여 시연되고, 정중동·동중정의 경지로 역동적인 절정에 이른다. 여기서 진리의 세계와 예능의 세계가 하나로 조화되어 극락의 연화를 피우는 터다.

그리고 민간민속무는 법열자유무와 의식작법무를 민간 차원에서 수용·변전시킨 형태와 같은 것이다. 그래서 민속무는 민속·무속적인 요소를 포함하여 민중이 마음껏 함께 누리는 평민적 세계를 열었다고 본다. 이른바 승무는 민속무를 대표하고, 무속적인 경향을 띠어 살풀이·도살풀이 등과 연결·교류하게도 된다. 이 민속무도 불교의 민간화, 민간적 불교문학의 세계 속에서 노닐 수밖에 없었던 것이다.

이러한 불교무용은 불교계를 풍미하면서 궁중무용과 교류하고 민속무용과 내통하였던 터다. 이 무용은 불교음악과 함께 궁중의 요청에 따라서 들어가기도 하고 왕족들의 자청에 의하여 사찰 내에서 공연되었다. 한편 이 무용은 신도대중에 의하여 민간에 퍼지고 민간무용에 영향을 주어, 공감대를 형성하게도 되었다. 그것은 고전무용상에서나 무용사상의 위치가 뚜렷하다고 하겠다.

6. 불교연극의 실상과 전개

불교연극은 불교문학의 세계를 가창·가무·강창·대화·잡합 등의 형태로 연행하는 종합예술이다. 원래 일반 연극의 갈래에 따르면, 이 불교연극은 불교가창극·불교가무극·불교강창극·불교대화극·불교잡합극 등으로 분류되는 게 사실이다. 이 갈래에 따라 그 대강을 살펴보겠다.

먼저 불교가창극에 대해서다. 불교계 사부대중들이 불교시가를 불교음악에 따라 널리 가창하면서 연극적 분위기를 조성하고, 그 중의 연기자들이 가창을 연극적 형태로 연출하면, 그것이 바로 불교가창극으로 형성·전개되는 터이다. 이러한 가창극은 독창이나 대창, 윤창이나 합창으로 밀고 가면서 연극적 요건을 강화하고 있는 터다. 여기서 불교문학, 불교시가가 이 연극의 대본으로 자리한 것을 확인하게 된다.

다음 불교가무극에 대해서다. 원래 가무극은 가창극에 무용이 결합되거나 무용극에 가창이 결부되어 조성되는 연극 형태다. 따라서 불교가무극은 위 불교가창극에 불교무용이 결합·조화된 연극 형태라 하겠다. 고금을 통하여 사찰에서는 수륙재·예수재·천도재·경찬회 등 큰 재의에서, 영산재의 작법을 법려 가창·무용으로 가무극을 조직·연출하여 왔다. 그리하여 전술한 바 작법무로서 나비춤과 바라춤, 법고춤 등은 단순한 무용이 아니라, 가창을 동반·조화시키고 온갖 연극적 요건을 겸비함으로써, 완벽한 가무극으로 전개되었던 것이다. 여기서도 불교문학이 시가 중심으로 대본의 역할을 맡고 있는 터다.

그리고 불교강창극에 대해서다. 본래 강창극은 불교의 극적인 서사 문맥을 강설하면서 적재적소에 가창을 삽입하여 입체성과 역동성을 강화해 나가는 연극 형태다. 그것은 불교문학 중의 유명한 강창문학을 효율적으로 연창하는 연극 양식이라 보아진다. 강창극은 판소리와 같이 유일한 연기자가 자유·자재한 무대에서 모든 청중을 향하여 연극의 모든 요건·극정을 전담·해결하는 특징을 갖추고 있다. 이 강창극은 강창문학을 대본으로 연행하되, 매우 효율적이고 경제적인 연극 형태라고 공인되었다. 이 강창극은 단순한 연극이 아니라, 고금을 통하여 포교를 위한 속강 법문으로써 큰 성과를 거두고, 그 전통을 수립하여 왔다.

이어 불교대화극에 대해서다. 실제로 이 대화극은 본격적이고 전문적인 연극 형태로서 입체성과 종합성을 갖추고 있다. 이 불교대화극은 위 불교가창극·불교가무극·불교강창극과 직결·보완되는 과정을 겪어서 완결되었다고 볼 수가 있다. 그래서 사찰 건축·회화·조각 등을 무대·장치로 삼고, 그 공예춤을 소도구로 지참하며, 각개 배역이 분장·의상한 다음, 그들의 대화와 행동을 섞어서 극적 사건을 밀고 나가는 형세다. 그러기에 불교문학, 극본 희곡을 제대로 연출하면 그대로 대화극이 되는 것은 당연하다. 일찍부터 연극을 통하여 존재하고 득세하며, 포교해 온 대찰에서는 이 불교대화극이 매우 활성화되었던 것이 사실이다.

끝으로 불교잡합극에 대해서다. 원래 이 잡합극은 복잡다단하다. 기실 현실세계가 복잡다단한 만큼, 이 잡합극은 현실을 잘 반영·집약한 연극 형태라 하겠다. 불교잡합극은 위에 든 여러 연극 형태의 일부씩을 인용·집합시켜 새로운 총합극을 조성하였기 때문이다. 실제로 사찰에서 벌이는 연극적 재의나 영산재, 법회·행사의 뒤풀이 등에서, 연행되는 연극 형태는 대부분 잡합극이라 보아진다. 이 잡합극은 그 전체가 수미일관성을 유지하고 각개 분야가 그 원형적 특성을 보이면서 전체적으로 조화·조정되어 연극적 효과를 극대화하고 있는 실정이다. 불교잡합극은 백화점식 연극이라고 하겠지만, '다양한 통일'이라는 연극미학을 극명하게 실현하고 있기 때문이다. 여기에는 엄정한 계획과 조직적인 극본이 작용하여, 불교문학의 연극적 전개라는 현상을 알뜰히 입증하게 된다.

7. 결론

　지금까지 불교문학이 유통·연행되어 예술 형태로 변용·전개된 양상을 고찰하였다. 본래 불교문학은 호한하고 무제한 불교의 진리를 가장 효율적으로 표현하고 광범한 실상과 유구한 전통을 유지하면서, 시가·수필·소설·희곡·평론 등의 갈래로 유통·연행되어 왔다. 이러한 불교문학의 갈래들은 필연적인 연행 환경과 요건 등에 따라 불교미술·불교음악·불교무용·불교연극으로 분화·전개되었다. 여기서 여러 갈래의 예술 형태들은 각기 하위 갈래로 분화·번성하여 독자적인 실상과 위상을 정립하였으되, 기저에는 불교문학이 엄연히 자리하여 있었다. 그리하여 불교문학의 예술적 전개라는 희망 있는 현상을 실증하게 되었다.

　이로써 불교문학은 그동안의 소외·은폐의 그늘에서 벗어나, 종교성과 예술성의 절묘한 조화와 거대한 포교 역량을 새롭게 공인받게 되었다. 나아가 불교문학이 유통·연행의 원리와 실현에 의하여, 여러 예술 형태로 전개·발전하였다는 사실이 증명됨으로써, 그 영역이 일반 예술세계로까지 확대되고 나아가 일반 문학세계로까지 확산되리라 전망된다. 지금 새로운 문화세기를 맞아서, 문학의 예술화 내지 문학의 문화화를 모색하며, '예술로서의 문학, 문화로서의 문학'을 선언·천명하고 나서는 현실에 직면하였다. 여기서 불교문학의 영역에 의한 그 위상이 올바로 새롭게 정립되리라 믿는다.

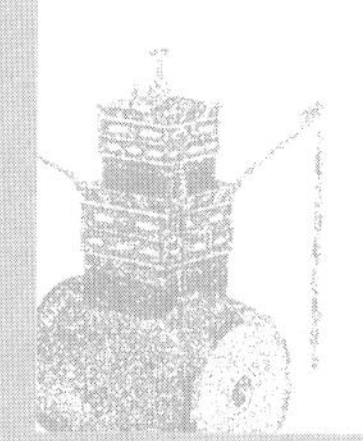

제2장

불교연극의 형성과 전개

1. 서론

흔히 이르기를 인생은 연극이라 하거니와, 그것은 불가에서 심각하게 통용되고 그대로 실천되는 말이다. 또한 불가에서는 인생을 꿈에 비유하지만, 그것보다도 훨씬 실감나는 것이 바로 연극의 교훈이라 하겠다. 기실 인간의 온갖 부귀영화나 갖가지 우비고뇌가 깨고 보면 꿈이지만, 지나고 보면 연극이기 때문이다. 이 세상 누구든지 행·불행 간에 최선을 다하여 살거니와, 웬만한 안목으로도 그게 연극으로 보이고, 드디어는 스스로도 그것을 연극으로 체험하게 마련이다. 적어도 인생을 관조하고 그것에 집착하지 않는다면, 자타의 삶 그 자체가 연극임을 확인할 수가 있고 실제로 연극의 관객이 되거나 배우가 될 수밖에 없겠다. 나아가 우주의 실상과 가상을 꿰뚫어 보고 인생의 진실과 허구를 조화롭게 체득한다면, 그들은 장엄하고 구상적인 연출자일 수도 있다는 것이다. 그러기에 불가에서는 인생이 연극일 바에야 주인공이나 연출자가 되어 보다 절실하고 더욱 멋진 '극판'을 벌려 가라고 가르쳐 온 터이다.

이러한 연극적 인생관은 불가에서 그에 상응하는 인생적 연극관을 확립하게 되었다. 가상을 통하여 실상을 깨닫고 허구를 통하여 진실을 파내는 불가에서는 실제의 연극을 통하여 참된 인생을 발견하게 되기 때문이다. 그리하여 불가에서는 인생만큼이나 연극을 중시할 수밖에 없었다. 실로 절실하고 멋진 연극 속에서 인생의 진실, 최고의 철학과 예술을 한번에 만끽할 수가 있었던 것이다.

원래 불가는 스스로 증득한 우주의 철리와 인생의 진리를 가장 효율적으로 설파하기 위하여 완벽한 연극적 방편을 썼던 게 분명하다. 모든 불경의 모두에 명시된 대로, 설법의 무대가 장엄하게 마련되고, 무수한 사부대중이 운집·위요하여 찬탄하고 청법할 때, 위대한 주인공 불타는 상수제자들을 상대역으로 뽑아서 감동적인 서사문맥을 대화와 행동으로서 연출하는 것이다.[1] 무상의 진리를 가장 극적인 서사문맥에 얹어 대화와 행동으로 실연하되, 장엄한 무대에서 무수한 시청자들이 눈물로 감격해 마지 않는 설법 형태라면, 그대로가 웅대한 연극이라 하여 마땅할 터이다. 다만 그러한 장면을 직접 연극이라 지칭하지 않았을 뿐 설법의 방법과 내용을 재연·결집한 모든 불경은 그대로가 소설 내지 희곡의 양식을 드러내고 있기 때문이다. 이런 점에서 사계의 세계적

---

1 『묘법연화경(妙法蓮華經)』「서품(序品)」에 "如是我聞 一時 佛住王舍城耆闍堀山中 與大比丘衆 (…中略…) 百千眷屬俱 各禮佛足 退坐一面 爾時世尊會衆圍繞 供養恭敬 尊重菩薩 說大乘經 (…中略…) 爾時文殊師利語彌勒菩薩摩訶薩 及諸大士 善男子等 如我惟忖 今者世尊 欲說大法雨 大法雨吹大法螺 擊大法鼓 演大法義"라고 하였다.

인 석학들이『보요경』·『불본행경』·『유마경』등 대중 경전이 소설이나 희곡의 형식을 띠고 있다고 지적한 것은[2] 주목할 만한 일이다. 그렇다면 무애자재한 연극을 통하여 무상대도를 설파한 불타는 천상천하에 독존한 연극 중의 큰 영웅이라고 하여 마땅할 터이다.

불멸 이래로 불가에서는 중생제도, 민생교화를 위한 최선의 방편으로 그 연극적 방법을 계승·발전시키게 되었다. 주지하는 바, 여러 차례에 걸친 결집 과정에서 불경이 연극적인 방향으로 점차 풍성하고 다양하게 발전하여 왔던 것이다.[3] 그리하여 여러 불교국에서는 이러한 불경을 대본으로 하여 명산·명당에 법당·전각을 꾸며 무대로 삼고, 승려·거사 등이 사부대중을 모아서 불타가 연설한 웅대한 서사문맥을 대화와 행동으로 재현·실연해 보이는 법통을 수립함으로써, 그 나라의 연극적 전통을 정립하게 되었다. 인도를 비롯하여 중국과 한국 내지 일본에서는 법석을 재현하는 무대미술과 배경음악, 재의무용 등이 적극적으로 발전하였고,[4] 이런 불교예술을 종합하여 불경 속의 서사문맥을 창조적으로 부연하고 대화와 행동으로 실연함으로써, 각기 그 나라의 불교연극을 형성·발전시키게 되었던 것이다. 이러한 불교연극은 점차로 확대·보급되고 오래 널리 유통됨으로써, 각국의 연극사를 계발하고 본격화하는 데에서 주동적 역할을 하였던 터이다.[5]

2　胡適,『白話文學史』, 樂天出版社, 1970, pp.145~146; 深浦正文,『佛敎文學槪論』, 永田文昌堂, 1970, pp.348~349.

3　한정섭,『불교설화 문학연구』, 법륜사, 1978, 22~23쪽.

4　황수영,『한국불교미술사론』, 민족사, 1987; 한만영,『불교음악연구』, 서울대 출판부, 1981; 장사훈,『한국전통무용 연구』, 일지사, 1986 등 참조.

5　澤田瑞穗,「釋敎劇敍錄」,『佛敎と中國文學』, 國書刊行會, 1975; 藝能史硏究會,「日本藝能史 第2卷」,『古代·中世』, 法政大 出版局, 1990 등 참조.

이와 같이 한국에서는 불교연극이 대두·정착되어 포교의 방편으로 나 종합적인 종교예술로서 행세하게 되었으며, 나아가 한국연극을 본격적으로 계발·발전시키는 데에 주역이 되었던 것이다. 지금 한국연극사의 불투명하거나 공백 상태라는 부분을 합리적으로 복원·보전하고 체계적으로 고증·정리하는 것이 당면 과제이거니와, 그 핵심·주역이 되어 온 불교연극의 제반문제를 과학적으로 분석·고찰하는 것은 실로 긴요한 일이라 하겠다. 그런데도 학계에서는 불교연극에 관심을 두지 않은 것이 사실이다. 따라서 불교연극의 장르적 실상과 연극사적 위상이 체계적으로 파악되지 않은 것은 물론, 이를 주축으로 하는 한국연극사의 제반문제가 합리적으로 구명·기술되지 못한 것은 당연한 결과라 하겠다.[6]

실제로 불교연극은 불교가 전래된 삼국시대부터 태동·형성되었으리라 보아진다. 당시의 승려들이 독특한 의장·용모로 등장하여 사원·전각을 무대로 많은 신중을 모아 불타와 그 제자들이 하던 방식으로 설법·연설에 최선을 다했다면, 그것이 그대로 불교연극의 발단이었기 때문이다. 그로부터 본격화된 불교연극은 통일신라와 고려 대를 통하여 점차 발전하고 성행하여 당시 연극의 중심을 이루었던 것이 확실하다. 다만 이러한 사실을 기록·정리하는 과정에서 유가적 사관에 의하여 왜곡되거나 삭제·축약됨으로써, 현장적 실태가 애매하게 되어 있을 따름이다. 더구나 조선조에 들어와서는 불교연극이 사태를 만나서 축소·변형되거나 폐기·묵살되었고, 그나마 불가피한 연극적

---

6 이두현, 『한국연극사』, 민중서관, 1973; 장한기, 『한국연극사』, 동국대 출판부, 1986 등 참조.

활동조차도 제대로 기록되지 않아 근거 자료가 거의 매몰된 상태라 하겠다.

그러나 지금도 선·교 간의 사암·승단에는 불전 중의 대본을 불타와 제자들의 연극적 방편을 따라 설법·수선하는 현장에, 불교연극의 전통이 살아남은 것이 사실이다. 게다가 각종 대승경전의 論·소疏나 강경변문·강창위경 내지 대화체 불교서사물 등이 상당수 현존하여 불교연극의 대본으로 희곡 양식을 반영하고 있는 터다.[7] 더구나 『삼국유사』나 각종 패설·야사 등에[8] 불교연극의 잔영을 남기고, 사원의 온갖 재의·법요집 등에서[9] 연극적 사실을 직접 제시하고 있는 실정이다. 나아가 현재 행하고 있는 여러 가지 재의법식·교화설법이나 경축행사 중에서 족히 불교연극의 실상과 전통을 보여 주고 있는 것이 다양하고 분명하다. 이만한 정도의 근거 자료와 실제 작품이라면, 불교연극이 완벽하였던 인도와 중국, 일본의 경우를 비교하면서 우리의 그것을 재구해 볼 여지가 얼마든지 있다고 하겠다.

이에 본고에서는 우리 불교연극이 형성·유통된 경위를 형성의 주체와 동인, 그리고 유통의 계기와 실태 등 몇 가지 측면에서 검토하고, 나아가 불교연극의 실상을 한국의 연극 장르에 입각하여 비교적 구체적으로 고찰해 보려고 한다. 지금 연극 장르는 여러 가지로 논란되고 있으나 여기서는 필자의 관점에서 대강 가창극·가무극·강창극·대화극 등으로[10] 나누어 볼 수밖에 없겠다.

---

7 한국불교전서편찬위원회, 『한국불교전서』 10, 동국대 출판부, 1979~1989.
8 이인로, 『파한집』; 최자, 『보한집』; 성현, 『용재총화』 등 참조.
9 이운허 역, 『자비도장참법(慈悲道場懺法)』, 대각회출판부, 1983; 홍률사, 『보권염불문(普勸念佛文)』, 홍문각, 1978 등 참조.

2. 불교연극의 형성과 유통

불교연극을 형성·유통시킨 주체는 물론 승려들이다. 불타의 출가제자로서 교단을 이루어 불타 이래의 연극적 방편을 그대로 계승·재연하여 포교·제도에 최선을 다해 왔기 때문이다. 기실 승려들 중에는 대중을 위하여 불경의 내용이나 불교적 사실을 널리 효율적으로 창도하는 속강승이 있어 왔다. 예로부터 한·중에서는 사원을 무대로 많은 대중을 모아 놓고, 불경 속의 이야기를 바탕으로 쉽고도 재미있게 부연하여 이를 강설하고 가창하며 행동·표정가지 덧붙이는 통속적 설법, 연극적 법석이 벌어졌던 것이다. 승려들은 포교에 헌신하여 중생들과 함께 어울려 울고 웃으면서 그들을 구제·인도하려는 원만한 성직자였다. 이런 점에서 이차돈을 비롯하여 원효·월명·양지·영재·혜공·균여 등 수많은 고승·대덕들이 실은 속강승·연희승의 역할까지 감당해 왔던 것이라 보아진다.[11] 그 후 이런 승려들은 가창승·가무승·연희승이라 하여 우대되기도 하였지만, 정격 승려와 차별해 보기도 하였던 것이다. 그들은 불타의 혜명을 대중에게 실천적으로 두루 펴기 위하여, 자신을 희생하는 불제자로서 그 학덕과 예능, 그리고 자리이타의 큰 서원을 종합적으로 성취·연출하였다고 보아진다.

한편 거사의 역할도 결코 배제할 수가 없겠다. 그들은 신불 문사들과 함께 사원과 세간을 넘나들면서 수행과 포교에 전념하여 왔기 때문

---

10 사재동, 「한국희곡사연구서설」, 『어문연구』 18, 어문연구학회, 1988, 95쪽.
11 사재동, 「불교계 서사문학의 연구」, 『어문연구』 12, 어문연구학회, 1983, 163~164쪽.

이다. 그들은 수행에 있어 승려를 능가하기는 어려웠지만, 적어도 대중 포교에 있어서는 설법거사로서 운신의 폭이 보다 넓었던 것이 사실이다. 그들은 자신들의 사명감이나 사원 측의 요청을 따라 좀더 효율적인 포교 방편을 연극적으로 창출·발전시켜왔던 것이다. 이러한 거사들에 의한 연극적 포교가 점차 발달되어 오면서, 그들은 거사배 내지 연화배로 집단 행세하여 통속화된 불교연극을 유통시켰던 것이다.[12] 그들은 실로 승려와 대중의 중간에서 불교적 교감의 매개역을 감당하고, 불교연극의 대중화 과정에서는 광대의 역할까지 수행하였던 터다.

여기서 이런 불교연극이 형성·전개되는 기반으로서 대중적 수용층을 주목해야만 되겠다. 연극에서 관객이 절대적 위치를 차지하듯이 불교연극에서 사부대중의 역할이 주동적이었던 터라 하겠다. 기실 불교연극이란 대중을 위한 연예활동이므로, 이를 수용하는 대중층이 그 연극의 방향을 좌우하는 것은 당연한 현상이었다.

이러한 주체들이 왜 그처럼 자유자재한 연극적 법석을 벌였을까. 거기에는 여러 가지 동인이 작용했을 것이다. 우선 대승적 차원에서 중생을 제도하기 위한 예술적 방편으로 불교연극이 창출·발전되어 온 것은 물론이다. 누언한 바대로, 불교연극은 포교적 동인이 아니고는 실제적으로 형성될 수도 없고 존립할 수도 없었기 때문이다. 이러한 불교연극은 단순한 포교로만 끝나는 것이 아니라, 권선에 역점을 두었던 것이 사실이다. 적어도 이 연극은 시정 대중을 감동시켜 스스로 보시하도록 권장하는 데에 큰 목적이 있었던 터다. 여기서 불교연극은 상당한 대가를 받아들이는 연극 일반의 면모를 보이는 것이다.

---

12 김동욱, 「新羅 行者念佛 및 說話」, 『진단학보』 23, 진단학회, 1962, 41~42쪽.

그리고 불교연극은 승려들이 수행·정진하는 과정에서 갈등의 극복이나 깨달음의 법열을 자발적으로 표출하기 위하여 즉흥적으로 연출되는 언행예술이라고도 하겠다. 자고로 신행 생활에서 '도고마성道高魔盛'이란 과정이 있거니와, 이러한 갈등을 극복·승화시키는 필연적인 언행이 연극으로 발현될 수밖에 없었던 것이다. 또한 이러한 결과로 드디어 득도성불하였을 때, 극락의 경지를 누리는 지극히 자연스러운 언행이 가무 이상의 연극 형태로 나타났던 것은 자명한 일이다.

한편 불교연극은 불보살의 위신력과 역대 조사들의 신이한 행적을 추모·찬양하기 위하여 실연되었던 것이다.[13] 인도·중국의 경우가 그랬듯이, 한국에서는 불타와 보살들의 거룩한 행적을 극화·선양한 사례가 많았다. 불타의 신통력과 보살들의 영험력은 중생들에 있어서 그대로 극적 사건이거니와, 그것이 연극으로 유통될 때, 비로소 감화력이 극대화되었던 터다. 더구나 고승·대덕들의 추모재의에서 그들의 저명한 행적을 극화·실연한 흔적이 얼마든지 있다. 이러한 극화현상은 불보살의 그것과 함께 실제적인 대중 포교에서 생동하는 증거로 전승되었던 것이다.

나아가 불교연극은 결국 승·속 간의 예술적 충동과 오락적 욕구를 충족시키기 위하여 실연되었다고 보아진다. 흔히 말하는 유희 본능에서 뿐만 아니라, 수도·신행 과정의 갈등과 억압에서 해탈·승화되기 위해서는 즐겁고 감명 깊은 연극이 필수될 수밖에 없었던 터다. 원래 연극이란 인간의 쾌락과 정화를 달성하기 위한 최고의 종합예술이기

---

13 小川貫一, 「佛教文化の中國大衆化」, 『佛教文化史研究』, 永田文昌堂, 1973, pp.162~163.

때문이다.

　그러면 불교연극은 어떤 계기를 통하여 실연되었던가. 우선 불교의 각종 재의에서 연극이 벌어졌던 것이다. 이런 재의는 열반재·우란분재·수륙재·예수재 등과 치병재·추천재·추모재 등으로 다양하게 전개되거니와, 재의 자체가 벌써 연극적 형태를 취하게 되었다. 거기에는 온갖 게송·범패와 다라니계의 가창이 필수되고 장엄한 불교음악과 함께 무용 내지 연극적 언행이 따르게 마련이다. 이러한 재의의 연극적 상황과 분위기가 총화되어 바로 재의극으로 조성·전개됨으로써, 그것이 바로 불교연극의 형태임을 알겠다. 동·서를 막론하고 재의극은 종교계의 연극을 중심으로 그 나라 연극의 연원과 기반을 이루고 있거니와,[14] 불교의 발달된 재의에서 상당한 수준의 연극이 형성·유통되었다는 것은 너무도 당연한 현상이라 하겠다. 이러한 재의가 연극적 형태를 취하고 있을 뿐만 아니라, 뒤풀이로서 그럴듯한 연극이 이어진다는 사실이 주목된다. 가령 우란분재를 치르고 목련구모극이 연행되는 사례와[15] 같은 것이다.

　그리고 역대 사원에서 열리는 다양한 법회에서 설법의 효과적 방편으로 연극이 벌어졌던 것이다. 이러한 법회에서 법사가 청법대중에게 감동을 주기 위하여 쉽고도 재미있는 연설을 베풀 때, 자연 연극적 상황과 분위기가 조성되기 마련이다. 장엄한 전각을 무대로 사부대중이 엄숙하게 지켜보는 가운데, 법사가 등단하여 불경 속의 서사문맥을 흥미

14　칼 망쓰이우스, 飯塚友一郎 譯, 「宗敎劇」, 『世界演劇史』 第2卷, 平凡社, 1931; 田仲一成, 『中國祭祀演劇研究』, 東京大 東洋文化硏究所, 1981 등 참조.

15　陳芳英, 「有關目連的戲劇文學」, 『中國古典文學論文精選叢刊』, 幼獅文化公司, 1981, p.465.

롭게 부연·강설하고 중간의 적절한 시기에 게송을 읊으면서 가사·장삼을 흩날려 갖은 동작·표정과 함께 명실공히 하나가 되어 좀더 통속적으로 강설·가창하고 모방적 행동에 춤사위까지 곁들이면 보다 본격적인 연극이 되겠기 때문이다.

나아가 불교의 각종 행사에서 연극이 벌어졌던 것이다. 이러한 행사는 불타의 강탄이나 성불, 고승 대덕의 기념, 그리고 대소불사의 필역·법식이 선행되지만, 그보다는 경축 행사에 어울리는 연희활동으로 본격적인 연극이 대두되었던 것이다. 그 행사의 규모가 크고 연희가 풍성해지면, 연희승 말고도 거사배 내지 광대들까지 등장하여 입체적인 연극을 이끌어 갔던 터다. 그리하여 승·속 간에 어울려 흡족히 즐기면서 불법 속에 젖어들고 나아가 권선·보시에 적극 동참하게 되었던 것이라 본다.

그렇다면 이런 불교연극은 어떤 형태로 유통되었는가. 우선 가창극 형태로 실연되었다. 위에 든 각종 재의·행사 등에서 범패·염불·게송이나 기타 가요들이 장엄한 불교음악에 맞추어 독특한 절차와 연극적 분위기에 따라 가창될 때, 그것은 이른바 가극의 차원에서 당당한 가창극으로 행세하였던 것이 사실이다. 물론 그것이 전문적 가창극으로 거론되거나 그만큼 세련되지는 않았지만, 가창극의 원형이요 기반으로서 보다 중요한 의미를 지닌다고 하겠다.

이어 불교연극은 가무극 형태로 실연되었다. 위에 든 여러 계기에서 불교음악이 흐르고 다양한 가창이 나오면 자연 춤사위가 생겨 어울리게 마련이다. 이것은 가창극이 춤을 곁들여 가무극으로 전개되는 사례라 하겠다. 불교의 각종 재의·행사에는 전통적으로 음악에 따른 전문적 무용이 항상 연행되고 있었다. 그 자체가 이미 가무극의 기본을 갖춘 것이지만, 여기에 연극적 구성이 결부되고 다양한 가창이 삽입·조화되어 보다 본격적인 가무극으로 전개되었던 터다.

나아가 불교연극은 강창극 형태로 실연되었다. 어느 법석과 회상에 서든지 훌륭한 법사가 멋지고 감동적인 연설을 해냈을 때, 그는 불경 속의 극적 법화를 인용·부연하여 해설과 대화로 강설하고 유효적절하게 게송·불가를 가창하며 온갖 행동·표정을 능히 지어냄으로써, 완벽한 일인 전역의 강창극을 연출해 냈던 것이다. 자고로 한·중의 창도승·속강승들이 벌이던 속강·연희가 바로 강창극이었던 터다. 이 강창극은 불교계의 기본적이고 보편적인 연극 형태로서 승·속 간에 가장 널리 용이하게 유통되었던 것이다.

드디어 불교연극은 가장 발달된 대화극으로 실연되었다. 실제로 불교연극은 가장 좋은 여건을 만났을 때, 그 대화극으로 입체화되는 것이 본격적인 전개 과정이었다. 적어도 강창극에서 보이는, 일인 전역의 한계를 벗어나 등장인물을 일인 일역으로 분담·분장시키고 무대장치 위에서 소도구를 지참하여 대화와 행동만으로 연기케 한다면, 그대로가 대화극이 되겠기 때문이다. 기실 불교계의 대화극은 강창극 등의 발전적 형태로서 머물지 않고, 일찍부터 전문적 연극으로 형성·유통되고 있었다. 말하자면 불교계 가면극·인형극이나 이른바 선극 등이 바로 독자적 대화극으로 행세하여 왔던 것이다. 이로써 이 대화극은 가장 입체적이고 역동적인 연극 형태로서 그 기능을 극대화하고 있었던 터이다.[16]

---

16 가창극·가무극·강창극·대화극 등 연극 장르에 대한 논의는 사재동, 「한국희곡사연구서설」, 『어문연구』18, 어문연구학회, 1988, 95~99쪽을 바탕으로 하였다.

3. 불교연극의 장르적 실상

1) 가창극의 실태

불교계에는 여러 갈래의 가요가 많이 유통되어 왔다. 각 사원이나 민간에서 벌이는 여러 재의·법회·행사 등에는 그에 상응하는 많은 시가가 따르기 때문이다. 실로 이런 시가는 매우 다양하게 형성·전개되었으니 전체를 제대로 헤아리기가 어려울 정도다. 그러나 이 엄청난 시가들은 유통 과정에서 어떠한 행태로든지 가창된다는 점이 공통된다. 이런 불교시가들은 그에 적합한 음악에 의해서 가창될 때, 비로소 생동하는 모습을 드러내고 그 기능을 제대로 발휘하기 때문이다.

여기서 가창은 그만큼 다양해지고 따라서 가창극의 면모를 보여 주게 된다. 실제로 이들 가창은 결코 단순하게 진행될 수가 없다. 거기에는 반드시 가창자의 개성적인 성음·곡조와 언어·행동이 따르고, 연극적인 무대·분위기와 서사적 맥락이 전체적으로 보장되어 있다. 더구나 거기에는 가창을 포함한 모든 실연을 경청·주시하는 관중이 도사리고 있는 것이 사실이다. 그러므로 이들 불교시가의 현장적 가창은 바로 가창극의 형태를 보여 주고 있는 것이 확실하다.[17]

우선 승려들이 각종 재의·법회·행사 등에서 기원가송이나 찬불게송 내지 오도송들을 가창하는 현장적 상황은 가창극의 형태를 드러내

---

17 여증동의 「〈쌍화점〉 노래 연구」, 김열규 외편, 『고려시대의 가요문학』, 새문사, 1986에서 고려가요, 〈쌍화점〉 같은 것을 가극의 대본으로 해석한 것은 주목할 만하다.

고 있다. 그 가창들은 모두 유래와 바탕을 알리는 서사적 맥락을 가지고 있으며, 특징을 드러내는 찬란한 무대를 갖추었다. 그리고 무대를 꽉 메운 청중을 상대로 가사·장삼을 입은 승려가 등장하여 가창을 하되, 유창하고 청아한 성음과 악곡, 원만하고 자유자재한 언어와 행동 등이 조화를 이룰 때, 그것은 가창극이 아닐 수가 없다.

다음 유명한 향가를 보아도, 그것이 가창극의 대본으로 활용되었음을 알겠다. 향가는 대부분 불교적 주제·내용을 갖추고 있거니와, 그것이 각종 재의나 법석에서 신도 대중에게 가창되었을 때, 자연 가창극의 형태를 취할 수밖에 없었던 것이다.

하나의 실례로서 월명이 지어 불렀다는 〈제망매가〉만 보더라도 그것이 가창극으로 실연되었음을 알 수 있다. 그는 꽃다운 나이로 죽어간 누이를 천도하기 위하여 이 노래를 지어 부른다. 신라의 장엄·찬란한 사원, 천도재의 도량에서 많은 혈친·신중들이 애도하며 지켜 보는 가운데, 예능승 월명이 누이의 명복을 빌어 미타찰에 왕생시키고자 가슴에 사무치는 사별의 한을 종교적으로 승화시켜 이 노래로 읊어낼 때, 그 가창이야말로 모든 분위기나 전체 맥락으로 보아 가창극의 형태를 드러내고 있는 것이 분명하다. 월명은 화랑이면서 음악·문학에 능통한 예능승으로 취소와 가창에 뛰어났던 것이다. 그는 〈도솔가〉와 〈산화가〉 등 향가를 능히 지어 불렀으므로 가창승·예능승이라 하여 마땅할 터이다.[18] 이로써 불교계 향가가 당시나 후대적 유통 과정에서 노래 중심의 가창극으로 실연되었음을 족히 추정할 수 있겠다.

그리고 잘 알려진 『월인천강지곡』을 보면 가창극으로 실연된 일면을

---

18 『삼국유사』 권5 「감통 제7」 「월명사 도솔가」조.

찾아낼 수가 있다. 일찍이 세조는 경사스러운 날에 대신과 종친을 모아 술을 내리면서, 기생 8인을 시켜 『월인천강지곡』을 가창케 한 바가 있다.[19] 이러한 무대와 분위기 속에서 기생들이 집단적으로 그런 찬불가를 가창하였다는 것은 가창극의 형태로 실연되었음을 증언하는 터라 하겠다. 『월인천강지곡』은 장편 불교서사시이지만, 그 속에는 「원앙서왕가」와 「목련구모가」 같은 중립 단편이 들어 있어, 이런 가요들이 가창될 때 그대로가 가창극이 되었기 때문이다. 이미 밝혀진 대로 「원앙서왕가」는 「안락국태자전」을 시가화한 것이고,[20] 「목련구모가」는 「목련전」을 집약한 것이므로[21] 배경적 서사문맥이 벌써 비극적 성향을 띠어 뒷받침하고 있는 실정이다. 더구나 「원앙서왕가」는 정토신앙의 추천재의에서, 「목련구모가」는 우란분재에서 가창되어 왔으므로 가창자나 청중이 조성하는 연극적 분위기가 가창극 형태를 보증하는 것이라 보아진다.

또한 승려나 신불 문사들이 제작·가창한 불교가사는 거의 모두 가창극으로 실연되었던 것이다. 나옹이 지었다는 〈서왕가〉는 정토신앙·추천재의와 직결되어 언제 어디서 불러도 가창극적 형태로 전개됨을 알 수 있겠다. 더구나 불교계에 보편화된 〈회심곡〉·〈고사염불〉 같은 것은 승려는 물론, 거사배·신불 문사나 무당·광대들이 불러도, 그 배경·분위기로 하여 가창극의 실태를 보여 주는 것이 사실이다.[22] 이른바 가창승·거사배 내지 무당·광대들이 타악기에 맞추어 연극적 언동을 곁

---

19 『세조실록』「4년 5월 12일」조에 "上御思政殿 與宗宰諸將談論 令各進酒 又命永順君溥 授八妓諺文歌詞令唱之 卽世宗所製月印千江之曲"이라고 하였다.

20 사재동, 「원앙서왕가(鴛鴦西往歌)의 연구」, 『한국언어문학』4, 한국언어문학회, 1966.

21 사재동, 「한·중 목련고사의 유변관계」, 『인문과학논문집』14-2, 충남대 인문과학연구소, 1987, 28쪽.

22 한만영, 「告祀念佛의 辭說」, 『불교음악연구』, 서울대 출판부, 1981, 125~154쪽.

들이며 가사를 가창하면 훌륭한 가창극이 되었기 때문이다.

2) 가무극의 실제

불교계 가무극은 우선 위 가창극을 바탕으로 성립될 수 있었다. 이 가창극에 무용이 자연스럽게 결부되면 일단 가무극이 되었기 때문이다. 원래 연극적 분위기에서 가창이 절실해지면, 그에 따라 춤이 저절로 나오게 마련이다. 이런 전제 아래 가창극은 무리 없이 가무극으로 전개될 수 있다고 하겠다. 그렇다면 가무극은 가창극을 바탕으로 무용을 결부시켜 소박하게 형성·전개되어 온 계보가 성립되는 터다.

한편 불교계에는 전문적 수준의 무용이 형성·전개되어 왔다는 것을 주목해야 된다. 본래 무용은 시원적 연극 형태이거니와, 그것이 음악 내지 가창과 결합하면 그대로 무용극이나 가무극이 되는 터라 하겠다. 여기서 가무극이 형성·전개되는 자연스러운 한 계보를 확인할 수 있다.

결국 불교계 가무극은 가창과 무용이 결합·조화되어 연극적 형태를 이룩할 때, 본격적으로 형성·전개되었던 것이다. 말하자면 가무극은 가창극에다 무용을 첨가한 정도에서 머무는 것이 아니라, 그보다는 역동적이고 입체적이어서 독자적 연극 형태를 유지하고 있다는 것이다. 여기서는 가창과 무용이 대등한 처지이기보다는 무용이 주역으로서 가창을 매개로 연극을 이끌어 가는 것이 특색이라 하겠다.

실제로 영산재 같은 데서는 종합예술적 재의를 벌이는 중에 각종 음악이나 가창 등을 매체로 다양한 무용이 장엄하고 유장한 형태로 펼쳐지고 있다. 이러한 가창과 무용이 조화된 상태를 일단 가무극으로 간주할 수가 있겠다. 〈영산회상〉을 재현한 무대와 관객·신중은 물론, 가창하고 무용하는 출연자들이 각별한 차림으로 소도구를 가지고 상호 간에 어울려 극적 분위기를 창출해 감으로써, 그것은 전체적으로 커다란 가무극의 현장을 보여 주고 있기 때문이다.[23]

한편 유명한 〈무애가무〉는 참으로 훌륭한 가무극이라 보아진다. 기실 원효는 불법을 체달한 '무애도인'으로서 심오하고 장엄한 화엄의 세계를 시가화하여 「무애가」를 지어 불렀다. 그는 이 노래에 알맞은 〈무애무〉를 창안하여 가무를 조화롭게 실연함으로써, 서민 대중들 앞에 감명 깊은 가무극을 출현시켰던 것이다. 그 가무에는 그만한 서사문맥이 결부되었고 연극적 무대와 분위기가 마련되어, 그 주인공이 연기를 발휘하기에 적절하였던 터다. 이때 원효는 가무승·연희승임을 자처하였고, 따라서 〈무애가무〉는 그 자체로서 본격적인 가무극의 형태를 제시하고 있었다.[24] 이 가무극은 원효 이후에도 연극 형태로 유지·전승되어 신라통일·고려 내지 조선조까지 명맥을 유지하여 왔다. 이 가무극은 시대에 상응하여 무용 형태가 개변되고 가요 내용이 변용·삭제되기도 하였지만, 가무극의 기본적 구조 형태는 끈질기게 계승되었다. 실로 이것은 불교계의 가무극을 대표하여 역사적 맥락을 전담하여

---

23 사재동, 「「월인천강지곡」의 몇 가지 문제」, 『어문연구』 11, 어문연구학회, 1982, 14~15쪽.
24 일연, 『삼국유사』 권4 「의해 제5」 「원효불기」조; 장한기, 「무애가무」『한국연극사』, 동국대 출판부, 1986, 37~44쪽; 사재동, 「원효불기의 문학적 연구」, 『배달말』 15, 경상대 배달말학회, 1990, 205쪽.

온 셈이라 하겠다.[25]

이런 차원에서 잘 알려진 〈처용가무〉도 훌륭한 가무극이라고 볼 수가 있다. 그동안 〈처용가〉나 〈처용무〉 등 처용전승 전반이 세속적이라 논의되어 왔지만,[26] 그것은 본질적으로 불교적 성향을 띠고 있음을 간과할 수 없다. 원래 인도나 불교권에서는 호법이나 벽사진경의 가무극으로 〈처용가무〉와 상통하는 것이 일찍부터 형성·유통되어 왔다. 우리의 〈처용가무〉도 실은 사원에서 호법과 벽사진경의 연극 형태로 출발하였던 것이라 보아진다. 그러던 것이 궁중의 나례의식에 차용되고 민간화되는 과정에서 세속과 습합하여 상당한 변모를 가져왔던 것이라 하겠다. 최근에 〈처용가〉와 처용전승을 불교적 측면에서 검토한 업적이 나왔거니와,[27] 이 가무극은 불교계의 그것으로 간주되어야 마땅할 터이다. 처용전승이 신라 대 망해사의 창건연기설화로 행세한 것만을 보아도 그 점이 실증되기 때문이다.

그렇다면 〈처용가무〉는 각 사원의 창건이나 여러 불사의 낙성을 경축하고 불법의 창성을 축원하는 제의·행사의 일환으로 실연되었다는 것이 분명해진다. 따라서 그것은 용신신앙과 그 제의에 따르는 가무극의 형태를 수용하면서 궁중에 이입·공연되었으리라는 추정이 가능해진다. 그리하여 〈처용가무〉는 그때의 풍속과 결부되어 복합적인 기능을 발휘함으로써, 현전하는 모습으로 정착된 것이라 볼 수 있겠다. 그래서 〈처용가무〉는 오히려 삼국시대로부터 신라통일기와 고려 대를

25　『악학궤범』권3 「고려사 악지」, 「속악정재」, 「무애」조 참조.
26　김열규, 「처용전승시고(處容傳承試考)」, 『한국민속과 문학연구』, 일조각, 1989 참조.
27　황패강, 「처용가 연구」, 『한국고전문학연구』 2, 한국고전문학연구회, 1980.

거쳐 조선조에 이르기까지 변용·유통되면서, 가무극의 전통을 지켜 왔던 것이 사실이다.[28]

적어도 고려 대까지 완성·유통되었던 불교계의 가무극들이 조선조에 와서 통폐합되고 그 잔영을『악학궤범』등에 남기게 되었다. 그중에서도 〈학연화대처용무합설〉은 대표적인 사례다.[29] 이 극본에 의하여 그 가운데서 불교계 가무극을 재구한다면, 〈처용가무〉는 물론, 적어도 연화가무 등이 드러난다. 합설合設의 가요로 〈본사찬〉·〈미타찬〉·〈관음찬〉 등이 남아 있는 것으로 보아, 불보살과 직결된 가무극이 〈무애가무〉의 수준으로 실존·유통되었으리라 추정된다. 고려 이전의 정상적 차원에서, 석가모니불과 아미타불 내지 관세음보살에 관한 문학·예술이 성행하는 가운데, 불보살들을 종합적으로 찬양하는 입체적 장편 가무극이 실연되었을 가능성을 우선 점쳐 볼 수 있겠다. 연화가무라는 큰 주제 아래 〈본사찬〉·〈미타찬〉·〈관음찬〉 등의 가무를 순차적으로 진행시킴으로써, 웅대한 가무극을 계획·연출했으리라는 것이다. 한편 이 불보살들의 독자적인 행적과 이들 찬가의 독립적 형태로 보아, 각기 〈본사찬가무〉·〈미타찬가무〉·〈관음찬가무〉 등으로 분리·실연되었을 가능성도 배제할 수가 없다. 기실 이들 가무들은 독자적으로 실연·행세할 때 진가를 제대로 들어 낼 수가 있었기 때문이다.

실은『월인천강지곡』도 위 찬불가와 같이 부분적으로 독립되어 가무극으로 실연되었을 가능성이 높다.『월인천강지곡』은 그에 상응하

---

28 조동일,「처용가무의 연극사적 이해」,『탈춤의 역사화 원리』, 홍성사, 1987 참조.
29 『악학궤범』권5「시용향악정재도의」,「학연화태처용무합설」조.

는 악곡이 필수되었고, 가창에 어울리는 무용이 결부될 여지가 많은 것이 사실이다. 다만 그런 악무가 유실되고 가사만 남았을 따름이다. 그런데 이 가사와 상대적 공질성을 가진 『용비어천가』와 대비시켜 보면, 가무극적 면모를 재구할 수가 있겠다. 주지하는 바 『용비어천가』의 몇 부분이 유명한 궁정가무극 〈봉래의〉로 공연되어 왔음을 기준한다면[30] 『월인천강지곡』도 필요에 따라 해당 부분이 가무극으로 실연되었으리라고 추정할 수가 있기 때문이다.

3) 강창극의 실체

전술한 대로, 불가에서는 아주 일찍부터 강창극에 의존하여 불교연극·포교 연예를 널리 펼쳐 왔던 것이다. 중국에서는 당대로부터 승려들 중에 불경을 강설·가창하는 창도승이 있어, 가장 효율적인 포교 방편으로 가장 보편적이고 경제적인 연극 형태, 강창극을 개척·활용하였던 것이다. 이러한 강창극을 법석에 기준하여 속강이라 이름하고, 그 담당 승려를 속강승이라 불렀던 것은 그만한 근거가 있다.[31] 이러한 속강의 화본을 통칭하여 강경변문이라[32] 하니, 그것은 바로 강창극의 대본으로서 희곡적 성향을 띠고 있었던 터다.

이미 밝혀진 대로, 한국에서도 신라 이래 당과의 상관성에서 포교의

---

30 『세종실록』 권140~145 「봉래의악보」; 장사훈, 「봉래의」, 『한국전통무용 연구』, 일지사, 1986 181~185쪽.

31 向達, 「唐代俗講考」, 『敦煌變文論文錄』上冊, 明文書局, 1985 참조.

32 羅宗濤, 『敦煌講經變文研究』, 文史哲出版社, 1972.

주체자로서 유능한 창도승, 속강승들이 속출하여 대중적 강경법석으로 속강을 벌림으로써, 강창극을 계발·활용하여 왔던 것이다.[33] 그리하여 이러한 불교계 강창극은 고려 때 완벽하게 발전·성행하고 조선조에 이르러서도 명맥을 유지했던 것이다. 결국 강창극은 이른바 가장 보편적이고 경제적인 연극 형태로 공인·실연되면서, 드디어 불교계 판소리로 집성·전개되었던 터이다.[34]

불교계 강창극은 무대부터가 다양하고 자유롭다. 무대는 원칙적으로 사원 경내를 벗어나지 않는다. 그것은 우선 대중의 큰 방이나 법당 내지 강당을 무대로 하고, 나아가 사원의 마당이나 초원을 활용할 수도 있었다. 부득이 그것이 사원 밖에서 실연될 때는 궁성 안이나 대가의 마당, 심지어는 민간의 광장까지 이용할 경우가 있었다. 이처럼 자유로운 무대는 대체로 경내법석과 경외법석으로 나뉘고 실내법석과 야단법석으로 갈리게 된다. 이때의 무대장치는 실로 단순하고 선명하였던 것이다. 절 안에서 실연될 때는 해당 전각이나 성물, 그리고 벽화·탱화 등이 그대로 무대장치가 되는 셈이다. 기껏 강창극의 대본에서 핵심적 서사장면을 그린 이른바 변상도를[35] 내거는 것이 장치의 특징이었다. 나아가 사원 밖에서 이 강창극이 벌어질 때는 궁중 전각이나 대가 사랑 등의 무대가 불교적 특색을 갖추지 못하므로, 변상도를 더욱 강화·부착시켜 불교연극의 분위기를 살렸던 것이다.[36] 말하자면 이

---

33 사재동, 「불교계 서사문학의 연구」, 『어문연구』 12, 어문연구학회, 1983, 179~182쪽.

34 전신재의 「판소리의 연극성에 관한 연구」, 성균관대 박사논문, 1989 등에 의하여 판소리의 연극성이 공인된다면 그것은 성격·계열로 보아 강창극이라 해야 마땅하겠다.

35 권희경, 「高麗後期 寫經變相畵의 圖像學」, 『高麗寫經의 研究』, 미진사, 1986, 290쪽 참조.

강창극에서 특별히 배려되는 무대장치는 변상도 밖에 없었다는 이야기다.

여기에 등장하는 연기자들은 우선 창도승·속강승임에 틀림이 없다. 이러한 승려층에서는 물론 비구들이 주류를 이루었지만, 비구니도 결코 배제되지 않았던 터다. 그 강창극이 포교의 일환이고 그 내용 역시 불교적 서사물이었기에 사명감과 함께 강창 능력만 있다면, 비구니라도 여성층을 상대로 연기자 역할을 족히 해낼 수가 있었기 때문이다. 나아가 강창극의 대중화에 따라 출연자도 승려로부터 거사배나 신불 광대 등에까지 확대되었던 것이다. 이에 이르면 출연자는 강창사나 연희승으로 불리며 광대와 접근하는 차원에서 점차 정격 승려들과는 스스로 구별되기 마련이었다. 그때의 출연자는 승·속 간에 별다른 분장이 필요치 않다. 원래 일인 전역의 출연자가 혼자서 배역 전체를 일일이 분담·분장할 수도 없거니와, 관례에 따라 자신의 전형적 복장을 제대로 갖추면 그만이었다.

이때의 관중은 물론 사부대중이다. 거기서는 많은 승려나 신불 대중이 주축을 이루지만, 비신자도 상당수 모여들게 마련이었다. 강창극이 포교를 목적으로 하되, 연극으로서는 역시 통속적 구경거리가 되기에 족하였기 때문이다. 기실 강창극은 기존의 승려·신중을 상대로 하지만, 한편으로 비신자를 신자화하는 것이 보다 소중하므로 그 쪽을 환영했던 것도 사실이다. 이럴 경우에 관중들은 종교적 경건성에서 해방되어 연극적 쾌락성에 경도되겠지만, 결국 불교적으로 감동·승화되는 것이 상례라 하겠다. 모든 관중들은 능숙한 강창극에 감동되어 흡족히

36　羅宗濤, 「變歌·變相與變文」, 『中華學苑』 第7期, 政治大 中文硏究所, 1971, pp.82~88.

울고 웃는 가운데 어느새 불교화되는 곳에 그 묘미가 있는 것이었다.

이처럼 강창극은 자유롭고 자연스러운 무대에서 한 사람의 출연자가 그 대본을 강설·가창하는 것으로 완성된다. 이 극중의 무대를 해설하고, 등장인물들의 모습·언행 등을 그대로 모방·실연하며, 사건 진행을 극적으로 이끌어 나가는 데에서 특성이 드러나고 출연자의 능력이 판가름된다. 말하자면 출연자 혼자서 이 연극의 모든 것을 책임지고 해내는 터이므로, 그 성패 여부가 그 한 사람의 능력에 달려 있는 것이 사실이다. 물론 이 강창극에 보조자도 열심히 동참하고 관중도 적극 호응해야만 그 연극이 살아나고 그래서 성공하는 것은 너무도 당연한 일이다.

이러한 강창극의 구체적인 내용은 그 대본을 통하여 잘 드러나고 있다. 먼저 강경 설법을 목적으로 불경 속의 감명 깊은 설화를 뽑아 내어 강창하게 되었다. 그렇다면 서사적 불경은 그 필요에 따라 모두 강창극 형태로 실연될 수 있다는 이야기다. 기실 신라·고려 대에 걸쳐 성행하던 수많은 강창 대본 중에서 「선우태자구주연」(『보은경』)이나 「추녀금강개안연」(『현우경』) 등이 더욱 유명하다. 두 작품은 원전 자체가 강창하기에 적합할 뿐만 아니라, 중국에서는 「쌍은기」와 「추녀연기」라 하여 강경변문으로 정립·유통되었다.[37] 잘 알려진 대로 이들 변문은 운·산문으로 교직되어 그대로가 강창극의 대본이었음을 확인할 수 있다. 그래서 이 두 작품은 한국에서도 강창극으로 실연·유통되었던 근거를 충분히 남기고 있다. 이것들이 유통·정착 과정에서 상당한 변화

---

37 李殷權, 『敦煌變文 「雙恩記」 殘卷及其故事研究』, 臺灣師範大 國文研究所, 1989; 傅芸子, 「醜女緣起與賢愚經·金剛品」, 『敦煌變文論文錄』 下, 明文書局, 1985, p.509 등 참조.

를 입어 강창극 대본의 원형을 제대로 유지하지 못한 것은 사실이지만, 대본의 기본구조가 서사문학·소설 형태로 현전하는 것을 증거로 하여, 그것이 강창극으로 실연되어 왔음을 추정할 수가 있기 때문이다.

그리고 신라·고려 대에 이룩된 창작적 위경으로, 「안락국태자경」·「목련경」·「금우태자경」 등이[38] 그에 상응하는 재의·행사에서 강창극으로 실연되었던 것이다. 이런 작품들은 장엄한 서사문맥에 시가를 삽입하여, 그대로 실연하면 자연 강창극의 형태를 취하게 될 것이 확실하다. 이 작품들이 기록되어 현전하는 상태로는 서사문학·소설 형태를 보이고 있는 것이 사실이지만, 그것들이 생동·활용되는 마당에서는 강창극으로 실연될 수밖에 없었던 터이다.

또한 운묵이 지은 『석가여래행적송』은 강창구조를 지닌 전형적 작품으로서 강창극으로 실연하기에 매우 적절하였던 것이다.[39] 기실 이 작품은 불타의 일생을 운문으로 읊되, 운문의 단락에 따라 그에 상응하는 서사적 산문을 해설로 붙임으로써, 운·산문 교직의 강창문학을 이루고 있다. 그러기에 이 작품이 어떤 계기에 따라 전체적으로나 부분적으로 실연될 때, 자연 강창극의 형태를 보이게 되었을 터이다. 가령 하나의 강창사가 나와 운문을 유창하게 노래하고 산문을 재미있게 이야기하였다면 멋진 행동·표정 등이 어울려 훌륭한 강창극이 마련될 것은 자명한 일이기 때문이다.

38　사재동, 「「안락국태자경」의 연구」, 『인문과학논문집』 13-2, 충남대 인문과학연구소, 1986, 48~54쪽; 사재동, 「불교계 서사문학의 연구」, 『어문연구』 12, 어문연구학회, 1983, 186~189쪽; 민영규, 「「목련경」과 돈황의 변문」, 『사학회지』 1, 연세대, 1963 등 참조.

39　이종찬, 「서사시 『석가여래행적송』 고찰」, 『한국의 선시』, 이우출판사, 1985, 261~269쪽 참조.

이러한 전통 아래『월인석보』가 역시 강창문학과 강창극으로서 실연되었던 것이다. 잘 알려진 대로『월인석보』는 불타의 전 생애를 읊은『월인천강지곡』과 그 생애를 이야기한『석보상절』이 교합되어 크게 강창적 구조 형태를 취하고 있는 것이 사실이다. 그것은 위 두 장편의 단순한 합편이 아니라, 월인부의 단락에 따라 그에 해당되는 상절부를 결부시킴으로써 유기적 강창 단위를 만들어 나갔던 터이다. 이러한 강창 단위는 원래 방대하고 다양하므로, 온갖 계기에 즉응하여 단독으로든 연합으로든 실연될 때는 반드시 강창극을 통할 수밖에 없었다. 전게한 바 「원앙서왕가」와 「안락국태자전」(『월인석보』 8), 「선우구주가」와 「선우태자전」(동 22), 「목련구모가」와 「목련전」(동 23) 등의 결합과 그 강창극적 실연이 이를 정히 뒷받침하고 있기 때문이다.[40]

그리고 신라·고려 대에 형성된 사찰창건연기나 성물조성연기 등도 강창극으로 실연되었을 가능성이 농후하다. 이러한 연기 전설은 사찰의 창건이나 불상·탑파들의 낙성 등에 따르는 각종 재의·법회·행사에서 최소한 강창극으로 실연되기에 가장 적절한 형태를 지니고 있는 것이 사실이다. 그중에서 삽입가요를 갖춘 것만도 「미륵사창건연기」(서동설화), 「망해사창건연기」(처용설화), 「장육삼존조성연기」(양지사석설화), 「미륵미타상조성연기」(남백월이성성도설화) 등 상당수가 『삼국유사』에 현전하고 있다. 이러한 작품들은 극적인 서사문맥을 이야기하고 가요를 노래하며 출연자의 행동·표정을 덧붙인다면, 그대로 좋은 강창극이 될 수밖에 없는 터다.

한편 역대 고승·대덕의 별전이 강창극으로 연창되었으리라 보아진

40　사재동, 「『월인석보』의 강창문학적 연구」, 『애산학보』 9, 애산학회, 1990, 12~13쪽.

다. 전술한 대로 불교계에서는 선사들의 청덕·이적 등을 추모·선양하고 이를 수행·교화의 전범으로 삼고자 그들의 탁이한 행적을 극화·실연하는 관례가 있어 왔다. 기실 『삼국유사』에 실려 있는 이른바 고승별전은 모두 최소한 강창극으로 실연되었을 가능성이 높다. 그 중에서도, 「원효불기」를 비롯하여[41] 「광덕 엄장」·「월명사 도솔가」·「융천사 혜성가」·「영재우적」 등은 그처럼 감동적인 서사문맥에다 가요를 삽입함으로써, 그것이 실연될 때는 일단 강창극의 형태를 취하게 되었던 것이다.

그리고 판소리를 강창극의 전형적인 형태라고 할 때, 불교계 소설을 판소리화한 것들은 모두 강창극으로 간주하여 무방할 터이다. 잘 알려진 판소리 〈심청가〉와 〈옹고집타령〉 등은 불교계 강창극임에 틀림이 없겠다. 나아가 유명한 판소리 〈흥부가〉·〈토별가〉 등도 작품의 근원설화와 주제·내용이 불교적 성향을 띠고 있는 것으로 보아, 그것의 원형은 불교계 강창극이었음을 추정할 수 있겠다. 실제로 이러한 작품들은 민중에게 불교적 신앙과 오락적 만족을 안겨 주고 보시를 받기 위하여 강창극으로 실연되었던 것이다.

이밖에도 시가를 삽입하고 있는 불교계 서사문학·소설 형태는 모두 어떤 계기에 따라 강창극으로 전용·실연될 수가 있었던 것이다. 가령 「구운몽」이나 「만복사저포기」와 같은 불교계 소설들은 그 파란만장한 서사문맥 속에 주옥같은 시가를 삽입·조화시킴으로써, 그것이 실제로 실연될 때는 자연 강창극의 면모를 갖추게 되었을 터다. 승·속 간의 유능한 강담사·강창사 내지 거사배·광대들이 이런 작

41　사재동, 「원효불기의 문학적 연구」, 『배달말』 15, 경상대 배달말학회, 1990, 205∼206쪽.

품을 재미있게 이야기하고 감미롭게 노래하여 나갔다면, 그것이야말로 훌륭한 강창극으로 전개될 수가 있었기 때문이다. 이런 점에서 삽입가요가 없이 현전하는 불교계 서사물, 각종 설화들도 구연하는 현장에서 즉흥적으로 가요를 삽입·가창하면 그대로가 강창극으로 변용·전개될 수가 있었으리라 보아진다.

이상과 같이 불교계 강창극은 그만큼 광범하고 풍성하게 형성·전개되었다. 따라서 극본도 다양하게 정착·기록되어 현전하고 있는 것이 사실이다. 그것들은 단순한 서사문학처럼 화석화되어 있는 실정이지만, 유통의 본령에 따라 음악화·행동화시켜 연극적으로 재구하면 일단 강창극의 형태를 취하게 될 터이다. 이런 현상은 강창극의 특성과 서사문학·소설 형태와의 유통 관계로 결정되는 것이라 하겠다.

4) 대화극의 실상

위와 같은 강창극이 실연되는 바탕 위에서, 대화극은 언제나 실존하여 왔던 것이다. 기실 대화극은 강창극의 발전적 입체화 내지 전문화로 이룩되기 때문이다. 말하자면 실연의 동기와 요청의 차원이 높아지고 규모와 재정이 확대되면서 강창극으로서는 이를 감당할 수 없으므로 대화극이 등장하였다는 사실이다. 실제로 대화극은 독자적인 연극 장르지만 일단 강창극과 연결시켜 보는 것이 자연스럽다고 하겠다.

우선 대화극은 강창극의 한계와 약점을 극복하는 차원에서 대두된 것이라고 볼 수 있겠다. 역대 대찰이나 궁중 또는 대가에서 불교계 재의·법석·행사 등에 관련하여 대규모의 전문적 연극을 요청하였을 때, 그에 부응하여 강창극 이상의 대화극이 실연될 수밖에 없었던 것이다.

이 무대의 기반과 환경은 원칙적으로 강창극의 그것과 다를 바가 없다. 다만 일정한 공간에 특설무대를 마련하고 연극 진행에 상응하는 온갖 장치를 구체적으로 가시화시켜야 한다. 그것은 현대 무대처럼 사실적으로 조성될 수는 없지만 사원 전각이나 성물, 기타 조형물들을 활용하되 상당히 중요한 장치를 의도적으로 만들어 놓아야 된다.

그리고 출연자들은 승·속 간에 배역을 맡아 전문적 연기를 보인다. 그때 그들은 역할에 알맞는 분장에다 의상을 걸치고는 소도구까지 지참하고 오직 대사와 행동만으로 연극을 추진한다. 말하자면 강창극에서 독연하던 것을 대화극에서는 각종 배역이 본격적으로 분담·출연한 것이라고 하겠다.

또한 대화극의 관중들은 강창극의 그것과 다를 바가 없다. 다만 연극의 요청자·주관자로서 국왕·대신이나 장자들이 참관하는 마당에 신불 대중과 일반 서민들을 수용하느냐 배제하느냐에 따라 관중의 범위와 수준이 달라질 따름이다. 따라서 관중의 분위기와 감동·교화의 수준에도 차이가 날 것은 당연한 일이다.

실로 대화극의 실연은 각양각색의 인물들이 배역대로 분장하고 무대에 등장하여 대화와 행동만으로 사건을 진행시키니, 그에 따르는 보조예술과 어울려 입체적 전문극의 장관을 이루는 터다. 말하자면 본격적인 연극의 종합예술적 진면목을 드러내는 셈이다. 여기서 불교연극의 실체가 최고 수준으로 발양된 양상을 보이기 때문이다.

그런데도 대화극의 내용과 대본은 본격적이고 전문적인 형태로 현전하지 않는 것이 사실이다. 그것은 당시 극본 희곡에 대한 전문적 인식이 부족한 데다 희곡을 희곡답게 기술·기록하는 방법이 현대식으로 분화·발전되지 않았기 때문이다. 더구나 이 극본을 정착시키는 과정에서 대화와 행동을 표현하는 문장이 한문이었기로, 사실적으로 수록치 못하고 축약·간접화시켰던 것이라 보아진다. 그러므로 극본은 당시나 후대의 한문기록상으로 보면, 현존하는 강창극본의 수준을 넘어서지 못하였던 것이다. 실제로 대화극본은 강창극본과 같은 차원에서 기록·정착되었다고 볼 수밖에 없겠다. 그렇다면 현전하는 강창극본을 통하여 대화극본을 복원·재현할 수가 있다는 것이다. 말하자면 현존하는 극본은 적어도 강창극으로 연출되고 대화극으로도 재구·실연됨으로써, 복합적 실상을 지니고 있다는 이야기다.

이런 점에서 대화극의 구조·내용은 기본적으로 강창극의 범위를 크게 벗어나지 않는다. 다만 강창극으로부터 입체화·전문화된 다양한 확충이 있을 따름이다. 이에 전술한 바 모든 유형의 강창극은 실제로 대화극으로 실연되었으리라 추정된다. 따라서 이 대화극은 강창극만큼 실연되고 성행하였을 것이다. 그러나 이것은 강창극처럼 보편적이고 경제적인 연극 형태는 아니다. 이 대화극에 따르는 많은 인원과 막대한 재정, 그리고 연극 전체를 이끌어 가는 연출 기술 등이 결코 특수성을 벗어나지 못하기 때문이다. 그리하여 대화극은 그 자체로서 규모를 조정할 수 있고, 나아가 곧장 강창극으로 전환될 수 있는 융통성을 지녔다고 하겠다.

한편 강창극과 연결되지 않고 독자적으로 형성·전개된 대화극을 찾아 볼 수가 있다. 우선 불교계 가면극이 대화극의 형태로 실연되었던 것이다. 일찍이 백제 때부터 '기악'이라는 가면극이 등장하여 유통되었다고 한다. 백제인 미마지가 오나라에서 가져왔다고는 하나 근거가 희박하고, 그것이 백제의 불교계 가면극이었던 것만은 확실하다. 이 가면극은 일본에 전수되어 각 대찰에서 불교 교훈극으로 발전·계승되고 있는 것이 사실이다.[42] 그러면서 백제의 그것이 한국에 그대로 변형·전승되어 가면극, 탈춤으로 정립되어 있는 실정이다. 한·일의 기악·가면극을 비교하고, 한국의 탈춤에 남아 있는 바 불교에 대한 풍자·비판과 격려·권선의 주제·내용을 고려할 때, 그것이 원래 불교 교훈극이었음을 알 수가 있다.[43] 따라서 이 가면극은 불교계 대화극으로 행세·유통되었다고 보아진다.

그리고 불교계 인형극이 대화극의 형태로 실연되었을 것이다. 이미 알려진 대로 만석승놀이는 불교계 수인형극임에 틀림없다. 불탄일을 기념하여 연등회를 벌이면서 뒤풀이격으로 많은 수형·인형을 조작·가무케 함으로써, 이것을 대화극의 형태로 실연하였던 터이다.[44] 이와 관련하여 전통적인 인형극도 대화극의 형태로서 불교적 성향을 띠고 있는 것이 사실이다. 현전 인형극의 원형을 추구해 갈 때, 그것은 '건사장면'을 중심으로 하는 불교계 대화극이었으리라 추정된다.[45]

끝으로 이른바 선극이 대화극으로 행세하였던 것이다. 자고로 선문답의 극적 상황과 분위기를 선극이라 인식하거니와, 그것이야말로 차

---

42 藝能史研究會,「原始·古代」,『日本藝能史』第1卷, 法政大 出版局, 1986, pp. 229～338.
43 이혜구,「山臺劇과 伎樂」,『한국음악연구』, 국민음악연구회, 1957, 234～235쪽.
44 장한기,『한국연극사』, 동국대 출판부, 1986, 93～95쪽.
45 최상수,『한국인형극의 연구』, 성문각, 1988, 39～41쪽에서 '건사장면(建寺場面)'을 '망령(亡靈)을 위해서 부처에게의 기원'이라 전제하고 인형극의 불교적 성향을 강조하였다.

원 높은 대화극이라 해야 마땅할 터이다. 역대 조사들의 선어록이나 혜심·각운의『선문염송설화회본』등에 보이는 선시와 대화의 교용은 극적인 서사구조 위에서 당당한 대화극으로 전개되었기 때문이다. 실제로 위 회본의 개별적 구조 형태만을 보아도, 그것이 대화극의 대본임을 확인할 수가 있겠다. 먼저 불타와 제자 내지 역대 조사들의 행적 중에서 극적인 사건을 요약하여 '고칙古則'으로 내세우고, 그에 대하여 후래 선사들이 연시격으로 가송하며 나아가 대화식으로 담설하여 놓은 데다 해설까지 덧붙이고 있다. 이러한 대본이 실연되다면, 극적인 서사문맥을 주축으로 유명한 선사들이 등장하여 각자의 송頌을 윤창 내지 대창하고 심각·기발한 대화를 나누며 행동·표정까지 덧붙여 나아가, 연극 형태로 전개될 수밖에 없었다. 이로써 그 선극이 바로 불교계 대화극으로 구성될 수 있음을 확인한 셈이다.

이처럼 불교계 대화극은 방대하고 다양하게 형성·전개되었다. 기실 불교연극의 각 장르가 형편과 상황에 따라 상호전환될 수 있는 유기적 융통성을 갖추고 있으므로 가창극·가무극 내지 강창극이 대화극으로 전환·실연될 수 있는 것은 물론이다. 그중에서도 강창극이나 그 극본으로부터 대화극이 쉽사리 연출될 수 있다는 것은 이미 밝혀진 사실이다. 말하자면 강창극본은 자연스럽게 대화극으로 실연될 수가 있다는 이야기였다. 나아가 여기서는 삽입가요와 관계 없이 불교계 서사문학·소설 형태라면 모두 대화극으로 연출될 수 있다는 점이 중요하다. 이러한 대화극은 그 시대에 상응하여 절실한 동기와 계기에 따라 연극적 서사물을 선택하고 각색·극화하는 과정이 필수되었던 것이다. 원래의 불교계 대화극은 민중적으로 전승·변모되는 과정에서 불교성이 퇴색되어, 현전하는 상태로서는 통속대중극으로 취급될 정도에 이르고 있는 것이 사실이다. 또한 대화극은 시대적 형세에 따라 위축·변용되던 것이 한문으로 요약·기록되는 바람에 극본으로 간주할 수 없는 현상을 보이고 있는 실정이다. 이런 점에서 불교계 대화극은 형성·전개의 계통을 추적·소급하여 생동하는 원형을 재구해 보아야 된다는 것이다.

4. 결론

예로부터 불교계에 형성·유통되던 모든 연예 현상과 그 유존 자료를 연극적으로 검토·고찰하였다. 이제까지 논의되어 온 바를 요약하면 다음과 같다.

① 불교연극은 승려들이 창도승·속강승·연희승의 이름으로 포교·제도의 주체가 되어 연극적 방편을 최대한 운용함으로써 형성·전개되었고, 이에 이어 거사배·광대들과 신불 대중, 수용층이 가세·호응하여 연극을 발전·유통시키는 데에 기여하게 되었다. 이 연극은 우선 포교와 권선을 목적으로 하되, 승려들이 수행·각성의 과정에서 일어나는 갈등·환희 등을 자발적으로 표출하며, 따라서 불보살의 위신력과 역대 선사들의 신이 행적을 추적·찬양하고, 나아가 승·속 간의 예술 충동과 오락적 욕구를 충족시키는 등 복합적인 동인에서 실연

되었다. 그리하여 이 연극은 불교의 각종 재의와 법회, 그리고 행사 등을 계기로 효능을 극대화하기 위한 최선의 방법으로써 활용되기에 이르렀다. 실제로 불교연극은 연극의 일반 장르에 맞추어 가창극·가무극·강창극·대화극 등의 형태로 연출·유통되었던 것이다.

② 불교계 가창극은 실제로 각종 재의·법회·행사 등에서 필수되는 다양한 시가가 그 주체들에 의하여 연극적으로 가창되는 데에서 그 실태를 드러낸다. 역대 불교계에서 형성·유통되던 기원가송이나 찬불게송 내지 오도송들을 비롯하여 불교계 향가들,『월인천강지곡』같은 찬불서사시, 〈서왕가〉 같은 불교가사 등이 연극적 제반 조건 위에서 능숙하게 가창됨으로써, 가창극의 형태를 제대로 갖추게 되었다. 이러한 가창극의 형태는 적어도 삼국·신라 대로부터 태동·형성되어 고려 대를 거쳐 조선 말에 이르기까지 발전·유통됨으로써, 단순한 '시가'의 형태로나마 풍성한 자료를 남기고 있다.

③ 불교계 가무극은 역대 가창극이 무용을 곁들이는 경우로부터 불교무용에 가창을 수용·조화시키는 연극적 차원에 이르러 실제적 형태로 전개되었다. 영산재 같은 축제적 대재에서 벌이는 장엄한 의식가무, 〈무애가무〉 같이 자유자재한 포교가무, 〈처용가무〉처럼 벽사진경하는 호법가무, 그리고 〈본사찬〉·〈미타찬〉·〈관음찬〉을 불러, 찬불숭앙하는 연화가무 등이 연극적 무대와 분위기에 어울러 가무극의 형태를 완비하고 있었다. 이러한 가무극은 역시 삼국·신라 대에 태동·형성되어 고려 대에 발전·성행하고 조선조에 이르러 통·폐합되면서도, 그 악곡과 가사 내지 무용 등 확실한 근거를 보이고 있다.

④ 불교계 강창극은 단 일인의 포교사·강창사가 불교적 서사문맥

을 신불 대중·일반 민중에게 이야기와 노래로 되풀이하면서 동작과 표정 등으로 연극적 분위기를 주도해 나가는 데서 그 실체를 보여 준다. 이 강창극은 사원 내외 어느 곳에서든지 관중만 있으면 변상도 정도를 걸고 일인의 연기자가 실연하여 연극적 현장을 조성하는 것이 특징이다. 그리하여 불경에 바탕을 둔 강경변문, 창작적인 불경,『석가여래행적송』·『월인석보』와 같은 운·산문불전, 고금 사원·성물들의 연기설화, 역대 고승·대덕의 별전, 불교계 소설 내지 설화들이 모두 강설가창의 연극적 과정을 거쳐 어엿한 강창극으로 행세하게 되었다. 삼국·신라 이래 형성·유통된 강창극은 그만큼 보편적이고 경제적인 연극 형태로서 다른 연극 장르로 전용될 수 있는 융통성과 함께, 강창문학·서사문학의 상태로 풍성한 자료를 남기고 있다.

⑤ 불교계 대화극은 사원 내외에 특정한 무대를 설정하고 극정·진행에 상응하는 장치를 갖춘 다음, 등장인물들이 배역대로 분장하고 소도구까지 지참하여 대화와 행동으로 극적 사건을 관중 앞에 실연하는 데서 실상을 드러내고 있다. 우선 이 대화극은 강창극을 바탕으로 이를 입체화·전문화시킴으로써 연극적 현상을 본격적으로 나타내고, 그만큼 광범한 영역을 확보하게 되었다. 다음으로 독자적 차원에서 불교적 가면극·인형극 내지 선극을 포괄함으로써, 다양하고 풍성한 연극 형태로 발전·유통되었다. 이 대화극은 강창극 내지 가창극·가무극 등 다른 장르와 전환·실연될 수 있고, 나아가 자체의 극적 소화력·각색력을 발휘함으로써, 실제로 방대한 근거 자료를 확보하기에 이르렀다.

⑥ 이상 불교연극의 모든 장르는 삼국·신라 대에 태동·형성되고

고려 대에 발전·성행하여 조선조에 이르러 정리·유통되기까지 그 계통적 맥락을 뚜렷이 유지하고 있다. 그리하여 한국연극, 가창극·가무극·강창극·대화극의 역사적 전개 과정에서 핵심·주축이 되었던 것이다. 따라서 불교연극사는 한국연극사의 기술상에서 공백 내지 불투명한 부분을 보전·구명하는 데에 중요한 기준·지표가 되리라고 보아진다. 한편 불교연극은 어떤 형태로든지 극본과 희곡을 확보하고 있는 것이 사실이다. 따라서 이 불교연극사는 그 자체가 완벽한 만큼 완전한 불교희곡사를 보증하고 있는 실정이다. 그렇다면 불교희곡사야말로 한국희곡사의 전개 과정에서 핵심 주역이 되었을 터이다. 그러므로 불교희곡사는 그동안의 무관심에도 불구하고 한국희곡사의 체계적인 연구·기술을 위하여 획기적인 기반과 중심축이 되어 주는 것이라 하겠다. 이로써 불교연극사 내지 불교희곡사의 본격적이고 합리적인 고구는 한국예술사를 배경으로 하는 한국문학사를 제대로 체계화하는 첩경이 되리라 믿는다.

제3장

불교고사의 소설·희곡적 전개

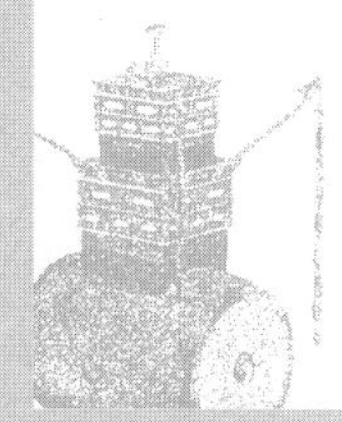

1. 서론

한·중 불교고사는 완전한 서사전승으로서 그 자체의 문학적 가치로나 양국 문학사상의 위치로 보아 매우 소중한 자료라고 하겠다. 이 고사가 불교문학으로서 역대 민중 사회에서 문학적 기능을 효율적으로 발휘했을 뿐만 아니라, 양국 문학의 전개 과정에서 변문·소설·희곡 등의 문학 형태를 형성·발전시키는 주동역을 담당해 왔기 때문이다.[1] 이와 같은 한·중 불교고사의 유변 관계를 비교·고찰한다는 것은 양국 문학 자체의 문학적 실상과 문학사의 계통적 발전 과정을 올바르게 규명하는 긴요한 작업 중의 하나라고 보아진다. 아직도 한·중

---

1 林聰明, 『敦煌俗文學研究』, 東吳大, 1984; 인권환, 「한국불교문학서설」, 『한국사상』 11, 경인문화사, 1974, 84~104쪽.

불교고사가 제대로 발굴·정리되지 않은 현실에서, 이 양자를 비교·검토하는 일은 오히려 상호보완을 통하여 그에 관한 제반 문제를 합리적으로 파악하는 첩경이 될 수가 있겠다.

그동안 한·중 문학의 비교·연구가 여러 각도에서 이루어졌고,[2] 불교문학을 중심으로 하는 비교문학적 방법론이 제기되기도 했지만[3] 한·중 불교고사의 유변 관계를 대등한 차원에서 본격적으로 논의한 업적은 아직 나오지 않은 것 같다. 그것은 양국의 불교고사를 각기 불교계의 전유물로 돌리고, 문예과학적 입장이나 문학사적 관점에서 적극적으로 접근하지 않은 결과라고 하겠다. 그러나 어떠한 작품이라도 그것이 지닌 작품 외적 특성으로 인하여 소외·묵살될 수 없듯이, 이 불교고사들이 소위 불교적 특색을 지녔다 하여 어느 면으로든지 도외시되거나 방치될 수 없으리라고 본다.

이에 본고에서는 첫째로 한·중의 문화와 불교문학의 교류 관계를 바탕으로 하여 불교고사들이 양국에 공존하면서 변문계 문학 형태로 형성·전개된 실태를 점검하고, 둘째로 이 고사들이 성장·부연되어 양국의 소설 형태로 개변된 실상을 고찰하겠으며, 셋째로 이 고사들이 그 소설 형태와 관련하여 유통되는 과정에서 희곡 형태로 연진된 양상을 파악해 보려고 한다. 그리하여 불교고사들이 한·중 양국 내지 동양권에서 유통된 실태와 함께 장르적 전개 과정을 올바르게 검토함으로써, 이들 고사가 차지하는 한·중 문학사 및 동양문학사상의 위치를 어림할 수가 있을 것이다.

---

2   동방문학비교연구회, 『전이와 수용』, 학문사, 1986.
3   정규복, 『한중문학비교의 연구』, 고려대 출판부, 1987.

여기서 지금까지 발견·소개된 양국의 불교고사를 대상으로 하는 것이 원칙이나 논의의 편의상 그 대표격인 목련구모고사·선우구주고 사·수천제충효고사 등을 중심 자료로 삼을 수밖에 없다. 이 고사들이 양국에 공존하는 제반 여건이 유사할 뿐만 아니라, 문학성이 특히 뛰어 나고 나아가 유변 관계의 역사적 맥락이 비교적 뚜렷하기 때문이다.

2. 불교고사의 변문적 유전

한·중 불교문물의 교류는 실로 밀접하고 빈번하였기로,[4] 당·신라 이래 양국의 불교문화·예술과 문학현상은 거의 동질적인 수준으로 공 존하고 있었던 것이 사실이다. 당대로부터 불경고사를 본격적으로 수 용·강설하고 자국화하는 마당에, 이른바 속강을 통하여 변문 내지 강창 문학이 형성·전개되었던 것은 이미 잘 알려진 터다.[5] 그동안 중·일 학 자들은 중국문화·문학의 일대 영광으로 돈황문서·변문 등을 세계적 으로 내세우고[6] 나아가 그것이 중국문학사 내지 일본문학사에 끼친 지대 한 영향관계를 특출하게 논의하면서도,[7] 동일 문화권으로 직결되어 있 는 한국 고래古來의 변문계 작품 등에 대해서는 일체 언급이 없었던 것이

4 　황패강, 「불교구비전승의 원리」, 『신라불교설화연구』, 일지사, 1975.
5 　葉德均, 『宋元明講唱文學』, 河洛圖書出版社, 1978.
6 　蘇瑩輝, 『敦煌論集』, 學生書局, 1983; 金岡照光, 『敦煌の文學』, 大藏出版, 1971 등 참조.
7 　鄭西諦, 『中國俗文學史』, 平平出版社, 1974.

다. 그러나 한국에서도 신라·고려 대에 걸쳐 불경고사를 수용·연설하
여 자국화하는 과정에서 속강적 방편을 활용함으로써 변문계 서사 형태
및 강창문학을 형성·전개시켰던 사실이 제대로 밝혀지게 되었다.[8]

이러한 한·중 불교고사는 불교계와 일반 민중의 적극적인 호응을
얻어 상당한 세력으로 유포되면서 시가·소설·희곡 등의 문학 장르로
연진·발전하게 되었으니, 자료의 풍성함은 족히 알 만하다. 그러한 자
료들이 그동안의 유전 과정에서 많이 산일되었지만, 현전하는 것도 상
당수에 이른다. 그중에서 전게한 목련구모고사·선우구주고사·수천
제구모고사 등이 한·중 양국에서 변문계 문학 작품으로 형성·전개된
실태를 점검하여 보겠다.

먼저 중국 측의 변문계 작품 형태는 다음과 같다. 우선 목련구모고
사의 경우, 현전 자료가 가장 풍부하다. 「대목건련명간구모변문」을 비
롯하여 「목련연기」·「목련변문」 등 현전 이본이 16종이나 된다.[9] 이
변문은 인도불경 중의 목련전기에 근거를 두고 있는 것은 사실이나 직
접적인 소의경전이 없어 중국에서 창조적으로 찬성된 본격 변문 중의
전형적인 작품이다. 잘 알려진 대로 이 작품은 목련존자가 무간지옥에
떨어진 모친을 구제하여 천복을 누리게 하는 활극적인 내용으로, 서사
성이 강하여 유전 범위가 넓고 따라서 많은 이본이 형성되었던 것이다.
이 작품은 물론 보편적인 변문 형태대로 독자성을 유지하고 있는 데다,
변문으로서 갖출 만한 요건을 완비하고 있는 셈이다. 서사구조가 일관

8 　사재동, 「불교계 서사문학의 연구」, 『어문연구』 12, 어문연구학회, 1983; 경일남, 「고
　　려조 강창문학 연구」, 충남대 박사논문, 1989 등 참조.
9 　潘重規, 『敦煌變文集新書』 下 卷4, 中國文化大學 中文研究所, 1983, pp.669~737.

성 있게 전개·완결되고 표현 문체가 산문과 운문으로 교직되어 있기 때문이다.

그리하여 이 작품은 변문으로서의 특성을 지니고 있는 것은 물론이지만, 장르적 측면에서는 복합적인 면모를 보이고 있다. 이 작품은 서사문맥을 고정시킨 상태에서 산문 중심으로 독파한다면 소설적 면모를 지니고 있는 것이 사실이다. 한편 서사문맥을 활용하는 마당에서 창사·대화 중심으로 실연한다면, 이 작품은 분명 희곡적 성향을 드러내고 있는 터라 하겠다. 이와 같이 이 변문작품은 독자적 특성을 유지하면서 적어도 장르적 양면성을 갖추고 있다는 점이 주목된다.

이처럼 이 작품은 극적인 서사문학성과 풍부한 자료 상황으로 하여 가장 많이 연구되어 온 변문 중의 하나라고 보아진다.[10] 그런데도 이들 연구 경향은 이 작품의 변문적 면모와 관련된 서지·유전·주해 등 기초 작업에 주력하였을 뿐, 자체의 문학적 분석이나 장르적 검토에는 아직 미치지 못하고 있는 실정이다.

그리고 선우구주고사의 경우, 변문계 현전 자료는 희귀하다. 지금껏 겨우 「쌍은기」 한 편 정도가 소련 학자에 의해 발굴·소개되었기 때문이다.[11] 이 작품은 『불보은경』 권4 「악우품」을 대본 삼아 강설한 「불보은경강창문」으로 강경계 변문이라 하겠다.[12] 이 작품은 목련변문과는 좀 다른 체재를 가지고 있다. 말하자면 「악우품」의 경문 1구씩을 송출하여 놓고, 그것을 갖가지 방편으로 쉽고 재미있게 강설하고는 그 내용을 시가로 응축

---

10 岩本裕, 『目連傳說と盂蘭盆』, 法藏館, 1968; 陳芳英, 『目連救母故事之演進及其有關文學之硏究』, 臺灣大 中文硏究所, 1983 등 참조.
11 潘重規, 『敦煌變文集新書』 上 卷2, 中國文化大學 中文硏究所, 1983, pp.57~93.
12 潘重規, 「變文雙恩記試論」, 『新亞書院 學術年刊』 15期, 新亞書院, 1973, pp.1~11.

시켜 가창하는 방식이 끝까지 되풀이되는 것이다. 이런 점에서 「악우품」의 「쌍은기」는 변문의 보편적 기본 구조에 따라 강창문학의 형태를 갖추고 있다고 보아진다. 이 작품은 선우태자가 고해에서 허덕이는 만백성과 중생을 흡족히 구제하기 위하여 해중용왕의 여의주를 구해 오는 파란만장한 이야기로서, 그 웅장한 서사적 구조는 최대 걸작이라고 평가하여 마땅할 것이다.[13] 이러한 작품은 자연히 오랜 세월 넓은 영역에 걸쳐 많은 이본을 형성시켰을 것이지만, 현전하는 것은 그만큼 드물다.

그래서 이 작품은 강경계 변문으로서 강창적 특성을 지니고 있는 것이 사실이다. 기실 이 작품은 장엄하고 신기한 서사문맥에 바탕을 두고 산문 중심으로 고정시켜보면 소설적 면모를 드러내고 있으며, 한편 서사문맥을 주축으로 창사·대화에 역점을 두어 강창형식으로 실연해 보면 희곡적 성향을 보인다고 하겠다.

그동안 빈곤한 자료 형편으로 이 작품은 활발히 연구되지 못하였지만, 최근에 새로운 업적이 나와서 많은 문제를 제기하고 있다.[14] 역시 변문으로서의 독자성을 지니면서도, 최소한 소설과 희곡 장르의 양면성을 지니고 있다는 점에서, 검토할 여지를 얼마든지 가지고 있는 터다.

또한 수천제효행고사의 경우, 변문계 현전 자료가 아직 발견되지 않은 것이 사실이다. 그러나 이 고사의 변문 형태가 실재했었으리라는 근거는 몇 가지가 있다. 우선 이 고사가 『불보은경』 「효양품」과 『현우경』 「수천제품」 등에 수록되어 활발하게 유통되었다는 점이다.[15] 이들

13　위의 글, p.7에서 "我們讀遍所有的講經文, 感到雙恩記的故事最爲突出, 將生死離合, 善惡悲歡, 描寫得淋漓盡致, 情瀾壯濶, 眞是動天地泣鬼神的傑作"이라고 하였다.

14　李殷權, 『敦煌變文「雙恩記」殘卷及其故事研究』, 臺灣師範大 國文硏究所, 1989; 박광수, 「선우태자전승의 계통적 연구」, 충남대 석사논문, 1990.

불경은 아주 유명한 대승경전이므로, 일찍부터 중국 대중에서 널리 강설·유통되었을 뿐만 아니라, 특히 이 고사가 희생적 충효를 주제·내용으로 한 감동적 서사문학이기에, 중국을 벗어나 동양 불교권에까지 유포되었던 것이다.[16] 그러기에 돈황敦煌 막고굴莫高窟(제296굴)과 신강新疆 극자이굴克孜爾窟(제69굴)에 수천제충효변상도가 그려져 오늘에 이르고 있는 실정이다.[17] 그동안 고증된 바대로 변상과 변문은 동시 병존하는 것으로서 불가분의 관계를 가지고 있다.[18] 말하자면 변문이 있는 곳에 변상이 따르고 변상이 있는 곳에 변문이 따른다는 이야기가 된다. 그렇다면 위 양처의 변상은 수천제충효변문이 실재하여 왔음을 직증하는 바라 하겠다. 더구나 한국 불교계에 수천제충효고사와 직결된 「수천제태자담」이 『축기별담逐機別談』에 편입되어[19] 변문계의 작품으로 현재하고 있다는 사실을 감안할 때, 일찍이 중국에도 이 고사의 변문 형태가 실재하여 왔으리라고 추정할 수 있겠다.

다음 한국 측 변문계의 작품 형태는 아래와 같다. 우선 목련구모고사의 경우는 중국의 그것처럼, 운문과 산문이 교용된 변문 자료가 아직 발견되지 않는다. 그러나 고려 예종 원년(1106)에 선왕의 명우를 빌기 위하여 명승이 궁전에서 강설한 바 있는 「목련경」은[20] 중국의 목련변문과

---

15 『신수대장경』 권3 「본연부(本緣部) 상」;『대방편불보은경(大方便佛報恩經)』 권1 「효양품(孝養品) 제2」·「본연부 하」;『현우경』 권1, 「수천제품(須闡提品) 제7」 참조.

16 金維諾, 「佛本生圖形式的演變」, 『中國美術史論集』, 明文書局, 1984, p.389에서 "以'孝友'爲主題的, 如'須闡提本生', '善友本生', '睒變'等 這類宣傳 '孝友'的故事由來與中國儒家的 倫理觀念符合, 流行的面最廣, 連續的時代最長"이라고 하였다.

17 金維諾, 「佛本生圖的內容如形式」, 위의 책, p.381.

18 羅宗濤, 「變歌·變相與變文」, 『中華學苑』 7期, 臺灣政治大 中文研究所, 1971, pp.82～83; 황패강, 앞의 글, 196～200쪽에서 변문과 변상의 한국적 현상을 검토하였다.

19 찬자미상, 『축지별담』 8地, 동국대 중앙도서관.(釋迦如來行錄의 표제가 '逐機別談'임)

20 『고려사』 「세계(世系)」 「예종 원년 7월 갑신」조에서 "設盂蘭盆齋于長齡殿 以薦肅宗冥

결코 무관할 수 없다고 추정된다.[21] 그 명승이 어전에서 베푼 강설에서 창사를 활용했는지는 장담할 수 없지만, 적어도 궁중의 우란분재와 관련된 법석에서 사용한 그것이 현전하는 「목련경」과 직결되어 있다는 점만은 확실하다. 그렇다면 그 작품의 성향이 중국의 변문과 소식을 함께 하고 있었으리라 추정된다. 더구나 고려사부가 원 지정 7·8년에 경수사에서 우란분재를 위하여 창설한 「목련존자구모경」도 실은 고려의 변문계 「목련경」과 깊이 관련된 것이라 보아진다.[22] 이 계통의 현전 「목련경」 중에서 전북 김제 승가산 흥복사 만력간본 등은 그 내용의 일부를 요약한 변상도가 삽입되어 있다. 이것은 중국의 변문이 으레 변상도를 함께 하고 있는 점과 상통하는 바라고 하겠다.

전술한 바와 같이 예로부터 한국에도 속강의 실연에 따라 변문계의 작품들이 유전되었다고 전제할 때, 비록 '속강'이나 '변문'이라는 명칭은 사용하지 않았다 하더라도, 이들 「목련경」의 유형을 변문계의 작품이라고 보아 틀림없겠다. 더구나 이런 계통을 이어받아 창사를 배제하고 산문만으로 전개된 현전 「목련경」들이 널리 유통되어 이 점을 실증해 주고 있기 때문이다. 이들 「목련경」은 그 활극적인 서사 내용으로 하여 수많은 이본을 남기게 되었으니, 현존하는 것만도 10종에 가깝다.[23] 이 이본들이 한결같이 산문만으로 되었지만, 그것이 실제로 강

祐 又召名僧講目連經"이라고 하였다.

21 민영규, 「『월인석보』 제23 잔권」, 『동방학지』 6, 연세대 동방학연구소, 1963, 9쪽.

22 『朴通事諺解』, 聯經出版公司, 1978, pp.274~280에서 "這七月十五日是諸佛解夏之日 慶壽寺裏爲諸亡靈 做盂蘭盆齋 我也隨喜去來 那壇主是高麗師傅 靑旋旋圓頂 白淨淨顔面 聰明智慧過人 唱念聲音壓衆 經律論皆通 眞是一個有德行的和尙 說目連尊者救母經 僧尼道俗善男信女 不知其數"라고 하였다.

23 사재동, 「「목련경」의 유통관계」, 『한국언어문학』 22, 한국언어문학회, 1983, 79~85쪽.

설·연창되는 마당에서 창사를 즉흥적으로 덧붙인다면, 그 변문적 원형을 복원해 볼 수가 있겠다. 기실 중국의 변문에도 창사를 갖추지 않은 것이 있는 터이므로, 창사 없는 「목련경」들은 그대로 변문계 작품으로 보아도 무방하겠다. 다만 이 작품의 변문적 원형을 전제하면서, 그것이 실제적인 유통 과정에서 소설 형태와 희곡 양식으로 전개되는 현상을 주목할 필요가 있다. 이 점에 착안하여 최근에는 목련구모고사에 관한 연구가 새로운 방향을 모색하기에 이르렀다.

그리고 선우구주고사의 경우, 이 고사가 운문과 산문 교용의 변문 형태로 현전하는 것은 아직껏 발견되지 않는다. 그러나 한국의 변문계 작품집으로 충숙왕 15년(1328)에 초간된 『석가여래십지수행기』에 「선우구주담」이 실려 있어 크게 주목된다.[24] 세종 30년(1448)에 개간된 그 수행기에 실린 「선우구주담」은 오직 산문만으로 짜여 있지만, 초간본에서는 원래 창사가 풍성하게 삽입되어 있었던 것으로 추정된다. 위 개간본서에 "今者小室山人夏暇覽之 芟削繁詞從新校正"이라 한 것을 보면, 그 산문 속에 번성한 창사를 삭제해 버린 것이 틀림없기 때문이다.[25] 그렇다면 이 작품은 원형적 변문 형태로도 널리 유포되었을 것이고, 그 창사가 배제된 현전 형태로도 성행했으리라고 추정된다. 원래 이 작품의 서사 문맥이 극적으로 전개되어 민중에 대한 감화력을 족히 발휘했을 터이

24　『석가여래십지수행기』(강전섭 소장)에 "至今戊辰泰定五年"(충숙왕 15년)이라 하고, 「개간 서(改刊 序)」에 "大明正統戊辰端陽 伊府用梓命工刊行"(세종 30년)이라 하였으며, 현전 重刊本의 刊記에는 "順治十七年更子五月日 忠淸道忠州月岳山德周寺開板"(현종 1년)이라 하였다. 목판 본문에는 「인욕태자담」·「선우구주담」·「금우태자담」 등 10편이 실리고, 필사 부록에는 「섬효자경」·「지립고적(안락국태자경)」·「선우입해구주경」 등 10편이 들어 있다.

25　사재동, 「불교계 서사문학의 연구—『석가여래십지수행기』를 중심으로」, 『어문연구』 12, 어문연구학회, 1983, 182~189쪽.

고, 따라서 「선우태자입해구주경」·「선생태자경」 등의 이본까지[26] 남기고 있기 때문이다.

　전게한 「쌍은기」와의 상관성을 감안하고 같은 수행기에 실린 다른 작품들의 원형적 창사 분포를 기준으로 하여, 「선우구주담」에 창사를 삽입한다면, 원래의 변문적 형태를 충분히 복원해 볼 수 있겠다. 기실 본래 창사 없는 변문이 얼마든지 있다는[27] 전제 아래서 「선우구주담」이 현전 상태로도 변문계의 작품이라고 규정될 수가 있으리라고 본다. 이런 작품이 변문적 원형을 지니고 독자성을 유지하면서도 유통 과정에서 소설 형태나 희곡 형식 등으로 다양하게 전개되는 실태를 중시해야 할 것이다. 그동안 한국화된 선우구주고사류를 「적성의전」의 근원설화로서 검토한 적이 있지만,[28] 이를 변문계의 작품으로 간주하고 장르론적 차원에서 고찰하지는 못하였던 것이 사실이다.

　또한 수천제충효고사의 경우, 역시 원형적 변문 형태로는 현전하지 않는다. 그러나 전게한 수행기의 이본이라 할 『축기별담』(『석가여래십지수행록』) 제8지에 이미 거명된 「수천제충효담」이 수록되어 관심거리가 된다. 이 작품은 창사가 배제되고 비록 산문만으로 결구되어 있지만, 원형이 변문적 형태를 취하여 왔으리라는 것은 대강 짐작할 수가 있겠다. 이 작품의 결미에 묘하게도 "北涼高昌國沙門 法盛譚"이라는 주기가 있어 몇 가지 문제를 제기하여 준다. 이 기록을 그대로 믿기까지는 불교사나 문헌사 쪽의 과학적인 고증이 요구되지만, 분명한 것은 이 작품이 중

26　『석가여래십지수행기』(강전섭 소장) 부록 분.
27　潘重規, 『敦煌變文集新書』上·下, 中國文化大學 中文硏究所, 1983 참조.
28　인권환, 「「적성의전」 근원설화연구」, 『인문논총』 8, 고려대 문과대학, 1967.

국 불교문예와 관련되고 특히 〈수전제충효변상도〉와 무관할 수 없다는 점이다. 전술한 바 〈수천제충효변상도〉가 그려진 돈황 막고굴 등이 북량 고창국과 관련되었다면,[29] 그 나라의 승려가 담설했다는 「수천제충효담」은 중국 측의 변상·변문과 맥락이 닿았다고 볼 수가 있겠다. 말하자면 돈황·신강 지역의 불교예술이 한·중 승려들의 중개로 하여 상호 유통되는 과정에서 수천제충효고사의 변상·변문이 한국에 전래될 수 있었으리라는 이야기다. 그것이 적어도 당초의 북경 고창국 사문 법성이 신라시대 쯤에 와서 직접 구설한 것인지, 신라 승려나 문사가 그 법성을 찾아 들었든지, 후대의 인물이 듣고 전하는 바를 들어 쓴 것인지, 아니면 그것을 읽고 다시 연설하는 것을 들어 재록한 것인지 속단할 수는 없다. 그러나 「수천제충효담」은 아무래도 한·중 승려들이 연설·강창하는 것을 견문한 나머지 그에 의하여 문장화되었으리라고 추정할 수는 있겠다. 그렇다면 이 작품이 원래의 화본으로 통용될 때는 보다 풍성한 이야기와 유창한 가창이 교직되어 있었으리라고 추정된다. 그러던 것이 전래·변모되고 문자화되는 과정에서 축소·조정됨으로써, 현전하는 산문 형태로 정립된 것이라 하겠다. 보편적으로 구비·실연되던 서사물이 문자로 정착될 때에는 으레 그러한 삭제·축소가 따르기 마련이기 때문이다.

여기서 「수천제충효담」의 변문적 원형은 운·산문 교용이든 산문 전용이든 간에 족히 복원해 볼 수 있겠다. 그래서 이 작품은 변문계 작

---

29 呂石明 外, 「敦煌與絲路上的石窟寺院」, 『中國宗教藝術大觀』 5, 文旺圖書出版社, 1986, p.130에서, 북조시대 북양(北凉)이 불상 조성이나 선우(善友)·수천제본생고사(須闍提本生故事)의 벽화 제작에 관련되어 있음을 시사하고 있다.

품 형태로서 특성을 지니고 있으면서, 그 자체가 유통 과정에서 소설 형태나 희곡 양식으로 분화·전개되었으리라는 점이 주목된다. 그런 데도 이 작품에 대한 구체적인 논의는 아직 보이지 않는다.

이상과 같이 한·중 불교고사가 각기 변문 또는 변문계 작품으로 형성·전개되어 왔음을 추적하여 보았다. 기실 중국에 이런 변문작품이 실존했다는 것은 이미 공인된 바로서, 새로운 이야기가 아니다. 그러나 한국문학계에 변문계 작품이 형성·유통되었다는 것은 실로 중대한 문제를 제기하게 된다. 비록 위에 든 세 가지 고사에 한하여 변문적 실존을 추론한 것이지만, 그것들이 한국의 예술문화권에서 차지하는 위치는 획기적인 것이며, 나아가 그것이 변문계 문학, 강창문학으로서 시가·소설·희곡 장르를 포괄하는 종합문학 형태로 행세하여 한국문학사를 제대로 이끌어왔기 때문이다. 그리하여 이것들은 당대의 문학작품으로 광범하게 기능을 발휘했을 뿐만 아니라, 그것이 다른 문학 장르로 연진·전개됨으로써 양국 문학사에 끼친 영향은 지대하였을 터다. 그중에서도 이 작품들이 양국의 소설과 희곡으로 연변·발전하여 온 사실은 특기할 만한 일로서, 여기에 본격적인 논구가 요청된다 하겠다.

3. 불교고사의 소설적 전개

불교고사가 한·중 소설에 끼친 영향을 전반적으로 논의해 온 지는 이미 오래다.[30] 그러나 정작 목련구모고사·선우구주고사·수천제충효고사 등이 소설 형태로 변용·전개된 사실에 대해서는 본격적으로 논급된 바가 없었던 것이다. 기실 이 고사들은 그 자체의 서사문학적 생리나 당시 사회 대중의 문예적 욕구, 불교계를 중심으로 하는 교화의 방편, 그 시대의 소설사적 요청에 의하여 소설화될 수밖에 없는 여건을 스스로 지니고 있었다. 그리하여 이 고사들은 한·중 양국에서 보다 쉽고 재미있는 이야기로 변형·발전한다는 순리적인 궤도를 따라, 곧장 소설 형태로 전개되었을 것이다. 그리하여 양국 불교고사의 소설 형태가 가장 풍성하고 소설답게 행세하면서 다른 계통의 소설을 형성·발전시키는 계기를 마련하고 산파역을 담당하게 되었다. 그 결과로 이 작품들은 양국 소설사상에서 핵심·주축이 되어 왔던 것이다.[31]

그런데도 중국에서는 이런 불교계 소설 형태가 외래 종교문학이라는 선입견에 휘말리고 후대적으로 무성하던 전기소설·통속소설 등에 밀리면서, 민중에게 흥행됐던 희곡에 가려져 그리 각광받지 못하였던 것이 사실이다. 그리하여 이 소설들은 음성적으로 명맥을 유지하면서, 중국소설

---

30 胡適, 「佛教的 飜譯文學」 上·下, 『白話文學史』, 樂天出版社, 1970; 정주동, 「불교사상과 고대소설」, 『어문논총』 3, 경북대, 1966 등 참조.

31 孟瑤, 『中國小說史』, 傳記文學出版社, 1977에서 변문과 그 계통의 소설을 그 소설사의 중심 축으로 취급하는 경향을 보였다. 사재동, 『불교계 국문소설의 형성과정 연구』, 아세아문화사, 1977.

의 유구한 역사 위에서 이렇다 할 작품과 실증기록을 제대로 남기지 못하였고, 그나마 남긴 편린적 자료마저도 연구자들의 무관심 속에 방치되어 있는 실정이다. 그러나 불교계 소설들의 실체와 중국소설사상의 위치는 결코 묵살·소멸되지 않을 것이므로, 뜻있는 학자들의 진지한 방법론과 탐색 작업에 따라, 어느 정도 그 면모가 드러나리라 믿는다.

한편 한국에서는 이런 불교계 소설 형태가 명실공히 뚜렷한 맥락을 유지해 왔던 것이 사실이다. 이 불교계 소설이 신라를 거쳐 고려에 이르러 본격적으로 형성·대두되어 그 말기까지 성세를 유지해 온 것으로 보인다.[32] 이렇게 형성·행세한 불교계 소설들은 조선조에 이르러 불교의 탄압과 함께 자연 음성화될 수밖에 없었다. 그 무렵에 성행한 유가문장·패관소설 등과 통속소설류에 가려져, 불교계 소설들이 크게 빛을 볼 수 없는 실정이었다. 그렇지만 가끔 되풀이 된 불교 중흥의 기운과 대중 포교의 명분을 타고, 같은 처지에 있었던 희곡과의 상관성으로 하여 그런대로 전통을 이어왔던 것이다. 말하자면 한국소설의 면면한 역사 위에 불교계 소설들은 비록 '불경' 내지 '불서' 등으로 의장擬裝된 모습으로나마 상당한 작품과 방증기록을 남기게 되었다는 이야기다. 다만 음성화와 의장화 등으로 하여, 그 소설들이 단순한 불교문헌으로 취급되고 학자들의 관심 밖에 놓였다가 최근에 이르러서야 그 일부가 소설로서 연구·검토되기 시작했던 것이다.[33]

이제 전개한 불교고사를 중심으로 그것들이 한·중 소설로 형성·

32　김태준, 「고려의 패관문학과 불교문예」, 『조선소설사』, 청진서관, 1939.
33　사재동, 「불교계 서사문학의 연구」, 『어문연구』 12, 어문연구학회, 1983; 사재동, 『불교계 국문소설의 형성과정 연구』, 아세아문화사, 1977 등 참조.

전개된 실상을 논의할 단계에 이르렀다. 여기서는 자료 상황과 유전계 통이 비교적 분명한 한국 측 불교계 소설을 우선 고찰하고, 나아가 그 결과를 기준으로 삼아 중국 측의 그것을 복원·탐색하여 보겠다.

먼저 한국 측 불교계 소설의 실상은 다음과 같다. 우선 목련구모고 사의 경우, 소설로 전개·유통된 자료는 비교적 많이 발견된다. 위에 서 변문계통으로 복원하여 본 고려 대의 「목련경」·「목련존자구모경」 은 산문 중심으로 짜여져 오히려 소설적 성향이 보다 뚜렷하였으리라 추정된다. 그 계통을 직접 계승한 현전 「목련경」이 산문을 전용하여 소설의 면모를 중점적으로 드러내고 있기 때문이다. 이처럼 고려 대의 작품에서 소설 형태의 연원을 찾는다면, 실로 목련구모소설의 전승계 맥은 뚜렷한 것이 사실이다.

필자는 일찍이 목련경류를 고전소설론에 입각하여 분석하고 이를 한 문소설로 규정한 다음, 소설사적 맥락을 추적하여 보았다.[34] 여기서 한 문 표기의 목련구모소설이 고려시대로부터 본격화되어 조선시대까지 뚜렷이 유통되었음을 확인하게 되었다. 기실 이 소설 작품은 희생적 효 행소설로서 조선조의 배불정책에도 불구하고 우란분재를 기반으로 비 교적 성행했던 것이다. 유·불 간에 효행을 표현하는 추선재의를 통하 여 별다른 제한 없이 대체로 「불설대목련경」이라는 위경으로 유통되었 기 때문이다. 이 소설의 한문본이 사암을 중심으로 필사·목판 등의 많 은 이본을 남긴 가운데, 지금껏 알려진 것만도 10종 가까이 된다.

그리고 이 한문본은 세종 29년(1447)『석보상절』에 편역되고 세조 4년

---

34 사재동, 「한·중 목련고사의 유변관계」, 『인문과학논문집』 14-2, 충남대 인문과학연구 소, 1987, 16·21쪽.

(1459) 『월인석보』에 재편되어 「목련전」으로서 조선 말까지 전승되었음을 확인할 수 있다. 「목련전」은 이미 독특한 국문소설로 고증되었거니와,[35] 이본이 10여 종이나 알려지고 있는 실정이다. 이 소설의 이본은 역시 필사와 목판으로 다양한 유통을 보이는 한편, 그것이 구비적으로 유포되는 현상도 주목해야 되겠다.

이로써 본다면 목련구모소설은 실체가 하나지만 한문본과 국문본의 양면성을 가지고 유전된 것이 분명하다. 물론 고려시대나 그 이전에는 한문본이 대종을 이루었지만, 혹 향찰로 표기된 작품도 있었으리라는 추측을 완전히 배제할 수는 없다. 한편 조선시대에는 한문본과 국문본이 양립되어 상하 민중 사이에 유통되는 가운데 튼튼한 전승계맥을 형성하기에 이르렀다고 보아진다. 따라서 이 작품군은 최소한 고려·조선소설사를 통관하는 한 줄기 맥락을 완성함으로써, 작으나마 핵심·주류가 되고 있는 실정이다. 그러므로 이 작품군의 계통적 파악은 아직도 불투명한 한국소설사를 합리적으로 체계화하는 데에 하나의 지표가 될 것이다.

그리고 선우구주고사의 경우, 소설 자료는 비교적 풍성하고 뿌리가 깊은 편이다. 기실 이러한 소설 형태는 그 「악우품」이 유통·전개되던 신라·고려 대에 이미 형성되어 원형적 면모를 유지해 왔으리라고 보아진다. 그리하여 이 소설 형태는 『석가여래십지수행기』가 초간되던 충숙왕 15년 이전에 변문계 작품으로 찬성·분립되었을 가능성이 짙다. 이 고사의 변문계 작품은 적어도 고려 중엽을 넘어서 행세하다가 위 수행기에 편입되면서, 벌써 소설적 성격을 드러냈으리라 보아진다. 따라서 그로부터 선우구주소설의 기점을 잡는 것이 순리적이라 하겠다.

---

35 사재동, 「「목련전」 연구」, 『한국언어문학』 3, 한국언어문학회, 1965, 111~122쪽.

이러한 소설 형태가 세종 30년, 위 수행기의 개간에 즈음하여 개신·조정됨으로써, 전게한 「선우구주담」으로 산문화되었던 것이다. 여기서 이 작품은 많이 축소되었지만, 주제·내용과 구성·문체 등에서 소설의 면모를 갖추고 있는 것이 사실이다. 그리하여 이 작품은 한문본 선우구주소설, 「선우태자전」으로서 복간(현종 1년, 1660)을 거듭하며 조선 말기까지 한문 사용층에 유전된 것이다.

한편 이와는 계열을 조금 달리하면서, 『보은경』 「악우품」에 가까운 선우구주소설이 전게한 『석보상절』에 편역되어 「선우태자전」으로 전개되었다. 이 작품은 위 「선우구주담」의 원본과 의외로 깊은 관계를 가졌으리라 보이기도 한다. 그래서 「선우태자전」은 『월인석보』 권22에 재편·수록되었다가 오랜만에 국문소설로 규정되었다.[36] 그 후로 이 작품은 『월인석보』의 거듭되는 중간에 따라 불교계와 신불 민간에 널리 유통되면서 많은 이본을 남기게 되었다.

그리고 이 작품의 계통을 계승·변용시켜 조선 중·말기에 「육미당기」라는 한문 모작模作이 출현하고, 그것이 곧 「김태자전」으로 국문화된 사실이 있다. 그러는 가운데 선우구주고사의 소설적 제반 전승을 집성하여 창조적으로 형성·전개된 것이 「적성의전」이라 하겠다.[37] 이 작품은 본격적이고 전형적인 국문소설로서 문학적 실상과 형성 과정에 대한 검토가 깊이 있게 이루어져 있는 실정이다. 말하자면 「적성의전」은 선우구주고사의 한국적 전개사에서 산출된 전형적인 국문소

36　사재동, 「「선우태자전」연구」, 『어문연구』 9, 어문연구학회, 1976, 107~108쪽.
37　인권환, 「「적성의전」 근원설화연구」, 『어문논집』 8, 고려대 문과대학, 1967, 316~322쪽.

설이라 하여 마땅할 것이다. 이 작품이 그만큼 뛰어난 소설로서 오랜 세월 널리 유통됨으로 하여, 많은 이본이 형성·유통된 것을 확인하게 된다. 이렇게 볼 때 선우구주고사의 소설 형태는 풍성하고도 복합적인 상태로 토착화 내지 형성·전개의 과정을 계통적으로 명시하고 있는 셈이다. 그러므로 이 작품계열은 한국소설사의 전통적 맥락을 새롭게 실증·부각시키는 확고한 지표가 될 것이다.

또한 수천제충효고사의 경우, 소설 자료로 현전하는 것은 아주 드물다. 한문본으로 전게한 「수천제충효담」과 후대의 국문 이본으로 「수천제태자전」이 유통되고 있을 뿐이다.[38] 이 작품이 국한문의 양면 표기로 되 산문만으로 이룩되어 있으므로, 그것이 자연 소설로 읽히고 공인될 수가 있었다. 더구나 이 작품은 주제·내용의 절실함과 사건 전체의 극적 전개로 하여 소설로서의 제반 요건을 완비하고 있는 것이 확실하다. 그러나 이 소설 형태가 언제부터 어떤 양태로 형성·전개되었는지 속단할 수는 없다. 전술한 바 '북량 고창국 사문 법성담'을 어느 정도 신빙한다면 신라·고려 대를 배경으로 하는 원형적 작품으로부터 출발했으리라고 추정할 수는 있겠다. 이런 소설작품은 감동적인 내용으로 하여 구비전승이나 문헌유전을 통하여 널리 보급되고 따라서 많은 이본을 남겨 놓았으리라고 추정된다.

그중 한 계통의 이본이 『축기별담』에 편입되어 온 것이라고 보아진다. 이 작품은 일단 한문화되었지만, '담화' 형태의 정착으로 보아진다. 이러한 분위기와 수용층의 간곡한 요청이 전제될 때, 아무래도 국문본

---

[38] 안진호 편, 『석가여래십지수행록』의 「수천제태자경」을 청량산인(淸涼山人)이『불타(佛陀)의 십지행적(十地行蹟)』「수천제태자」, 삼미출판사, 1970로 간행하였다.

이 형성되었을 가능성은 있다고 보아진다. 국문소설의 전형적 필사본은 아직 발견되지 않았지만, 그나마 후대적 국문본이 나타난 것만으로도 그 점을 족히 추정할 수가 있겠다.

다음 중국 측 불교계 소설의 실상은 아래와 같다. 먼저 목련구모고사의 경우, 소설 형태로 공인된 것은 아직 없다고 하겠다. 다만 「목련보권」이 현전하여 목련변문의 계통을 이어 소설 형태를 보여주고 있을 따름이다.[39] 그러나 전술한 대로 일찍부터 목련변문이 성행하여 왔다면, 그것의 소설적 성향을 계승한 소설 형태가 족히 분화·행세하였으리라고 추정된다. 기실 중국의 변문 자체가 소설적 측면에서 보면, 이른바 변문소설로 인식되기도 하는 실정이다.[40] 그렇다면 목련변문이 목련구모소설이라 규정될 수가 있겠다. 실제로 이들 목련변문이 유통되는 마당에서, 산문 중심으로 읽히거나 이야기되는 현상을 정태적으로 파악한다면, 그것은 소설 형태라고 하여 무리가 없겠기 때문이다.

더구나 목련변문은 희생적 효행을 주제·내용으로 하여 워낙 기상천외의 사건을 꾸며 나갔다. 따라서 그것은 대중의 문학적 욕구를 충족시키며 교화의 효능을 높이기 위해서도 소설화될 필요성을 스스로 지니고 있었던 것이다. 이러한 변문작품이 인기리에 유통되는 가운데, 어느새 승려나 신불 문사들에 의하여 창사가 배제되고 산문 전용의 소설로 변용될 수가 있었을 터이다.

이런 소설화 현상이 일찍이 나타났을 것이지만, 북송대에 이르러 그 흔

---

39 陳芳英, 『目連救母故事之演進及其有關文學之研究』, 臺灣大 中文研究所, 1983, pp.93 ~111; 陳芳英, 『三世因緣目連救母』, 瑞成書局, 1974 등 참조.

40 徐訏, 「變文小說」, 『小說彙要』, 正中書局, 1974, p.145.

적을 남기게 되었다. 맹원노孟元老의『동경몽화록東京夢華錄』에서 "七月十五日中元節 及印賣尊勝目連經"[41]이라 하여 「목련경」의 실존을 증언하고 있는 것이 크게 주목된다. 실로 이 「목련경」은 일본에서 유전되고 있는 「목련구모생천경」을 매개로 하여[42] 한국의 「목련경」과 불가분의 관계에 있다는 것이 실증되었다. 위에서 한국의 「목련경」이 여러 가지 측면으로 보아 소설이라고 규정되었다면, 이를 기준으로 하여 중국의 「목련경」이 소설 형태로 전개되었으리라고 추정할 수가 있겠다. 이런 목련구모소설이 중국 불교사회에 성행하면서 많은 이본을 남겼을 것이지만, 유전 과정에서 산일되는 한편, 그 당시에 성행했던 통속소설이나 희곡 등에 가리워 그대로 묻혀버렸던 것이라고 보아진다. 그래서 중국소설사의 합리적인 흐름을 전제하고 한국 목련구모소설의 전개 양상을 본보기로 하여, 그 소설적 실상과 소설사적 위상을 족히 재구해 볼 수가 있겠다.

그리고 선우구주고사의 경우, 소설 자료가 아직 발견되지 않는다. 그러나 이 고사의 소설 형태가 실존했으리라고 추정할 만한 근거는 몇 가지가 산견된다. 전술한 바 이 고사의 변문 자료가 상당한 세력으로 유전되었다는 사실이다. 아직은 전계한 「쌍은기」만이 발견·검토되었거니와, 이 변문은 실로 장편 서사구조로서 소설적 성향을 가장 뚜렷이 구비하고 있는 터다. 전술한 바 변문소설의 차원에서, 「쌍은기」 정도가 산문 중심으로 낭독되거나 이야기될 때 그것은 이미 이야기문학으로서 소설 형태를 갖추어 행세하였을 터이다.

이 「쌍은기」는 중생제도의 대승적 주제·내용을 파란중첩한 사건으

41　孟元老,『東京夢華錄』卷8「中元節」條, 大立出版社, 1980, p.49.
42　陳芳英, 앞의 글, pp.113~115.

로 엮어놨기에,[43] 민중의 문학적 욕구를 충족시키며 교화의 목적을 달성키 위하여 소설화될 수밖에 없었던 것이다. 기실 이 작품을 소설론에 따라 분석할 때, 그것이 중국의 고전소설임을 고증할 수가 있겠다. 여기서 「쌍은기」 등을 바탕으로 본격적인 선우구주소설이 형성·전개되었을 가능성이 충분해지는 것이다. 더구나 위 목련구모고사가 소설화된 근거를 추적하는 마당에, 한국의 선우구주고사가 소설로 전개된 다양한 면모를 기준 삼아 엄밀히 검토한다면, 중국의 선우구주소설의 실체와 그 역사를 복원해 볼 수 있으리라 믿는다.

또한 수천제충효고사의 경우, 소설 자료가 아직 드러나지 않는다. 그러나 이 고사의 소설 형태가 실존했을 가능성은 점검해 볼 수가 있다. 그 동류인 목련구모고사와 선우구주고사 등이 공히 소설 형태로 변용·전개되었다는 사실이 그 소설화의 상당한 뒷받침이 되겠다. 그리고 이 고사는 2개 이상의 불경에 실리고 내용이 그만큼 강력한 서사성을 구비한 데에다 그 변상도가 두 곳에서나 발견되어 훌륭한 변문으로 전개되었다는 점이 소설화의 가능성을 간접적으로 증언하고 있다. 실제로 이 고사의 변문이 실존한 이상, 그것 자체가 희곡의 형태와 함께 소설의 면모를 갖추고 있는 것이 너무도 당연한 일이기 때문이다.

이런 정도의 변문이라면 주제와 내용이 희생적 효행으로 심화되고 구성이 너무도 처참하고 감동적인 사건으로 점철됨으로써, 그것은 이미 소설화될 수밖에 없는 여건을 두루 갖추고 있었던 터이다. 이에 불교문원에서는 민중의 문학적 충족과 함께 포교의 효과를 확대하기 위하여, 어느새 이를 소설화하기에 이르렀을 것이다. 이만한 소설 형태

43　潘重規, 「變文雙恩記試論」, 『新亞書院 學術年刊』 15期, 新亞書院, 1973, pp.4～7.

라면 위에 든 다른 소설류와 함께 오랜 세월 널리 유통됨으로써 많은 이본을 형성시켰을 것이지만, 다만 현전하는 것을 발견하지 못할 따름이다. 이에 이 고사와 동궤인 한·중 불교고사의 소설화 과정을 바탕으로 그와 직결된 한국 측 「수천제충효담」의 소설화 현상을 준거하여 수천제충효소설을 족히 복원해 볼 수가 있겠다.

이상 고찰한 바와 같이 한·중 불교고사의 소설 형태는 상호보완 관계를 유지하면서 형성·전개되었다고 하겠다. 그리하여 이 소설 형태는 양국 소설사의 발전 과정에서 내면적으로 주동역을 해 왔던 것이다. 그래서 그 것들이 양국의 문예사회학적 환경이나 다른 소설 분야 내지 희곡 형태 등과의 상대성으로 인하여 음성적 전통을 고수해 왔다는 것도 사실이다. 다만 이들 불교계 소설의 실상이 한국 측에서 비교적 선명하게 부각되는 것은 양국의 자료 보전적 차이이기보다는 다른 문학 장르와의 상관성에서 빚어 진 한·중 소설사의 특성이라고 보일 따름이다.

4. 불교고사의 희곡적 연진

주지하는 바 소설과 희곡의 상관성을 고려할 때[44] 불교고사의 소설 형태가 있는 곳에 반드시 그 고사의 희곡 형태가 깃들기 마련이라고 하겠다. 이들 소설 형태가 유통 과정에서 대중적으로 연설되고 대화 중심으로 행동

---

[44] 한노단, 「희곡과 소설」, 『희곡론』, 정음사, 1973, 76~89쪽.

화되면, 그대로가 희곡 형태로 전환 · 전개되는 것이기 때문이다. 그러기에 한 · 중 양국에서는 불교계를 기반으로 각종 재의와 대중 포교 그리고 민중 오락을 위한 종합예술적 방편으로서 일찍부터 연극 · 희곡 형태가 형성 · 전개되고 있었던 것이다.[45] 일찍이 양국의 문학예술계에서 연극 · 희곡이 개척되지 않았을 때, 서역으로부터 방법을 도입하여 불교의 온갖 재의 · 포교 · 오락 등에서 연희활동을 벌이게 되었다. 그중에서도 민중문학의 연예 형태로 사원이나 야외법석에서 속강을 여는 것이 중심이었다.[46] 사실 능설능창한 대승적 승려가 불교고사를 대본으로 대중에서 쉽고도 재미있게 연설하고 가창하면서 온갖 행동과 표정까지 곁들이는 연예활동이 바로 속강이었다.[47] 그렇다면 속강이 비록 일인의 속강승에 의하여 진행 · 완결된다 하더라도, 그것은 현장적 의미에서 연극임에 틀림없다. 따라서 속강의 화본이던 변문을 강창적 차원에서 원칙적으로 희곡이라고 볼 수가 있겠다. 그래서 변문 그 자체가 소설성과 함께 희곡성을 강화하고 있는 것이라고 규정되었거니와[48] 양국의 희곡적 연원을 이곳에서 찾는 것이 마땅하다고 보아진다.

이러한 바탕 위에서 한 · 중 불교계에서는 저명한 불교고사를 중심으로 가창극 · 가무극 · 강창극 · 대화극 등의 본격적인 연극을 꾸며내고, 그에 따라 완비된 희곡을 형성 · 발전시켰던 것이다. 이로 인하여 양국의 연극 · 희곡이 전반적으로 출범 · 전개되었으니, 여기 불교고사들의 희곡

---

45 사재동, 「불교연극서설 – 불교연극을 찾아서」, 『동학』 6, 동학사승가대학, 1990, 6~8쪽.
46 向達, 「唐代俗講考」, 『敦煌變文論文錄』 上, 明文書局, 1985, pp.42~47.
47 孫楷第, 「唐代俗講軌範與其本之體裁」, 『敦煌變文論文錄』 上冊, 明文書局, 1985, pp.101~112.
48 孟瑤, 『中國戲曲史』 第1冊, 傳記文學出版社, 1964, pp.56~57.

형태는 실로 양국 희곡사의 산파로서 중추적 역할을 담당해 왔다고 하겠다. 결국 불교고사의 변문 내지 변문계 작품이 희곡 형태로 전개된 문학적 실상과 그 희곡사적 위상이 그만큼 중시된다는 이야기다.

그런데도 중국에서는 일반 연극이 발전을 거듭하고 그 희곡이 본 궤도에 올랐을 때, 불교고사의 희곡 형태들은 그 세력에 의하여 오히려 뒷전으로 밀리고 음성화되기에 이르렀다. 그러면서도 불교계 희곡들은 워낙 뿌리가 깊은 데다 신중·서민의 장구한 호응을 받아왔기로, 영세한 대로 전통을 계승할 수가 있었던 것이다. 그리하여 작으나마 그 계통의 작품과 방증 자료들이 현전함으로써 적절한 방법으로 성실하게 탐구만 한다면, 불교계 희곡의 문학적 실상과 중국 희곡사상의 소중한 위치를 제대로 구명해 낼 수가 있을 터이다.[49] 오늘날 중·일 학자들이 목련구모고사를 중심으로 이런 작업을 진행하여 상당한 성과를 올리고 있는 점은 고무적인 일이거니와[50] 여타 중요한 불교고사의 그것에 대해서도 본격적인 검토가 가해져야 될 것이다.

한편 한국에서는 불교고사의 희곡 형태들이 변문계 작품들과 직결되어 고려 대까지는 비교적 성행했으리라 추정된다. 그 희곡 형태의 연원을 신라시대로 잡는다 하더라도, 그것이 본격적으로 형성·유통된 것은 역시 고려의 불교사회였으리라 보이기 때문이다. 대강 문종 대를 거치면서 불교문화가 더욱 성행하여 각종 재의·법회·행사 등에서 연예활동이 벌어지고 그것을 주도하는 희곡이 대두될 수밖에 없었다. 그 불교고사들이 속강 형식을 통하여 강창극으로 실연되고 나아가 가창극·가

---

49 澤田瑞穗, 「釋敎劇叙錄」, 『佛敎と中國文學』, 圖書刊行社, 1975, p.115.
50 앞의 주 10 참조.

무극 내지 대화극으로 전개되었다면, 그 고사의 변문적 강창극본은 물론 여타 연극의 극본·희곡 형태가 전문적으로 발전했을 가능성이 높다고 하겠다. 그러기에 고려기의 극본·희곡은 변모·축소된 모습으로나마 현전하는 것이 적지 않고, 방증 기록도 희미하게나마 잔존하여 족히 윤곽을 잡아볼 수가 있겠다. 더구나 당시에 발달했던 일반 연극과 희곡을 기준으로 하여 상호보완적 차원에서 불교계 희곡을 검토할 수도 있을 것이다.

그런데 조선조에 이르면 배불정책과 불교문화·예술의 퇴조에 따라, 불교계 희곡이 전반적으로 타격을 받고 제거되거나 위축될 수밖에 없었다. 그 당시 불교계의 제반 연극활동이 전면 금지·정리되면서, 그에 관한 구체적 논의나 긍정적 언동이 제대로 용납될 수 없었기 때문이다.[51] 실제로 조선의 연극은 국가적 의전이나 연희에 필요한 것을 중심으로 재정비되었거니와[52] 그럴 때에 불교적 색채, 통속적 요소를 일체 배제하고 부득이한 것에 한하여 음성적으로 개변시켜 수용했을 뿐이었다. 그리하여 당대 문사들이 불교계 희곡 관계를 공사간에 제대로 기록할 수 없었고, 따라서 자료가 아주 영성한 편이다. 그러나 그 편린·잔영과 개변·의장된 모습이 유존하여 연구와 복원의 가능성을 던져주고 있다.

이제 전개한 불교고사를 중심으로 희곡 형태를 구체적으로 논의할 단계에 이르렀다. 여기서는 불교계 희곡의 자료 현황과 계통이 보다 분명한 중국의 그것을 먼저 고찰하고, 그 결과를 표준 삼아 한국작품의

---

51 장한기, 「조선시대의 연극」, 『한국연극사』, 동국대 출판부, 1986, 97~99쪽.
52 『악학궤범』 권2 「속악진설도설」; 권3 「고려사악지」·「속악정재」; 권5 「시용향악정재도설」 등 참조.

불투명한 계맥을 검토·복원해 보려고 한다.

먼저 중국 측 불교계 희곡의 양상은 다음과 같다. 우선 목련구모고사의 경우, 희곡 형태는 자료가 거의 완벽하다. 전게한 목련변문이 강창구조로 하여 희곡성을 지니고 있을 뿐만 아니라, 송대 이래 목련구모희곡이 본격적으로 형성·전개되었던 게 사실이다. 이와 같은 희곡의 계통이 그동안 상당한 수준으로 연구·고증되어 그 전모가 어느 정도 드러나게 되었다.

실례로 제일 먼저 나타나는 것이 북송의『동경몽화록』에 기록된〈목련구모잡극〉이다. 그 작품이 현전하지 않아 문학적 실상을 검토할 수는 없지만, 그것이 원대의〈목련구모잡극〉(『녹귀부속편錄鬼簿續編』)으로 정리·발전된 것만은 분명하다. 그 계통은 명대의〈목련구모잡극〉(『고곡잡언顧曲雜言』)으로 이어지고 다시 청대의 잡극(『양주화방록揚州畵舫錄』)에 이르러 대체로 마무리되었다. 한편 이 잡극의 단편성을 극복하여 목련구모전기가 등장하였으니, 그 연원이야 소급되겠지만 현전하는 것은 명대의〈목련구모권선희문目連救母勸善戲文〉이 대표적인 작품이다. 이 계통을 이어 청대의 목련구모전기가 유통되다가 현전하는〈권선금과勸善金科〉로 집성되었던 것이다. 이에 이르러 희곡작품이 질적으로 저하된 것은 사실이지만, 양적으로 확대된 바는 실로 비할 데가 없었다. 이 목련희곡의 전통은 근대까지 계승되어〈피황목연기皮黃目連記〉로 실연되고, 나아가 그것이 부분적으로 민간화되어 지방목련희로서 명맥을 유지하고 있는 실정이다.[53]

---

53 陳芳英,「有關目連的戲劇研究」,『中國古典文學論文精選叢刊』, 幼獅文化公司, 1981,
   p.465; 사재동,「한·중 목련고사의 유변관계」,『인문과학논문집』14-2, 충남대 인문과

그리고 선우구주고사의 경우, 희곡 자료가 현전하지 않는 것이 사실이다. 그렇다고 이 고사가 그 시대에 상응하여 희곡화되어 있었다는 것을 부인할 수는 없다. 그와 동궤의 목련구모고사가 그만한 희곡적 전통을 확보하고 있는 현실에서, 선우구주고사 정도가 희곡으로 전개되었으리라는 것은 추측하기에 어렵지 않기 때문이다. 이 고사의 변문 중에서 「쌍은기」 정도가 이미 논의되었거니와, 그 작품은 강창적 실연만으로도 족히 희곡의 면모를 드러내고 있다. 원래 이 작품이 극적인 서사구조를 가지고 발달된 대화와 적절한 창사를 갖추었으니,[54] 포교를 위한 속강에서 그것이 일단 강창극본으로 역할한 것은 당연한 일이다. 나아가 이런 극본을 바탕으로 강창극본 내지 대화극본이 대두·유통될 가능성은 얼마든지 있는 것이다. 이 작품은 희곡으로 전개될 수 있는 제반 여건을 갖추고 있을 뿐 아니라, 민중의 문예적 욕구와 교계의 포교적 요청에 의하여 희곡화될 수밖에 없었던 터다. 그만한 희곡화와 실연에 따라 많은 이본이 나왔을 것이나 「쌍은기」 이외에 이렇다 할 극본·희곡이 아직도 발견되지 않은 점은 그 나름의 이유가 있겠다. 그래서 전술한 목련구모고사의 희곡화 과정과 전통을 기준으로 하여 선우구주고사의 희곡화 실태와 문학적 실상을 재구해 볼 수가 있겠다.

또한 수천제충효고사의 경우, 희곡 형태가 현전하지 않는 것은 물론이다. 여기서 이 고사의 변문 형태가 실존했었다는 추정을 상기할 필요가 있다. 선우구주고사의 경우처럼 이 변문 자체가 소설과 함께 희곡의 면모를 지니고 있거니와, 그것이 속강으로 실연될 때 벌써 강창극

학연구소, 1987, 22쪽; 澤田瑞穂, 『目連戯』, 法藏館, 1976, pp.141~148.
54 潘重規, 앞의 글, pp.4~6.

본의 형태를 취할 수밖에 없었을 터이다. 이 작품은 실로 희생적 충효 담으로써 그대로가 장엄한 희비극이며, 그 극본임에 틀림이 없다. 이러한 극본이라면 다양한 연극 형식으로 실연되어 그만한 희곡 형태를 유통시켰을 것은 자명한 일이다. 그렇다면 현전 자료가 발견되지 않는다 하여 단념할 것은 아니다. 전게한 석굴사원의 변상도를 근거로 탐색 작업을 계속하고[55] 그것의 연극화·희곡화의 결연성과 시대적 요청을 감안하면서, 위 고사들의 그것을 모형으로 하여 이 작품의 희곡적 전개 양상을 복원해 볼 수 있겠다.

다음 한국 측 불교계 희곡의 양상은 다음과 같다. 우선 목련구모고사의 경우, 전형적인 희곡 형태가 발견되지 않은 것은 사실이다. 그러나 이 고사의 희곡적 형태를 반영한 자료와 연극적 활용을 방증하는 기록들은 적잖이 전하고 있다. 이미 논의된 고려 대의 「목련경」·「목련존자구모경」이 변문계 작품으로서 소설성과 함께 희곡적 면모를 갖추었다고 본다. 이러한 작품이 우란분재와 같은 재의·법석·행사 등에서 속강 형식으로 강설·가창되었다면, 그대로가 강창극이 되고, 따라서 그 극본·희곡으로 전개되는 판이었다. 여기서 중국의 목련구모고사가 극본·희곡으로 변용·전개된 뚜렷한 양상에 비추어 본다면, 그와 직결된 한국의 그것이 변문계 작품을 거쳐 희곡화되었다는 것은 너무도 당연한 현상이다. 이 작품의 서사구조가 활극인 데다 처참한 지옥의 각 장면이 연극 자체를 사실적으로 표현하고 있는 실정이다. 현전 「목련경」이 비록 산문 일색으로 되어 있지만, 서술상의 대화가 발달

55　이런 대형 변상도는 강창극의 배경장치나 강창의 시각적 대상이 되는 것이므로, 이를 통하여 최소한 강창극을 재구해 볼 수 있다.

하여 희곡적 성향이 보다 뚜렷한 터이므로, 후대의 국문 이본 「불설목
련경」을 통하여 사실이 입증되었다.

게다가 전게한 『석보상절』·『월인석보』에 수록된 국문본 「목련전」
에는 그 내용을 요약해서 읊은 산곡적 시가 「목련구모가」(가칭)가 결합
됨으로써, 그것들이 전체적으로 강창구조를 이루고 있다는 것은 매우
중요한 현상이라 하겠다. 이러한 서사적 가곡류가 『월인천강지곡』의
일부로서 가창되어 가창극본으로 행세했던 것은 이미 밝혀졌거니와,
또한 불교무용을 곁들여 가무극본으로 전향될 가능성도 없지 않겠다.
여기서 주목되는 것은 위 「목련전」과 「목련구모가」가 합일되어 재
의·법석·행사 등의 연극적 현장에서 실연되어 왔다는 사실이다. 기
실 그것들이 속강적 법석 등에서 실연되었다면, 그대로가 대화극본으
로 승화되었을 것은 확실하다. 이로 미루어 한국의 목련구모희곡은 중
국의 목련구모잡극·전기류와 동궤의 것임을 짐작할 수 있겠다.

한편 그간 역대 왕조에 걸쳐 매년의 우란분재에서 재의·법석·행사의
여가에 오락·성극을 겸하여 승속이 출연하는 목련구모극이 실존했을
가능성까지 엿보인다. 『조선왕조실록』(태종~세조)이나 『용재총화』(성현)
등에 나타난 우란분재의 부정적 기록 속에는 그만한 연극적 분위기가 응축
되어 있는 것으로 파악된다. 여기에 중국 측 목련구모극의 실태를 감안하
고 한국 측 불교연극의 형편을 고려한다면, 목련구모극본의 희곡적 실상
과 계맥을 족히 추정·재구할 수가 있겠다.[56]

그리고 선우구주고사의 경우, 본격적인 희곡 형태가 현존하지 않는
것은 사실이다. 그러나 이 고사가 희곡 형태로 행세하였으리라는 근거

---

56 사재동, 앞의 글, 26~32쪽.

는 몇 가지가 있다. 고려 대에 이미 전개한 「선우구주담」의 원형에 해당하는 변문적 작품이 형성·유통하였으리라고 추정되었다. 그것이 적어도 저 「쌍은기」와 동계·동류의 것이라면, 그 자체가 희곡적 성향을 띠고 나아가 여러 형태의 극본·희곡으로 변용·전개되었으리라는 것은 재론할 필요가 없다. 그 작품이 대체로 속강법석에서 강창되어 강창극본으로서 기본을 갖추고, 그것이 활용·유통되는 연극적 유형에 따라 가창극본이나 가무극본 내지 대화극본의 형태로 전개되었으리라 추정되기 때문이다.

게다가 계통을 조금 달리하는 그 작품이 『석보상절』에 편입되어 「선우태자전」으로 탈바꿈을 함으로써, 장엄한 극적 구조를 대화 중심의 문체로 엮어나가니, 그 자체가 국문희곡이라 하여 마땅할 것이다. 더구나 「선우태자전」이 『월인석보』에 이르러 「선우구주가」(가칭)라는 산곡적 시가를 동반함으로써, 자연 강창구조를 조성하게 마련이었다. 이런 강창 형태가 우선 불탄일 등의 유명 재일·법석을 통하여 실연되었다면, 그대로가 강창극본으로 정립되는 것이었다. 나아가 이런 강창극본을 바탕으로 연극적 현장의 성격에 따라, 가창극본·가무극본 내지 대화극본이 조성·유통될 수 있다는 점은 목련구모극본과 소식을 같이 한다고 보여진다. 이런 점에서 이 고사의 희곡작품은 중국의 잡극·전기 형태와 유사한 것이 될 수도 있겠다.

이러한 희곡 형태는 주제·내용의 풍성함과 그 성격에 따라 이에 적합한 여러 불교행사에서 생각보다 폭넓게 유통되었을 가능성이 짙다. 이미 논의된 「목련전」·「목련구모가」의 경우를 전제하고, 중국 측 목련구모·선우구주희곡과의 상관성을 가산한다면, 이 고사의 희곡적 전개 양상은 좀더 뚜렷이 부각되리라고 본다.

또한 수천제충효고사의 경우, 이 고사의 희곡 형태가 발견되지 않은 것은 물론이다. 그런데 무엇보다도 중요한 것은 이 고사의 주제·내용과 사건구성이 희곡화되기에 가장 적합하다는 점이다. 기술한 바 이 작품은 희극적 충효를 일단 장엄한 비극으로 이끌다가 종국에 가서는 종교적 영험으로 승리의 영광을 맞게 되어, 연극적 효능을 극대화시키고 있다. 현전하는 「수천제충효담」을 근거로 하여 변문적 작품을 추정·재구하였거니와, 그 작품이 바로 희곡적 면모를 지닐 수밖에 없었다는 이야기다. 이 작품이 어떤 법석에서 다른 변문계의 그것처럼 강창되었을 때, 그것은 강창극본으로 정립되고, 나아가 가창극본 내지 대화극본으로 전개되었으리라는 추정이 가능하기 때문이다.

실로 이 고사가 「목련전」이나 「선우태자전」처럼, 『석보상절』·『월인석보』에 「수천제태자전」(가칭)으로 편입되어, 「수천제충효가」(가칭)를 대동하였다면, 그것은 강창극의 현장에서 극본이 됨은 물론, 그것을 바탕으로 가창극본 내지 대화극본이 다시 성립될 수도 있었으리라고 본다. 이런 희곡 형태가 그 주제·내용에 알맞은 각종 불교행사에서 단편적으로나마 실연되었을 가능성은 높다고 하겠다. 그래서 이 고사의 희곡 형태는 결국 전술한 바 한·중 불교고사의 희곡 형태를 기준·보조축으로 하여 그 실체와 위상을 추정·복원할 수밖에 없겠다.

이상 고찰해 온 바와 같이, 한·중 불교고사의 희곡 형태는 상보 관계를 유지하면서 형성·전개되었고, 따라서 양국 희곡사를 계발·진전시키는 데에 중추역할을 맡아왔던 것이다. 비록 그 작품들이 양국의 문예정책이나 상류층 문사들의 연극관에 의하여 배제·위축되고 개변·정리되었다 하더라도, 그 당시의 문예사회적 필연성과 민중들의 행동문학적 열망에 따라 면면한 전통을 이어왔던 것도 사실이다. 다만 이 불교계 희곡들이 중국 측에서 더욱 분명하게 부상되는 것은 양국 문학사의 환경·여건에서 이룩된 작품상의 상대성이라 보일 따름이다. 한편 한국 측 희곡 자료의 영세·빈곤을 드러내는 것은 전술한 바 조선조의 부정적 연극관과 유관한 기록·보존상의 문제점이라고 보아진다. 그렇다면 그동안 희곡작품과 근거 자료를 평계로 방치했던 한국희곡의 제반 문제는 이제 새로운 방법론에 입각하여 과학적으로 연구·검토될 여지가 충분하고, 나아가 그것이 계통적으로 체계화될 단계에 이르렀다고 하겠다.[57]

5. 결론

이제까지 한·중 불교고사가 공존·유전하면서, 양국의 변문·소설·희곡 형태로 유변·전개된 제반 실상을 목련구모·선우구주·수천제충효 등 대표적 고사를 중심으로 고찰해 보았다. 지금껏 논의된 바를 요약하면 다음과 같다.

① 한·중 불교문물의 교류는 밀접·빈번하였기로, 당·신라 이래 양국의 불교문화·문예현상은 거의 동질적인 수준으로 공존하고 있었

57　사재동, 「한국희곡사연구 서설」, 『어문연구』 18, 어문연구학회, 1988 참조.

다. 당대로부터 출현한 속강과 변문·강창문학이 신라·고려 대에 걸
쳐 변문계 작품군으로 형성·유통되었다. 실제로 위 고사들이 중국에
서는 「목련변문」·「쌍은기」·「수천제충효변문」 등으로 출현·전개
되었는데, 이에 조응하여 한국에서도 「목련경」·「선우구주담」·「수
천제충효담」 등을 근거로 한 원형적 변문 형태가 형성·유전되고 있었
던 것이다. 이 양국의 변문 형태는 희생적 충효를 주제·내용으로 하
는 감동적 서사구조에다 강창 형태를 바탕으로 소설성과 희곡성을 겸
유하고 있었다. 이러한 변문 형태가 중국과 같이 한국에서도 대두·유
통되었다는 사실은 그 문학적 실상이나 문학사적 위상을 밝히는 데에
획기적인 지표가 될 것이다.

　②이들 불교고사는 한·중 양국에서 소설 형태로 변용·전개되었
다. 먼저 한국에서는 이 고사들의 소설화 계보와 현전 작품이 비교적
선명하니, 목련구모고사는 「목련경」·「목련전」으로, 선우구주고사는
「선우구주담」·「선우태자전」·「적성의전」 등으로, 수천제충효고사
는 「수천제충효담」·「수천제태자전」으로 각기 유전되었다. 한편 중국
에서는 이 고사들의 소설화 맥락에 따른 현존 자료가 불분명하지만, 한
국의 경우를 미루어 이 고사들이 중국에서 소설화될 수 있는 제반 여건
에 따라, 그것들이 「목련경」이나 「쌍은기」계 소설 등으로 변용·전개
되었던 것이다. 그리하여 한·중 불교고사의 소설적 전개는 그 자체의
문학적 기능뿐만 아니라, 양국 소설의 형성·발전 과정에서 산파·주
동역을 담당해 왔다는 사실이다.

　③불교고사들은 한·중 양국에서 희곡 형태로 연진·전개되었다.
먼저 중국에서는 이 고사들의 희곡화 전통과 현전 작품이 보다 분명하

니, 목련구모고사가 송·원·명·청대의 목련구모잡극과 목련구모전기 내지 〈권선금과〉로 전개되어 〈피황목련기〉 내지 지방목련희에 이르기까지 면면하게 계승되었고, 이런 맥락에 따라 선우구주고사와 수천제충효고사도 각기 희곡 형태로 연진·유전되었다. 한편 한국에서는 이 고사들의 희곡화 계맥과 현전 자료가 불확실하지만, 중국의 사례를 미루어, 이 고사들이 한국에서 희곡화될 수 있는 제반 여건에 따라 그것들은 각기 희곡 형태로 연진·전개되었던 것이다. 그리하여 한·중 불교고사의 희곡적 전개는 그 자체의 문학적 기능뿐만 아니라, 양국 희곡의 형성·발전 과정에서 산파·중추역을 감당해 왔다는 사실이다.

④ 이상으로써 한·중 불교고사가 양국에 공존하면서 상보적 교류를 통하여 변문·소설·희곡의 문학 형태로 형성·전개된 실상을 상호보완적인 비교 방법으로 탐구·복원해 보았다. 그리하여 그동안 방치되거나 매몰되었던 불교계 변문·소설·희곡 등의 문학적 진면목이나 양국의 소설·희곡사상에서 차지하는 소중한 위치를 시도적으로 탐색해 본 것이다. 이들 불교계 작품에 대한 선입견이나 자료 난을 극복하고 추정·복원상의 허점을 보완하는 종합과학적 방법을 동원하여 이를 본격적으로 연구한다면, 이 작품군이 한·중 문학사 내지 동양문학사상에서 공헌해 온 진상까지도 파악해 볼 수 있으리라고 믿는다.

강창문학과 공연예술

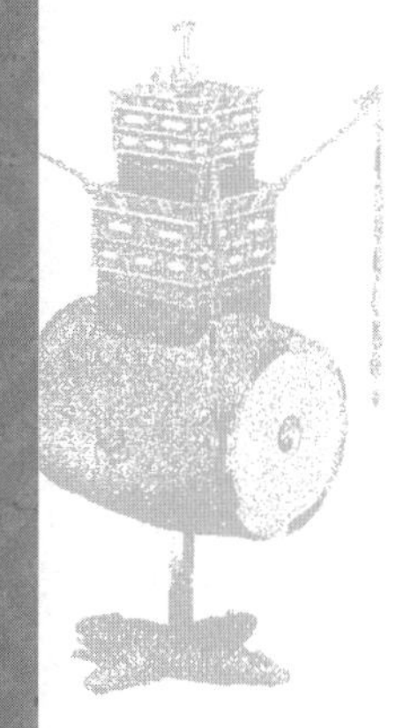

제1장

가요전설의 희곡적 전개

향가전설을 중심으로

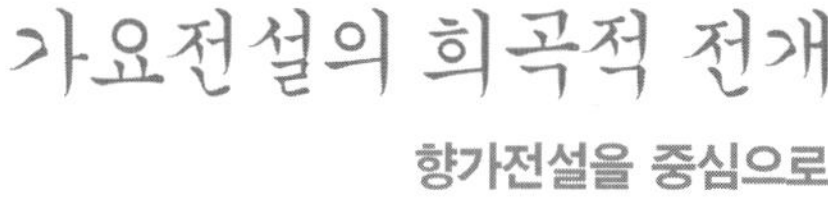

1. 서론

가요전설은 가요를 감싸고 있는 전설적 서사 형태를 가리킨다. 그래서 가요와 산문전승을 총체적으로 보자는 것이다. 여기서 가요가 소중한 만큼 전설적 서사물은 중요한 것이 사실이다. 그렇다면 가요와 그 산문전승이 입체적으로 종합된 가요전설은 그 중요성이 배가될 수밖에 없다. 이러한 가요전설은 역대 가요의 형성·전개 과정에서 자연적인 필수조건으로 결부되어 독특한 전승맥락을 유지하여 왔다. 그러기에 가요와 서사문맥은 숙명적으로 결합·전승되어 문학적 실상에서나 문학사상에서 특이한 가치와 중요한 위치를 겸유하여 왔던 것이다. 실례로서 이른바 고가전설·향가전설·여요전설·단가전설 내지 한시전설 등이 다 이러한 속성을 갖추고 있는 것이 분명하다.

그중에서도 향가전설은 특히 중시된다. 잘 알려진 대로, 향가가 그만큼 소중한 문학적 가치를 지닌 데다 전설적 서사문맥이 유기적으로 결합되어 문학적 실상이나 문학사적 위상을 더욱 상승·확충시키고 있기 때문이다. 기실 이 향가전설은 진보를 함장한 광맥과 같아서, 삼국시대 이래 신라통일기를 거쳐 고려시대에 이르기까지 그에 상응하는 운문과 산문의 문학 장르로 형성·전개되어, 그 시대 문학사의 핵심·주류를 이루어 왔던 것이다. 따라서 그 시대 문학 장르의 재정립과 문학사의 계통적 체계를 재조명하기 위하여, 향가전설은 이제 본격적으로 연구될 단계에 이르렀다고 보아진다.

그동안 이러한 가요전설, 향가전설이 여러 가지 측면에서 거론되어 온 것은 사실이다. 우선 가요전설은 가요의 주변사항을 증언하는 사실기록으로 취급되는 것이 대체적 경향이었다.[1] 한편 가요전설은 산문전승으로 간주되어 가요와의 유기적 관계를 통하여 서사문학적 면모를 지녔다고 검토되었다.[2] 나아가 가요적 운문과 서사적 산문의 결합으로서 변문계 강창문학이라고 논의되기도 하였다.[3] 여기서 가요전설을 사실로 보려는 경향은 기초적 단계로서 일리는 있으나 문학적 관점에서는 벗어나 있는 편이고, 서사문학이나 강창문학으로 간주하려는 방향

---

1 그동안 향가에 대한 전문 논저나 국문학개론 내지 국문학사의 기술에서 대체적으로 이러한 경향을 보여왔다.
2 김열규, 「향가의 문학적 연구일반」, 김열규 외편, 『향가의 어문학적 연구』, 서강대 인문과학연구소, 1972; 임기중, 「신라가요와 그 기술물」, 『신라가요와 기술물의 연구』, 이우출판사, 1981 등 참조.
3 최철, 「고전시가와 설화」, 『향가의 본질과 시적 상상력』, 새문사, 1983, 31쪽; 사재동, 「불교계 서사문학의 연구」, 『어문연구』 12, 어문연구학회, 1983, 179~181쪽; 임기중, 「향가와 그 기술물의 변문적 구조와 기능」, 『낙은 강전섭 선생 회갑기념논총』, 창학사, 1992, 25~31쪽 참조.

은 진일보한 견해임에는 틀림없지만, 일방적이고 편협한 편이라 보아진다. 적어도 가요전설은 문학작품이라는 전제 아래서, 그것이 종합적이고 입체적인 원형을 갖추고 있다는 점에서 중시되어야 한다. 종합과학적으로 분석하고 다양한 문학적 면모를 장르론으로 검토해야만, 문학적 전개 양상이 제대로 밝혀질 것이기 때문이다.

이에 본고에서는 우선 가요전설의 형성·유통과 함께 종합문학적 성격을 밝히고, 다음 가요전설의 문학적 실상을 분석하여 장르적 성향을 고찰하며, 나아가 가요전설의 문학사적 위상을 어림해 보려고 한다.

가요전설, 향가전설만 해도 참으로 다양하다. 가사가 전하는 것은 적은 편이지만, 가사가 부전하는 것이 상당수에 이르는 실정이다. 그리하여 전설을 모두 일괄 검토하는 것이 원칙이다. 기실 가사부전의 가요전설도 그 실체와 기능에서 조금도 부족함이 없기 때문이다. 그런데도 여기서는 논의의 편의상 전설의 일부만을 취급하게 될 것이다.

2. 가요전설의 형성과 성격

1) 가요전설의 형성 경위

가요전설, 향가전설의 주체에 대하여 가요의 작자를 중심으로 검토해 볼 수는 있다.[4] 그러나 작자는 확실치 못한 데다, 그 전설에 대해서 책임을 질 수 없는 한계점을 가지고 있는 것이 사실이다. 실제로 향가 전설의 형성·유통에 주체적으로 동참한 인물들은 다양하고 광범하였을 것이다. 향가전설의 전승적 성격으로 하여 형성의 주체가 실제적으로 거명되지 않은 마당에 주제와 내용을 통해서 그에 동참한 인물들이 유추될 수밖에 없겠다. 잘 알려진 대로 가요전설은 불교적 주제를 유지하고 있으므로, 승려나 신불 문사 그리고 거사나 신불 대중이 형성과 유통에 적극 동참하였으리라고 보아진다. 한편 가요전설은 일부 유교적 성향을 지니고 있는 터이므로 유생이나 문사, 그리고 벼슬아치들이 형성과 유통에 간여하였을 가능성도 있다. 또한 가요전설이 통속적인 일면을 보이는 경우도 있으므로 형성과 전개에는 문객이나 일반 민중이 적극 동참했을 것이다. 실제로 가요전설은 주제와 내용에 구애되지 않고 전문 가객이나 연예담당층이 서민 대중과 함께 형성 내지 유통을 주도해 왔을 가능성을 배제할 수가 없다.[5]

여기서 가요전설의 형성 동인이 어렴풋이 부각된다. 우선 가요전설은 포교·전파의 동기에서 형성되었을 가능성이 크다. 상술한 대로 이 가요전설, 향가전설은 불교적 성향에 따라 사찰이나 불교계 등에서 포교적 방편으로 유통되어 왔기 때문이다. 예컨대 풍요전설·원왕생가전설·무애가전설·도천수관음가전설·우적가전설 등은 실로 포교의 법화·대본으로 적절한 것이라 보아진다. 실제로 이러한 가요전설은 포교를 위한 설법이나 효율적 실연에서 불가결의 대본으로 작용하여 왔던 것이다.

---

4   박노준, 「신라가요 작자에 대한 일논의」, 『신라가요의 연구』, 열화당, 1985, 24쪽.
5   김동욱, 「신라행자염불 및 설화」, 『진단학보』 23, 진단학회, 1962, 229~236쪽.

한편 가요전설은 치민·교화의 동인으로 형성되었을 가능성이 짙다. 전술한 바 향가전설은 유교윤리적 성향에 따라 조정이나 지방관아 등에서 정치적 교화의 방편으로 형성·전개되었을 것이다. 가령 원가전설·안민가전설·모죽지랑가전설·우식곡전설 등이라면[6] 치민의 교본이나 교화의 대본으로 족하였으리라고 본다. 실제로 이와 같은 가요전설은 포교와 치민과 교화를 위한 교설이나 그 실연 과정에서 가장 적절한 대본으로 활용되어 왔던 것이다.

또한 가요전설은 제의와 오락을 위하여 형성되었을 것이다. 전술한 바 향가전설은 서민 대중의 전통신앙적 희원이나 오락적 욕구를 충족시키기 위한 의도가 역력히 보인다. 실제로 거의 모든 가요전설이 제의와 오락의 일면을 갖추고 있는 것은 사실이나 그중에서도 서동요전설·헌화가전설·도솔가·제망매가전설·혜성가전설·처용가전설 등은 양면적 동기를 족히 실현할 수 있었던 터라 하겠다. 이러한 가요전설은 제의 내지 오락의 현장에서 구연·실연되기에 부족이 없는 화본·대본으로 행세하였던 것이다.

이와 같은 동인·동기가 복합·조화되어 아주 일찍부터 가요전설은 형성·전개되었던 것이 사실이다. 여기 향가전설만 하더라도 연원이 삼국시대까지 소급될 것은 물론이다. 고구려·백제·신라 내지 가야시대에 향찰이 사용되었고, 따라서 각기 향가전설이 형성되었을 가능성은 얼마든지 있는 것이다. 다만 현전하는 향가전설이 신라 중심으로 조정되어

---

6 「우식곡전설」은 『삼국사기』 「열전」 「박제상」을 가리킨다. 여기에서 "會兄弟 置酒極娛 王自作歌舞 以宣其意. 今鄕樂憂息曲是也"라고 한 것을 주목하되, 나아가 『삼국유사』 「내물왕 김제상」을 관련짓고, 『증보문헌비고』 「악고 17」 「치술령곡(鵄述嶺曲)」과 결부시켜 보아야 한다.

있다는 것이 문제될 뿐이다. 그러므로 여타 향가전설을 재구한다는 전제 아래, 신라의 그것을 중심으로 시대적 상황을 검토할 수밖에 없다. 그렇다면 신라에서는 통일 이전에 향가가 제작되고 전설이 형성되었으리라 본다. 향가전설의 문면에서는 위로 유리왕 대의 〈도솔가〉, 눌지왕 대의 〈우식곡〉, 진평왕 대의 〈혜성가〉, 선덕왕 대의 〈풍요〉 등을 설화하고 있지만, 액면 그대로 진신할 수는 없다.[7]

적어도 신라통일기에는 향가전설이 본격적으로 형성·전개되었을 것이라 보아진다. 현전하는 향가의 대부분이 신라통일기에 제작되었을 것으로 증언되고, 작품 자체가 그런 시대상을 표상하고 있는 터에, 한국시가사의 흐름으로 보아도 그것은 필연적이기 때문이다. 잘 알려진『삼대목』의 편찬을 전후하여 향가의 제작과 해설이 성행하였을 것이나[8] 그것이 현전하는 향가전설의 모습이었다고 장담할 수는 없다. 그것이 원형적으로 형성되어 오랜 세월 변화·유전됨으로써, 가요전설의 유형을 정립하였으리라 보이기 때문이다.

여기에 향가전설의 전승·정립의 기간을 고려 대까지 연장해 볼 필연성이 있다고 하겠다. 향가가 비록 고려 초·중기를 거치면서 쇠퇴하였다고도 하지만, 향찰과 이두의 계승·존속을 바탕으로 명맥을 유지해 온 것이 사실이었고, 더구나 기존 향가가 별다른 제한 없이 유통·활용되었으리라 추정된다. 그렇다면 향가를 감싸고 있는 가요전설이야말로 위에서 밝힌 여러 동인과 계기를 기반으로 하여 구비나 문헌으

---

7   지헌영, 「향가연구를 둘러싼 혼미와 의문」, 『향가·여요의 제문제』, 태학사, 1991,
    268~273쪽; 송재주, 「「서동요」의 형성연대」, 『한국고전시가연구』, 다운샘, 1993,
    202~204쪽.
8   지헌영, 「『삼대목』 연구서설」, 『향가·여요의 제문제』, 태학사, 1991, 416쪽.

로 활용·유통되었을 것이라 본다. 이러한 과정을 오래 겪으면서 향가전설이 고려 대의 다양한 여건에 상응하여 계속 변환·전승되었다면, 그것은 전통의 계승과 함께 성장·창작의 일면을 반영한 것이라 하겠다. 따라서 향가전설은 고려 말에 현전하는 형태로 정착·기록되었으므로 고려 대의 속성으로 간주될 여지가 없지 않다고 하겠다.

여기서 향가전설의 장구한 시대성을 주목하게 된다. 말하자면 향가전설은 삼국시대에 발단하여 신라통일기에 형성·발전하여 고려시대까지 변환·유통되었다는 것이다. 그렇다면 향가전설은 삼국 정립의 4·5세기를 기점으로 친다 하더라도『삼국유사』가 찬성되던 13세기까지 8백여년 간에 걸쳐 계통적 흐름을 타고 그만한 역할을 감당하여 왔다고 보아야 하겠다. 그러므로 향가전설은 이러한 각국 시대에 상응하여 문학사적 위치를 유지하면서 시대상을 적층적으로 종합하고 있는 실정이라 보아진다.

이 향가전설이 형성·전개되는 실제적 과정은 복잡하지만, 그 유형이 몇 가지로 가려지리라 보아진다. 우선 가요를 위주로 전설이 생성되었을 경우가 예상된다. 실제로 민요계의 향가는 처음부터 작자가 불명하고 수용층의 공동제작이므로 전설도 그렇게 민중적으로 형성되었을 것이다. 전통적인 민요가 그러하듯이, 그런 가요가 제작된 민중적 정서를 바탕으로 전설은 싹트기 시작하는 법이다. 이 가요가 점차 유명해지고 인구에 회자되면 가요의 주제와 내용 내지 정조에 알맞는 전설이 성장·결부되기 마련이기 때문이다. 말하자면 가요를 핵심·근거로 하여 이를 설명·미화하는 전설이 서사문학적으로 성장·정립된다는 이야기다. 여기서 가요가 전설적 산문에 둘러싸여 더욱 빛나고, 그 향가전설은 서사문학적으로 더욱 부연·세련되는 한편, 역사적으로 보완·합리화되는 터라 하겠다.

또한 향가가 본격시가로 창작된 경우, 그 가요와 작자 그리고 제작사연이 실존하게 마련이다. 이 단계는 그것이 엄연한 사실이지 결코 전설이 아니었다.[9] 그로부터 이 사실을 기반으로 서서히 가요전설이 발단되는 것이라 본다. 가요의 주제·내용과 정조, 작자의 행적·명성과 권능, 제작 사연의 희비·곡절과 정서 등에 역점을 두어 전설은 본격적으로 형성·전개되었을 것이다. 이러한 사실이 전설화되는 데에는 적어도 50년 내지 100년 이상의 시간이 걸린다 하거니와, 향가전설은 가요를 핵점으로 점차 서사문학으로 성장·세련되어 갈 수밖에 없었을 터이다. 향가가 그 가치와 기능을 발휘하는 만큼 전설이 상보적으로 서사문학성을 더욱 완비해 가는 것은 그 자체의 성장원리요 유통상의 공동 요청이었기 때문이다. 그리하여 가요전설, 향가전설은 대부분 가요를 감싸 안은 서사문학으로서 그 자체를 완성하고 있었던 것이라 하겠다.

다음 산문전승을 위주로 해당 가요가 결부·삽입되어 전설이 형성된 사례를 예상할 수 있다. 이런 가요의 작자층이 포교·교화·오락 등의 동기에서 서사적 산문을 제작할 때 그 문맥을 강조하고 효과를 높이기 위하여 적합한 향가를 창작하거나 기존의 향가를 인용·삽입해 둘 수 있겠다. 이로부터 그 산문과 함께 가요의 내용과 작자의 행적이 관련되어 널리 유전되면서 전체가 전설화의 과정으로 들어갔으리라 보아진다. 원래는 수필적 산문이었던 것이 오랜 기간 전승·유통되면서 문장의 효능을 극대화하고 민중의 취향을 충족시키는 서사적 방향

9　박노준, 「신라가요 작자에 대한 일논의」, 『신라가요의 연구』, 열화당, 1985, 26~27쪽.

으로 부연·성장하였을 터다. 이런 가운데 향가가 핵심적으로 작용하고 작자의 행적이 유명해지면서 산문전승은 가요전설의 면모를 드러내고 서사문학으로 변환·전개되었던 것이라 하겠다.

또한 당대나 후대 문사가 기존 향가와 작자, 제작 경위 등을 서사적으로 기술·평가했을 가능성이 있다. 이러한 가화歌話 형태가 오래 널리 유통되면서 가요를 중심으로 전설화되기도 했을 것이다. 이러한 가요전설은 작자의 전기와 같이 조정되면서 '전기적 유형'으로 정립되고[10] 허구적 성향을 띠면서 서사문맥을 강화해 나갔던 것이라 보아진다.

나아가 후대 문사들이 고승대덕이나 저명인사 등의 행적을 서사문학으로 찬술하면서 서사적 효과를 높이기 위하여 향가를 창작하거나 기존 가요를 인용·삽입할 수도 있겠다. 이런 경우는 삽입가요를 지닌 서사문학·소설 형태와 같아서 이미 설화적 허구성을 구비하고 있는 실정이다. 이런 서사 형태는 그 자체로서 전설이 아닌 것만은 사실이다. 적어도 이만한 작품 형태가 오래 널리 유통·활용되면서 구비전승으로 변환되고, 다시 그것이 가요를 중심으로 민중 정서에 맞도록 재조정되면서 가요전설의 외모를 유지하게 되었을 것이다.

한편 이미 형성·전승되는 인물전설이나 인공물전설이 어떤 계기로 주제·내용에 알맞는 가요를 영입하는 일도 있었을 것이다. 실제로 이와 같은 전설은 그 자체의 서사적 문맥을 강화하기 위하여 가요가 삽입될 여지와 강력한 흡인력을 가지고 있는 것이 사실이다. 그러므로 이런 전설은 구연·전승되는 과정에서 기존의 가요를 선택·포용하거나 서사문맥 중의 핵심부를 민중적으로 가요화하게 마련이었다.[11] 그리

---

10 김열규, 「민담의 전기적 유형」, 『한국민속과 문학 연구』, 일조각, 1989, 62쪽.

하여 이런 전설이 완벽한 안정성과 서사적 균형을 유지하게 되었던 터다. 이런 가운데 향가가 그 산문의 보조를 받아 더욱 널리 불리고 그 핵심으로 자리를 굳히면서 일단 가요전설로 공인을 받게 되었을 것이다.

이상과 같이 향가전설이 다양한 과정을 겪어 적어도 신라통일기 내지 고려 초기까지 형성되었다면, 그로부터 상당 기간 부연·변화의 길을 택할 수밖에 없었던 것이다. 이런 향가전설이 성행하고 구연되는 과정에서 상당히 변모·성장하는 것은 그 자체의 생리현상이요 전승원리이기 때문이다. 이러한 향가전설이 고려 중기에 이르면, 그 시대에 상응하여 현전하는 형태로 방향을 잡고 정리되어 갔을 것이다. 이러한 구비적 정형은 실연의 계기를 맞았을 뿐만 아니라, 문자로 정착·기록될 기회를 갖게 되었을 것이다. 적어도 『삼국유사』 이전에는 이 향가전설이 구비 실연과 문헌전승의 두 계통으로 유통되었을 것이기 때문이다.

여기서 이 향가전설이 『삼국유사』에 인용·수록되는 데는 몇 가지 경우를 예상할 수 있다. 첫째, 일연이 '향전' 등 구연·실연되는 향가전설을 현장에서 견문하고 기록·정착시켰을 것이다. 이럴 때에는 그 전설의 신빙성을 높이고 완벽을 기하기 위하여 이화異話나 다른 근거를 대조·보완하는 작업이 진행되었을 터이다. 여기서 향가전설은 일연의 찬술의도와 목적에 맞도록 서사적으로 재조정되었던 것이라 본다. 이로써 향가전설은 창조적인 작품 형태로 정립·고정되어, 『삼국유사』에 수록된 것이라 하겠다. 이렇게 기록된 향가전설은 구연·실연되는 원형대로 기술되지 않고 전체적 내용이나 서사문맥이 요약되었을 것은 물론, 한문 표기를 통한 축약이 수반되었을 것은 당연한 일이다.

11　장덕순, 「설화와 시가」, 『한국설화문학연구』, 서울대 출판부, 1987, 325~330쪽 참조.

둘째, 일연이 이미 기록된 향가전설을 인용하여 재조정하였을 것이다.
어떤 '고기古記' 같은 문헌에서 향가전설을 뽑아 이본이나 다른 근거 기록
을 참조하여 보정·보완하는 작업이 필수되었던 터다. 여기서도 향가전
설은 일연의 찬술의도와 목적에 맞도록 서사적으로 재조정되었을 것은
물론이다. 그리하여 향가전설은 현전하는 작품 형태로『삼국유사』에 수
록된 것이라 하겠다. 그러므로 이런 향가전설은 원본의 모습 그대로가 아
니고, 창조적으로 재편된 작품적 성향을 지닌 것이라 보아진다.

셋째, 일연이 구승되는 향가전설과 기록된 향가전설을 통합·조정
하였을 것이다. 적어도 동일 향가가 구전·문헌적 전설이나 관련된 전
승을 갖추고 있을 때, 어느 것을 중심으로 통합적인 조정 작업이 진행
될 수밖에 없었을 터다. 여기서 향가전설은 역시 일연의 찬술의도와
목적에 맞추어 서사적으로 재조정되었을 것이라 본다.[12] 그리하여 이
런 향가전설이 현전하는 작품 형태로 고정·수록되었거니와, 그것은
여러 원전을 전제로 하여 창조적으로 재편된 서사문학적 면모를 보인
다고 하겠다.

2) 가요전설의 유통·성격

가요전설, 향가전설은 어느 시대를 막론하고 유통을 통하여 성격이
규정되고 기능을 발휘하여 온 것이 사실이다. 실제로 삼국시대의 연원
적 유통으로부터 신라통일기의 형성적 유통, 고려 초·중기의 변환적

---

[12] 지헌영, 앞의 글, 235~258쪽 참조.

유통, 일연 이후의 조정적 유통에 이르기까지, 향가전설은 전술한 동인을 바탕으로 다양하게 유전·활용되면서 진면목을 드러냈던 것이다. 향가전설은 문헌적 유통을 기본·근거로 하되 실은 구비적 유통을 중심으로 전개되었던 터라 하겠다.

우선 문헌적 유통은 향가와 산문 형태의 원형·골격을 유지하는 데에 크게 이바지하였다고 본다. 기실 향가전설은 기록된 원전을 구심점으로 하여 유동적이고 변화무쌍하게 구연·실연되었을 것이다. 여기서 기록된 향가전설은 구비전승의 화본·대본적 역할을 해 온 것은 사실이나, 그 자체로서 전파·보급의 핵심 역할을 다해 왔을 것이다. 이 전설은 수요에 따라 필사나 인본의 형태로 시공간의 한계를 벗어나 널리 오래 유전되었고, 그 과정에서 무수한 이본을 파생시켰으리라 본다. 이미 『삼대목』의 편찬에서 향가전설의 집성·정착이 문제되었을 것이고, 거기에 어떤 형태로든지 반영·수록되었으리라 추정된다. 이미 『삼국유사』의 향가전설이 선행 문헌을 원전으로 하였거니와, 그 자체가 문헌적 유통의 전형을 보여주고 있는 실정이다.[13]

다음 향가전설의 구비적 유통은 실로 다양하고 활발하게 진행되어 왔을 것이다. 첫째로, 향가전설은 기록된 상태에서 읽히는 것이 우선되었으리라 본다. 그것은 개인적으로 낭독되기도 하고 집단적으로 강독될 수도 있었겠다. 향가전설은 여러 가지 측면에서 경전을 읽듯이 음독되었을 것이나, 전문적 강독사에 의하여 대중적으로 강독되는 것이 주류였을 터이다. 이럴 경우에 향가는 가창되었을 가능성이 농후하

---

13 김상현, 「『삼국유사』의 서지학적 고찰」, 한국정신문화연구원국제협력실 편, 『『삼국유사』의 종합적 검토』, 한국정신문화연구원, 1987, 42~45쪽.

다고 본다.

둘째로, 향가전설은 이야기로 풀려 나갔으리라 본다. 원래 이런 전설은 이야기되는 것이 본령이기 때문이다. 이럴 때 기록된 그것은 화본으로 역할하는 것이 당연하다. 그러나 실제적으로는 향가전설이 그 화본을 떠나 보다 자유롭게 이야기되었을 것은 물론이다. 일단 그것은 주체적인 전문가들에 의해서 대중적으로 강담·강설되었을 것이다. 승려나 거사들의 법담, 관리나 지도층의 덕담 등을 통하여 그 전설들은 본격적인 역할을 담당해 왔을 터이다. 이럴 경우 그 향가는 거의 전문적으로 가창되고 거기에 적절한 표정·몸짓이 수반되었을 것이다. 여기서 가요전설은 능숙한 구연자에 의하여 화본 이상으로 부연되고 효과적으로 보완됨으로써, 서사문학의 효능을 극대화하였으리라 본다. 여기에 이르면 그것은 강담의 차원에서 벗어나 강창의 경지로 들어서는 터라 하겠다. 한편 향가전설은 민중에 보급·유전되어, 가장 보편적인 이야기 형태로 전개되었을 것이다. 그것은 전설의 자연스러운 유통 상황이지만 향가의 가창에 이르러서는 전문적인 가창으로부터 민요적 방향을 모색하였으리라 본다.

셋째로, 향가전설은 강창으로 구연되었을 것이다. 실제로 가요전설은 강설되고 가창되는 것이 원칙이다. 가요전설은 절실하게 구연되면, 자연 이야기와 노래로 조화되어 강창 상태가 조성되기 때문이다. 말하자면 이런 향가전설은 강창을 위하여 형성된 것이고 강창 양식을 통해서만 그 효능이 극대화되었던 것이다. 그렇다면 가요전설은 강창을 위한 대본이라고 할 수도 있겠다. 그러므로 구연자는 대본에 의존하는 게 원칙이나 결국은 대본을 초월하여 능력껏 부연·강설하고 목청껏 강조·가창할 자유가 보장되어 있었다. 여기서 이 전설의 강창 형태는 전문적으로 심화·세련되어 서사문학적 구연에서 연극적인 방향을 잡게 되었던 것이다. 따라서 그 강창의 주체는 속강승이나 가객·광대 등으로 전문화되고 수용층·대중층과 가깝게 융화되었으리라 본다.

넷째로, 향가전설은 여러 형태의 연극으로 실연되었을 것이다. 위의 제반 동인·목적을 가장 효과적으로 달성하기 위해서는 가요전설을 극화·실연하는 것이 최선의 길이었기 때문이다. 향가전설은 이른바 포교연극·치민연극·제의연극·오락연극 등에 의하여 실연될 때, 그 기능을 최대한으로 발휘하게 되었으니, 마치 이런 연극을 위하여 극본으로서 형성·전개된 것이라 볼 수도 있겠다. 향가전설의 연극적 실연은 몇 가지 양식으로 나타났을 가능성이 짙다. 먼저 향가 중심으로 가창되고 연극적 분위기가 보완되면, 이 전설은 가창극으로 실연·전개되었을 것이다. 다음 이러한 전설의 가창극 양식에 무용이 결부되면 그것은 그대로 가무극으로 승화·실연되었을 것이다. 이러한 가무극의 형태에서 춤사위는 가창이 절실하여 자발적으로 도출되는 경우와 〈무애가무〉나 〈처용가무〉처럼 전문적으로 결부되는 사례가 병행되었던 것이라 본다. 그리고 향가전설은 바로 강창극으로 확대·실연되었을 것이다. 전술한 대로 향가전설은 마치 강창극을 위한 극본으로 보이기도 한다. 그저 속강승이나 광대 등이 혼자 나와 전설을 바탕 삼아 능력껏 부연·미화하여 효과적으로 실연하면, 그 자체가 훌륭한 강창극이 되겠기 때문이다. 결국 향가전설은 대화극으로 각색·실연되었을 것이다. 이런 대화극은 가장 전문적이고 입체적인 연극 형태이기에, 왕궁·대가나 대찰·도관 등의 요청으로 얼마든지 연출될 수 있었다.

향가전설 정도라면, 족히 대화극으로 극화·공연되기에 족하였으리라 본다. 여기서 전설은 대화극의 대본으로 부연·각색되는 과정이 필수되는 터다. 전게한 속강승 내지 연예승·거사배, 가객·광대 등이 주체가 되어 궁전·사원 등지를 무대로 여러 장치를 하고 등장인물을 배정·분장하며 해당 의상을 걸치고 소도구를 지참하여 대본대로 행동·대화하면 대화극이 이룩되기 때문이다.[14]

이와 같은 유통 과정을 통하여 가요전설, 향가전설의 성격이 규정되고 기능을 발휘하게 되었던 것이다. 첫째, 향가전설은 역사적 증명성을 보이고 있다. 이 전설은 그 자체의 시대적 배경을 왕조별로 제시하고 공간적 배경도 지명별로 설정해 주고 있다. 드디어 이 전설은 향가의 작자를 밝히고, 제작동기나 제작 과정, 가요의 내용과 효능, 나아가 그 작품에 대한 수용층의 반응까지도 증언하고 있다. 그것은 원칙적으로 사실이겠지만, 사실인 것처럼 후대적으로 부연된 것도 없지 않다. 그리하여 향가전설에는 사실인 것과 사실 같은 것이 혼재하여 일단은 사실성을 강조·증명하고 있는 실정이다. 실제로는 역사적 사실과 허구적 사실이 차이를 보이고 있으나, 어떤 것이든지 적어도 향가에 대한 해설·설명·감상으로는 별다른 손색이 없다. 따라서 이 전설은 향가에 관한 이야기로서 가화의 성향을 지니고 있다고 보아진다.

둘째, 향가전설은 시대적 적층성을 지니고 있다. 전술한 대로 현전하는 향가전설은 고려 후기를 시점으로 하여 고려 초·중기 내지 신라

---

14 사재동, 「불교계 서사문학의 연구」, 『어문연구』 12, 어문연구학회, 1983, 179~181쪽; 임기중, 「향가와 그 기술물의 변문적 구조와 기능」, 『낙은 강전섭 선생 회갑기념 논총』, 창학사, 1992, 23~25쪽 참조.

통일기를 거쳐 삼국시대의 시대상을 반영하고 있는 터라 본다. 말하자면 삼국시대의 연원을 바탕으로 통일신라기의 형성 모형이 자리 잡았고, 다시 고려 초·중기의 변화 양상이 덮이고 그 위에 고려 후기의 정리 양상이 표면적으로 고정됨으로써, 향가전설은 유구한 시대상을 적층적으로 함축하고 있는 실정이다. 따라서 향가전설에서는 그 시대에 상응하는 시대상과 함께 그 시대적 사실성·허구성·변화성·유통성 등을 재구해 볼 수 있는 여지가 보인다.

셋째, 향가전설은 내용적 응축성을 갖추고 있다. 전술한 바 시대적 적층성이 그대로 전설의 내용적 응축성을 가져 온 셈이다. 일단 이 전설은 각 시대의 내용을 모두 응축·포용하고 있는 것이라 보아진다. 실제로 이 전설에는 연원적 발단, 형성적 내용, 변화적 질량, 재정립적 경향 등이 하나로 응축되어 있는 실정이다. 따라서 향가전설에서는 각 시대의 원형과 변형을 변별할 수가 있고, 원형으로부터 변모·성장해 온 계통을 파악하는 한편, 정리·정착된 원전을 근거로 소급 탐색하여 원형을 재구할 여지를 보인다. 원칙적으로 구연·실연은 창조적으로 부연되면서 원형을 지향하는 데 반하여 정착·기록은 사실적으로 축약되어 축소·변모를 확정하는 것이 사실이다. 그러므로 향가전설의 원전을 근거로 하여 이전의 구비적 원형을 복원할 수가 있다는 것이다.[15]

넷째, 향가전설은 장르적 종합성을 드러내고 있다. 전술한 바 각 시대의 내용이 적층적으로 응축되었다는 점이 바로 향가전설의 장르적 종합성 내지 복합성을 마련하고 있었다. 이 전설이 그 시대에 유통되

15　사재동, 「불교계 강창문학의 유통 양상」, 『한국불교문화사상사』 하, 가산불교문화진흥원, 1992, 391~396쪽.

면서 여러 장르로 전개되던 것이 현재의 원전으로 통합되었기 때문이다. 기실 이 전설은 역사·사실성과 허구·창조성이 결합되고, 원형·구비성과 변화·기록성까지 혼효되어 결과적으로 종합문학적 면모를 나타내고 있는 실정이다. 향가전설을 현전하는 원전과 재구된 원형으로 통관해 볼 때, 여러 문학 장르의 성향을 찾아낼 수가 있기 때문이다. 여기서 이 전설은 장르론에 입각한 다각도의 검토를 통하여 시가·수필·소설·희곡·평론 등의 제반 형태로 재구·정립될 수 있겠다.

3. 가요전설의 문학적 실상

1) 가요전설의 구조 형태

가요전설, 향가전설은 원칙적으로 전기적 유형을 갖추고 있다. 그 향가의 작자를 주인공으로 하여 그의 생애 전체나 탁이한 행적을 기술하고 있기 때문이다. 이러한 구조 형태는 모두 '영웅의 일생'이라는 서사구조를 지향하고 있는 실정이다. 더구나 향가전설은 원전의 재구라는 차원에서 정도의 차이는 있지만, 대개 서사문맥을 유지하고 있는 것이 사실이다.[16] 이제 이 전설 가운데 몇 가지 유형을 대표적으로 들어

---

16 김열규, 「향가의 문학적 연구일반」, 김열규 외편, 『향가의 어문학적 연구』, 서강대
　　인문과학연구소, 1972, 35~41쪽; 조동일, 「영웅의 일생, 그 문학사적인 전개」, 『동

보겠다.

제1유형은 현실적으로 완벽한 서사구조를 지니고 있다. 그중의 전형적 작품으로 서동요전설의 그것이 돋보인다.

① 서동이 경사 남지 과부와 지룡의 아들로 태어난다.

② 서동이 기량이 난측하되 마를 캐는 일로 소년시절을 보낸다.

③ 서동이 선화공주의 미모를 듣고 신라 경사로 들어가 마로써 군동(群童)을 꾀어 서동요를 지어 부르게 한다.

④ 선화공주가 누명을 쓰고 원방으로 귀양가게 된다.

⑤ 서동이 도중에 나와 공주를 수행하다 잠통하여 백제로 온다.

⑥ 서동은 공주의 지시로 황금을 캐내어 부자가 되고 이를 지명의 신통력으로 신라 궁중에 보낸다.

⑦ 신라왕이 그 신변에 감동·존경하여 편지로써 안부한다.

⑧ 서동은 드디어 인심을 얻어 왕위에 오른다.

⑨ 서동왕과 선화왕비는 용화산 남지의 미륵삼존 출현을 보고 그곳에 미륵사를 세운다.

이러한 구조 형태는 거의 완벽한 전기적 유형, '영웅의 일생'을 갖추고 있다. 이만한 서사구조를 지니고 있는 향가전설은 풍요전설, 원왕생가전설, 무애가전설, 모죽지랑가전설, 우식곡전설 등이라 보아진다.

제2유형은 몇 개의 탁이한 행적을 연결시킨 서사구조를 갖추고 있다. 그중의 전형적인 작품으로 도솔가·제망매가전설의 그것이 주목된다.[17]

아문화연구』 10, 서울대 동아문화연구소, 1971, 77~78쪽 참조.

① 경덕왕 대에 두 해가 나타난 일로 왕이 청양루에서 월명을 청하여 산
   화공덕을 지으려 한다.

② 월명이 개단 작계의 명을 받고 도솔가를 지어 제를 지낸다.

③ 그 효험으로 일변이 사라지고 동자의 이적이 일어난다.

④ 왕과 조야에서 월명의 지덕·지성을 알고 더욱 존경한다.

⑤ 월명이 미혼의 누이를 갑자기 잃고 애통한다.

⑥ 월명이 제망매가를 지어 천도재를 지낸다.

⑦ 여기서 기적이 일어나 강풍에 지전이 날려 서천으로 날아간다.

⑧ 월명이 사천왕사에 살면서 피리를 잘 분다.

⑨ 월명이 문을 나서 거리에서 피리를 부니 달이 머물러 떠 있다.

이러한 구조 형태는 각기 독립된 서사 단위를 연결하여 독특한 전체 구조를 형성한 것이다. 이 구조 역시 전기적 유형을 벗어나지 않고 완벽한 '영웅의 일생'을 지향하여 특수한 서사구조를 이룩하고 있는 실정이다. 이것은 이미 완벽한 서사 형태로 재구될 여지를 충분히 지니고 있는 터라 하겠다. 이러한 계통의 향가전설에는 원가전설, 헌화가전설, 처용가전설 등이 해당되리라 본다.

제3유형은 향가에 관련된 바 하나의 행적을 기술한 서사 형태를 보이고 있다. 그중의 전형적인 작품으로 우적가전설이 중시된다.

① 승려 영재가 성품이 골개하여 물건에 매이지 않고 향가를 잘 한다.

---

17 홍기삼, 「「월명사 도솔가」考」, 『한국불교문화사상사』 하, 가산불교문화진흥원, 1992, 476~482쪽 참조.

② 영재가 말년에 남악에서 숨어살려고 대현령에 이르러 도적 떼를 만난다.

③ 영재가 칼 앞에 두려운 기색을 안 보이니 도적이 이상히 여겨 이름을 묻는다.

④ 영재가 이름을 대니 도적이 익히 알고 노래하기를 명한다.

⑤ 영재가 향가를 지어 부르니 도적이 감복하여 비단을 바친다.

⑥ 영재가 웃고 사양하면서 법담으로 훈계하고 비단을 땅에 던진다.

⑦ 도적들이 감복하여 칼·창을 버리고 삭발 제자가 되어 지리산에 함께 숨는다.

이러한 구조 형태는 단일한 서사문맥으로 되어 있지만, 내용 구성은 극적이고 복잡하다. 이 서사구조는 단순한 것 같으면서 다양한 기능을 발휘하는 터라 하겠다. 따라서 이런 전설은 그 자체로서 완결된 서사구조를 갖추고 완전한 전기적 유형을 지향해 온 것이라 본다. 따라서 이 전설은 원전을 바탕으로 완벽한 '영웅의 일생'을 재구할 만한 여지를 드러낸다고 하겠다. 이 계열에 속하는 향가전설은 도천수관음가전설, 안민가전설, 혜성가전설 등이라 보아진다.

한편 가요전설, 향가전설은 가요에 비중을 두어 산문과 운문이 그만큼의 균형을 보이고 있다. 이것은 구조적 측면에서 '강창구조'라고 할 수가 있겠다. 이 전설은 산문부가 강설되고 가요부가 가창되는 터이므로 유통 과정에서 강창구조의 면모를 극명하게 보여주기 때문이다. 이것은 이른바 한국문학사상의 강창문학과 구조 형태를 같이한다고 보겠다.[18] 나아가 중국문학상의 강창문학, 변문 형태와 동궤의 것이라고

---

18 葉德均, 「講唱文學的一般的情形」, 『宋元明講唱文學』, 河洛圖書出版社, 1978, pp. 1∼7.

하겠다. 그렇다면 향가전설은 한국의 강창문학, 변문 형태라 규정되어 마땅할 것이다. 어떠한 각도에서나 이 향가전설은 극적인 서사구조를 지니고 완벽한 서사 형태를 지향하고 있는 것만은 분명하다.

2) 가요전설의 장르 성향

가요전설, 향가전설은 종합문학적 성격을 지니고 원형적으로 재구할 수 있다는 것이 구명되었고, 그것이 몇 가지 유형의 서사구조 내지 강창구조를 갖추고 있다는 것도 확인되었다. 이러한 바탕 위에서 이 전설은 장르론에 의하여 분석·분류됨으로써 문학적 실상을 드러내게 될 것이다. 이미 알려진 대로 이 전설은 유통 과정을 통하여 시가·수필·소설·희곡·평론 등의 장르적 성향을 보이고 있다. 그렇다면 이 종합문학적 원전이 그만큼 다양한 각도에서 검토·논의되는 것은 온당하고 긴요한 일이라 하겠다.

(1) 시가적 면모

잘 알려진 대로 향가전설에서 '향가'만을 빼내어 시가 장르로 설정하고, 해독·해석에 열중하여 온 것이 그간의 실정이었다. 이른바 향가 25수, 신라 향가 14수에 고려 향가 11수가 바로 그것이다. 물론 이 향가들은 가사가 전하기에, 특별히 취급되고 본격적으로 논의되는 것이 당연한 일이다. 그러나 이 가요들을 연구·검토하는 데에 있어 향가 전설, 산문전승을 거의 도외시해 온 것이 문제였다.

전술한 대로 향가와 그 산문전승은 '가요전설' 위에서 정도의 차이는 있지만, 서로 뗄 수 없는 긴밀한 관계를 견지하고 있다. 여기서 어느 한쪽만을 택할 때 균형이 깨지고 양쪽이 다 불완전하며, 기능을 잃게 되는 실정이다. 따라서 향가만을 따내어 그 실상과 가치를 논의한다는 것은 한계가 있고 불합리한 일이다. 적어도 향가의 해독·해석부터가 작품 자체와 전설의 상관성 아래에서 엄밀히 검토되어야 한다.[19] 기실 향가가 전설의 핵심을 응축시킨 듯이 보이고 또한 전설이 향가의 내용을 실질적으로 풀이한 것처럼 서로 가깝기 때문이다. 따라서 그 전설은 향가의 해독·해석에 불가결의 기반과 관건이 되는 터다. 그리고 향가의 서정성 내지 서사성의 문제도 그 전설의 내용을 통하여 합리적으로 해결될 수 있겠다. 나아가 향가의 장르도 그 자체의 구조 형태를 중심으로 하되, 그 전설을 기반으로 하여 자연스럽게 규정될 수가 있을 것이다. 이른바 향가의 장르가 민요民謠·사뇌詞腦·제가祭歌 정도로 분류되는 것도 그 전설을 통하여 도출되고 심화되리라 본다.[20] 더구나 향가의 기능은 전설 속의 위치에서 구조적으로 파악될 것이 분명하다. 꽃송이가 꽃나무에서 살아 있듯이, 고기가 물에서 생동하듯이 향가는 그 전설 속에서만 역동적 기능을 제대로 발휘하기 때문이다.

이처럼 가사를 갖춘 향가가 그 전설과의 관계 속에서 부각된다면, 가사가 없는 향가의 실체도 그 전설과의 관계 안에서 추적·파악될 수가 있겠다. 실제로 가사부전의 향가전설은 그 내용이 보다 구체적이고 서사적일 수 있다. 말하자면 가사부전의 결함을 전설적 산문으로 보완하려는 의도

---

19 장덕순, 「설화와 시가」, 『한국설화문학연구』, 서울대 출판부, 1987, 325쪽.
20 성호주, 「향가의 작자와 그 주변문제」, 『국어국문학연감』, 이우출판사, 1977, 14쪽.

에서 그 전설이 비교적 완벽해졌으리라는 것이다. 그러므로 이 전설의 내용과 가명을 통하여 향가의 주제·내용과 구조·형식, 장르와 기능 등이 대체로 추정·재구될 수가 있겠다. 물론 이런 향가로써 문체론적 작품론은 불가능하다. 그러나 이런 향가들은 가사를 가진 향가들과 적극적으로 대비시켜 상당 수준의 원형을 복원할 수가 있겠다. 따라서 가사부전의 향가들은 향가 전체의 주제·내용, 구조·형식, 장르·기능 등의 측면에서 가사를 가진 향가와 합류되어 마땅할 것이다. 그리하여 〈도솔가〉·〈우식곡〉·〈실혜가〉·〈해론가〉·〈양산도〉·〈무애가〉·〈산화가〉·〈신공사뇌가〉·〈앵무가〉·〈현금포곡〉·〈대도곡〉·〈문군곡〉·〈망국애가〉 등은 전설을 통하여 문학적 실상이 추정되고, 나아가 시가적 기능과 시가사·문학사상의 위치가 정립되리라 본다.

한편 향가전설에 결부된 한시인 '찬讚'을 중시할 수밖에 없다. 그동안 이 찬이 거론되어 온 것은 사실이나[21] 그 전설과의 관계 속에서 본격적으로 논의되지는 않은 것 같다. 기실 찬은 대체로 일연이 지었다고 하겠지만, 때로 그 이전에 지어진 것을 인용했을 가능성도 배제할 수 없다. 그래서 이 찬은 한시로서도 값질 뿐만 아니라, 그 전설과의 관계에서도 사실상 중요하다. 이 찬은 전설의 결사로서, 서정성과 함께 서사성을 함유하고 있다. 그리하여 찬은 서사적 전설을 논평하는 역할까지 해내고 있다. 나아가 이 전설이 강설·구연될 때, 그 마무리로서 음영·가창하는 기능까지 발휘하였던 것이다. 이처럼 입체적 기능과 가치를 지닌 찬은 신라·고려기의 독특한 한시로서 중시되어야 할 것이다.

21　박노준, 「일연의 신라가요 수용태도―'찬'을 중심으로」, 『신라가요의 연구』, 열화당, 1985, 46~47쪽.

(2) 수필적 면모

현전하는 향가전설은 외형상으로 보아 대부분 수필적 면모를 보이고 있는 것이 사실이다. 전체적으로 역사성·사실성을 드러내고 있는 단형 산문이라는 점에서도 수필적 성향을 나타내고 있기 때문이다. 전술한 바 '전기적 유형'이라는 것도 그것이 짧게 응축되면 외형상으로는 수필적 면모를 보이게 마련이다. 그중에서도 가요를 해설하는 듯이 전개된 단형 향가전설이 수필적 경향을 나타내고 있는 실정이다. 그렇다면 위 제1유형을 제외한 제2유형이나 제3유형 등은 일단 수필의 범주에서 거론될 수가 있겠다. 여기서 수필의 몇 가지 장르를 유추할 수 있기 때문이다.

실제로 향가전설에서 전장傳狀의 유형을 찾아낼 수 있다. 전장은 간단한 전기와 행장을 아우른 수필의 한 장르다. 그것은 서사적으로 부연·장편화되면 기전소설로 전개될 가변성을 가지고 있는 게 특징이다. 그렇다면 향가전설 중에서 전기적 성향을 가진 단형 산문 등은 거의 다 전장에 넣어 볼 수가 있을 것이다.[22]

그리고 향가전설 가운데 도천수관음전설과 같이 가요에 해설격의 서序를 붙인 것도 있다. 또한 그중에는 가요와 찬을 중심으로 볼 때 비명의 서와 같은 면모를 나타내는 경우도 있다. 이러한 향가전설은 일단 수필 중의 서발序跋로 취급될 수 있으리라 본다.[23]

---

22 姚姬傳, 「傳狀類」, 『古文辭類纂』, 華正書局, 1978.
23 姚姬傳, 「序跋類」, 위의 책.

(3) 소설적 면모

향가전설은 모두 전기적 유형으로 서사구조를 갖추고 있으므로, 그 것이 부연·구비되었으리라는 전제 아래, 일단 소설적 성향을 보이고 있는 것이 사실이다. 원칙적으로 소설이 이야기문학이라면, 향가전설이 이야기된 원형을 재구하여 소설계의 서사물로 규정할 수가 있을 것이다. 그중에서도 위 제1유형을 중심으로 구조 형태와 구성 양식, 나아가 표현 문체 등을 분석·고구할 때, 그것들이 대부분 소설의 수준에 이르고 있음을 발견한다. 일찍이 필자는 「남백월이성」을 소설로 규정하려는 관점과 방법으로써[24] 전게한 서동요전설(무왕)과 무애가전설(원효불기) 등을 서사문학·소설 형태로 분석·논의한 바 있다.[25] 소설론에 입각한 구체적 논의는 이들 논고로 미루고, 이 전설의 소설적 성향을 몇 가지 장르로 나누어 보겠다.

먼저 향가전설은 역사적 인물의 전기적 유형을 지니고 있음이 분명하다. 그리고 전술한 바 전장의 부연·성장이라는 전제를 상기할 때, 향가전설의 상당수가 기전소설의 차원을 유지하고 있는 것이 분명하다. 그동안 이른바 '전傳'의 소설적 전개를 주목하면서, 『삼국유사』의 별전은 물론 『삼국사기』의 열전까지 소설 형태로 보려는 경향이 있었다.[26] 이런 관점과 방법론에서라면, 위 제1유형뿐만 아니라 제2유형 내

---

24 사재동, 「「남백월이성」에 대하여」, 『불교계 서사문학의 연구』, 중앙인문사, 1996, 561~565쪽.

25 사재동, 「서동설화 연구」, 『장암 선생 화갑기념논총』, 호서출판사, 1970, 941~942쪽; 사재동, 「「원효불기」의 문학적 연구」, 『배달말』 15, 배달말학회, 1990, 203~204쪽.

26 김승호, 「고려 승전의 서술방식 연구」, 동국대 박사논문, 1991, 156~164쪽; 이문규, 「고려시대의 서사문학의 전개 양상考」, 다곡 이수봉선생 회갑기념논총 간행위원회 편, 『고소설연구논총』, 제일문화사, 1988, 266~268쪽 참조.

지 제3유형까지도 일단 기전소설의 범주에 들어갈 수 있으리라 본다.

그리고 향가전설을 제1유형 중심으로 고찰할 때, 그 가운데 전기소설의 형태가 자리하고 있음을 알겠다.[27] 전기소설은 본격적인 한문소설로 한·중 사이에 전형적 작품들이 잘 알려져 있다. 이 전기소설의 전형을 통하여 제1유형의 여러 작품을 비교·참조할 때, 그것들이 어엿한 전기소설의 수준에 달하고 있음을 알겠다. 예컨대 서동요전설을 비롯하여 원왕생가전설·무애가전설·우식곡전설 등은 족히 전기소설로 규정될 수가 있겠다.

한편 문체론적 관점에서 향가전설을 보면, 그것들이 모두 강창소설의 면모를 지니고 있는 것이 사실이다. 전술한 대로 가요전설, 향가전설은 그대로 강창구조요 강창문체이므로 소설적 형태가 강창소설로 규정되어도 무방할 것이다.[28]

(4) 희곡적 면모

향가전설이 극화·실연되었다는 전제 아래, 그것들은 모두 극본·희곡의 면모를 지니고 있는 것은 당연하다. 전술한 대로 이 전설이 동기와 목적에 따라 그 효능을 극대화하는 방편으로는 그것의 극화·실연을 최상으로 꼽을 수밖에 없다. 이런 점에서 향가전설이 어떤 양식으로든지 극화·실연의 과정을 겪었다는 것은 분명한 터다. 이에 향가전설이 본격적 유통 과정에서 가창극·가무극·강창극·대화극·잡

---

27 지준모,「전기소설의 효시는 신라에 있다」,『어문학』32, 한국어문학회, 1975; 임형택,「나말여초의 전기소설」,『한국문학사의 시각』, 창작과비평사, 1984; 김광순,「중세초기의 소설」,『한국소설사와 론』, 새문사, 1990, 46~48쪽 참조.
28 徐訏,「變文小說」,『小說彙要』, 正中書局, 1974, pp.145~147 참조.

합극 등으로 실연되었다는 전제를 상기하고, 그 극본 희곡의 면모를 살펴려 한다.[29]

먼저 향가전설은 가창극본의 면모를 드러낸다. 실제로 향가는 향악으로 부르기 위하여 지어진 것이다. 원래 향악은 연극음악을 가리키거니와, 따라서 향가는 연극가요라는 말이 된다. 모든 향가는 연극적 상황에서 불리게 마련이었다. 향가의 가창을 중심으로 전설이 보여주는 연극적 분위기를 가산한다면, 그것은 분명히 가창극이다. 따라서 그 전설을 극적 상황으로 동반하는 향가는 모두 가창극의 극본 희곡이라 하겠다.[30]

다음 향가전설은 가무극본의 성향을 보인다. 전술한 대로 가무극은 가창극에 자발적인 춤사위가 덧붙든가, 전문적인 무용극에 가창이 결부되는 차원에서 이룩되는 것이 상례다. 실제로 가창극적 상황에 춤사위가 자생하는 것은 너무도 자연스런 일이다. 따라서 모든 가창극본은 실질적인 가무극본이라고 규정될 수도 있겠다. 나아가 무용극에 가창이 결부되는 것은 필연적인 현상이다. 실제로 무애가전설이나 처용가전설 같은 것은 가무극본, 희곡의 전형이라 보아진다.[31]

한편 향가전설은 강창극본의 형태를 분명히 보인다. 전술한 대로 가요전설은 강창극을 위한 대본으로 만들어진 것이라 하겠다. 그리고 강창극이 행해진 나머지 창본으로 정착된 것이라 보아지는 실정이다. 강창극이 가장 보편적이고 용이한 연극 형태로서 경제성까지 지니고 있

---

29 사재동, 「불교연극 연구서설」, 경해법인 신정오박사화갑기념 불교사상논총간행위원회, 『불교사상논총』, 하산출판사, 1991.
30 사재동, 「한국희곡사연구서설」, 『어문연구』 18, 어문연구학회, 1988, 103쪽.
31 위의 글, 104~105쪽.

으므로, 가장 널리 유통되었다는 것도 이미 검증되었다. 향가전설 내지 모든 가요전설들은 실질적으로 강창극본이라 하여 마땅할 것이다. 기실 어느 한 인물이 담화·가창의 능력을 갖추고 몸짓·표정만 가미한다면, 향가전설만 가지고 그대로 훌륭한 강창극을 실연할 수가 있기 때문이다.[32]

나아가 향가전설은 대화극본의 면모를 갖추고 있다. 대화극은 위에 든 연극 형태를 바탕으로 전문화·입체화된 것이다. 그리고 그것은 처음부터 소설적 서사 형태를 대화와 행동의 본격적 연극으로 극화·실연할 수도 있다. 향가전설은 대부분 극적 서사구조를 갖춘 데다, 사건 진행이 희곡적이라 본다.[33] 말하자면 사건 전체가 장면 단위로 구분되고, 진행은 '발단-예건의 설명-유발적 사건-상승적 동작-절정-하강적 동작-대단원'의 과정을 밟고 있기 때문이다.[34] 또한 이런 향가전설의 표현 문체는 대화를 중심으로 짜여 있다. 서동요전설에서 한 대목을 보면

同至百濟 出王后所贈金 將謀計活 薯童曰

此何物也

主曰

此是黃金 可致百年之富

薯童曰

---

32 위의 글, 109~111쪽.

33 사재동, 「한국희곡사연구서설(속편)」, 『어문연구』 19, 어문연구학회, 1989, 103~104쪽.

34 G. B. Tennyson, 오인철 역, 「플롯과 구성」, 『희곡원론』, 동아학연사, 1987, 56~57쪽.

吾自小掘薯之地 委積如泥土

主聞大驚曰

此是天下至寶 君今知金之所在 則此寶轉送父母宮殿如何

薯童曰

可(줄바꾸기 인용자)

이와 같이 대화가 발달하여 있고, 그 지문이 희곡의 지시문 같은 역할을 한다고 보아진다. 이만하면 희곡 문체로도 별다른 손색이 없다고 하겠다.

여기에 동양권 희곡의 특색이라 할 가요, 향가가 삽입되고 결미에 찬이 덧붙어 희곡 형태를 강화하고 있다. 여기서 중국 잡극의 축약된 극본을 연상하게 된다. 기실 원곡元曲이라는 것이 직접 연출하려는 극본은 구체적이지만, 그 기록·정착을 위한 극본은 축약·기록되는 게 보통이다. 형편에 따라 극본을 상연하려면 원형을 재구하여 연출하면 되기 때문이다.[35] 이제 향가전설은 대화극의 극본이라 전제되고, 이를 확대·재구하여 실연할 수가 있겠다.[36] 따라서 향가전설은 거의 대화극의 극본으로서 기본 형태를 갖추었다고 보아진다.

(5) 평론적 면모

전술한 대로 향가전설은 가요를 해설하는 가화라고 볼 수도 있다. 이런 관점에서 향가전설은 가요에 대한 구체적인 해설과 감상으로써 가요

---

[35] 趙元度(明), 『孤本元明雜劇』, 粹文堂, 1974.

[36] 金岡照光, 「關於敦煌本高僧傳因緣」, 『古典文學』7輯 上冊, 學生書局, p.281에서 "「高僧傳因緣」和「變文」同樣也是講唱的, 現今遺留下來的「高僧傳因緣」抄本, 雖然很短, 但實際上講談時大概講得很詳細"라고 하였다.

론을 지향하고 있는 터라 하겠다.[37] 원래 가요론은 배경론·작가론·동기론·주제론·내용론·구조론·양식론·문체론·유통론·언행론·효용론 등으로 구분되어 있는 것이 사실이다. 그렇다면 향가전설은 정도의 차이는 있지만, 대체로 이러한 가요론에 접근하고 있는 편이다.[38]

향가전설은 소박하게나마 가요의 형성 배경을 깔고, 나아가 작자명과 제작동기를 제대로 밝히고 있다. 그리고 이 전설은 작품의 주제와 관련시켜 내용을 요약하고 있다. 또한 작품을 직접 제시한 마당에서 그 구체적인 구조·양식·문체 등을 자세히 거론하지는 않고, '삼구육명三句六名'과 같이 기본적 형태를 암시하는 정도에 머물고 있는 것이 사실이다. 그러나 이 전설은 유통 상황과 효용에 대해서는 깊이 있게 언급하고 있다. 가령 도솔가·제망매가전설에서

師卽能俊大師之門人也 羅人尙鄕歌者尙矣 盖詩頌之類歟 故往往能感動天地鬼神者非一

이라고 한 것 등은 비교적 심화된 유통·효용론을 반영하고 있는 것이라 하겠다.

이런 정도의 향가전설은 단순한 가화가 아니라, 당대의 가요론을 보여주는 징표라 하겠다. 이러한 향가전설은 최소한 그 가요를 정확히 해설하고 주관적이나마 작품을 감상·비평하는 가요론이라 하여 무방할 것이다. 역대 한시의 시화 가운데서 한시론을 추출하고 체계화하는 방법론으

---

37 지헌영, 「『삼대목』 연구서설」, 『향가·여요의 제문제』, 태학사, 1991, 257쪽.
38 조종업, 「시화이전 시평의 개념」, 『한국시화연구』, 태학사, 1991, 82~84쪽.

로써 향가전설을 분석·검토해야 되겠다. 향가전설은 이러한 가요론을 통하여 그 시대에 상응하는 평론 의식을 보여주고 있다. 이러한 가요론이 산문론과 관련되어 있는 것은 당연하기 때문이다. 여기서 전설의 찬을 상기하게 된다. 이 찬은 앞의 전설을 요약·음영하고 있는 것이 사실이다. 그것은 전설에 보이는 주인공의 행적을 요약한 것이긴 하나, 달리 보면 전설적 작품을 응축시킨 결과도 되겠다. 찬은 전설의 단순한 요약·응축이 아니다. 거기에는 찬한 사람의 주관과 정서 이외에 자기의 주견에 입각한 비평의식이 번뜩이고 있는 것이다. 그래서 찬은 한문소설 일반의 말미에 붙는 평결評結 같은 의미와 기능을 갖추었다고 보아진다. 그렇다면 찬이야말로 산문론의 일면을 제시하고 있는 것이라 하겠다. 이와 같이 가요론과 산문론이 연결되어 그 시대에 맞는 비평의식과 평론의 실체를 보여주는 것인가 한다.

4. 결론

한국의 가요전설에 대한 몇 가지 문제를 향가전설을 중심으로 대강 고찰하여 보았다. 지금까지 논의된 바를 요약하면 다음과 같다.

① 가요전설, 향가전설은 승려나 신불 문사, 거사나 신불 대중, 그리고 유생이나 문사, 벼슬아치나 문객, 또한 전문 가객이나 연예 담당층이 주체가 되어 포교·전파, 치민·교화, 제의·오락 등의 동인·동기

에서 형성되었을 것이다. 향가전설은 삼국시대에 연원하여 신라통일기에 형성되고 고려 초·중기에 변환되어 고려 말에 재정립·기록됨으로써, 일연의 『삼국유사』에 수록되었다. 이는 800여 년의 시간적 흐름을 타고 여러 가지 실제적 경로를 거쳐 형성·변환·정착된 것이다.

②가요전설, 향가전설은 문헌적 유전과 구비적 전승을 통하여 강독·강담·강창 등의 입체적 유통 과정을 겪었다. 그리하여 향가전설은 역사적 증명성과 시대적 적층성 그리고 내용적 응축성 내지 장르적 종합성을 구비함으로써 종합문학적 면모를 보이게 되었다.

③가요전설, 향가전설은 대개 전기적 유형으로 '영웅의 일생'을 지향하고 있다. 그것은 제1유형으로 수미일관된 서사 형태와 제2유형으로 독립적 단편서사가 몇 개 연결된 서사 형태, 그리고 제3유형으로 한 개의 단편으로 이룩된 서사 형태로 나누어진다. 이 전설은 대체로 완벽한 서사문학으로 재구될 여지와 함께 강창구조, 변문 형태를 갖추고 있다.

④그리하여 가요전설, 향가전설은 장르론에 의해서, 먼저 시가적 면모가 부각되었다. 그 전설 속의 향가는 산문전승과의 긴밀한 상관성 아래 민요·사뇌·제가 등의 장르가 설정되고, 서정성과 서사성이 드러나 가요의 기능이 규명되었다. 그리고 가사부전의 가요도 전설로써 재구하여 시가적 실체와 기능을 추적·복원하였고, 전설 말미의 한시, 찬의 가치와 위상까지 재평가되었다. 그리고 가요전설은 현전 원전대로 보아 수필 중의 전장과 서발 등으로 고찰하였다. 또한 향가전설은 제1유형 중심으로 검증하여 기전소설과 전기소설·강창소설로 규정·분류되었다. 나아가 향가전설이 극화·실연되었다는 전제 아래, 그것은 가창극본이나 가무극본, 그리고 강창극본과 대화극본 등으로 논의·규정되

었다. 한편 향가전설은 가요를 해설·감상·비평하는 가요론을 보이고, 말미의 찬을 통하여 산문론을 제시함으로써, 그 시대에 상응하는 평론의 일면을 드러내었다.

이와 같이 가요전설, 향가전설은 유구한 계통을 타고 형성·전개된 종합문학작품으로, 문학적 실상이 각 장르를 통하여 면면히 전승되었다. 여기서 가요전설의 문학사적 위상이 값지게 부각되었다. 따라서 가요전설은 적어도 신라통일기·고려시대로 연결되는 중세문학사에서 시가사와 수필사, 소설사와 희곡사 내지 평론사에 걸쳐 핵심과 주류를 이루었고, 후대 문학 장르에 실질적인 영향을 끼쳤다고 보아진다. 이제 향가전설을 중심으로 역대 가요전설을 모두 본격적으로 연구·검토하여 문학적 실상과 문학사적 위상을 체계적으로 밝혀내야 되리라 믿는다.

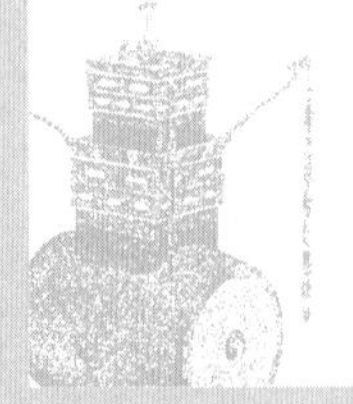

제2장

강창문학의 희곡사적 전개

1. 서론

한·중 양국의 불교계 강창문학은 문학적 실상이나 문학사적 위상이 특출하여 매우 중시되어 왔다. 불교계 강창문학은 문학적 가치도 그만큼 뛰어날 뿐만 아니라, 형성·전개되면서 양국 문학의 장르적 분화와 역사적 전개에 핵심·주도적 역할을 다하였기 때문이다. 한·중 문학의 연구가 입체적으로 본격화되고 심화되는 이때, 그처럼 소중한 불교계 강창문학을 재조명하는 것은 당연한 일이다. 그것이 중요한 만큼 연구의 긴요성은 더욱 절실해지는 터다. 게다가 불교계 강창문학은 한·중 간에 구조와 내용상의 공질성과 언어·표현상의 특질을 갖추고 있기에, 양국의 그것을 연관시켜 고찰하는 것은 필수적이라 하겠다.

그동안 중국 학계에서는 불교계 강창문학을 이른바 '변문'이라는 차

원에서 원전론이나 작품론 내지 문학사론으로 고찰하였고,[1] '돈황강창
문학'[2]이나 일반 강창문학의 일부[3]로 취급하여 공통성만을 고구해 온
것이 사실이다. 한편 한국 학계에서는 불교계 강창문학을 거의 방치하
여 오다가, 최근에야 '불교계 서사문학'의 일환으로 논의하고[4] 나아가
'불교계 강창문학'으로 고구하면서[5] '고려조 강창문학'을 거론하기[6]에
이르렀다.

　이러한 일련의 업적이 한·중 간에서 질량 면의 차이나 특성을 보이
는 것은 사실이지만, 그에 대한 연극론적 접근이나 희곡론적 거론이 본
격적으로 진행되지 않은 공통점이 있었다. 중국 희곡학계에서는 이런
강창문학을 굳이 '설창예술'[7]이니 '곡예예술'[8]이니 하여 독립된 연행예
술로 간주하고, 나아가 그것이 본격적인 희곡의 전제적 인소라는 견해[9]
를 고집하고 있다. 한국 연극학계 및 희곡학계에서는 강창문학을 독자
적 분야나 독립된 연행예술로 취급하지 않는 터에, 연극·희곡적 성
격·자질을 논급하지 않고 있었던 것이다. 그러나 최근에 학계 일우에
서는 불교계 강창문학을 강창극의 대본으로 규정하여 그 연행이 바로
강창극으로 전개되고, 이를 중심으로 가창극·가무극 내지 대화극 등

1　白文化 等編, 『敦煌變文論文錄』 2卷, 明文書局, 1985; 林聰明, 『敦煌俗文學研究』, 東
　　吳大, 1984 등 참조.
2　전홍철, 「敦煌 講唱文學의 敍事體系와 演行樣相 研究」, 한국외대 박사논문, 1995.
3　葉德均, 『宋元明講唱文學』, 河洛出版社, 1978.
4　사재동, 「불교계 서사문학의 연구」, 『불교계 서사문학의 연구』, 중앙문화사, 1996.
5　사재동, 「불교계 강창문학의 형성·유통」, 『한국문학유통사의 연구』II, 중앙인문사,
　　1999; 김진영, 「불교계 강창문학 연구」, 충남대 석사논문, 1992.
6　경일남, 「고려조 강창문학 연구」, 충남대 박사논문, 1989.
7　中國曲藝研究所, 『說唱藝術簡史』, 文化藝術出版社, 1988.
8　汪景壽, 『中國曲藝藝術論』, 北京大 出版社, 1994.
9　吳新雷, 「戲曲形成論」, 『中國戲曲史論』, 江蘇教育出版社, 1996.

이 형성·발전됨으로써, 극본 희곡으로 정립되었다는 견해[10]를 보이고 있는 실정이다.

원래 한·중 강창문학은 연행·연극을 위하여 성립된 극본적 문학이다. 따라서 그것은 강설·낭독보다는 강창·설창이 우선되는 대본문학이다.[11] 그러기에 이것이 극화·연행되는 것은 필연적 현상이다.[12] 특히 불교계 강창문학은 지금도 생동·연행되어 연극·희곡의 진면목을 보이고 있다. 그러므로 불교계 강창문학을 연극론이나 희곡론으로 분석·고찰하고, 연극사 내지 희곡사상의 위상을 파악해 보는 작업은 당연하고도 합당한 일이라 하겠다.

이에 본고에서는 한국의 불교계 강창문학을 중국의 그것과 결부시켜 희곡사상의 위상을 검토할 것이다. 첫째, 불교계 강창문학의 중국적 배경을 돈황 변문이나 변문계 작품을 전거로 논의하겠다. 둘째, 이 불교계 강창문학의 한국적 형성 실태를 근거 있는 원전에 의하여 탐색할 것이다. 셋째, 이 불교계 강창문학의 구조 형태를 '강'과 '창'의 순차에 따라 강창적 구조와 창강적 구조 내지 설창강적 구조 등의 유형으로 나누어 살피겠다. 넷째, 이 작품들의 유통 양상을 문헌적 전래 실태와 구비적 실연 양태의 두 가지 측면에서 검증하여 보겠다. 다섯째, 이러한 논거를 바탕으로 불교계 강창문학의 희곡적 전개를 검토하되, 그것이 불교희곡으로서 형성·유통되는 장르적 실상을 거론하겠다. 여섯

---

10 사재동, 『『월인석보』의 강창문학적 성격』, 『한국문학유통사의 연구』Ⅱ, 중앙인문사, 1999, 564~565쪽.
11 사재동, 「불교계 강창문학의 형성·유통」, 위의 책, 467쪽; 사재동, 「불교희곡의 형성·유통」, 위의 책, 338쪽.
12 전홍철, 「돈황 강창문학의 서사체계와 연행 양상 연구」, 한국외대 박사논문, 1995, 197쪽.

째, 불교계 강창문학의 희곡사적 위상을 개관할 것이다. 그리하여 이 불교계 강창문학이 종합적 구조·형태를 갖추고 널리 유통·연행되면서, 여러 문학 장르로 분화·전개됨은 물론, 그것이 한·중 희곡사의 핵심·주류가 되어 왔음을 실증하게 되리라 본다.

2. 강창문학의 중국적 배경

주지하는 바와 같이 중국의 불교계 강창문학은 인도 전래의 불경을 한역하고 강설하는 데에서 출발하였다. 그것은 원래 포교의 방편으로 정립되었기에, 민중 교화를 위하여 대중적인 서사문학으로 부연·전개될 수밖에 없었다.[13] 그것이 대중 포교에 있어 부득이한 경우라면, 족히 원칙을 벗어나 자유스러운 포교 방법을 모색할 수가 있었다.

중국불교의 전성기를 이룬 당대에 있어, 승려들은 솔선하여 각 사원마다 운집한 대중들에게 불경의 전부 또는 일부를 쉽게 강설하거나 그 교리를 바탕삼아 재미있게 허구·연설하는 방편을 확립하게 되었다. 그것이 이른바 속강이요, 그 대본이 바로 강경문 내지 변문 즉 강창문학이었다. 여기서 우리는 속강의 실상을 밝히고, 속강과 강창문학의 관계를 살펴 볼 필요가 있겠다.

속강의 연원은 유구해서 확연히 밝히기는 어렵지만, 그것이 최초로

---

13 牧田諦亮, 『疑經研究』, 京都大 人文科學研究所, 1976, pp.9~18.

기록에 나타나기는 당인 은성식의『유양잡조』「사탑기」중에

佛殿內槽東壁 維摩變 舍利弗角而轉勝 元和末 俗講僧文淑裝之 筆跡近矣[14]

라고 한 데서였다. 이로 보아 당 원화 말년(820)경에는 그에 전문하는 승
려의 이름이 드러날 만큼 속강은 전개되고 있었으리라고 추측된다. 이어
회창 초기에 입당구법한 일승日僧 원인의『입당구법순례행기』중에 다음
과 같은 말이 있다.

開成六年正月九日五更時 拜南郊了 早朝歸城 幸在丹鳳樓 改年號 改開成六
年爲會昌元年 及勅於左右街七寺開俗講 左街四處 此賢聖寺令雲花寺 賜紫大
德海岸法師講華嚴經　保壽寺令左街僧錄三敎講論　賜紫引駕大德體虛法師講
法華經 菩提寺令招福寺 內供奉三敎講論 大德齊高法師講涅槃經 景光寺令光
影法師講般若經 右街三處 會昌寺令內供奉三敎講論 賜紫引駕起居大德文淑
法師講法華經 城中俗講 此法師爲第一 惠日寺令崇福寺俗講法師未得其名[15]

이 내용에는 당대 속강의 실상을 어느 정도 전해 주고 있는 것이 주목
된다.

첫째로, 이 속강을 개설하겠다는 발원·보시자가 드러난다. 여기서
는 당대 국왕(무武)이 발원·보시한 것으로 보이거니와, 대규모의 국가

14　殷成式,『酉陽雜俎』「寺塔記」, 漢京文化事業公司, 1983; 邱鎭京,『敦煌變文述論』, 商務
　　印書館, 1974, p.7.
15　圓仁,『入唐求法巡禮行記』卷3, 會昌元年 正月;『大日本佛敎全書』113冊, p.255.

적 속강에서는 모두 국왕이 그 시주가 되어 있었다. 그리고 왕실의 필요에 따라 속강을 마련할 때에도 역시 국왕이나 왕비가 공덕주가 되었던 것이 사실이다. 한편 대소 신민이 소용에 따라 속강을 개설할 수가 있었다. 다만 그런 속강을 열기에는 상당한 비용이 드는 터라, 그만한 신행과 재력이 뒷받침되는 인사·가정에서만 가능했던 것이다. 게다가 이름 있는 승려·대덕과 권속을 움직여 값진 속강을 열기 위해서는 그만한 신망과 권세를 갖추어야만 되었던 터다. 그래서 국왕 대신으로부터 민간 장자에 이르기까지 능력이 미치는 한 속강을 개설할 수가 있거니와, 실은 그들의 소구소원을 구체적으로 성취시켜 주기 위해서 속강은 열리게 마련이었다.

둘째로, 속강을 열게 되는 계기가 드러난다. 위에서는 국왕이 등극하여 연호를 고치는 국가적 경사를 기념하는 속강이었다. 나아가 국가의 정규행사, 부정기 경축일, 소재·호국의 기원, 그리고 왕실의 애경사와 축복, 한편 대소 신민의 애경사나 발원 등을 위해서 법석·도량을 개설할 필요가 있을 때에는, 언제든지 속강을 베풀 수가 있었다. 물론 속강의 대국적인 이념은 민중 교화에 있지마는, 그 속강은 다양하게 시행되었던 것이다. 한편 승려 측에서는 위와 같이 외부적으로 요청되는 경우 이외에도, 사원 경영에 대한 권화불사나 민간 포교를 위한 자체 계획에 의거하여 자발적으로 속강을 펴는 사례가 있었다.

셋째로, 이 속강을 주재·관장하는 법사가 나타난다. 위에서는 법사로서 해안海岸·체허體虛·제고齊高·광영光影·문숙文淑 등이 등장하고 있거니와, 그들은 이른바 속강승이었다. 그들은 『고승전』에서 유별한 바 경사·창도계에 속하는 고승·대덕으로 강사들이었다.[16] 속강에서도 정격으로 강경할 때에는, 한 쪽은 모경某經 중의 일문을 창하여 내는 도강이 되고, 또 한 쪽은 바로 그 경문을 해설하는 법사가 되는 것이다. 말하자면 도강과 법사가 한 짝이 되어 창경에 설경을 계속해 가는 것이다. 한편 그 속강이 형편에 따라 변격으로 통속화될 때에는, 일인의 법사가 모경 중의 고사를 중심으로 자유롭게 화본을 만들어 강창하게 마련이었다. 이 경우의 법사는 창경·설경에 능통할 뿐만 아니라 가창·화술 등의 예능에 숙달함으로써, 청중을 감화·압도할 수가 있어야만 했던 것이다. 그래서 명실공히 강창사·설창사로서 속강승의 역할을 제대로 감당해 왔던 것이다.

넷째로, 속강의 무대가 제시되어 있다. 위에서는 장안 좌우가 7개 사寺로 현성사·보수사·보제사·경광사·회창사·혜일사·숭복사 등을 들고 있거니와, 속강의 주무대가 경향의 사원으로 되고 있음이 원칙이었다. 그러나 속강의 성질에 따라서, 궁중의 어느 전각을 택할 수도 있고,[17] 가두광장이나 야단법석으로 나갈 수도 있었던 것이다. 여기서 법석으로서의 무대장치가 어떠했던가를 검토해 보아야겠다. 법석의 배면에는 강경의 내용에 상응하는 변상도가 벽화나 탱화 형태로 그려지고[18] 그것이 사원전각의 건축미 등과 어울려 숭엄한 분위기를 이루었던 것이다. 게다가 법좌·강좌는 1개 내지 100개의 고좌로 장엄·설치되어, 그 차제로써 위엄을 과시할 뿐만 아니라, 청중들에게 돋보이게 함으로써,

---

16 慧皎,『高僧傳』卷13「經師·唱導」條;『新修大藏經』50卷「史傳部 2」, 413~415쪽 참조.
17 孫楷第,「唐代俗講軌範與其本之體裁」,『俗講說話與白話小說』, 河洛圖書出版社, 1978, p.76.
18 羅宗濤,「變歌·變相與變文」,『中華學苑』第7期, 國立政治大 國文研究所, 1971, pp.88~89.

존숭의 염을 가지고 청법에 임하도록 배려하였던 터다.[19]

다섯째로, 속강의 내용이 밝혀진다. 위에서는 각사에 걸쳐『화엄경』·『법화경』·『열반경』등을 강설한 것으로 되어 있다. 그런데 좀더 거시적으로 점검해 보면『금강경』·『인왕반야경』·『아미타경』·『무량수경』·『관무량수경』·『유마경』·『능엄경』등 중대한 대승경전은 모두 강설의 대상이 될 수가 있었다. 더구나 그 속강이 변격으로 통속화될 때에는 강창의 화본은 모경의 고사나 교리에 근거를 두었으되, 서사적인 방향으로 자유롭게 허구·연설되었던 것이다.

그렇다면 속강의 진행 절차와 그 대본은 어떠한 것이었던가. 실제로 속강은 발원 시주의 신분 계층과 개설의 의도, 속강승의 학덕과 재능, 청중의 수준, 당시의 분위기 등에 의하여 크게 두 가지 성향으로 신축성 있게 운용될 수가 있었다. 말하자면 속강의 성질과 정황에 따라서 정격 절차를 밟아 숭엄한 강경의식으로 진행되는 방향이 있고, 또한 변격 절차를 거쳐 통속적인 강창의식으로 진행되는 방향이 있었다는 것이다. 따라서 속강 중에는 정격속강과 변격속강이 상대·상보의 관계로서 공존해 왔다고 보아지는 터다.

먼저 정격속강의 경우, 진행 절차는 보편적으로 개설되던 정식강경 절차와 동궤의 것이었다.[20] 일찍이 손해제는 당·오대 속강을 양종으로 나누어 종합·검토한 나머지 강경의 정식 절차를 제시하되

---

19 孫楷第는「唐代俗講軌範與其本之體裁」,『俗講說話與白話小說』, 河洛圖書出版社, 1978, p.76에서 "凡講經 例有高座 他書記此有甚多 蓋高座之設 非徒以示尊 赤緣都集道俗 聽講者多 昇座弘演 則語音易曉也"라고 하였다.

20 向達은「唐代俗講考」,『文史雜誌』第3卷 第9·10期, p.46에서 "都講唱釋經題 與正式講經亦無以異也"라고 하였다.

一種是講的時侯 唱經文的 這一種的題目照例寫作「某某經講唱文」不顯作
變文 它的講唱形式 是講前唱歌 叫押座文 歌畢 唱經題畢 用白文解釋題目 叫
開題 開題後背唱經文 經文後白文 白文後歌 以後每背幾句經後 卽是一白一歌
至講完爲止 散席又唱歌 叫解座文[21]

이라 하였다. 이어 향달向達이 불란서 파리국립도서관에서 찾아낸『돈황
권자敦煌卷子』(P.3849호)의 한 기록에서는 속강의식에 대한 결정적인 근거
를 제공하되

夫爲俗講 先作梵了 以念菩薩兩聲 說押座了 素舊(二字不解)溫室經 法師唱
釋經題了 念佛一聲了 便說莊嚴了 念佛一聲 便一一說其經題字了 便說經本文
了 便說十波羅密等了 便念念佛讚了 便廻向發願取散[22]

이라 하였던 것이다.

위에 제시된 바를 요약해 본다면, 속강의 정격 절차는 다음과 같이
될 것이다.

① 법사 등이 고좌에 올라 정좌한 청중과 함께 범창·염불 등으로 숭엄
한 법석을 만든다.
② 법사 등이 그 경제(經題)를 창하고 일일이 해설한다.

21　孫楷第,「中國短篇白話小說的發展與藝術上的特性」,『俗講說話與白話小說』, 河洛圖書
　　出版社, 1978, p.2.
22　向達,「唐代俗講考」,『敦煌變文論文錄』上冊, 明文書局, 1955, p.45.

③ 법사가 경본문 일구씩 들어 해명·강설하는데, 그 내용을 요약하여
게[詩]로 읊는다.

④ 이렇게 반복하여 강경을 마치면, 마지막으로 염불과 찬불송에 이어
회향·발원을 끝내고 해산한다.

이러한 진행 과정에서 찬성된 강경대본은 이른바『모경 강경문』으로서 강창문학이 되는 것이다. 그 강창문학의 전체 구조는 정격속강의 진행 과정을 반영함으로써, 다음과 같은 형태를 드러내고 있다.

강경제목—압좌문—경제축자해설—경전본문1구(경운)—경구강설문—
요약게송—(반복·계속)—해좌문

여기서 모경 원문과 강경문을 비교할 때에, 양자 간에서 문헌상이나 문장·문학상의 차이가 발견된다. 이 강경문에는 몇 가지 중요한 요소가 대거 삽입됨으로써 전혀 새로운 체재의 작품으로 개변되어 있기 때문이다.

첫째, 모두의 압좌문과 결미의 해좌문을 덧붙임으로써 강경문의 특성을 드러내고 있다. 양자는 각기 독립된 게송, 시가작품으로서 그 자체가 문학적 가치를 지니고 있음이 우선 주목된다. 그리하여 위 압좌문은 그 법석을 청정히 진정시키는 기능을 발휘하는 것이다. 또한 아래 해좌문은 이미 강설된 내용을 전체적으로 통합·정리하여 청중들에게 재강조하고 권선징악과 함께 각자의 소망을 기원하도록 배려된 것이었다.

둘째, 경제 및 경본문이 주류를 이루고 있다. 그 문장은 당해 경구를

제목으로 하여 독립된 산문문학처럼 자리하고 있다. 그것은 법사의 학덕·안목·능력에 따라서 철학적 논설문, 분석적 비평문, 사실적 수필문, 허구적 서사문 등류로 나타났기 때문이다. 이 문장에는 방편에 따라 법사의 견문, 타인의 일화·논설, 여타 경전 속의 고사 등을 마음대로 인용·조합시킬 수 있었으므로, 문학성이 더욱 강화되기 마련이었다. 이처럼 질량 면에서 증연·확대된 강설문이 각기 해당 경구를 표제로 떠올리며 연결됨으로써, 자연 강경문의 주류를 이룰 수밖에 없었다.

셋째, 각 경구·강설문마다 요체를 집약·승화시킨 게송이 붙어 나온다. 게송은 불교시가일 뿐만 아니라, 종교적 달관과 해탈의 경지에서 인생의 진실을 관조·표출한 서정시 내지 서사시로서도 값진 작품들이다. 이러한 시가가 강설문 사이사이에 끼어들게 됨으로써, 삽입가요의 역할을 다하게 된 것이다.

그리하여 이 강경문은 산문과 운문이 적절하게 조화된 하나의 강창문학으로 조성된 것이라 하겠다. 그 경문 자체만도 문학작품이라 하겠거니와, 거기에 새로운 산문과 운문이 들어와 고차원의 문학작품을 재조직하였기 때문이다. 이 점은 현존하는『돈황사본』중에서 각종 강경문을 들어 보면 실증되는 바다. 우선 대표적인 강경문 즉 강창문학을 골라 보면 다음과 같다.[23]

『금강반야파라밀경강경문(金剛般若波羅密經講經文)』(불란서, P.2133호)

『인왕반야경강경문(仁王般若經講經文)』(불란서, P.3808호)

『아미타경강경문(阿彌陀經講經文)』(영국, S.6551호)

---

23 楊家駱,『敦煌變文』上·下, 世界書局, 1977에 수록.

『묘법연화경강경문(妙法蓮華經講經文)』(불란서, P.2305호)

『아미타경강경문(阿彌陀經講經文)』(영국, S.655호)

『유마힐경강경문(維摩詰經講經文)』(영국, S.4571호)

『관미륵보살상생두솔천경강경문(觀彌勒菩薩上生兜率天經講經文)』(불란
서, P.3093호)

『부모은중경강경문(父母恩重經講經文)』(불란서, P.2418호)

『보은경강경문(報恩經講經文)』(소련, M.1470호)[24]

이러한 강경문들은 모두 시가로 수놓은 강창문학이거니와, 일부 수
필문학 내지 비평문학계에 들어갈 것이 있는가 하면, 대부분 서사문학
의 구조 형태를 가지고 있는 것이 사실이다. 『보은경강경문』·『유마
힐경강경문』·『묘법연화경강경문』 등이 비교적 짙은 서사성을 보이
고 있는 것은 물론, 그중에서도 『보은경강경문』은 「쌍은기」로 널리 알
려져, 그 방면에서 높이 평가되고 있다. 일찍이 반중규는 「변문쌍은기
시론」에서 말하기를

惟獨雙恩記依據善友兄弟兩王子的故事 發揮描寫 曲折離奇 驚險哀艶 高潮迭
起其入海求珠 似乎看到小說西遊記的詭怪神奇 (…中略…) 我們讀遍所有的講
經文 感到雙恩記的故事最爲突出 將死生離合 善惡悲歌 描寫得淋漓盡致 情瀾壯
濶 眞是動天地泣鬼神的傑作[25]

24　潘重規, 「變文雙恩記試論」 附錄原文, 『新亞書院 學術年刊』 第15期, 新亞書院, 1973.
25　위의 글, p.7.

이라고 극찬할 정도이기 때문이다. 이만한 강경문이면 불교계 강창문학으로서 소설·희곡의 수준에 이르고 있다 하여도 무방할 것이다.

그런데도 이 강경문은 경문이 제목 정도라도 주축·골격을 이루고 있기 때문에, 경론과 매우 접근되어 있다고 하겠다. 이 강경문은 속강의 청중을 의식한 인용·강설과 해당 게송을 소신껏 인증·강론하기에 역점을 두고 있을 따름이다. 그러기에 이 강경문에서 삽입게송을 약화·제외시킨다면 그것이 경론과 다를 바가 없고, 경론에다 게송을 개입·강화시킨다면, 그대로가 강경문, 강창문학과 같아지는 것이라 하겠다. 일찍이 손해제가 경론과 강경문을 두고

以詩偈頌讚 經論中多有之 其偈或陳語言 或嘆德美 以叙說與偈結合 實與此 講唱經本同[26]

이라고 한 바가 있거니와, 그 양자는 결국 광의의 강경에서 개성적인 두 양식으로 전개된 것이라 볼 수밖에 없다. 말하자면 강경문 즉 강창문학은 대중적인 문예 성향을 지녔고, 경론은 전문적인 논리 성향을 띠어 왔다고 하겠다.

그러므로 강경문은 문학작품으로서 그런대로 불교계 강창문학이라 규정지을 수밖에 없다. 그것은 어디까지나 다음 단계의 본격적인 불교계 강창문학으로 연결되는 과도기적 서사 형태로서 보다 중요한 위치를 차지하기 때문이다. 그래서 우리는 정격속강을 통해서 광의의 변문,

---

26 孫楷第, 「唐代俗講軌範與其本之體裁」, 『俗講說話與白話小說』, 河洛圖書出版社, 1978, pp.49~50.

강창문학이 찬성되어 있음을 확인하게 되었다.

　이제부터는 변격속강의 경우를 검토해야만 되겠다. 진행 절차는 문헌적으로 확증할 근거가 없지만, 정격속강의 그것과 결부시켜 추정해 볼 수가 있겠다. 일찍이 손해제는 전게한 바 정격속강에 대한 논의와 대비시켜 변격속강에 대하여 다음과 같이 언급하였다.

> 一種(變格俗講・引用者註)是不唱經文的　形式和第一種(正格俗講，引用者註)差不多　只是不唱經文　內容和第一種也有分別　第一種必須講全經　這一種則因爲沒有唱經文的限制　對於經中故事可以隨意選擇　經短的便全講　經長的便摘取其中熱鬧的一段講 (…中略…) 但從形式上看　是一種自由　這種自由的意義　是故事從今可以獨立講　不必依傍經文了　講佛經故事以題作變文　這是名稱的自由[27]

이로써 볼 때에, 변격속강의 의식 절차가 상게한 그것과 유사하다는 것을 알 수가 있겠다. 그러나 좀더 구체적으로 검토할 때에, 몇 가지 중요한 차이점이 있다.

　첫째, 변격속강이 정격속강에 비하여 대중화되었다는 것이다. 이 속강이 민간 장자나 일반 민중의 발원・보시로 이루어지면서 무대와 청중은 대중화될 수밖에 없었다. 따라서 그 분위기도 일정한 법도에 얽매어 근엄하게 흐르는 것이 아니고, 비교적 통상적으로 펼쳐지게 마련이었다. 그러므로 정격속강에 비하여 상당한 저층화가 이루어졌다는 것이다.[28]

27　위의 글.
28　金岡照光, 「再論文淑法師－俗講の 諸樣相」, 『東洋學硏究』 第3號, 東京大 東洋文化硏

다음으로 이 속강의 절차가 청중에게 적합하도록 변형·조정되었다는 것이다. 상술한 속강의 정식 절차에서 숭엄하고 지루한 의식 절차를 상당히 생략하고 대중적으로 관심 있는 내용을 보강했으리라는 점이다. 여기서 우리는 이 속강의 운영이 비교적 자유로운 변화와 신축성 있는 방향으로 전개되었음을 인지할 수가 있다. 우선 정격에서의 창경 절차가 생략되니까, 법사 혼자서 속강승 역을 담당하게 되었다. 따라서 법사는 강경을 염두에 두되, 저층적 청중을 감명 깊게 이끌어 나갈 독자적인 방법을 모색하게 되었다. 말하자면 일인의 법사가 강창 화본을 만들어 설창하는 데에 있어, 악곡 내지 연극적 요소를 첨가시키는 등 새로운 방안이 창출되었다는 것이다.

그리하여 결국 이 변격속강은 정격속강에 비하여 통속화되었다는 것이다. 무엇보다도 이 법사는 대중적으로 인기 있는 고사를 선택하여 화본으로 만들게 되었다. 더구나 이 속강이 대중적 재의행사나 축의·권선불사를 위해서 베풀어질 때에는, 청중의 감화를 얻는 방향으로 연행화되는 것이 보통이었다. 혜교의 『고승전』 창도론에 이르기를

唱導者蓋以宣唱法理 開導衆心也 (…中略…) 何者至如八關初夕 旋繞周行 炯蓋停氛 燈維靖輝 四衆專心 又指緘默 爾時導師則擎爐慷慨 含吐抑揚 辯出不窮 言應無盡談無常則令心形戰慄 語地獄則使怖淚交零 徵昔因則如見往業 覈當果則已示來報 談怡樂則情抱暢悅 敘哀感則灑淚含酸 於是闔衆傾心 擧堂惻愴 五體輪席 碎首陳哀 各各彈指 人人唱佛[29]

究所, p.82.
29 慧皎, 『高僧傳』 卷13 「唱導論」 條, p.418.

이라 하여, 이 속강의 전통적 흐름과 현장적 정황을 실증해 주고 있다.

　이러한 연행화 현상은 점차로 확대・보급되어 경향의 사원이 희장으로 행세하는가 하면, 강석이 벌어지면 사녀・기녀들을 중심으로 많은 청중이 운집하여 연희의 현장과 같은 성황을 이루었던 것이다. 전이의 『남도신서』에

長安戲場多集於慈恩 小者在靑龍 其次薦福永壽 尼講盛於保唐 名德聚之安國 士大夫之家入道 蓋在咸宣[30]

이라고 한 것을 보면, 각 유명사원이 희장戲場으로 지칭되고 있음을 알 수가 있다. 더구나 당 손계의 『북리지北里志』에

每南街保唐寺有講席 多以月之八日 相牽率聽 (…中略…) 故保唐寺每三八日 士女極多 蓋有期於諸妓也[31]

라고 한 것을 보면, 강석(속강)의 희장적 성황을 족히 짐작할 수가 있겠다.

　이쯤 되면, 여기 속강승은 고승・대덕으로서의 고상한 위의보다는 대중 포교를 위한 연예승으로서의 면모와 역할이 보다 두드러질 수밖에 없었다. 그리하여 그들은 그 속강의 화본을 대중의 구미에 맞도록 통속적으로 부연・강창하는 데에까지 나아갔고, 따라서 청중들은 사

30　錢易, 「南都新書 成」, 『中國文學參考資料新書』, 中華書局, p.50.
31　孫棨, 『北里志』, 古典文學社, p.25.

원, 희장으로 운집하여 크게 감화를 입고 그들에게 고덕 화상의 칭호를 아끼지 않았던 것이다. 조린趙璘의 『인화록因話錄』에

有文淑僧者公爲聚衆談說 假托經論 所言無非淫穢鄙褻之事 不程之徒 轉相 鼓扇扶樹 愚夫冶婦 樂聞其說 聽者塡咽寺舍 瞻禮崇奉 呼爲和尙 敎坊効其聲 調以爲歌曲[32]

이라고 한 것을 보면, 위 사실이 더욱 분명해진다. 이러한 속강의 영향력이 확대되고 대중적 여론을 형성하게 되면서, 그것은 사회적으로 물의를 일으키어 사류士類나 행정당국의 비난과 간섭을 받게도 되었다.

위와 같은 변격속강의 진행 과정에서 형성된 강창대본, 즉 하나의 화본이 이른바 '변문', 강창문학으로 정착된 것이었다. 이 변문은 제목에서 원래 '~변문'이라 했겠지만, 간혹 '~변' 또는 '~연기' 등으로 불리기도 했다. 이 변문은 그 속강의 진행 절차를 잘 반영하면서 속강승에 의하여 허구적으로 창작된 강창문학의 한 유형이기 때문이다. 그것은 비교적 단편성을 지니나 수미일관된 이야기로 조성됨으로써, 강경문의 과도기적 형태를 완전히 탈피한 강창문학임이 분명하다. 이 변문은 연출상의 설창성으로 말미암아 산문과 운문이 조화롭게 표현되어, 강창문체를 이루고 있다. 그것은 산문적 서사물의 서술 효과를 높이기 위하여 전술한 내용을 요약하거나 상호 대화를 집약한 장·단 시문으로 조직되어 있기 때문이다.

그리하여 이 변문의 전체구조는 대강

---

32 趙璘,『因話錄』, 古典文學社, p.94.

제목 : (압좌문) - 서사문 : 산문 - 운문 - 산문 - 운문(반복 · 종결)

이와 같은 강창 형태로 구성되어 있음을 알겠다. 이 점은 현전하는 돈황변문의 강창 형태를 통하여 실증되고 있다. 여기 그 변문 중에서 불경고사계의 것만을 들어보면 다음과 같다.

『태자성도변문(太子成道變文)』(불란서, P.2999호)

『팔상변(八相變)』(중국, 운자24호)

『파마변문(破魔變文)』(영국, S.5511호)

『목련연기(目連緣起)』(불란서, P.2193호)

『대목건연명간구모변문(大目乾連冥間救母變文)』(영국, S.2614호)

『난타출가연기(難陀出家緣起)』(불란서, P.2324호)

『추녀연기(醜女緣起)』(영국, S.4511호)

『불설구색녹경변문(佛說九色鹿經變文)』(영국, S.1973호)

『생위아호변문(生餧餓虎變文)』(鄭振鐸)

이러한 변문들은 모두 시가를 적절하게 끼워 놓은 훌륭한 강창문학 작품이 되겠다. 이 변문은 강경문의 차원을 벗어나 본격적인 강창문학의 구조 형태를 지님으로써, 그 자체가 이미 소설문학의 수준을 유지하고 있다.[33] 뿐만 아니라 그것은 속강의 강창현장에서 발달된 대화체로 미루어 보면 상당한 희곡성을 지니고 있으며, 그 구연과정에서 고조된 이야기체로 미루어 보면 일부 설화성을 나타내고 있기도 하다.

---

[33] 徐訏, 「變文小說」, 『小說彙要』, 正中書局, 1974, pp.145~146.

　　그리하여 이 변문 즉 강창문학은 그 당시로서는 획기적 신문학 형태로 그 자체의 문학적 가치가 높을 뿐만 아니라, 중국서사문학 전반에 끼친 영향이 지대했던 것이다. 이 점은 변문과 중국문학사를 결부시켜 언급하는 학자들의 공통된 견해이거니와, 그중에서도 구진경은 『돈황변문술론敦煌變文述論』에서

　　變文之最大價値 厥爲新奇自由文體之開創 蓋於此之前 中國文壇固已有經史子集 諸種偉大之著作 而散韻交織講唱映合之文體則付闕如 於此之前 中國文壇亦已有 典雅塊麗 情深理密之文學 而取材廣泛編幅綿長 且通俗易解 情趣盎然如變文者亦闕如也 變文以其散韻交錯 講唱兼及之特色 崛起於當日文壇 不徒爲社會民衆所喜悅 且因以促宋代之講經說史之萌芽 不徒爲宋代說話人闢一坦途亦影響後世諸種文體之結構 然則斯新興文體之產生 當有可述之價値在焉[34]

이라고 하면서 그 문체를 중심으로 요령있는 평가를 내리고 있다. 그는 이어서 이 변문의 내용과 민간전설의 관계를 주목하고

　　變文之內容 如上章所述 除演述佛經者外 又有所謂史傳變文者 此類變文之產生 乃綜合史傳及民間各種傳說之演變敍述而成 其重要性在具備某一故事發生之始末 令吾人得於參閱史籍之記載後 獲悉其擴大之過程[35]

이라고 하여, 변문 및 변문정신이 서사문학 전반을 형성・전개시키는

34　邱鎭京,『敦煌變文述論』, 商務印書館, 1974, p.90.
35　위의 책, p.95.

실제적 과정을 함축성 있게 지적하였다. 나아가 그는 변문이 후세문학
에 끼친 영향관계에 대하여

其對後世文學之影響 尤爲顯者 據史所知 唐張鷟遊仙窟卽爲一純粹採取變文
體裁敍寫之艷情小說 如散文韻語合組 誇張描寫等皆是 於此更分寶卷鼓子詞諸
宮調彈詞鼓詞平話小說戲劇等五項 敍述如后[36]

라 하고, 이들 각 장르에 걸쳐 변문과의 상호관계를 논증하고 있다. 이
와 같은 변문의 영향관계를 시인한다면, 당·송 이래 중국문학사상에
서 차지하는 변문, 강창문학의 위치가 얼마나 소중한 것인가를 족히 확
인할 수가 있겠다.

　이상으로써 우리는 속강의 실상과 강경문 내지 변문과의 상관성을
검토하는 가운데, 강창문학적 구조 형태와 중국문학사상 소설·희곡
의 형성·전개상의 위치를 계통적으로 파악하게 되었다. 그렇다면 속
강과 강창문학은 중국문학사에만 국한되었던 것인가, 아니면 한국문
학사 내지 일본문학사 등에도 어떠한 상호관계를 가져왔던 것인가. 그
것은 동양문학사상에서 가장 중요한 문제 중의 하나로서 지극히 보편
적인 현상으로 나타나게 되었다. 중국의 모든 문화·문학과 한국·일
본의 그것은 긴밀한 교류관계에서 형성·전개되어 왔기 때문이다.

　이러한 강창문학이 불교예술의 대중적 모체로서 포교적 의도와 연
행적 침투력에 의하여 한국·일본의 불교문화권에 전파·전개되었을
것은 필연적인 일이라 하겠다. 실제로 한·중·일 간의 불교문화 교류

---

[36] 위의 책, p.102.

가 상당히 민감하고도 왕성하게 진행되었을 뿐만 아니라, 중국승의 전교傳敎 내왕來往이나 한·일 구법승들의 헌신적인 정진에 의하여 교류가 촉진되고 내실을 기해 왔다. 따라서 강창문학이 한국·일본의 불교문학계에 전래·전개되었던 것은 분명한 사실이라 보아진다.[37] 주로 한국을 거쳐갔을 강창문학이 일본문학에 미친 영향관계가 속속 밝혀지고 있는 마당에[38] 한국의 불교문화·문학상에도 그만한 증거가 얼마든지 발견되기 때문이다.

3. 강창문학의 한국적 형성 전개

한국에도 불교가 전래된 삼국시대 이래 고려를 중심으로 속강에 해당되는 강경법석이 열리고 그 화본으로서 강경문 내지 변문, 강창문학이 실존하여 왔다고 보아진다. 다만 그것을 중국의 명칭 그대로 사용하지 않았을 뿐이다. 중국에서 조차 오대·송·원대에 걸쳐 '속강'·'변문' 등의 명칭이 보이지 않는 터인데,[39] 바로 그 강경법회를 수입·채용하는 마당에서 그것이 '속강'이라고 통칭될 수는 없었을 것이다. 더구나 속강 절차와 화본 형태를 자국적으로 변용·발전시키는 처지

---

37 일연, 『삼국유사』 권3 「탑상 제4」 「전후소장사리(前後所藏舍利)」조.
38 川口久雄, 「敦煌變文の性格と 日本文學」, 『漢文敎室』 50號, 大修館書店, 1960. 이외에 「돈황변문」 소재와 일본문학에 관한 논문이 10편 정도나 있다.
39 민영규, 「원고려속강승(元高麗俗講僧)」, 『동방학지』 31, 연세대 국학연구원, 1982, 1쪽.

에서, 우리의 강경화본에 굳이 '변문'이라는 차등 관념을 부여할 필요가 없었을 것은 물론이다. 이로써 한국의 강경법석·도량이 중국의 속강과 동궤·상통한다고 전제할 수 있겠다.

한국의 강경법석이 언제부터 시작되었는지는 확실하지 않지만, 그 최초의 기록은『삼국사기』「신라본기」,「법흥왕」,「15년 조행불법」조에 다음과 같이 나타난다.

至毗處王時 有阿道和尙 與侍者三人 亦來毛禮家 儀表似黑胡子 住數年 無病而死 其侍者三人留住 講讀經律 往往有信奉者 至是王亦欲興佛教

이것은 정사적 기록이로되 회고적인 사실이므로 그대로 신빙하기는 어렵지만, 일찍부터 강경법석이 작으나마 있어 왔다는 방증이 되는 것은 분명하다. 그런데 그 사실이 확실하게 기록된 것은『삼국사기』「신라본기」,「진평왕」,「7월」조에서였다.

秋七月 隋使王世儀至皇龍寺 設百高座 邀圓光等法師說經

이것은 법흥왕 이래 불교 홍포의 공식적인 사실로서, 이러한 국가 차원의 강경법석이 이미 보편적으로 시행되고 있었음을 실증해 주고 있다. 그 후 이러한 백고좌도량이 정규적 강경법회로 정립·실시되면서, 그와 관련하여 연등회와 팔관회가 거의 정례적인 불교대례로 개설되고, 법회와 함께 연예적 행사가 벌어지게 되었다. 그리하여 국가·왕실과 사가의 유사시에 대처·상응하는 각종 강경법석이 다양하게 전개되었다. 이처럼 공사 간에 수없이 벌이는 강경법석의 전통은 신라 대와 고려 대를 거쳐 조선시대로 계승되었던 것이다.

위와 같은 전제하에서 신라·고려 대에 걸친 한국의 강경의식은 중국의 속강의식과 관련하여 어떤 상황으로 개설·진행되었을까. 몇 가지 점에서 현장적으로 고증해 볼 필요가 있겠다.

첫째, 이 강경법석을 개설하겠다는 발원·보시자가 속강의 경우와 상통한다. 국가적 차원에서는 그것이 모두 국왕으로 나타나기 때문이다. 상술한 바 백고좌도량은 물론 연등회와 팔관회 등에 필수되는 법회, 그리고 수시 소용으로 열리는 강경도량에서 국왕이 친림하여 발원·시주자가 되는 것이 상례였다. 그 중 백고좌도량의 경우만 하더라도, 신라 대에는 진흥왕(『삼국사기』「열전」 권4 「거칠부」)을 비롯하여 진평왕(『삼사』 35년 7월), 선덕여왕(5년 3월), 혜공왕(15년 3월), 헌원왕(2년 2월 외 1회), 정강왕(2년 1월), 진성여왕(원년), 경애왕(『삼국유사』 권2) 등이 발원자로 등장하고, 고려 대에는 대체로 정종(『고려사』 9년 3월 외 1회), 문종(원년 4월 외 4회), 선종(2년 10월 외 1회), 숙종(2년 9월), 예종(원년 9월 외 5회), 고종(11년 3월 외 1회), 원종(6년 11월 외 2회), 충목왕(원년 1월), 공민왕(4년 8월 외 4회) 등이 시주자로 동참하고 있는 실정이었다.

뿐만 아니라 대소 신민도 소구·소원과 경제적 능력에 따라 각종 강경법석의 발원자가 될 수 있었다. 신라시대에는 전술한 바 전설적인 모례장자(『삼국유사』「흥법」 제3, 「아도기라」)를 비롯하여, 거칠부(『삼국사기』「열전」 권4), 김현(『삼국유사』「감통」 제7), 신충(동 「피은」 제8), 김대성(동 「효선」 제9) 등이 강경도량의 발원자로 나와 있다. 이로 보아 불교가 성행하던 당시에는 대소 신민의 상당수가 그런 법석을 주선·동참했으리라 짐작된다. 더구나 고려 대에는 강경도량이 더욱 보편화되어 "諸州府郡縣 逐年盛轉經會"[40]의 상황을 보였으니, 신심 있고 유력한 신민은 누구나가 그런 법석을 마련할 수가 있었다. 그중에서도 불경의 개연開演에 힘쓴 최승로(『고려사』「열전」권6)를 비롯하여 한언공(동상), 최항(동상), 변계량, 권근 등이 대표적 인물이라 할 수 있겠다. 이와 같이 국왕으로부터 대소 신민에 이르기까지 신심과 재력만 갖추어 있다면, 누구든지 공사 간 소구·소원을 성취시키려고 강경법석을 열 수가 있었으므로, 그것은 한국의 강경을 속강적으로 변모시키는 실질적인 요인이 되었다.

둘째, 이 강경법석이 열리게 되는 계기가 속강의 경우와 비슷하다. 강경도량은 전술한 바와 같이, 국가·사가의 유사시에 그에 상응하는 대소 간의 법석을 마련하여 소기의 목적을 달성하고자 하였다. 여기서 승려들의 자체 수련이나 단순한 포교설법은 제외하고, 그 도량의 개설 동기를 몇 가지 유형으로 나누어 보겠다.

우선 국왕의 등극을 경축하기 위하여 강격법석이 벌어졌던 것이다. 신라와 고려의 국왕이 궁전 내의 즉위식에 이어 유명한 국찰·원찰 내에서 경축법회를 열었을 것은 족히 짐작이 가지만, 신라 대에는 이렇다 할 기록이 보이지 않는다. 그것은 아마도 신왕의 즉위가 곧 전왕의 서거와 직결되어 있었기로 표면화되지 않은 탓이라 보아진다. 그런데 고려 대에는 즉위식을 지낸 왕 원년의 탄일을 기하여 경수재의 이름으로 등극의 경축법석을 열어 국운과 왕권의 무궁을 축원했던 것이다. 『고려사』에 기록된 것만도 성종의 천추절(원년 11월), 목종의 장령절(원년 4월), 덕종의 인수절(원년 1월), 정종의 장령절(원년 7월) 등에서 기원법

---

40 『고려사』「세가」「문종」「원년 정월 정유」조.

회·강경도량이 베풀어졌던 것이다.

그리고 국난에 대처하고 호국·안민을 염원한 나머지 다양한 강경법석이 베풀어졌던 것이다.[41] 전술한 바 백고좌법회와 연등회·팔관회 등이 바로 그것이다. 원래 백고좌도량은 거국적 대불사로서 규모나 내실에서 장엄하고 구족한 전형적 설경법석이었다. 그 개설에 있어 유명 국찰에 100개의 금강고좌를 설치하고, 그 아래 국왕·대신과 외빈 그리고 유관 신민이 동참한 자리에서 당대의 고승·대덕들이 각기 고좌에 올라 그 중의 수석법사 등이 엄숙한 의식 절차에 따라 모종경전을 감명 깊게 강설하는 것이었다. 이러한 도량은 신라·고려 대에 걸쳐 면면하게 계속되었는데, 신라 대에 10회, 고려 대에 50여 회 정도가 주로 9·10월(40회)과 3·4월(11회)에 실시되었다. 그것은 농경국가의 태평과 안민으로 직결된 춘추계절에 역점을 둔 재의적 경향이 아니었던가 한다.

이 연등회는 가장 유서 깊은 불사행사 중의 하나였다. 그것은 불법을 그대로 표징하는 등불을 밝혀 자비광명을 온누리에 펼치겠다는 이념이 행동적으로 실현된 바라고 하겠다. '법등명·자등명'을 강조하는 불가에서 연등불의 출현을 신화적으로 서사하면서 간등·관등·전등을 연극적으로 행사화한 것이라 보여진다. 그러기에 연등회에서는 설경·청법이 위주이기보다는 채붕·기악 등 연예적 활동이 주류를 이루었던 것 같다.[42] 그러므로 여기에 법사의 법문이 필수되었을진대, 그 설법에서

41　『고려사』「세가」「원종」「5년 추 칠월 기해」조에 "宣旨曰 自祖聖以來 全杖佛敎密護延基 夫仁王般若偏爲護國安民最勝法 文如經所說 百師子等法寶威儀 乃道場之急具也"라고 하였다.

42　『고려사』「세가」「문종」「21년 정월 무진」조에 "特設燃燈大會於興王寺（…中略…) 自

는 주로 그런 분위기에 어울리는 강경 화본 즉 강창문학이 연설되었으리라 추정된다.[43] 이 행사가 중국 측의 그것과 관련하여 일찍부터 시행되었으니[44] 신라 대에는 "行皇龍寺看燈"[45] 하는 식의 연례 행사로 치러졌을 것이다. 그런데도 『삼국사기』에 기록된 것은 진평왕 44년, 정강왕 2년, 경문왕 6년, 진성여왕 4년, 각 정월 15일에 열렸던 4건 정도에 불과하다. 고려 대에는 연등회가 본격적으로 성행하여 경향의 대소 사원에서 연례적으로 개설되었던 것이니,[46] 역대 국왕이 궁정과 국찰에서 행한 사례만도 140여 건으로 기록되어 있다.[47] 처음에는 그것이 신라의 유속遺俗대로 정월 15일에 시행되었으나, 현종 원년부터 2월 15일로 개정되어 오다가 의종 대와 명종 대에 다시 정월 15일로 환원되었고, 희종 5년부터 또다시 2월 15일로 개정, 연등일로 정립되어 왔다. 그러다가 공민왕 13년부터 4월 8일 불탄일에 연등회를 실시하면서, 그것은 고려 말을 거쳐 조선조로 계승되었던 터다.

이 팔관회는 "八關燃燈行香道場一依舊式"[48]이라 한 대로, 연등회와 깊

關庭至寺門結綵棚櫛比 (…中略…) 又作燈山火樹光照如晝"라 하고, 「공민왕」, 「원년 4월 경술」조에 "王以佛生日燃燈禁中 飯僧一百 設火山雜戲 奏伎樂以觀"이라 하여 연등회 때마다 綵棚·伎樂 등이 필수되었음을 알려 준다. 그런데 「문종」, 「12년 2월 무신」조에 "燃燈王如奉恩寺 會楮市橋邊民家三百餘戶火 乃除燃燈伎樂 但謁太祖眞殿"이라고 한 것과 같이 국가 유고시에는 그 연예적 활동을 하지 않았다.

43 『고려사』「세가」, 「충숙왕」, 「즉위년 10월 병자」조에 "上王飯僧二千 燃燈二千于延慶宮五日 (…中略…) 使伶官奏樂 邀禪僧冲垣敎僧孝幀說法"이라고 하였다.
44 안계현, 「연등회」, 『한국불교사상사연구』, 동국대 출판부, 1983, 224쪽.
45 『삼국사기』「신라본기」, 「경문왕」, 「6년 정월」조.
46 『고려사』「찬수범례(纂修凡例)」에 "如圓丘籍田燈燈八關等常事 書初見以著其例 若親行必書"라고 하였다; 서거정, 『동문선』권114 「봉은사연등도장문(奉恩寺燃燈道場文)」 참조.
47 안계현, 앞의 글, 234쪽.
48 『고려사』「세가」, 「고종」, 「21년 2월 계미」조.

은 관련을 가지고 그 제의적 경향을 같이 하였다. 성현이 "設八關燃燈大禮 皆依於佛"[49]이라 했듯이, 팔관회는 불교적 기반 위에서 팔계를 일일 일야에 근수하는 법회였던 것이다.[50] 따라서 거기에는 법사의 설법이 필수되었을 것이로되, 설경·청법이 위주이라기보다는 점차 채붕·기악 등의 연예적 행위가 성세를 보이게 되었던 모양이다.[51] 그러므로 여기 설법이 자연 그러한 연예풍으로 조정·부연되었으리라고 추측되는 것이다. 이 행사는 역시 중국 측의 그것과 연결되어 일찍부터 실시되었으니, 신라 대에는 "設八關會於外寺설팔관회어외사"[52] 하는 식으로 연례 행사가 되었을 것이 뻔하다. 그런데도 구체적 사례는 진흥왕 33년 10월과 선덕여왕 대의 그것[53] 두 건만이 사서에 기록되었을 따름이다. 고려 대에는 팔관회가 태조의 유훈으로 시작되어[54] 보편적으로 성행하고 개경과 서경으로 나누어 정례적으로 시행되었으니, 역대 국왕이 법왕사에서만 행한 사례가 100여 건에 이르고 있다. 그것은 일부(10건 미만)가 10월에 행해지고 대부분(90여 건)이 11월에 베풀어져서 동계 팔관회의 전통을 세우고 농경국가의 신앙생활과 밀착되어 왔던 것이라 하겠다.

또한 대국적 포교를 겸하고 국왕·왕실의 영복·안강을 위해서 수시로

---

49 성현, 『용재총화』 권8, 계유출판사, 1934, 87쪽.

50 안계현, 「팔관회」, 『한국불교사상사연구』, 동국대 출판부, 1983, 204쪽; 서거정, 『동문선』 권114 「법왕사팔관설경문(法王寺八關說經文)」 참조.

51 『고려사』 「세가」 「명종」 「14년 11월 을해」 조에 "設八關會 王觀樂于毬庭 翌日大會又觀樂于毬庭"이라 한 것을 비롯하여, 「문종」 27년 11월, 33년 11월, 선종 4년 11월, 예종 즉위년 11월 등에 열린 모든 팔관회는 친악(親樂)이 있었고, 「예종」 15년 10월 신사년에는 "設八關會 王親雜戲 有國初功臣金樂申崇謙偶像 王感歎賦詩"라고 하였다.

52 『삼국사기』 「신라본기」 「진흥왕」 「33년 10월 22일」 조.

53 『삼국유사』 권3 「탑상 제4」 「황룡사구층탑상」.

54 『고려사』 「세가」 「태조」 26년 4월에 내린 훈요 其六에 "朕所至願在於燃燈八關 (…中略…) 君臣同樂宜當敬依行之"라고 하였다.

강경도량이 벌어졌던 것이다. 이러한 도량이 신라 대에 성행되었을 것은 물론이나, 기록으로 전하는 것이 드물다. 『삼국유사』에 따르면 오대산을 무대로 자장율사와 정신대왕 태자 보천·효명 형제가 벌인 강경도량이 장엄했던 것이다. 각대가 진신의 상주처임을 전제하고, 동대에는 관음방을 세워 관음상을 모시고 여러 유덕승이 『금강경』·『인왕경』·『반야경』·『천수주』를 강독하며, 남대에는 지장방을 세워 지장상을 모시고 여러 유덕승이 『지장경』·『금강반야경』을 강독하며, 서대에는 미타방을 세워 미타상을 모시고 『법화경』·『미타경』을 강독하며, 북대에는 나한당을 세워 석가상·나한상을 모시고 『불보은경』·『열반경』을 강독하며, 중대에는 진여원을 세워 문수상, 비로자나탱을 모시고 『화엄경』·『육백반야경』을 강독하였기 때문이다.[55] 고려 대에는 이러한 강경도량이 더욱 성행하여 『고려사』 「세가」에 기록된 것만도 170건에 달하고 있다. 그 도량을 경명별로 나누어 보면, 장경도량(28)을 비롯하여 『인왕경』(35), 『반야경』(12), 『금강경』(9), 『화엄경』(9), 『금강명경』(5), 『약사경』(3), 『법화경』(2), 『생경』(1), 『능엄경』(1), 『운우경』(1), 『전등록』(1), 『마리지천경』(9) 등과 경명 미상인 것으로 불정(2), 천제석(17), 문수회(3), 관정(2), 용왕(2), 사천왕(1), 자비참(1) 등의 도량이 벌어졌던 것이다.[56]

이와 관련하여 각종 재해를 물리치기 위한 소재도량이 수시로 열렸던 것이다. 신라 대에는 천재·지변·질병 등 각종 재난에 부딪쳐 이를 감당한 기록은 『삼국사기』 「신라본기」에 수없이 많지만, 그에 대처하여 소재도량을 베풀었다는 사실은 흔하지 않다. 그런데도 불법과 그

---

55 『삼국유사』 권3 「탑상 제4」 「대산오만진신(台山五萬眞身)」조.
56 서거정, 『동문선』 권110 「전대장경도장소(轉大藏經道場疏)」 참조.

의식이 성행하던 신라 대에 국왕의 질환을 물리치려고 백고좌도량을 마련했던 사실을[57] 미루어 볼 때에, 문제의 재난을 당하여 대응되는 도량이 수시로 열렸으리라는 것은 족히 짐작된다. 더구나 이러한 재난을 예고하는 일월성신 및 산신 등의 이변에 관심을 쏟고, 그에 따른 소재도량을 베푼 사례가 『삼국유사』에는 전하고 있기 때문이다. 경덕왕 대에 '이일병현二日並現'의 괴변이 났을 때에, 연승 월명을 청하여 '개단작가開壇作歌'(〈도솔가〉)의 소재의식을 가졌고,[58] 특히 오악삼산신의 이상출현이 있었을 때에, 영복승 충담을 청하여 '설단작가設壇作歌'(〈안민가〉)의 소재 절차를 밟았으며[59] 진평왕 대에 혜성이 불길하게 출현했을 때에, 명승 융천을 맞이하여 '작단창가作壇唱歌'(〈혜성가〉)의 소재도량을 마련했던 것이다.[60] 고려 대에는 이러한 소재도량이 매우 성행하여 『고려사』「세가」에 기재된 것만도 300여 건에 이르고 있다. 그것은 대강 춘(82)·하(79)·추(81)·동(57) 등으로 계절에 따라 균배되어 있는 실정인데, 아무래도 춘추에다 역점을 둔 것 같다. 이것이 농경국가의 소재영복과 깊이 관련된 것은 사실이나, 거기에서 어떠한 설경說經이 행해졌는지는 확실하지 않다. 그러나 최자가 『보한집』에서 "每歲春秋轉大藏經及與消災道場"[61]이라고 언급한 것을 보면, 그러한 도장에 설경 절차가 필수되었으리라고 추정된다.

한편 민간 포교와 기복을 위하여 '순가경행巡街經行'을 베풀었다. 그것

---

57 『삼국사기』「신라본기」,「선덕왕」,「5년 3월」조.
58 『삼국유사』권5 「감통 제7」,「월명사 도솔가」조.
59 『삼국유사』권2 「기이 제2」,「경덕왕 충담사」·「표훈대덕」조.
60 『삼국유사』권5 「피은 제8」,「융천사 혜성가」조.
61 최자,『보한집』중, 아세아문화사, 1971, 113쪽; 서거정,『동문선』권111,「소재법석소(消災法席疏)」참조.

은 승도들이 행렬을 짓고 법고를 앞세워 행진하면서 독경을 하는 국가적 정례행사였다. 그러기에 국왕·대신들이 그 행사를 배송해야 되고, 그 뒤에 정복한 관원들이 따르면서 동리·가항을 순행해야만 되었다. 이때에 상하 민중이 거리로 몰려나와 독경과 함께 다른 구경거리도 보게 되었다. 여기서는 독경순행이 원칙적인 절차이지만, 운집한 관중들을 효과적으로 감화시키기 위해서는 가끔은 가두의 한 곳에 머물러 쉽고도 재미있게 설경도 하고 가창도 하는 등 연예적 요소를 곁들였으리라 추정된다.[62] 이러한 의식은 일찍 신라 대부터 행해졌을 터이나 확실한 근거는 없고, 다만 원효가 천촌만락을 좇아 가무로써 포교한 것이나,[63] 혜공이 가항을 돌면서 가무로 교화한 것,[64] 염불사가 고성염불로 성중만민을 감화시킨 것[65] 등에서 잔영을 짐작할 수 있을 따름이다. 고려 대에 이르러 정종 12년 3월에 있었던 '순가경행'을 두고 "經行自是歲以爲常"[66]이라 하여 그로부터 그것이 정례불사로 인정되었음을 알려 주고 있다. 그 후로 이 경행이 경향 간에 성행하여, 『고려사』「세가」예종 원년 6월의 기사에서조차 "國家盛行街衢經行 五部人民效此 各所在里行讀"[67]이라고 주목하였던 것이다. 그 전통은 조선 초까지도 그대로 계승되어 태조 2년 3월, 정종 원년 3월, 태종 6년 4월, 세종 원년 3월에 각기 순

62　성현, 『용재총화』 권2, 23쪽에 "世祖朝行轉經法 卽高麗古俗也 其法幡蓋前導 黃屋輿安黃金小佛 前後伶人奏樂 兩宗僧人數百 分左右隨之 各擎名香誦經 小僧升車擊鼓經止則樂作 樂止則經作 奉佛自闕而出 上御光化門送之 (…中略…) 設六法供養 簫鼓梵唄之聲振于太空 士女奔波聚觀"이라 하였다.

63　『삼국유사』 권4 「의해 제5」 「원효불기」조.

64　『삼국유사』 권4 「의해 제5」 「이혜동진(二惠同塵)」조.

65　『삼국유사』 권5 「효선 제9」 「염불사(念佛師)」조.

66　『고려사』「세가」「정종」「12년 3월 신축」조.

67　『고려사』「세가」「예종」「원년 6월 기축」조.

가경행을 실시하였고[68] 세종 4년 2월에 이를 파하였으나,[69] 세조 대에 이르러 부활되는 등 많은 시련을 겪게 되었다.

이와 관련하여 세간의 권선·모연을 위해서 승니·거사들이 여항·가두를 찾아 권화법석을 마련하였다. 그들은 연화승·권화승(화주승)으로 자처하고 권화회를 만들어 부호가나 가항의 광장에서 권선도량을 베풀되, 먼저 사물과 가악을 올려 민중을 모으고, 거기다가 경전을 토대로 한 권선공덕담이나 보시경험담 등을 강창하며, 나아가 염불·가무로써 청중의 감흥을 돋우는 것이었다. 결국 민중을 불교적으로 감동시켜 보시에 적극 동참하도록 법담·염불과 가무·연극 등이 조화를 이루는 가운데, 오히려 연예적 활동이 보다 강세를 보였던 것이라 하겠다. 신라 대에는 이러한 권화법석이 베풀어졌을 것은 사실이나 승니들이 집단적으로 대외활동을 벌인 사례는 기록된 바가 거의 없다. 그저 중생사를 도와준 연화승(관음화신)이나[70] 대성의 집 문전에서 송창誦唱으로 권선하던 권화승 등이[71] 소속사원의 본격적인 권화법석(육륜회)을 위해서 활동했던 것임을 유추할 수 있을 정도다. 고려 대에는 이런 권선법석이 성행했던 것이 사실이다. 그런데도 상당수의 법회도량이 실은 교화와 권선을 겸하여 시행되는 마당이라, 권화법석의 집단적이고 조직적인 활동은 너무도 보편화되어 새삼스럽게 주목·기록할 필요조차 없었던 것이다. 그러는 가운데 '면승강경丏僧講經'의 바람직한 사례가 나타나는 한편[72] "憑托修

---

68 『조선왕조실록』, 「태조」「2년 3월 정사」조·「정종」「원년 3월 갑신」조·「태종」「6년 4월 을해」조·「세종」「원년 3월 계축」조.

69 『세종실록』「4년 2월 병오」조.

70 『삼국유사』권3「탑상 제4」「삼소관음중생사(三所觀音衆生寺)」조.

71 『삼국유사』권5「효선 제9」「대성효이세부모(大城孝二世父母)」조.

72 赫連挺, 『균여전』「자매제현분(姉妹齊賢分)」조.

營寺院 以備旗鼓歌吹 出入閭閭"의 폐단과 부작용이 점차로 쌓여서 문종대에는 큰 물의를 일으키고, 금단을 당한 적도 있었던 것이다.[73] 조선조에 들어와 다른 불사들이 약화·폐지되면서도 권화법석은 신라·고려의 전통을 이어 시행되었기로 관심거리가 되었다. 처음에 그것은 음성화되어 권화승도들이 권화원문을 가지고 경향의 양반·관부들을 강권하여 보시를 받았으므로, 태조 2년 1월에는 그것을 일체 금지하도록 조치하였고[74] 태종 9년 2월에는 연화승이 보시받은 미두米豆를 선편으로 실어 나르는 것을 문제삼은 일까지 있었다.[75] 세종 16년 4월에는 승도들이 권화회를 만들어 강경 설법과 무애희 등으로 권선도량을 펼쳤는데,[76] 그것이 동년 5월까지 미결 문제로[77] 연결 부각되어 논의의 대상이 되었다. 세조 3년 3월에는 "僧五百人梵歌作唄於市里"[78]라고 할 만큼 그것이 성세를 보였는가 하면, 중종 25년 1월에는 승도들이 입성하여 여항을 횡행하고, 충청·전라 지방까지 수많은 승도들이 무리지어 염불·자행한다고 물의를 일으키게도 되었다.[79] 그래서 권화법석은 적잖이 변모하여 "僧徒演戲而索米"[80]라거나 "僧尼隊以鉦鼓乞財"[81]라 하는 세평을 받고, 그 말류末流를 거사배·사당패들의 '걸입乞粒 행위'로 물려주었다.[82] 하지만 거기에서 법담과 염불의 기본 정신은 아주 배제될 수가 없었던 것이다.

---

73 『고려사』「세가」「문종」「10년 9월 병신」조.
74 『태조실록』「2년 1월 을해」조.
75 『태종실록』「9년 2월 경진」조.
76 『세종실록』「16년 4월 정사」조.
77 『세종실록』「16년 5월 경진」조.
78 『세조실록』「3년 3월 정해」조.
79 『중종실록』「25년 정월 병신」조.
80 이덕무, 『청장관전서(青莊館全書)』권1 「영처유고(嬰處遺稿)」「관승희(觀僧戲)」조.
81 정약용, 『목민심서』권36, 「금폭(禁暴) 형전(刑典) 제5」조.
82 김동욱, 「신라행자염불 및 설화」, 『진단학보』23, 진단학회, 1962, 42쪽.

이와 같은 권화·보시로 하여 목적한 불사가 원만성취되면, 그것을 경축하기 위하여 강경도량이 개설되었다. 불상·사리탑의 조성, 장경의 간행, 사원의 창건·중수 등을 필역하고 그것을 축하·선양하기 위해서 설경법석을 마련하는 것은 당연한 일이었다. 그것은 경사에 속하는 일이므로, 설경·법문 이외에 채붕·기악 등의 연희적 활동을 곁들이게 마련이었다.[83] 그중에서도 사원 낙성을 기념하는 설경법석은 가장 규모있고 찬란한 의식 절차를 갖춘 것이었다. 신라 대에는 명찰·고탑이 조성될 때마다 낙성법회가 푸짐하게 열렸을 것이나, 국찰 황룡사구층탑과 망해사 등의 낙성에 따른 재의·법석이 저명한 사례로 오늘에 전하고 있는 형편이다.[84] 고려 대에 이르러 선대 건조의 고찰을 중수하거나 새로운 사원을 창건할 때마다, 낙성법회가 제대로 베풀어졌던 것은 물론이다. 그중에서도 특출한 예로『고려사』「세가」에 기록된 것만도 태조 대 개태사 낙성의 화엄법회와 신흥사 중수의 무차대회 無遮大會(23년 12월)을 비롯하여 광종 대의 봉은사(2년 모월), 숭선사(5년 춘), 귀법사(14년 7월), 홍화사·유암사·삼귀사(19년 모월), 현종 대의 중광사(3년 12월), 현화사(9년 6월), 선종 대의 국청사(6년 10월), 홍호사(10년 5월), 예종 대의 천주사(11년 3월), 안화사(중수, 13년 4월), 인종 대의 흥성사(3년 3월), 의종 대의 중흥사(8년 9월), 고종 대의 흥국사(30년 7월) 등의 낙성에 따른 법석이 채붕·기악과 어울려 진행되었던 터다.[85]

---

83 『고려사』「세가」「예종」「11년 3월」조에 "癸卯 王如天壽寺 設齋以落之 綵棚伎樂連互道路者三日 甲辰 宴群臣于寺門外 知曉乃罷"라 하였다.
84 『삼국유사』 권3 「탑상 제4」 「황룡사구층탑」조; 『삼국유사』 권5 「감통 제7」 「진신수공(眞身受供)」조.
85 『고려사』「세가」「예종」「13년 4월」조에 "丁卯 重修安和寺成 設齋五日以落之 庚午 親幸觀之 輕轡連亘 伎樂塡咽 士女盆集"이라 하였다.

그리고는 개인의 일생에 따른 기자·치병·추천을 위해서 설경법회를 여는 경우가 있었다. 기자법회는 관음경의 신앙으로부터 비롯되었거니와,[86] 그 사례가 일찍부터 있어 왔다. 신라 대에는 관음신앙이 정립되어 있었으므로 국왕 이하 신불 신민이 사자嗣子를 얻기 위하여 관음법회를 마련하는 예가 허다했을 것이다. 그것이 공사기록에 흔히 나타나지는 않았지만, 나말에 최은성이 중생사 관음전에 기도하여 생남했다는 이야기는 대표적인 사례라 보아진다. 이러한 기자재의는 고려 대에도 성행하였을 것이니, 익조가 정비 최 씨를 재배하여 도조를 낳을 때에, 낙산사 관음굴에서 기도하여 소원을 이루었다는 사실이[87]『태조실록』 총서에까지 실리게 되었던 것이다. 그런데 의종 원년 오월에 태자를 낳기 위하여 영통사에서 50일간『화엄경』을 강설한 법회가 열린 것은 기자를 위한 강경법석이 정식으로 벌어졌음을 실증해 주는 바다.[88] 이어 공민왕 2년 4월과 9월 두 차례에 걸쳐 왕비가 기자재의를 마련한 것도 실은 설경 절차를 제대로 밟았으리라는 점을 방증해 주고 있다.[89]

치병재의는 불가에서 일찍부터 널리 시행되어 왔다. 따라서 신라 대에는 국왕·왕족이나 고관·거부들의 치병에 강경법회를 여는 것이 흔한 일이었으리라 보아진다. 아도가 미추왕 2년에 성국공주의 질병을 고친 이적을[90] 비롯해서 선덕여왕의 질환에 대처하여 황룡사에서

---

86 『묘법연화경』「관세음보살보문품(觀世音菩薩普門品) 제25」에 "設欲求男 禮拜供養 觀世音菩薩 便生福德智慧之男"이라 하였다.
87 『태조실록』 권1, 「총서」, 5쪽.
88 『고려사』「세가」「의종」「원년 5월 정축」조에 "禱嗣于靈通寺 講華嚴經五十日"이라 하였다.
89 『고려사』「세가」「공민왕」「2년 4월 을묘」조;『고려사』「세가」「공민왕」「9월 무자」조.
90 『삼국유사』 권3「홍법(興法) 제3」「아도기라(阿道基羅)」조.

백고좌법회를 열고 제승을 모아『인왕경』을 강설하였으며[91] 그래도 낫지 않아 궁내에 법석을 마련하고 밀본이『약사경』을 강설함으로써, 왕질을 치유시킨 사례 등이 있었다.[92] 고려 대에는 치병도량이 더욱 성행하여 왕실과 세간의 질환에 대비하여 나름대로 설경법석을 마련하는 것이 상례였던 것이다.『고려사』「세가」에 나타난 바로도 역대 국왕과 왕비의 치병에는 으레 사원을 찾아 설재·강경함을 일삼았으니,[93] 그 중에서도 충열왕 대에 왕비의 치병을 위하여 법화경도량과 화엄경법회를 개설한 것이 저명한 예에 들 것이다.[94]

추천불사는 선망영가의 명복을 기원하는 법석이기로, 가장 다양하고 화려하게 베풀어졌다. 어떤 계기로든지 사별하여 떠나가는 영가를 두고 슬픔을 경건하게 승화시키고 명복을 빌면서 이승에 남는 사람들의 자위와 서원을 일깨우는 법석이었기 때문이다. 빈소법석으로부터 장송 절차를 거쳐 칠칠재 내지 기일도량에 이르는 추천불공에 왕생극락을 기원하는 설경법문이 필수되었던 것은 물론이고, 벽사진경의 여기적 행사가 부수되었을 가능성도 없지 않다. 신라 대에는 정토신앙이 뿌리 깊었기로[95] 추천불사가 흔히 행해졌을 터이지만, 무열왕이 황산전역에서 전사한 장춘랑·파랑의 고혼을 위안·추도하기 위하여 설경법석을 베푼 것이나[96] 진정이 망모의 명복을 빌기 위하여 제자 삼천과

---

91 『삼국사기』「신라본기」,「선덕왕」,「5년 3월」조.
92 『삼국유사』권5「신주(神呪) 제6」,「밀본최사(密本摧邪)」조.
93 『고려사』「세가」에 의하면 역대 왕과 왕비 등의 질환이나 서거직전에는 으레 치병법석을 열었다.
94 『고려사』「세가」,「충열왕」,「8년 7월 신유」조에 "以公主病 設法華經道場"이라 하고「10년 12월 을미」조에 "王與公主幸妙蓮寺 設華嚴經法會"라 하였다.
95 안계현,「신라정토교학의 제문제」,『한국불교사상사연구』, 동국대 출판부, 1983, 30쪽.
96 『삼국유사』권1「기이 제1」,「장춘랑 파랑」조.

함께 90일간 『화엄대전』을 강설한 것,[97] 김현이 망처를 해탈시키기 위하여 호원사를 짓고 『범망경』을 강설한 것,[98] 그리고 월명이 망매의 왕생을 위하여 재의를 열어 작가·설법한 것[99] 등이 두드러진 사례로 전승되고 있다. 고려 대에는 추천불공이 더욱 성행하여 경향·상하를 막론하고 서로 다투어 재의를 베풀었으니, 『고려사』 「세가」에 전하는 바역대 국왕의 기일법회만도 목종 대(8년 4월 외 1회), 문종 대(원년 5월 외 1회), 숙종 대(원년 7월 외 3회), 예종 대(3년 2월 외 1회), 신종 대(6년 11월), 희종 대(5년 1월), 고종 대(12년 8월), 충숙왕 대(원년 5월 외 1회), 충정왕 대(2년 2월), 공민왕 대(원년 3월 외 12회) 등에서 뚜렷한 예를 보여 주고 있는 실정이다.[100]

조금 색다른 추천법석으로 우란분재와 수륙재가 있었다. 우란분재는 불가의 해제일, 7월 15일에 선망부모의 명간구제와 극락왕생을 기원하여 베풀어졌던 것이다. 그 때에 「목련경」을 강설한 것이 상례였고, 겸하여 망령의 한풀이와 해제의 법열을 표현하기 위하여 연예적 행사도 곁들였을 것으로 보인다. 이 재의는 신라·고려의 숭불 유속이라 했으니[101] 신라 대에도 실시되었을 것이지만, 구체적인 사례는 찾을 수 없다. 고려 대에는 예종 원년 7월 숙종의 명우를 빌기 위하여 우란분재를 설하고 명승이 「목련경」을 강설했다는 실례를 보이고 있으며,[102] 의종 대(7년 7월)

---

97 『삼국유사』 권5 「효선 제9」 「진정사효선쌍미」조.

98 『삼국유사』 권5 「감통 제7」 「김현감호」조.

99 『삼국유사』 권5 「감통 제7」, 「월명사 도솔가」조.

100 『고려사』 「세가」 「예종」 「3년 10월 경진」조에 "以肅考忌辰 設講經法會於內殿"이라고 하였다.

101 김매순(金邁淳), 『열양세시기(洌陽歲時記)』 「7월」조.

102 『고려사』 「세가」 「예종」 「원년 7월」조에 "癸卯 設盂蘭盆齋于長齡殿 以薦肅宗冥祐 甲辰又召名僧 講目連經"이라고 하였다.

와 충렬왕 대(11년 7월 외 2회), 충목왕 대(말년 7월)에도 우란분재가 베풀어져 설경법문이 있었음을 보여 주고 있다. 이러한 법석이 경향의 상하 민간에서 매년 7월 15일에 정례적으로 성행하고 있었다는 것은 조선시대까지 이 재의가 면면히 계승되었던 점으로 보아 더욱 확실해진다.[103]

수륙재는 전란·재난 등으로 횡사한 망령·원혼들을 위안·천도하기 위한 집단적 추천재의다. 거기에도 설경법문이 있었고, 원풀이로서의 연회적 요소도 곁들이게 되었던 것인가 한다. 신라 대에는 진흥왕 33년 10월에 전사사졸을 위하여 외사에 팔관회를 설하였다는 것이 벌써 수륙재의 성격을 띠고 있으며[104] 전술한 바 무열왕이 베푼 전사 2랑의 고혼을 위한 천도법석이 실은 수륙재의 성향을 띠고 있었던 터라 하겠다. 고려 대에는 광종 19년에 왕이 다살죄악을 소멸하기 위하여 "廣設齋會"한 것으로부터 이러한 집단적 추천재의가 대두된 이래[105] 여러 가지 방편을 타고 보편적으로 성행하였던 것은 사실이다. 그런데도 '수륙재'란 명목으로 기록된 바는 충목왕 4년 11월에 왕의 치병을 위해서 베푼 재의 외에 특출한 예는 찾기 어렵다.[106] 다만 그 전통이 조선시대로 계승·개성화되어 명실공히 수륙재로 정립됨으로써, 조심스럽게 시행되었던 것이다.[107]

---

103 서병윤, 「『불설 목련경』의 서사문학적 고찰」, 충남대 석사논문, 1983, 13쪽.

104 『삼국사기』「신라본기」, 「진흥왕」, 「33년 10월 22일」조에 "爲戰死士卒 設八關筵會於外寺七日罷"라고 하였다.

105 『고려사』「세가」, 「광종」, 「19년」조에 "王信讒多殺 自內懷疑 欲消罪惡 廣設齋會 (…中略…) 列置放生所就 傍近寺院演佛經 禁屠殺肉膳"이라고 하였다.

106 『고려사』「세가」, 「충목왕」, 「4년 11월 계사」조; 서거정, 『동문선』 권111, 「동자기일수륙재소(童子忌日水陸齋疏)」·「수륙재소(水陸齋疏)」·「관음굴행수륙재소(觀音窟行水陸齋疏)」 등 참조.

107 사재동, 『불교계 국문소설의 형성과정연구』, 아세아문화사, 1977, 115~116쪽.

셋째, 설경법석을 주재·관장하는 법사가 속강의 그것과 동일하다. 전게한 바 각종 법석·도량에서 당당히 설경에 임한 법사들은 당대 일류의 고승·대덕의 대열에 끼어 있었던 것이다. 백고좌법회를 미루어 본다면, 고승·석덕이 열좌한 가운데서도 대표적인 법사가 모경의 일부를 강설하면, 그 내용을 문답·증의하는 상대법사가 있기 마련이었다.[108] 이러한 법사들은 경전에 대하여 전문적인 연구를 하고 상당한 논소를 내면서, 그것을 바탕으로 대중적 설경법석에서도 훌륭한 성과를 내고 있었던 것이다. 따라서 그들은 불경의 연구와 대중의 교화에서 그 시대의 핵심인물로 군림하였으리라고 보아진다.

이런 신라·고려 대의 고승·법사들은 정격의 강경법석에서 근엄한 전공법문으로 학문적 권위를 보였을 뿐만 아니라, 변격의 교화법회에서도 대중적인 문예설법으로 청중을 감화시키는 데에 주력하였던 것이다. 고금을 통하여 세간 대중의 근기에 따라 유효적절한 방편으로 그들을 교화·제도하는 것이 불타의 교지요 승단의 최고 이념이었기 때문이다. 따라서 고승·대덕들의 대중적 수기법문과 문예적 설법이 효과적인 방편으로 정립되면서, 전게한 문숙법사의 경우처럼 민중의 호응을 얻게 되었다. 그러는 가운데에 대중을 위한 파격적인 법회에 연예적 성향과 통속적 요소가 상당한 비중으로 끼어들게 되었고, 그것을 감당해 낼 연예승·유행승이 속강승으로서 등장하게 되었던 터라 하겠다.

이 경우에 있어, 법사는 모든 격식에서 벗어나 독단적으로 강경법화에 능통자재하면서 영송·화술·가무 등 연예 능력을 제대로 갖춤으로써, 청중을 더욱 감화시킬 수가 있었던 것이다. 신라 대에는 전게한

법사들이 그런 역할을 적으나마 담당해 왔으리라고 보아지지만, 원효나 혜공에게서 그 전형적 사례를 찾아볼 수 있을 정도다. 그리고 각종 도량이나 특이한 환경에서 작가·재예 등으로 이적의 권능을 보인 월명·충담·융천·영재·양지 등이 연예승·유행승의 역할을 해냈던 것이 아닌가 싶다. 고려 대에는 불교의 대중화, 재의화로 말미암아 연예승·유행승의 역할이 더욱 커지고 활동무대가 경향으로 보다 확산되었던 것이 사실이다. 그런데도 전게 법사들의 명성과 균여·일연 같은 석덕·법사들의 대행으로 가려져서인지, 그들의 충실한 연예적 활동에도 불구하고 이름이 구체적으로 밝혀지지 않았던 것이다.[109] 고려 대에는 원효의 〈무애가무〉가 전승·유행했다는 사실이나[110] 고려 대의 그러한 전통을 계승한 조선 초의 교계에 가무승의 전통이 유지되고,[111] 신수·계승 등이 연예·유행승의 기행 이적을 나타낸 사실로 미루어 보면,[112] 고려 대에 그들의 위치와 활동이 더욱 확실해지는 터라

---

109 『고려사』「세가」「충혜왕」「4년 8일 경자」조에는 "元使監丞吾羅古請享王 王曰今日須往妙蓮寺爲樂 吾羅古先至候之 王率二宮人及哺乃至登寺 北奉張樂 天台宗僧中熙起舞 王悅命宮人對舞 王亦起舞 又命左右皆舞 或作處容舞"라 한 내막이 있다.

110 이인로, 『파한집』 권하 , 아세아문화사, 1972, 48쪽.

111 『문종실록』「즉위년 6월 임오」조에 "政府又曰 購綵棚則必用戲謔 不可爲也 若不用戲謔則不搆綵棚 予以爲是言似矣 服則在外 戲則在心 果如政府之言 若使朝士爲戲則誠如是論 今呈才者皆是小民雖使戲謔亦不可妨也 (…中略…) 如水尺僧廣大等笑謔之戲則列立備敎而已可也"라 한 데서 가무승의 위치를 파악할 수 있다.

112 성현, 『용재총화』 권6 「신수(信修)」조, 69~70쪽에 "有僧信修者 生長坡州吾鄕曲 結草廬于洛水南 性放蕩詼謔 口出一言 人無不絶倒 (…中略…) 僧又年老 顔如假面 搖頭轉目 作十六羅漢像 一一異狀 又見人擧止 軌效其形 雖達官索不相識者 一見如舊 呼名相爾汝 (…中略…) 有時奠食於前 振鈴誦經 自唱魂曰 信修信修 往生淨土 生雖狂悖死堂眞實 卽出聲大哭聲甚悽狀 仍復拍手大笑"라 하였고, 『용재총화』 권6 「계승(鷄僧)」조, 69쪽에서 "有僧容體矮小 一足微蹇 每居長安 日日 周遍城中 朱門貴宅無不歷到 常拍手作鷄鼓翼狀 蹇口作聲 (…中略…) 又作歌搖身而唱曰此生此生 一間茅屋心可樂 此生此生 懸鶉百結亦不惡 閻羅使者若來迓 雖欲住世那可得 又曰 觀音帝釋帝釋觀音 此身苦淪化 全墮地獄間 其歌多類此 曲節似農歌 兒曹隨行 千百爲群 僧常曰 吾丘卒之多 雖三公不能及也"라

하겠다. 그래서 신라·고려 대에 걸쳐 그들 연예승·유행승들은 속강
승의 역할을 제대로 해내고 있었던 것이다.

넷째, 강경법석의 무대가 속강의 그것과 상통된다. 전게한 바 각종 법
석·도량에서 경향의 각 사원이 중심 무대가 되었던 것은 당연한 일이
다. 신라 대에는 황룡사를 비롯하여 수많은 사찰이 있었지만, 법석과 관
련되어 국가적 관심을 모아『삼국사기』에 기록된 명찰, 세간에 널리 알
려져 신중들의 호응까지 크게 얻어『삼국유사』에 기재된 대찰 등이 얼
마든지 있었다. 고려 대에는 위 사찰의 계승·보수 이외에도 수많은 사
원을 창건하여 불교국가의 면모를 자랑하였다. 거기에도 국왕이 행행幸
行하여 도량을 베풀고 청법했거니와, 그와 관련을 맺어『고려사』에 수
록된 것만도 법왕사를 비롯하여 120여 사원이 있었다. 그런데도 강경도
량의 성질에 따라서 궁중의 어느 전각이 무대가 되기도 하고, 때로 가두
광장이나 야단법석으로 베풀어지기도 했던 것이다. 기실 궁내 도량의
경우만 하더라도 보다 뚜렷한 사례를 남기고 있다. 신라 대에는 궁중법
석이 자주 있었던 것은 사실이지만, 무대로서의 전각명을 밝히기는 어
렵다. 고려 대에는 각종 도량이 궁중에서 열릴 때, 무대 전각으로서『고
려사』에 드러난 것만도 내전·본전을 비롯하여 강안전·명인전·대관
전·봉원전·수문전·선경전·숭문전·경희궁·연경궁·강령전·
신격전·경령전·수강궁·인희전·장령전 등이 있었다.

이와 같이 다양하고 화려·광원한 무대에는 어떠한 장엄·시설을 했
던 것인가. 강경도량의 성격에 따라 거기에 적합한 무대장치가 이루어
졌을 것은 물론이니, 먼저 사원·전각의 건축물과 벽화 그리고 탱화 등

하여 그 속강승적 면모를 보이고 있다.

이 효율적인 무대배경이 되었던 것이다. 그 건축물의 구조 양식과 배치·장식도 경전의 내용을 그대로 집약·조형화한 경우가 있었거니와[113] 벽화나 탱화가 또한 그러하였기 때문이다. 이와 같이 불경의 내용·고사를 회화로 표출한 것이 변상이라면 바로 내용·고사를 언어로 설창하면 강경이 되고, 그것을 또한 문장으로 표현하면 변문이 되는 것이다.[114] 그렇다면 변상·강경·변문은 실로 "佛經之産兒불경지산아"·"同胞兄弟동포형제"[115]의 관계가 되며 그 변상을 배경으로 강경이 진행되고 그 화본이 변문, 강창문학으로 성립되었다는 것은 지극히 당연한 일이다. 여기서 한국의 변상은 강경의 무대배경으로서 뿐만 아니라, 그동안 애매했던 속강적 강경과 변문의 존재를 방증할 수 있는 근거로서 매우 중요한 것이라 하겠다.

신라 대에는 당대와의 불교문물 교류로 하여 수많은 변상이 각 사찰의 벽화나 탱화 내지 사경변상의 형태로 그려졌던 것은 사실이다. 그런데 벽화나 탱화로 된 변상이 현존하는 것은 볼 수가 없고, 그 실존을 증언하는 기록이 『삼국유사』에 들어 있어 매우 중시된다. 우선 진평왕 대에 안흥사의 비구니 지혜가 선도산신모의 신몽·교시를 받고 주존삼상主尊三像의 조성에 이어 53불, 육류성중, 제천신 및 오악신군의 벽화를 그리게 되었다는 사실이 있고[116] 선덕여왕 대에 밀본의 신통력으로 발심하여 〈미륵삼존도〉나 〈미륵하생경변상〉 등의 금화를 그리게 되었다는 사례가 있다.[117]

---

113 민영규, 「석굴암 조상의 교리배경 1」, 『고고미술』 상, 1979, 134쪽 참조.
114 羅宗濤, 「變歌·變相與變文」, 『中華學苑』 第7期, 政治大中文硏究所, 1971, p.83에서 파주(巴宙)의 설을 인용하여 "以圖畵顯示經中的故事的謂之「變相」, 以文字顯示經中的故事的謂之「變文」"이라고 하였다.
115 邱鎭京, 『敦煌變文述論』, 商務印書館, 1974, p.15.
116 『삼국유사』 권5 「감통 제7」 「선도성모수회불사」조.

나아가 경덕왕 대 솔거가 그렸다는 분황사 좌전 북벽의 〈천수대비관음상〉과 단속사의 〈유마상〉,[118] 경덕왕 19년 내원탑 남벽에 그려 있었던 〈미륵상〉,[119] 혜공왕 대 진표에 의해서 그려졌다는 금산사 금당 남벽의 〈미륵하강수계위의상〉,[120] 중국(당)의 유명 화사에 의해 그려졌다는 중생사의 〈관음상〉,[121] 경명왕 대 정화·홍계의 서원으로 그려진 홍륜사의 〈보현상〉[122] 등이 있었던 것이다. 이것들은 최근에 발견된 신라 대(744~755)의 〈화엄경사경변상도〉(호암미술관장)에 의해서 그 변상적 면모가 유추되며, 그 양식이 당대 돈황석굴의 〈유마변상〉, 〈미륵하생경변상〉과 근사한 것이었으리라 추정된다.[123]

고려 대에는 불교가 성행하고 사원의 중수·건립이 빈번하였으므로, 장엄·장식으로서 벽화 형태의 각종 변상이 많이 그려졌던 것이다. 이 변상이 벽화로 그려진 것은 문종 대 개성 홍왕사의 그것이 가장 유명했던 모양이다. 홍왕사는 문종이 발원하여 12년에 걸쳐 완성을 본 2,800여 간의 대찰이었거니와,[124] 이 사찰에 중국 하남성의 상국사 벽화를 모사하여 그리도록 명한 것이 주목된다. 당시 상국사에는 오대와 송의 화가들에 의하여 그려진 〈정토·미륵하생도〉, 〈아육왕등변상도〉·〈항마변상도〉·〈고독장자매지타태자원인연도〉·〈지공변상도〉·〈뇌도

---

117 『삼국유사』 권5 「신주 제6」 「밀본최사」조.
118 『삼국유사』 권3 「탑상 제4」 「분황사천수대비 맹아득안」조; 『삼국사기』 「열전 제8」, 「솔거」조.
119 『삼국유사』 권5 「감통 제7」 「월명사 도솔가」조.
120 『삼국유사』 권4 「의해 제5」 「관동풍악발연수석기」조.
121 『삼국유사』 권3 「탑상 제4」 「삼소관음중생사」조.
122 『삼국유사』 권3 「탑상 제4」 「홍륜사벽화보현」조.
123 박도화, 「한국불교벽화의 연구」, 『불교미술』6, 동국대 박물관, 1981, 105쪽.
124 『고려사』 「세가」 「문종」 「21년 정월 경신」조.

차문성변상도〉·〈아육왕변상도〉 등이 있어,[125] 거의 그대로 흥왕사의 벽화로 재현되었으리라 추정되기 때문이다. 그리고 고려 초 삼각산 승가굴의 석굴사원에 그려졌었던 벽화나[126] 현전하는 영주 부석사, 공주 마곡사의 벽화가 변상도로서의 분위기를 충분히 나타내고 있는 중에,[127] 고려 말 강화 선원사에 그려졌었던 벽화는 여러 가지 면모로 보아 화엄계 변상도였으리라 추정된다.[128] 한편 태조 대에 창건되어 고려 말 최영의 발원으로 중수된 금주 안양사 전내 사벽에는 동－약사회·남－석가열반회·서－미타극락회·북－금경신중회가 그려 있었다는데[129] 그것은 일련의 사방정토변상임에 틀림없다고 보아진다.

따라서 이 변상이 탱화 형태로 그려진 것은 상당히 많았을 것이지만, 국내외에 현존하는 것은 매우 드물다. 그중에서도 일본에 건너가 있는 〈관무량수경변상〉 4점과 〈안락국태자경변상〉 1점[130] 그리고 〈미륵하생경변상〉 2점 등이 있어 매우 중시된다. 그밖에 단독 탱화로 〈아미타존상도〉 16점, 〈아미타불래영도〉 12점, 〈약사삼존도〉 1점, 〈수월관음도〉 18점, 〈관음·지장보살도〉 1점, 〈지장보살도〉 9점, 〈오백나한도〉 6점, 〈마리지천도〉 1점 등이 현전하여 전체적으로 변상의 세계를 보좌하고 있으며, 사경변상으로 〈대보적경변상〉 1점, 〈불공견색신변진언경변상〉 1점, 〈금강반야경변상〉 1점 등이 전하여 변문의 변상처럼 축소되어 있거니와, 위 변

---

125 박도화, 앞의 글, 105～106쪽.

126 『동문선』 권64 「삼각산중수승가굴기」조.

127 박도화, 앞의 글, 107～111쪽.

128 『동문선』 권65 「선원사비로전단청기」조.

129 『동문선』 권76 「금주안양사탑중수기」조.

130 熊谷宣夫, 「靑山文庫藏 「安樂國太子經」變相」, 여당 김재원 박사 회갑기념사업위원회, 『김재원 박사 회갑기념논총』, 을유문화사, 1969, 1080쪽.

상의 세계를 보완하고 있는 것이 확실하다.[131]

그래서 탱화 형태의 변상들은 족자 모양으로 꾸며져서 벽화변상에 상응하여 가동성 있는 무대의 배경과 장치로 적절하게 활용되었으리라 보아진다. 그리하여 위에 든 변상들이 그 자체의 서사성과 시각성으로 하여 감화력이 컸을 뿐만 아니라, 무대배경으로서 중추적 역할을 감당해 왔다고 할 때, 그것은 강경의 속강적 내용과 실황을 복원해 볼 수 있는 근거가 되리라 믿어진다.

다섯째, 강경법석의 내용이 속강의 그것과 대체로 일치한다. 전게한 바 각종 강경법석에 등장했던 경전에는 신라・고려 대를 통하여『화엄경』・『법화경』・『열반경』・『금강경』・『인왕경』・『관무량수경』・『아미타경』・『무량수경』・『유마경』・『보은경』・『능엄경』・『금광명경』・『약사경』・『생경』・『운우경』 등 중요한 대승경전이 거의 다 망라되었던 것이다. 이와 같은 경전을 대상으로 전체를 시종하여 모두 강설하기도 하고, 그 중 중요한 대목을 골라 발췌・강설하기도 했던 것이다. 그런데 만일 정격강경을 벗어나는 경우라면, 그 설법 내용은 매우 자유롭고 다양해지는 것이었다. 말하자면 경전 속의 고사(법화) 하나를 기반으로 대중의 흥미에 알맞게 부연하여 강설할 수도 있고 표현과 설명에 적절한 사실・전기・설화 등으로 새로운 화본을 만들어 설법할 수도 있었던 것이다. 그러니까 이 법석의 내용은 각종 대승경을 강설하는 계열과 온갖 불교계 서사문학을 연설하는 계열로 크게 양분되었던 것이라 하겠다.

그렇다면 강경법석의 진행 절차와 그 대본은 어떠한 것이었던가. 그

---

131 이상 현존 고려불화는 이동주,『고려불화』, 중앙일보사, 1981에 수록된 것을 참고.

강경의 내용이 양분되듯이, 이 법석은 성격과 수준 내지 분위기 등에 따라서 크게 두 가지 방향으로 자유롭게 운용될 수가 있었다. 말하자면 그것은 정격 절차를 밟아 근엄한 강경의식으로 시행되는 형태가 있고 변격 절차를 거쳐 강창·예능으로 전개되는 형태가 있었다는 것이다. 그것은 속강의 경우와 같이, 정격강경과 변격강경으로 상대되어 상호보완하면서 공존·발전해 왔으리라고 보아진다.

먼저 정격강경의 경우 한·중·일 간에 보편적으로 개설되던 정식 강경 절차와 같았으리라고 생각된다. 그것은 한국 내에 자료 상황으로는 구체적인 의식 절차와 실상을 확실히 알 수가 없었다. 그런데 다행하게도 일본승 원인이 『입당구법순례행기』에서 강경에 관한 자세한 소식을 전해 주었던 것이다. 그는 당 문종 3년(838)에 입당하여 동 4년 6월에 산동 문등현 신라방 적산법화원에 머물면서 신라승들의 강경회에 참례해 보고, 강경의식을 다음과 같이 기술하였다.

辰時打講經鍾 打驚衆鍾訖 良久之會 大衆上堂 方定衆鍾 講師上堂 登高座間 大衆同音 稱嘆佛名 音曲一依新羅 不似唐音 講師登座訖 稱佛名便停 時有下座 一僧作梵 一據唐風 即云何於此經等一行偈矣 至願佛開微密句 大衆同音唱云 戒香定香解脫香等頌 梵唄訖 講師唱經題目 便開題 分別三門 釋題目訖 維那師 出來於高座前 談申會興之由 及施主別名 所施物色 申訖 便以其狀轉與講師 講師把塵尾 一一申擧施主名 獨自誓願 誓願訖 論議者論端擧問 擧問之間 講師擧塵尾 聞問者語 擧問了 便傾塵尾 即環擧之 謝問便答 帖問帖答 與本國同 但難儀式稍別 側手三下 後中解曰前卒爾指申難聲如大嗔人 盡音呼諍 講師蒙難 但答不返 論議了 入文談經 講訖 大衆同音長音讚嘆 讚嘆語中有廻向詞 講師下座

一僧唱處世界如虛空偈 音勢頗似本國 講師昇禮盤 一僧唱三禮了 講師大衆同

音 出堂歸房 更有覆講師一人 在高座南下座 便談講師昨所講文 至如會義句 講

師牒文釋義了 覆講亦讀 讀盡昨所講文了 講師即讀次文 每日如斯[132]

이것은 신라의 강경의식을 전반적으로 고찰하는 데에 매우 소중한
기록이다. 물론 이러한 절차가 중국 내에서 시행되는 마당에 중국의
강경의식을 본받았을 것은 사실이지만, 한편 "音曲一依新羅"라는 점에
서 신라적인 특성을 지니고 있는 것이라 보아진다. 따라서 신라 본국
의 강경의식 바로 그것이라 하여도 틀림이 없겠다. 신라에서 전통적으
로 숭엄하게 시행된 강경의식이 신라 본국과 재중 신라방 사이에 차이
를 나타낼 수 없었기 때문이다.

① 강사는 대중이 염불하는 가운데 상당(上堂) 고좌에 올라 게송·범패
　　등을 제창하여 근엄한 법좌를 만든다.
② 강사 등이 경제(經題)를 창하고 그것을 일일이 분별·해석한다.
③ 강사는 유나(維那)가 제시한 시주명을 들어 서원을 하고, 대중과 더
　　불어 논의문답을 한다.
④ 강사가 본문에 들어가 경문 일 구씩을 들어 담화·강설해 가며, 때로
　　는 그 내용을 집약하여 게송으로 읊는다.
⑤ 이 강경을 마치면, 염불찬탄의 회향사를 곁들이고 강사가 하좌, 예반
　　(禮盤)에 올라 게송과 삼례를 제창하여 마친다.

---

132 圓仁, 『入唐求法巡禮行記』卷2 「赤山法花院新羅僧講經儀式」, 現代社, 1982, pp.205~
　　208.

⑥강사가 출당 귀방한 뒤에, 복강사(覆講師)와 대중이 이미 강설한 내
　용을 재검토 습득한다.

　이로써 볼 때, 신라 대에 정립된 정격강경 절차는 중국의 정격속강의
그것에 비하여 몇 가지 특성을 지니고 있으나, 전체적으로는 동궤의 것
임을 확인할 수가 있다. 이 점에 대하여는 중·일 학자들이 이미 "大致不
殊대치불수"[133]라거나 "대차없다"[134]라는 논평을 내리고 있었던 것이다.
이와 같은 의식 절차의 진행 과정에서 구술·정착된 강경화본이 이른바
『모경강경문』이 되는 것은 물론이다. 한국의 경우, 비록 그 명칭이 '～경
기'·'～경찬'·'～경소'·'～경사기'·'～경술기'·'～경술의기'·'～경
고술기'·'～경연의술문찬' 등으로 다양하게 전개되어 있지만, 그것들
은 하나같이 강경문, 강창문학임에 틀림이 없다.
　강경문의 전체 구조는 정격강경의 진행 과정을 그대로 반영함으로
써, 다음과 같은 형태를 나타내고 있다.

　　講經題目－序說－經題解說－經典本文一句(經曰·經云)－經句講說文(述
　云·釋曰)－偈頌－(反復·繼續)－跋文

　여기서, 모경 원문과 그 강경문을 비교할 때 역시 양자 사이에는 상
당한 차이점이 나타나는 것이다. 이 강경문은 그 경의 원문으로부터

---

133 向達,「唐代俗講考」,『敦煌變文論文錄』上冊, 明文書局, 1985, p.45.
134 金岡照光,「再論文淑法師－俗講の 諸樣相」,『東洋學研究』第3號, 東京大 東洋文化研
　　究所, p.73.

질량 면에서 그만큼 획기적인 변화를 가져왔기 때문이다.

우선 초두의 서설과 말미의 발문을 원칙적으로 덧붙임으로써 압좌문과 해좌문의 역할을 담당하고 있는 것 같다. 서설은 앞으로 강설될 경전의 대강을 요약·서술한 산문으로서 대중들에게 예비 지식을 주고 법석을 엄숙하게 진정시키는 역할을 담당했던 것이다. 한편 발문은 이미 강설된 내용을 종합·요약하여 대중들에게 다시 역설하고 윤리적 권장과 더불어 각자의 소망을 기원하는 방향으로 배려된 것이었다.

다음 경제와 경본문이 주류를 이루고 있는 점은 중국의 강경문과 같은 경향이다. 그 문장은 역시 당해 경구를 제목으로 하여 독립된 산문 작품들처럼 자리 잡고 있다. 그것은 또한 강사의 수준과 형편에 따라서 철학적 논설문, 분석적 비평문, 사실적 수필문, 허구적 서사문 등의 유형으로 되어 있고, 갖가지 소재를 자유로이 인용·조합시킴으로써 문학성이 강화되기 마련이었다. 이와 같이 질량 면에서 증연·확대된 강설문이 각기 해당 경구를 표제로 떠올리며 연속됨으로써 강경문의 주류를 이루고 있는 것이다.

그리고 각 경구·강설문의 내용을 집약·승화시킨 게송이 붙어 나오는 점은 중국의 경우와 비슷하다. 게송은 역시 불교시가일 뿐만 아니라, 종교적 달관과 해탈의 경지에서 인행의 진실을 관조·표출한 서정시 내지 서사시로서도 값진 작품들이다. 이러한 시가가 또한 풍성한 강설문 사이사이에 끼어들어 삽입가요의 기능을 발휘하게 된 것도 사실이다. 그런데 현전하는 한국의 강경문에서는 실제로 게송이 상당히 약화되어 있는 실정이다. 기실 전게한 신라의 강경의식에서도 게송을 군데군데 삽입하여 이를 무엇보다도 중시한 근거를 보이고 있다. 더구

나 신라의 강경법식을 그대로 이어 받았던 균여의 강경문이 "文皆方言
古訓歌草而寫"[135] 정도의 원형을 가지고 있었으므로, 그 가운데에 게송
류의 시가가 적잖이 끼어 있었던 것은 거의 확실한 일이다.[136]

그렇다면 신라·고려 대의 강경문이 대부분 중국의 그것과 같이 상
당수의 게송을 삽입시키고 있었으리라 추정된다. 그러던 것이 균여의
강경문에서 전게 '가초지서歌草之書'[137]가 부전하듯이 원본이 유실되었거
나 후대에 '방언方言·고훈古訓'의 원전을 '역교譯校·간행刊行'할 때에 "削
去方言",[138] "刊削羅言"[139] 하면서 겸하여 중복된 내용의 게송을 상당수
삭제해 버린 탓으로, 현전 강경문에서 게송의 약세를 보이게 된 것이라
하겠다. 이처럼 후대로 내려오면서 한국의 강경문 내지 변문류가 긴밀
한 서사적 구조와 간요한 표현을 위하여 중송의 성격을 띤 가송을 대폭
생략해 온 경향은 사실상 한국적 특성이라고 보아 마땅할 것이다.[140]

그런대로 한국의 강경문이 게송의 흔적을 유지하고 있으므로 하여
그것은 역시 산문과 운문으로 조화된 하나의 문학작품, 강창문학임에
틀림이 없겠다. 경문 자체만도 문학작품인 터에, 거듭 새로운 산문과
운문이 끼어들어 고차원의 문학세계를 재조직하였기 때문이다. 이 점
은 현전하는 강경문을 통하여 충분히 유추해 볼 수가 있는 것이다. 먼
저 신라·고려 대의 대표적인 것만을 들어 보면 다음과 같다.

---

135 균여, 「발문」(『십구장원통기』 하), 한국불교전서편찬위원회, 『한국불교전서』 4, 동국
　　대 출판부, 1982, 81쪽.
136 김동욱, 「신라 행자염불 및 설화」, 『진단학보』 23, 진단학회, 1962, 51쪽.
137 균여, 위의 글.
138 균여, 「발문」(『석장엄지귀장원통초(釋華嚴旨歸章圓通鈔)』 하), 앞의 책, 159쪽.
139 위의 책, 239쪽.
140 덕주사(德周寺), 『석가여래십지수행기』 「서」, 1쪽.

원측,『불설반야파라밀다심경찬(佛說般若波羅密多心經贊)』1권(『한국불
　　교전서』1, 1쪽)

원측,『인왕경소(仁王經疏)』6권(『한국불교전서』1, 15쪽)

원측,『해심밀경소(解深密經疏)』10권(『한국불교전서』1, 132쪽)

원효,『화엄경소(華嚴經疏)』잔권(『한국불교전서』1, 495쪽)

원효,『보살영락본업경소(菩薩瓔珞本業經疏)』잔권(『한국불교전서』1, 498쪽)

원효,『불설아미타경소(佛說阿彌陀經疏)』1권(『한국불교전서』1, 562쪽)

원효,『범망경보살계본사기(梵網經菩薩戒本私記)』잔권(『한국불교전서』1, 586쪽)

법위,『무량수경의소(無量壽經義疏)』2권(『한국불교전서』2, 9쪽)

경흥,『무량수경연의술문찬(無量壽經連義述文贊)』3권(『한국불교전서』2, 18쪽)

경흥,『삼미륵경소(三彌勒經疏)』1권(『한국불교전서』2, 77쪽)

승장,『범망경술기(梵網經述記)』4권(『한국불교전서』2, 114쪽)

승장,『금광명최승왕경소(金光明最勝王經疏)』(『한국불교전서』2, 181쪽)

현일,『무량수경기(無量壽經記)』잔권(『한국불교전서』2, 232쪽)

의적,『법화경론술기(法華經論述記)』잔권(『한국불교전서』2, 300쪽)

태현,『본원약사경고적(本願藥師經古迹)』2권(『한국불교전서』3, 409쪽)

태현,『범망경고적기(梵網經古迹記)』4권(『한국불교전서』3, 418쪽)

균여,『십구장원통기(十九章圓通記)』2권(『한국불교전서』4, 39쪽)

균여,『화엄경삼보장원통기(華嚴經三寶章圓通記)』10권(『한국불교전서』1, 160쪽)

균여,『석화엄교분기원통초(釋華嚴教分記圓通鈔)』10권(『한국불교전서』4, 239쪽)

각운·혜심,『선문염송설화회본(禪門拈頌說話會本)』60권(『한국불교전서』
　　　5, 1쪽)

함허,『금강경오가해(金剛經五家解)』2권(묘향산 보현사판, 1680)

이상의 강경문들은 대체로 시가가 삽입된 산문문학임을 확인할 수 있다. 현존 자료에서는 논설적 수필문학이나 분석적 비평문들이 강세를 보이고, 정작 강창문학의 구조 형태를 지니고 있는 것은 약세를 면치 못하는 실정이다. 그러나 이런 점이 신라·고려 대 강경문의 강창문학성을 전체적으로 대변해 준다고 단언할 수는 없다. 원래 서사성을 지닌 불경을 서사문학적으로 담설한 강경문이 상당히 찬성·유전되다가 중도에 실전되었을 가능성은 얼마든지 있기 때문이다. 더구나 상게한 원본 불경들은 전반적으로 서사성이 부족한 데가 그 강경문이 설령 강창문학적으로 부연되었다 하더라도, 그것이 기록·정리되고 교정·간행되는 과정에서 상당히 약화되었으리라고 보아진다. 따라서 강경의 효과적 방편을 고려하고 중국강경문의 서사적 성격을 감안해 볼 때, 신라·고려 당대에 유통되던 강경문의 원형은 전반적으로 현전하는 것보다 강창문학성이 좀더 강했으리라고 추정된다.

그런데도 이 강경문은 중국의 그것처럼 그 경론과 동궤의 것임을 면할 수가 없다. 강경문에서 게송과 문학적 요소를 빼고 그 내용을 논리적으로 축약·논증해 나가면 경론이 되고, 한편 경론에다 게송과 문학적 요소를 삽입·가미하고 그 내용을 실제적으로 부연·설명해 나가면 강경문이 되는 것이기 때문이다. 그러기에 이들 강경문은 일단 문학작품으로 파악하되, 특수한 사례가 발견되지 않는 한, 그대로를 불교계 서사문학과 희곡작품이라고 단정할 수가 없다. 그러나 이것은 그것대로의 소중한 가치를 지니고 있다. 우선 이것은 본격적인 불교계 강창문학이 형성·전개되는 데에 기반과 매개가 되어 줄 수 있었기 때문이다. 그리고 이것은 분석적 비평문으로 하여, 그 속에 이미 비평정신과 이론, 본문비평과 실제비평 등 문학평론으로서의 제반요건을 갖추고 있었다는 점이 주목된다. 그리하여 우리는 한국에서도 정격강경 의식을 통하여 광의의 변문, 강창문학이 찬성되어 왔음을 확인하게 되었다.

이제부터 변격강경에 대하여 적극적으로 검토할 단계에 이르렀다. 변격강경의 진행 절차에 관하여 검증할 만한 문헌적 자료가 아직은 나타나지 않는다. 따라서 전술한 바 강경의식의 전반적인 상황과 정격강경의 진행 절차를 근거·기반으로 하여, 그 실상을 추정할 수밖에 없다. 변격강경은 정격강경의 대중적 변형이라 파악되기 때문이다. 이제 그 변화의 궤적을 중심으로 변격강경의 양상을 어림해 보기로 하겠다.

우선 이 변격강경이 정격의 그것에 비하여 대중화되었다는 것이다. 이 강경의 발원·보시자가 국왕·대신으로부터 점차 민간화될 때에는 무대와 청중이 대중화될 수밖에 없었기 때문이다. 그 무대가 궁전이나 유명사찰을 벗어나 확대되고, 무대장치나 분위기가 평상적으로 자유로워졌으므로, 참석하는 청중이 다양하게 민중화되었다. 이러한 환위 속에 운집한 민중을 모두 감화·접인하기 위해서라면, 강경의식이 전체적으로 대중화되는 것은 당연한 현상이었다. 따라서 법사들도 그 강경·설법의 방편을 정격강론으로부터 수순중생의 방향으로 바꾸지 않을 수 없었던 것이다.

그러니까 이 강경의 절차가 청중에게 알맞도록 변형·조정되게 마련이었다. 전술한 정격강경의 진행 절차에서 장엄·유장한 의식순서를 상당히 제외시키고 대중의 관심에 값할 만한 연희적 내용을 첨가하였던 것이다. 이러한 현상은 신라 대를 거쳐 고려 대로 내려오면서 더욱 성행하였고, 심지어는 적잖은 폐단까지 나타내게 되었다. 그리하여 이러한 법석·도량에 채붕·기악이나 영송·가무 등이 삽입됨으로써, 연희적 분위기를 조성하게 되었던 것이다. 그리하여 법석을 이끌어가는 법사들은 연희승·유행승의 역할까지 담당할 수밖에 없었던 터다. 그것이 교화 중생의 길이라고 믿고, 기꺼이 밀고 나가는 속강승적 보살행이 있었기 때문이다.

전술한 바 원효가 보여 준 행적 가운데

曉旣失戒生聰 已後易俗服 自號小姓居士 偶得優人舞弄大瓠 其狀瑰奇 因其形製爲道具 以華嚴經一切無㝵人 一道出生死 命名曰無㝵 乃作歌流于世 嘗持此千村萬落 且歌且舞 化詠而歸 使桑樞瓮牖玃猴之輩 皆識佛陀之號 咸作南無之稱 曉之化大矣哉[141]

라고 한 것이나, 경흥이 경험한 이적 중에

憬興忽寢疾彌月 有一尼來謁侯之 以華嚴經中善友原病之說爲言曰 今師之疾憂勞所致 喜笑可治 乃作十一面樣貌 各作俳諧之舞 巉巖戍削 變態不可勝言 皆可脫頤 師之病不覺洒然[142]

이라 한 것을 보면, 원효류의 법사가 『화엄경』 등 불경을 기반으로 연예적인 가항 속강을 베풀어 민중을 교화·제도한 흔적을 어림해 볼 수

---

[141] 『삼국유사』 권4 「의해 제5」 「원효불기」조.
[142] 『삼국유사』 권5 「감통 제7」 「경흥우성」조.

가 있겠다. 그리고 월명·충담·융천·영재·양지 등이 각종 도량이나 특이한 현장에서 창가·재예 등으로 이적의 권능을 보였다면, 거기에 상응하는 설법이 필수되었을 것은 분명한 사실이다. 자고로 법석·도량이라면 법사의 설법이 어떠한 형태로든지 행해져 왔기 때문이다. 그런데도 이런 불경을 어떻게 강설했다는 기록이 나타나지는 않는다. 그것은 이 법사들이 연예승·유행승으로서 일정한 경전에 얽매이지 않고, 그 도량과 청중에 알맞는 법담을 자유롭게 해냈다는 반증이 될 수가 있다. 그렇다면 이런 데에서 변격강경의 속강적 분위기를 어림해 볼 수가 있겠다.

이러한 속강적 전통은 균여같은 법사에게 계승되어 좀더 확실한 윤곽을 드러내고 있다. 「균여전」에 따르면, 그는 "立義定宗"하고 『화엄경』을 강설하는 가운데 "感通神異"의 권능을 보이고 〈보현십원가〉 등 많은 가송을 지어 불러 세간 중생을 교화·구제하였다.[143] 여기서 균여가 숭엄한 현교 강석으로부터 일어나 대소 사찰과 민간 여항을 가리지 않고 언제 어디서나 법회, 청중에 알맞는 대중적 설법과 가창을 끊임없이 되풀이한 모습을 확인하고, 대중적 법화와 시가가 순차적으로 연결·조화되는 속강·변문적 면모를 어림해 볼 수가 있는 것이다.[144] 그 속강적 맥락은 일연류로 이어져 더욱 뚜렷한 자취를 남기고 있다. 인각사비문에 따르면 일연은 출가 이래로 "眞情遇物"하고 "神悅之餘"에

---

[143] 혁련정, 『균여전』 「가행화세분(歌行化世分)」; 균여, 『십구장원통기』 하 「발문」·「고훈가초(古訓歌草)」 참조.

[144] 김동욱, 「신라 행자염불 및 설화」, 『진단학보』 23, 진단학회, 1962, 51쪽에서 "만약 歌草가 노래부르기 위한 것이라면 念佛歌詞로 존재할 수 있을 것이요, 또 古訓과 互錯된 것이라면 그 형식은 이야기하고 노래하고 하는 중국 변문이나 설경과 바로 통할 수 있는 서민적인 것이 될 가능성도 내포한다"라고 하였다.

장경·유서·백가서 등을 탐독·연구하여 "敎人不倦"으로 설법 교화에 전심하는 한편, 어록·게송·잡저 등 100여 권의 저서를 펴내어 "廣度衆生"에 주력하였다.[145] 일연은 실로 국존의 근엄한 법석에서 벗어나 경향 사원과 세속 가항을 두루 다니면서, 대소 법석의 현장에서 유무명의 법사들이 설하는 대중적 법문을 직접 견문하거나 간접적으로 전문·열람하여 기록하였고, 스스로도 청법대중을 위해서 적절한 설법을 하고는 또한 기억해 두었던 것이다. 나아가 그는 대중이 쉽고도 재미있게 알아들을 만한 법화, 그리고 사찰·탑파·불상·불경·고승·재의·불사 등에 관한 신성하고 영이로운 이야기와 노래를 연속·조화시키고 있었다.[146] 이것이 바로 변격강경의 속강적 현장이고 그 화본의 변문적 성격이라 하겠다. 그것들이 나름대로 채록되어 체계화됨으로써 『삼국유사』는 변문계 강창문학의 각 편으로 찬성되었던 것이라 보아진다.

한편 전술한 국왕의 등극 축하재로부터 연등회·팔관회를 거쳐 권선법석에 이르기까지, 경사 때의 강경도량에서 채붕·기악 등과 어울려 능변법사의 감명 깊은 설법이 있었던 것이다. 전게한 바 중국의 창도(속강)에서, '팔관추석八關秋夕'·'연유정휘燃維靖輝' 하고 '사중전심四衆專心' 한 가운데에

導師則擎爐慷慨 含吐抑揚 辯出不窮 言應無盡 (…中略…) 於是闔衆惻心 擧

---

145 최남선, 「삼국유사 해제」, 『삼국유사』, 서문문화사, 1988, 5~6쪽.
146 『삼국유사』의 법화계는 흥법(興法)·탑상(塔像)·의해(義解)·신주(神呪)·감통(感通)·피은(避隱) 등으로 분류되고 대부분의 법화마다 가송(歌頌)이 삽입되어 있다.

堂惻愴 五體輪席 碎首陳哀 各各彈指 人人唱佛

이라 한 것은 한국의 설법 실상을 제대로 방증해 주고 있기 때문이다. 따라서 우리의 설법에서도 삼보에 관한 인연·비유·본생담 등 서사적 단편 법화들이 풍성하게 나돌았을 가능성이 얼마든지 있는 것이다. 이러한 창도·속강적 설법은 치병 및 추천재의 등 애사류의 강경도량에서도 위령과 한풀이를 겸하여 베풀어지고 있었다.

전술한 바 우란분재의 설법을 두고『박통사언해』에서 언급한 것을 보면

這七月十五日是諸佛夏解之日 慶壽寺裏爲諸亡靈 做盂蘭盆齋 我也隨喜去來 那端主是高麗師傅 靑旋旋圓頂 白淨淨顔面 聰明智慧過人 唱念聲音壓衆 經律論皆通 眞是一個有德行的和尙 說目連尊者救母經 僧尼道俗善男信女不知其數 人人盡盤雙足 個個擎拳合掌 側耳聽[147]

그 사실이 더욱 확실해진다. 일찍이 민영규 교수는 「원고려속강승」에서 이 기록을 분석·고찰한 나머지

朴通事不言俗講僧 只言高麗師傅 也不言變文 而只言目連尊者救母經 然其爲唐代俗講與變文之末類者殆無疑[148]

라고 결론하였다. 그렇다면 한국에도 속강과 변문 형태가 유입·전개

---

147 『朴通事諺解』, 聯經出版事業公司, 1978, pp.274~280.
148 민영규,「원고려속강승」,『동방학지』31, 연세대 국학연구원, 1982, 2쪽.

되었던 사실을 부인할 수가 없겠다. 따라서 전술한 바 각종 도량에서 벌린 변격강경과 설법 화본은 속강과 변문의 범주를 결코 벗어나지 않는다고 하겠다. 이로써 우리는 한국불교계에서 이런 속강이 실존하였고, 그 현장의 설창화본이 한국의 변문, 강창문학으로 찬성·유전되어 왔음을 확인하게 되었다.

변문이 '~변' 또는 '~변문'으로 불린 사례는 없으나, 중국의 그것처럼 변격강경의 진행 절차를 잘 반영하면서 법사의 특수한 창안에 연유된 것이므로, 그것은 전게한 강경문과는 상당히 다를 수밖에 없었다. 주지된 바와 같이 변문은 서사적 경전 중의 고사를 상당히 부연시키거나 불교 교리를 기반으로 하여 자유롭게 허구·연설된 강창문학의 한 부류이기 때문이다. 이것은 역시 단편성을 지니고 있지만, 수미일관된 이야기체를 구연함으로써 강경문의 과도기적 형태를 벗어난 완전한 강창문학이라 하겠다. 변문은 실연 과정의 강창성으로 인하여 산문의 흐름 속에 운문을 끼워 넣음으로써 강창문체를 이루고 있는 게 당연하다. 그리하여 이 변문의 강창구조는 원칙적으로

제목 : (압중문) — 서사문; 산문 — 운문 — 산문 — 운문 — 산문(반복 종결)

이와 같은 형태로 조직되어 있는 것이다. 그런데 한국의 변문은 중국의 그것에 비하여 운문적 요소가 실제적으로 약화되거나 배제됨으로써 서사적 흐름을 더욱 활성화하고 있다. 그것은 중복된 내용의 운문이 규칙적으로 삽입되어 서사적 문맥을 중단시키거나 지루하게 만드는 현상을 적절하게 조정하였기 때문이다.

4. 강창문학의 구조 형태

1) 강창적 구조 형태

(1) 서사산문 삽입시가형

이 형태는 서사산문이 전개되는 과정에서, 적절한 곳마다 시가가 삽입되어 전체적으로 조화되어 있다. 말하자면 시가를 끼고 있는 서사문학이라 하겠다. 이 유형은 물론 서사문맥이 그대로 유지되면서 군데군데 해당 시가가 끼어들어 서사적 흐름에 역동성을 부여하고 사건을 변화 있게 이끌어 가는 데에 특징이 있다. 이것은 산문이 유창하게 강설되고 시가가 감명 깊게 가창되는 데에서 불교계 강창문학의 진면목을 드러내게 된다.

이러한 강창 형태는 그 연원을 주로 불경에 두고, 중국의 강경변문이나[149] 포교보권 등에서[150] 전형을 보이고 있다. 한국에서는 삼국의 고승대덕이 논소한 강경문으로부터 원효의 저명한 강경논소들을 정점으로 원측·신방·의상·경흥·승장·둔륜 등의 각종 강경문들이 명정의 『해인삼매론海印三昧論』처럼 게송을 삽입함으로써,[151] 모두 강경변문계의 강창 형태를 갖추고 있는 실정이다.

그리고 불타의 전생담이나 신이담을 바탕으로 한 서사적 불전이 신

---

149 羅宗濤, 『敦煌講經變文硏究』, 文史哲出版社, 1972 참조.

150 澤田瑞穗, 『寶卷の硏究』, 國書刊行會, 1975 참조.

151 명정, 『해인삼매론』, 한국불교전서편찬위원회, 『한국불교전서』 2, 동국대 출판부, 1979, pp.397~399.

라·고려 대를 거치면서 많이 형성되고 상당한 시가를 삽입함으로써, 전형적 강창 형태를 유지하여 왔다. 대개 고려 대의 소산으로 「안락국태자경」을 비롯하여[152] 『석가여래십지수행기』에 실려 있는 「선색녹왕전」·「선우태자전」·「금독태자전」·「보시태자전」·「실달태자전」 등이 변문계 강창문학 작품들이다.[153]

한편 역대 고승·대덕들의 행적을 후대적으로 입전·부연한 서사적 승전이 역시 신라·고려 대를 중심으로 많이 형성되고 그 속에 시가를 삽입함으로써, 어엿한 강창 형태를 갖추어 왔다. 현전하는 바 「균여전」 같은 유형이 독자적으로 행세하였고, 『삼국유사』에 수록된 소위 고승별전으로 「충담사 표훈대덕」·「노힐부득 달달박박」·「양지사석」·「원효불기」·「광덕 엄장」·「월명사 도솔가」·「융천사 혜성가」·「영재우적」 등이 널리 유통된 변문계 강창문학 작품들이다.[154]

이밖에도 가요전설로 통칭되어 온 불교계 강창작품이 많았을 터이나, 「맹아득안」 같은 것이 유전된다. 이와 같은 불교계 가요와 그 산문 전승은 대체로 변문계 강창 형태를 갖추었다고 보아진다.[155]

(2) 서사산문 중송시가형

이 강창 형태는 일단 서사적 산문이 일관성 있게 전개된 다음에, 그 전체 내용을 요약하여 중송하거나 그 일부의 특수한 부면을 강조·시

---

152 사재동, 「「안락국태자경」의 연구」, 『인문과학논문집』 13-2, 충남대 인문과학연구소, 1986 참조.
153 『석가여래십지수행기』(강전섭 소장), 1660; 사재동, 「불교계 서사문학의 연구」, 『어문연구』 12, 어문연구학회, 1983, 185~186쪽.
154 위의 글, 179~180쪽.
155 경일남, 「고려조 강창문학 연구」, 충남대 박사논문, 1989, 51~52쪽.

가화하는 양식을 취하고 있다. 그러므로 이것은 서사문학이 일단 완결된 끝에, 이를 결론적으로 강조하는 시가가 결부됨으로써 완성을 보게된다. 이 형태는 서사적 산문과 이를 응축·승화시킨 서사적 시가가 상호 유기적 관계 속에서 각기 독자적으로 양립되어 있다는 것이 특색이다. 따라서 이것은 산문이 시종 강설된 이후에, 내용의 요지를 거듭 가창하는 데서 강창문학의 한 특징을 보인다고 하겠다.

이러한 강창 형태는 이미 불경에 본격적인 연원을 두고 있다. 대부분의 불경들은 한 편(품)의 서사적 산문이 끝난 다음에, 그 내용을 전체적으로 요약·승화시키는 중송을 덧붙이고 있는 것이 사실이다.[156] 중국의 서사적 불서나 고승비명 같은 것이 그러한 관례를 지켜 왔고, 한국에서도 삼국시대 이래 이러한 사례가 전형화되었던 것이 확실하다.

우선 역대 불교계에는 불경의 대의를 요약하고 품목별로 요지를 밝힌 산문적 찬과 운문적 송을 붙여 강창 형태를 선명하게 드러낸 경우가 있다. 고려 천인의 『묘법연화경수품별찬』에서는 간략한 서문에 이어 「미타찬게」와 『묘법연화경총찬』을 붙이고 드디어 『묘법연화경수품별찬』으로 들어간다. 이것은 서품으로부터 보현보살권발품에 이르는 28개품을 일일이 7언 16구로 읊어냄으로써, 법화종지를 완벽하게 운문화한 것이다.[157] 따라서 이 작품은 그 서문과 조화되어 강창 형태를 이룰 수도 있고, 『법화경』의 각품산문을 전제로 하여 강창구조로 행세할 수도 있었다. 조선 초기 김시습의 『연경별찬蓮經別讚』은 『법화경』을 "次擧

---

[156] 『대승경전』 중에서도 『묘법연화경』에서 각 품의 말미에 장편중송(長篇重頌)을 붙여 전체적으로 강창구조를 드러내고 있다.

[157] 한국불교전서편찬위원회, 『한국불교전서』 6, 동국대 출판부, 1984, 195~198쪽.

七軸大意차거칠축대의"로 요약한 다음, 각품에 걸쳐 그 요지를 산문으로 찬하고, 말미에 7언 중심의 송시를 덧붙이고 있다.[158] 이것은 완벽한 강창 형태로서 경문을 전제하여 강경변문과 동궤라고 보아진다.

그리고 신라·고려의 전형을 계승·반영한『삼국유사』에 그러한 실제 작품들이 유전되고 있다. 전게한 바 고승별전 말고도 불교계 서사물에는 말미에 '찬(시)'이 붙어 있어, 서사적 강설과 서사적 가창으로 연결·조직됨으로써, 중후한 강창 형태를 보이고 있다. 가령「보덕이암」·「원광서학」·「이혜동진」·「의상전교」·「선율환생」·「낙산이대성 조신」 등 고승별전류가 있고,「법왕금살」·「원종흥법」·「선도성모수희불사」·「김현 감호」 등 국왕·신민의 불사인연담이 있으며,「황룡사장육」·「전후소장사리」·「대성효이세부모」 등 사암성물연기담이 다 그러한 형태를 나타내고 있다.[159]

한편 삼국시대 이래 역대 고승들의 비명이나 사찰사적비명 등의 승전·연기담으로 이루어지는 서사적 병서에 이어, 이를 요약한 서사시적 명을 결부시킴으로써, 산·운문이 조화된 강창 형태를 유지하고 있는 터라 하겠다. 예컨대「성주사양혜화상탑비명」·「쌍계사진감국사탑비명」·「대안사경자대사비명」·「보현사법인국사탑비명」·「인각사보각국존비명」 등 수많은 승전계 비문이 그러하고,「성주사사적비」·「숭복사비명」·「현화사비명」·「광통보제선사비명」 등 창사연기적 비명이 그런 형태를 취하고 있다.[160]

---

158 한국불교전서편찬위원회,『한국불교전서』7, 동국대 출판부, 1984, 287~294쪽.
159 경일남, 앞의 글, 60~61쪽.
160 허흥식,『한국금석전문-고대』, 아세아문화사, 1984 참조.

2) 창강적 구조 형태

1) 서사시가 서사산문형

이 형태는 불타의 위대한 행적이나 그에 준하는 장엄한 서사문맥을 일단 장편서사시로 창작하고, 그 구조 단위에 맞추어 시가에 부합되는 서사적 산문을 조합시켜 나간다. 말하자면 먼저 시가의 독립된 일부분이 나오면, 그에 해당되는 산문이 결부되어 시가를 해설·부연하는 형태로 시종 되풀이 해 나간다는 것이다. 이렇게 되면, 장편서사시는 전체구조를 해체하지 않고 의미 단위로 분립되어 그 산문과 조합·순열됨으로써, 여러 편의 창강 단위로 독립되는 결과를 내게 된다. 이때에 산문도 단위별로 독자적 구조 형태를 유지하여 서사문학적 실상을 나타낼 뿐만 아니라, 전체적으로도 수미일관된 장편 서사문학의 구조 형태를 확보하고 있는 게 사실이다. 그러니까 동일한 주제·내용의 장편 서사문학이 시가와 산문으로 양분되어 찬성되고, 그것들이 전체적으로 결합되는 명분을 띠면서, 실제로는 상호 분절작용을 일으켜 해당 부분끼리 부합됨으로써, 전체적 창강구조와 부분적 창강 단위를 보여주고 있는 터라 하겠다. 이러한 형태는 이미 불경에서『불소행찬』이나『불본행집경』같은 모습으로 그 원형을 보이고 있다.[161] 따라서 한·중 불교계에도 삼국 이래 신라·고려를 거치면서, 이런 강창 형태가 족히 성립되었으리라 보아진다. 고려 후기 무기 운묵의『석가여래행적송』이 현전하는 최고의 작품이다.[162] 이 작품은 석가의 생애를 5품으로 읊은 장편서사시이다.[163]

---

161 『신수대장경』「본연부 하」, 대중불교, 1976, 190·192쪽 참조.
162 운묵, 「석가여래행적송」, 한국불교전서편찬위원회, 『한국불교전서』6, 동국대 출판

제목에 이어 해제가 나오고 송시를 읊어 가는데, 전체 구조를 유지하면서 의미 단위에 따라 절구·율시·고시체로 나뉘고, 그에 해당하는 서사산문을 이끌어 강설을 붙여 나가는 것이다. 따라서 이 작품 전체가 창강구조이면서 각기 많은 창강 단위로 독립되어 있다고 하겠다. 말하자면 이 작품은 전체적으로나 부분적으로 완벽한 창강 형태라는 이야기다.

조선 초 세종·세조 대의 『월인석보』는 가장 방대한 국문 창강문학이다. 잘 알려진 바 『월인천강지곡』으로 불타의 일생을 읊고, 『석보상절』로 그 생애를 서술하고는 이 두 작품을 결합시켜 일대 창강 형태를 창출한 것이다. 이 작품도 전체적으로 창강구조이면서, 부분적으로 월인부와 석보부가 부합되어 수많은 창강 단위로 독립·행세하고 있는 실정이다.[164]

2) 증도시가 해설산문형

이 형태는 원래 고승·대덕이 읊은 증도·교화의 시가를 후대 승려·불자들이 그 구절·부분에 해설을 붙여 나감으로써, 자연 창강 형태로 정립된 것이다. 이들 증도가나 교화시가 오도·성불의 경지를 읊은 것이지만, 그것이 대개는 서사적 일관성을 나타내고 있는 것이 사실이다. 그리하여 이 구절이나 부분 단위로 강설이 붙어서 각기 창강의 형태를 유지하고, 나아가 전체적으로도 창강구조를 갖추게 되는 터다. 따라서 강설 부분만을 취합해 보면 수미일관된 서사 내지 논설적 산문

부, 1984, 485~540쪽.
163 이종찬, 「서사시 『석가여래행적송』 고찰」, 『한국의 선시』, 이우출판사, 1985, 257쪽.
164 사재동, 「『월인석보』의 강창문학적 연구」, 『애산학보』 9, 애산학회, 1990, 1쪽.

으로 성립되는 것이다.

이러한 형태는 불경의 논장에서 연원하여 한·중 간에 성립되고, 삼국 이래 신라·고려를 거치면서 널리 유통되었을 것이나, 현전하는 것은 흔하지 않다. 이를테면 의상의 「화엄일승법계도」가 현전 최고의 형태라고 하겠다.[165] 이 작품은 화엄일승의 무한법계를 7언 30구로 응축 승화시켜 읊조려 놓고 이어 이를 심오한 강설로 풀이해 나감으로써, 장중한 창강 형태를 창출하였다.

한편 고려 때 서룡선로의 『남명천화상송증도가사실南明泉和尚頌證道歌事實』 같은 것은 「영가대사증도가남명천선사계송永嘉大師證道歌南明泉禪師繼頌」을 구절별로 내세워 중후한 해설을 붙임으로써,[166] 그럴 듯한 창강 형태를 이루고 있다. 그 게송의 가창에 이어 주석과 강설이 자연스럽게 따르기 때문이다.

그리고 김시습의 『대화엄법계도주大華嚴法界圖註』가 창강 형태로서 주목된다.[167] 전술한 의상의 '화엄법계시華嚴法界詩'를 한 구씩 내세워 심오하고 자상하게 강설함으로써, 독특한 창강 형태를 보여 주고 있다. 그 원시를 가창하는 것이 원칙이므로, 이를 주석·논의하는 강설이 유창하게 어울릴 것은 물론이다.

3) 설창강적 구조 형태

이런 구조 형태는 매우 복합적이면서 한국적 독자성을 유지하고 있

---

165 한국불교전서편찬위원회, 『한국불교전서』 1, 동국대 출판부, 1984, 1~8쪽.
166 한국불교전서편찬위원회, 『한국불교전서』 6, 동국대 출판부, 1984, 102~160쪽.
167 한국불교전서편찬위원회, 『한국불교전서』 7, 동국대 출판부, 1984, 301~308쪽.

는 것 같이 보인다. 불타와 역대 조사들의 선수·성불행적을 사건 단위로 고칙이라 제시하고 그에 대한 제사의 송을 모은 다음, 제가의 설을 이끌어 집성한 끝에 고칙 내지 송·설의 내용을 어구 중심으로 강설하고 있다. 그러기에 이 형태는 원칙적으로 원화·게송·선화·강설로 연결·조직되어 있는 것이다. 이로써 이 형태가 설창강의 기본 형태를 유지하고 있는 것이 분명해진다.

이에 해당되는 작품이 한·중 간에 일찍이 대두되었을 것이지만, 현전하는 것은 극히 드물다. 여기서 고려 대 혜심·각운의『선문염송설화회본禪門拈頌說話會本』이 돋보인다.[168] 이 업적은 '대각세존석가문불大覺世尊釋迦文佛'로부터 '서천조사西天祖師' 17명, '중화제일세달마대사사법中華第一世達磨大師嗣法'에 이어 '달마제이십일세동경천령외령수탁선사사법達磨第二十一世東京天寧畏靈守卓禪師嗣法'을 거쳐 '동토응화현성東土應化賢聖'에 이르기까지 수많은 조사들의 탁이한 행적을 고칙 1,463조로 나누어 놓고, 각 조에 따르는 제사의 송과 설을 집성·배열한 다음, 그 전체에 강설을 더하여 방대하고 종합적인 구조 형태를 구비하였다. 이것은 고칙을 단위로 하여 먼저 주제화를 설시하고, 제사의 송을 일일이 가창하며, 제가의 선화를 연설한 다음 자유로운 주석을 강설함으로써, 웅장하고 입체적인 설창강 형태를 조성하여 놓았다.

---

168 「선문염송설화회본」, 한국불교전서편찬위원회, 『한국불교전서』 5, 동국대 출판부, 1984, 참조.

5. 강창문학의 유통 양상

1) 문헌적 전래의 실태

(1) 문헌의 체재 · 성격

이상의 강창문학이 문헌으로 정착되었을 경우, 그 체재에 따른 성격을 따져볼 필요가 있겠다. 우선 이 강창문학이 창작으로서 기록되었을 때, 그것은 자체로서 증감이 배제된 원형을 유지하고 있는 셈이다. 그리고 강창문학을 그대로 전사했을 경우, 그것이 원형을 크게 벗어나지 않았을 것은 물론이다. 그러나 강창문학을 전사 · 인용할 때, 필요에 따라 이를 증보 · 부연하거나 축소 · 요약할 수 있다는 것을 전제해야 한다. 기실 어떤 강창문학 작품을 확대 · 필서하기보다는 축소 · 기록하는 경향이 보편적인 현상이라 보아진다. 그러므로 원본적 창작품이 아니고 전사 · 조정한 작품일 때는 일반적으로 축소지향성을 띠고 있다고 보는 것이 옳겠다. 『삼국유사』의 경우만 보더라도, 편찬 의도와 질량에 따라 고본 · 원본을 인용할 때, 대개는 축약 · 초기했던 것을 확인할 수 있다. 따라서 이런 책이나 그와 유사한 문헌에 실린 강창문학은 원본적 원형을 적잖이 축약한 초략본이라 하여 마땅할 것이다.[169]

더구나 위 강창문학 중에 현장적 실연 상황을 직접 보고 이를 정착 · 기록한 것이 있다면, 그것은 상당한 축약을 거친 요약본임을 예상해야

---

[169] 『삼국유사』의 「가락국기」에서 "今略而載之"한 것이나 「원효불기」에서 "不可具載"한 것 등이 이런 현상을 실증하고 있다.

만 된다. 실제로 한 채록·기술자들이 강창문학의 현장을 목격하고 이를 고정·문자화했다면, 그들 자신의 관점과 안목에 따라 필요한 부분만을 취했을 것이요, 문장화 과정에서 또 한 번 축약될 수밖에 없었다. 이럴 경우, 그 기록된 강창문학은 이중적으로 축소·요약된 것이라고 봐도 무방할 것이다. 이러한 현상은 향찰이나 국문보다는 한자로 문장화되는 데서 더욱 심각해지는 터라 하겠다. 가령『삼국유사』나 그와 유사한 문헌들은 찬자가 강창문학의 실연 현장에서 그것을 채록했다면, 축약의 폭이 상상보다 크리라고 보아진다. 이런 정도의 강창기록이라면 '실연의 요약·대의'라야 마땅할 것이다.

이처럼 강창문학이 문헌으로 유전될 때, 먼저 필사에 의존하는 것은 불가피한 일이다. 원작자의 친필·육필본을 원본이라 하거니와, 그것이 전사되어 다양한 이본으로 유통될 때, 그것은 얼마만큼 변화·첨삭되었을 것인가 족히 예견할 수가 있다. 이 경우에도 원본에서 부연·확대되기보다는 축소·요약되는 것이 자연스러운 현상이다. 한 필사자가 강창문학의 내용을 족히 알고서 필사할 때, 경제적 계산에 의하여 요약본을 만드는 것이 상례라 하겠다. 이미 확보된 원본을 놓고 전사할 때도 이렇거니와, 더구나 초략본을 보고 필사한다면 변화의 폭이 얼마나 크겠는가 족히 짐작할 수가 있겠다. 따라서 이러한 필사·유통을 거친 강창문학이 마지막으로 정착되어 있는 모습은 실로 원형·원본으로부터 상당한 변모·축약을 가져 온 요기要記·초략본임을 시인해야 된다.

이 강창문학이 목판이나 활자로 간행될 경우에 창작적 원본마저도 축약·정리의 칼질을 면치 못한다. 이 목판·활판의 경제적 운용에 입각하여 어제나 관제의 원본말고는 모두가 축소·응축의 과정을 겪는 것이 상례이기 때문이다. 그 전형적인 사례가 금석문에 보이거니와, 여기에 가장 적절한 기록이 한문 문장이라 하겠다. 그러기에 향찰 표기나 국역 내지 국문 표기가 불가피한 강창문학을 제외하고는 모든 문장이 출판의 편의에 따라 한역화·요기화될 수밖에 없었던 것이다. 그러므로 현전하는 강창문학 중에서 창작적 한문작품 내지 향찰·국문 작품 말고는 모든 필사·간행본이 요기·초략본임을 확인하고 그 원형·원본을 반드시 재구해야 될 것이다.

(2) 문헌의 유포 · 전독

불교계 강창문학은 그만큼 축소·제한된 조건과 환경 아래서 비교적 널리 유포된 것은 사실이다. 적어도 대중 포교와 민중 교화를 위하여 사원에서 강창문학을 책자로 간행하고 나아가 신불 대중이 재간 또는 전사하여 유통시켰기 때문이다. 한편 그것이 서민 대중의 오락적 욕구를 충족시키기 위해서 유통되는 과정에 사원·불자들의 보시를 벗어나 상업적인 유포가 가능했다면, 전파의 폭이 좀더 넓어졌으리라 보아진다.

그러나 삼국시대 이래 신라·고려를 거치면서 필사·간행의 실태를 감안한다면, 이들 강창문학의 문헌적 유통은 지극히 제한적일 수밖에 없었다. 더구나 이러한 문헌이 한정 부수로 귀하게 유포되는 마당에 이를 수용·독파하는 계층마저 한계가 분명하였던 것이다. 왕가나 상류층에 이어 한문·향찰 내지 국문을 해득하여 한가롭게 독서할 수 있는 사람들은 생각보다 적었기 때문이다. 조선조에 들어와 목판·활판의 인쇄 사정이 좀 좋아졌다고는 하지만, 그런 강창문학의 유통을 제한·탄압하는 억불정책에 따라 보급에는 큰 어려움이 가중되었던 것이다. 그래도 강창문학이 국문화되어 궁중 비빈과 양반·중인층 부녀들을 중심으로 비밀하게 연결·수용된 것이 고작이라 하겠다.

이러한 환경 속에서, 문헌적 강창문학은 단순하게 읽히는 것으로 만족할 수밖에 없었다. 옛부터 승려나 신불 대중이 사원이나 가정을 넘나들면서 이러한 강창문학을 그냥 독파했을 때, 그것은 책을 소유한 사람들에게만 의미가 있었을 뿐이다. 그러기에 문헌을 통한 강창문학의 유통은 그러한 한계를 벗어나 구비적으로 실연되기를 기다려야 했던 것이다. 그것은 강창문학 자체의 필연적인 성장 과정이요 신불 민중·서민 대중의 시대적 요청이었던 터이다.

2) 구비적 실연의 양태, 연극지향성

(1) 구비실연의 동기와 성격

불교계 강창문학은 구비적으로 실연되는 데에서 진면목을 드러내었다. 그것은 강창문학이 본래의 동기·목적과 그 성격에 맞도록 보다 활성화되었기 때문이다. 원래 강창문학은 많은 청중을 상대로 연창하여 포교·교화의 효과를 극대화하는 데에 역점을 두어 왔다. 그러기에 강창문학의 원형을 그대로 계승하거나 그 이상으로 부연·발전시키는 것이 상책이요 본분이었다. 따라서 구비실연은 확대지향성을 지니고 있는 것이 사실이다.

강창문학은 실연 과정에서 의도적인 축약 말고는 언제든지 기록 이상으로 부연·확장되는 것이 원칙이요 현실이다. 이 강창문학의 실연자는 구연의 현장에서 모든 청중을 보다 강렬하게 감동시켜야 되므로, 즉흥적으로 강설·가창의 내용을 증폭·강화할 수 있는 능력을 발휘해야 된다. 그래서 아무리 소박하고 단순한 요기·초략본을 가지고라도 풍성하고 감동적인 강창을 재구·창출해 낼 자유와 책무가 주어졌던 것이다.

이런 데서 강창문학은 신불 민중·서민 대중의 오락적 감흥과 통속적 쾌락까지 고려하면서 유연성 있게 실연될 필요가 있었다. 이러한 오락·통속적 요건은 기실 기록된 강창문학에는 나타나지 않고, 다만 실연자의 능력에 의하여 즉흥적으로 창출되어야 했던 것이다. 여기서 실연자가 지켜야 되는 최소한의 원칙이 있다면, 요기·초략본의 기본 범주를 벗어나지 않고, 원형을 여유 있게 재구·복원해야 된다는 점이다. 적어도 강창문학에서 창작적 원본은 그 자체로서 만족하지만, 축소지향적 요기·초략본은 반드시 재구·복원될 당위성과 가능성을 확보한 셈이라 하겠다.

(2) 강독·강담적 실연

강창문학은 개인적인 독파로부터 대중 상대의 강독으로 전개된다. 그것은 문헌적 유통의 한계를 극복하려는 최초의 시도였던 것이다. 강독은 기록된 강창문학을 그대로 낭독·낭송하는 데에서 만족하지만, 그것이 구비화되어 여러 청중에게 집단적으로 파급되는 것이 장점이다. 강독사는 강창문학에서, 산문은 유창하게 낭독하고 운문은 음악적으로 낭송해야 된다. 그리하여 강독은 강독사의 능력과 관심에 따라

기록된 작품 이상으로 해석·해설을 현장적으로 덧붙일 수 있는 여유가 있어, 그 한계를 조금씩 넘어서기 시작한다. 여기서 강독은 넓은 공간, 많은 청중들에게 동시에 내용을 전달하는 기능을 극대화할 수 있었던 것이다.

그래서 강창문학은 강담단계로 넘어갈 수밖에 없었던 터이다. 그 강담사는 기록이나 구비로 수용한 강창문학을 자유롭게 이야기할 수가 있었다. 그들은 기록된 그것을 바탕으로 얼마든지 부연·창조하여 설화하게 되고, 구비된 그것을 중심으로 얼마든지 허구·연설해도 무방하였다. 그러기에 이러한 강담은 그 청중에게 포교·교화 내지 오락·통속적 목적을 달성하기 위하여 그 기본구조를 벗어나지 않는 한, 보다 창조적 차원에서 허구화될 수가 있었다. 따라서 강창문학은 강담 과정에서 요기·초략본에 집착하지 아니하고, 구비적 강창의 계통을 이어 이야기의 생리와 특성에 맞도록 성장하였던 것이다.

(3) 강창극적 실연

강창문학은 물론 강창되는 데서 진면모가 드러난다. 원래 강창문학은 강창되기 위해서 찬성된 것이기 때문이다. 여기서 강창사가 강창문학의 산문을 유창하게 강설하고 운문을 악곡에 따라 절실히 가창할 때, 강창은 극적으로 진행되었던 것이다. 강창은 강담과 직결되어 그것보다는 연극적 긴장감과 음악적 역동성 내지 행동적 입체감을 강화하여 청중의 감동을 최대한으로 증폭시켰기 때문이다.

잘 알려진 대로, 이러한 강창은 한·중·일 등 동양권에서는 일찍부터 전통이 정립되어 왔다. 물론 시원이야 인도에 있지만, 당나라 때부터 불교계에서는 강창이 보편화되어 있었던 것이다. 대중 포교를 위한 법석을 중심으로 어떤 재의나 불교행사에서든지 이른바 속강승이 불교계 강창문학을 대본으로 속강을 벌였다.[170] 그것이 중국·동양권의 전형적 강창으로 통용되어 삼국시대 이래 신라·고려를 거치면서 본격적으로 유통되었던 것이다.[171] 기실 이러한 속강·강창의 법통은 조선조에 이르러 위축되었지만, 뿌리가 원래 깊은 데다 대중적 호응이 끈질기어 근래까지도 변형·축약된 모습으로 존속되고 있는 실정이다. 이 강창은 이미 인도·중국 등에서는 연극으로 취급되어 '강창희'로 통하고,[172] 연극사적 위상도 정립되어 있는 것이 사실이다. 기실 한·중의 강창을 현장에서 검증할 때 연극적 요소가 충분히 드러나기 때문이다.

우선 강창은 무대를 갖추어 실연된다. 대체로 명산 대찰의 찬란한 전각·강당을 토대로 불상·불탑·벽화 등으로 배경을 삼고 겸하여 변상도나 소도구 등을 장치하여 원만한 무대를 이룬다.[173] 거기에 강창사가 평범한 분장·의상으로 등장하여 속강승·연희승 내지 거사배로서 출연자·배우의 역할을 족히 해낸다. 출연자는 풍성한 강창문학을 대본으로 확보하여 풀어나가며 혼자서 대본을 사실적으로 강설하고 감명 깊게 가창하면서 상황을 극적으로 고무하기 위하여 상당한 행동과 표정까지 동원하여 실연한다. 여기서 승·속 간 사부대중과 서민

---

170 向達, 「唐代俗講考」, 『敦煌變文論文錄』 上, 明文書局, 1985, pp.41~70.

171 사재동, 「불교계 서사문학의 연구」, 『어문연구』 12, 어문연구학회, 1983, 173~176쪽.

172 任半塘은 『唐戲弄』, 漢京文化公司, 1985, p.921에서 "從講唱想像演唱"이라 하였고, 孟瑤는 『中國戲曲史』, 傳記文學出版社, 1964, p.84에서 "諸宮調也是一種講唱文學"이라 하였다.

173 황패강, 『신라불교설화연구』, 일지사, 1980, 196~197쪽; 사재동,사재동, 「불교연극 연구서설」, 경해법인 신정오박사화갑기념 불교사상논총간행위원회, 『불교사상논총』, 하산출판사, 1991, 267~272쪽.

관중이 운집하여 감동·호응함으로써, 청중·관객의 역할을 충분히 해냈던 것이다.

이만하면 강창은 연극적 요건과 분위기를 충분히 갖추어 강창극으로 불려도 무방할 것이다. 현대적 대화극을 기준하여 강창극을 재단하면 부족한 점이 많다. 우선 특별한 무대와 장치가 없는 데다 한 사람만이 분장과 소도구도 없이 그 처지의 의장으로 나와서 여러 역할을 전담하고, 더구나 대본도 대화 중심이기보다는 서사문학성이 강한 것을 그대로 강설·가창하기 때문이다. 그러나 강창극은 동양권의 전통극이요 한국불교계의 고전극이다. 이러한 연극에서 특별한 무대·장치는 있어도 좋고 없어도 괜찮다. 오히려 이미 있었던 그대로를 무대·장치로 삼는 게 당연하고 자연스럽다. 다만 출연자가 말로나 몸짓·손짓으로 구성·규정하는 무대·장치가 더욱 효과적이고 환상적이기 때문이다. 이런 연극에서는 한 사람만이 나와 전역하는 것이 가장 효과적이다. 그는 연극의 시종을 해설하고, 무대·장치 등을 언동으로 입체화하며, 모든 배역의 행동·표정을 혼자 해내면서, 독백·독창은 물론 대화·대창도 번갈아 족히 해결한다. 그러기에 숙달된 출연자의 원숙한 강창극은 미숙한 대화극보다 낫고, 능숙한 대화극보다 독특한 영역을 확보하여 왔던 것이다. 따라서 강창극은 어떤 개념·범위에 구애됨이 없이 고전극으로 정립되었고, 현대의 능란한 설법에 잔영을 보이며, 판소리와 직결되어 오히려 서양의 서사극과 무관하지 않다고 보아진다.

이와 같이 강창문학이 강창극으로 실연될 때, 그것은 가장 보편적이고 용이한 연극 형태로서 기본적 경제성까지 구비하고 있었던 터이다. 자고로 이 강창극은 불교계·전통 사회에 널리 알려져, 웬만한 승려나 거사 내지 재능 있는 사람이면 강창문학을 가지고 언제 어디서나 실연해 낼 수가 있었다. 더구나 이 연극이 다른 연극 형태로 전환될 만한 융통성을 갖춘 데다, 한 사람의 연창으로써 거창한 무대·장치와 여러 인물의 분장·의상 내지 소도구는 물론, 그들의 많은 대화·대창과 행동·표정들을 모두 해결하였던 것이다. 여기서 그 강창극본이 형성되었던 터다.

(4) 가창 · 가무극적 실연

강창문학에서 강설 부분은 약화·생략되고 가창 부분만이 강화·실연되면, 그대로 가창극이 되는 것이다. 말하자면 융통성 있는 강창극이 환경·형편에 상응하여 강설을 줄이고 가창만을 내세우면, 바로 가창극이 된다는 이야기다. 환경과 분위기가 강설의 서사문맥을 익히 알고 있거나 장황한 사설을 거부할 때, 그리고 여러 가지 형편이 어렵고 왜소하여 가창만을 요청할 때에는, 그것은 손쉽게 그 노래만 연창하여 가창극으로 연출되었던 것이다. 이 때의 가창은 이미 단순한 가창이 아니라, 강창 속의 그것으로서 강설의 서사를 응축시켜 그 배경·분위기를 확보하고 있었기 때문이다.

실제로 강창문학 속의 창사가 가창극으로 연창된 사례는 얼마든지 있었다. 숭불의 어전에서 기생을 시켜 강창문학 속의 찬불가를 가창시킨 실례가 있었고,[174] 고승·대덕들만의 자리에서 강창문학 속의 게송만을 뽑아 가창함으로써 극적 분위기를 조성하는 경우가 많았던 것이다.

---

174 『세조실록』「14년 5월 12일」조에 "上御思政殿 與宗宰諸將談論 令各進酒 又命永順君傅授八妓諺文歌詞 令唱之 卽世宗御製月印千江之曲"이라고 하였다.

이러한 가창극이 절정에 달하여 감흥이 도도할 때, 거기에 춤사위가 나오게 마련이다. 여기서 가창극은 성음의 한계를 벗어나 역동적인 가무극으로 전개되었던 것이다. 말하자면 강창극이 강설을 제쳐놓고 무용을 영입하여 가무극으로 전환된 셈이라 하겠다.

가령 전게한「원효불기」만 하더라도 일단 강창문학이던 것이 서사적 강설부를 축약하고 〈무애가〉에 역점을 두어 〈무애무〉와 결부시킴으로써 〈무애가무〉, 즉 가무극으로 전개되었던 것이다.[175] 그리고『월인석보』는 방대한 강창 형태 속에서『법화경』「여래수량품」의 영산설법과[176] 관련된 강창 단위가 독립·행세하다가 거창한 불교의식과 결연되면서, 강설부를 응축시키고 창사만을 강화하여 무용과 합작함으로써, 영산회상계 가무극을 마련하고, 〈영산작법〉으로 변형·전개된 것이라 보아진다.[177] 이것은『용비어천가』(사화 포함)가 창사 중심으로 〈봉래의〉 같은 거창한 궁중가무극으로 전개된 것과[178] 대비된다고 하겠다. 이로써 그 가무극본과 가무극본이 성립되었던 것이다.

(5) 대화극적 실연

이 강창문학은 전문적으로 입체화되어 대화극으로 실연될 수가 있었다. 말하자면 강창문학이 강창극으로 실연되는 현장에서 강창사 혼

---

175 사재동,「불교연극연구서설」,『불교사상논총』, 하산출판사, 1991, 265~266쪽.
176 민영규는『월인석보』17·18, 연세대 동방학연구소, 1957, 8쪽 '개제(開題)'에서 "이 靈山說法의 단계야말로 법화경 28품 중에서 가장 극적인 情景이기도 하다. 많은 예술가들이 이 靈山說法의 儀相을 그림으로, 조각으로 작품을 남겨 놓았거니와, 우리나라에 音曲으로 전해 있는 이른바 '靈山會相'도 필자가 생각한 바로는 다름 아닌「壽量品」의 이 靈鷲山 설법의 감격을 音曲으로 표현한 것이다"라고 하였다.
177 홍윤식,「佛敎儀式과 靈山齋」,『靈山齋』, 문화공보부 문화재관리국, 1987.
178 장사훈,「時用鄕樂呈才·鳳來儀」,『한국전통무용연구』, 일지사, 1986, 181~185쪽.

자서 하던 역할을 각기 분담하여 전문화시키면, 그대로 대화극이 되는 것이다. 연극의 시작을 알리고 끝을 맺는 해설은 연출자에게 맡기고, 강설부에서 지시한 무대·설치는 실제로 조성·장치하여 여러 인물들이 배역을 분담·분장하고 소도구를 준비·지참한 다음, 맡은 바의 독백·대화·독창·대창으로써 극적 사건을 행동·연기한다면, 본격적인 대화극이 되기 때문이다.

그러므로 강창문학은 강창극을 매개로 하거나 직접적으로 극화·연출하여 대화극으로 전개될 수가 있다. 이러한 강창문학이 대화극으로 실연될 때에는, 그만한 환경·조건과 요청·호응이 따라야 한다. 적어도 강창극의 한계를 넘어 그만큼 전문적이고 역동적인 연극을 갈망하며 책임질 수 있는 주체가 국왕·대신이나 고관·장자 내지는 대찰의 고승·대덕 정도로 권능을 가져야 했다. 그리하여 대화극에 따르는 거대·화려한 무대·장치와 소도구 그리고 등장인물들의 분장·의상, 많은 출연자와 연출·보조자들의 의식주 내지 보수 등에 따르는 막대한 비용을 전담하고, 나아가 인원과 공연에 따르는 모든 것을 보호·보장해야만 되었기 때문이다.

이런 정도라면 모든 강창문학은 다 대화극으로 극화·연출될 수 있거니와, 그중에서도 위에 든 설창강 구조 형태가 적절한 대본으로 주목된다. 그 형태는 불타 이래 역대 조사들의 극적인 행적을 사건 단위로 전개시키되, 각기 개성 있고 저명한 선가·대덕들이 모두 등장하여 창송·대창하고 설왕설래하도록 입체적으로 조직되었기 때문이다. 이만하면 그 많은 모든 고칙古則이 각기 활기차고 충격적인 대화극 즉 선극으로 실연될 수가 있었던 것이다.[179] 그리하여 그 대화극본이 정립되었던 터다.

6. 강창문학의 희곡사적 위상

한국이나 중국의 실재하는 희곡사는 참으로 장구하다. 이러한 한·중의 희곡사는 공질적 기반과 역사적 관계로 거의 같은 궤적을 이끌어 온 것이 사실이다. 중국의 실재적 희곡사는 적어도 진·한대로까지 소급될 것이요 한국의 실재적 희곡사는 최소한 고조선(〈공무도하〉)까지 올라갈 수 있기 때문이다.

그런데 양국의 학자들은 확실한 근거와 자료가 없거나 부족하다 하여 그 희곡사를 가당치 않게 낮잡아 보고 있다. 이미 출간된 중국희곡사는 본격적인 희곡의 출발점을 북송대로 잡아 기술하려는 게 보편적이다.[180] 그리고 일찍이 간행된 한국희곡사는 근·현대희곡만을 확대·논의하고[181] 고전희곡을 인정하지 않고 있는 실정이다. 기간된 연극사는 고전시대를 인정·소급하고 있는데, 연극의 대본인 희곡을 방치·묵살하는 모순을 범하고 있는 게 사실이다.

그렇다면 실재하는 희곡사로 돌아가 양국의 문학사상에서 간단없이 흘러내린 그 면면한 계통을 체계화하고 재구해 내야 한다. 여기서 우리는 불교계 강창문학의 희곡적 실상과 희곡사상의 위치를 주목할 수밖에 없다. 이것이 불교희곡으로서 자질과 실상을 갖추고 있는 데다,

---

179 사재동, 「한국희곡사연구서설」, 『한국문학유통사의 연구』 II, 중앙인문사, 2006, 274쪽 참조.

180 張庚·郭漢城, 『中國戱曲通史』 I, 丹靑書局, 1985, pp.44~50에서와 같이 정통희곡사는 모두 이런 경향을 띠고 있다.

181 유민영, 『한국현대희곡사』, 새미, 1997 참조.

형성 연원이 한·중 양국의 불교시대와 거의 동시로 소급되기 때문이다. 중국의 후한시대와 한국의 삼국 초기까지 탐색하여, 불전의 유통·보급과 함께 불교계 강창문학의 연극적 연행과 희곡적 전개의 원류를 발견할 수가 있겠다. 그리하여 전술한 바 불교희곡이 양국의 희곡사에서 공백기를 메꾸어 주는 지대한 역할을 감당하게 되었다.

이와 같은 불교희곡은 그 자체로서 완벽한 역사를 이룩하고 그것이 핵심·주체가 되어, 한·중의 희곡사를 주도하여 온 터다. 중국희곡사에서는 후한 이래 북송대까지의 희곡적 공백기를 보전함으로써, 완전한 희곡사의 면모를 복원하게 되었다. 이와 조응하여 한국희곡사에서도 삼국 초기로부터 황무지로 취급되던 고전시대에 걸쳐 완벽한 희곡사의 체계를 갖추게 되었다.[182] 여기서 한국희곡사의 형편을 중심으로 복원 작업의 실태를 구체적으로 논의할 단계가 되었다. 그 언어와 문자를 기준으로 고려 이전과 조선 이래의 희곡사를 재조명하자는 것이다.

먼저 삼국 초기부터 고려 대까지는 불교계 한문희곡이 유통되었다. 이러한 작품들은 전술한 바 불교계의 문승·문사들이 창작·개편하여 포교를 위하여 여러 재의·행사 등에서 연행되었을 것이다. 그것은 곧장 구비화되어 구전희곡으로 행세하였을 터다. 그리고 실연되던 불교희곡이 향찰로 정착되었을 가능성도 없지 않다. 『삼국유사』에 현전하는 강창계 신이편 내지 고승전류는 축약된 한문희곡으로 행세하고[183] 나아가 원래 향찰로 표기·유통될 수도 있었기 때문이다. 또한 「목련

---

182 사재동, 「한국희곡사 연구서설」, 사재동 편, 『한국희곡문학사의 연구』 I, 중앙인문사, 2000, 62~70쪽.
183 사재동, 「불교계 서사문학의 연구」, 『가요전설의 몇 가지 문제』, 중앙문화사, 1996 참조.

경」이나 「안락국태자전」·「왕랑반혼전」의 한문본, 그리고『석가여래 십지수행기』에 실린 10편의 작품도 고려시대를 중심으로 희곡으로 유 통되어 고려 전반의 희곡과 합류되었을 터다. 나아가 전게한 바 원 효·경흥 등 고승·대덕의 논소는 실제적 강경문·강창문학으로서, 불교희곡으로 연행·행세하였을 것이다. 이로써 한문 표기의 불교희 곡이 고려 이전의 희곡사에서 주축을 이루어 왔음이 방증된 셈이다.

이어 조선시대부터는 한문희곡을 바탕으로 국문희곡이 연행되었다. 이 시대는 숭유배불정책으로 인하여 불교희곡이 유통·연행에서 크게 위축된 것은 사실이지만, 적어도 15세기 내지 16세기까지는 외유내불 의 실세를 유지하면서, 실제로 사원·궁전의 일각에서 불가피한 재의 형식을 빌리거나 불사의 여흥으로, 그 희곡이 명맥을 유지하여 왔다. 여기서 불교 중흥과 포교적 대방편으로『월인석보』가 편간되니, 그것 이 바로 불교계 국문희곡의 전형적 작품집이다. 국문희곡은 한문희곡 의 축약적 면모와는 달리, 직접 국어로 표현함으로써, 원형적 실태를 잘 보여주는 것이 특징이라 하겠다.

이에 그 당시의 희곡 자료 중에서『월인석보』를 들어 기본적으로 그 강창문학적 구조 형태만을 분석·검토한다 치더라도, 그것의 희곡사 적 위상이 제대로 파악될 터이다. 전술한 대로,『월인석보』에 수록되 어 있는 100여 편의 강창 단위가 모두 국문희곡으로 규정된 것을 상기 할 필요가 있다. 그중에서도 〈나운출가연〉·〈사리불항마연〉·〈원앙 서왕연〉·〈인욕지효연〉·〈목련구모연〉·〈선우구주연〉·〈아육공덕 연〉 등 20여 편이 우수한 희곡작품으로 평가되고 있는 터인데, 이만한 작품들이 뿌리박고 있는 15세기는 국문희곡이 형성된 시기라고 간주하여도 무방할 것이다. 나아가 이 작품들이 비록 활발하게 극화되지는 못했다 하더라도, 『월인석보』라는 거대한 방편을 타고 실질적으로 성행하던 16세기는 국문희곡의 발전적 전개기라고 취급하여도 무리가 없을 터이다.

이와 같이 국문희곡이 다른 문학 장르와 함께 15 · 16세기에 형성 · 전개된 계맥이 밝혀졌다면, 그 시대를 전후한 문학사상에 희곡사의 계통이 엄연하게 자리하고 있었다는 것은 자명한 일이다.

일찍이 필자는 우리 희곡사의 전체적인 맥락을 개관한 바가 있거니와,[184] 그 계맥이 족히 밝혀지고 합리적으로 체계화될 수 있는 근거와 자료가 확보되고 있는 것이 사실이다. 일단 강창문학을 바탕으로 강창극와 극본을 주축으로 한다면, 그 연원은 〈공무도하〉를 비롯하여,[185] 〈황조가〉 · 〈구지가〉와 함께 삼국속악에 속하는 〈내원성〉 · 〈연양〉 · 〈명주〉 · 〈선운산〉 · 〈정읍〉 · 〈지이산〉 그리고 〈동경〉 · 〈목주〉 · 〈이견대〉 등의 여러 전승을 거쳐 소위 향가 · 여요 등의 모든 전승에 이르기까지 구비 및 향찰가요 중심의 강창문학적 구조 형태가[186] 강창극본의 한 계보를 세워 놓고 있다고 보아진다. 한편 위로 강경변문과 같이 불전적 강창 형태를 강설과 가창으로 연첩시키는 「안락국태자경」 · 「금우태자경」 · 「실달태자경」 등의 강창문학적 전통을 이어,[187] 불타나 국조의 신적神跡을 장편 서사시로 찬송하고 나아가 해당 시문에 설화적 해설을 붙임으로써 『석가

---

[184] 사재동, 앞의 글, 59~60쪽.
[185] 사재동, 「공무도하전승의 희곡적 전개」, 위의 책, 참조.
[186] 역대가요와 거기에 얽힌 소위 가요전설은 강창문학적 측면에서 고찰할 수 있는 여지가 있다. 사재동, 「불교계 서사문학의 연구」, 『어문연구』 12, 어문연구학회, 1983, 177~180쪽.
[187] 경일남, 「고려조 강창문학 연구」, 충남대 박사논문, 1989, 41~46쪽.

여래행적송』이나 「동명왕편」과 같은 강창문학적 구조 형태가 한문으로 유지되고,[188] 그것이 또한 강창극본의 계보를 이루어 놓은 터라 하겠다.

이러한 계보를 수용하면서 획기적인 강창문학, 일대 강창극본으로 완성된 것이 바로『월인석보』이며, 이것은 강설사화를 대동하는『용비어천가』와 동궤라 하여 마땅할 것이다. 이처럼 거대한 강창극본의 희곡사적 맥락이 올바로 파악되었다면, 이를 주축으로 형성·전개되는 가창극본·가무극본과 대화극본 등의 희곡사적 계맥까지도 필연적으로 구명되리라 보아진다. 이들 극본들이 독자적으로 희곡적 면모를 가지고 계승되어 온 것이 실증될 뿐만 아니라, 위 강창극본이 연극 현장의 처지와 형편에 따라 경제적으로 축약되어 가창·가무극의 대본으로 전환되기도 하였기 때문이다. 이 점은『월인석보』의 강창 단위가 강창극본의 희곡적 실상을 바탕으로 연극적 상황의 변화에 따라, 가창·가무극본이나 대화극본으로까지 변환·운용되던 사례에 비추어 알 만하다.

이제『월인석보』의 극본·희곡적 실상과 희곡사적 계통이 제대로 구명된 이상, 그것이『용비어천가』의 그것과 함께 후대 극본·희곡의 형성·전개에 미친 영향은 지대했으리라 추정된다. 이들 양자가 서로 대립·경쟁하면서 유통·보급되는 가운데, 먼저 강창극본의 희곡적 맥락을 판소리에 이르기까지 정립했을 것은 짐작된다. 그리고 그것이 주동이 되어 단가나 사설 중심의 가창극본, 〈학연화대처용무합설〉과 같은 가무극본 나아가 가면극·인형극 계통의 특수한 대화극본 등이 희곡적 맥락을 유기적으로 지키며, 희곡사의 큰 흐름을 이룩해 온 것이

---

188 이종찬, 「서사시『석가여래행적송』고찰」,『한국의 선시』, 이우출판사, 1985, 257~261쪽.

라 파악된다.

이로써『월인석보』의 강창문학적 구조 형태를 핵심·주축으로 하여 국문희곡사 내지 한국희곡사의 전체적인 계통과 맥락을 어림해 보았다. 여기서 분명해진 것은 한국희곡사의 실체는 한국문학사상에서 확고하게 자리 잡고 있다는 사실이다. 그러면서 이 사실을 확증할 수 있는 『월인석보』 등의 희곡사적 위상이 더욱 분명해지고 중시되는 것이라 하겠다.

따라서 국문희곡의 형성은 적어도 15세기 훈민정음 반포 이후로부터 확실해 졌던 것이다. 이런『월인석보』가『악학궤범』·『시용향악보』·『용비어천가』와 같은 국문희곡들과 어울려 이 시기의 희곡을 주도하였기 때문이다. 기실 국문희곡들은 장르별로 실연·정착됨으로써, 그 계통을 이어가고 있는 실정이었다. 그래서『팔상명행록』의 국문희곡도 불교계 국문희곡들의 전통을 이어서 형성의 계기를 마련했으리라고 본다. 그것은『팔상명행록』의 국문소설들이 이 시기에 형성되기 시작한 것과 잘 조응되고 있기 때문이다. 실제로『팔상명행록』의 국문희곡은 그 당시 불교계의 시대적 요청에 의하여 형성·극화됨으로써, 대중적 교화에 활용될 필연성을 지니고 있었던 것이다.

국문희곡은 16세기에 이르러 발전단계로 접어들게 되었을 것이다. 거기에는 15세기 국문희곡을 그대로 답습한 계열과 함께 16세기에 상응하여 변화·재편된 계통이 공존하고 있었던 터이다. 그것은 상게한 조선 전기의 국문희곡들이 중간되고『악장가사』같은 시가집이 신찬·간행된 점으로 미루어 추정되기 때문이다. 이 시기까지도 문화정책이 연극을 제한·정리하고 더구나 불교연극을 억압·축소시키려는 경향이 농후하여, 그 국문희곡이 장족의 발전을 기하지 못했던 것은 사실이다. 그러나 그 당시의 연극 전반이 깊은 뿌리와 강한 생명력을 갖추었기에, 신불 대중과 서민 관중의 요청과 호응에 따라 희곡이 발전의 흐름을 탈 수밖에 없었을 것이다. 따라서 국문희곡은 그런 고무적 추세에 힘입어 발전적 면모를 취하게 되었을 터다. 그것은 불교계의 재의·설법·행사의 요청에 의하여 불가피한 연극으로 실연될 수밖에 없었기 때문이다.

이어 국문희곡은 17세기에 상응하여 전반적으로 난숙의 수준을 유지했으리라고 본다. 이 시기에 제반 연극 형태가 난숙하였다는 뚜렷한 근거는 아직 나타나지 않았지만, 그 당시의 국문소설이 난숙기에 접어들었다는 것은 분명하기 때문이다. 그 때의 국문소설은 필요에 부응하여 각색·극화될 때, 그대로가 국문희곡으로 전환·행세할 수가 있었던 터다. 따라서 국문희곡은 이런 난숙의 분위기에 호응하지 않을 수가 없었을 것이다. 이 희곡작품들은 단편의 경우에 매우 극적인 내용을 갖춘 데다, 또한 다양하고 간편하여 그러한 다각적 요청에 족히 부응할 수가 있었기 때문이다.

나아가 국문희곡은 18세기에 내려와서 성행 단계에 오르게 되었을 것이다. 이 시기의 연극은 전체적으로 제한·정리의 정책에도 불구하고 그 자체로서 성행의 추세를 보였기 때문이다. 그것은 시대적 요청과 민중적 호응에 의하여 연극 자체가 부흥하는 모습이었다. 그나마 각지 사찰에서는 영산재·수륙재·예수재 등의 재의극이 점차 활기를 띠고[189] 이에 관련하여 각종 가면극과 인형극 등도 제 모습을 찾게 되

---

[189] 사재동, 「사찰재의 문예적 연구」, 『인문과학논문집』 22-1, 충남대 인문과학연구소,

었다. 한편 전통적 강창극을 집성하여 판소리가 대두하게 되었던 것이다. 이에 그 연극을 좌우하는 국문희곡이 성행하였던 것은 당연한 이치다. 따라서 국문희곡이 그 시대 사찰 재의·법회·행사 등의 연극적 요청에 부응하여 성행하였으리라는 것은 족히 추정되는 터다. 그것은 그 때의 국문소설이 성황을 보이면서 판소리 창본으로 전환·행세하기 시작한 것과 궤를 같이 한다고 보아진다. 그래서 국문희곡은 획기적인 확대·증보가 절실히 요청되었을 것이다.

게다가 국문희곡은 19세기에 이르러 흥행의 계기를 만나게 되었다. 이 시기의 연극은 실로 조선시대의 정책적 굴레를 벗어나 흥행의 호기를 맞이하였기 때문이다. 그것은 연극의 자체 성장이기도 하지만, 연극에 대한 민중의 새로운 인식이요 각성이며 세계적 추세였다고 본다.[190] 이제 이른바 민속극도 제 모습을 찾고 판소리가 흥행에 앞장을 서는 마당에서, 각개 사찰의 재의·법회·행사 등에서 오락적 연희가 끼어들어[191] 실세를 유지하게 되었다. 이에 이들 연극을 주도하는 국문희곡이 그 흥행을 뒷받침하기에 이른 것은 당연한 일이었다. 따라서 국문희곡이 이러한 흥행의 분위기에 부응할 수밖에 없었을 것이다. 이때에 국문소설이 그 흥행에 호응하여 마구 극본화되고 특히 판소리 창본 열두 마당을 이루는 데까지 나간 것은 필연적인 현상이었다. 그래서 국문희곡이 대폭 확대·증보되어 혁신적인 집대성을 보이게 되었

1995.

190 사진실,「조선후기 재담의 공연 양상과 희곡적 특성」,『한국서사문학사의 연구』V, 중앙인문사, 1995, 1833쪽 참조.

191 강우방 외,『한국감로정(韓國甘露幀)』, 예경, 1995에서는 불교재의 천도계 이후에 불교적 대중연희가 시행되었음을 표현하고 있다.

다. 그리하여 이 국문희곡들은 그 시대의 흥행에 적극적으로 대처하여 실연·유통되었던 것이다. 마지막으로 모든 국문희곡들이 20세기 초반에 와서 쇠퇴 일로를 걸을 때에도,『팔상명행록』같은 방대한 국문희곡들은 종교문학적 특성을 바탕에 두고 불교계 사찰 중심으로 각색·유통됨으로써,[192] 국문희곡사의 근대화에 이르기까지 중대한 역할을 감당해 왔던 터이다. 그리하여 국문희곡은 고전희곡이 공인되지 않은 조선조에 걸쳐 엄연히 실존해 온 것이라 하겠다.[193]

7. 결론

이상과 같이 한·중 불교계 강창문학에 대하여, 중국적 배경과 한국적 형성 실태를 파악하고, 그 구조 유형과 유통 양상을 검토한 다음, 그 희곡적 전개과정 내지 그것의 희곡사적 위상을 거론하였다. 지금까지 논의해 온 것을 요약하면 다음과 같다.

① 중국에서는 당대 이래 강경법석으로 속강이 열려 속강승들이 대중 포교를 위하여 불경을 쉽고도 조리 있게 강설하거나 교리에 기초하여 재미있고 감명 깊은 이야기를 만들어서 강창하던 일이 허다하였다. 그래

---

192 송재일,「한국근대 불교희곡의 '八相' 수용」,『고전희곡연구』2, 한국고전희곡학회, 2001, 269~178쪽.

193 사재동,「국문불서의 문학적 연구」,『불교계 서사문학의 연구』, 중앙문화사, 1996, 186 ~189쪽.

서 이 정격속강에서 강설한 대본이 강경문, 강창문학으로 찬성되었고, 또한 변격속강에서 강창한 대본이 변문, 강창문학으로 성립되었다. 양자는 광의의 변문에 속하는 것이지만, 강경문은 경문을 주축으로 산문(해설문)과 운문(게송)을 조화시킨 새로운 문학 형태를 조성함으로써 과도기적 강창문학의 양상을 보이었고, 변문은 경문·교리에 기초를 두되, 산문과 운문을 적절하게 교용하여 자유로운 문학 형태를 허구·연설함으로써 본격적인 강창문학의 실상을 나타냈다. 이러한 강창문학은 그 자체의 문학적 가치를 유지하면서 시가·설화·소설 등과 함께 희곡 장르로 전개됨으로써, 중국문학사상 중요한 역할을 했을 뿐만 아니라, 한국의 강창문학 작품들이 형성되는 실제적인 배경이 되었던 것이다.

② 한국불교계에서도 신라·고려 대에 걸쳐 중국의 속강을 수용·발전시켜 강창문학을 형성함으로써, 대중교화에 효율적으로 활용하고 있었다. 그 명목은 강경법석·도량으로 내세웠지만, 법석의 발원·보시자와 개설계기, 법석을 주제·관장하는 법사와 무대, 그리고 강경의 내용과 진행 절차에 이르기까지, 저 속강의 그것과 유사·상통하면서 이 속강 나름의 독자성이 드러나 있었다. 그래서 정격강경에서는 법사가 불경의 구절을 따라 쉽고도 조리 있게 강설하고 게송함으로써, 산문과 운문이 절절하게 짜인 강경문, 강창문학을 찬성해 내게 되었고, 그것은 역시 새로운 차원의 과도기적 강창 형태로서 그 속에 논설적 수필문학, 분석적 비평문학과 함께 서사문학의 구조 양식이 공존하고 있었다. 이런 것을 기반·전범으로 한 변격강경에서는 법사가 강창사, 속강승의 면모를 띠고 불경 중의 고사를 재미있게 부연하거나 교리에 기초하여 감명 깊은 법화를 허구·강창함으로써, 산문과 운문이 제대로

어울린 변문계 강창문학 작품들을 산출하게 되었고, 그것은 역시 신문학 형태의 서사문학으로서 소설 내지 희곡 수준의 구조 양상에다 희곡적 표현·문체를 갖추고 있었다.

③ 강창문학은 방대하고 다양한 구조 형태를 갖추고 강창되는 종합문학이라 하겠다. 거기에는 우선 강창적 구조 형태가 있는데 그것은 실제로 서사적 산문이 구성·진행되는 과정에 시가가 적절히 삽입되어 있는 유형, 그리고 서사적 산문이 일단 완결된 다음에, 그 내용을 요약·응축시킨 서사적 시가가 덧붙어 조응되는 유형으로 나누어진다. 다음으로 창강적 구조 형태가 있는데, 그것은 서사적 장편시가를 내세워 내용 단락에 따라 여러 단위로 분절한 다음, 그에 부합되는 서사적 산문을 해설격으로 결부시켜 나감으로써, 여러 편의 창강 단위로 나타나는 유형, 그리고 일관성 있는 장편 증도가류를 내세워 구절별로 주석·해설을 붙여 자연스러운 창강 단위로 이룩되는 유형으로 갈린다. 한편 설창강적 구조 형태가 있는데, 그것은 불승에 관한 서사적 주제화를 '고칙'으로 제시하고, 그에 대한 제사諸師의 송과 설을 입체적으로 집성한 다음, 그 전체를 주석·해설하는 독특한 유형을 보이는 것이다.

④ 이러한 강창문학은 실제적 유통 과정에서 문헌적 전래와 구비적 실연 등의 양상을 드러낸다. 우선 그것은 문헌으로 정착되어 축소지향적 성격을 지니고, 창작적 원형·원본 이래, 필사·간행의 전래 과정에서 변모·축소됨으로써, 요기·초략본으로 행세하였다. 바로 이것은 문헌제작의 난점과 문자해독 등 수용상의 제약으로 하여 매우 한정된 범위 안에서 다만 전독되는 것이 고작이었다. 한편 그것은 구비적으로 현장화되어 확대지향성을 지니고, 문헌적 원본이나 요지·축약본 내

지 구전 원형 등을 창조적으로 부연하여 새로운 차원의 강창문학을 전개시켰다. 이에 강창문학은 강독되어 나름대로의 해설을 붙이는 단계에서 자유롭게 설화화되어 그 원형을 재구하는 강담단계로 활성화되었다. 그리고 그것은 본래의 의도와 생리대로 강창극으로 실연되어 그 극본의 진면목을 드러내었고, 거기서 강설부를 약화·생략하고 가창을 강화하여 가창극본으로 실연되는 한편, 역동적인 무용과 결합하여 가무극본으로 전개되었다. 나아가 강창극이 전문적으로 입체화되어 대화극본으로 각색·실연됨으로써, 그 문예적 실상을 극대화하였던 것이다.

⑤ 강창문학은 연극적으로 실연되어 불교희곡으로 전개되었다. 이 불교희곡은 승려들이 창도승·속강승·연희승의 이름으로 포교·제도의 주체가 되어 연극적 방편을 최대한 운용함으로써 형성·전개되었고, 이에 거사배·신불 문사·광대들과 신불 대중·수용층이 가세·호응하여 그 희곡을 발전·유통시키는 데에 기여하게 되었다. 이 희곡은 우선 포교와 권선을 목적으로 하되, 승려들이 수행·각성의 과정에서 일어나는 갈등·환희 등을 자발적으로 표출하고, 따라서 불·보살의 위신력과 역대 조사들의 신이한 행적을 추모·찬양하며, 나아가 승·속 간의 예술충동과 오락적 욕구를 충족시키는 등 복합적인 동인에서 형성·실연되었다. 그리하여 이 희곡은 불교의 각종 재의와 법회 그리고 행사 등을 계기로 그 효능을 극대화하기 위한 최선의 방법으로써 연행되기에 이르렀다. 실제로 불교희곡은 연극의 일반 장르에 맞추어 가창극본·가무극본·강창극본·대화극본 등의 형태로 연출·유통되었던 것이다. 가창극본은 실제로 각종 재의·법회·행사 등에

서 필수되는 다양한 시가가 주체들에 의하여 연극적으로 가창되는 데에서 실태를 드러낸다. 가무극본은 역대 가창극이 자연 무용을 곁들이는 경우로부터 불교무용에 가창을 수용·조화시키는 연극적 과정에서 희곡 형태로 전개되었다. 강창극본은 일인의 창도승이나 강창사 내지 연예승이 불교적 서사물을 신불 대중·일반 민중에 이야기와 노래로 풀이하면서 동작과 표정 등으로 극적 분위기를 주도해 나가는 데서 그 실체를 보여 준다. 대화극본은 사원 내외에 특별한 무대를 설치하고 극정 진행에 상응하는 장치를 갖춘 다음, 등장인물들이 배역대로 분장하고 소도구를 지참하여 대화와 행동으로 극적 사건을 관중 앞에 연행하는 데서 그 실상을 드러내고 있다.

⑥ 이상 불교계 강창문학이 빚어낸 불교희곡의 모든 장르는 삼국·통일신라 대에 태동·형성되고 고려 대에 발전·성행하여 조선조에 이르러 위축·정리되기까지, 그 계통적 맥락을 뚜렷이 유지하면서 유통되어 왔다. 그리하여 불교희곡은 한국희곡의 가창극본·가무극본·강창극본·대화극본 등이 형성·전개되는 역사적 과정에서, 그 핵심 주류를 이루었다. 적어도 삼국시대 이래 고려조까지는 다양한 한문희곡이 희곡사의 주축을 이루었고, 조선 초기부터는 국문희곡이 한문희곡을 기반으로 주류를 이루면서 조선 말기 근대까지 맥락을 이어 갔던 것이다. 따라서 불교희곡사는 한국희곡사를 검토·기술하는 과정에서 공백이거나 불투명하다고 묵인·방치해 온 부분을 보전·규명하는 데에 확고한 기반과 합리적인 기준·지표가 되리라고 본다. 이로써 불교희곡사의 본격적이고 체계적인 고구는 예술사를 배경으로 하는 한국문학사를 재정리·기술하는 첩경이 되리라 믿는다.

강창문학의 판소리적 전개

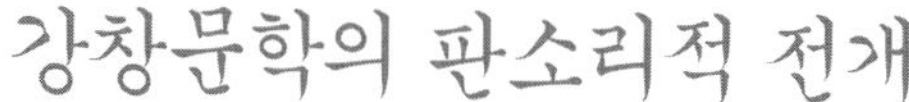

1. 서론

이른바 동방권의 강창문학 가운데에서 불교계 강창문학은 그 문학·예술적 실상으로나 문학사·예술사 내지 문화사상의 위상으로 보아 매우 주요한 가치를 지니고 있다.[1] 실제로 최근에 이르러 한국의 불교계 강창문학이 중국의 그것과 상응하여 새롭게 각광을 받고,[2] 그 극화·연행의 실태가 얼마만큼 밝혀지면서[3] 사계의 주목을 받게 된 것은 당연한 일이다. 그래서 이 강창문학은 연행·공연을 위한 대본으로서 적어도

---

[1] 葉德均, 『宋元明講唱文學』, 河洛圖書出版社, 1978, p.1; 中國藝術研究院 戲曲研究所, 『說唱藝術簡史』, 文化藝術出版社, 1988, pp.1~2.

[2] 김진영, 「불교계 강창문학 연구」, 충남대 석사논문, 1992, 101~104쪽; 사재동, 『불교계 서사문학의 연구』, 중앙인문사, 1996, 122~124쪽.

[3] 경일남, 「강창문학의 희곡적 전개」, 사재동 편, 『한국희곡문학사의 연구』 Ⅲ, 중앙인문사, 2000, 237~238쪽.

강창극으로 전개되고, 나아가 가창극·가무극이나 대화극으로 변환될 수 있다는 것이 특징이라고 보아진다.[4] 여기서 불교계 강창문학은 불교계 강창극으로 극화·공연된다는 필연적 관계 아래, 그 강설과 가창을 효율적으로 엮어 연행한다는 면에서, 판소리와 유사하다는 점이 돋보인다. 잘 알려진 판소리도 강설과 가창을 조화롭게 엮어 나가는 '강창극'의 성향을 보유하고 있기 때문이다.

기실 판소리는 창본부터가 강창문학이고, 그것의 자연적 연행·공연은 그대로가 강창극이다. 그동안 판소리는 대중적 공연예술로 너무도 저명하기에, 그대로 '판소리'로 행세·유전되었을 뿐, 연극적 장르 성향을 구체적으로 논의·규정하지 않았을 따름이다. 여기서 불교계 강창문학의 강창극적 공연과 판소리의 강창극적 공연이 동질적인 형태로 맞물려 있다는 것은 심상치 않은 현상이다. 그간에 강창문학이 연극적 공연으로 전개되어 간 후대적 양상을 검토하려는 관심과 판소리의 연극적 공연이 형성되어 온 연원적 현상을 추적하려는 의욕이 거의 동시에 일어나고 있는 것은 결코 우연한 일이 아니기 때문이다. 그러기에 한국의 불교계 강창문학이 강창극으로 연행되는 과정에서, 후대적인 변모·개신을 통하여 판소리로 전개되어 온 한 줄기의 흐름을 탐색해 볼 가능성이 엿보이는 터다. 이제 불교계 강창문학이 사계의 관심 속에 본격적인 논구를 기다리고, 판소리가 국제적인 각광 아래, 그 실상과 위상이 올바로 정립돼야 할 시점에서, 바로 강창문학의 판소리적 전개를 주제로 내세운 것은 그만큼 긴요한 일이기 때문이다. 따라서 이러한 과제야말로

---

4 사재동, 「한·중 불교계 강창문학의 희곡사적 위상」, 『고전희곡연구』 5, 한국고전희곡학회, 2002, 337~340쪽.

사계의 학문적 경향이나 시대적 추세에 비추어, 시급히 해결해야만 될 당위성과 필연성을 겸유하고 있는 터다.

그동안 강창문학과 판소리에 대한 논의는 각기 진전되어 온 것이 사실이다. 기실 강창문학에 대한 연구는 한·중 학계에서 일찍부터 시작되어 적지 않은 성과를 내었지만[5] 연극적 공연과 장르적 성향에 관해서는 최근에 학계 일우에서만 관심을[6] 가질 뿐이었다. 그리고 판소리에 대한 연구는 한국 학계에서 성행하여 하나의 연구사를 이룰 정도이고[7] 그것의 형성 연원에 대해서도 한·중 관계나 자생적 차원에서 여러 각도로 검토된 성과가[8] 있었다. 그렇지만 이 주제와 직결되어, 가장 요긴한 바 강창문학이 강창극으로 연행·전개되는 후대적 과정에서, 판소리로 변모·발전한 상관성에 대해서는 논급된 바가 거의 없었다.

이에 본고에서는 첫째, 불교계 강창문학의 한국적 전통과 극본적 실상을 희곡론에 따라 거론하고 둘째, 강창문학의 연행 형태와 판소리의 공연 실태를 연극론에 의하여 비교·검토하며 셋째, 강창문학의 연행적 변모와 판소리적 전개의 상관성을 추적하여 보겠다. 그리하여 강창

---

5   김학주, 「당악정재 및 판소리와 중국의 가무극 및 강창」, 『한국사상대계』 I, 성균관대 대동문화연구원, 1973, 631쪽; 성현자, 「판소리와 중국강창문학의 대비 연구」, 『진단학보』 53, 진단학회, 1982, 226쪽.

6   사재동, 「불교계 강창문학의 희곡적 전개」, 사재동 편, 『한국희곡문학사의 연구』 IV, 중앙인문사, 2000, 392~393쪽.

7   정양·최동현, 「판소리 연구문헌」, 최동현 외편, 『판소리의 바탕과 아름다움』, 인동, 1986, 403쪽.

8   김학주, 앞의 글, 663쪽; 정원지, 「중국고대시가 전통과 설창예술 양식을 통해 본 한국 판소리의 발생배경에 관한 고찰」, 『판소리연구』 14, 판소리학회, 2002, 275~276쪽; 김동욱, 「판소리 발생고 I~II」, 『서울대학교논문집』 인문사회과학편 2~3, 1995~1996; 서대석, 「판소리와 서사무가의 대비연구」, 『한국문화논총』 34, 이화여대 한국문화연구원, 1979; 정충권, 『판소리 사설의 연원과 변모』, 다운샘, 2011, 239~240쪽 등 참조.

문학이 갖는 문학사·예술사·문화사상의 위상을 어림하는 데에, 작은 보탬이 되었으면 한다.

여기서 강창문학의 원전으로는 그간에 주로 이용되던 중국계의 그것을 주변 참고 자료로 돌리고, 한국계의 전형적 작품들을 골라 중점적으로 활용하겠다. 그 원전의 문헌적 확실성과 그 시대적 대표성을 고려하여 뽑으니, 『삼국유사』 가운데의 「남백월이성」[9]과 『석가여래십지수행기』 안의 「금우태자전」,[10] 『월인석보』 속의 「안락국태자전」[11] 등이 해당된다. 그리고 판소리의 원전으로는 이본 교정이 잘된 〈심청가〉,[12] 〈홍부가〉[13] 그리고 〈수궁가〉[14] 등을 이용할 것이다.

2. 강창문학의 전통과 극본적 실상

1) 강창문학의 한국적 전통

기실 불교계 강창문학의 전통은 유구하고 탄탄하다. 원래 동·서의 구비와 기록에서는 아주 오래 전부터 산문에 운문을 삽입하거나 산문

9　일연, 『삼국유사』(영인), 오성사, 1983, 270~277쪽.
10　『석가여래십지수행기』(강전섭 소장), 덕주사, 1660, 14장 전면~24장 전면
11　세조, 『월인석보』 제8, 89장 후면~103장 후면.
12　김진영 외 교주, 「심청가」, 『심청전전집』 I, 박이정, 1997.
13　김진영 외 교주, 「홍부가」, 『홍부전전집』 I, 박이정, 1997.
14　김진영 외 교주, 「수궁가」, 『토끼전전집』 I, 박이정 1997.

과 운문을 순차대로 섞어 가는 강설·가창의 형태가 형성되어 왔다.[15]
그중에서도 동방권 불교계에서 강창문학의 전형을 이룩한 것이 바로
불교경전이다. 인도에서 불타의 교설 이래, 오랜 기간에 걸쳐 결집된
모든 불경이 거의 다 산문적 구조·형태 속에 게송·중송 등의 가요를
삽입해 두거나 운문적 장편을 나누어 해석·강설함으로써, 강창·창
강의 양상을 보이는 것이 보편적이라 하겠다.[16]

이러한 불경들이 대승경전을 중심으로 중국으로 유입되어 한문으로
번역되니, 그것이 바로『한역장경漢譯藏經』이다.[17] 이것이 인도·중국의
명승·석덕들에 의하여 올바로 번역된 한에 있어, 그것은 모두 불경 원
전의 강창문학적 형태·표현을 거의 그대로 계승·보유할 수밖에 없
었다. 이러한 불교적 언설의 언어·문장적 표현에 있어, 강창 형태는
시대와 지역을 초월하는 가장 효과적인 문학이었기 때문이다.

그리하여 중국에서는 이런 불경의 한역 과정에서 불교계를 중심으
로 강창문학이 새로운 유형으로 형성·유통되었고, 일반 문단에서도
이와 같은 강창 형식이 점차 유전되었다. 실제로 위진·남북조를 거쳐
수·당대에 이르면, 불교계 강창문학이 발달·성행하였는데, 거기서
는 이른바 승려들의 포교적 변문·연기 등의 강창문학이 주류를 이루
었던 것이다.[18] 이것이 난숙하였던 당대를 거쳐 오대·송금대를 지나
면서, 이 불교계 강창문학은 속화·대중화되어 여러 갈래의 강창문학

---

15 조종업, 「'강창'과 '변문'」, 다곡 이수봉선생 회갑기념논총 간행위원회 편, 『고소설연
    구논총』, 제일문화사, 1988, 477∼478쪽.
16 위의 책; 사재동, 「불교계 강창문학의 희곡적 전개」, 사재동 편, 앞의 책.
17 王文顔, 『佛典漢譯之硏究』, 天華出版公司, 1984, p.385.
18 中國藝術硏究院 曲藝硏究所, 『說唱藝術簡史』, 文化藝術出版社, 1988, pp.13∼17.

으로 분화·연행되었던 터다.[19] 그리하여 이 불교계 강창문학은 유명한 돈황변문을 중심으로 크게 활성화되면서, 중국의 문학사 내지 예술 사상에서 중후한 위치를 차지하여 세계적으로 각광을 받게 되었다.

이러한 과정에서 그 역사·문화의 교류와 상호관계를 밀접히 해 온 한국에, 불교계 강창문학이 형성·유통되었던 것은 필연적인 일이었다.[20] 그런데도 한국 학계의 무관심과 사대적 불찰로, 강창문학이 중국에만 존재·유통된 것으로 믿고, 그쪽의 자료만을 이용하면서 그 학자들의 연구 성과를 진신·추수하는 형편이었다. 그리하여 한국에서 발굴·발전된 바 똑같은 불교계 강창문학은 명실공히 그 실상대로 평가되지 못한 채, 별도로 취급되거나 방치되었던 것이 사실이다.

그러나 한국의 그것들은 구조·형태, 주제·내용, 문체·표현 등이 모두 불교계 강창문학 그 자체이므로, 중국과 상응하여 올바로 공인·명명되는 것은 너무도 당연하다. 그것은 이론적 타당성뿐만 아니라, 삼국시대 이래 역대 왕조에 뿌리박은 실제적 자료·원전이 실증해 주기 때문이다.

실제로 삼국시대에도 중국의 그 시대에 상응하여 불교계 강창문학이 불경이나 다른 불서 형태로 형성·유통되었던 것이지만, 작품의 원전은 현전하지 않는다. 그중에서 삼국의 유통을 신라 중심으로 계승·발전시킨 고려시대에 이르러, 그 작품들의 변모·잔영이 그『삼국유사』에 집성되었던 것이다. 기실 공통되는 강창문학적 관점에 따르면 『삼국유사』야말로 모두 역사계와 불교계의 강창문학 선집이라고 하겠다. 「기이」편은 역사계의 변문으로 역사·문화적 연설·연행을 위한

---

19 葉德均, 앞의 책, pp.2~7.
20 사재동, 「불교계 서사문학의 연구」, 『어문연구』 12, 어문연구학회, 1983, 73~75쪽.

대본이요, 그 이하 모두는 불교계의 변문으로 불교·교화적 강설·공연을 위한 대본이었기 때문이다. 이와 같은 변문·강창문학 중에서, 적어도 신라 대의 불교계 가요와 그 전설은 모두가 확고하고 값진 작품들이라 하겠다.[21] 그 가운데에서도 전형적인 것 중의 하나가 「남백월이성」이라는 것이다. 이처럼 『삼국유사』의 강창문학들은 그 원형이 삼국시대·신라통일기를 거쳐 고려시대까지 면면히 변모·계승된 것이기에, 장원한 역사적 흐름이 더욱 돋보이는 것이다.

그리고 고려시대에는 불교의 융성과 연예적 의례·법석 및 포교적 불사·행사 등에 기반을 두고,[22] 불경의 성행과 함께 불교계 강창문학이 발전·융성했으리라 본다. 팔만대장경의 집성·간행과 더불어 강창문학은 연행·공연을 위하여 필수적인 대본으로서 널리 유통·행세하였기 때문이다. 따라서 강창문학은 대소 사찰에서 집성·연행되고, 문헌·책자 형태로 많이 편성·보급되었을 것이 족히 예견된다. 그러나 이러한 문헌·책자는 고려 말 혼란기와 역성혁명으로 거의 모두 유실되고, 창해유주와 같이 남아 있는 형편이다. 그 무렵의 『석가여래행적송』이나[23] 『선문염송설화회본』[24] 등과 함께 전게한 『석가여래십지수행기』 등이 제자리를 지키고 있다. 바로 『석가여래십지수행기』가 그 전형성을 비교적 선명하게 보여 주고, 그중에서도 「금우태자전」이 표본이 될 만하다는 것이다.

---

21 사재동, 「한국가요전설의 희곡적 전개」, 사재동 편, 『한국희곡문학사의 연구』 I, 중앙인문사, 2000, 279~280쪽.

22 김형우, 「고려대 국가적 불교행사에 대한 연구」, 동국대 박사논문, 1992, 164~168쪽.

23 운묵, 「석가여래행적송」, 한국불교전서편찬위원회, 『한국불교전서』 6, 동국대 출판부, 1979, 485~540쪽.

24 혜심·각운, 「선문염송설화회본」, 한국불교전서편찬위원회, 『한국불교전서』 5, 동국대 출판부, 1983 참조.

한편 조선시대에 이르면 숭유배불의 국시 하에서도 숭불의 내면은 왕실·사대부를 중심으로 여전하여, 외유내불의 실상을 보이게 되었다. 이에 고려 말까지 유전된 불교계 강창문학이 문헌·책자의 형태로 조선 초에 이르도록 계승되면서 그래도 많은 것이 파손·유실되는 한편, 그 일부가 사찰 밀실을 통하여 현존하는 게 사실이다. 그런데 조선조 세종·세조 대를 중심으로 숭불의 분위기가 잠시 조성되고 훈민정음이 반포·실용되면서, 대중 포교와 백성 교화에 가장 적합한 불교계 국문 강창문학이 찬성되었던 것이다. 당시 세종비 소헌왕후가 보살로서 고승·대덕들과 함께 불교 중흥의 서원을 세워 활동하다가 서거함과 동시에, 새로운 국문불경 『월인천강지곡』과 『석보상절』을 찬성하여 추선불사에 활용하게 되었다. 그것은 단순한 불사의 소용에서 끝난 것이 아니라, 영원한 국문불경으로 역사에 길이 빛나게 되었으니, 두 불전이 세조의 조직적인 교합으로 『월인석보』로 조정·재편되었다. 방대한 『월인석보』가 바로 불교계 국문 강창문학의 집대성이다. 이것은 수많은 강창 단위로 분화되는데, 전체적으로는 일대 장편 강창문학이지만, 분화된 단편 단위는 그 수가 많고 상당한 수준을 유지하고 있는 실정이다.[25] 그중에서 대표적인 작품이 「안락국태자전」이라는 것이다.

이상과 같이 한국의 강창문학적 전통은 인도·중국 등의 그것과 함께 장구·면면하고 화려·풍성하였다. 그것은 한·중 간의 상호관계로써 삼국·신라·고려·조선 등 각 시대에 상응하여 원만하고 값진 작품으로 연행·행세하다가 장원하고도 파란만장한 전승사 속에서, 빙산의 일각

---

25 사재동, 「『월인석보』의 강창문학적 성격」, 사재동 편, 『한국희곡문학사의 연구』 Ⅳ, 중앙인문사, 2000, 440~441쪽.

으로 실제 작품을 남기게 되었다. 따라서 한국에서도 중국과 같이 그 유명한 변문·강창문학을 확보하여 문학사·예술사·문화사상에 중대한 위치를 과시하고[26] 판소리의 이름으로 세계적인 영예를 누리게 되었다.[27]

2) 강창문학의 극본적 실상

이러한 강창문학은 연행·공연을 위한 대본임에 틀림이 없다. 따라서 이 강창문학이 각기 강창극으로 연출되었다면, 그것은 바로 강창극본으로 승격·행세하는 게 당연한 일이다. 이러한 대본적 강창문학이 연극과 극본 사이에서 능소능대하게 적응·대처하면서, 그 시대의 희곡사 내지 연극사에서 중대한 역할·기능을 다했던 것이다.

여기서는 그것의 극본적 실상이 주목된다. 그것이 극본적 조건을 완비했다면, 그대로 한국희곡의 하위 장르로 소속·정립되기 때문이다. 실제로 이것의 극본적 요건은 대체로 구조와 형태, 소재와 구성, 대사와 창사, 그리고 지시문 등으로 구분된다. 다음에 그 요건에 따라서 위세 작품을 검토해 보겠다. 여기서는 판소리창본과의 유사점과 근접성에 관심을 둘 필요가 있다.

첫째, 이 작품들의 구조·형태에 대해서다. 이 작품들은 모두 극적인 서사구조를 완비하였다. 이런 구조는 극본적인 장면 형태를 보여 주고 있

---

26 김진영, 「불교계 강창문학의 연행 양상」, 사재동 편, 『한국희곡문학사의 연구』Ⅲ, 중앙인문사, 2000, 260~262쪽.

27 이 판소리가 2004년도 유네스코 인류구전 및 유형유산으로 지정되었다. 김익두, 「판소리 세계화의 전략」, 『판소리연구』10, 판소리학회, 1999, 27~28쪽.

다. 다음에 세 작품의 서사구조와 장면 형태를 개조식으로 나열해 본다.

우선 「남백월이성」에서

제1장면

① 부득과 박박이 아름다운 환경과 훌륭한 가문에서 친구로 생장한다.

② 그들은 함께 높은 뜻을 품고 승려가 된다.

③ 그들은 처자를 거느리고 회진암과 유리광사에서 속인처럼 산다.

제2장면

④ 그들은 무상도를 얻으려 대원을 세우고, 명산 심곡으로 출가를 결심한다.

⑤ 그들은 금인이 마정수기하는 꿈을 꾸고 감탄하여, 백월산으로 출가를
결행한다.

⑥ 박박은 북암에 자리하여 미타를 염하고, 부득은 남암에서 미륵을 념
하며 정진한다.

제3장면

⑦ 밤중에 박박의 북암에 수묘한 낭자가 나타나 자고 가기를 청한다.

⑧ 낭자가 노래로써 허락하기를 애원한다.

⑨ 박박이 절은 청정한 곳이라 여자가 가까이 못한다고 거절한다.

제4장면

⑩ 낭자가 부득의 북암에 이르러 야숙하기를 청한다.

⑪ 부득은 낭자를 맞아 들여 안부하고, 그녀는 노래로써 자신을 암시한다.

⑫ 부득은 감복하여 수순중생을 결심하고, 방안에 재우며 청정히 염불·정진한다.

제5장면

⑬ 낭자는 깨어나 산기가 있음을 알리고, 부득의 도움을 받아 해산한다.

⑭ 낭자는 목욕하기를 원하여, 부득이 욕조에 그녀를 앉히고 목욕시킨다.

⑮ 그 목욕물이 금액으로 변하니, 낭자가 부득에게 목욕하라 이른다.

제6장면

⑯ 부득이 목욕하니 정신이 상쾌하고 피부가 금색이 되어 성불한다.

⑰ 그 옆에 연화대가 솟아나, 거기에 부득이 앉도록 권한다.

⑱ 낭자는 관세음보살로 현신하여, 성불을 도왔다고 홀연히 사라진다.

제7장면

⑲ 박박이 남암에 찾아와 부득이 성불한 것을 보고 놀라며 경배한다.

⑳ 부득이 불성으로 박박에게, 그 남은 물에다 목욕하라고 이른다.

㉑ 박박이 거기에 목욕하고 아미타불이 된다.

제8장면

㉒ 두 성인이 상대·엄연하여, 산하 촌민들이 찾아들어 찬탄·예경하니 두 성인이 법요를 설하고 온 몸이 구름에 쌓여 서승한다.

㉓ 국왕이 존숭하여 큰 절을 짓고 그 성상을 모시고 기리니, 모두가 성

사를 칭탄·의론한다.

㉔ 이 사실을 남암·북암·성랑으로 제목하여 세 노래를 부른다.

다음 「금우태자전」에서

제1장면

① 파리국왕이 세 부인을 맞았는데도 태자가 없다.

② 나라에 흉조가 있어 피서를 결정하고, 세 부인과 노래로 만날 날을 기약한다.

③ 그때 제3 보만부인이 잉태를 아뢰니, 왕이 대희·기대하며 떠난다.

제2장면

④ 보만부인의 산일이 다가오자, 두 부인은 태자를 낳으면 제거할 모의
　　를 노래로써 표시한다.

⑤ 두 부인은 생파를 매수하여 보만부인의 태자를 고양이 새끼 알몸과
　　바꾸어, 아무리 죽이려 해도 죽지 않는다.

⑥ 그녀들이 당황하여 그 태자를 궁내의 암소에게 먹이고, 노래로써 기뻐한다.

제3장면

⑦ 두 부인은 보만부인이 괴아를 낳았다고, 산중의 왕에게 고하여 모해한다.

⑧ 왕이 그 말을 믿고 대노하여 보만부인에게 형벌을 내리고, 방앗간에
　　서 맷돌질을 시킨다.

⑨ 보만부인은 태자를 잃고 큰 벌을 받으니, 기맥힌 사연을 노래로써 읊어
　　낸다.

제4장면

⑩ 그 암소가 금송아지를 낳고, 왕이 환궁하여 그 사실을 신기하게 여기고 기뻐한다.

⑪ 왕이 금송아지를 만나 보고 그 환희심을 노래로써 표시하며, 부자처럼 사랑하며 지낸다.

⑫ 금송아지도 왕명으로 인가장군이 되어 태자처럼 왕을 모신다.

제5장면

⑬ 금송아지가 어머니를 생각하고 방앗간에 찾아가 극적으로 만난다.

⑭ 모자는 부둥켜 안고, 금송아지가 그간의 경과를 토로하여 눈물을 흘리며 헤어질 줄 모른다.

⑮ 금송아지는 날마다 한밤중에 찾아와 어머니 대신에 맷돌질을 하며 위로·효행한다.

제6장면

⑯ 궁인이 이 사실을 알고 두 부인에게 알리니, 그녀들이 금송아지를 죽일 계책을 꾸민다.

⑰ 두 부인이 의관을 매수하고 칭병하니, 의관은 금송아지의 심간으로써 조제·복약해야 낫는다고 노래로써 상주한다.

⑱ 왕이 불허·번뇌하며 눈물로 차탄하다가 신하들의 상소로 백정을 불러, 금송아지를 그 집에서 잡아 심간을 바치라 한다.

제7장면

⑲ 백정이 금송아지의 신묘한 모습을 애석히 여기다 한밤중에 죽이려
하니, 그 송아지가 사람 말로써 살려 달라 애걸한다.

⑳ 백정이 그 말에 감동하여 금송아지를 놓아 주고, 대신 그 집의 큰 개
의 간을 내어 바친다.

㉑ 백정이 금송아지의 갈 길을 안내하고, 금송아지는 뒷날의 보은을 확
약하고 떠난다.

제8장면

㉒ 금송아지가 지난 일을 회상하고 노래하며 길을 가다가, 노인을 만나
고려국으로 안내를 받는다.

㉓ 금송아지가 고려국의 공주와 결연하니, 그 부왕이 대노하여 금송아
지를 죽이려 한다.

㉔ 그 공주가 부왕에게 노래로써 금송아지가 천정 배필임을 설득하여
부득이 인정받고 부부가 출가하여 선계에서 산다.

제9장면

㉕ 금송아지가 공주와 더불어 선인을 만나, 선도를 얻어 먹고 태자로 환
신하여 환희·작약한다.

㉖ 금륜국에서는 왕이 노쇠하여 신왕을 모시려는데, 노신의 꿈에 선인
이 나타나 그 태자와 공주를 왕과 왕비로 모시라 한다.

㉗ 금륜국 신하들이 어가를 끌고 찾아와 추대하니, 태자와 공주는 그 나
라 왕과 왕비가 된다.

제10장면

㉘ 신왕과 왕비는 위의를 차리고 파리국에 가서 부왕을 만나, 그간의 경과를 밝히고 감격·상봉한다.

㉙ 신왕은 모부인을 방앗간에서 구제하여 정궁으로 모시고, 두 부인과 하수인을 용서하며 백정에게 보은한다.

㉚ 신왕부부가 모부인을 모시고 금륜국으로 돌아와, 행복을 누리다가 돌아간다.

그리고 「안락국태자전」에서

제1장면

① 밤마라국 임정사에서 광유성인이 오백 제자를 거느리고 설법하며 중생을 제도한다.

② 광유성인이 서천국 사라수왕의 청정·구도심을 알고, 그 출가·교화를 잠심한다.

③ 광유성인은 제자 승렬을 명하여, 사라수왕을 찾아가 찻물 기를 채녀를 데려오게 한다.

제2장면

④ 승렬이 서천국 왕궁에 이르러 왕과 원앙부인을 만나, 환대를 받고 채녀를 시주하라고 청한다.

⑤ 왕이 무상도를 구하고 성인을 존숭하여, 408부인 중에서 8채녀를 골라 보낸다.

⑥ 채녀들은 성인에게 금관자를 받아, 찻물을 기르며 수행하여 무상도
  리에 이른다.

제3장면

⑦ 광유성인이 왕의 심신을 확인하고, 승렬를 시켜 그 왕을 출가시켜 유
  나를 삼으려 한다.

⑧ 승렬이 그 왕궁에 들어가 왕의 출가를 권하니, 왕은 소원대로 쾌히
  승낙하고 원앙부인과 함께 왕궁을 떠난다.

⑨ 왕과 만삭의 원앙부인이 승렬을 따라 가다가, 죽림국 황야에 이르러
  부인의 발병으로 진퇴 양란에 빠진다.

제4장면

⑩ 왕과 승렬이 원앙부인을 데려다 자현장자에게 종이라 일러서 팔고,
  그 돈을 가진 채 왕생게로써 이별하고 성인 앞에 가 공양한다.

⑪ 원앙부인이 왕에게 아이의 이름을 지어 달라 청하니, 왕이 울면서 남
  아면 안락국이라 하고 여아면 효양이라 하라고 대답한다.

⑫ 원앙부인이 종으로 행세하되 순결을 지키며 장자의 박해 속에서 아
  들을 낳아 안락국이라 이름하고 장자의 예언을 듣는다.

제5장면

⑬ 안락국이 7세에 이르러 모후에게 부왕의 소재를 물어 확인하고, 찾
  아서 떠나려 하니 모후가 만류한다.

⑭ 안락국이 굳이 떠나다가 대기하고 있던 종들에게 붙잡혀 갖은 고통

을 다 당하니, 모후가 안고 통곡한다.

⑮ 안락국은 한밤중에 도망쳐 나가고, 원앙부인은 책임을 지고 장자의
칼에 노래를 부르며 살해된다.

제6장면

⑯ 안락국이 무작정 가는데 큰 강을 만나 배가 없어 헤메다가, 집동을
타고 왕생게를 불러 건너간다.

⑰ 안락국이 채녀들이 부르는 왕생게를 듣고 찾아가, 그 노래의 유래를
알고 부왕을 감명깊게 만난다.

⑱ 부자가 상봉하여 만단 정회를 풀기도 전에 부득이 작별하게 되니, 부
왕이 안락국에게 노래를 불러 보낸다.

제7장면

⑲ 안락국이 다시 강을 건너 죽림국 성밖에서 목동을 만나, 자신에 관한
동요를 듣고 모후의 죽음을 직감한다.

⑳ 안락국이 그들에게 그 내막을 물으니, 그들이 전후 사정을 자세히 설
파한다.

㉑ 안락국이 그 말을 듣고 비통하여 마구 운다.

제8장면

㉒ 안락국이 모후의 시신을 찾아 모아 놓고, 서천을 향하여 통곡하며 노
래로써 기원한다.

㉓ 극락세계의 48용선을 타고 온 제대보살이 안락국을 에워싸고, 부왕

모후가 성불·왕생하였다고 알린다.

㉔ 안락국이 보살들의 명에 따라 용선에 앉아 극락세계에 왕생한다.

제9장면

㉕ 그때의 광유성인은 석가모니불이요, 사라수대왕은 아미타불이다.

㉖ 그때의 원앙부인은 관세음보살이요, 안락국은 대세지보살, 승렬은 문수보살, 8채녀는 8대보살이다.

㉗ 오백 제자는 오백 나한이요, 자현장자는 무간지옥에 든다.

이상으로써 강창문학 작품들의 서사구조와 장면 형태가 실증되었다. 그리하여 이것은 연행의 대본으로서, 나아가 연극의 극본으로서 기본적인 요건을 충족하고 있는 터다. 이 서사구조는 파란만장하고 충격적인 문맥으로 감동적인 극정을 창출하기에 충분하고, 그 장면 형태는 극화·연행에 편리하고 적합하게 짜임으로써, 공연 효과를 족히 발휘할 수 있기 때문이다. 기실 이러한 구조와 형태는 강창문학의 필수 요건으로서 그대로가 강창극적 연행을 위한 중심축이 되는 것이다.

이러한 강창문학의 서사구조와 장면 형태는 바로 판소리창본의 그것과 상통하고 있다. 실제로 이 창본이 고전소설적 서사구조와 연행 중심의 장면 형태를 유지하고 있기 때문이다. 그러기에 강창극을 공통기반으로 전제할 때, 강창문학이 그 극본으로 되는 것은 물론, 판소리창본 역시 그 극본으로서 강창문학으로 행세할 수가 있는 터다.

둘째, 강창문학 작품들의 소재·구성에 대해서다. 우선 이 작품들의 소재가 불전설화에 근거하고 있음은 잘 알려진 사실이다. 여기 「남백월이성」은 전체적으로 보면 관음설화이다. 결국 수묘한 낭자가 관세음보살의 현신으로 두 성인을 미륵불과 아미타불로 대오·성불케 하였다는 이야기이기 때문이다. 이것은 『관음경』의 32응신에서 여인현신을 보여 준 사례에 해당된다. 나아가 경전 속의 관음사상과 그 성불보처의 신통력이 신라적으로 토착화된 양상을 보이는 터다. 그리고 부득의 경우는 미륵설화의 일환이다. 그가 백월산의 남암에서 미륵을 염하는 가운데, 관음보살의 도움으로 미륵불이 되었기 때문이다. 이것은 『미륵경』을 기반으로 그 사상과 실제적 권화가 신라적으로 정착된 사례라고 하겠다. 또한 박박의 경우는 미타설화의 한 실례다. 그가 백월산 북암에서 미타를 염하다가 뒤늦게 아미타불로 승화되었기 때문이다. 이것은 정토삼부경 중에서도 『관무량수경』에 입각하여 그 사상과 실천적 영험이 신라적으로 토착화된 경우라 보아진다.[28]

이어 「금우태자전」은 불타의 전생담에 해당된다. 이것은 본연경 속에 흔히 보이는 불타의 다양한 전생담 중에서도 동물계 본생담이다. 이런 경전이 일찍이 유입·유통되면서, 흥미롭고 감동적인 내용으로 하여 대중화·토착화되어 고려시대 불교계와 민중 사회에 파급되었던 터다. 그런 담론이 보편화되고 계승·발전되는 가운데, 불타의 권능을 자비·구제의 사상과 그 실천으로 보이기 위해 이러한 작품으로 찬성된 것이라 본다.[29]

그리고 「안락국태자전」은 제불의 본연담에서 유래된다. 그러기에 이

---

28 사재동, 「「남백월이성」의 희곡적 전개」, 사재동 편, 『한국희곡문학사의 연구』Ⅱ, 중앙인문사, 2000, 404~405쪽.

29 박병동, 「『석가여래십지수행기』 연구」, 충남대 박사논문, 1998, 103~104쪽.

것은 불경의 본연부에 기반을 두고 전개된 것이 사실이다. 그런데 이러한 윤곽 속에 등장하는 인물들의 역할·행적을 보면, 복합적인 연원을 가지고 있는 것이 확인된다. 원래 이 작품은 일명 「원앙부인서왕담」으로도 불리는데, 이렇게 보면 관세음본연담으로 하여 『관음경』에도 전거가 있다. 나아가 사라수대왕이 아미타불이고 원앙부인이 관세음보살이며, 안락국이 대세지보살이라면, 그것은 아미타삼존의 본연담으로 존재하는 터다. 그렇다면 이것은 정토삼구경 중에서도 『관무량수경』에 근거를 두고 형성·유전된 작품이라 하겠다. 또한 승렬이 문수보살이고 팔 채녀가 팔대 보살, 오백 제자가 오백 나한이고 보면, 이것은 보살·나한의 전생담에 해당되는 일면을 보이고 있는 실정이다. 이처럼 이 작품은 복합적인 불전과 본생담을 총화시켜 입체적인 대본으로 형성·유전된 것이다.[30]

여기서 판소리창본의 소재가 이와 유사한 점이 발견된다. 기실 판소리창본 중에는 불교설화에 기반을 두고 불전과도 유관한 작품들이 있다. 유명한 〈심청가〉·〈흥부가〉·〈수궁가〉·〈옹고집타령〉과 〈구운몽가〉(가칭) 등이 바로 그것이다. 〈심청가〉는 「심청전」의 판소리화로서 그 자체로나 근원설화를 통하여 불교사상과 불교설화의 요소를 상당히 갖추고 있다.[31] 이것은 『관음경』에 의거하여 '심청'은 관음보살의 응신 중에서 여인현신이라고 볼 수도 있기 때문이다. 그리고 〈흥부가〉는 「흥부전」과 직결되어, 그 자체에도 불교사상이 깃들고 승려의 역할이 있는

---

30 사재동, 「「안락국태자전」의 연구」, 『한국문학유통사의 연구』 II, 중앙인문사, 1999, 143~145쪽.
31 사재동, 「「심청전」 연구서설」, 『불교계 국문소설의 연구』, 중앙문화사, 1994, 466~469쪽.

게 사실이다. 흥부의 선행과 자비심, 놀부의 악행과 탐욕은 바로 현우경적 대비·강조로 불교적 분위기를 조성한다. 흥부의 동물구제담과 동물의 보은담은『보은경』을 기반으로 한 불교설화적 연원을 가지고 있기 때문이다.[32] 이어〈수궁가〉는「토끼전」의 판소리화로서 근원설화가 '구토지설'로, 동물본연담의 불전적 연원을 가지고 있다는 것은 이미 밝혀진 실정이다.[33] 한편〈옹고집타령〉은 불교소설「옹고집전」의 불교사상과 실천적 면모를 그대로 반영하고 있다. 한 도승이 신통력으로 탐욕과 집착으로 악업을 짓는 중생을 교화·천선시킨 불교의 전형적 법담을 담고 있기 때문이다.[34] 그리고〈구운몽가〉는 저명한 불교소설「구운몽」을 판소리화한 것을 전제로 논의된다. 최근에 이 작품은 널리 유통되는 가운데 판소리화의 물결을 탔던 근거가 발견·논의되었다.[35] 이처럼「구운몽」이 판소리창본의 성격·기능을 갖추고 행세하였다면,〈구운몽가〉의 불교사상과 불전적 연원은 분명해지는 터다.[36] 이 작품에는『금강경』이 주도하는 입체적인 불교사상이 구체화되어 있기 때문이다.[37]

다음 이 작품들의 구성이 문제된다. 그 구성을 무대·장치와 인물·성격, 사건 진행 등으로 볼 때, 이 작품은 모두 거의 완벽한 구성요건을 갖추고 있는 게 사실이다. 우선 그 무대·장치가 입체적이고 다채롭다.

32　서대석,「「흥부전」의 민담적 고찰」,『국어국문학』67, 국어국문학회, 1975, 45~46쪽.
33　인권환,「「토끼전」의 근원설화 연구」,『아세아연구』29, 고려대 아세아연구소, 1967 참조.
34　김현룡,「「옹고집전」의 근원설화 연구」,『국어국문학』62·63, 국어국문학회, 1973 참조.
35　서인석,「구운몽 후기 이본의 변모 양상」, 사재동 편,『서포문학의 새로운 탐구』, 중앙인문사, 2000, 223쪽; 사성구,「구운몽의 희곡적 성격 연구」, 서강대 석사논문, 2001, 49~50쪽.
36　사재동,「구운몽 연구서설」,『불교계 국문소설의 연구』, 중앙문화사, 1994, 367~377쪽.
37　유병환,『구운몽의 불교사상과 소설미학』, 국학자료원, 1998, 379~384쪽.

우선 「남백월이성」의 무대·장치는 실로 빼어나고 생동한다. 백월산의 그림같은 경치와 두 성인이 생장한 선천촌의 가계·가정 등이 거시적인 배경으로부터 집중적 무대로 대두된다. 다시 두 성인이 봉사하는 터전인 대불전과 소불전, 그들이 처자를 거느리고 사는 회진암과 유리광사로 확대되더니, 마침내 그들이 작심·수행하는 남백월산의 북암과 남암 등으로 고정된다. 그리고 산간의 밤중에 낭자가 도착한 북암의 문전, 낭자를 맞아드린 남암의 방안과 분위기 등이 무대로 구체화되어 이 사건을 사실적으로 뒷받침하고 있다.

이어 「금우태자전」의 무대는 화려·찬란하게 전개된다. 파리 국왕의 궁전·편전과 세 부인의 전각·침전이 엄연히 자리한다. 왕의 피서지 청양산 별궁이 설치되더니, 궁내의 산실과 두 부인의 모의 밀실이 상대적으로 설정된다. 보만부인이 고행하는 방앗간이나 금송아지가 끌려간 백정의 집이 대응되어 나타난다. 금송아지가 도망가다 선인의 안내로 도착한 고려국과 그 왕궁, 공주의 별궁이 중첩되어 마련되고, 금송아지와 공주가 살던 성림·별천지로 전환된다. 이제 금륜국의 궁정 신왕의 편전과 침전, 보만부인이 거처하는 별궁으로 마무리된다. 이상의 무대들이 유기적으로 연결·입체화되어, 사건 진행을 생동감 있게 밀고 가는 것이다.

또한 「안락국태자전」의 무대는 장중·숭엄하게 전개된다. 우선 광유성인의 설법도량으로 범마라국 임정사가 대두되고, 서천국 사라수대왕의 왕궁이 편전과 원앙부인의 정궁, 408부인의 거처로 대응된다. 이 신앙적 성역과 선정의 궁전 사이에 건너기 어려운 큰 강이 흐르고, 중간에 지옥의 상징으로 자연장자의 죽림국과 성중 저택이 펼쳐진다.

안락국이 부왕을 만난 현장으로부터 다시 건너는 강물, 자현장자의 성밖, 목동들을 만난 동산, 그로부터 달려간 모후의 사지, 반야용선을 타고 온 보살들이 안락국을 태워가 부모를 상봉케 한 극락세계가 이상향으로 완결된다. 이와 같은 무대들이 유기적이고 필연적으로 연결되어, 사건 진행을 활성화하고 있다.

다음으로 이들 작품에 등장하는 인물들이 다양하고 성격이 뚜렷하다. 먼저 「남백월이성」에서는 박박과 부득이 친구로서 형제같이 등장한다. 그들은 가계와 생장력이 대등하고 유사하다. 또한 다 같이 풍골이 비범하고 뜻을 높이 두어 삭발하고 승려가 된다. 그들은 각기 처자를 거느리고 절에서 살지만, 무상도를 구하려 북암과 남암으로 갈라져 염불을 하는 데서 성격이 달라진다. 박박은 아미타불을 염하고 부득은 미륵불을 염하기 때문이다. 그래서 박박은 소승적이고 부득은 대승적인 성향을 띠는 데에 필연성을 부여한다. 여기에 수묘한 낭자가 밤중에 나타나니, 그녀는 관세음보살의 화현이다. 아름답고 미묘하기가 여성의 전형이요 보살행의 절정이다. 결국 박박은 청정·법도에 얽매여 그녀를 거절하고, 부득은 수순중생을 실천하여 그녀를 맞아드린다. 여기서 부득은 먼저 완전한 미륵불로 성불하고, 박박은 뒤져서 얼룩이 아미타불로 승화되는 것이다. 따라서 산하 촌민은 두 성인을 존숭·섬앙하고, 국왕은 이를 숭신·기념하여 큰 절과 두 불상을 지음으로써 성덕을 발휘한다.

이어 「금우태자전」에서는 파리국왕이 전형적인 군왕형으로 활발한 모습을 보이고, 세 부인이 개성을 띠고 등장한다. 수승·정덕 두 부인은 정궁으로 교활한 악인형이라 살생을 꺼리지 않고, 보만부인은 후궁으로 원만한 선인형이라 인욕으로 보살행을 다한다. 이에 금송아지는 태자로 태어나 갖은 고통과 역경을 이기고 불타의 언행과 권능을 갖추고 중생을 자비로써 제도한다. 이는 그가 부처의 전신이기 때문이다. 고려국의 공주는 미모와 숙덕을 갖추어 태자의 배필로서 역할을 다하고 야수다라의 전신으로서 최선의 여인상을 보인다. 나머지 산파나 의관은 두 부인의 악행에서 민첩한 하수인형이고, 백정이나 선인은 주인공을 역경에서 구해주는 조력형이라 하겠다. 끝으로 고려국왕은 딸을 애지중지하여 그 배필을 고르는 데에 철저한 엄부형으로 적합한 터다.

그리고 「안락국태자전」에서는 광유성인이 등장하여 제자를 양성하고 중생을 제도하는 데서 성인의 권능을 발휘하고 석가모니 전신의 역할을 다하고 있다. 사라수대왕은 신심·구도심이 강하여 자비 선정을 배풀고 출가 수행 중에도 왕비를 잊지 못하고, 태자를 만나 자부로서 눈물을 흘리지만 청정 계율을 지킨다. 그리하여 왕은 아미타불의 전신으로 승화될 수밖에 없다. 원앙부인은 수묘와 자비로써 인욕·보살행을 다한다. 그 성품·언행이 원만·완벽하여 관세음보살의 전신으로 결코 부족함이 없다. 이어 안락국은 태자의 자질을 완비하고 순정·무구한 '안락국'을 표상하고, 깊은 서원과 절실한 기원으로써 극락왕생을 족히 성취하는 보살의 전형이다. 그래서 그는 대세지보살의 전신으로 전형성을 보이게 된다. 그리고 승렬은 왕과 왕비, 팔부인을 출가시키는 중개역을 하여 전형적인 승려의 성격·활동을 보이고, 문수보살의 전신으로 적합한 인물이다. 팔부인이 출가하여 채녀로서 역할하며 수행·정진하여 보살의 경지에 이르니, 그대로가 팔대보살의 전신이라 하겠다. 자현장자는 전형적인 악역으로 극악한 언행을 자행하여 지옥에 떨어지도록 예정된 인물이고, 수하의 종들은 악행의 하수인역으로 등장한 것이다. 이상과 같은 등장인물들은 이상적인 주인공과 그 대역, 특수인물들과 부수인물들로 전형을 보이고 있다. 그래서 전게한 바 불교계 판소리창본에 등장하는 인물들과 유형을 같이하는 터다.

또한 이 작품들의 사건 진행은 파란만장하고 역동적인 흐름을 유지하고 있다. 이들 사건 진행은 대체로 그 유형을 같이하는데, 그것이 극본·희곡의 사건 진행과 상통하는 터다. 잘 알려진 대로 그 사건 진행의 전형은 '발단—예건의 설명—유발적 사건—상승적 동작—절정—하강적 동작—대단원'으로 완결된다. 이런 기준에 비추어 보면, 이 작품들의 사건진행은 거의 공통점을 유지하고 있는 것이 사실이다. 여기세 작품을 시대적 순차에 따라 배열하고 그 변화의 궤적을 인정한다 치더라도, 위 구조 형태의 개조식 분석을 엄밀히 검토할 때, 공통적으로 시종일관하는 사건 진행의 전형이 엄연하게 발견되는 터다. 이러한 맥락에서 그 사건 진행의 전형은 후대의 연행대본 즉 극본에도 원칙적으로 적용되는 터라 하겠다. 따라서 전게한 불교계 판소리창본의 사건진행과도 연결시켜 볼 여지가 생겼다. 이러한 관점에서라면 실제로 위 강창문학의 구성요건들은 무대·장치, 인물·성격, 사건 진행 등에 걸쳐, 불교계 판소리의 그것과 유사·접근하고 있다는 사실이 어느 정도 밝혀진 터다.

셋째, 이 강창문학 작품들의 대사·창사에 대해서다. 우선 대사의 문제다. 이 작품들에는 각기 대사가 발달되어 극본의 본질적 특성을 드러내고 있다. 원래 극본·희곡은 바로 대화문학이기 때문이다. 먼저 「남백월이성」에는 부득과 박박의 대화, 박박과 낭자의 대화, 부득과 낭자의 대화 등 거의 사건진행을 대화 중심으로 엮어 나간다. 여기서 임의로 한 대목을 보이면 다음과 같다. 부득과 낭자가 남암에서 만나는 대목이다.

夫得曰

汝從何處, 犯夜而來.

娘答曰

湛然與太虛同體, 何有往來. 但聞賢士志願甚重, 德行高堅, 將欲助成菩提□

因投一偈曰

日暮千山路, 行行絶四隣.

竹松陰轉邃, 溪洞響猶新.

乞宿非迷路, 尊師欲指津.

願惟從我請, 且莫問何人.

師聞之, 驚駭謂曰

此地非婦女相汚, 然隨順衆生, 亦菩薩行之一也. 況窮谷夜暗, 其可忽視歟[38]

(줄바꾸기·부호 인용자, 이하 동일)

이와 같이 대화가 빈번하여 대화극의 일면을 보는 것 같다. 여기서 주목되는 것은 게송이다. 이것은 분명 창사에 속하지만, 내용이나 전후 문맥·분위기로 보아 대사적 역할을 하고 있는 것이 사실이다. 이런 현상은 이 작품의 극본성을 강화하고 있는 터라 하겠다.

이어 「금우태자전」에서는 파리국왕과 범찰의 대화로부터 시작하여, 왕과 세 부인의 대화, 두 부인 간의 대화, 두 부인과 산파·의관의 대화,

---

[38] 일연, 『삼국유사』(영인), 오성사, 1983, 273~274쪽.

군신 간의 대화, 왕과 금송아지의 말없는 대화, 왕과 의관의 대화, 왕과 백정과의 대화, 금송아지와 보만부인의 대화, 금송아지와 백정의 대화, 선인과 금송아지의 대화, 고려국 공주와 금송아지의 대화, 고려국 왕과 공주의 대화, 선인과 공주·금송아지의 대화, 금륜국 군신의 대화, 금륜국 신하와 태자와의 대화, 금륜국 신왕과 백관의 대화, 신왕과 파리국 부왕의 대화 등으로 연첩되어 대화문학, 극본·희곡의 진면목을 보이고 있다. 그런데 이 작품에서는 대화의 일부가 생략되거나 간접화되는 경향을 드러내는데 반하여, 상당 부분이 노래로써 대신되는 성향을 보인다. 이런 현상은 강창문학·강창극에서 자주 나타나고 있는 터다. 그래서 이 작품들의 삽입시가는 창사와 대사의 양면성을 지니고 있는 것이라 하겠다. 여기서는 대화 중 금송아지와 보만부인, 모자 상봉의 대목을 임의로 뽑아 보겠다.

娘母恩情 告訴不盡

娘娘問牛兒

　你怎生得知我是你母親.

牛兒答曰

　娘生下我時, 被殊勝·淨德二夫人令監生婆, 將死猫兒, 換却我身, 送在宮

　內, 種種遭刑, 命不合死. 送於惡母牛, 呑入復中然後, 生下我來, 作此牛身.

　貴蒙　父王見我異相, 還是父子因緣, 封我大將軍, 朝朝引駕, 受其快樂, 豈知

　娘娘磨房中, 受之苦楚.

時至五更鍾響, 娘娘告牛兒

　我子暫還宮.[39]

　　이와 같이 모자간의 대화가 간절하고 안타까운 것이다. 이런 데서 극정이 솟아나고, 따라서 대화의 기능이 실증된다.

　　그리고 「안락국태자전」에서는 광유성인과 승렬의 대화로부터 시작하여 사라수대왕과 원앙부인의 대화, 왕과 승렬의 대화, 사라수왕과 8부인의 대화, 원앙부인과 승렬의 대화, 자현장자와 원앙부인의 대화, 안락국과 원앙부인의 대화, 안락국과 팔 채녀의 대화, 안락국과 왕의 대화, 안락국과 목동의 대화, 보살과 안락국의 대화 등이 순차를 따라 유기적으로 중첩·반복되어 이른바 대화문학을 완결한다. 역시 이 작품에도 대화가 생략되거나 간접화되는 경향과 대화를 노래로 대신하는 성향이 있는 것이 사실이다. 이러한 대화 중에서 안락국이 일곱 살이 되어 부왕을 찾아 나설 때에 어머니와 나눈 대화 부분을 임의로 뽑아 보겠다.

　　　그 아기 어만닚긔 술보듸
　　　　내 어마닚 비예 이실쩌긔 아바니미 어듸 가시니잇고.
　　　부인이 닐오듸
　　　　장자ㅣ 네 아비라.
　　　그 아기 닐오듸
　　　　장자ㅣ 내 아비 아니니 내 아바니미 어듸 가시니잇고.
　　　부인이 므더닷 울며 모글 몌여 닐오듸
　　　　네 아바니미 바라문 즁님과 ᄒᆞ샤 범마라국 림졍사애 광유성인 겨신듸
　　　　가샤 됴ᄒᆞᆫ 일 닷가시ᄂᆞ니라.
　　　　그 저긔 안락국 어마닚긔 술보듸

39　『석가여래십지수행기』(강전섭 소장), 18장 전·후면.

나를 이제 노ᄒᆞ쇼셔. 아바니믈 가 보ᅀᆞᆸ가지이다.

부인이 닐오ᄃᆡ

네 처엄 나거늘 쟈ᇰ자 닐오ᄃᆡ 나히 닐굽 여듧만 ᄒᆞ면 내 지비 아니 이실
아히라 ᄒᆞ더니 이제 너를 노하 보내면 내 모미 쟈ᇰ자ㅣ 노를 맛나리라.

안락국이 닐오ᄃᆡ

ᄀᆞ마니 도망ᄒᆞ야 ᄲᆞᆯ리 녀러 오리이다.[40]

이만하면 근대 극본 희곡의 한 대목을 보는 것과 같다. 이러한 수준
으로 대화가 유기적으로 입체화되어 나간다면, 그 극정이 심각하게 생
동할 것은 물론이다. 기실 이 대목은 원앙부인이 순결을 지키려 종으
로 몸을 팔아 그 값을 성인께 공양하고, 안락국을 낳아 저 장자를 아버
지라 속이며 그 부왕의 출가·정진을 굳이 숨기던 차에, 안락국의 총명
과 효성으로 인하여 응축된 회한과 연모의 정감을 한꺼번에 터뜨리는
대화이기 때문이다. 이 대화의 역동성과 극적 추진력이 단번에 용출되
는 대목이라 하겠다.

이상과 같이 세 작품의 대화적 실태는 그대로 극본 희곡의 요건을 충
족시키고 있는 게 사실이다. 기실 이러한 대사들은 그 음악적 운용에
따라서는 삽입시가처럼 창사의 역할을 대신할 수도 있을 것이다. 그것
은 위 창사들이 대체로 대사의 역할을 대신한다는 사실과 상응하는 터
라 하겠다. 그리하여 이 작품들이 극본 희곡으로 활용되고 행세할 수
있는 구체적 면모를 갖추었다는 게 완벽하게 실증되었다. 이런 점에서
그것은 위 불교계 판소리창본의 대사와 족히 대비될 수가 있다. 이들

---

40 『월인석보』 권8·9장 전후.

창본의 대사는 적극적으로 발달하여 그 극정을 입체화하고, 때로 가창되어 창사의 역할까지 수행하는 터다.

다음에는 이 작품들의 창사가 문제된다. 전술한 대로 이들 작품에는 삽입시가로서 창사가 매우 발달되어 있다. 기실 이 창사는 그 자체가 대사의 역할을 하면서, 실제 대사와 합세하여 그 기능을 한층 역동적으로 발휘하게 된다. 그러면서 이 창사는 독자적 특성으로 이 작품들의 강창문학 내지 강창극본으로 정립시키는 데에 결정적 요건이 되는 것이다. 원래 창사는 동방권 연극이나 극본 전체에 보편적으로 통용되는 필수요건이다. 실제로 창사 내지 가창이 없으면, 강창극은 물론, 가무극·대화극·잡합극 등이 모조리 성립될 수 없기 때문이다. 그런데도 여기서는 일단 강창극·강창극본에 초점을 맞추는 것이 당연하다.

먼저 「남백월이성」에서는 창사가 순차적으로 연결되는데, 그것은 문자로 정착되는 과정에서 일부 생략되고 더러는 문맥 속에 용해된 흔적을 보이고 있다. 그래도 살아남은 창사의 역할·기능은 뚜렷하고 역동성을 드러낸다. 위에서 이미 제시된 대로, 이 작품에서는 낭자가 북암과 남암을 각기 찾아가 노래한 것이 있고, 말미에 찬으로 붙인 시가 3편이나 된다. 그 시가 중에서 임의로 1편을 들어 보면, 낭자가 북암의 박박에게 읊은 것이다.

行逢日落千山暮

路隔城遙絶四隣

今日欲投庵下宿

慈悲和尙莫生嗔[41]

이것은 한시 7언 절구로 일단 가곡의 형태로 가창되었을 것이다. 이 작품의 강창 형태에서 이런 시는 강설에 상응한 가창임에 틀림없기 때문이다. 이 작품이 신라적 시대성을 유지하고 있다는 전제 아래, 이 한시는 원래 향가였던 것이 한역되었을 가능성을 완전히 배제할 수 없다. 그렇다면 이 시가는 음악성이 더욱 강화되어 가창의 연극적 기능을 활성화하였으리라 추정된다.

이어 「금우태자전」에서는 창사가 월등하게 발달하여 성세를 보인다. 위에서 지적된 대로, 왕과 세 부인의 대화에서 수승과 정덕 그리고 보만부인의 게송, 태자를 모해하려는 과정에서 수승의 게송, 태자를 궁중의 사나운 암소에게 먹이고 두 부인이 즐겨 읊은 시, 두 부인이 청량산의 왕에게 보낸 모함시, 보만부인이 방앗간에서 장탄한 시, 왕이 금송아지를 인견하고 기뻐서 지은 시, 의관이 허위 진단으로 주청한 시, 금송아지가 도망가다가 지난 일을 회상한 게송, 금송아지가 고려국에 이르러 몸에 맞은 시, 고려국 공주가 부왕에게 진언한 시, 선인이 금송아지에게 선과를 주면서 읊은 게송 등 상당한 수량에 이른다. 이 게송·한시로 된 창사는 모두 13수인데, 7언 율시 9수, 7언 절구 3수, 7언고시 1수로 조화를 이루고 있다. 그중에서 임의로 1편을 들어 보면, 왕이 금송아지를 보고 환희하여 읊은 시이다.

牛生犢子實堪觀
又比麒麟勝萬端
九色毛翔如彩畵

---

41 『삼국유사』(영인), 273쪽.

斒斕花點似星攢

四蹄美麗如銀果

兩眼精光映日團

掛面金牌封大將

隨朝導引在金鸞[42]

　이처럼 그것은 정연한 근체시형을 갖추고 있다. 그렇지만 그 강설에 상응하여 적절히 가창됨으로써, 강창문학·강창극본의 특성을 한층 강화하고 있는 터다.

　그리고 「안락국태자전」에서 창사는 왕과 부인이 자현장자의 집에서 이별할 때 부른 왕생게로부터 시작된다. 왕생게의 원문은 처음 한 번밖에 안 나오지만, 실제적 가창은 여러 차례 나타난다. 사라수왕이 광유성인 밑에서 수행하면서 왕생게를 항상 부른 것, 안락국이 큰 강을 건널 때 짚배를 타고 왕생게를 부른 것, 안락국이 임정사에 도착하였을 때, 팔 채녀가 왕에게 배운 왕생게를 부른 것, 안락국이 부왕을 만나 왕생게를 부른 것, 안락국이 다시 큰 강에 짚배를 타고 왕생게를 부른 것 등이 실제적으로 연행되어 유기적으로 가창의 분위기를 조성한다. 또한 안락국이 임정사에 접근할 때 큰 숲에서 동풍·남풍·서풍·북풍에 따라 들리는 아미타불 염불성도 창사를 대신할 수 있다. 게다가 왕이 안락국을 상봉하고 보낼 때, 정각 상봉의 노래를 불러 준 것, 안락국이 돌아와 목동을 만나 들은 시름겨운 노래, 원앙부인이 자현장자의 환도로 죽어 갈 때 부른 노래, 안락국이 모후의 시신을 모아 놓고 서천을

---

42 『석가여래십지수행기』(강전섭 소장), 17장 후면.

향하려 합장하고 부른 게송 등이 실로 가창의 흐름을 강화하고 있다.
그중에서 임의로 1편을 들어 보면, 그다지 널리 불린 왕생게이다.

원ᄒ노니 가나가지이다
원ᄒ노니 가나가지이다
원ᄒ노니 미타중좌애 이셔
소내 향 자바 샹녜
공양ᄒᄉ봐지이다.
원ᄒ노니 가나가지이다
원ᄒ노니 가나가지이다
원ᄒ노니 극락에 나
미타를 보ᄉ봐
머리 ᄆ지샤를 닙ᄉ봐
기별을 수ᄒᄉ봐지이다
원ᄒ노니 가나가지이다
원ᄒ노니 가나가지이다
극락애 가나 연화애 나아
나와 남괘 일시예
불도를 일워지이다.[43]

(줄바꾸기 인용자)

이만 하면 창사로서의 조건을 다 갖추었다. 이것이 오랜 전통의 염

---

43 『월인석보』 제8, 96장 앞뒤면.

불문인데다, 자수·운율이 가창에 알맞도록 다듬어졌기 때문이다. 원래 이것은 미타신앙의 핵심을 집약하여 그 가창에 힘쓰고 큰 관심을 모아 왔던 게송이다. 그러기에 먼저 부른 노래의 여운이 사라지기도 전에 다시 불리는 연속적 효과와 공감대를 형성할 수 있었을 터다.

이상으로 이 작품들의 창사들은 그 작품에 따라 질량·수준을 달리하면서, 강창문학·강창극본이 성립되는 요건을 충족시키고 있음을 확인하였다. 따라서 이러한 창사들이 후대적으로 가세·풍성하여졌으리라는 점을 가상할 수가 있겠다. 이러한 연장선상에서 불교계 판소리의 창사들이 그처럼 다양하고 풍성하게 된 실상과 내력을 시사하고 있기 때문이다.

넷째, 이 작품들의 지시문에 대해서다. 위 세 작품들 가운데서 대사와 창사를 빼면 지시문만 남는 게 사실이다. 이 지시문은 이 작품들을 소설로 치면, 그대로가 지문이 되는 게 자명하다. 그런데 이 작품들이 강창문학·강창극본이라는 점에서, 그 지시문은 소설 전반의 지문과는 달리, 매우 요약되어 있으면서도 연극 전체의 진행에 관한 제반 사항을 지시하는 특징이 있다. 그리하여 이 지시문은 연극·극본의 진행 과정에 필수적으로 개입하는 매개역이요 연결고리라고도 하겠다.

이 지시문은 강창문학·강착극본에서 시간·공간이 정해진 무대·장치의 지시, 등장인물·배역의 분장·의상 지시, 그들의 연기·언동·표정의 지시, 이어 도구·보조자의 역할 지시 등으로 구체화된다. 기실 이들 지시문은 극화의 방향, 그 장르 성향에 따라 내용이 달라질 수가 있다. 실제로 지시문들은 가창극이나 가무극에서는 비교적 간단·명료하지만, 대화극과 잡합극에서는 복잡다단해진다. 그런데 이 강창극에 이르러서는 공연의 특성상 상당히 자세할 수밖에 없다. 말하자면 강창극은 판소리와 같이 한 사람의 연기자가 상대적 도움을 받으며, 전체를 혼자서 다 해 나가기 때문이다. 이런 점에서 이 작품들의 지시문은 소설의 지문에 근접해 있는 게 순리다. 그리하여 그 지시문의 역할을 다하고 있는 것이다.

이처럼 위 세 작품의 지시문은 그 성격과 기능을 갖추어 능히 역할을 다하고 있는 것이 확인된다. 기실 위 구조·형태나 대화·창사를 예시할 때, 이 지시문의 윤곽이 이미 들어난 것은 사실이다. 그런데도 이를 분명히 하고자 간략히 실례를 들겠다. 먼저 「남백월이성」에서 부득이 낭자를 목욕시키는 장면이다.

夫得悲矜莫逆, 燭火殷勤, 娘旣産. 又請浴, 弩肹慚懼交心, 然哀憫之情, 有加無已. 又備盆槽, 坐娘於中, 薪湯而浴之. 旣而槽中之水, 香氣郁烈, 變成金液, 弩肹大駭. 娘曰, 吾師亦宜浴此. 肹勉强從之, 忽覺精神爽凉, 肌膚金色. 視其傍忽生一蓮台, 娘勸之坐.[44]

이와 같은 장면은 실로 지시문이 간곡·절실한 극정을 생동케 한다. 이어 「금우태자전」에서는 금송아지가 금륜국왕이 되어 파리국에 가서 부왕과 보만부인을 상봉하는 장면이다.

迄之波利國, 參見父王已竟, 父子恩情, 告訴不極, 兒子今朝, 故投爺救母, 聖上洪慈, 願垂赦宥. 卽時父王見說已罷, 痛苦難言. 救出普滿夫人, 宣至殿上,

---

44 『삼국유사』(영인), 274~275쪽.

形體憔悴, 頭似亂蓬, 面黃肌瘦, 兩目昏眊. 太子見已, 手扶娘娘, 放聲大哭, 哽
咽悲泣. 即時焚香, 望空禱告, 若子有福, 致此忠孝報母之恩, 顯其靈應. 即將
舌尖, 舐開兩目, 光明如舊[45]

이처럼 지시문이 사실적이고 생동감이 넘쳐 극정의 절정을 극대화
하고 있다. 나아가 「안락국태자전」에서는 역시 안락국이 부왕을 찾아
가 상면하는 장면이다.

> 안락국이 그 말을 듣고 길흐로 향ᄒᆞ야 가다가 아바니믈 맛나ᅀᆞᄫᅡ 두 허
> 튀를 안고 우더니 왕이 무르샤ᄃᆡ 이 아기 엇더니완ᄃᆡ 늘그늬 허튀를 안고 이
> 리ᄃᆞ록 우ᄂᆞᆫ다 안락국이 온 ᄯᅳᆮ 숨고 왕생게를 외온ᄃᆡ 왕이 그제ᅀᅡ 태자인
> 고ᄃᆞᆯ 아ᄅᆞ시고 깃ᄀᆞ새 아나 안ᄌᆞ샤 오시 ᄌᆞᄆᆞ기 우르시고 나ᄅᆞ샤ᄃᆡ 네 어
> 마니미 날 여희오 시르ᄆᆞ로 사니다가 이제 또 너를 여희오 더욱 우니ᄂᆞ니
> 어셔 도라니거라 왕과 태자왜 슬픈 ᄠᅳ들 몯 이긔샤 오래 겨시다 여희싫 저
> 긔 왕이 놀애를 부르샤ᄃᆡ(가사 생략)[46]

이런 정도라면 지시문이 선명하고 여실하여, 극적 효과를 드러내는
데에 충분한 것이다.

이로써 위 세 작품들의 지시문은 모두 완비되어 연극·극본을 연행·
추진하는 데에 아무런 손색이 없다. 실제로 이 작품들을 극화·연행한
다면 활기찬 연극·강창극으로 재연·생동할 것이기 때문이다. 여기서

---

45 『석가여래십지수행기』(강전섭 소장), 22장 후면~23장 전면.
46 『월인석보』권8, 100장 후면~101장 전면.

이 작품들의 지시문이 불교계 판소리의 지시문과 상통·유사하는 점을 주목하게 된다. 이 양자 사이에는 시대·사회적 환경과 그 시대 연예의 제반 여건이 다른 만큼, 어휘·문장이나 기교·세련미가 다른 것은 사실이지만, 지시문 사이의 계통적 흐름을 탐지할 여지가 얼마든지 있는 터다.

이제 우리는 위 전형적인 세 작품을 대표적으로 내세워, 그것이 강창문학·강창극본으로 충분한 요건을 갖추었다는 사실을 입증하였다. 따라서 이 작품들은 일단 강창문학·강창극본으로 인식·규정될 수밖에 없다. 그리하여 이들 작품과 동일·유사한 역대의 강창문학 작품들이 모두 강창극본의 실상을 갖추었으리라고 유추할 수가 있겠다. 따라서 위 불교계 판소리창본이 강창문학·강창극본이라고 규정되어도 무방하리라 본다. 여기까지 이 강창문학의 극본적 실상을 논의하는 과정에서 그것이 판소리창본과 유사·동일한 요건을 두루 갖추고 있다는 것이 실증되었기 때문이다. 원래 강창문학의 극본적 실상으로 보아, 그것은 가창극본·가무극본·대화극본·잡합극본 등으로도 유추·논의할 수가 있는 터다. 그러나 앞으로 그것이 강창극의 차원에서 불교계 판소리의 그것과 대비되어야 하므로, 부득이 '강창극'으로 한정·심화시킬 수밖에 없다.

3. 강창문학의 연행과 판소리와의 관계

1) 연행의 배경과 여건

이 작품들의 실제적 연행은 강창극으로 나타나는 게 당연하다. 그것이 강창극본으로 규정·행세하도록 마련되었기 때문이다. 기실 이러한 현상은 판소리창본이 판소리로 연창되는 것과 다를 바가 없다. 이와 같은 연행의 배경과 여건에는 연행의 주최자와 그 동기·목적, 연행의 무대와 장치, 연행의 조건과 후원 등이 문제가 된다. 여기서는 먼저 강창극을 거론하고 이에 따라 판소리를 결부·비교해 보겠다.

첫째, 연행의 주최자와 그 동기·목적에 대해서다. 불교계 강창극의 주최자는 대강 사찰의 주지급 승려였다. 원래 강창극은 대소 사찰에서 승·속 대중을 상대로 연출한 이른바 '속강'으로부터 시작되었다.[47] 잘 알려진 속강은 한·중 사찰과 불교계의 도량에서 속강승이 출연하여 불전의 저명한 법화를 뽑아 쉽고 재미있게 풀고 세속담을 더해서 대본을 만든 후 강설과 가창을 조화시켜 연행하는 연극의 한 형태라 하겠다.[48] 그러한 속강이 강창극의 전형을 이루고 변문 중심의 대본으로 강창문학을 형성·정립시켜 극본으로 삼았던 것이다. 이러한 강창극본

---

47 전홍철, 「돈황 강창문학의 서사체계와 연행 양상 연구」, 한국외대 박사논문, 1995, 197쪽.
48 孫楷第, 「唐代俗講軌範與其本之體裁」, 『俗講說話與白話小說』, 河洛圖書出版社, 1978, p.76; 김진영, 「불교계 변문의 연행과 장르계통」, 사재동 편, 『한국희곡문학사의 연구』 IV, 중앙인문사, 2000, 402~406쪽.

이 강창극으로 연행되면서 연극적 역량과 기능이 본격화되었다. 그러기에 이런 강창극이 설판되어 원만히 연행되기 위해서는 주최자가 튼튼한 기반을 가지고 그만한 능력을 갖추어야 한다. 그가 공연의 동기와 목적을 확고히 세우고, 속강승으로 재능있는 연기자를 선정하며, 극본을 채택하고, 공연무대와 장치를 마련하여 승·속 대중을 모아들이는 작업을 책임져야 했기 때문이다.[49] 기실 이러한 강창극이 널리 알려지고 역할이 공인되면서, 이를 주선·운용하는 주최자의 위치가 확고해졌던 것이다. 그러면서 승·속 간에 이 주최자를 보조하는 승려·거사들이 생기게도 되었다.

이에 대하여 판소리의 주최자도 강창극과 거의 같은 위치를 차지하게 되었다. 원래 초창기 판소리의 주최자는 대소 사찰의 주동적 승려나 속강승 내지 연희승이었고, 기껏해야 그런 사찰에 관계를 맺은 사무장이나 거사 등이었으리라 추정된다. 판소리가 형성·전개되는 과정에서는 광대·연기자의 자격이나 자생력이 없는 데다, 관아에나 민간에는 판소리의 주최자가 될 만한 인물이 희귀하고, 그런 판소리를 육성·장려할 만한 절실한 목적이나 사명감이 없었던 것이 사실이다. 그렇지만 사찰에서는 강창극이 필요했던 만큼 그 목적과 사명감을 가지고 판소리를 보호·육성하며 연기자나 일행들에게 적어도 숙식과 용돈을 제공할 여건이 되었던 것이다.

따라서 이러한 주최자들은 강창극의 연장선상에서 점차 판소리의 주최자를 겸하게 되고, 연행의 동질성으로 하여 상호 근접하게 되었을 터이다. 그로 말미암아, 강창극과 판소리는 역대 사찰을 중심 무대로

---

49 전홍철, 앞의 글, 255쪽.

그 주최자들에 의하여 동일한 연극 형태의 양면적 명색으로 전개되었던 것이 아닌가 한다. 강창극과 판소리가 별개의 것으로 인식되는 단계에 와서도, 판소리는 주최자와 연기자 그리고 대본의 소재·내용 등에서 불교·사찰과 상당한 관계를 맺고 있었던 것이 사실이다. 지금까지도 판소리 주최자나 관계자들이 불교계와 친연성을 가지고 불교계 판소리의 경우 불교의 그것을 담고 있는 것은 결코 우연한 일이 아니라고 본다.

이런 점에서 불교계 강창극의 연행 동기나 목적이 분명해지는 터다. 자고로 이런 강창극은 대중 포교를 명분으로 내세워 대소 불사의 권선을 위하여 연행되었다. 이러한 법석과 권선에는 불교계 판소리와 같이, 불교사상과 그 신행을 장려하고 보시를 강조하는, 재미있고 유익한 강창극이 필요했기 때문이다. 이러한 강창극이 불교적 신앙·윤리에 따라 그 이상 속화될 수 없는 한계점을 노정할 무렵, 동일한 연행 형태이면서 통속화의 제약을 벗어난 판소리를 요청하게 되었을 터다. 그리하여 불교계 판소리는 불교계 강창극과 거의 같은 동기·목적을 가지고 극화·연행되었던 것이다. 그러기에 위 「남백월이성」·「금우태자전」·「안락국태자전」 같은 강창극이나 〈심청가〉·〈흥부가〉·〈옹고집타령〉 같은 판소리가 연행 동기·목적 면에서 크게 다를 게 없다는 것이다. 다만 불교계 강창극이 시대성과 종교성에 의하여 최소한 성역을 지키는 데 반하여 불교계 판소리가 그 후대성과 대중성에 따라서 통속성에 기울고 있다는 차이뿐이기 때문이다. 이런 점에서 강창극과 판소리는 시대적 추이와 대중적 요청에 의하여 하나의 실체가 색다른 면모와 명칭으로 불리며 인식·수용되고 있는 실정이라 하겠다.

둘째, 연행의 무대와 장치에 대해서다. 불교계 강창극의 무대는 역시 사찰의 전각·강당이나 법당·야단이었다. 이른바 속강 형태의 강창극을 크게 연행할 때, 사찰공간보다 더 적합한 무대는 없다. 그 강창극의 청중으로서 승·속 대중과 신도·촌민들이 몰려들어, 편히 구경하고 다소 공양을 하는 데는 참으로 훌륭한 현장이었기 때문이다. 한편 고려시대까지도 유사시에 궁중이나 대가를 무대로 강창극이 벌어졌던 것도 이런 까닭에서였다. 이 강창극은 필요에 따라 시중·마을의 광장이나 공터에 야단을 마련하고 공연함으로써, 적극적인 포교·권선의 성과를 올리려는 사례도 없지 않았다. 그것은 어디까지나 대중과의 친화·접근을 위한 편법이었던 터다.[50]

또한 불교계 판소리의 무대는 바로 그 강창극의 그것과 같을 수밖에 없었다. 동일 유형의 주최자가 같은 동기와 목표로 판소리의 판을 벌이는데, 그 무대가 사찰 일원이라는 게 너무도 당연하기 때문이다. 이 판소리의 초창기, 형성·전개 과정에서 상당한 변화를 겪기까지, 그 무대는 강창극과 동일하였던 게 사실이고, 시중·마을로 눈을 돌리다가 양반·대가의 잔치마당에까지 나간 것은 그 후대의 일이었다.

그리고 강창극의 장치는 사찰 내외나 궁중에서 이미 설치된 것으로 대신하고, 아주 필요한 것만 몇 가지 준비하면 되는 게 특징이다. 기실 강창극에서 실제 공연무대와 장치 그리고 작품 속의 무대와 장치는 연기자가 구술로 설치하면, 그대로 인식·양해되는 게 전통이요 관례였던 것이다.

50　전홍철은 앞의 글에서 강창문학의 연행장소를 사원(300쪽)과 궁정(311쪽) 그리고 시정(320쪽)이라고 논하였다.

이런 점에서 판소리 공연에서도 무대와 장치의 문제는 위 강창극의 경우와 일치한다. 양자 간에 시대적 순차에 따라, 무대와 장치에 대한 전통·관례가 그대로 계승·통용되고 있기 때문이다. 그러므로 강창극이나 판소리는 무대와 장치에서 아주 자유스럽고, 현장과 형편·여건과 요청에 따라 효율적으로 적응할 수 있었다는 것이다.

셋째, 연행의 조건과 후원에 대해서다. 강창극의 연행에서 일정한 조건이 전제되는 것은 아니었다. 주최자나 관계자들이 주선·주관하는 시간과 공간에, 청중만 있으면 언제든지 공연할 수가 있었기 때문이다. 더구나 연기자들은 비록 전문성을 지녔다 하더라도, 일정한 자격을 공인받거나 출연 조건을 요구하지 않는다. 연기자는 속강승·재의승·연회승의 차원에서 전법·포교를 위하여 자발적 사명감으로 공연에 임할 따름이었다. 그러기에 그들은 청중의 반응이 좋고 불교적 감명이 깊으면, 만족한 보상으로 생각할 뿐이었다. 따라서 연기자들은 주최자나 관계자들의 배려로, 사찰 중심으로 숙식을 제공받거나 다소의 보시를 받으면 다행이라고 여겼던 터다. 그러므로 강창극의 연행이나 출연에 따르는 공식적인 보장이나 약정된 금전 거래가 없었다는 것이다. 말하자면 그것은 불교적 범위 안에서 임의로, 자발적으로 성립·진행되고, 따라서 그만한 예우와 보답을 받을 뿐이었다는 이야기다. 이러한 상황 아래서 강창극은 자주 활발하게 연행될 수 있는 길이 열리기는 하였지만, 그것은 전문적인 연극으로 전형을 이룩하거나 본격적인 공연으로 정립되는 데에는 보이지 않는 장벽이 되었던 터다.

이런 점에서 불교계 판소리의 연행조건을 보면, 위 강창극의 그것과 매우 유사하다. 판소리는 특출한 연기자들이 극진한 예우와 상당한 출연료를 받기 이전까지는, 강창극과 같이 주최자나 관계자들이 자리를 마련하는 대로, 개인 자격을 가지고 무조건 동참·공연하였던 터다. 기실 연기자는 임의로, 자발적으로 공연하고 그에 상응하는 대우와 보답을 받을 수밖에 없었기 때문이다. 원래 판소리는 강창극과 같이 일인이 완결하는 연행상의 특징으로 연극 단체나 공연 그룹을 형성하기 어려운 데다, 공식적인 영리를 추구하지도 않았던 터다. 기실 이처럼 무조건적 연행 상태와 임의·자발적 출연 현상은 실제적으로 동일하던 것이, 판소리만은 연기자들이 시대·사회적 여건에 상응하여 연행 조건을 개척하였다고 본다.

다음 공연에 대한 후원의 문제다. 강창극은 공연 그 자체가 임의·자발적인 성격을 띠었기에, 어디서나 공식적인 후원을 받을 만한 처지가 아니었다. 다만 연기들이 개인적으로 임의·자발적인 보조·후원을 받을 수는 있었다. 그러기에 연기자들은 그 처지와 신분이 애매해지면서 연행에 대한 전문적 소신과 기예를 높이거나 일가를 이루지 못하고, 따라서 공공연히 후원받을 만한 명분을 갖추기 어려웠다. 그래서 연기자를 중심으로 하는 강창극의 연행이 조직적으로 전문화되지 못하고, 연기자의 소질과 의욕에 의한 일회성 연극 형태를 보여 왔던 것이다.

이 점에 있어 판소리도 강창극과 같은 처지였다. 판소리는 초창기부터 대중적 통속예술이라는 인식을 받았고, 그 연기자들이 광대라는 이름으로 천시되는 처지였다. 그러기에 판소리는 '광대놀음'으로서 한 바탕 즐기기는 하되, 꾸준히 후원하여 육성·보호할 만한 예술이라는 평가를 받지 못하였다. 따라서 판소리 자체나 연기자들이 제대로 후원을 받지 못한 것은 당연한 일이었다. 그래서 판소리를 운명적으로 지키려는 연기자들이 사찰이나 사하촌에서 고단한 생활을 하고, 승려들의 보호나 특지가特志家의 후원에 힘입어 소리하며 연명했던 터다. 위 강창극에 이어 판소리가 위와 같이 고생하다가, 연기자나 그 단체의 이름으로 어느만큼 후원을 받는 것도 근현대에 이르러 개척된 바, 특별한 사례에 속하는 것이다.

2) 공연의 실제와 연기

이 강창극의 연행은 연기자에 의하여 좌우된다. 이 점은 판소리의 그것과 동일하다. 이들 양자의 연행은 연기자 한 사람이 등장하여 모든 것을 총체적으로 이끌어 가기 때문이다. 따라서 여기서는 연기자의 자격과 능력, 연행 형태와 연기, 극본의 강설·가창과 음악 등이 문제로 드러난다. 그래서 강창극에 대한 문제를 먼저 거론하고, 이어서 판소리의 그것을 대비시켜 보려는 것이다.

첫째, 연기자의 자격과 능력에 대해서다. 먼저 강창극의 연기자는 전술한 대로 속강승·재의승·연희승 등 시대와 처지에 따라 달리 불리어 왔지만, 그들이 승려의 신분임에는 틀림이 없었다. 따라서 그들은 승려로서 위의와 용모를 갖추고 포교적 사명과 예술적 정렬을 품어야 했다. 그래서 연기자는 외형적으로 훤칠하고 인물이 좋아야 되며, 강설에 능하고 가창에 뛰어나야 한다. 그것이 바로 혼자서 청중을 감동시킬 수 있는 연기자의 타고난 특장이요, 예술적 능력이기 때문이다.

고려의 한 속강승이 원나라 경수사에서 「목련경」을 강창하는 장면을 기술하는데, "那壇主是高麗師傅, 靑旋旋圓頂, 白淨淨顔面, 聰明智慧過人, 唱念聲音壓衆, 經律論皆通, 眞是有德行的和尙"이라고[51] 묘사한 것을 보면, 강창극 연기자의 면모를 대강 유추할 수가 있겠다.

다음에 판소리의 연기자는 위 강창극과 동질적인 자격과 능력을 갖추었다고 하겠다. 잘 알려진 대로, 판소리 연기자는 광대·창우·우령 등으로 불리며 운명적인 소리꾼으로 자처하여 왔다. 그들은 당대의 멸시·천대를 받을망정, 그 기예를 버리지 못하고 예술적 열정을 뜨겁게 달구고 있었다. 기실 연기자들은 타고난 외모와 인물이 좋아야 하고, 성음이 특출하여 사설에 능통하고 가창에 빼어나야 된다. 연기자는 혼자 많은 청중을 맞아, 예술적 욕구를 충족시켜야 되기 때문이다. 그러기에 〈광대가〉에서 연기자의 자질·능력을 "광대행세 어렵고 또 어렵다. 광대라 하는 것은 제일은 인물치례 둘째는 사설치례, 그 지차 득음이요, 그 지차 너름새"라고[52] 하였던 것이다.

그렇다면 연기자의 자격과 능력은 강창극이나 판소리에서 거의 동일하다는 점이 드러난다. 다만 연기자들의 신분이 승려와 속인이라는 점에서 다를 뿐이다. 그런데 연기자들은 승려 사회에서나 속인 사회에서 제대로 우대를 받지 못했다는 점에서 공통점이 없지 않다. 더구나 그들의 전문성은 승단이나 관가의 공인을 거친 것도 아니고, 자격증을 가진 것도 아니었다. 승·속 간에 청중의 입소문이나 공론에 의하여

---

51 민영규, 「원고려속강승」, 『동방학지』 31, 연세대 국학연구원, 1982; 『朴通事諺解』 聯經出版事業公司, 1978, pp.274~280.
52 신재효, 『광대가』, 『창악대강』(박헌봉), 국악예술학교 출판부 1966, 538쪽.

그들의 자격·능력이 자연스럽게 부상·인정되었기 때문이다. 이런 점에서도 양자는 유사한 경향을 보이는 게 사실이다.

둘째, 공연 형태와 연기에 대해서다. 먼저 강창극의 연행 형태는 연기자의 총체적 독연으로 그 특성을 보인다. 연기자가 등장하여 혼자서 장단 등의 보조를 받아 극본을 시종 강설하고 가창해 나가는 형태이기 때문이다. 이미 마련된 무대와 청중 앞에 출연하는 연기자는 배역으로서의 특별한 분장과 의상을 따로 하지 않는다. 그는 극본에 등장하는 모든 배역을 혼자서 대역하고 진행 과정의 안내·해설까지 다 맡고 있기에, 어떤 특정한 분장과 의상을 갖출 수가 없게 되었다. 그러기에 연기자는 속강승·재의승·연희승으로서 깎은 머리에 승복을 입고 가사·장삼을 수하면 족한 것이었다. 여기에다 그가 청중의 관심을 끌기 위하여 특이한 승모를 쓰거나 유표한 장식을 더할 수는 있었겠지만, 그것은 원칙이 아니었다. 그래서 연기자는 손에 적절한 소도구 하나를 들고 활용하면서 장단이나 추임새에 맞추어 강설·가창을 조화롭게 교직하여 극정을 이루어 나갔다. 이때 그는 극본에 준거하여 그 내용을 다 외워서 연행하는 것이 원칙이다. 그러나 조금 숙달된 연기자는 그 극본을 그대로 기억하여 토로하는 고정관념을 버리고, 융통성과 즉흥성을 발휘할 수가 있었다. 말하자면 극본의 줄거리와 창사만 파악해 놓고는 그에 의거하여 자유자재로 강창하고, 무대 범위 내에서 마음대로 연기를 펼친다는 것이다. 기실 그는 연기자 자신의 안내·해설적 언동과 극본 배역의 언행·표정 등을 총체적으로 연기하기 때문이다. 따라서 그의 연기는 총합적이고 개방적이라, 청중과의 교감·대화도 가능하고 그래서 청중이 동참할 수 있는 여지를 주었던 것이다.

이런 점에서 판소리의 공연 형태와 연기는 강창극의 그것과 상당한 근접성을 보이고 있다. 연기자가 광대로서 등장하여 혼자서 연행하는 게 특징이기 때문이다. 다만 연기자가 고수의 장단과 추임새에 힘입어 극본을 시종 강설·가창해 나가는 공연 형태까지 비슷하다.[53] 연기자가 청중 앞에 무대로 나서는 데에는 어떤 특정 배역의 분장과 의상을 필요로 하지 않는다. 연기자는 출연자로서의 자신의 해설·안내역 이외에 극중 인물들의 역할을 그대로 대행해야 되기에, 일일이 특정한 분장·의상을 할 수 없다는 것이다. 따라서 연기자는 한 광대로서 손색없는 치장과 복색을 하면 족한 것이다. 남성 연기자는 초기부터 중인 복장으로 갓망건을 쓰고 두루마기에 행전을 치고 신발을 신는 정도이고, 여성 연기자는 조촐한 기생복색으로 차리는 수준이었다. 여기다 청중의 관심과 인기를 모으기 위하여 특별한 장식을 하는 것은 그대로 용인되었던 터다. 그래서 연기자들은 손에 부채 하나만 쥐고 활용하면서 장단과 추임새에 호응하여 강설, 즉 아니리를 하고 가창하며 동작·표정 등 발림·너름새를 조화롭게 엮어 나가면 되는 것이었다.[54] 이때에 연기자는 극본으로서 창본을 절대시하지 않는다. 이미 지정된 창본의 줄거리와 창사만을 파악하고는 융통성·현장성·즉흥성을 마음대로 발휘하기 때문이다. 그러기에 연기자는 무대의 분위기나 청중의 호응에 상응하여 극본의 줄기를 벗어나지 않는 한, 자유자재로 창출해 나가는 데서 특장을 자랑하였다. 그러는 가운데 연기자는 극본 중의 배

---

53 최동현, 「판소리의 구성」, 『판소리란 무엇인가』, 에디터, 1994, 55~62쪽.
54 서종문, 「판소리의 발림과 너름새」, 다곡 이수봉선생 회갑기념논총 간행위원회 편, 『고소설연구논총』, 제일문화사, 1988, 489쪽.

역들이 펼치는 언행·동작 등을 총괄·연출하는 만능적 연기를 보여 주었다. 그러기에 연기자는 열린 무대에서 열린 연기를 하여 청중의 호응과 동참을 이끌어 냈던 것이다.

이와 같이 강창극과 판소리가 연행 형태와 연기 면에서 그만큼 합치되는 것은 결코 우연한 일이 아니다. 물론 양자 간 연기자의 치장·복색, 성별·구색·소도구의 운용과 강설·가창, 장단·추임새, 연기의 통속·과장 등에서 차이가 다소 나는 것이 사실이다. 그러나 이러한 차이점은 지엽적인 데다 양자의 시대적·사회적 변화에서 연유되는 것이라 본다. 따라서 이러한 양자의 공통성은 실제로 주목되어야 할 것이다.

셋째, 극본의 강설과 가창에 대해서다. 먼저 강창극에서는 극본이 연기자에 의하여 강설·가창되는 것이 가장 핵심적인 요건이다. 이것이 바로 강창극을 생동감 있게 밀고 나가기 때문이다. 기실 연기자의 빼어난 능력과 좋은 연기라는 것은 강설과 가창에 매여 있는 것이다. 연기자는 강설에서 유창하게 안내·해설해야 되고, 등장 배역의 언행을 실감나게 묘사하며, 그들의 대화를 성격·역할·감정 등에 맞도록 구연해내야 한다. 이것이 잘못되면, 그것은 평면적이고 지루한 이야기로 떨어져 청중에게 아무런 실감과 감명을 줄 수 없기 때문이다. 기실 강창극이 성공한다는 것은 연기자의 강설이 얼마나 역동성을 발휘하고 실감을 주느냐에 달려 있는 터다. 강설에도 어감이 생동하고 리듬과 함께 음악성이 흘러 넘쳐야 한다. 투명하고 감미로운 음악성이 빠지면 강설은 기력과 더불어 생명성을 잃게 되기 때문이다.

그리고 가창은 연극에 있어, 용 그림의 눈이요 비단 위의 꽃송이이기에 성공적인 연행의 관건이다. 이것은 가사 내용도 값질 뿐만 아니라 음악이 훌륭해야 된다. 기실 가창에서 가사 내용이 좀 부실해도 음악만 좋으면 일차적인 뜻을 이루는 게 상례다. 강창극의 창사가 지금은 모두 악곡을 잃었지만, 원래의 현장에서는 다양하게 존재하고 멋지게 활용되었을 것은 물론이다. 고금의 시가, 가사에는 어떤 형태의 음악·악곡이든지 필수되는 법이기 때문이다. 음악은 가사 내용에 상응하고 극본의 서사문맥·정경에 맞도록 편성·결부되었던 것이 사실이다. 그러기에 극본 속의 시가는 장르별로 민요나 가요, 게송이나 시, 그 중에서도 절구·율시·고시 형태 등에 맞추어 음악·가곡이 독특하게 결합되고 아주 찬란·곡진한 가창의 경지를 열었던 것이라 본다. 가창의 완벽한 조화와 성취는 강설과 어울려 최상의 강창극을 연출했던 것이다.

이러한 전제와 추정 아래서, 강창극의 음악·악곡의 일부를 재구·복원할 수도 있겠다. 음악과 관련하여 장단과 악기의 문제가 나온다. 그런데 이 가창에 장단이 따랐던 것은 분명하다. 적어도 이러한 가창에 가락과 함께 장단이 따르는 것은 고금을 통하여 너무도 당연하기 때문이다. 기실 강창극의 역동적이고 장중·청아한 가창에는 동양권 강창극 전반에 통용되는 타악기가 활용되었을 가능성이 크다.[55] 기실 사찰이나 강창극 주변에는 성사물 등의 타악기가 많아, 적어도 대·소형 북 정도가 장단에 쓰였으리라 추측될 뿐이다.

이런 점에서 판소리의 아니리와 가창은 위 강창극의 경우와 너무 가깝다. 판소리에서 연기자가 창본을 아니리와 가창으로 연행하는 게 중

---

[55] 김학주는 앞의 글, 635쪽에서 "이들 강창이 거의 모두가 강창자 한 사람이 북이나 박판으로 스스로 절박을 잡아가면서 강과 창으로 고사를 얘기해 나간다"고 하였다.

핵을 이루는 것은 당연하다. 이것이 바로 판소리를 역동적으로 밀고 나가는 원동력이기 때문이다. 실제로 훌륭한 연기자는 아니리와 가창을 능숙하게 해내는 기예를 발휘하는 데서, 그 수준이 결정되는 것이 사실이다.

그러기에 연기자는 아니리에서 능력이 드러난다. 연행의 시작과 진행 과정을 일관성 있게 조정해 가면서 안내·해설을 분명히 하고, 등장 배역들의 언행과 동작 등을 핍진하게 실연하며, 그들의 대화를 사실적으로 대리 구연함으로써, 실감을 배가시켜야 된다. 이러한 아니리가 입체적이고 곡진하게 진행될 때 판소리의 공연이 성공의 기선을 잡기 때문이다. 그러기에 아니리가 모든 점에서 완벽하게 전개될 때, 판소리가 제대로 성취된다는 것은 불문가지이다. 아니리에 어감과 함께 음악성이 구비되어야 평상적 낭독과 달리 유창한 연기가 성립되는 것은 당연한 이치다. 해설도 그렇지만, 특히 연기 지시라든지 대화의 표현에서 독특한 어감·음악이 작용해야 유려하고 감명 깊은 극정이 생기기 때문이다. 이 아니리 중에서 가창에 접근하는 도섭은 가창보다 더 곡진하고 간절한 감흥을 샘솟게 하는 터다.

나아가 가창은 강창극의 그것과 같이 값지고 빛나는 터로, 오히려 보다 적극적으로 발달되어 있다. 실질적으로 가창이 공연의 핵심적 추동력이 되어, '강창극'의 진면목울 보여 주는 터다. 그러기에 가창이 발달하여 판소리가 발전하는 현상을 보이고, 가창만 가지고도 판소리 연행의 효과를 그대로 발휘하여 공감을 얻고 있는 실정이었다. 이 가창의 음악이 고금을 통하여 현존하여 참으로 주목된다. 이 음악은 현전하는 상황대로 녹음하거나 채보하여 그 실체를 파악할 수가 있다. 그런데 이 음악은 판소리의 유파에 따라 각기 개성과 특성을 달리하며, 창자에 따라 상당한 출입이 있어 융통성과 즉흥성을 보인다.

그런 가운데에도 장단을 중심으로 상당한 유형을 형성해 온 것은 사실이다. 그래서 잘 알려진 판소리 장단은 위 강창극과 관련하여 매우 중시된다. 그 장단의 유래·전통은 제대로 밝혀지지 않았지만, 그것이 북에 의한 진양조·중머리·중중머리·엇중머리·자진머리·휘몰이 등으로 정립되어, 가창·음악의 핵심으로 작용하고 있기 때문이다.[56]

이와 같이 대본의 강설·가창에 있어 강창극과 판소리 사이에 근접성이 드러나는 것은 시사하는 바가 작지 않다. 기실 시대성이나 사회성에 의하여 양자 간에 차이가 나는 것은 오히려 당연한 일이다. 그리하여 양자 간의 친연성을 고려한다면, 그 상보적인 관계도 설정될 수 있으리라 본다.

3) 청중의 동참과 영향

강창극과 판소리는 청중의 동참을 목적으로 하고 그에 심각한 영향을 입히는 것을 이상으로 삼는다. 먼저 강창극의 경우, 청중을 모아 포교·권선하는 것이 가장 중요한 과업이요 판소리의 경우, 청중을 모아 감화·수금하는 것이 가장 큰 과제이기 때문이다. 이렇게 볼 때, 청중이 강창극·판소리의 성패를 가늠하고 그를 육성·주도해 왔다고 보아진다. 따라서 여기서는 청중의 계층과 수준, 성격과 역할, 영향력과

56　정병욱, 「판소리의 장단」, 『한국의 판소리』, 집문당, 1984, 72~73쪽.

함수관계 등을 거론할 수밖에 없다. 여기서도 먼저 강창극의 청중을
검토하고 판소리의 그것을 대비해 보도록 하겠다.

첫째, 청중의 계층과 수준에 대해서다. 우선 강창극의 청중은 각개
사찰의 승·속 대중을 중심으로 불교계 인물들이 주축을 이루었다. 그
러나 이 청중 전체를 포괄적으로 파악하고 내부적으로 분석하면, 각계
각층에 그 수준도 천차만별이라 하겠다. 역대 강창극이 대찰이나 궁중
에서 벌어질 때는, 왕과 왕족이 친임하고 만조백관과 궁인들까지 청중
이 되었다. 그리고 경향 각지 대소 사찰에서 강창극이 벌어질 때는 지
방관장과 관원, 사대부 대가 가족들이 동원되고, 신도 대중 내지 일반
민중까지 몰려들었던 것이다. 기실 그것은 포교·법회의 예술적 방편
일 뿐만 아니라, 오락적 연예로서 흥행성까지 갖추고 있었기 때문이다.
적어도 이 강창극의 연행 현장에서는 각계각층과 천차만별의 청중이
하나로 모였던 터다. 부처님 앞에 중생이 하나이듯이, 강창극 앞에 청
중은 하나요 한 마음이었던 것이다. 그 앞에 청중들은 다 평등하고 자
유롭기 그지없었다. 그래서 그것은 족히 야단법석의 장관을 이루었던
터다.

이런 점에서 판소리의 청중은 강창극의 그것과 완전히 상통된다. 판
소리의 청중은 매우 복합적이고 광범위하였다. 말하자면 각계각층과
상하 민중을 다 망라하였기 때문이다. 사찰에서 자주 소리판을 벌일
때나, 가끔 궁중에서 연행할 때에는 그 청중이 위 강창극의 경우와 다
를 바가 없었다. 그러나 경향의 관아나 양반·대가에서 공연할 때는
그 공간의 제약으로 하여 그 청중은 본의 아니게 제한될 수밖에 없었
다. 그런데 경향 마을의 광장이나 민간의 경사·경축 시에 벌이는 소

리판에서는 상하 계층과 천차만별의 청중이 함께 몰려들었던 것이다. 여기서 열린 무대, 열린 연기·연행에 상응하는 열린 청중을 확인할 수가 있다. 이것은 적어도 판소리가 위 강창극보다 청중의 영역을 더 확충하고 저변을 확대하여 하나로 만드는 데에 앞서 있음을 보여 준다.

이와 같이 양자의 청중이 질량 면에서 그만큼 합치되고 시대적인 차이를 보이는 것은 심상치 않은 일이다. 이러한 청중의 참여와 그 동향은 판소리와 강창극이 그 연행 형태나 공연 효과 등에서 실질적인 함수 관계를 맺어 왔기 때문이다. 또한 양자의 청중이 동질성과 공통성을 보이는 것은 상호 간의 연관·친연성을 입증해 주는 바라 하겠다.

둘째, 청중의 역할과 작용에 대해서다. 먼저 강창극에서 청중의 역할·작용은 고금 공연의 일반적 경향보다 더 적극적이라 하겠다. 청중들은 우선 강창극의 중대한 요소로서 공연을 성립시킨다. 그리고 연행의 추진에 적극 동참하여 활력을 불어넣는 역할을 해낸다. 기실 청중들은 연기자의 앞에 자리 잡거나 주위에 들러리 하여 서로 단절되거나 거리를 두지 않는다. 그만큼 청중은 연기자의 연행·연기와 가까이서 작용하고 있기 때문이다. 이런 때에 청중은 연행·연기에 대하여 울고 웃거나 환희·감동하는 반응을 보이고, 종교·예술적 감흥을 누린다. 때로 청중은 연기자가 질문을 던지면 얼른 응답하고, 가끔 그가 게송을 읊으면 합장하고 '나무아미타불'을 음악적으로 창념하는 것이다. 이런 분위기는 조금은 성스럽고 장엄한 일면이 있기에, 청중은 감회·흥취의 표현을 자제할 뿐, 연행의 활력과 공감대를 조성하는 데에는 소중한 역할을 다한다.

이런 점으로 보아, 판소리에서 청중의 역할·작용은 보다 강력하다.

원래 이 청중들이 앞에서나 들러리 하여 소리판을 성립시키기 때문이다. 거기에 연기자와 고수가 나와서 공연을 시작하는 것이다. 그러기에 청중은 연행의 당사자처럼 나아가 공연에서 연출자의 위치에 서는 것이다. 그리하여 청중은 연행·연기의 극정에 따라 민감한 반응을 일으키고, 환성·박수는 물론 다양한 추임새와 '잘 한다' 등의 격려를 하며, 때로 개인별로 일어나 춤까지 추는 것이다. 이때에 연기자의 질문에 즉답을 하는 것은 물론, 청중들이 연기자에게 말을 거는 경우도 있는 터다. 따라서 청중은 현장적 감흥을 표출하는 데에 아주 자연스러웠던 것이다. 실제로 이 청중은 처지를 잘 알아 엄정한 예의와 질서를 지키며 판소리의 공연·연기에 활력을 주면서, 그 개선과 발전에 중요한 역할·작용을 해 온 것이 돋보인다.

이와 같이 그 청중의 역할·작용이 서로 유사한 점은 예사로운 일이 아니다. 여기에는 시대·사회적 추세에 따라 나타나는 약간의 차이가 보일 뿐, 기본적이고 중심적인 상황은 별로 다른 게 없다는 것이다. 다만 판소리의 청중이 강창극의 그것보다 확대되고, 적극적인 역할과 작용을 자유롭게 펼치고 있는 점이 돋보일 뿐이다.

셋째, 청중의 영향관계에 대해서다. 먼저 강창극에서 연행·연기는 청중에게 막대한 영향을 준다. 극본에 담긴 내용을 중심으로 문예적 감동, 불교적 감화, 윤리적 순화 등에 걸쳐 복합적인 기여를 하였기 때문이다. 여기 위에서 거론한 강창극의 동기·목적이 그 열매를 거두는 것이다. 그리하여 청중들은 문예적 감동을 만끽하고, 불교를 적극 신앙하며 물심의 보시를 강화해 나갔을 것은 물론이다. 나아가 강창문학·강창극에 새로운 인식과 체험을 통하여 많은 개발을 가져 올 수 있었던 것이다. 그중에서도 청중은 강창극에 대하여 감상·수용을 전제로, 연기에 대한 반응·비판을 입소문이나 여론으로 널리 공론화함으로써, 개선과 발전에 직간접적으로 영향을 끼쳤던 것이다. 이는 연행·연기자들이 이러한 비판·공론에 주목하여 개선과 발전의 거울로 삼는 바 공연 일반의 경우와 부합되는 터다.

이런 점에서 판소리의 공연을 통한 청중의 영향관계는 더욱 확산·심화되었다. 공연과 연기에서 대본의 내용에 따라 청중에게 연예적 감동을 강화시키는 한편, 불교적 색채를 벗어나 통속성을 강조하면서, 삼강·오륜 등의 일반적 윤리를 가르치는 경향을 보이게 되었다. 이것은 판소리 공연의 동기와 목적이 어느 정도 달성되는 대목이다. 나아가 청중은 판소리의 시대·사회적 중요성과 역량을 새롭게 인식·평가하고, 이를 일정한 목적으로 활용하게 되었던 것이다. 이에 청중은 판소리에 대한 이해와 체험을 통하여 긍정적 격려와 함께 비평적 충고를 적극적으로 강화함으로써, 연행과 연기의 개선과 발전에 크게 기여하였던 터다. 나아가 청중은 유식 계층을 통하여 창본 제작에 동참하고, 공연을 주선·전개시키는 데에 물심으로 크게 협조하였던 것이다.

이와 같이 강창극과 판소리에서 청중의 영향관계가 소중하게 공통되는 것은 너무도 당연하다. 이 양자는 공연 일반의 청중의 영향관계를 바탕으로, 각별한 연관성을 유지하고 있기 때문이다. 그래서 판소리의 그것이 강창극의 경우보다 청중의 영향관계를 확대·강화하는 것은 시대적 환경과 사회적 추세에 따른 필연적 현상으로 파악되는 터다.

이상 검토한 바와 같이, 강창극과 판소리는 극본에서부터 동질점과 유사점을 보이더니, 연행·공연에 따른 제반 요건이 공통·근접성을 나타내고 있는 실정이다. 그렇다면 양자의 피상적 차이점에도 불구하고 그것들은 심각한 친연성을 스스로 실증하는 터라 하겠다. 피상적 차이점이라는 것은 양자의 시대·사회적 차이에 필수되는 변화의 일각이라고 간주되기 때문이다. 따라서 선행한 강창극이 후행하는 판소리와 맞물려 하나의 계통을 이룩하고 있다는 사실이 구조적으로 부각되는 터다. 실제로 불교계 강창극이 시대와 사회적 변화를 거쳐 불교계 판소리를 중심으로 적통을 넘겨 주었다는 것이다. 말하자면 판소리가 위 강창극의 적통을 계승하여 개선·발전하였다는 이야기다.

4. 강창극의 변모와 판소리의 전개

1) 불교계 강창극의 변모와 전통

불교계 강창극은 조선시대로 접어들면서 쇠퇴 일로에 들고 급속한 변모의 소용돌이에 휘말리게 되었다. 기실 고려 말까지 공연·성행하던 불교계 내지 통속계의 연극들이 조선 초기의 숭유배불정책으로 하여 모조리 서리를 맞았기 때문이다. 그중에서도 불교계의 연극들은 모두 혁파·금지되고 설 자리를 잃게 되었다. 이것들은 자연 불교와 운명을 같이하게 되었거니와, 잠시나마 세종·세조 대의 불교 중흥에도 불구하고, 실제로 재기의 기회를 얻지 못하였던 것이 사실이다. 불교

계의 연극 중에서도 가장 치명적인 타격을 받은 것이 바로 강창극이었
다. 당시 조정에서도 사찰이나 궁중에서 불교계 강창극을 금지했을 뿐
만 아니라, 불교계 승려·지도자들도 최소한의 권위 유지와 자체 보호
를 위하여 속강류의 강창극을 달갑게 여기지 않았기 때문이다. 그러기
에 강창극은 파멸의 위기에서 변혁의 계기를 맞았던 것이다.

첫째, 강창극의 연행 배경과 여건이 급격히 변모되었다. 우선 주최
자가 자취를 감추게 되었다. 말하자면 주최자가 일반 승려로 돌아가
연행을 포기하였다는 것이다. 그들은 편하게 살기 위하여 당시의 분위
기에 순응·처신할 수밖에 없었다. 그러니까 그들이 주도하던 강창극
의 동기나 목적이 단번에 무산되는 것은 필연적인 일이다. 이로 하여
강창극은 재기의 여지마저 없어졌던 것이다.

이어 연행의 무대와 장치는 어느 단계까지 사찰이나 궁중, 어떤 공
간에서도 수용되지 않았고, 그런 것이 필요치도 않았다. 그 후로 불교
계 강창극, 포교와 권선을 위한 공연과 무대·장치는 상당 기간 사라진
것 같았다. 따라서 연행의 조건은 의미가 없어졌고, 거기에는 어떤 후
원자도 있을 수 없었다. 그러므로 강창극은 기반부터 차례로 무너지는
모습뿐이었다. 그래서 변모에 대한 기반마저도 없어진 터이지만, 그
관례와 전통은 역사적 유물로 남게 되었다.

둘째, 공연의 실제와 연기가 무대에서 사라져 자취를 감추게 되었
다. 우선 연기자의 자격은 그 실체로서의 속강승·재의승·연희승들
이 그 임무·사명을 벗어났기에, 준거조차도 사라졌다. 따라서 능력이
라는 것도 기억이나 기록에 남아 있을 뿐이었다.

그리고 공연 형태와 연기는 현장에서 생동하는 그 실체는 삽시간에

날아가고, 그것이 하나의 관례·전통으로 구전을 타게 되었다. 그래서 공연 형태와 연기가 오히려 극본 속에 자세히 기록되어 숨어 있는 형편이었다. 이 극본을 통하여 그 공연 형태와 연기를 유추·재구할 수가 있었기 때문이다.

이어 이 극본은 강창극의 무형적 요건들이 한꺼번에 무산되는 지경에서, 고정적 기록문학으로 오히려 강화·정립되었다. 위 역대 강창문학 작품들이 이를 실증하고 있기 때문이다. 따지고 보면 강창문학이 극본의 모습으로 현존하는 게 강창극의 전체를 응축시킨 유일한 전거라 본다. 따라서 극본의 강설과 가창은 그 생동하는 음성·억양, 음악·악곡을 완전히 잃고 말았다. 그리하여 강설의 내용과 가창의 가사만 남아서 그 유창한 강설과 감미로운 음악을 회상·유추할 수 있을 뿐이다. 그러나 이러한 극본과 강설·가창의 실제적 관례·전통이 남아서 흐르니, 그것을 계승·개신시킬 수 있는 실마리가 되는 법이다.

셋째, 강창극의 연행이 이리 되면서, 그 청중의 동참과 영향이 일단 단절되는 게 당연한 일이었다. 당시의 군신과 양반·대가에서 강창극을 밀어내는 데에 주동이 되었고, 사찰의 상하 승려들은 함구·부동이니, 그 지차 승·속 대중과 민간 서민들이야 청중의 응집력·친화력을 잃고 방황할 뿐이었다. 그러기에 이른바 청중의 역할·작용이나 그 영향관계는 논의할 여지가 없었다. 그러나 사찰 승려 이하 신도·대중, 민간 서민들로 이룩된 청중의 심중과 의식 속에는, 강창극에 대한 관례·전통 일체가 회상과 갈망으로 자리하고 음성화되어 있었다. 그것은 강창극의 유일한 기반이요 부활·재생의 저력·원동력으로, 유사시에는 더욱 강력히 청중의 역할·작용을 다할 태세였다.

이상과 같이 강창극이 궤멸·분산되었지만, 그 면면한 계승과 불멸의 저력은 전통으로 남아 있었다. 사찰·불교계에서는 재의·행사의 연희 쪽으로 연극적 역량을 분산시키는 한편, 선사·법사들은 강설·게송을 교직하여 능설·능창하는 설법 형태에다 강창극의 잔영을 남기고 있는 터다. 그리고 신도·대중, 민간 서민들의 집단 의식 속에는 강창극의 모든 배경·요건, 연행 형태와 연기 등이 하나로 뭉치어 잠재하고 있었던 것이다. 그 전통은 굳건한 광맥처럼 튼튼하게 버티고 거센 물줄기처럼 잠재하여 부활·재생의 기회를 고대하고 있었다. 이러한 현상이 조선 중기를 거치면서 변형된 편법으로 다소 숨통을 트이는가 싶더니, 그것은 불교의 명분으로 부활될 수 없는 한계를 맞이하게 되었다. 그리하여 그 전통을 계승·발전시키되, 불교라는 명색을 벗어나 세속화·민간화라는 이름 아래 혁신적인 '강창극'을 개발하는 방향과 방법이 정립되었던 것이다. 따라서 전통적 강창극의 제반 환경과 여건 그리고 모든 요소가 일체 개선되어 환골탈태한 '강창극'으로 창출·전개될 수밖에 없었다. 그것이 바로 새로운 모습의 '강창극', 판소리의 성립·출범이었다고 본다.

2) 판소리의 성립과 전개

판소리는 가장 참신하고 발달한 '강창극'이다. 그러니까 판소리는 유구한 강창극의 적통을 계승·발전시켜 근현대적 전통극으로 집대성한 세계적 연극 형태다. '판소리'라는 명칭이야 후대적으로 붙여졌지만,

그것은 그만한 역사적 필연성에 의한 산물이기 때문이다. 그렇다면 판소리가 강창극의 모든 것을 개신·발전시킨 실질적 내막을 살펴 볼 필요가 있다.

첫째, 강창극의 연행 배경과 여건을 혁신하였다. 주최자가 승려로부터 일반 예능인이나 연예적 문사 또는 비가비 등으로 대치될 수밖에 없었다. 원래 이러한 판소리는 그러한 주최자가 없으면 성립·진행될 수 없는 데다, 그들이 승려의 신분을 벗어나야만 되었기 때문이다. 그런데도 판소리의 주최자는 그만한 승려들이나 사찰과 밀접한 관계를 유지했던 것이 사실이다. 그런데도 주최자들이 판소리를 주선·진행하는 동기나 목적이 자연 불교의 홍포나 권선 등의 범주를 벗어나는 것은 불가피한 일이었다. 그것은 점차 오락적 동기나 통속적 목표로 기울어, 대중의 연예적 충족과 함께 경제적 보조·희사를 기대하게 되었다. 그러면서도 판소리의 연행은 불교적 요소를 완전히 버리지 않고 음성적으로 보존하면서 외유내불을 지향하게 되었다. 이 점은 전게한 불교계 판소리가 실증하는 터다. 나아가 판소리의 공연은 유교적 윤리를 선양한다는 명분을 내세우게도 되었다. 그 점은 충·효·열·우애 등을 주제로 하는 판소리들이 증언하는 바다.

이어 판소리의 연행에서 무대와 장치는 원칙적으로 민간의 다양한 공간에 설치되었다. 판소리가 점차 그 인식과 인기의 폭을 넓히면서, 경향 관아나 양반·대가의 마당, 시장이나 공공장소 등에 무대 설치를 하게 되었다. 그리하여 판소리의 예능적 위상이 고조·정착되면서, 충효를 강조하는 공연이라면 궁중에까지 초청되어 그 무대 설치를 할 수가 있었다. 나아가 대소 사찰에서도 강창극의 개신인 판소리를 환영하여 불교적 내용을 담은 공연에는 무대·설치를 허용하기에 이르렀다. 이 무렵이면 판소리 공연의 수요와 중요성에 비추어, 민간 유지와 사찰 일부에서 새로운 후원자가 나타나, 직간접적으로 적지 않은 도움을 주었던 것이다.

둘째, 공연의 실제와 연기가 강창극에서 판소리로 옮겨져 새롭게 일어나기 시작했다. 우선 구 연기자가 승려의 신분을 떠나 이른바 광대로 대치되었다. 그들은 처음에는 다른 예능에 종사하던 연예인으로서 새로운 공연에 새로이 등장한 연기자였을 것이다. 그들은 그간에 연행되던 강창극의 연행 형태와 연기를 필수적인 전범으로 하여 무대에 등장하고 퇴장하기까지 연행의 일체를 혼자서 책임지고 연기함으로써, 판소리로 밀고 나갔던 터다. 그들은 광대의 평상 관식과 의상으로 차리고, 소도구로서 부채를 지참하여 고수와 상대하며 능숙한 창과 아니리·너름새로 모든 연기를 펼쳐 나갔던 것이다.

그리고 극본은 강창극의 그것을 계승하여 창본으로 개작하고 새롭게 활용하게 되었다. 기실 판소리창본은 강설·가창의 기본적 구조 형태를 본받을 수밖에 없으므로, 결국 강창문학의 양상을 띠게 되었다. 그러기에 이 창본은 위 강창극본에서 불교적 요소를 제외하거나 음성화시키고 고전소설의 수준으로 통속화·대중화하는 것이 상책이었을 것이다. 이런 차원의 방법으로 이 창본은 그 영역을 고전소설·설화에까지 뻗쳐서 다양·풍성하게 전개되었다. 그러한 서사 형태를 자유자재로 끌어다가 강창 형태로 조성·개작하면, 그대로 창본이 되었기 때문이다. 여기서는 그 문학·문장을 책임지는 후견문사가 위 주최자와 광대 내지 청중을 효율적으로 연결시키는 최선의 창본을 창출하는 데까지 나아갔다. 따라서 이 창본의 강설과 가창이 되살아나게 되었다. 말하자면 강설과 가창은 위 강창극의 그것을 이어 받고, 광대의 새로운 음성·억양, 음악·악곡을 개발하여 보다 유창한 아니리와 더욱 감미로운 연창으로 공연됨으로써, 참신하고 생동하는 판소리를 창출·정립시켰던 것이다. 여기서 아니리와 가창에 활용된 음악은 위 강창극의 그것을 기반으로 하되, 상당한 개신과 보완이 점차적으로 이루어졌을 터이다. 그러기에 판소리의 음악은 불교음악·전통음악·민속음악 등을 수용하여 복합적으로 폭넓은 감명을 주었던 것이다.[57] 따라서 이 음악적 요소를 분리·기준하여 여러 가지 측면으로 판소리의 기원을 추적하는 작업이 벌어지기도 하였다. 한편 장단도 판소리에 와서 북과 고수를 통하여 분명하게 개신·정리되었으리라고 본다. 여기에 이르러 '일고수 이명창'이라는 판소리의 공연이 정립되었기 때문이다.

셋째, 판소리의 공연에 이르러 청중의 동참과 영향이 새롭게 부흥되었다. 위 강창극의 쇠퇴로 그동안 위축·잠재되었던 청중의 역량이 판소리의 재생과 공연으로 인하여 활성화되었기 때문이다. 그러기에 판소리의 청중들은 불교적인 관념이나 사명에서 벗어나 강창극 시대의 기반을 바탕으로, 그 범위를 넓히면서 민중적인 단합을 이루었던 게 사실이다. 따라서 이 청중은 단합된 역량을 발휘하여 판소리 공연에서 잘 알려진 역할 작용을 보다 적극적으로 해냈던 것이다. 나아가 이 청중은 판소리와의 영향관계에서 상호 상승작용과 상보 작업을 충분히 수행하였던 터다.

---

57 유신은『판소리예술론』, 삼호출판사, 1991에서 판소리와 관련된 불교음악(70쪽), 무악(61쪽), 민속악(77쪽) 등을 거론하였다.

이로써 위 강창극이 쇠퇴와 함께 구태를 청산하고, 판소리가 그 전통을 계승·개신하여 새로운 연극 형태로 성립·출범하였다는 게 대강 밝혀졌다. 이것은 위 강창극이 전체적 전통을 시대적 요청과 사회적 조류에 따라, 판소리에 직통적으로 물려주었다는 점을 인식시키고, 또한 판소리가 강창극의 모든 것을 이어 받아, 새롭게 창출·전개되었다는 점을 상하 일관된 계통을 통하여 확인시켜 주는 터다. 그동안 강창극에 무관심하고 그 시말에 대하여 방치하였던 경향과, 판소리의 연원·기원을 추적하는 데서 핵심·주축을 벗어나 지엽적인 여러 요소에 의지하였던 견해들이 이제 중심을 찾을 단계에 이르렀다고 본다.

5. 결론

이상과 같이 불교계 강창문학은 극본의 실상을 가지고 강창극으로 연행되다가 쇠퇴·변모와 함께 판소리로 개신·발전되어 왔다는 사실을 고찰하였다. 지금까지 논의해 온 것을 요약하면 다음과 같다.

① 불교계 강창문학은 인도의 불경류에 연원을 두고, 중국에 와서 크게 변모·발전한 이래, 한국에서도 역대 불교계를 중심으로 형성·유통된 전통을 유지하여 왔다. 그것은 삼국시대 불교의 전래·보급을 기반으로 형성되어, 신라통일기에 유전되고 그 전통을 후대에 남겼기로, 잔영의 일부가 『삼국유사』에 실려 있다. 그 중 하나가 「남백월이성」으

로 전형을 보인다. 이어 고려시대에는 불교의 융성으로 불경이 성행하는 대세와 함께 강창문학이 발전·융성했으니, 그 중의 일부가 『석가여래십지수행기』에 수록되고, 그 가운데서도 「금우태자전」이 대표성을 띤다. 나아가 조선시대에 이르러 숭유정책 아래서도 세종·세조 대에는 외유내불의 실상을 보이면서 고려 대의 불교계 강창문학을 계승·보유하고, 훈민정음 이래로 새로운 국문 강창문학을 찬성하였으니 대표적인 것이 『월인석보』이며 그 중 하나가 「안락국태자전」으로 전형을 갖추었던 것이다.

②위 세 작품에 의거하여, 불교계 강창문학의 극본적 실상을 보면, 그 제반 요건을 두루 갖추었다. 이 작품들은 극적인 서사구조와 장면 형태를 유지하고, 이어 불전설화나 불보살의 전생담 등을 소재로 하며, 극본적인 구성으로 무대·장치, 인물·성격, 사건·진행을 완벽하게 조화시켰다. 나아가 이 작품들은 전체적으로 대사와 창사가 매우 발달하여 극본적 요건을 충족시키고, 그 지시문도 요약·명료하여 연극 진행에 따르는 지시적 역할을 다하며, 그 진행을 원만히 완결하기까지 매개적 기능을 잘 하였던 것이다. 여기서 이 작품들의 극본적 실상이 판소리창본의 그것과 근접·유사하다는 사실이 주목되었던 터다.

③불교계 강창문학이 강창극으로 연행되는 것과 판소리 창본이 소리판에서 공연되는 것을 대비해 보면, 양자가 상통·접근하여 있었다. 그 연행의 주최자가 강창극에서는 승려 신분으로 나오는데, 판소리에서는 일반인·연예계의 인물로 나오는 것이 다르지만, 그 역할은 실질적으로 같았다. 그 동기와 목적은 강창극에서 불교를 강조하고 판소리에서 이것을 벗어나는 경향이 있을 뿐, 전체적이고 기본적인 점에서는

거의 동일하였다. 그리고 양자의 무대와 장치는 실제적으로 다를 바 없이, 왕궁·대찰을 비롯하여 자유로운 공간에 얼마든지 배정·설치할 수 있었지만, 이른바 승·속의 차이가 없지 않았다. 나아가 양자의 연행 조건과 후원도 승·속의 입장이 다를 뿐, 본질적으로는 상통하였던 것이다.

④ 강창극과 판소리의 연행에 있어, 제반 요건이 상당히 공통·유사하였다. 연기자의 자격에서 승·속에 따라 관식·복색이 다를 뿐, 강설·가창·연기 등에서는 다를 바가 없었다. 그리고 연행 형태와 연기도 한 사람의 연기자가 등장하여 장단에 호응해서 극정 전체를 총체적으로 추진한다는 점에서, 양자가 동궤라 하였다. 연행·연기의 핵심이 되는 강설과 가창의 예술적 표현과 그 음악·장단도 승·속의 차이는 있지만, 본질적으로 같은 것이 사실이었다. 나아가 양자의 청중도 승·속 간 각계각층과 천차만별의 수준에도 불구하고, 연행·공연 앞에서는 하나가 되었고, 다만 불교적인 여건과 시대 상황 아래서 분위기와 범위에서 차이가 날 뿐이었다. 그런데도 청중이 연행과 공연에 동참하여 역할을 다하고, 영향을 주고받는다는 차원에서는 양자가 동질적이었다. 이 양자가 모든 면에서 공통·접근하고, 사소한 차이점을 나타내는 것은 시대적 선후관계를 고려할 때, 선행한 강창극이 변모되면서 판소리로 전개된 바 일관된 계통을 확인해 주는 것이었다.

⑤ 강창극은 조선시대를 맞이하여 배불에 휘말리어 쇠퇴일로에 접어들고 금제·분산되는 운명을 당하였으니, 배경과 후원, 연행의 실제와 연기, 청중의 동참과 후원 등에서 급격한 변모를 겪게 되었다. 그런데도 강창극의 유구한 역사와 관행 등은 사찰·불교계와 청중·민간

에 전통을 남기며 잠재하고 있었다. 이러한 전통과 잠재력은 새로운 '강창극'의 창출·성행을 촉진하고, 시대적 요청과 청중의 갈망에 따라, 판소리가 참신하고 획기적인 모습으로 등장하였다. 그리하여 판소리는 강창극의 모든 것을 계승·개신하여 근현대적 공연예술로 각광을 받게 되면서 새로운 차원으로 전개되었던 것이다.

이로써 강창극은 유구한 전통을 판소리에 물려 주고, 판소리는 그 빛나는 계통을 찾게 되었다. 더구나 판소리는 연원과 형성·전개 과정에서 다양다기한 논의가 계속되었거니와, 이제 그것은 강창문학·강창극의 적통을 이어 줄기차게 흘러 온 계통적 위상을 정립하게 되었다. 이와 같이 불교계 강창극과 판소리로 이어지는 문예적 맥락은 그 장구한 세월 유통·연행되면서 문학사·예술사 내지 문화사상에서 지대한 영향을 끼쳤던 것이다. 그리하여 문학사에서는 시가사·소설사·희곡사, 예술사에서는 음악사·연극사, 문화사에서는 공연문화사상에서 그 위치가 더욱 확고해진 것이었다.

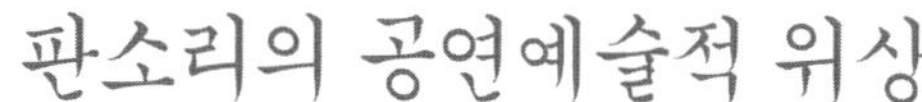

1. 서론

판소리는 우리 민족의 전통적 종합예술, 공연예술 내지 연극·강창극으로서 세계적인 공인과 함께 관심을 끌고 있다. 기실 판소리는 대본으로 극본문학 희곡을 갖춘 데다, 공연의 모든 요건을 입체적으로 구비하고, 가창·가무·강창·대화 등의 연기를 종합적으로 운용하면서 현재까지 전통을 이어 오고 있기 때문이다. 그리하여 학계에서는 일찍이 판소리의 개념과 범위의 규정·설정으로부터 문학·음악·연극·예술·문화 등의 측면에서, 다양한 방법론에 의하여 입체적으로 고구·탐색하여 어엿한 연구사를 이루어 왔다.[1] 그러기에 이 찬연한 연

---

1   인권환, 「부록 판소리 관련 논저 목록」, 『판소리 창자와 실전사설 연구』, 집문당, 2004에 이어 지금까지 쌓인 그 논저들이 빛나는 연구사를 이루고 있다.

구 업적은 귀납적으로 판소리학을 정립시키고, 국내외 학계가 이를 연구하는 데에 표준과 전범을 이룩하게 되었다. 따라서 판소리 연구는 어느 정도 완성의 단계에 이른 것으로 만족하는 경향까지 나타나게 된 것이 아닌가 한다.

이제 판소리가 국제적인 각광과 함께 그만한 주목을 받고 있는 현실에서, 연구사를 거시적으로 점검할 때, 여기에 문제점이 없지 않다고 보아진다. 하기야 판소리학의 영속을 전제할 때 그것은 당연한 일이라 하겠다. 이런 점에서 몇 가지 본원적인 문제를 제기할 수밖에 없다.

먼저 판소리의 개념과 장르가 아직도 정립되지 않았다는 사실이다. 그동안 판소리는 구비서사시라는 문학적 개념 규정이 아직도 유효하고, 판소리는 음악이라는 음악적 개념 설정이 실세를 보이며, 판소리는 판소리라는 독립적 개념 제시가 잔영을 보이고 있는 것이 사실이다. 그러는 가운데 판소리는 종합예술·공연예술이라는 예술적 개념 규정이 막연하게 떠돌면서 판소리는 연극이요 대본은 희곡이라는 실제적 개념 규정을 감싸 돌고 있는 실정이다. 그리하여 이러한 개념 규정들이 장르의 설정으로 대치되면서, 판소리의 장르적 실상은 본격적으로 논의되지 않았다는 점이다. 따라서 판소리가 종합예술 중의 한 부류인지, 공연예술상의 한 분야인지, 연극상의 한 장르인지 분명한 논의가 올바로 진행되지 못했다는 것이다. 그러면서 현전 판소리를 중심으로 민중성·서민성·민속성·하층성 등을 강조하여 진정한 개념·장르의 설정·규정에 기본적 영향을 끼치고 있는 터다.

다음 판소리 전통의 형성·전개 과정이 계통적·유기적으로 파악되지 않았다는 사실이다. 그동안 학계에서는 현전하는 판소리와 관련 기록을 중심으로, 자생적 창조성을 강조하는 가운데, 그 민중성·서민성·민속성·하층성을 기반으로 형성·전개 과정을 추적·추정했던 것이다. 그리하여 판소리가 조선 후기 서사무가나 민속극 등에서 연원·형성되었고, 이다지 저급한 민중 공연으로 파급되면서 상류층에 인기를 얻고, 점차 고급스러운 내용으로 발전·상승했다는 점이다. 그러기에 판소리의 구조·형태에 의한 장르 성향에 비추어 그 장구, 면면한 계통적 형성, 전개 과정이 은폐·방치된 결과를 내었다. 따라서 판소리는 조선 후기 새롭게 등장하여 음악 중심으로 발전·성행한 획기적 역사를 유지하여 왔다고 자랑하게 되었다. 그래서 이런 전통적 공연예술이 선행 전통과 주변 공연예술과의 연관성도 없이 독자적으로 돌출했다는 모순을 보이는 게 사실이다.

그리고 판소리의 실상을 본질적 요소별로 합리적이고 조화롭게 검출하는 데에 미흡한 것이 사실이다. 그동안 학계에서는 판소리의 주제·내용과 함께 공연예술·연극적 실상을 문학과 음악의 측면에 치중하여 분석·논의하고, 한편 연기적 측면에 집착하여 독자적 영역을 강조·강화하였던 터다. 그리하여 대본 사설이나 판소리계 소설을 문학적으로 분석하여, 그것이 판소리의 서민적 예술성·미학이라고 내세우고, 그 음악을 탐색하여 그것이 판소리의 민속적 예술성·미학이라고 인식하며 연창 연기를 분석·확장하여, 그것이 판소리의 민중적 예술미라고 강조하였던 터다. 그러기에 이러한 견해와 성과는 자연 그 공연예술·연극의 대본으로서 극본·희곡과 그 공연 요건으로서 그 가창과 강설 등 연기를 본질적으로 균형 있고 조화롭게 검증하는 데에서 차질을 빚어내게 되었던 것이다.

한편 판소리의 예술사 내지 문화사적 위상을 합리적으로 파악하는 데에 미진했던 것이 사실이다. 그동안 학계에서는 판소리가 서민·대중적 공연예술이라는 전제 아래, 판소리 자체를 문화적 관점에서 확대 해석하고 문화적 주변의 변죽을 울리는 데에서 자족하는 것 같다. 그리하여 판소리의 예술·문화적 요건을 중심으로 그 위치가 일반 문학이나 공연예술·사회·문화 등의 관계망 속에서 올바로 파악되는 데까지는 미치지 못한 게 아닌가 싶다.

그리하여 본고에서는 공연예술론·비교연극론·희곡론의 관점에서, 이 판소리의 전통과 실상·위상을 고구하여 보겠다. 첫째, 판소리의 개념과 장르를 한·중 강창예술을 전범으로 종합예술·공연예술·연극이라는 관점에서 검토하겠다. 둘째, 판소리의 전통, 형성과 전개의 과정을, 한·중 강창예술과 결부시켜 연원기·형성기·발전기·침체기·변환·성행기로 나누어 탐색하겠다. 셋째, 판소리의 연극적 실상을 주제와 이념에 이어 극본 희곡문학과 연기·연극 형태, 청중 등에 치중하여 고찰하겠다. 넷째, 판소리의 예술·문화사적 위상을, 당시의 일반문학사와 일반연극사 그리고 여타 문화사와의 관계망 속에서 파악하여 보겠다.

2. 판소리의 개념과 장르

그동안 판소리의 개념과 장르에 대해서는 수많은 논의가 되어 왔다. 그런데도 결정론적인 합의·규정이 이루어지지 않아 재론의 여지를 가지고 있는 터다. 잘 알려진 대로 판소리가 구비서사시 정도로 논의된 것은 대본이 극본 희곡의 성격을 지니고 있는 한 일면의 타당성을 보이지만, 전체적이고 합리적인 개념 규정은 아니다. 그리고 판소리가 음악·국악이라는 식으로 거론된 것은 그 음악이 연행 중의 가창을 주도하고 있는 한, 그 일면의 합리성을 나타내지만 총체적이고 타당한 개념 설정은 아닌 것 같다. 기실 판소리는 이러한 문학성과 음악성, 그 이상의 연극성 등을 포괄하는 종합예술이기 때문이다. 그래서 판소리가 종합예술이라는 것은 누구나 수긍하고 공인하지만, 장르 규정으로서는 너무 광범하고 막연하다. 여기서 판소리가 공연예술이라고 주장한 것은 상당한 설득력을 갖지만, 실제로 공연예술이라는 무거운 부담을 감당하기가 어렵다. 그래서 판소리가 연극이라고 제시한 것은 실로 타당하다고 본다. 기실 판소리는 누가 봐도 바로 연극이기 때문이다. 그런데도 연극으로서 어느 장르에 속할 것인가 그 문제가 남는다.

1) 판소리와 공연예술

판소리는 종합예술이다. 이는 사계의 선학들이 다 공증하고 공감하는 사실이다. 기실 판소리는 가장 복합적이면서도 지극히 경제적인 종합예술의 정화이기 때문이다. 여기서 '모든 종교는 종합예술의 백화점'이라는 사실이 상기된다. 이런 종합예술이 공연예술로 전문화되어, 상업적 조류를 타기까지 그것은 종교활동의 대방편으로 형성·전개되었던 터다. 원래 동방권 종교를 대표한 불교계에서는 신행활동의 핵심적설법현장에서 바로 이 종합예술을 실연했던 게 사실이다. 실제로 사원이나 야단법석에서 다양·찬연한 미술로 장엄·장식하여 무대를 꾸미고 불타나 그 제자가 등장하여 혼자서 서사적 법화를 재미있게 강설·강담하면서 게송을 감명 깊게 가창하고 천악이 울리며 천녀의 춤사위가 너울거리는 가운데, 그 강창에 어울리는 몸짓 연기까지 더하여 많은 청중, 동참 대중을 감동의 세계로 접인하였던 것이다.

이러한 종합예술적 설법현장은 후대적으로 전형화되고 전문화되어, 법사나 강설자 한 사람이 그 서사적 법화·대본을 만장한 청중·대중에게 재미있게 강설하고 유창하게 가창하며 타악기의 반주에 따라 몸짓 연기까지 해내는 강창극 형태로 전개되었던 것이다. 이에 비추어보면, 불교계의 종합예술적 강창극 형태와 판소리의 강창극적 구조·형태는 동질적인 것이라고 보아진다. 이런 점에서 판소리가 종합예술이라고 보는 것은 당연한 일이다.

이러한 전제 아래서 보면, 판소리는 공연예술이다. 이는 그동안 학계의 공론인 데다 안목 있는 사람이면 누구나 그렇게 공인할 수밖에 없다.[2] 기실 불교계를 중심으로 종합예술적 연행 형태가 공연예술로 전

---

2 김익두, 「한국전통공연예술상에서 본 판소리의 공연예술적 특성」, 『판소리, 그 지고의 신체 전략』, 평민사, 2003, 195~196쪽.

문화되면서, 불교적 색채가 퇴색되거나 음성화되고 대중적이고 통속적인 요건을 수용하며 다양한 형태의 공연예술로 전개되었다. 적어도 한·중 간의 공연예술이 가창이나 가무·강창·대화 등을 주축으로 분화·연행될 때, 그 강창체가 강창극적 공연예술로 독립·발전하게 되었다. 그 무렵 이 공연예술은 이른바 가창 중심의 가창극과 가무 중심의 가무극, 대화 중심의 대화극 등이 성행할 때, 그 중심에는 강창 중심의 강창극이 엄연히 자리했던 것이다. 이런 점에서 판소리는 적어도 강창극적 구조·형태를 주축으로 위와 같은 강창극계의 공연예술과 상통하는 것이라 보아진다. 따라서 판소리가 공연예술이라는 것은 당연한 일이다.

2) 판소리와 연극

판소리는 연극이다. 이는 사계의 일부 선학들이 이미 '관극시觀劇詩'라거나 '관우희觀優戲',[3] '창극唱劇'·'극가劇歌' 등의[4] 표현으로, 판소리가 '희극'이라 지적하였거니와,[5] 당대 문사·명인이 이 판소리를 '연극'이라고[6] 명시하였던 것이다. 이어 근현대 학자들의 일부에서 판소리는 연극이라

3 　김동욱, 「판소리사 연구의 제문제」, 『한국가요의 연구』(속), 선명문화사, 1975, 313~315쪽.
4 　이병기, 『국문학개론』, 일지사, 1961, 149쪽에서 이 판소리를 '극가'라 하였다.
5 　중국 학계에서는 이 연극을 '희극'으로 부르는 경향이 있다. 唐文標, 『中國古代戲劇史』, 中國戲劇出版社, 1985; 藍凡, 『中西戲劇比較論稿』, 學林出版社, 1992 등 참조.
6 　신위, 『경수당전고(警修堂全稿)』 16책 84권에 "高壽寬八十之年 演劇能昔時聲調 臨別有詩'라고 하였다.

고 주장한 바 있거니와[7] 위와 같이 판소리가 공연예술이라고 주장한 것
도 결국 그것이 연극이라는 점을 시사한 것이라 본다.[8] 그런데도 판소리
구비서사시설이나 판소리 음악설 등에 가리어 빛을 보지 못하는 실정이
다. 그런데 실제로 판소리는 연극이다.[9] 기실 공연예술의 실제적 전형은
바로 연극이기 때문이다. 더구나 판소리는 무대와 대본·연행자·청중
등의 연극적 요건을 충분히 갖추고 있는 것이 분명한 터다. 기실 한·중
전통적 연극의 장르는 전술한 대로 가창 중심의 가창극과 가무 중심의 가
무극, 강창 중심의 강창극, 대화 중심의 대화극, 이런 극양식의 혼합인 잡
합극 등이다.[10] 그렇다면 판소리는 바로 강창극에 속하는 것이 사실이다.
그리하여 판소리는 강창극으로서 여타 연극 장르와 대등하게 그 중심에
자리하게 되었다.[11] 다만 후대적 명칭을 '판소리'라고 했을 뿐이다. 이것
은 중국의 강창예술 연극 형태가 변용·발전을 거듭한 나머지, 청대에 이
르러 '고사鼓詞'나 '탄사彈詞' 등으로[12] 명명·행세한 점과 상통하는 터다.

---

7 한효, 『조선연극사개요』, 국립출판사, 1956, 114~115쪽; 장한기, 「판소리」, 『한국연
   극사』, 동국대 출판부, 1986, 162~164쪽; 이두현, 「판소리」, 『한국연극사』, 학연사,
   1999, 136~138쪽.
8 김익두, 앞의 책, 135쪽.
9 서종문, 「판소리의 장르적 지향성」, 『판소리의 역사적 이해』, 태학사, 2006, 76쪽; 전
   신재, 「19세기 판소리의 연극적 형상」, 사재동 편, 『고전희곡의 새로운 탐구』, 중앙인
   문사, 2000, 353쪽.
10 任半塘, 『唐戲弄』, 漢京文化公司, 1985, pp.218~221.
11 서종문, 「판소리의 장르적 지향성」, 『판소리의 역사적 이해』, 태학사, 2006, 77쪽.
12 김학주 외, 「청대의 설창에서 현대의 곡예까지」, 『중국공연예술』, 한국방송대 출판부,
   2002, 301~303쪽.

3) 판소리와 강창극

판소리가 강창극이라는 것은 이미 확인된 사실이다. 그동안 학계 일
우에서는 판소리와 중국 강창예술을 결부시켜 논의하였고,[13] 판소리가
불교계 강창문학으로부터 전개되었다고[14] 거론한 바도 있었다. 전술
한 대로 판소리는 전체적인 구조·형태가 바로 강설과 가창으로 교
직·조성된 강창극이다. 판소리는 그 선행·병행하는 한·중 강창극
과 직결·상통하기 때문이다.

첫째, 공연무대가 자유롭기에 특별한 조건과 장치가 필요치 않다.
사찰이나 도관, 궁전·관아, 대가·극장·야단 등 어느 곳이든지 연행
자가 자리하고 청중이 함께 하는 평안한 공간이면, 그대로 무대가 될
수 있는 터다. 따라서 무대는 있는 그대로의 주변 환경과 시설로써 족
하고 연행에 따르는 어떤 장치·시설이 설치될 수가 없는 데다, 설치될
필요도 없다. 연행자가 구연으로 극중 무대의 모든 것을 설명·묘사해
내놓기 때문이다. 그리하여 구연 무대와 장치는 실재적 그것보다 다양
하고 화려하게 펼쳐지는 것이다.

둘째, 공연대본이 서사적 구조와 강창적 구성·문체로 정립되어 있
다. 이 대본은 기본적으로 서사문학·강창문학의 자질을 가지고 강창
소설과 맞물려, 극본·희곡의 요건을 완비하고 있는 터다. 그리하여

13　김학주, 「당악정재 및 판소리와 중국의 가무극 및 강창」, 『한국사상대계』 I, 성균관
　　대 대동문화연구원, 1973, 635~636쪽; 성현자, 「판소리와 중국강창문학의 대비 연
　　구」, 『진단학보』 53, 진단학회, 1982, 226쪽.
14　사재동, 「불교계 강창문학의 판소리적 전개」, 『한국공연예술의 희곡적 전개』, 중앙인
　　문사, 2006, 414~419쪽; 박진태, 「한국희곡사의 시대구분」, 『한국고전희곡의 역사』,
　　민속원, 2001, 14~15쪽.

대본·극본은 주제의식이 확고하고, 전체적 서사문맥에 따라 장면화가 이루어진다. 나아가 이 장면을 중심으로 그 해설·평설이나 작중인물의 분장·의상·연기 등을 지시하고, 직접 각각의 연행을 대행하도록 기술되어 있는 것이다. 다만 그것이 한문 대본일 때, 대본이 축약·응축되어 연창자의 창조적 재구·실연의 여지를 보여 줄 따름이다.

셋째, 연창자가 혼자서 타악기의 반주를 받으며 광대한 연행을 전담하고 있다. 그러기에 연창자는 명칭이야 어떻든지 광범한 연기자로서 신분에 맞는 의관을 차리고 손에 맞는 부채류의 소품을 들고서 만능의 연기를 펼치는 것이다. 먼저 연창자는 연출자의 차원에서 전체적 서사문맥을 이끌고 장면을 해설하며, 극중 무대를 설정하면서 등장인물들의 외모·성격이나 의상·분장·표정·감정, 언행 등까지 묘사·설명하고 평가한다. 나아가 강설·가창의 테두리 안에서 등장인물들의 대화·행동, 연기를 일일이 대행한다. 따라서 연창자의 공연은 강창적 기반 위에서 가창극이나 가무극·대화극·잡합극 등 다양한 연기로 실연되었던 것이다. 그러기에 연창자는 모든 연기·연극에 능통한 광범·전능한 재인으로서 자연 '광대廣大'라는 이름에 걸맞게 되었을 터다.[15] 이로써 판소리는 바로 강창극으로서 제반 연극 장르를 함축·운용할 수 있는 만능극의 형태와 성능을 갖추고, 광대한 청중·대중을 향하여[16] 찬연한 전통을 이어 왔던 것이다. 이 점은 중국의 강창극이 그 정통을 이어 '고사'·'탄사' 등으로 변환·전개된 경우와 동궤의 것이라 하겠다.[17]

---

15 손태도, 「본서의 '광대'에 대하여」, 『광대의 가창문화』, 집문당, 2003, 64쪽.
16 中國藝術硏究院 曲藝硏究所, 『說唱藝術簡史』, 文化藝術出版社, 1988, p.26.

3. 판소리의 형성과 전개

　판소리 강창극의 형성·전개는 바로 강창극을 주축으로 추적·파악되는 것이 순리적이요 합리적이라 본다. 이러한 강창극이 판소리로 전환·혁신되어 성행한 역사는 짧고도 제한적이기 때문이다. 기실 이러한 판소리만의 형성과 전개는 조선 후기를 넘어서지 못하는 데다, 그 과정이 편벽되고 불합리하게 파악될 수밖에 없는 실정이다. 그러기에 이 강창극을 주축으로 유구한 전통, 형성·전개 과정을 사실대로 추적·탐색하는 것이 마땅한 일이라 하겠다. 그리하여 강창극의 명목으로 판소리의 역사적 실체와 위상, 고유한 전통성과 국제적 보편성을 밝히고자 한다. 적어도 한·중 강창극의 형성·전개 과정은 시대적으로나 유형상으로 상통하는 점이 많다. 따라서 그것은 한·중 관계를 대비하여, 역대 왕조를 기준으로 그 연원과 형성·발전·침체·변환·성행 등의 단계로 파악하는 것이 마땅하겠다.

17　이정재, 「고사계 강창의 전통과 유형」, 『중국구비연행의 전통과 변화―고사계 강창 연구』, 일조각, 2014, 40~42쪽. 그리고 여기서 "북으로 반주하면서 노래와 이야기를 섞어 공연하는 고사계 강창의 외형적 특징이 우리의 판소리와 매우 유사한 점 때문에, 한국과 중국 두 나라의 연희를 연계하여 공부할 실마리를 찾을 수 있으리라는 바람을 찾게 되었다"고 하였다. 위의 책, 17쪽.

1) 강창극의 연원

이 강창극은 모든 종교가 종합예술의 백화점이라는 전제 아래, 불교적 연원을 가지고 있다. 기실 그 불타 당시부터 상구보리·하화중생을 위하여 전법·포교의 대방편으로 강창극적 연행이 창출·개발되었다. 거의 모든 불경에 이 전형을 명시하고 있어, 그 연행이 보편적으로 유통·유전되었던 터다. 먼저 그 무대가 화려·장엄하게 전개된다. 대체로 그 사원이나 야단을 바탕으로 각종 보배와 다양한 꽃으로 장식되고 찬란한 당번을 내걸어 최선의 장관을 이룬 데다, 그 가운데 연화좌가 마련되는 것이다. 그리고 여기에는 설법의 내용이 서사문학적 대본으로 준비되어 있는 것이 사실이다. 이 대본의 구조·형태는 숭고한 불법세계를 주제로 서사문맥을 장면화하여 강설과 가창의 교직으로 전개되는 게 관례였다.

이어서 설법의 주인공이 법왕이나 법주의 위의와 권능으로 등장·정좌한다. 주위에 수많은 제자들이 들러리하고 사부대중, 청중들이 운집한 가운데, 한 제자가 청중을 대표하여 청법을 올리면, 비로소 존귀한 입을 열어 금구 옥성으로 그 대본대로 설법을 한다. 설법은 장중·미묘한 강설과 청아·미려한 게송 가창으로 짜인 금상첨화의 강창예술로 연행되고 강창극의 극치를 이룬다. 이에 감동한 청중들은 가창성에 따라 장단을 맞추고, 찬탄의 외침과 함께 법열의 가무를 바치게 되었던 터다.[18] 그리하여 설법의 강창극적 전형이 완결·전승되고, 대본

---

18 모든 경전이 이와 같은 광경을 '육성취(六成就)'의 이름으로 서두에 요약·기술하고 있다. 『대방광불화엄경』 I, 「세주묘엄품 1-1」, 나가원, 2011, 9~12쪽.

이 불경의 이름으로 집성·유통되었던 것이다.[19]

이어 불교가 중국에 전개되면서 불경과 함께 중대한 전교·설법의 종합예술적 방편으로 강창극적 방법이 그대로 전수될 수밖에 없었다. 그러한 불교문물이 위진 남북조, 양나라를 중심으로 보급·유통될 때, 포교 법회의 강창극적 공연이 제대로 수용되어 자국화되면서 연극적 성향을 강화하게 되었다. 기실 인도의 불경이 한역·보급되면서 그 전법·포교가 본격화되고, 따라서 예술적 방편으로 강창극적 방법이 효능을 발휘하였기 때문이다.

한편 고구려·백제·신라에 불교가 전래되고, 경전과 포교 방법이 수용·유전되는 것은 당연한 일이었다. 원래 한·중 간 불교문물의 교류는 매우 민감하고 생각보다 신속한 것이었다. 기실 모든 종교가 그렇듯이 불교는 포교와 전파가 지상의 목표였기 때문이다. 그리하여 삼국 중에서도 백제는 불교문물이 성행하던 양나라와의 긴밀한 교류를 통하여[20] 경전의 유입과 함께 포교와 설법의 강창극적 연행이 일찍이 수용되었고, 자체적 연행 형태를 모색하게 되었을 터다. 적어도 양나라 숭불주 무제와 백제 불교 중흥주 무령왕이 맞물려 불교문물의 교류가 원활·성행한 것을 미루어[21] 불법의 광포·홍전의 방편으로 강창극적 연행이 자발적 방향을 모색하였으리라는 점은 추정하기에 어렵지 않다.

---

19 그리하여 이러한 서사적 경전들이 거의 다 강설 산문과 가창 게송의 교직 형태로 강창문학·강창극본의 원형을 보이고 있다. 深浦正文, 「戲曲文學」, 『佛敎文學槪論』, 永田文昌堂, 1970, pp.347~349.
20 신형식, 「웅진시대의 중국관계」, 『백제의 대외관계』, 주류성, 2005, 106쪽.
21 사재동, 「무령왕 불사의 국제적 친연관계」, 『무령대왕과 백제불교문화사』, 역락, 2015, 96쪽.

2) 강창극의 형성

포교도량의 강창극적 공연은 당대에 이르러 발전적인 면모로 형성되었다. 불교문물의 발전과 함께 전법·홍전이 성황을 이루었으니, 연극적 방편으로 강창극적 공연이 전래·형성된 것은 필연적인 일이었다. 이미 밝혀진 대로, 당대 불교계에서는 각개 사원이나 궁전, 불교적 명소·법석에서 강경법회가 성행하였다. 바로 그 현장을 무대로 하고 법주·법사가 등단하여 청법 절차에 따라 예정된 경전을 문단별로 강설하고, 게송을 가창하여 강창극적 연행을 주도하였던 터다. 그때 수많은 청중이 운집하여 가창에 장단을 맞추고 감동·찬탄의 환성으로 호응·격려하게 되었다. 이것이 당대 강경법회의 강창극적 형태로서 그 대본은 이른바 강경변문이라 하여 많이 남아 있다. 『불설아미타경강경문』이나 『묘법연화경강경문』·『유마힐경강경문』 등이 바로 그것이다.[22] 이러한 강경변문은 서사문맥에 따라 강설·가창을 엮어나가 강창극적 대본·극본의 자질·성향을 완비하고 있는 터다.[23]

나아가 이러한 정격 강경의 강창극적 연행에 기반을 두고, 한층 대중적이고 통속적으로 연극성을 강화·발현시킨 이른바 속강이 제대로 형성·전개되었다. 먼저 무대가 사찰·궁전이나 청정한 도량에서 대중적으로 확대되었다. 그리고 대본이 법화를 중심으로 통속화 경향으로 확장되었기에, 법주·법사가 속강승으로 전문화되었다. 따라서 청

---

22 潘重規, 『敦煌變文新書』卷二, 中國文化大學 敦煌學研究會, 1983, pp.37~489.
23 中國藝術研究院, 曲藝研究所, 『說唱藝術簡史』, 文化藝術出版社, 1988, p.16에서 "在現存講經文中 以『維摩詰經講經文』最長 也最爲精彩 它可以稱得上是一部唐代說唱文學的巨著"라고 하였다.

중이 승려·왕공·신도와 함께 민간·대중까지 함께하게 되었던 것이다. 실제로 청중이 운집한 자연적 무대에 속강승이 혼자 나와서 불전이나 서사적 법담에 세속적 미담 등을 섞어서 재미있게 대중적으로 강설·강담하고 그 사이 사이에 시가류를 유창하게 가창하며 멋진 연기를 더하여 수많은 청중을 감동시키는 것이었다.[24] 그리하여 이 연행의 가창에는 타악기로 장단을 치고 청중은 감탄·환호의 환성으로 추임새를 하게 되었다.[25] 이러한 속강은 그 연행에서 연극적 요건을 강화하여 완전한 강창극으로 형성·발전된 것이었다. 그리하여 연행·공연의 기록은 아주 희귀하지만, 대본은 '속강변문'으로서 상당한 작품을 남기고 있는 터다. 실제로 이 속강의 대본으로는『태자성도경』이나『실달태자수도인연경』·『태자성도변문』·『팔상변』·『파마변문』·『항마변문』·『목련변문』 등 상당수에 이르고 있다.[26] 이 대본들은 한결같이 서사적 강창문학으로서 전형적 강창극 극본의 자질·성능을 갖추고 있는 터다.[27]

한편 이에 상응하여 신라에서도 불교계를 중심으로 포교·전법의 대방편으로 강경·속강의 강창극적 연행이 전래·형성되었다. 신라통일기는 불교왕국으로서 당나라와 승려나 불교문화적 교류가 민감하게 성행하던 현실에서, 이러한 강창극적 연행이 유입되어 자국적으로 조성되

---

24 向達,「唐代俗講考」,『敦煌變文論文錄』上, 明文書局, 1985, pp.48~50.
25 趙璘,『因話錄』에 "有文淑僧者 公爲聽衆談說 假托經論 所言無非淫穢鄙藝之事 不逞之徒 轉相鼓扇扶樹 愚夫冶婦樂聞其說 聽者塡因寺舍 膽禮崇奉 呼爲和尚"이라 하였다. 中國藝術研究院, 曲藝研究所,『說唱藝術簡史』, 文化藝術出版社, 1988, p.15.
26 潘重規,『敦煌變文新書』卷三, 中國文化大學 敦煌學研究會, 1983, pp.497~659·卷四, pp.669~689.
27 向達, 앞의 글, pp.51~54.

는 것은 자연스럽고 필연적인 일이었다. 그리하여 신라 대 강경의 강창극적 연행이 널리 유통되어 보편화됨으로써, 오히려 당시 중국 지역에서 전범을 보이게 되었다. 산동성 문등현 신라방, 적산법화원에서 신라승들이 강경 절차를 시범하는 것으로 강창극적 연행 양상이 유전되었던 터다.[28] 그리하여 신라 불교계에서는 이러한 정격 강경의 강창극적 연행과 함께 변격 속강의 그것도 병행하여 형성·전개되었던 것이다.

그러기에 먼저 정격 강경의 경우, 수많은 고승들이 법주·법사로 출연하여, 대본으로서 강창문학을 제작하고, 강창극적 연행을 계속하였던 것이다. 유명한 원효를 비롯하여 원측·법위·경흥·승장·현일·의적·태현 등이[29] 그에 상응하는 강경 연행을 수행하며, 대본으로 이른바 강경문, 강경변문을 많이 남겨 놓았다. 대표적인 작품 중에서 몇 편만을 들어 보면 『인왕경소』·『해심밀경소』(원측), 『화엄경소』·『아미타경소』(원효), 『무량수경의소』(법위), 『삼미륵경소』(경흥), 『범망경술기』(의적), 『본원약사경고적』(태현) 등 실로 50여 편에 이르렀다.[30] 이러한 작품들은 모두 강창적 구조와 형태를 갖추어 그 대본의 자질을 제대로 보여 주는 터다.

한편 변격 속강의 경우, 중국의 속강에 상응하고, 위 정격 강경의 연행절차를 전거·기반으로 하여 형성·전개되었던 터다. 기실 이 속강적 공

---

28 中國藝術研究院 曲藝研究所, 『說唱藝術簡史』, 文化藝術出版社, 1988, pp.14~15; 사재동, 「한·중불교계 강창문학의 희곡적 전개」, 『한국공연예술의 희곡적 전개』, 중앙인문사, 2006, 299~301쪽.
29 일연의 『삼국유사』에 기록된 그 승려가 무려 130명에 이른다. 사재동, 「『삼국유사』소재 사찰문물의 예술사적 전개」, 『어문연구학술발표논문집』, 어문연구학회, 2016, 13~18쪽.
30 사재동, 「『한국불교전서』의 문학적 실상과 전개」, 『불교문학과 공연예술』, 태학사, 2016, 49~52쪽.

연은 정격 강경 연행을 대중적으로 변모시키고 연극적으로 발전시킨 결과이었기 때문이다. 그래서 변격 속강이 정격 강경의 그것에 비하여 대중적으로 통속화의 방향을 따르게 된 것은 당연한 추세였던 터다. 강창 연행의 발원자가 국왕·대신·장자 등의 상류층에서 민간·대중층으로 확장됨에 따라, 이에 상응하는 속강이 강창극적 공연을 대중적으로 강화할 수밖에 없었던 것이다. 그리하여 당시 강경을 주도하던 법사·강사들이 속강승을 자처하거나 재능있는 승려들이 속강의 전문적 연행을 담당하고 나서게 되었다. 원효가 실계 이후 가무 연행으로 중생을 교화·제도한 것과 같이,[31] 월명·충담·융천·혜공·광덕·엄장 등 수많은 승려들이 홍법과 구제를 위하여 속강적 연행을 솔선수범했으리라 본다. 이러한 속강 연행의 전거로써 강창극적 대본이 많이 유전되었거니와, 그 중에 저명한 작품의 일부가 『삼국유사』에 현전하고 있는 터다. 적어도 향가를 삽입하고 있는 서사적 작품들,[32] 「충담사 표훈대덕」이나 「처용랑 망해사」·「광덕 엄장」·「월명사 도솔가」[33]·「융천사 혜성가」·「영재우적」[34] 등과 시가를 포함하는 「남백월이성」과[35] 「원효불기」[36] 등이 바로 그것이다. 실제로 이런 작품들은 불교적 주제·내용을

---

31 이두현, 「無㝵戱와 空也念佛」, 신라문화선양회 편, 『신라예술의 신연구』, 서경문화사, 1985, 41~47쪽.

32 김동욱, 「향가 가창의 '場'에 대하여」, 신라문화선양회 편, 『신라문학의 신연구』, 서경문화사, 1986, 29~31쪽; 사재동, 「한국가요전설의 희곡적 전개」, 『한국공연예술의 희곡적 전개』, 중앙인문사, 2006, 152~153쪽.

33 사재동, 「「월명사 도솔가」의 연행 양상과 희곡적 전개」, 『어문연구학술발표논문집』, 어문연구학회, 2015, 29쪽.

34 사재동, 「「영재우적」의 문학적 실상과 연행 양상」, 『어문연구학술발표논문집』, 어문연구학회, 2017, 15쪽.

35 사재동, 「「남백월이성」의 문학적 실상」, 『한국고전소설의 실상과 전개』, 중앙인문사, 2006, 169~170쪽.

36 사재동, 「「원효불기」의 희곡적 성격」, 『한국공예술의 희곡적 전개』, 중앙인문사, 2006,

갖추고 서사적 구조와 장면화에 강창적 구성 형태, 표현 문체를 통하여 속강적 강창극의 대본으로서 자질・요건을 구비하고 있는 게 사실이다.

3) 강창극의 발전

이 강창극의 연행은 당대의 그것을 계승하여 송대에 발전・번영하였다.[37] 송대에는 당대의 정격 강경 연행을 수용하는 한편, 주로 속강 연행의 적통을 계승하여 다양하게 분화・발전하게 되었다. 그리하여 강창극적 연행의 전형을 유지하고, 음악과 연기에서 상당한 변화를 겪으면서 이른바 '설화說話' 형태의 연행이 가장 성행하였다. 그중에서 불경설화・법담을 중심으로 '설경說經'의 유형이 전개되었고, 대본으로『향산보권香山寶卷』이나『쇄석진공보권鎖釋眞空寶卷』・『대당삼장법사취경기大唐三藏法師取經記』 등이 성행하였다. 그리고 역대 사서를 흥미롭게 강설・가창하는 '강사講史'의 유형이 성행하였고, 대본으로 이른바 강사화본이『신편오대사평화新編五代史評話』나『대안선화유사大安宣和遺事』 등으로 현전하는 실정이었다.[38] 이로부터 강창극과 대본이 불교적 테두리를 점차 벗어나 퇴색과 음성화의 경향을 보이게 되었다. 이러한 점에서 강창극계의 '창잠唱賺'이나 '제궁조諸宮調'・'도진陶眞'・'애사涯詞' 등이 대두・전개되었거니와,[39] 그중에서도 '고자사鼓子詞'는 전형적인 강창극으로서 연창시에 북을 장

456~457쪽.

37 中國藝術研究院 曲藝研究所,『說唱藝術簡史』, 文化藝術出版社, 1988, pp.37~38.

38 위의 책, pp.46~50.

39 위의 책, pp.55~58.

단·반주로 사용하는 것이 특징이었다. 그리고 음악으로는 당·송대의 여러 곡조를 흡수·변용하여 그 강창적 연행에 십분 활용하였다. 그래서 이 강창극의 대본은 대체로 문인·사대부의 찬성으로『금릉부회고자사金陵府會鼓子詞』나『성절고자사聖節鼓子詞』·『십이월고자사十二月鼓子詞』 등이 전형을 보이거니와, 현존 대본으로는『문경원앙회刎頸鴛鴦會』가 있을 뿐이다. 이러한 강창극적 전통은 금·원대로 계승되어 '고자사'를 새롭게 발전시켰고, 그 시대 연극의 발전과 함께, '제궁조'가 더욱 성행하여, 대본으로『서상기제궁조西廂記諸宮調』와『유지원제궁조劉知遠諸宮調』 등까지 남기게 되었다.

이에 상응하여 고려 대의 강창극이 다른 연극 형태와 더불어 상당히 발전했던 것이다. 전술한 정격 강경의 경우, 강창극적 연행은 고려 대로 계승·발전되었고, 대본으로서 강경문, 강경변문도 유전·활용되었다. 당시의 불교가 성행하고 연극 전반이 발전하는 환위·상황에 고무되어 연행이 더욱 활발해졌던 게 사실이다. 그런데 이 연행의 대본은 신라 대의 풍성한 그것을 수용·활용하였기에, 고려 당대의 그것은 새롭게 찬성된 것이 비교적 저조한 편이었다. 겨우 균여의『석화엄지귀장원통초釋華嚴旨歸章圓通鈔』나『화엄경교분기원통초華嚴經敎分記圓通鈔』, 체관의『천태사의교天台四儀敎』, 지눌의『화엄론절요華嚴論節要』, 체원의『화엄경관음지식품華嚴經觀音知識品』 등이 현전하고 있는 터다.[40] 그런데도 이 작품들은 강경문으로써 연행 대본의 자질·요건을 구비하고 있었던 것이다.

한편 변격 속강의 경우, 강창극적 연행은 고려 대에 이르러 보다 발

---

40 사재동, 「『한국불교전서』의 문학적 실상과 전개」, 『불교문학과 공연예술』, 태학사, 2016, 55~56쪽.

전·성행하였다. 이 시대에 불교가 융성하여 수많은 사찰·궁성·민간·대가에서 다양한 불교행사가 벌어질 때,[41] 필수적 설법이 속강식으로 연행되는 게 관행이었던 터다. 그러기에 속강의 강창극적 연행이 강화·발전하는 것은 당연한 일이었다. 나아가 고려 대에는 송·금·원대의 연극 조류와 연계되어 연극이 성세를 보여 왔거니와[42] 여러 장르의 연극이 불교행사와 관련되어 연행·전개되었던 것이다.[43] 그리하여 속강계 강창극은 확장·발전되어 대중적으로 성행하였던 터다.

우선 무대가 사찰이나 왕궁을 중심으로 민간·야단 등으로 확대되고, 대본이 불교적 주제·내용뿐만 아니라 역사·세속사까지 포괄하면서, 극본적 구성 형태를 완비하게 되었다. 당대 학승·문승이나 거사·문인 등이 동참·찬성하였기 때문이다. 이어 연창자는 더욱 전문화되어 속강승·연희승은 물론, 전문 광대나 거사배, 강담사·강창사 등이 대두되었던 터다. 따라서 연행은 일인 전역으로서 타악기의 반주를 받아 크게는 강창체로 실연하였거니와, 그 가운데 가창체나 가무체·대화체 등을 응축·부연하여 실로 전능극의 경지를 보이는 것이었다. 그래서 청중은 불교계 사부대중을 비롯하여 민간·대중들까지 운집하여 대세를 이루었던 게 사실이다.

기실 이러한 연행의 당시 상황을 증언하는 기록·전거는 불투명하지만, 그 당시의 극본 희곡이 현전하여 대본의 실상과 함께 연행과 실태를

---

41 김형우, 「고려시대 국가적 불교행사에 대한 연구」, 동국대 박사논문, 1992, 164~168쪽.
42 윤광봉, 「고려시대의 연희―중국연희의 수입과 전수」, 『한국의 연희』, 반도출판사, 1992, 161~162쪽.
43 전경욱, 「고려시대의 전통연희」 '우란분재의 전통연희', 『한국의 전통연희』, 학고재, 2004, 193~196쪽.

증언하고 있는 터다. 그중에서도 신라 대의 강창극 대본이 고려 대에 전래·활용되다가 일연에 의하여 재작되고 『삼국유사』에 수록된 것은 물론[44] 무기의 『석가여래행적송』에서는[45] 석가불의 팔상적 행적을 2권의 장편 서사시로 읊고, 그 시를 65개 의미 단위로 나누어 그에 부합되는 서사문학적 해설을 붙임으로써, 강창 단위를 이루어 나갔다. 따라서 강창 단위가 장면화되어 시부가 가창되고, 해설부가 강설됨으로써, 강창문학, 극본의 요건을 갖추고 있는 터다. 또한 찬자미상의 『석가여래십지수행기』에는[46] 「금독태자」·「보시태자」·「실달태자」 등 10편의 동류 작품이 나열되어 있고,[47] 이와 동류로 뒤에 『월인석보』에 국역·수록된 「안락국태자경」이나 「목련경」 등[48] 나아가 혁련정의 「균여전」과[49] 이규보의 「동명왕편」 등이[50] 동류의 작품으로 중시된다. 이런 일련의 작품들은 한결같이 전형적인 강창문학으로서 서사구조와 강창적 구성·문체를 통하여 강창극본의 요건·자질을 갖추고 있기 때문이다.[51] 이러한 작품

---

44 사재동, 「『삼국유사』의 문학적 실상과 연행 양상―강창극본류」, 『어문연구학술발표논문집』, 어문연구학회, 2015, 37쪽.

45 이종찬, 「서사시 『석가여래행적송』 고찰」, 『한국불가시문학사론』, 불광출판부, 1993, 179쪽; 김기종, 「『석가여래행적송』의 구조와 주제의식」, 『어문연구』 62, 어문연구학회, 2009, 126~127쪽.

46 사재동, 「『석가여래십지수행기』의 변문적 실상과 국문화과정」, 『훈민정음의 창제와 실용』, 역락, 2014, 559~560쪽.

47 사재동, 「「금독태자전」의 희곡적 실상과 공연 양상」, 『어문연구학술발표논문집』, 어문연구학회, 2017, 34~36쪽.

48 사재동, 「「안락국태자경」의 연구」, 『한국고전소설의 실상과 전개』, 298~287쪽; 사재동, 「한·중 목련고사의 유변관계」, 『인문과학논문집』 14-2, 충남대 인문과학연구소, 1987, 204~205쪽.

49 「균여전」은 고승 균여의 행적을 열 부분으로 나누어 서사문학적으로 기술하되, 보현십원가 11수와 그 한역시 11수를 삽입하여 강창문학적 구성·문체로써 강창극적 대본의 전형을 보인다. 신명숙, 「균여전 연구」, 단국대 석사논문, 1994, 77~81쪽.

50 사재동, 「「동명왕편」의 희곡적 성격」, 『한국공연예술의 희곡적 전개』, 중앙인문사, 2006, 527~528쪽.

들을 전거로 하여 대본, 극본·희곡의 실체를 추적하고 그 강창극적 공연 양상을 족히 재구할 수가 있는 것이다. 고려 말에는 그 강창극이 속강 형태로 성행한 것이 사실이니, 이때의 고려 승려가 원나라 경수사의 우란분재에 초청되어, 승니 도속이 만장한 가운데 그 「목련경」을 속강으로 공연하여 큰 감응을 일으키고 존경을 받은 사례까지도 나타났던 것이다.[52]

나아가 이른바 고려가요는 속요를 중심으로 가요전설적 서사구조와 함께 강창문학, 강창극본이 되어 강창극으로 연행될 수가 있었던 것이다. 원래 고려가요는 당시 발전했던 연극의 가창극대본이나 가무극의 대본으로 활용되었거니와, 그것이 불교계·역사계의 강창극과 연계되어 통속계의 강창극으로 연행·전개되고, 강창극의 발전에 이바지했으리라 추정되는 터다.[53]

4) 강창극의 침체

강창극의 연행은 명대에 이르러 현상 유지를 하면서[54] 오히려 침체의 경향을 보였던 터다. 그리하여 이른바 속강계의 '보권寶卷'이나[55] 강

<hr>

51 김진영, 「불교계 강창문학 연구」, 충남대 석사논문, 1992, 101~104쪽.
52 민영규, 「元高麗俗講僧」, 『동방학지』 11, 연세대 국학연구소, 1982, 1~2쪽; 사재동, 「「목련경」의 유통 양상」, 『「월인석보」의 불교문화학적 연구』, 중앙인문사, 2006, 372쪽.
53 사재동, 「고려가요의 서사적 구조와 연행 양상」, 『한국문학유통사의 연구』 I, 중앙인문사, 2006, 500~504쪽.
54 中國藝術硏究院 曲藝硏究所, 『說唱藝術簡史』, 文化藝術出版社, 1988, p.86에서 "明代承前啓後的說唱藝術"이라 하였다.
55 위의 책, pp.100~101.

사계의 '사화詞話'[56] 등이 위 '도정道情'이나 '탄사' 등과 함께 강창극의 명맥·전통을 유지하고 있었다. 그런 환위 속에서 위 '고자사'의 계맥을 이은 '고사鼓詞'로서 '목피고사木皮鼓詞'가 북방에서 변형·출현했던 것이다.[57] 그래서 독연의 강창극으로서 고판의 반주를 받는 특색을 확보하였던 게 사실이다.

한편 이러한 강창극의 추세는 조선 전기에 이르러 침체의 경향을 벗어날 수 없었다. 잘 알려진 불교 혁파의 대세 속에서 불교적 주제·전통과 색채·소재 등으로 하여, 강창극의 공연이 규제를 받고 위축될 수밖에 없었기 때문이다. 그것은 불교적 실세요 음성화로서 결코 단절이 아니었다. 따라서 이른바 정격 강경의 강창극은 극히 제한적으로 시행될 수밖에 없었고, 그 대본으로서 강경변문이 고려 대의 그것을 수용하면서 새로운 찬성은 저조하였던 게 사실이다.[58] 그런데도 변격 속강의 경우, 음성적으로나마 강창극적 공연이 전통을 고수하고 있었다. 이것은 그 시대에 성행하였던 각종 불교재의에 힘입어 획기적 변형을 예비하면서 역량을 발휘하였기 때문이다. 그런 가운데 속강적 강창극의 특출한 대본이 찬성되어 공연의 부흥을 촉진하게 되었던 것이다. 조선 초기 세종·세조 대에 불교 중흥과 함께, 불교 문자 훈민정음으로[59] 저명한 찬불계의 『월인석보』와 강사계의 『용비어천가』가 찬성된 게 바로 그것이다. 이 두 작품은 군왕이 주도·제작한 강창문학으로서 쌍벽을 이루는 대작이다. 『월인석보』는

---

56 蔡源莉 외, 『中國曲藝史』, 文化藝術出版社, 1998, pp.64~65.

57 위의 책, pp.66~67.

58 사재동, 「『한국불교전서』의 문학적 실상과 전개」, 『불교문학과 공연예술』, 태학사, 2016, 57~58쪽.

59 사재동, 「조선초기 불교왕국과 훈민정음 창제의 실제」, 『훈민정음의 창제와 실용』, 역락, 2014, 225~226쪽.

석가불의 장엄한 팔상적 행적을 일대 서사시『월인천강지곡』으로 읊고,[60] 이를 수많은 의미 단위로 나누어, 대석가전『석보상절』의 해당 산문과 결부·강설한 바 전 25권의 최대 강창문학이다.[61] 여기에는 상당 수준의 강창 단위가 100여 편이나 수록되어 있는데, 「선혜선인담」이나 「사리불항마기」·「안락국태자전」·「녹모부인전」·「인욕태자전」·「선우태자전」·「목련전」·「아육왕전」 등 20여 편의 전형적인 강창극본이 자리하였다.[62] 그러기에 이 작품들은 월인부를 가창하고 상절부를 강설하는 강창 형태로 장면화되어 강창극의 대본, 극본 희곡의 자질·요건을 완비하고 있는 게 확실하다.[63] 그 가운데 「목련전」 같은 작품은 이미 강창극 판소리 대본으로 논의되었고,[64] 나아가 강창극으로 공연된 것이라 거론되었던 것이다.[65] 한편『용비어천가』는 조선 왕조의 건국이념과 초기 역대 군왕의 사적을 125장의 시가로 읊고, 매장에 사화를 결부·해설한 바 전 10권의 최고 강창문학이다.[66] 그리하여 이 작품은 시가부를 가창하고 그 사화부를 강설하는 강창 형태로 장면화되어 강창극의 대본, 극본·희

---

60 사재동·사진실, 「『월인천강지곡』의 훈민정음활용과 연행적 유통 양상」, 『어문연구』74, 어문연구학회, 2012, 294~300쪽.

61 사재동, 「『월인석보』의 강창문학적 성격」, 『한국문학유통사의 연구』II, 중앙인문사, 2006, 574~575쪽.

62 사재동, 「「안락국태자전」의 연구」, 『『월인석보』의 불교문화학적 연구』, 중앙인문사, 2006, 506~509쪽; 사재동, 「「선우태자전」의 연구」, 위의 책, 579~581쪽; 사재동, 「「목련전」의 연구」, 위의 책, 360~363쪽; 사재동, 「「아육왕전」의 국문문학적 실상」, 『훈민정음의 창제와 실용』, 역락, 2014, 404~407쪽.

63 사재동 「『월인석보』의 연극적 유통과 희곡적 실상」, 『한국공연예술의 희곡적 전개』, 중앙인문사, 2006, 556~557쪽.

64 민영규, 「『월인석보』23잔권」, 『동방학지』6, 연세대 동방학연구소, 9쪽.

65 盧仲邦, 「韓國目連故事的公演特徵及「目連救母緣」」, 『韓國目連故事流傳研究』, 南京大博士論文, 2013, pp.117~118.

66 『용비어천가』(영인) 전10권, 아세아문화사, 1972 참조.

곡의 자질·요건을 완비하고 있는 게 분명하다. 그러기에 이 두 계열의 작품들은 어떻게든지 왕실의 권위를 업고라도, 그 강창극으로 연행되는 게 당연한 일이었다. 적어도 이 작품들이 『월인천강지곡』으로 가창 연행되거나[67] 『용비어천가』 가사 자체가 가무에 이입·공연된 사례로[68] 미루어, 그 강창극적 공연의 길은 얼마든지 열려 있었기 때문이다. 그러나 당시 연극 전반의 침체와 불교 연극의 위축, 유교적 권위 등 제반 분위기로 하여 그 강창극적 공연이 침체·실세의 경향으로 흐르게 되었던 게 사실이다.

5) 강창극의 변환·성행

강창극의 연행은 청대에 이르러 전성기·중흥기를 맞이하였다.[69] 그 시대의 사회·문화적 환경이 혁신되고, 공연예술과 연극이 성세를 보이면서, 강창극이 변환·발전하여 다양하고 광범하게 전개되었기 때문이다. 그 전대의 전통을 이어 '평화評話'나 '연화락蓮花落'·'도정'·'보권' 등이 그 나름의 발전을 하는 가운데, 이 북방계의 '고사鼓詞'와 남방계의 '탄사'가 주류를 이루었다.[70] 기실 이 '탄사'가 비파 등의 현악기를 사용하는 공

---

67 『세조실록』 14년 5월 12일조에 "上御思政殿 與宗宰諸將談論 令各進酒 又命永順君溥 授八妓諺文歌詞 令唱之 卽世宗御製月印千江之曲"이라 하였다.

68 『용비어천가』의 가사는 궁중가무 〈봉래의〉에서 실연되었다. 정병호, 『한국의 전통춤』, 집문당, 2002, 213쪽.

69 「청대의 설창에서 현대의 곡예까지」, 김학주 외편, 『중국공연예술』, 한국방송대 출판부, 2002, 298~299쪽.

70 위의 책, 300~301쪽.

연으로 남방 지역에 유전되는 한편, 이 '고사'는 북·박판을 주로 사용하는 공연으로 북방 지역에 널리 유통되고, 인접 조선 지역까지도 연결되었던 것이다.

여기서 이 '고사'는 전통을 계승하면서도 변환·혁신의 제반 요건을 집대성한 게 사실이다. 그리하여 이 '고사'는 마침내 청대 북방의 강창문학, 강창극을 대표하게 되었다.[71] 먼저 무대가 확장되었다. 이 무대는 적어도 공연의 장소라는 점에서 사원이나 궁중, 특별한 곳에서 벗어나 시장이나 관청·학교·농촌 마을로 개방·전개되었다.[72] 그리고 작품 공연의 주제는 종교성을 탈색·음성화시키면서 윤리성·대중성·오락성을 지향하게 되었다. 따라서 이 대본의 내용은 유교적인 소재나 역사적 사건, 인물의 행적, 당시의 사회적 현실, 해학적이고 풍자적인 이야기 등 대중적이고 흥미 있는 서사문맥으로 장편화되었다.[73] 따라서 서사적 구조 형태는 수많은 장면화에 산문과 운문의 강창문체로 일관되었던 것이다. 여기 대본은 당시 수용층의 요구에 입각하여 상당한 수준의 문사·작가들이 지어내고, 공연에도 관여했던 터다.

그러기에 연행자는 상당한 지식인과 그에 준하는 인물로서 가창 음악에 능통하고 무용까지 겸하며, 강설에서 해설·소개·대화 등에 달통한 데다, 작중인물의 성격·행동까지 실연하고 일체의 연기마저 능수·능란하였다. 실제로 연행자는 단 한 사람으로서 그 방대한 연출과 연행을 전담하였던 것이다. 그리하여 이 강창극의 연행은 가창과 강설

---

71 이정재,『중국구비연행의 전통과 변화─고사계 강창연구』, 일조각, 2014, 32쪽.
72 김학주 외편, 앞의 책, 301쪽.
73 이정재, 앞의 책, 110~111쪽.

의 기본적 형태를 고수하면서, 가창의 음악에서는 전통음악을 변형·
수용하며 민간 음악을 조정·흡수하게 되었고, 그 강설의 연기에서는
전통연극의 그것과 당시 연극의 그것을 적절히 원용함으로써, 복합적
전능극의 면모를 보이게 되었다. 여기서 연행자는 공연하면서 자신의
북과 박판으로 그 장단·반주를 겸하는 것이[74] 특장이라 하겠다. 그러
기에 이 강창극의 명칭을 '고사'라고 했던 것이다. 이 점은 '탄사'계의
강창극에서 연행자가 강창하면서 자신이 현악기를 적절히 탄주하는
것과 상응하는 터다. 그리하여 이 '고사'는 수용자와 청중을 광범하게
확보하였거니와, 상류층으로부터 중류층을 거쳐 하류층, 민간·서민
에까지 미치게 되었다.[75] 그런 가운데 이 강창극은 청대 초반에는 산동
지방을 중심으로 성행하였다. 그러다가 청대 후기로 접어들면서 산동
과 하북 등지의 농촌에서 민간 강창극이 성장하여 도시로 진입하고 '대
고'라는 이름으로 정착하였다.[76] 따라서 이 '고사'의 강창극은 후대적으
로 발전하고 성행하여 현대적 곡예의 중심에 자리하였던 것이다.

한편 이러한 강창극의 추세는 한·중의 관계와 교류를 전제할 때,
조선 후기 강창극에 적지 않은 영향을 끼쳤을 것이다. 마침 조선 후기
는 청 초기와 맞물려 문물 유통이 활발한 데다가, 위 산동 지방과 조선
서남 지방이 육로·해로로 연접·교통하였으니, 그런 공연예술의 교
류는 얼마든지 가능하였기 때문이다.[77] 기실 조선 후기 강창극 자체로

---

74 위의 책, 212~213쪽.
75 이정재, 「전기 고사계 강창의 수용자층」, 앞의 책, 213~214쪽.
76 김학주 외편, 앞의 책, 301쪽.
77 1900년 초기에는 청국 연예인들이 한성에 전용극장을 세워 여러 형태의 연극을 공연하
    였다. 송상혁, 「'판소리' 명칭의 문헌적 검토」, 『한국 음악사학보』 25, 한국음악사학회,
    2000, 164쪽.

서도 조선 전기의 침체기를 벗어나 획기적으로 변환·성행할 역량과 계기를 마련하고 있었다. 그리하여 이 강창극이 전통을 이어 혁신적인 면모로 집대성된 것은 당연한 일이었다. 먼저 당시의 사회·문화적 환경, 공연예술적 분위기 아래서, 공연 무대가 확장되었다. 이전의 사찰이나 궁정 내지 특수한 공간을 벗어나서 시장이나 지방 관아, 농촌 마을에까지 무대가 넓어졌다. 그래서 바로 이 강창극이 변환·혁신되는 기반을 이루었던 터다. 그리고 작품 공연의 주제·이념이 새로운 방향을 모색하게 되었다. 기실 그것은 이전의 불교적 성향을 위축·음성화시키면서, 유교적 윤리를 내세우고, 역사성·대중성·오락성까지를 지향하기에 이르렀다. 그러기에 대본의 내용은 자연 재미있고 감동적인 서사문학을 취택할 수밖에 없었다. 따라서 당시 상하 민중에 잘 알려진 소설이나 소설적 설화 등을 수용하여, 그 극본으로 작품화하였던 것이다. 여기서는 장편의 서사문맥을 장면화하고 강설과 가창을 적절히 섞어서 극적 효과를 입체화하였다. 강설부의 기능을 강조하기 위하여 저명한 고사나 서사적 삽화를 자유로이 삽입하고, 가창부의 효능을 강화하기 위하여 인기 있는 가요를 마음대로 인용할 수 있었던 것이다. 여기에 가창의 음악이 가세하고 강설의 연기가 합세되어, 완벽한 극본 희곡으로 성립되었던 터다. 이런 단계에서 본사, 대본 앞에 허두 단가가 결부되었을 것이다. 이 단가는 변문의 '압좌문押座文'과 같이 청중을 좌정시키고 목을 풀면서 공연의 방향을 예시해 주는 중요한 역할을 하기 때문이다. 기실 여기 가창음악은 공연의 성패를 좌우하는 소중한 요건으로서, 이전의 전통음악, 불교음악이나 정악 등에서 선택·변용시키고 대중적 민간·민속음악 등을 자재로 수용하여 공연 효과를 극대화했던 것이다.[78] 그리고 여기 연기는 공연을 성공시키는 필수 요건으로서, 그 이전의 각종 공연예술 가운데서 인기 있는 연행 대목을 마음대로 모방·수용하여 총합적 만능 연기에 만전을 기하였던 터다. 따라서 이 대본은 그만큼 광대하고 개방된 극본·희곡의 성격·기능을 갖추게 되었다. 그러기에 이런 대본의 설계·제작자는 적어도 상당한 문사로서 당대의 공연예술에 조예가 있는 부류나 이미 광대로서 문예에 식견이 있는 부류가 꼽힐 수밖에 없었다. 기실 이 부류는 대본과 극본을 제작하는 데에 머물지 않고, 그 공연을 전담하는 광대들의 주축이 되었기 때문이다.

그러기에 연행자는 단 한 사람으로서 연출과 연행을 전담하는 광대의 자질·능력을 구비할 수밖에 없었다. 우선 장편 서사문학으로 조성된 대본의 내용을 이해·소화하고, 가창과 강설로 교직된 장면들의 극정까지 제대로 파악하는 게 당연하였다. 그러기에 이 가창에서는 그 음악에 대한 조예와 가창력을 발휘해야 됨은 물론, 때로는 자가류의 가창을 창출하며 무용적 몸짓까지 덧붙이게 되었다. 그리고 이 강설에서는 장면마다의 전체적 해설, 작중 무대설명, 등장인물들의 외모, 인품이나 의상·분장·소도구 등의 묘사, 행동·대화 등의 섬세한 언행을 핍진하고 다양하게 연기했던 것이다. 나아가 연창 과정에 고수와의 호응, 청중과의 교감, 적절한 평가까지 해내야 되었다. 그리하여 일인 전역으로 다양·광대한 연행을 전담하는 광대가 출현·활동하게 되었던 터다.[79]

---

[78] 백대웅, 「판소리 생성의 시대성과 당위성」, 『다시 보는 판소리』, 어울림, 1996, 124~125쪽.

그리하여 이 가창극의 연행은 일인의 전능극으로서 복합적인 형태로 전개되었던 것이다. 우선 전체적인 연행이 강창극 형태를 완비했음은 물론이다. 나아가 연행 중에 실연되는 연극 형태가 다양하게 자리하고 있는 터다. 여기서는 당시의 연극 장르에 비추어, 우선 가창 중심으로 가창극적 형태, 이 가창에 무용적 요건이 합세하여 가무극적 형태, 그 대화를 중심으로 대화극적 형태, 이 다양한 요건이 뒤섞인 잡합극적 형태 등이 분명히 들어났던 것이다.

이로써 그 강창극은 현전하는 판소리의 면모로 대두·행세하였던 터다.[80] 그런데 이 강창극의 명칭은 원래 '판소리'가 아니었다. 당대의 식견 있는 관계자들이 연극적 성격·기능을 중심으로 적절한 한자어 명칭을 여러 가지로 활용했으리라 추정된다.[81] 추단컨대 당시 중국 측 강창극이 '고사'나 '탄사'와 같이 반주 악기를 앞세워 명명한 것과 경향을 같이 했으리라 보아진다. 이러한 강창극이 상류층으로부터 중류층을 거쳐 하류층에 이르기까지 그 청중이 확대되면서,[82] 그것은 대본을 주축으로, 가창·강설·연기 등을 중심으로 점차 대중화·통속화되고, 마침내 현전의 판소리로 전성기를 맞이했던 것이다.[83] 그런데도 이 '판소리'라는 명칭은 언제 어떻게 명명·활용된 것인지 불투명하지만,

---

79 박헌봉,『창악대강』, 국악예술학교 출판부, 1966, 43쪽.
80 김익두,「판소리 양식의 탄생」,『한국희곡/연극 이론 연구』, 지식산업사, 2008, 165~166쪽; 백대웅,「18세기 말의 판소리 등장」,『전통음악사의 재인식』, 보고사, 2007, 119~120쪽.
81 그런 명칭은 편의상, 잡가·타령·본사가·광대소리·창극조·가극·창악·창조·극가 등으로 불렸으리라 본다. 인권환,『판소리 창자와 실전 판소리 연구』, 집문당, 2002, 11쪽.
82 김종철,「판소리의 수용과 수용의식의 변모 양상」,『판소리사 연구』, 역사비평사, 1996, 89~107쪽.
83 위의 책, 187~191쪽.

통념보다는 훨씬 후대에 이루어진 것만은 분명하다. 아무래도 그 명칭이 굳어진 것은 1900년 이후가 아닌가 한다.[84] 흔히 판소리를 '판 + 소리'의 합성어로 보는 것은 당연하다. 그런데 이 '판'은 그동안의 합당한 논의가 있었지만, 아무래도 판소리계의 의견에 따라 중국식으로 장단 타악기, 북이나 박판을 앞세워 판소리라 한 것이 아닌가 추정할 수도 있겠다.[85] 나아가 그 '소리'에 대해서는 '소리, 즉 노래 내지 음악'이라는 견해가 지배적이고 따라서 '판소리는 음악이다'라는 주장까지 나온 게 아닌가 한다. 그러나 이러한 견해·주장은 좀 편협하여 재고의 여지가 없지 않다고 보아진다. 기실 소리는 노래·음악을 포함한 예술적 표현의 총체적 소리이기 때문이다.[86]

4. 판소리의 연극적 실상

판소리는 강창극으로서 형성·전개 과정이 파악되고, 적어도 한·중간의 국제적 연관성이 밝혀졌다. 따라서 판소리의 고유한 실상·진가

---

[84] 송상혁, 앞의 글, 191~192쪽.

[85] 그동안 많은 학자들이 이 판소리의 의미를 여러모로 논의하였거니와, 그 반주악기명을 앞세우는 한·중 사계의 관례도 고려해야 될 것이다. 인권환, 「판소리의 명칭과 어의」, 『판소리 창자와 실전 사설 연구』, 집문당, 2002, 11쪽.

[86] 지헌영, 「「영재우적」에 대하여」, 『향가 여요의 제문제』, 태학사, 1991, 124쪽에서 "소리는 생활의 예술적 표현이며 경쟁면이니 어디까지든지 변화와 조화를 그 기저로 하는 것이다"라고 하였다.

와 국제적 유통·위상까지 부상하게 되었다. 그리하여 판소리의 실상을 합당한 측면에서 고구할 수가 있겠다. 먼저 판소리 공연의 주제·이념을 진동직으로 추구하는 게 요구된다. 기실 주제와 이념은 문학·예술의 그것과 공통되는 것이지만, 판소리의 형성과 전개 과정에서 일관되게 작용하여 왔기 때문이다. 그것은 판소리의 변화와 발전을 통하여 때로 부침의 역정을 겪으면서, 본원적 방향과 의미를 잡아왔던 것이다.

그리고 판소리의 대본은 극본·희곡으로 탐토하는 게 당연하다. 이 대본이 복합적 문학이지만, 강창극의 대본이기에 마땅히 극본·희곡 장르로 간주하여 희곡론으로 검토하는 것이 원칙이기 때문이다. 나아가 이 복합문학적 희곡이 연행을 통하여 다양한 문학 장르와 교섭하며 장르별로 분화·전개될 수 있었다는 사실이다. 따라서 이러한 내막을 문학 장르론에 따라 검토해야 될 것이다.

또한 판소리의 연행자는 전능적 연기를 중심으로 배우론·연기론적 차원에서 거론할 필요가 있다. 그는 실로 일인 전역으로써 만능의 연출·연기를 다하고 있거니와, 그러기에 오히려 특출한 배우, 전능의 광대로서 진가가 밝혀져야 하기 때문이다. 이어 판소리의 연행 실태를 연극 장르론에 따라서 검증하는 것이 옳겠다. 그것이 일면 일인 강창극이라 하겠지만, 그 공연의 실체는 실로 복합극·전능극으로서, 강창극의 얼개 안에 제반 연극 형태를 포괄하고 있기 때문이다. 여기서 판소리는 열린 극본에 따른 열린 연극의 면모를 보이는 터다.[87]

한편 판소리의 가창 음악은 복합음악으로 보아, 전통음악론에 따라

---

87 서종문, 「판소리의 개방성」, 최동현 외편, 『판소리의 바탕과 아름다움』, 인동, 1986, 71~72쪽.

가창연기와 직결시켜 탐색해야 되겠다. 흔히 이 음악은 민간·민속음악으로 간주·논의되었지만, 실은 이 강창극의 열린 형태에 따라 전통음악의 좋은 대목을 임의로 수용·개변시켜 멋진 가창연기로 창출되어 왔기 때문이다. 겸하여 고수의 장단도 일인의 북반주로 간주하여 타악기 반주론으로 다루어야 할 것이다. 이것은 저 '고사鼓詞'에서 연행자가 연창하면서 스스로 북·박판을 치는 것보다는 진일보한 형태다. 그렇지만 이 기능을 확대 해석하면 고수가 연행자의 일원으로 승격되어 강창극의 근간적 특성을 훼손할 수도 있기 때문이다.

그리고 판소리의 무용을 연기의 요건으로 떠올려 전통 무용론으로 검토해야 되겠다. 그것이 비록 특출나지는 않지만, 가창에 필수되는 자발적 춤사위나 작중인물의 무용 동작 등으로 연기적 기능을 발휘해 온 게 사실이기 때문이다. 끝으로 판소리의 청중을 원래 열린 연극, 열린 관중으로 보아 수용론에 따라서 파악할 수 있겠다. 기실 이 강창극에는 청중의 제한이 없었거니와, 이를 계층별로 따진다면 이른바 상류층에서부터 중류층을 거쳐 하류층으로 확장되어 온 것이 자연스럽기 때문이다.

1) 판소리 공연의 주제·이념

판소리는 원래부터 주제와 이념이 확고하고 높은 것이었다. 기실 이것은 강창극으로 형성될 때부터 불교적 주제·이념으로 상구보리·하화중생을 위한 교화·설법의 방편이었기 때문이다. 이어 그것이 발전·전개

과정에 여타 종교적 주제나 유교적 이념이 가세·융화되다가 변환·성행 단계에서 상당한 전환의 계기를 맞이하게 되었다. 여기서는 불교적 주제·이념이 축소·음성화되고 유교적 이념이 더 강조되며[88] 나아가 역사적 의식 등이 가세하게 되었던 터다. 그것은 판소리로 접어들면서 저조·침체의 일면을 보였던 게 사실이다. 그래서 판소리의 성행 단계에서는 주제와 이념이 보편적인 '권선징악'의 경향을 보이면서 대중·통속적 성향이 강조·부각되기도 했던 터다.[89] 그런데도 주제와 이념은 오랜 전통을 이어 당시 문학예술과 함께 약세·음성적으로나마 유지·잠재되어 왔던 것이다. 그러면서 판소리가 계속 유지되는 명분·가치로 교화적 저력·잠재력을 발휘했던 것이다.[90]

그리하여 이러한 주제와 이념은 상하 청중이 공감·주지하고 있었던 게 사실이다. 그래서 역대 판소리 담당층에서도 이를 확인·강조하였고, 청중 모두에게 보편화·상식화되기에 이르렀다. 그래서 〈춘향가〉의 정절이요, 〈심청가〉의 효행이며, 〈흥보가〉의 우애요, 〈수궁가〉의 충성이며 〈적벽가〉의 신의 등이 청중에게 식상하고 백안시되는 지경이라고 판단하게 되었다. 그리하여 이런 주제·이념을 배제한 체 통속·오락적 사조에 편승하여 새롭게 인기 있는 판소리를 창출하게 되었다. 그것들이 잠시는 인기리에 연행되었지만, 점차 쇠락하여 실전을 거듭하게 되었다. 이른바 실전 판소리 일곱 마당이라는 게 여러 가지 원인이 있었지만,[91] 그중에서도

---

88 이정재, 「유가적 이상과 현실」, 앞의 책, 158~159쪽.
89 김진영, 「판소리의 주제 구연 방식」, 판소리학회 편, 『판소리의 세계』, 문학과지성사, 2000, 153~155쪽.
90 한옥근, 「판소리의 종합예술성」, 『한국고전극연구』, 국학자료원, 1996, 267쪽.
91 인권환, 「판소리 실전 원인에 대한 고찰」, 앞의 책, 182~187쪽.

위와 같은 종교·윤리적 주제·이념의 권선징악적 교화 역량이 부재하였
던 데에 기인하는 바가 없지 않다는 점이다. 기실「변강쇠가」·「배비장
전」·「이춘풍전」·「장끼전」·「무숙이타령」등이 거의 모두 위와 같은
주제·이념을 배제하고 지나치게 통속성·오락성을 지향하였다는 게[92]
결코 우연한 일이 아니었다고 본다.

한편 판소리의 단가에서 주제와 이념이 요약·강조되어, 본 공연의
그것을 차원 높게 결부시키고 있는 터다. 단가와 본 판소리는 독자적
이면서 긴밀히 연계되어, 단가의 주제·이념이 판소리 전체의 그것을
선언적으로 앞세우고 있기 때문이다. 기실 중국 강창의 형성기 모체라
할 불교계 속강의 대본·변문에는 거의 다 서두에 '압좌문'을 갖추었
고,[93] 위 '고사'에서도 서시를 읊어 공연 내용을 요약 소개하는 사례가[94]
있었다. 이러한 서두·서시가 주제와 내용면에서 본 작품과 상통·결
부되어 있는 게 사실이다. 그렇다면 본래 단가와 판소리가 그 주제·
내용면에서 긴밀하게 연결·공통되었으리라 본다. 이런 점에서 단가
의 주제·이념이 인생 철학과 함께 종교·윤리적 교화 기능으로 일관
되어 있다는 것은[95] 시사하는 바가 작지 않다.[96]

그리하여 판소리의 실상에서 주제·이념을 본질적으로 탐색하는 것
이 필요하다. 이에 명분 있게 들어난 유교적 윤리 덕목조차도 그 전통

---

92 김종철,『판소리의 정서와 미학』, 역사비평사, 1996, 287~289쪽.
93 潘重規,『敦煌變文集新書』卷一에「八相押座文」·「三身押座文」·「維摩經押座文」,
　　pp.1~12 등이 있어 본 작품과 연결·연행되었다.
94 이정재,「전기 고사계 강창의 형태와 장소」, 앞의 책, 211쪽.
95 홍순일,「판소리 단가의 주제사상」,『판소리 단가의 종합적 고찰과 집성』, 민속원,
　　2016, 92~93쪽.
96 이선유,「머리말」,『이선유의 오가전집』, 민속원, 2017, 9쪽.

적 위상과 작품상의 기능 등에 걸쳐 올바로 파악하는 것이 중요하다. 그리고 응축·음성화되어 온 종교, 특히 불교적 주제·이념은 이 강창극의 형성, 그 원형적 실상과 연결시켜 복원적으로 탐구할 수가 있겠다. 기실 〈심청가〉나 〈흥보가〉는 물론 〈춘향가〉와 〈수궁가〉까지도 그 불교적 주제·이념이 내재·작용하고 있는 게 사실이기 때문이다.[97]

2) 판소리 대본의 문학적 실상

(1) 판소리 대본의 희곡적 성격

판소리가 연극이라면 그 대본은 바로 극본·희곡이다. 이 대본은 그 희곡론이 보증하는 희곡문학적 요건을 완비하고 있기 때문이다. 모든 대본들이 한결같이 무대 설정과 인물 성격, 사건 구조·구성, 표현·문체의 대화·해설 등을 두루 갖추고 있는 게 사실이다. 이제 그 다섯 마당을 중심으로 희곡적 요건을 개관하여 보겠다.

첫째, 무대 설정에 대해서다. 이 작품들은 모두 그 서사적 진행에 적합한 무대를 설정하고 있다. 전체적으로 연결된 무대도 그렇거니와, 장면마다에 강조된 무대가 마치 소설의 무대처럼 자유자재하고 화려·절실하게 설명·묘사되어 있는 터다. 그것은 실제로 공연 현장에 조성·설치되는 게 아니라, 연행자의 말소리로 그려내면 되기 때문이

---

[97] 정병욱, 「판소리와 불교」, 『한국의 판소리』, 집문당, 1981, 108~109쪽; 김동욱, 「열두마당의 근원설화 및 성립과정」, 『한국가요의 연구』, 을유문화사, 1961에서 「심청전」(379~380쪽)과 「흥부전」(404쪽), 「토끼타령」(409쪽) 등이 모두 불전·불서에 근원을 두었다고 밝혔다.

다. 무대의 설명·기술에서는 기본만을 제시할 뿐, 공연 현장에서는 얼마든지 멋지고 절실하게 부연·확장될 수도 있는 터다. 그리하여 이 무대는 연행자의 언설과 청중의 환상을 통하여 최상의 실태를 시청각적으로 현시하는 것이다. 이러한 무대가 작품들의 무대 설정으로 실증되기 때문이다. 그러기에 작품에 따라서는 무대의 환경·장치·시설 등을 망라·강조하여, 그 자체가 멋진 대목으로 연행·공인되는 경우가 얼마든지 있는 터다. 이런 점에서 무대는 고전소설의 그것보다 입체적으로 부각되어 있는 게 사실이다.

둘째, 등장인물의 성격에 대해서다. 작품들은 모두 등장인물의 외양 풍모로부터 인품·성격, 언동·행실까지 완벽하게 설명·묘사하고 있다. 기실 주인공은 충신·효자·열녀·선인 등의 유형에 따라 복합적이고 중첩된 설명·묘사로써 빈틈없는 인물로 등장한다. 그러기에 그들은 팔방미인격으로 부족함이 없고 못하는 게 없는 이상적 인물로 모작된 면모를 보인다. 따라서 그들은 개성적으로 생동하는 구체적 인물이 아니다. 그것은 공연의 현장에서 실제로 등장·활동하지 않고, 연행자의 언설을 통하여 관념·환상적으로 대두·활약하기 때문이다. 이어 주인공의 상대인물도 전형적인 선인형·악인형 등으로 나뉘어, 성향에 따라 완벽한 인물로 설명·묘사되어 등장하는 게 사실이다. 한편 부수적 등장인물들은 그만큼 중시·미화되지 않고 선역·악역 간에 그 역할에 따라 소박하게 그려져 있는 터다. 그러기에 오히려 개성적이고 생동감 있는 인물로 등장하는 것이다. 실로 이 인물들은 고전소설의 그것보다 입체적으로 부각되어 있다고 보아진다. 이와 같이 등장인물들은 그만한 유형과 개성을 가지고 극본 희곡의 요건을 충족시

키면서, 연행을 통하여 현장에서 능소능대하게 활동하도록 예약된 터라 하겠다.[98]

셋째, 이 사건의 구조·구성에 대해서다. 이 대본들은 본래 전통적 서사구조로 일관되어 있다. 잘 알려진 다섯 마당은 모두 저명한 서사문학으로 설화나 고전소설의 그것과 공통되고 있다. 기실 동일한 서사구조 위에서 산문체 서술 중심으로 소설 기법을 통하여 고전소설이 성립·전개된 것이라면, 바로 그 바탕 위에서 서사적 장면화에 따라 무대·인물의 입체화, 가창·대화와 제반 기능의 지시문으로 엮어 나간 것이 극본 희곡이기 때문이다. 그러니까 이 양자는 공통적 서사분모의 각색관계라고 보아지는 터다.[99] 우선 대본들의 서사문맥은 모두 전체적으로 희곡적 사건 진행, 그 동선과 일치하고 있는 터다. 그것은 다섯 작품 모두 발단하여 예건의 설명, 유발적 사건, 상승적 동작, 절정, 하강적 동작, 대단원으로 일관하고 있기 때문이다. 기실 이러한 희곡적 진행은 고전소설의 그것과 상통하면서, 그 자체의 독특한 과정으로 전형화되었다. 그리고 이 전체적 서사의 구조·구성이 장면화되어, 그 희곡적 특성으로 나타난다. 실로 이것은 이른바 '장면의 극대화'나 '부분의 독자성'이라는 구성원리와 상통하는 점이다.[100] 실제로 장면화는 설화나 고전소설과 대본을 장르상으로 구별하는 요건이기 때문이다. 이러한 대본의 장면은 일반 희곡의 막과 장의 개념을 바탕으로 판소리

98　이러한 등장인물 중에 연행자는 끼어들 틈이 없고 끼어들 수도 없다. 그는 이 대본의 전체를 연행하는 유일한 주체이기 때문이다.

99　따라서 그동안에 논의를 거듭해 왔던 바 고전소설과 판소리 대본의 선후관계는 일률적으로 규정하기도 어렵거니와, 의미 있는 성과도 기대할 수가 없다고 본다.

100　김현주, 「판소리의 장르 교섭 양상」, 판소리학회 편, 앞의 책, 169~170쪽.

의 토막과 상통하며 수많은 대목으로 전개되었다.[101] 이것은 저 '고사'
의 장면이 수많은 장면으로 나뉘어 연행되는 경우나[102] 장편 희곡 '전
기傳奇'가 수십 척으로 장면화되는 사례와[103] 공통되는 터라 하겠다. 기
실 이 대본의 장면화는 희곡성을 강화하는 특성으로 자리하게 되었다.
실제로 장면 자체가 독자적 대본성을 지향하여 조직되었기 때문이다.
우선 이 진행이 희곡적 사건 동선을 지향하면서, 서사적 강설성을 강화
하기 위하여 저명한 사건담·고사 등을 마구 끌어들이고, 서정적 가창
성을 고조시키기 위하여 저명한 시가류를 족히 수용·가미하였다. 그
리하여 대목·장면이 특출하게 정립되어, 전체적 흐름에서 돌출하는
사례가 허다했던 터다.[104] 이러한 장면화 현상은 흐름과 균형을 초월하
여 희곡적 구성을 강화하는 결과를 내었던 것이다.

  넷째, 표현·문체의 대화와 지시문에 대해서다. 대본의 문체가 가창
제와 강설체로 교직되어 강창문체를 이루고 있는 것은 물론이다. 기실
이것은 한·중 고금의 강창문학·강창극본의 공통되는 문체라는 게
자명하다. 그래서 가창체는 시가요, 강설체는 산문이라는 점도 당연한
귀결이다. 그래서 이 희곡의 문체상에서 보면, 대본의 문체가 대사와
지시문으로 조성되어 있는 게 분명하다. 기실 이 대사는 표현·문체의
주축·주류를 이루고 있다. 실제로 다섯 작품에서는 모두 가창부와 강

---

101 〈춘향가〉는 115대목, 〈심청가〉는 104대목, 〈홍보가〉는 82대목, 〈수궁가〉 63대목, 〈적
    벽가〉는 75대목이다. 최혜진, 『동초제 고향임 창본 춘향가』, 인문과교양, 2016 참조.
102 이정재, 앞의 책, 333~335쪽.
103 김학주 외편, 「청대의 설창에서 현대의 곡예까지」, 『중국공연예술』, 한국방송대 출판
    부, 2002, 93쪽.
104 이러한 정면화 현상은 이른바 '더늠'으로 성립·연행되었다고 본다. 유신, 「역대 명
    창들의 더늠」, 『판소리 예술론』, 삼호출판사, 1990, 189~191쪽.

설부가 대사 중심으로 점철·연결되어 있는 실정이다. 장면마다 다양하게 등장·활동하는 인물들의 빈번한 대화는 물론, 심지어 생물·무생물들에 대한 독백 격의 대사까지 극적으로 교직·연결되고 있기 때문이다. 이러한 대사·대화의 중심적 성황은 이런 극본 희곡의 구조적이고 필수적인 요건이다. 실로 극본 희곡은 대화와 행동의 문학임으로써다. 그리고 지시문은 대사와 직결되어 모든 연극적 요건을 함축·표출하고 있다. 먼저 극본의 사건 진행을 알리고, 이어 작품 무대를 설명·묘사하며, 등장인물의 외모·분장·의상, 장식·지참물, 나아가 세부적 언행과 심경, 다양한 연기, 연기에 필수되는 가창음악과 무용, 게다가 이 작품 연행에 대한 해석과 평가까지도 모두 기술하고 있는 것이다. 이다지 복합적이고 실제적인 지시문은 일반 희곡의 그것에 부합되면서 진일보한 특장을 가지고 있는 터다. 이것이야말로 대사와 함께 판소리 대본의 희곡성을 확립하는 양대 주축이라고 하겠다. 그리하여 표현 문체의 대사와 지시문의 교직이 바로 판소리 대본의 희곡적 성격을 결정하게 되었던 터다.

여기 판소리의 대본, 그 극본 희곡은 장르상에서 강창극본에 속하는 게 당연하다. 그런데 이 대본은 열린 구조로 여러 극본적 요건들을 자유자재로 흡수하여 복합적·입체적 형태를 보유하게 되었다. 따라서 극본적 장르론에 입각하여 보면, 그 가운데에 몇 가지 극본적 요건·형태가 부각되는 터다. 그리하여 먼저 가창 형태를 중심으로 분석·종합해 보면, 바로 가창극본이 부각·성립되는 터요, 그 가무 형태를 주축으로 연결·조정하면, 바로 가무극본이 유추·정립되는 것이다. 그리고 대화 형태를 연결·부각시키면, 바로 대화극본이 성립·조성되는 것이고, 위 극본 형태의 일부씩을 취합·조정하면 곧 잡합극본이 조합·성립되는 터다. 이런 점에서 판소리의 대본은 모두 크게는 강창극본이거니와, 각기 장르적으로 분화 ·구성되면, 바로 가창극본과 가무극본·대화극본·잡합극본 등으로 독립·전개될 수가 있었던 것이다.

한편 이 대본들의 후대적 이본이 성행하는 가운데, 전체적으로 오락성·통속성을 갖추게 된 것은 후대의 광대들이 공연의 인기를 높이기 위하여 즉흥적으로 부연한 데서 이룩된 것이라 본다. 따라서 이 대본들은 본래 유식하고 고상한 주제·내용 등이 후대적으로 서민적 통속성을 갖추게 되는 대세를 면치 못했던 것이다. 이런 점에서 그 대본의 이런 세속화 성향은 고전소설의 그것과 상통하는 터다.[105]

(2) 판소리 대본의 문학 장르적 전개

전술한 대로 이 대본은 희곡으로서 강창극본으로 규정되고, 복합적·입체적 형태 속에 가창극본이나 가무극본·대화극본·잡합극본의 성향을 포괄하고 있었다. 그래서 이러한 종합 문학적 형태는 그 장르론에 따라 분화·부각될 수가 있겠다. 기실 이 대본에는 가창연기를 강화하기 위하여 선택·수용한 시가 형태가 다양하게 퍼져 있다. 잘 알려진 대로 다섯 마당의 대본에만도 시조나 사설시조·가사·무가·잡가·민요 등이 많이 삽입되어 있기 때문이다.[106] 그리고 이 대본에서 그 장단에 의하여 가창된 사설도 시가적 율조와 응축성을 지향하여 가요적 성향을 보이는 게 사실이다. 게다가 판소리와 결부된 이른바 단가까지

---

105 이상택, 「고전소설의 세속화 과정」, 『한국고전소설의 이론』 I, 새문사, 2003, 6쪽.
106 김동욱, 「판소리 삽입가요 연구」, 『한국가요의 연구』, 을유문화사, 1961, 443~444쪽.

가요 형태에 속하는 게 분명하다. 그렇다면 가요·한시 등이 모두 시가 장르에 소속되어 상당한 시가 유형을 이루게 되었다. 이렇게 시가들은 기존의 시가 장르에서 흡수·인용된 것이 대부분이지만, 그것이 연행 과정을 통하여 변용·승화되고 시가의 각개 장르로 분화·전개되었던 터다.

한편 이들 대본에는 서사적 극정을 강화하기 위하여 수필계의 작품들이 적잖이 조성되거나 기존 장르에서 인용되어 있었다. 여기에는 먼저 군왕의 교령이나 신민의 상소·주문, 그리고 강론적 사설, 등장인물의 전기·행장적 소개, 강설고사 중의 인물평이나 사담, 그리고 사건 진행 중의 그 제문이나 기도문, 편지나 비망기·유언, 그 환경·무대의 설명·묘사에 의한 기행·잡문 등이 실로 수필적 장르 성향을 보이는 게 사실이다. 여기에 수필의 하위 장르를 비추어 보면, 위로부터 교령이나 주의, 논설·전장·애제·서간·기행·담화·잡기 등에 해당되는 게 당연하다.[107] 이러한 수필작품들이 기존의 장르에서 인용한 것도 있고, 자체 형성된 것도 있거니와, 그것들은 연행·유통 과정을 통하여 독자적으로 세련되고 분화·행세할 수도 있었던 터다.

이어 이 대본들은 서사 장르와 교섭하면서 설화나 고전소설로 전개되는 것이 분명하다.[108] 먼저 설화와의 관계는 상호교류로 맺어져 왔다. 이른바 다섯 작품의 근원설화는 형성 연원으로 수용되었다고 하거니와[109] 어떤 경우에는 이 작품들이 연행되는 가운데, 그런 설화로 전

---

107 사재동, 「국문수필의 형성·전개」, 『한국문학의 방법론과 장르론』, 중앙인문사, 2006, 589쪽.
108 김현주, 앞의 글, 164~166쪽.
109 김동욱, 「열두마당의 근원설화 및 성립과정」, 앞의 책, 415~417쪽.

개된 사례도 없지 않은 터다. 다만 그것이 서사문학으로 유전·행세하면서 오히려 근원설화로 오인되는 사례가 나타났을 뿐이다. 한편 이 작품들이 고전소설로 전개된 경우에는 관계가 심상치 않다. 기실 이 대본들이 고전소설로부터 각색·성립된 사실을 부인할 수는 없다.[110] 그런 사례가 실제로 있기 때문이다. 그러나 이런 고전소설 선행설이 모든 대본에 일률적으로 적용되는 것은 아니다. 기실 이 대본이 성립·연행되는 가운데 고전소설로 전개된 사례도 없지 않기 때문이다. 따라서 양자의 관계는 상호교류·발전의 양상을 보여 온 게 사실이다. 실제로 근원설화로부터 성립된 대본도 연행 과정에 발전적으로 부연·보완되어 진일보한 판소리계 소설로 전개되었고, 고전소설로부터 각색·성립된 대본도 역시 공연 과정에서 발전적으로 부연·보첨되어 판소리계 소설로 전개되었던 것이다.[111] 그런데도 분명해지는 것이, 이 대본들은 희곡·강창극본이고, 판소리계 소설은 고전소설로서, 장르상 엄연히 구별된다는 점이라 하겠다.[112]

한편 이 대본에는 연출자적 관점에서 일부 평론적 성향을 보이고 있는 게 사실이다. 여기에는 각 작품에 걸쳐 등장인물들의 평가, 윤리 도덕적 평의, 그 극정에 대한 소감 등이 개입되어 있기 때문이다. 그리고 이 대본의 시가나 수필적 작품 등을 해석·해설하거나 그 고하를 품평하는 사례도 있는 터다. 이 대본의 평론적 경향이 실제 연행에서 더 강

---

110 김진영,「판소리계 소설의 희곡적 전개」, 사재동 편,『고전희곡의 새로운 탐구』, 중앙인문사, 2000, 329~330쪽.

111 김진영,「판소리와 판소리계 소설의 관계」, 판소리학회 편, 앞의 책, 199~200쪽; 최혜진, 『판소리계 소설의 미학』, 역락, 2000, 9~14쪽.

112 한효,『조선연극사개요』, 국립출판사, 1956, 112~113쪽.

화되는 것을 전제한다면, 평론적 성향을 주목해야 될 것이다.[113]

3) 판소리 공연의 연극적 실상

(1) 판소리의 연극적 무대

판소리의 연행무대는 광협의 이중적 양상을 보인다. 공연 현장의 무대와 극중 사건의 무대가 바로 그것이다. 먼저 연행 현장의 무대는 원래 제한 규정이 없이 자유로운 열린 공간이었다. 어디서나 청중이 자리하고 혼자서 공연할 수 있는 공간이면 족히 무대가 되었기 때문이다. 따라서 무대는 자고로 사원·궁중·관가나 민간, 노천 광장, 자연·야단 등에 이르기까지 형편에 따라 자유로이 선택될 수 있었다. 나아가 판소리가 공연예술로 전문화되면서, 무대가 희장·극장에까지 전개되는 것도 임의의 지정이었던 것이다. 따라서 무대에는 기존의 설비·장식 등 외에 공연을 위한 어떤 시설이나 장치 등을 설치할 필요가 없었다. 이런 것은 얼핏 판소리 연행의 미비점이라 할지도 모르지만, 실은 그것이 열린 공연, 대중적 공연으로서 매우 편리하고 경제적인 여건이었던 터다. 이러한 무대는 당연시하고 관례화되어 공연에 아무런 부담을 주지 않았고, 따라서 대본 어디에도 언급·표시되지 않았던 것이다. 다만 여기서 그런 무대의 시대적 계층적 추이를 본다면, 청중의 추세와 함께 경향을 대강 어림할 수는 있겠다. 대체로 무대는 초창기 상류층

---

113 정병헌,『판소리 열두 마당』, 집문당, 2011, 19쪽; 김학주 외편,「설창의 연기예술—비강」,『중국공연예술』, 한국방송대 출판부, 2002, 270쪽.

으로부터 점차 하향하여 중류층을 거쳐 하류층으로 전개되었던 것이라 보아진다. 기실 이러한 무대의 형편·성향은 강창극 판소리의 형성·전개 과정과 흐름을 같이하는 것이고, 그 역대 청중의 계층적 추이와도 맥락을 함께하는 것인가 한다.[114]

이어 극중 사건의 무대는 특수하고 다양하게 설치·운용되는 게 사실이다. 사건 진행에 따라 그에 상응하는 무대가 연행을 효율적으로 보조해야 되었기 때문이다. 그리하여 연행자가 대본의 무대 설정에 의하여 구연으로 공연 무대 위에 이를 사실적으로 설치하였던 터다. 다섯 작품 모두는 다양·다기하고 특출·화려한 무대가 연행자의 구변을 통하여 공연 현장과 청중 앞에 환상적으로 묘사·설치되어 무한대의 실감을 자아내었던 것이다. 그것은 실제적 무대보다 훨씬 큰 효능을 발휘하는 게 사실이다. 기실 이 구연된 무대는 대본상의 무대를 크게 능가하고 있었다. 연행자가 대본의 그것을 바탕으로 마음껏 확대·미화하고 상상껏 중첩·강조하였기 때문이다. 그리하여 구연상의 무대는 소설상의 그것보다 신기하고 실감나게 창설되었던 터다. 실제로 그것은 연행자의 표현 능력에 따라 합리성과 사실성을 초월하여 환상성·신화성을 지향하여 최선의 무대를 창출하였기 때문이다. 그리하여 연행상의 구연적 무대는 그만큼 화려·찬란하고 그 자체로서 장면화되어 극적 효과를 십분 발휘하였던 것이다.

---

[114] 그동안 대부분의 논자들은 판소리의 형성·전개나 그 청중의 계층적 이동이 아래로부터 위로 올라갔다고 주장하고 있는 터다. 판소리 논저 목록 참조.

(2) 판소리 광대의 연기

잘 알려진 대로 일반 연극, 대화극에서는 극중의 등장인물이 연행자로 연기를 하는 것이 통례다. 그런데 강창극 판소리에서 연행자는 단한 사람이다. 이것은 판소리의 전통이나 공연의 실제에서 원칙이요 관례다. 이 점은 판소리의 고유한 특징이기 때문이다. 기실 판소리는 단일인의 광대가 대본을 연출자·출연자로서 완전히 연행해내니, 판소리는 전능극이 되고, 광대는 만능 연기자로 우뚝한 것이다. 일부에서 이 광대가 고수의 장단을 받는다 하여, 판소리가 2인 연기로 성립된다고 강조하는 경향이 있거니와, 이는 그 강창극적 기본 구조를 흔드는 결과를 내리라 본다. 기실 고수는 고유한 역할이 소중하기에 결코 연기자 광대가 될 수 없다. 실제로 두 사람이 소리판에 나가는 것은 분명하지만, 하나는 주로 서서 모든 연기를 전담하고, 하나는 반드시 앉아서 가창의 장단을 반주·보조할 뿐이다. 만약 고수가 북을 들고 일어나 광대의 연기에 호응하여 자유롭게 움직이며 북을 쳤다면, 물론 연기자로 취급될 수가 있겠다. 그런데 고수는 그 자리에 앉은 채로 북반주를 하며 청중과 같이 추임새를 하니, 그 정도로 연기자, 광대가 될 수 없는 터다. 기실 고수가 일반 연극의 반주자와 같이, 청중석의 지정석에서 장단을 치고 추임새를 해도 판소리 공연은 족히 성립될 수 있는 터다. 부득이한 경우, '고사'처럼 광대가 북을 치며 연기해도 미비된 채로 그 공연이 성립되지 않는 것은 아니다.[115] 실로 고수의 확고하고 중요한 역할을 변형시켜 연기자로 격상시키려는 의도가 자칫 하면 그를 격하시킬 수도 있다는 점이다.

---

[115] 배연형·이규호·김여란(창·북)의 〈춘향가(4CDs)〉, 선영악회, 2016 참조.

이에 고금을 통하여 유일한 만능연기자, 광대의 제반 연기를 점검할 필요가 있다. 기실 광대는 고금을 통하여 신분과 계층을 초월해서 연기의 전문가를 이름하기 때문이다. 따라서 광대를 사회적 통념에 따라 출신의 신분·계층에 기준하여 논의·평가한다면, 이는 본질에서 벗어나 피상적으로 흐를 염려가 없지 않다. 그래서 연기자에 대한 광대론·배우론은 연기의 전문성·만능성을 기준·전거로 하여[116] 진행되어야 마땅할 터다. 이러한 기반 위에서 앞으로 연극론이 합리적으로 전개되겠기 때문이다.[117]

첫째, 대본을 완전히 이해·기억하는 능력이다. 이것이 연기 자체는 아니지만, 연기의 기본적 출발점인 터다. 그래서 대본에 대한 능력이 중시되며, 능력자를 주목하게 된다. 기실 광대는 언제 어디서나 유식하고 고급스러운 문장·문학을 바탕으로 한 대본을 독해·소화·기억하는 게 당연한만큼, 그만한 수준의 지식층으로서 문장·문학에 조예가 깊었던 것이다. 이른바 법사·강사, 속강승, 강창사·거사·문사 등 상류층을 비롯하여 중류층을 거쳐 점차 하류층으로 계승된 것이라 하지만, 그것은 광대로서 필수적인 자질·능력이 아닐 수 없었다. 비록 하류 무식층에 속한다 해도, 재주로써 어떻게든 대본을 이해·소화하고 암기·활용했다면, 실제로 광대의 자질·기능을 갖추었다고 간주되는 게 당연한 일이었다.

---

116 임동철, 「판소리 배우론」, 최동현 외편, 『판소리의 바탕과 아름다움』, 인동, 1986, 365~367쪽; 손태도, 「광대의 소리 갈래들―판소리의 성립」, 『광대의 가창문화』, 집문당, 2003, 253~257쪽.

117 굳이 이 광대의 전기적 행적을 신분·계층에 따라 파악한다면, 그 광대적 위상은 상류층에서 점차 중류층을 거쳐 하류층으로 이동했으리라 본다.

둘째, 가창연기에 대해서다. 가창연기는 판소리 공연의 양대 축의 하나로, 광대의 연기 중에서 그만큼 중요한 위치를 차지한다. 신재효의 〈광대가〉에서도 '득음'으로서 이를 중시하였던 터다.[118] 기실 이 가창연기는 주어진 내용을 가장 효율적으로 노래하여 그 감동·극정을 극대화는 성악적 기교이기 때문이다. 따라서 광대는 천부적 능력은 물론, 가창을 능소능대하고 자유자재로 하기 위하여 득음 과정을 거쳐야 했다. 그것은 스승과 선배의 본을 받아서 독공으로 뚫어내야 하니, 그 수련 과정이 피를 토할 만큼 혹독한 것이었다. 그리고 광대는 전통음악을 각종 공연예술에 걸쳐 구전심수로 익히고,[119] 가창연기에 따르는 독특한 성악 기교를 전수·개발하였던 터다.[120] 여기서 고법의 도움을 받는 장단은 물론,[121] 각종 음조에 익숙하고,[122] 주어진 내용을 이면에 맞게 절실히 그려 내야[123] 했다. 나아가 그들은 한 대목의 극적 감동을 자아내기 위하여, 당대의 공연음악을 이것저것 응용하거나 자가류의 창조성까지 더 넣어서[124] 극정을 극대화했던 것이다. 겸하여 그들은 적절한 서사대문을 이른바 '도습' 창조로 기교롭게 읊어 가창연기의 효능을 강화하였던 터다.[125] 또한 단가의 가창연기는 본격 가창연기와 독립

---

118 정양 외, 「광대가·득음」, 『판소리 단가』, 민속원, 2003, 50쪽.
119 백대웅, 「판소리 생성의 시대성과 당위성」, 『다시 보는 판소리』, 어울림, 1996, 124~
    125쪽.
120 이러한 가창기교를 저 '고사(鼓詞)'에서는 '창공(唱功)'이라 한다. 김학주 외, 앞의 책,
    265~267쪽.
121 백대웅, 「장단구조로 본 우리 노래의 역사」, 앞의 책, 110~112쪽.
122 박헌봉, 「창악의 음조와 발성」, 조동일 외편, 『판소리의 이해』, 창작과비평사, 1978,
    131~132쪽; 백대웅, 「판소리에 있어서의 우조·평조·계면조」, 최동현 외편, 『판소
    리의 바탕과 아름다움』, 인동, 1986, 222~224쪽.
123 박관수, 「판소리 텍스트의 '이면'의 구현 양상 연구」, 판소리학회 편, 앞의 책, 137~138쪽.
124 최동현, 「판소리 명창의 더늠」, 위의 책, 122~123쪽.
125 조순자, 「판소리 '창조'의 음악적 특성과 기능 고찰」, 『한국음악사학보』 52, 한국음악

되면서, 서두를 장식하고 있는 터다. 기실 단가의 그것은 음악 자체도 '영산'으로서 독특한 데다,[126] 가창연기도 대개 중머리에 우조 중심으로 청아하고 장중하게 풀어내어, 청중을 안정시키면서 본격적 가창연기를 예고하고 기대감을 일깨워 주는 것이었다.

사실 이러한 가창연기에서는 기법에 대한 체계적 정리에 앞서, 사계에 구전되는 비결·법례가 그 실질적 핵심이 되었던 터다.[127] 실제로 저 '고사'의 경우와 같이 우선 글자에 따라 알맞은 곡조로 부른다는 지침이 있다. 그것은 광대가 해당 성악의 특색을 살려서 가사의 내용을 절실하게 표현하고, 동시에 가창 기교를 능숙하게 운용하여 청중의 감동을 최대화하는 기법이다. 한편 글자는 바르게, 곡조는 원만하게 하라는 기준이 있다. 그리하여 광대가 가사 각 글자의 발음을 정확하게 하면서 가창을 원만하고 분명하게, 극정을 감정이입으로 극대화하는 기법이다.[128] 이밖에도 가창의 연극적 감동을 일으키기 위한 기교가 광대의 창의력에 따라 얼마든지 창출되었던 것이다. 이런 기교는 기존의 기법·지침을 벗어난 가창연기로서 큰 호응을 받았던 것이다.[129] 한편 고수의 장단은 광대의 가창연기상에서 장단에 맞추어 타악기로 반주하는 필수적 음악기법이라 하겠다. 그리고 추임새라는 것도 장단에 맞추어 가창연기를 청중과 함께 추켜 주는 외마디 감탄사로서 매우 중요한 터다.[130] 그런데도 그 장단 반주나 추임새는 광대의 가창연기에 호

사학회, 2014, 272~273쪽.
126 백대웅, 「단가의 음악적 성격과 역사적 의의」, 앞의 책, 106~109쪽.
127 정양 외, 「광대가·법례」, 『판소리 단가』, 민속원, 2003, 51쪽.
128 김학주 외, 앞의 책, 265~266쪽.
129 이규호, 「판소리 붙임새 용어 연구」, 전통예술원, 『판소리 음악의 연구』, 민속원, 2000, 415~417쪽.

응·격려하는 보조적 기법이라는 것이다.

셋째, 무용연기에 대해서다. 무용연기는 사소한 것처럼 간과되기가 쉽지만, 광대의 연기로서는 상당히 중요한 요건이 되는 게 사실이다. 기실 무용은 위 가창연기를 역동적으로 입체화하는 필수적 요건이다. 그 가창이 절실해질 때 광대의 자발적 무용이 미약하게 결부되지만, 그 극적 효과는 작지 않은 것이다. 이른바 그것은 '발림'의 모습으로 나타나지만,[131] 실로 광대의 가무연기가 응축·절제된 기능을 발휘한 결과라 하겠다.[132] 그리하려 그것이 어울려 가무의 극정을 창출하였던 것이다. 그리고 대본들에서 등장인물이 가무를 하거나 행운의 결말부에서 흔히 가무가 나오는데, 그것은 광대의 가무연기로 이어지는 것이다. 이러한 가무연기는 바로 가무극 형태로 직결·전개되어 그만큼 소중한 역할을 다했던 것이다.

넷째, 강설연기에 대해서다. 강설연기는 판소리 공연의 양대 축의 하나로 가장 중요한 위치를 차지한다. 신재효의 〈광대가〉에서도 '사설치레'의 '아니리'로 중시하고[133] '고사'에서도 '설위군說爲君 창위신唱爲臣'이라 하여 가창연기보다 높은 비중을 인정하여 왔다.[134] 실제로 판소리에서도 강설연기의 높은 비중을 공인하고 있는 터다. 그러기에 강설연

---

130 정병욱, 「판소리의 장단-고수의 구실」, 『한국의 판소리』, 집문당, 1996, 81~84쪽.

131 서종문, 「판소리 '사체'의 역사적 성격」, 『판소리의 역사적 이해』, 태학사, 2006, 139~141쪽.

132 정병욱, 「판소리의 종합성」, 앞의 책, 22쪽에서 "따라서 발림은 무용이 그 바탕을 이루어야 함은 필수적인 요건이다. 그러기 때문에 격에 맞는 발림을 하기 위하여 판소리 창자는 무용의 수련을 쌓아야 한다"라고 하였다.

133 정양 외편, 「(신재효)광대가·사설」, 『판소리 단가』, 민속원, 2003, 50쪽.

134 김학주 외편, 「설창의 연기예술·설공」, 『중국공연예술』, 한국방송대 출판부, 2002, 267쪽에서 "설은 임금이요 창은 신하다"라든가, "칠할은 설백이고 삼할은 창이대七分說白 三分唱]"라고 하였다.

기는 매우 다양하게 전개되었다. 대개 '고사'에서는 7종의 연기를 거론하거니와, 판소리에서도 그런 정도의 강설연기가 펼쳐지고 있는 실정이다.

먼저 설명연기에 대해서다. 기실 이것은 모든 언설의 정확하고 유창한 발음으로서, 강설연기의 기본적 기법이다. 따라서 정확한 발음기법은 광대의 생명이라고 하겠다. 그것은 글자마다의 음운·음절, 나아가 단어·문장에 대한 발음의 파악·연마를 통하여 광대 자신의 생기를 뿜어내고 호흡을 조절하며, 이야기의 내용에 알맞게 언설의 경중과 속도를 안배하여 유창하게 말하는 기법이다. 특히 발음을 묵직하고 청아하게 하여 멀리까지 들리게 함으로써, 청중이 명확하게 들어야만 편안하고 즐거워지는 것이다. 일견 설명연기는 너무도 당연하기에 소홀히 취급되는 경향이 있지만, 실은 이것이 강설공연의 성패를 좌우하는 기본적 연기임에 주목해야 된다. 따라서 뜻있는 광대는 이 기본적 설명연기를 연마·수련하는 데에 힘써왔던 것이다.

다음 묘사연기에 대해서다. 묘사연기는 대본에서 모든 사물과 그 현장을 사실적으로 그려내는 언설기법이다. 연행 장면마다 대두되는 자연현상·환경과 무대설치, 등장하는 인물들의 외모·성격·행동, 부수되는 동물이나 지참물 등에 걸쳐, 이 모두를 청중의 눈앞에 사실적으로 그려내는 기법이다. 이러한 언설적 묘사가 바로 연행의 성패를 가름하는 기반을 이루는 것이었다. 여기서 광대의 연기에 우열이 생기게 되었던 터다. 나아가 묘사연기는 그대로 연행의 감동적 분위기를 조성하고, 극적 감흥을 일으키는 기반으로 작용하게 되었다.

이어 속술연기에 대해서다. 기실 속술연기는 강설 중에서 어떤 사물을 거듭 빨리 열거해 나가는 기법이다. 이것은 실제의 공연 과정에서 평상의 서술 능력을 초월하여 해당 사물·사실 등을 중첩시켜 열거·서술하되, 가장 빨리, 가장 정확하게, 가장 유창하게 구연하여 극정을 극대화하는 데에 특장이 있다. 실제로 이 연기는 평상·천부적으로 구비되는 게 아니고 거듭된 연습을 통하여 족히 습득하게 되었던 터다.

그리고 음향연기에 대해서다. 기실 음향연기는 실연 과정에서 각종 소리를 모방·모사하여 실감·극정을 강화·고조시키는 기법이다. 실제로 천둥소리나 바람소리·빗소리 등 자연성, 천창·신성이나 귀성 등 신이성, 벌레소리·새소리·짐승소리·가축소리 등 동물성, 분노·호곡·호령·쾌재·절규·폭소 등 인간성, 방포·총성이나 망치·떡매성, 각종 기구의 충돌·파괴성, 각종 악기의 연주성 등 물건성 등을 절실하고 핍진하게 흉내 내어, 극정을 효율적으로 북돋우는 게 특장이다.

또한 감정연기에 대해서다. 기실 감정연기는 연행 과정의 언설에서 위 설명이나 묘사를 비롯하여 그 분위기 조성, 작중인물들의 언행 등을 모방·표현할 때, 다양한 감정을 절실 핍진하게 이입하여 실감·극정을 주도하는 기법이다. 감정연기는 연행을 감명 깊게, 성공적으로 이끄는 핵심적 연기라 하겠다. 실로 이런 강창극은 연행 과정의 그 감정연기가 희로애락의 극정을 이끌어 절정에 이르고 청중을 십분 감동시키는 게 우선이다. 현존 판소리가 유명하고 광대가 명창으로 알려진 것이 바로 감정연기로 하여 이룩된 게 사실이다. 그중에서도 희비연기가 독특하게 개발되었다. 희비연기는 이른바 청중을 '웃게 허고 울게 허는' 탁이한 기법이다.[135] 이러한 기법은 오랜 연행 경험과 타고난 재

---

135 신재효의 광대가 가운데에 "좌상의 앉인 손님 웃게 허고 울게 허기 어찌 아니 어려우

질을 기반으로 하여 촌철살인의 기지와 기미로 웃기고 울리며, 웃다가 울고 울다가 웃는 데까지 나아가는 능숙한 연기다. 실은 해학미와 비장미가 여기서 나오기 때문이다.

한편 대화연기에 대해서다. 대화연기는 강설연기의 핵심을 이루는 역동적이고 생동하는 기법이다. 기실 대화연기는 지시문적 강설과 상대·조응하여 극정을 주도하는 기능을 발휘한다. 크게 보아 희곡이 대화와 지시문으로 구성되고, 연극이 대화와 행동으로 조화·연행되는 게 핵심이기 때문이다. 그리하여 대화연기는 작중인물들의 성격과 사건 진행의 추이에 따라 의사와 감정의 표현이 가장 적절하고 핍진하여, 실감·역량으로 감동을 일으켜야 한다. 따라서 이것은 억양·어세 내지 방언까지 결부시켜 최선의 사실성과 극정을 창출·주도했던 것이다. 사실상 대화연기만으로도 공연은 족히 성립·성공할 수가 있기 때문이다.

끝으로 평설연기에 대해서다. 기실 광대가 연출가적 차원에서 작중인물이나 사건 진행, 강설 가운데서 권고를 하고, 역사적 사건 등에 대하여 해설하는 기법이다. 흔히들 이 부분을 연기 중에서 관심 밖으로 돌리지만, 이것이야말로 연출적 연기로 주목해야 되는 기법이다. 기실 이 평설이 유창하고 능숙하게 진행될 때, 모든 연기를 보완·강조하면서 청중의 감상 안목을 새롭게 일깨워 주는 것이기 때문이다.[136]

다섯째, 행동연기에 대해서다. 그동안 행동연기만을 판소리의 연기로 간주·논의하여 왔다. '고사' 쪽에서는 '주공做功'이라 하고[137] 판소리

며"라고 하였다. 정양 외편, 앞의 책, 50쪽.

136 김학주 외편, 「설창의 연기예술」, 앞의 책, 267∼270쪽.

계에서는 일찍부터 '발림'·'너름새'라고 하였다. 기실 위 가창연기와 강설연기를 인정하는 관점에서, 행동연기는 두 연기를 위한 연기로 보는 게 당연한 터다. 그래서 이를 '그 지고의 신체 전략'이라고 하였거니와,[138] 그것은 실로 다양하고 광범한 연기로 작용하고 있는 게 사실이다. 위 판소리의 무대설정이나 가창연기, 강설연기 등에 걸친 다양하고 광범한 연행에 적절하고 효율적인 행동연기가 모두 필수적인 것이었다. 기실 그 무대설정의 구연에 어울리는 행동연기는 물론 가창연기에서 다양한 기법에 적합한 발림외의 동작연기, 그 강설연기의 설명·묘사·속술·음향·감정·희비·대화·평설 등의 연기마다 그에 상응하는 행동연기가 필수적으로 따랐던 것이다. 이 행동연기야말로 본격적인 연기로 그 판소리의 연기를 역동적으로 입체화·예술화하는 불가결의 지고한 신체 전략이기 때문이다. 실제로 행동연기는 눈빛과 얼굴 표정, 머리와 몸짓·손짓·발짓·걸음걸이 등 최선의 동작을 통하여 지고의 연기 전략을 수행했던 것이다.

이와 같이 다양·방대한 연기를 광대 혼자서 다 수행하니, 실로 광대한 연기자라 하여 마땅한 터다. 그러기에 광대는 당대의 지식인, 문학예술·연극 전반에 능통한 전능적 예능인으로서 출신·신분을 초월하여[139] 인간문화재가 아닐 수 없다.

---

137 위의 책, 270~273쪽.

138 김익두, 「판소리 공연의 너름새에 대한 동작학적 시론」, 『판소리, 그 지고의 신체 전략』, 평민사, 2003, 83~84쪽.

139 광대를 천시·하대한 것은 조선 말기 무식한 양반계층의 신분적 편견에서 비롯된 것이니, 그 광대들은 문학·예술사상에서 높이 평가되어야 마땅한 터다.

(3) 판소리의 고수와 청중

　잘 알려진 대로 고수는 판소리 공연에 있어 광대의 연기와 하나가 되고, 감상에 있어 청중과 하나가 된다. 그러기에 공연의 완성을 위하여 광대의 연기와 청중의 감상을 하나로 촉매·융합하는 중간적 역할을 다하는 것이 바로 고수의 기능이라 하겠다. 실제로 광대의 연행은 고수의 장단·추임새가 아니면 완성될 수가 없고, 청중의 감상은 고수의 대표적 선도가 아니면 완결될 수가 없기 때문이다. 그러기에 고수는 이 판소리의 연행을 완성 성취시키는 통합·중심적 역할·기능을 구비·발휘하는 게 사실이다. 따라서 고수는 이름하여 광대는 아니로되 광대와 하나되는 필수적 예능인이요, 단순한 청중은 아니로되 청중을 운집하여 하나되는 불가결의 역할이라고 본다. 그러기에 고수는 그 공연과 그 감상의 성패를 좌우하는 중간·중심적 권능과 위치를 차지하여, 이른바 '일고수'의 명칭을 유지하게 되었던 터다.[140]

　기실 고수는 판소리 공연의 전반에 대하여 가장 잘 알고 있는 전문가라 하겠다. 이중적 무대로부터 문학적 대본, 광대와 그 연기, 연극적 공연, 그 안의 음악·무용 그리고 청중의 수준·심성 등에 걸쳐 모르는 게 없고, 장단에서는 수많은 경험까지 쌓았기 때문이다. 이런 점에서는 고수가 때로 연기에만 전문·집중하는 광대보다도 앞서는 면이 없지 않았던 것이다. 그리하여 고수는 광대와 대등하게 그 역할을 다하게 되었던 터다.[141]

140　고수의 역할이 분화·독립되어 그 기능을 발휘하게 된 것은 저 '고사'에서 연행자가 북·박판을 직접 차면서 다른 악기의 반주까지 받는 것보다 진일보한 점이라 하겠다. 김학주 외편, 「설창의 반주」, 앞의 책, 273쪽.
141　역대 대표적인 명고들이 거의 다 그러했거니와, 현재의 명고 박근영(대전·61세)은

우선 반주자로서의 역할에 대해서다. 기실 고수는 기본적으로 가창의 장단에 맞추어 반주한다. 진양조부터 휘몰이까지 원박을 조화롭게 칠 뿐만 아니라, 연행의 흐름에 따라 '밀고 달고 푸는' 생사맥을 살려서 쳐 나가야 한다. 그리고 '등배'를 가려서 음양에 맞게 쳐야 하고, 때로 가창연기에 맞추어 '각'을 생략하거나 '반각치기'를 하면서 묘한 '붙임새'를 알아서 칠 뿐만 아니라, 특이한 음조가 나오면 '딸아치기'도 제대로 해야 된다. 기실 고수는 원래 박으로부터 공연의 흐름과 분위기에 맞추어 효과적인 변주와 창의적인 장단을 쳐 나가야 되었던 것이다.

다음 상대역의 대행에 대해서다. 기실 판소리는 일인 광대의 독연이기에 상대가 청중이다. 그런데 고수가 청중을 대표하여 앞장에 앉았으니, 우선적으로 상대역을 대행하는 게 당연하다. 그리하여 광대의 강창연기에서 상대역이 필요할 때는, 고수가 대역을 해낼 수밖에 없다. 그러니까 다양한 가상의 상대역이 되어 광대의 연기에 적절한 호응과 응답을 한다는 것이다. 다만 호응·응답은 어떤 양식의 대사·연기가 아니라, 적절한 북소리 단박과 외마디 감탄사로 추임새를 할 뿐이다. 이것이 고수의 연행적 한계요 특성이라 하겠다.

그리고 지휘자로서의 역할이다. 기실 고수는 광대와 연행에 대하여 잘 알고 있기에, 공연의 흐름을 제대로 이끌기 위하여 지휘자 같은 역할을 다하게 되었다. 흔히 광대의 가창이 처지고 힘들 때는 변주와 추임새를 통하여 기세를 올려 주고, 때로 가창이 과도하게 세차고 빨라지면, 한 배를 늘리고 안정시켜 적절하게 조정하는 일이 필요한 터다. 그

판소리에 대한 전문가로서 "고법을 제대로 하기 위하여 판소리를 배우고 익히었다"고 증언하였다. 2017년 3월 7일, 대전시 대덕구 송촌동, 대전무형문화전수관 대담.

리하여 연행의 전체적 극정과 분위기를 살리고 조절하는 역할이 지휘자처럼 돋보일 수밖에 없다.[142]

한편 청중의 역할·위치에 대해서다. 청중은 모든 연극처럼 판소리 공연의 필수적 요건이다. 청중이 있기에 공연이 성립되고, 반응에 의하여 완결되기 때문이다. 게다가 판소리의 청중은 원래 동일한 평면 위에서 고수를 내세워 광대와 호흡지간에 근접하거나 그 주위에 앉고 서있는 실정이다. 그래서 청중은 광대와의 관계가 고수를 매개로 가장 친근한 게 사실이다. 그러기에 청중은 광대와 일체감을 가지고, 그 연행에 대하여 실제적이고 절실한 반응을 일으키는 게 당연한 터다.

기실 청중은 자고로 판소리에 대한 이해와 관심이 상당한 수준에 있었던 터다. 그게 아니라면 자유로운 선택에서 판소리 공연의 청중이 될 수도 없고, 그럴 필요도 없기 때문이다. 그러기에 청중은 판소리 공연에 동참하여 대부분 문학적 대본에 대하여 어느 만큼 알고, 극정의 흐름이나 가창의 음악·장단에 상당한 감응을 보이며, 상당수 귀명창의 수준까지도 오를 수 있었던 터다. 따라서 청중은 적극적으로 호응하여 직접 연기적 반응을 일으켰던 것이다. 그리하여 무릎장단을 치며 추임새를 하게 되었으며, 적어도 이 추임새는 고수의 그것보다 자유롭고 적극적일 수가 있었다. 기실 청중은 감흥에 겨우면 어깨춤을 추거나 일어나 엉덩이춤을 추어도 무방하였다. 나아가 그 흥취에 따라 환성을 지르고 웃어도 좋고, 한숨을 짓고 눈물을 흘리면 더욱 좋은 일이었던 것이다.

자고로 이런 청중들은 원래 계층에 관계없이 개방되어 왔지만, 실제

---

142 정병욱, 「판소리의 장단─고수의 구실」, 앞의 책, 81~83쪽.

로는 자연 계층적인 성향을 보여 온 것이 사실이다. 실제로 강창극 판소리가 형성되고 전개되는 과정에서 원래 종교와 윤리 성향의 내용, 연행으로부터 점차 대중화·통속화되는 경향·추세에 따라 청중의 계층이 생겨 자연스러운 이동·확산이 이루어졌으리라는 것이다. 그러기에 청중은 상류층으로부터 중류층을 거쳐 하류층으로 하향·확장되면서 나름의 역할을 다하여 왔으리라 추정되는 터다.[143]

이로써 판소리는 광대 일인이 고수의 장단을 받아 다양·광대한 연기로써 청중에게 공연하는 강창극, 전능극이라는 사실이 밝혀졌다. 그리하여 판소리는 유구한 전통과 국제적 교류의 보편성을 겸유하면서, 민족 고유의 종합예술·공연예술, 총합적 전능극 형태를 보유하고 있는 게 특장이라 하겠다. 그러기에 판소리는 대본의 장르 성향에 입각하여, 자유로운 공연·유통을 전제한다면, 여러 장르의 연극 유형으로 분화·전개될 운명을 타고 났다고 보아진다.

(4) 판소리 공연의 연극 장르적 전개

전술한 대로 판소리는 총합적 강창극으로서 전능극의 형태·기능을 구비하고 있기에, 연행과 유전을 통하여 여러 연극 장르로 분화·전개될 수밖에 없는 필연성을 갖추고 있는 게 사실이다. 그러기에 판소리 대본이 바로 희곡으로서 강창극본의 큰 틀 속에 가창극본·가무극본·대화극본·잡합극본이 포괄되었다가 공연·유전을 통하여 장르별로 분화·전개될 수 있었다는 사실을 준용할 필요가 있다. 그리고

---

143 전홍철, 「돈황 강창문학의 연행 양상―향유자」, 『돈황 강창문학의 이해』, 소명출판, 2011, 416~438쪽에서 승려층, 상류층, 중류층, 하류층으로 파악하였다.

전술한 대로 한·중 연극의 장르가 적어도 가창극과 가무극·강창극·대화극·잡합극으로 전개되었다는 사실까지 적용해야 될 것이다. 그리하여 이 두 가지 사실에 입각하여 위 광대의 연기 유형을 중심으로 이 판소리 공연의 연극 장르적 전개 양상을 유추해 보겠다.

첫째, 가창극 형태에 대해서다. 이 가창극은 시가 형태를 연극적 맥락으로 노래 부르는 공연이다. 따라서 고금의 모든 시가는 가창극 대본으로서, 연극적 맥락으로 가창 공연하면 다 가창극으로 전개되는 것이다. 한·중 전래의 가창극이 이를 실증하고 있는 터다. 그리하여 이 판소리 대본, 극본 희곡의 가창극본을 광대의 가창연기로 연행하면 바로 이 가창극 형태가 조성·부각되는 것이다. 실제로 판소리 각개 마당의 가창 부분을 주축으로 일관되게 엮어 나가면 실로 상당한 가창극으로 전개되는 게 당연한 터다. 여기서는 일단, 일인 전역의 가창극이 성립되는 터다. 그런데 이 가창극 형태에 무대를 설정하고 등장인물을 도입·출연시키면, 완벽한 가창극으로 전개될 수가 있는 것이다.

둘째, 가무극 형태에 대해서다. 이 가무극 형태는 위 가창극에 무용이 결부된 공연 형태다. 이것은 무용을 주축으로 가창이 수용된 형태가 아니기 때문이다. 한·중 전래의 가무극은 그 비중을 초월하여 간명하고 역동적인 연극 형태로 가장 보편화되어 온 것이 사실이다.[144] 이런 점에서 판소리 대본, 가무극본을 떠올리고, 광대의 무용연기, 실제적 가무연기를 주축으로 부각·연행하면 바로 가무극 형태가 성립되는 터다. 실제로 판소리 각개 마당의 가무 부분을 중심으로 계속 엮어 나가면, 그것이 곧 가무극으로 성립될 수 있기 때문이다. 그래서 여

---

144 김학주, 『한·중 두 나라의 가무와 잡희』, 서울대 출판부, 1994 참조.

기서는 일단 일인 전역의 가무극이 성립된다는 점이다. 그런데 이 가무극 형태가 무대와 등장인물을 도입하여 입체화되면, 상당한 가무극으로 살아나게 된다는 것이다.

셋째, 대화극 형태에 대해서다. 이 대화극 형태는 본격적이고 전형적인 연극 형태를 지향하고 있는 터다. 원래 연극은 대화와 행동으로 엮어지는 공연예술인데, 실은 판소리 공연이 등장인물의 대화를 중심으로 전개되고 있는 터다. 한·중 전래의 대화극은 연극계의 중심·주축을 이루어 온 게 분명한 터다. 그리하여 판소리 대본, 그 대화극본을 내세우고, 광대의 대화연기를 부각시켜 엮어 나가면, 그대로가 대화극적 공연으로 성립되는 것이다. 따라서 여기는 일단, 일인 전역의 대화극이 정립된다는 것이다. 그런데 이런 대화극 형태가 무대·장치와 등장인물을 도입하여 입체화되면 그대로 완벽한 대화극으로 성립·공연되는 게 사실이다. 이른바 그 판소리계 창극이 이를 실증하고 있는 터다.[145]

넷째, 잡합극 형태에 대해서다. 이 잡합극 형태는 여러 연극 형태 중에서 일부씩을 선택하여 재조직한 공연이라 하겠다. 이것이 실제적으로 한·중 간에 걸쳐 상당히 조성·행세한 것이 사실이다. 이 판소리 대본 극본 희곡에서 잡합극본이 조성될 수 있다는 전제 아래, 그 광대의 다양한 연기를 부분 선택하여 잡합극 형태가 효율적 공연으로 전개될 수 있었던 터다. 실로 이것은 일단, 일인 전역의 잡합극이 되겠거니와, 무대와 등장인물이 대입된 다면적인 공연으로 발전하게 되었던 터다. 열린 연극 형태가 상하 민중의 구미에 맞을 수 있었기 때문이다.

이와 같이 판소리는 강창극으로서 총합적 전능극이로되, 그 안의 제반

---

[145] 백현미, 「판소리와 창극」, 판소리학회 편, 앞의 책, 135~138쪽.

연극 형태가 장르적 성향을 띠고, 연행·유통 과정을 통하여 분화·전개될 수 있었던 것은 획기적인 일이라 하겠다. 그리하여 이것이 적어도 가창극이나 가무극·대화극·잡합극 등으로 성립·행세하여 한·중 연극 장르의 전체와 교류하게 되었던 터다. 그리하여 이른바 '연극의 백화점'이라는 광대한 공연예술로 최선의 역량을 발휘해 왔던 것이다. 따라서 이 강창극 판소리의 연극예술적 실상과 가치는 새롭게 평가되어야 마땅할 터다. 그러기에 이 판소리가 형성·전개되어 온 그 예술·문화사적 위상이 올바로 밝혀져야 함은 당연한 일이다.

5. 판소리의 예술·문화사적 위상

판소리는 종합예술·공연예술·연극, 강창극으로서 유구한 전통 아래, 그 시대의 문학·연극·문화와 교류하며 광대한 위상을 지켜 왔던 것이다. 실로 그것은 중국의 강창예술사와 유대를 가지고 그 연원기와 형성기·발전기·침체기·변환·성황기를 거치면서 그 시대의 문학사나 연극사, 여타 문화사와 교류·합세·유전되었던 터다. 그리하여 판소리는 전개사상의 교섭·영향관계를 통하여 소중한 역할을 다하였던 것이다. 이에 그 예술·문화사적 위상을 위와 같은 측면에서 개관할 필요가 있다.

1) 판소리 대본의 문학사적 위상

판소리 대본은 문학 중에서 극본 희곡의 큰 틀 속에 시가와 수필·소설·희곡·평론 등의 문학 장르를 포괄하고, 그 시대의 문학에 상응하여 유통·전승되는 가운데, 장르별로 교류·합세하여 왔던 것이다. 그리하여 판소리 대본은 큰 틀의 강창문학으로서 각기 당시의 시가사와 수필사, 소설사와 희곡사, 평론사와 상응하여 상호 영향관계를 유지하여 왔다고 보아진다.

첫째, 시가사상의 위치에 대해서다. 대본 속의 시가들은 역대 왕조의 시가들과 상호 긴밀한 교류·성장의 관계를 유지하여 왔던 것이다. 우선 대본의 시가는 그 연원기부터 순연하게 창작되는 한편, 기존의 시가를 필요에 따라 인용·수용하는 경향이 있었던 터다. 따라서 이른바 삽입가요의 전통이 시작되었으리라 본다. 적어도 삼국시대 대본의 시가 형태가 당시 시가계의 작품들을 선택·활용하고, 가창 공연을 통하여 세련·발전시켜 도로 시가계로 합류시키는 형국이 되었을 것이다. 다음 시가 형태는 형성기에 이르러 당시 시가계와 발전적으로 교류하면서 상당한 작품들을 생산하는 데 적지 않은 역할을 해냈을 것이다. 그래서 신라통일기의 강창 대본에 삽입되어 있는 향가나 민요, 한시 등이 당시에 활발하던 시가계와 교류하고 상호 발전하며 시가사를 이끌어 왔으리라 본다.[146]

이어 대본의 시가 형태는 발전기에 이르러 당시의 시가계와 더욱 활

---

146 신재홍, 「향가문학의 판도」, 『향가의 미학』, 집문당, 2006, 94쪽; 이종찬, 「신라 불경제소와 계송의 문학성」, 『한국불가시문학사론』, 불광출판사, 1993, 36~37쪽.

발히 교류하여 많은 작품들을 양산하게 되었으리라 본다. 따라서 고려기의 강창대본에 결부된 향가·가요·한시 등이 당시에 성행하던 시가계와 교류·합세하여, 시가사를 더욱 풍성하게 지켜 왔던 것이다. 기실 고려 대의 향가는 신라 향가 작품을 계승했을 뿐만 아니라, 자국에서도 〈보현십원가〉를 비롯하여 많은 작품들의 흔적을 남기고 있어, 그 성황을 짐작케 한다.[147] 이어 가요도 당시의 연극과 직결되어 성황을 보인 게 사실이다.[148] 그리고 한시도 불교계를 중심으로 가요적 성세를 보였으니[149] 장가의 형태가 강창문학 대본과 깊은 관계를 유지했던 터라 하겠다.

그리고 대본의 시가 형태는 침체기에 이르러 오히려 악장 양식을 중심으로[150] 집대성·유통되고, 조선 초 국문시가의 형성·전개에 지대한 영향을 끼쳤던 것이다. 잘 알려진『용비어천가』가 유교계 송찬가류에 직접 영향을 끼쳤을 뿐만 아니라,[151]『월인천강지곡』내지『월인석보』월인부의 분화·전개가 조선 전기 국문시가, 시조·사설·가사·잡가 등의 형성·전개로 직결되었던 것이 사실이다.[152] 그리하여 이 시가 형태가 당시의 한시나 번역시·국문시가 등의 각개 장르에 걸쳐 그 형성·전개를 주도하여 시가사를 이끌어 왔던 터다.

---

147 양희철,『고려향가 연구』, 새문사, 1988, 279~280쪽.
148 사재동,「고려가요의 서사적 구조와 연행 양상」,『한국문학유통사의 연구』, 중앙인문사, 2006, 513~514쪽.
149 박경주,「고려시대 한문가요의 존재 양상과 문학사적 위상」,『한문가요연구』, 태학사, 1998, 246~248쪽.
150 조규익,「선초악장의 국문학적 위상」, 국어국문학회 편,『고려가요·악장연구』, 태학사, 1997, 492~493쪽.
151 성기옥,「『용비어천가』의 구조와 서사성」, 위의 책, 523~524쪽.
152 사재동,「『월인석보』의 실상과 문학사적 위상」, 앞의 책, 339~341쪽.

한편 시가 형태는 변환·성행기에 이르러 당시의 다양한 시가 장르와 적극적으로 교류하여, 그 수용으로 자체의 변환·혁신을 이루고 다시 세련된 시가작품을 시가계에 내놓게 되었다. 이 시기의 대본들에는 당대에 형성·유통된 모든 장르의 시가가 삽입되어 성황을 이루었던 터다. 이른바 판소리 삽입가요의 현황이 바로 그것이다.[153] 여기에는 다양한 민요를 비롯하여 시조·사설·가사·잡가 내지 한시 등이 만화경적으로 수용되어 복합·적층을 이루고 있다. 그러한 시가들이 공연 과정을 통하여 개변되거나 확장되어 당시의 시가계에 합류되었다는 사실이다.[154] 여기서 주목되는 것은 더늠의 형태로 집단적 가창에 의하여 상당수의 사설·잡가류를 창출하여,[155] 시가사의 성세에 기여했다는 점이다.

둘째, 수필사상의 위치에 대해서다. 이 대본 속의 수필 형태는 역대 왕조의 수필들과 상호 긴밀한 교류와 함께 성장·발전의 맥락을 같이 하였던 터다. 우선 대본의 수필 형태는 연원기부터 자체로서 창작되었지만, 기존 수필계의 작품을 인용할 수도 있었던 것이다. 이로부터 열린 전통이 비롯되었던 것 같다. 적어도 삼국시대 이 대본의 수필 형태가 불교계 강창극의 열린 수용력에 의하여 그 창작에도 주력하면서, 당시 수필계의 기존 작품을 선택·활용하였을 가능성은 얼마든지 있기 때문이다. 더구나 이 대본의 수필이 불교적 신앙·제의와 직결되고 교화·방편으로 그 교령이나 주의, 논설·전장·애제·서간·기행·담

---

153 김동욱, 「판소리 삽입가요의 연구」, 『한국가요의 연구』, 을유문화사, 1961, 549~550쪽.
154 위의 책, 451쪽.
155 서한범, 『국악통론』, 대림출판사, 1992, 142~143쪽.

화 · 잡기 등을 인용 · 흡수할 수밖에 없었던 터다. 그리하여 이 수필들은 공연 · 유통을 통하여 세련 · 발전된 양상으로 그 수필계로 합류되었으리라 본다.

다음 대본의 수필 형태는 형성기에 이르러, 당시 수필계와 교류하면서 자체적으로 발전함으로써, 당시 수필계의 형성 · 전개에 적지 않은 영향을 끼쳤을 것이다. 적어도 신라통일기의 불교계에서 극본이 형성되는 마당에는 불교적 수필류가 성행하여 상당히 수용되었으리라고 본다. 대본과 연행이 불교신앙과 제의 등의 연극적 성향을 강화하니, 상게한 수필류가 창작 · 수용 · 세련을 통하여, 그 수필사의 전개에 기여한 것은 당연한 일이었다.

이어 대본의 수필 형태는 발전기에 이르러 자체적으로 작품을 양산했을 뿐만 아니라, 당시에 성행하던 다양한 작품들을 적극 수용하였던 터다. 이 대본 · 연행이 고려 대에 와서 발전 · 성행하고 오히려 불교적 분위기를 강화하여 나갔기에, 수필 형태가 적극적으로 창작되는 한편, 불교계를 중심으로 성황을 보이던 수필작품들을 대거 수용 · 활용하였기 때문이다. 그러기에 대본의 수필 형태가 당시 수필계를 주도하면서, 수필사를 발전적으로 이끌었던 터다.

그리고 이 대본의 수필 형태는 침체기에 이르러 공연의 실세 · 음성화에도 불구하고 국문수필을 중심으로 내적인 발전을 이루게 되었다. 기실 이 대본의 수필 형태는 조선 전기에 이르러 훈민정음의 창제와 함께 국문문학 · 국문수필이 형성 · 발전하는 추세 아래서, 공연을 전제한 한문수필 · 국문수필을 양산하고, 당시 수필계와 활발히 교류하였던 것이다. 따라서 이 수필 형태는 전게한 여러 장르를 통하여, 그 작품을 창작하거나 기존의 작품을 수용·세련시킴으로써, 그 수필사에 기여한 바가 크다고 보아진다.

끝으로 이 대본의 수필 형태는 변환·성행기에 이르러 대중적으로 변환·전개되었던 터다. 대본의 수필 형태는 조선 후기에 와서 혁신적 공연에 부응하여, 그 다양한 작품을 양산했을 뿐만 아니라, 상하 민중에 형성·유통되던 당시의 한문·국문 수필을 자유로이 선택·활용하였던 것이다. 이러한 현실 속에 조선 후기 대본의 수필은 실로 다양하고 풍성했으니, 상게한 수필 장르를 중심으로, 주설·치성·독경·염불·고사, 각종 애사·자탄사·유람기·소화·잠언 등 서민적 수필계 작품을 다 포괄·활용하였던 터다.[156] 이러한 수필 작품들은 그 자체의 창작과 기존 작품의 수용으로 집성되었거니와, 그것이 이러한 성황을 주도하고 대중적으로 유통되어 그 수필사를 풍성하게 이끌었던 것이다.

셋째, 소설사상의 위치에 대해서다. 이 대본의 소설 형태는 역대 왕조의 소설들과 긴밀한 관계 아래, 형성·전개되었던 것이다. 실제로 이 대본은 그 기록된 자체로서 강창소설의 형태를 취하고 있는 게 사실이다. 그것은 이 공연을 전제하지 않고 소설론에 따르면 그대로 한문소설이기 때문이다. 우선 이 대본의 소설 형태는 그 연원기부터 산문적 기술문체로써 소설의 자리를 지키고 있었다. 여기서는 동일한 대본이 기술된 산문으로서는 소설 형태지만, 공연하는 극본으로서는 희곡 형태로 행세할 수 있었던 터다. 그래서 이 대본은 장르적 양면성을 갖추었거니와, 일단 소설로 규정되어야 미땅힐 것이다. 그리하여 이 대본의 소설 형태는 삼국시대 소설의 형성 과정에서 그 주체가 되어 소설

---

156 김동욱, 「판소리 삽입가여의 연구」, 앞의 책, 550쪽.

사를 이끌어 왔던 것이다.

다음 대본의 소설 형태는 형성기에 이르러 강창소설의 기본형을 지키면서도 산문 중심, 또는 산문만의 소설로 분화·발전하는 성향이 뚜렷해졌던 터다. 적어도 신라통일기에서 대본의 소설 형태는 산문계 소설과 불가분리의 상관성을 유지하면서, 상호 발전을 촉진하였던 것이다. 그러기에 대본의 소설 형태는 소설계의 저명한 작품을 수용·개작하여 보다 나은 극본으로 전개될 수도 있었거니와, 그것이 보다 섬세한 산문문체에 힘입어 본격적인 소설로 전개·행세할 수가 있었던 터다. 이러한 사실은 『삼국유사』에 실린 전게한 강창대본과 상당수의 소설 작품이 실증하고 있는 터다.[157] 이처럼 대본의 소설 형태는 그러한 관계망 속에서 당시의 소설 장르를 풍성하게 발전시켜 소설사를 주도하여 왔던 것이다.

이어 대본의 소설 형태는 발전기에 이르러 자체적으로 상당한 작품을 산출했을 뿐 만 아니라, 기존의 소설 작품을 수용·개작·공연하다가, 보다 성숙된 소설 형태로 성립시켜 소설계에 합류하였던 것이다. 적어도 고려기에서 대본의 소설 형태는 불교계 강창극의 성행에 따라 그 자체로 소설 작품을 양산하면서, 당시에 성황을 보인 소설계와 긴밀한 교류를 강화하고, 소설 장르의 발전에 크게 기여하였던 것이다. 이런 점에서 전게한 불교계 강창극 대본의 소설 형태와 당시의 발전된 소설 작품이 합세하여 소설사의 흐름을 풍성하게 이루어 왔던 터다.

그리고 대본의 소설 형태는 침체기에 이르러 공연이 위축·침체했

---

157 사재동, 「『삼국유사』의 문학적 실상과 연행 양상」, 『어문연구학술발표논문집』, 어문연구학회, 2015, 63~65쪽.

는데도, 전래된 한문소설과 연계되어 국문소설로 형성·전개되었던 것이다. 적어도 전게한 강창극 대본은 조선 전기에 와서 실로 국문소설을 양산하게 되었다. 당시 훈민정음이 창제·실용되어 국문문학이 형성·전개되는 대세에 힘입어, 위 국문수필과 연결되고 한문소설을 수용하면서 국문소설이 그 강창 형태로부터 전성된 것은 획기적인 일이었다. 전게한 『월인석보』와 『석가여래십지수행기』 등 강창대본에 산재한 불교계 국문소설이 바로 그것이다.[158] 따라서 이 대본의 소설 형태는 당대의 소설 장르와 둘이면서 하나인 관계로 상호 발전하면서, 그 소설사, 국문소설사를 주도하여 왔던 것이다.

끝으로 대본의 소설 형태는 변환·성행기에 이르러 획기적으로 전환 혁신되었던 것이다. 적어도 이 대본의 소설 형태는 조선 후기 강창극의 개혁적 공연의 수요에 따라 저명한 설화나 유명한 국문소설을 수용·개작하여 이른바 판소리 열두 마당을 성립시켰거니와, 그것이 바로 판소리계 소설로 부연·전개되었던 터다. 그러기에 이 대본의 소설 형태는 그대로가 국문소설로 개작·전개되면서,[159] 당시에 성행하던 소설 장르와 합세·연계되어, 그 소설사를 풍성하게 주도하여 왔던 것이다. 이로써 판소리 대본이 고전소설을 개신·유통시켜 대중화·통속화와 함께 수많은 이본을 형성시키며, 그 전성기를 이루는 데에 주역이 되었기 때문이다.

---

158 사재동, 「국문소설의 형성과정」, 『한국문학의 방법론과 장르론』, 중앙인문사, 2006, 643~645쪽.

159 인권환, 「「적성의전」의 근원설화 연구」, 『인문논집』 8, 고려대, 1967, 283~297쪽; 사재동, 「「안락국전」의 연구」, 『『월인석보』의 불교문화학적 연구』, 중앙인문사, 2006, 543~544쪽; 사재동, 「「금송아지전」의 연구」, 『한국고전소설의 실상과 전개』, 중앙인문사, 2006, 665~667쪽.

넷째, 희곡사상의 위치에 대해서다. 기실 이 대본은 그대로가 극본 희곡으로서 역대 왕조의 희곡사를 거의 전담하여 왔던 것이다. 그러기에 이 대본은 원래 강창극본이로되, 그로부터 벌어지는 가창극본·가무극본·대화극본·잡학극본으로서 당시의 희곡계를 점유하여 왔다는 사살이다. 우선 이 대본의 희곡 형태는 그 연원기부터 공연의 극본으로서 역할·행세하였다. 이 희곡 형태는 삼국시대 강창극이 시작될 때, 대본의 형태를 이루어 극본의 역할을 다했던 것이다. 여기서 이 강창극본은 복합적 종합 형태로부터 상게한 하위 장르의 극본으로 분화·전개되는 실마리가 잡혔으리라 본다. 이러한 사실은『삼국유사』에 현전하는 전게 작품들이 증언하고 있는 터다. 당시에도 삼국의 연극이 여러 장르에 걸쳐 연행되었거니와[160] 그 극본 희곡은 미진했던 게 사실이다. 그래서 이 강창대본이 그 미진한 희곡 장르에 영향을 끼쳤으리라 본다. 그러기에 이 대본의 희곡 형태가 바로 삼국시대, 그 희곡사의 연원기를 주도했던 것이라 하겠다.

다음 이 대본의 희곡 형태는 그 형성기에 이르러 그 극본 희곡의 체제를 정비·완결하게 되었고, 당시 연극 장르의 극본 희곡과 교류하면서 상호 간에 영향을 주고받았던 터다. 신라통일기에는 이 대본이 극본 희곡의 주축을 이루면서, 당시 다른 연극 장르의 극본 희곡도 구전적으로나마 성립·행세하게 되었기 때문이다.[161] 그리하여 이 대본의 희곡 형태는 불교적 강세와 그 강창극의 성세에 따라 본격적으로 전형을 이루었으니,『삼국유사』에 현전하는 전게 작품들이 이를 실증하고

---

160 장한기,「삼국시대의 연극」,『한국연극사』, 동국대 출판부, 1986, 16~30쪽.
161 장한기,「신라의 연극」, 앞의 책, 35~54쪽.

있는 터다. 나아가 이 대본의 희곡 형태는 당시 희곡계와 합류하여 그 희곡사를 발전적으로 이끌었던 것이라 본다.

이어 이 대본의 희곡 형태는 그 발전기에 이르러 불교의 전성시대를 맞이하고, 이 강창극의 성세에 상응하여, 그 희곡적 전형을 완비하였던 터다. 적어도 이 고려기에는 이 강창극을 중심으로 여러 장르의 연극이 전성기를 이루어[162] 각기 그 극본 희곡을 나름대로 정립하였던 것이다. 그러한 가운데 이 대본의 희곡 형태는 당시의 다른 연극의 극본 희곡과 긴밀한 교류와 상호 영향을 통하여, 그 희곡적 기능을 족히 발휘했던 게 사실이다. 전게한 『삼국유사』에 현전하는 이 희곡계 작품이나 『석가여래행적송』, 『석가여래십지수행기』에 유전하는 그 전형적 작품들이 이 사실을 족히 실증하고 있기 때문이다. 그리하여 이 대본의 희곡 형태는 다른 연극의 그것과 합류하고, 그 시대 희곡사를 주도하여 왔으리라 본다.[163]

그리고 이 대본의 희곡 형태는 침체기에 이르러 그 공연이 위축·침체된 데도 불구하고, 전래된 한문극본과 연계되어 형성된 국문소설에 직결되면서, 국문극본, 국문희곡으로 탈바꿈하게 되었다. 오랜만에 이 극본 희곡이 한문·향찰문의 틀을 벗어나 국문희곡 시대를 열었던 것이다. 적어도 이 조선 전기에 궁중연회나 유관 연극 이외에는 모든 연극 장르가 억압·침체된 현실에서, 그 극본 희곡이 해체·실전의 위기를 맞았음에도, 이 강창극의 국문 희곡은 문헌적으로 완결되어, 불교

---

162 이두현, 「중세의 연극」, 『한국연극사』, 학연사, 1999, 78~91쪽.
163 사재동, 「불교계 서사문학의 연구」, 『한국고전소설의 실상과 전개』, 중앙인문사, 2006, 73~74쪽.

계를 중심으로 널리 유통되었던 것이다. 고려기의 뚜렷한 한문극본을 이어받고 방대한 『월인석보』를 중심으로 수많은 이 대본, 극본 희곡이 이런 사실을 실증하고 있기 때문이다.[164] 그러기에 이 대본의 희곡 형태가 여타 연극 장르의 극본들과 연계·교류하면서, 그 시기의 희곡사를 거의 전담하여 왔던 게 사실이다.

끝으로 이 대본의 희곡 형태는 그 변환·성행기에 이르러 국문소설과 함께 획기적으로 전환·혁신되었던 터다. 적어도 이 대본의 희곡 형태는 전래의 저명한 설화나 유명한 국문소설을 수용하여 극적 서사구조를 구성하고, 당대 다른 연극 장르의 대본·극본들과 교류하면서 복합적인 장편 극본 희곡으로 완결되었던 것이다. 적어도 이 대본의 희곡 형태는 조선 후기 연극의 변환·성행의 추세·분위기에 부응하여 획기적인 강창극, 판소리로 전환·성행하면서 이에 상응하는 그 극본 희곡으로 완성된 게 사실이다. 그리하여 당시 연극 장르들이 그 공연의 성황과는 달리 그 극본 희곡에서는 구비적 전승을 면하기 어려울 때, 이 대본의 희곡 형태는 판소리 사설 또는 창본이라는 이름으로 그 희곡계를 지키며, 다른 연극의 극본 희곡에 상당한 영향을 끼쳐 왔던 것이다. 그리하여 이 대본, 극본 희곡은 조선 후기 산만한 희곡사를 정연하게 주도하여 왔다고 본다.

다섯째, 이 평론사상의 위치에 대해서다. 기실 이 대본의 평론적 성향은 하나의 전통을 이루어 왔다. 적어도 역대 강창극 대본, 극본 희곡에는 평론의식이 기저에 깔려 있는 게 사실이다. 이들 대본에는 그 말

---

164 사재동, 「『월인석보』의 연극적 유통과 희곡적 실상」, 『한국공연예술의 희곡적 전개』, 중앙인문사, 2006, 554~556쪽.

미에 논의나 찬시를 통하여 평론을 제시한 사례가 얼마든지 있었다. 나아가 그 대본 중의 시가나 수필 등에 대한 비평의 흔적도 적지 않은 터였다. 더구나 이 대본은 연행의 과정에 연행자에 의하여 실제적 비평을 받게 되었던 것이다. 이러한 대본의 평론 형태는 그 연원기부터 시작되어 그 형성기 · 발전기 · 침체기까지 다른 문학 평론과 함께 계승되고, 그 변환 · 성장기로 이어졌던 터다.

그리하여 이 대본의 평론 형태는 변환 · 성행기, 조선 후기 이른바 판소리 시대를 지향하면서 그 대본에 족히 반영되었던 게 사실이다. 기실 당시 대본의 평론은 그 대본 문학 장르별 평론을 겸해서 그 공연의 비평적 요소도 합세하여 상당한 복합성을 유지하고 있었던 것이다. 따라서 이 평론 형태는 당시의 다른 장르의 평론과 함께 교류하면서, 그 평론사의 일환으로 행세하였던 것이라 하겠다.

2) 판소리 공연의 연극사적 위상

판소리의 공연은 바로 연극 형태로서 강창극이고, 그 범주 안에 가창극 · 가무극 · 대화극 · 잡학극 등의 형태를 포괄하여, 광대한 영역을 확보 · 개방하고 있었다. 그러기에 광대는 연기 능력에 따라 출입이 자유롭고, 또한 청중도 그 왕래가 용이하였던 터다. 따라서 이 강창극 판소리는 자고로 당대의 공연예술, 제반 연극 형태와 활발히 교류하고 상호 간에 상당한 영향을 수수하면서, 그 연극사를 주도하여 왔던 것이라 하겠다. 이에 그 형성 · 전개의 과정에 따라 그 연극사적 위상을 개관하는 것이 옳겠다.

첫째, 연원기 연극사상의 위치에 대해서다. 삼국시대 강창극의 공연은 불교연극의 일환으로 발생되어, 하나의 전통을 이루기 시작하였다. 이 공연은 하화중생의 이념을 구현하는 교화적 연극으로 당시 불교연극의 중심에 자리한 게 사실이다. 그리하여 공연은 복합적인 연극 형태로 다시 불교계의 연극뿐만 아니라, 일반 연극과도 긴밀히 교류하여 자체 성장을 기하면서 영향을 끼쳤던 터다. 여기서는 고구려나 백제·신라의 연극 형태가 강창극의 열린 형태를 비롯하여 가창극·가무극·대화극·잡합극 등 장르로 형성·전개되었던 게 사실이다. 그러기에 강창극 공연은 당시 여러 연극 장르의 가창연기나[165] 무용연기,[166] 강설연기 그리고 행동연기 등을 선택·수용하여, 그 자체의 공연을 보완·발전시키고 나아가 각개 장르에 되돌려 주었던 터다. 이런 점에서 이 강창극의 공연은 그 시대 연극사의 중심적 역할을 다하였다고 보아진다.

둘째, 형성기 연극사상의 위치에 대해서다. 신라통일기 이 강창극의 공연은 점차 불교연극의 중심에 자리하면서, 가창극·가무극·대화극·잡합극 등의 면모를 강화해 나갔던 것이니, 실제로 전개한 『삼국유사』에 현전하는 작품들이 이를 실증하고 있는 터다. 한편 당시 일반 연극도 장르별로 형성·전개되었기에, 강창극의 공연이 그와 교류하는 것은 당연한 일이었다. 실제로 강창극의 공연은 당시 일반 연극의

165 박범훈, 「불교음악의 전개―한국의 불교음악」, 『한국불교음악사연구』, 장경각, 2000, 236~241쪽; 송방송, 「향악의 형성과 발전시대―고구려·백제·신라의 음악문화」, 『한국음악통사』, 일조각, 1988, 42~60쪽.
166 정병호, 「삼국시대의 춤」, 『한국의 전통춤』, 집문당, 2002, 65~81쪽.

수승한 연기를[167] 수용·활용했을 뿐만 아니라, 이를 세련·발전시켜 도로 돌려주는 형국이었던 게 사실이다. 여기서는 불교계 의식의 발전·성세와 맞물려 불교 중심의 강창극이 발전의 계기를 맞이하고, 당시의 불교연극 뿐만 아니라, 일반 연극계에도 영향을 끼치며, 그 연극사를 주도했던 것이라 하겠다. 전게한 바 이 시대 강창극의 대본을 기준으로 그 공연의 성세를 재구할 때, 그 주도적 역량이 족히 실증되기 때문이다.

셋째, 발전기 연극사상의 위치에 대해서다. 고려기 강창극의 공연은 신라의 그것을 계승하고 더욱 발전·성행하여 절정기를 이루며, 여전히 불교연극의 중심을 지키고 있었다.[168] 그러기에 이 강창극의 성세가 당시 발전 일로의 일반 연극의 각개 장르와[169] 활발히 교류하며, 상호간에 심각한 영향을 끼친 것은 당연한 일이었다. 기실 당시 전게한 그 대본의 성행을 전거로 불교연극이나 일반 연극의 대세를 통하여 이 강창극의 공연 양상을 재구성해보면, 이는 그 때의 가창음악이나[170] 무용을 포함한 각종 연기를[171] 창조적으로 포괄한 전능국적 역량을 족히 발휘했을 것이다. 그리하여 이 강창극의 공연은 불교계나 왕가 등의 옹호와 상하 민중의 호응 아래 전성기를 이루면서, 그 시대의 연극계와 함께 연극사를 주도해 온 터라 하겠다.

---

167 여기현, 「사뇌가의 음악성」, 『신라음악상과 사뇌가』, 월인, 1999, 218~219쪽; 전인평, 「통일신라의 음악」, 『새로운 한국음악사』, 현대음악출판사, 2000, 98~101쪽.
168 사재동, 「고려시대 희곡의 형태와 유통 양상」, 『한국문학유통사의 연구』 II, 중앙인문사, 2006, 519~521쪽.
169 장한기, 「고려연극과 그 종류」, 앞의 책, 1986, 90~95쪽.
170 양태순, 「향악과 가사」, 『고려가요의 음악적 연구』, 이회문화사, 1997, 26~27쪽; 송방송, 「고려시대의 향악극 개관」, 『고려음악사연구』, 일지사, 1992, 79~81쪽.
171 정병호, 「고려시대의 춤」, 『한국의 전통춤』, 집문당, 2002, 96~97쪽.

넷째, 침체기 연극사상의 위치에 대해서다. 조선 전기 강창극의 공연은 태종 대의 불교 혁파에도 불구하고, 세종·세조 대 불교 중흥의 기운을 타고[172] 고려기의 전통을 이어 성행의 계기를 맞았지만,[173] 그로부터 20년을 지나 숭유정책이 정착되면서 위축·쇠퇴의 국면으로 접어 들었다. 그리하여 강창극의 공연은 위축·침체되고, 따라서 제대로 실연되기가 어렵게 되었다. 마침 그 때에는 일반 연극마저도 궁중·상류층의 연희 말고는 거의 모든 장르에 걸쳐 침체를 면치 못하여, 그 공연간의 교류·합력으로 재기할 여지조차 없는 실정이었다. 그러나 이처럼 도도한 강창극, 그 대본·공연의 면면한 전통·전승이 끊어질 수는 없었다. 따라서 이 강창극의 그것은 재생·부활을 위하여 잠복기를 가지고, 왕실·상류층과 상하 민중에 부합·상응하는 공연을 모색하게 되었다. 그러기에 그것은 불교적 주제·이념을 축소·내면화시키고 유교적 윤리· 도덕을 표면화하면서, 대본과 공연·연기도 대중적으로 변환·창신하는 방향으로 준비하는 일이 불가피하게 되었다. 한편 불교적 강창극의 공연은 당시 불교계의 교세 유지 방편으로 성행하던 제반 의례·제의에 휩싸여, 법회 설법의 방편으로 활용되며 명맥을 유지하여 왔다. 그러기에 이 시기의 강창극은 침체·잠복기를 통하여 화려한 부활·창신을 모색하는 데에 큰 의미가 있었던 터다.

다섯째, 변환·성행기 연극사상의 위치에 대해서다. 조선 후기 강창극은 그 침체기에 모색했던 것을 십분 실천하여, 환골탈태하고 재생·

---

172 사재동, 「조선초기 불교왕국과 훈민정음 창제의 실제」, 『훈민정음의 창제와 실용』, 역락, 2014, 225쪽.
173 사재동, 「『월인석보』의 연극적 유통과 희곡적 실상」, 『한국공연예술의 희곡적 전개』, 중앙인문사, 2006, 556~557쪽.

부활하여 변환·성행하게 되었다. 그것은 먼저 그 주제·이념을 외유내불이나 권선징악의 보편적이고 대중적인 사조로 설정하고, 그 대본을 혁신·창안한 것은 물론, 제반 연기를 변모·창신하여 재편성·활성화하였던 것이다. 마침 당시의 일반 연극도 각개 장르에 걸쳐 그 침체기를 벗어나 부활의 활기와 변모·혁신의 면모를 보이고 있었다.[174] 그러기에 강창극의 공연은 기본적 구조 구성과 바람직한 연기는 계승하되, 당시 일반 연극의 가창연기나 강설연기, 행동연기 중에서 자유로이 선택·수용하여 전능극으로 재창출되었던 것이다. 그리하여 이 개방·복합적 강창극은 공연의 성세를 타고, 가창극이나 가무극·대화극·잡합극의 형태로 벌어져 나갈 수가 있었던 터다. 따라서 광대도 모든 연기에 달통한 전문적 배우로서 고수의 장단을 받아 그 많은 청중 앞에 공연하여 만천하의 공인을 받았던 것이다.[175] 그러기에 이 강창극, 바로 판소리는 당시 연극·공연계의 전능극으로서 그 중심에 우뚝 서게 되었다.[176] 그러면서 판소리는 당시 연극의 각개 장르와 긴밀히 교류하고 상당한 영향을 끼치며 성행하여 연극사를 주도하여 왔던 것이다.

---

174 윤광봉, 「18·9세기 서울의 연희 양상」, 『한국연회예술사』, 민속원, 2016, 705~710쪽에서 "18·9세기는 예술문화의 격변시기"라면서 '한양을 중심으로 한 놀이 양상'을 논의하였다. 장한기, 「조선후기의 연극」, 앞의 책, 144~153쪽.
175 정노식, 정병헌 교주, 「광대의 약전과 및 그 예술」, 『교주 조선창극사』, 태학사, 2015.
176 김종철, 「19세기~20세기 초 판소리 수용 양상 연구」, 『판소리사 연구』, 역사비평사, 1996, 256~258쪽.

3) 판소리 공연의 문화사적 위상

강창극 판소리는 공연예술로서 예술문화사상의 위상을 지켜 왔거니
와,[177] 이미 문학사와 연극사상의 위치가 밝혀졌다. 이제는 판소리 공
연의 주제·이념과 직결되어 온 종교사나 윤리사·민속사와의 관계를
살피는 게 필요한 터다. 그리하여 여기서는 불교사상과 유교윤리·대
중민속 등과의 관계만을 개관하여 보겠다.

첫째, 불교사상과의 관계에 대해서다. 잘 알려진 대로 이 강창극은
불교계의 포교·전법의 방편으로 연원·출발하였다. 그러기에 강창
극의 연행 전체가 그대로 불교 그 자체였던 것이다. 따라서 강창극은
불교문화요 불교예술, 불교연극으로 행세하였다. 그래서 강창극은 삼
국시대의 불교사상사와 함께 문화사를 발전적으로 이끌어 왔던 것이
다. 다음 강창극은 신라통일기에 이르러 그 자체의 완전한 연행을 통
하여, 그 당시의 불교사상을 홍포·선양하는 데에 상당한 성과를 올렸
던 것이다. 그러기에 강창극 공연의 효능은 불교사상의 발전사에서 주
동적 역할을 다했던 게 사실이다. 이어 강창극의 공연은 고려기에 더
욱 발전하여 불교 천하에서, 그 사상·신앙을 홍양·강조하는 데에 크
게 기여했던 것이다. 그리하여 강창극의 연행적 성과는 불교사상의 홍
전사에서 견인차의 역할을 다하였던 터다.

그런데 강창극의 연행은 조선 전기에 이르러 위축·침체될 수밖에

---

177 김대행, 「예술문화로 보는 판소리」, 『우리시대의 판소리 문화』, 역락, 2001, 36~37
    쪽; 김종철, 「판소리 공연방식과 사회·문화적 위상」, 『한국의 판소리문화』, 박이정,
    2003, 104~105쪽.

없었다. 기실 세종·세조 연간에 불교 중흥의 환경 아래서, 이 강창극본 그 연행이 부흥하는 기세를 보이기는 했지만, 결국 숭유배불정책이 정착되면서 침체일로의 잠복기를 맞게 되었던 터다. 그때의 사상과 이념은 불교의 음성화와 함께 외유내불의 대세로 나타났던 것이다. 따라서 그 극본이나 연행이 불교사상을 내면에 두고 유교사상을 내세우는 데에 동조할 수밖에 없었던 것이다. 마침내 강창극의 공연은 변환·성행의 길을 개척하여 판소리로 성세를 보였으니, 여기서는 그 불교사상이 유교적 윤리나 여타 시대적 사조에 밀려 내면적으로 겨우 명맥을 유지하게 되었던 터다. 이러한 계제에 도불습합의 경향을 타고 도교사상이 끼어들었던 게 사실이다.

둘째, 유교윤리와의 관계에 대해서다. 유교사상 및 윤리는 그 전래·수용의 전통이 오래이기에, 삼국시대의 유·불 융합이 실현되었던 터다. 그러기에 강창극의 극본·연행에서 이러한 경향을 반영·선양했던 게 사실이다. 이러한 강창극의 사상적 성향은 신라통일기에 더욱 강화되었고, 고려기에 이르러 보다 뚜렷하게 반영되었던 것이다.

그러다가 강창극은 조선 전기에 이르러 숭유배불정책에 밀려 위축·침체되면서, 그런대로 외유내불의 사상적 경향을 반영할 수밖에 없었다. 나아가 강창극이 변환·성행하여 판소리로 공연되면서, 불교사상을 내면화시키고 유교적 윤리를 내세워 그 교화·선양에 기여했던 것이다. 이러한 성향이 보편화되면서 판소리의 공연은 권선징악의 주제·이념을 표방하고, 이어 시대사조까지 수용·선양하기에 이르렀던 터다.

셋째, 대중 민속과의 관계에 대해서다. 강창극은 삼국시대 연원기부터 대중적인 민속·신앙을 일부 포함·반영한 점이 없지 않았다. 그리고 강창극은 신라통일기 형성기에도 민속·신앙을 일부나마 포괄·활용하게 되어있던 게 사실이다. 나아가 강창극은 고려 발전기에도 이 대중적 민속·신앙을 배제할 수 없었던 것이다. 기실 이런 민속·신앙은 위 시기 강창극의 주류를 이루었던 불교신앙과 맞물려 들어왔기 때문이다.

그런데 강창극에는 조선 전기 침체기에 이르러 불교사상·신앙이 실세·잠복되면서 도교적 신앙과 함께 민속·신앙이 일부나마 스며들게 되었던 터다. 나아가 강창극이 조선 후기 변환·성행기에 이르러 판소리로 거듭날 때에는 대중적 민속·신앙이 상당히 끼어들게 되었다. 기실 이 판소리가 그만한 연기력과 공연 효과를 복합적으로 갖추기 위해서, 그 당시의 대중적 민속극이나 무극에 이르는 공연예술의 그것을 대폭 수용하는 가운데 그 민속·신앙 등이 부대되었기 때문이다.

이밖에도 판소리의 개방적 포용성으로 하여, 공연의 성행에 따라서 대중들의 통속적 예술 취향과 문화 풍토까지 수용·반영하게 되었던 터다. 그리하여 판소리의 공연은 권선징악적 예술문화층과 통속·쾌락적 예술문화층을 형성하고, 이들이 상충·공존하는 이중적 문화풍토를 조성하게 되었던 것이다. 그만큼 판소리 공연의 예술·문화적 파급력이 방대하였기 때문이다.

6. 결론

이상 판소리의 개념·장르를 전제로 그 형성·전개의 전통과 그 공연의 극본·연극적 실상, 나아가 그 예술·문화사상의 위상 등을 공연예술론·비교연극학·희곡론 등에 의하여 고구하였다. 지금까지 논의해 온 것을 요약하면 다음과 같다.

① 판소리의 개념·장르를 검토하였다. 판소리는 복합성·개방성으로 하여 종합예술임은 물론, 공연예술이라고 공인되었다. 그리고 이 판소리는 공연예술의 한 전형으로서 연극의 요건을 완비하였다. 그리하여 판소리는 연극이면서 전통적 공연 형태를 통하여 강창극으로 정립·행세하였다. 그러기에 판소리는 강창극으로서 연극적 실상과 예술·문화사적 위상을 확보하여 왔다.

② 판소리 강창극의 형성·전개 과정을 탐색하였다. 강창극은 인도 불교계에서 포교·교화의 종합예술적 방편으로 출발하여 연극적 형태를 갖추기 시작하였다. 이어 강창극은 위진 남북조와 고구려·백제·신라시대에 이르러 불교의 유입·발전과 함께, 그 홍법·전교의 공연예술적 방편으로 연극적 기반을 마련하게 되었다. 이어 강창극은 당나라와 신라통일기에 이르러 불교의 발전·융성 내지 불교예술의 발달과 함께, 전법·진흥을 위한 연극적 방편으로 본격적인 형태를 갖추게 되고, 따라서 정격 강경과 변격 강경, 속강으로 계열화·전문화되면서, 속강의 대중적·연극적 성향을 강화하였다. 그리고 강창극은 송나라·원나라와 고려시대에 이르러, 불교의 대진·성세와 공연예술의 진흥에

합류·연계되어, 속강 형태를 중심으로 복합적인 연극으로 발전하였다. 그러다가 강창극은 명나라와 조선 전기에 이르러 숭유배불정책에 의하여 침체·잠복될 수밖에 없었다. 따라서 강창극은 불교적 주제·이념을 음성화시키고 그 불교예술적 성향을 퇴색시키면서, 대중·통속적 변환을 모색하는 게 당연한 추세였다. 마침내 강창극은 청나라와 조선 후기에 이르러 크게 변환·성행의 계기를 맞게 되고, 그 전통을 이어 혁신적인 면모로 집대성되었다. 먼저 강창극은 당시 사회·문화적 환경의 변화와 공연예술적 분위기의 상승에 따라 그 공연무대를 확대하고, 공연의 주제·이념을 불교로부터 유교적 윤리나 역사성·대중성·오락성까지로 확대해 나갔다. 이어 대본으로는 당시의 소설 작품이나 설화류 등 장편 서사문학을 선택하여 강창 형태로 확장·각색하고, 이 일인 전역의 광대가 당시의 공연예술로부터 그 가창연기나 강설연기·행동연기 등을 흡수·활용하여 복합적인 연극 형태로 창출·공연하였다. 그리하여 강창극은 광대가 고수의 장단을 받아 청중에게 전능극으로 공연하는 이른바 '판소리'의 형태를 완결하게 되었다.

③ 판소리의 연극적 실상을 고찰하였다. 먼저 공연의 주제·이념은 불교적 교화로부터 유교적 윤리를 거쳐 역사의식과 함께 보편적 권선징악으로 일관하여, 통속·쾌락적 조류에도 불구하고 그 교화·선도의 권능을 잃지 않았다. 그리고 이 공연의 대본은 극본 희곡으로서 모든 요건·자질을 갖추었기에, 그 강창극본의 복합적 규모 안에 가창극본·가무극본·대화극본·잡합극본의 형태를 포괄하고 있다. 나아가 이 극본의 종합문학적 성격·형태는 그 공연·유전을 통하여 시가·수필·소설·평론 등의 문학 장르로 분화·전개될 수가 있었다. 한편

이 공연의 연극적 실상은 그 이중적 무대를 확보하고, 그 광대 1인이 가창연기와 강설연기, 행동연기 등 광대·전능한 연기로써, 고수의 장단과 청중의 호응을 받아 전능적 강창극으로 실연되었다. 그리하여 이 강창극은 전능적 복합성을 갖추어, 그 안에 가창극과 가무극·대화극·잡합극의 형태를 포괄하고, 그 공연을 통하여 상황에 따라 각개 장르별로 분화·행세할 수가 있었던 것이다.

④ 판소리의 예술·문화사상의 위상을 파악하였다. 먼저 이 대본의 문학사적 위상이 뚜렷하였다. 적어도 이 대본은 극본 희곡의 큰 틀 속에 시가와 수필·소설·희곡·평론 등의 문학 장르를 포괄하고 있었기에, 한국문학사의 전개 과정에서 장르별로 그 시대에 상응하여 중요한 역할을 다해 왔던 것이다. 우선 이 대본의 시가 장르는 역대 시가와 교류·상응하면서 시가사를 주도하여 왔고, 이어 이 대본의 수필 장르와 소설 장르, 희곡 장르와 평론 장르 등도 역시 역대 수필과 소설·희곡·평론 등과 교류·성장하면서 수필사와 소설사·희곡사·평론사를 주도적으로 이끌어 왔던 것이다. 다음 이 공연의 연극사적 위상이 뚜렷하였다. 적어도 이 공연은 강창극의 큰 틀 속에 가창극과 가무극·대화극·잡합극 등의 연극 장르를 포용하고 있었기에, 한국연극사의 전개과정에서 그 시대의 연극과 교류하여 상호 발전을 이루며 중심적 역할을 다해 왔던 것이다. 우선 공연은 연원기부터 기본적이고 복합적인 연극 형태로서, 당시 연극과 교류하고 영향을 끼치며 연극사를 주도하여 왔고, 형성기에는 공연이 연극적 전형을 이룩하여, 당시 연극과 교류하고 상당한 영향을 끼치며 연극사를 이끌어 왔던 터다. 이어 발전기에는 그 공연이 연극적 발전을 거듭하여 당시 연극을 직접

주도하며 연극사를 족히 유도해 온 한편, 침체기에는 침체·음성화되어 당시 연극과 함께 후대의 새로운 변환을 모색할 수밖에 없었던 터다. 나아가 변환·성행기에는 획기적인 강창극, 일인 전역의 전능극으로 혁신·창출되니, 바로 판소리의 이름으로 당시 연극을 이끌며 그 연극사를 주도해 왔던 것이다. 끝으로 이 대본·공연의 여타 문화사적 위상이 뚜렷하였다. 이 대본들과 공연은 주제·이념과 직결되어 종교사나 윤리사 내지 민속사상에서 실제적으로 중요한 역할을 해 왔다. 적어도 이 작품들이 문학예술로서 공연을 통하여 삼국·신라·고려기를 거치면서, 불교신앙이나 교화·홍법에 이바지한 것은 물론, 조선 전·후기 숭유정책 아래서, 유교 윤리의 선양에 공헌한 것은 확실하고, 그것이 후대적으로 민중에 보급되고 민간에 토착화되면서, 대중 민속에 적지 않은 영향을 끼쳤던 것이다.

참고문헌

원전
강성구,『한국민요대전』, 문화방송, 1995.
강우방 외편,『한국감로탱』, 예경, 1995.
국립국악원,『한국음악학자료총서』, 은하출판사, 1989.
김연수,『김연수 판소리창본』, 동초창본간행회, 1974.
김진영 외편,『심청전 전집』, 박이정, 1997.
__________,『흥부전 전집』, 박이정, 1997.
박경신,『동해안별신굿무가』, 국학자료원,1993.
박세민,『한국불교의례자료총서』, 삼성암, 1993.
박헌봉,『창악대강』, 국악예술학교 출판부, 1966.
성현 외편, 이혜구 역,『악학궤범』, 국립국악원, 2000.
신재효,『신재효 판소리 전집』(영인), 연세대 인문과학연구소, 1969.
안진호 편,『석가여래십지행록』, 법륜사, 1972.
이동주,『고려 불화』, 중앙일보사, 1989.
이선유,『이선유 오가 전집』, 민속원, 2017.
이운허 역,『자비도량참법』, 대각출판사, 1993.
일연, 최남선 편,『삼국유사』, 서문문화사, 1988.
정양 외편,『판소리 단가』, 민속원, 2003.
정인지 외편, 김종권 역,『고려사』, 범조사, 1963.
__________,『용비어천가』(영인), 아세아문화사, 1972.
조운 외,『조선창극집』, 한국문화사, 1996.
허흥식,『한국금석전서−고대』, 아세아문화사, 1984.
홍률사,『보권염불문』, 홍문각, 1978.

논저

경일남, 「고려조 강창문학 연구」, 충남대 박사논문, 1989.

국어국문학회 편, 『고려가요・악장연구』, 태학사, 1997.

권택무, 『조선민간극』, 예니, 1984.

권희경, 『高麗寫經의 硏究』, 미진사, 1986.

김광순, 『한국소설사와 론』, 새문사, 1990.

김대행, 『우리시대의 판소리 문화』, 역락, 2001.

김동욱, 『한국가요의 연구』(속), 선명문화사, 1975.

______, 『한국가요의 연구』, 을유문화사, 1961.

김승호, 「고려 승전의 서술방식 연구」, 동국대 박사논문, 1991.

김열규 외편, 『고려시대의 가요문학』, 새문사, 1986.

__________, 『향가의 어문학적 연구』, 서강대 인문과학연구소, 1972

김열규, 『한국민속과 문학 연구』, 일조각, 1989

______, 『한국신화와 무속 연구』, 일조각, 1977.

김영태 외편, 『한국불교사』, 진수당, 1970.

김익두, 『판소리, 그 지고의 신체 전략』, 평민사, 2003.

______, 『한국희곡/연극 이론 연구』, 지식산업사, 2008

김재철, 『조선연극사』, 학예사, 1930.

김종철, 『판소리사 연구』, 역사비평사, 1996.

______, 『판소리의 정서와 미학』, 역사비평사, 1996.

______, 『한국의 판소리문화』, 박이정, 2003.

김태준, 『조선소설사』, 청진서관, 1939.

김학주, 『한・중 두 나라의 가무와 잡희』, 서울대 출판부, 1994.

김학주 외편, 『중국공연예술』, 한국방송대 출판부, 2002.

김형우, 「고려 대 국가적 불교행사에 대한 연구」, 동국대 박사논문, 1992.

다곡 이수봉선생 회갑기념논총 간행위원회 편, 『고소설연구논총』, 제일문화사, 1988.

동방문학비교연구회, 『전이와 수용』, 학문사, 1986.

박경주, 『한문가요연구』, 태학사, 1998.

박노준, 『신라가요의 연구』, 열화당, 1985.

박범훈, 『한국불교음악사 연구』, 장경각, 2000.

박병동, 「『석가여래십지수행기』 연구」, 충남대 박사논문, 1998.

박진태, 『한국가면극 연구』, 새문사, 1985.

______,『한국고전희곡의 역사』, 민속원, 2001.

백대웅,『다시 보는 판소리』, 어울림, 1996.

______,『전통음악사의 재인식』, 보고사, 2007.

사재동 외편,『서포문학의 새로운 탐구』, 중앙인문사, 2000.

__________,『고전희곡의 새로운 탐구』, 중앙인문사, 2000.

__________,『서포문학의 새로운 탐구』, 중앙인문사, 2000.

__________,『한국희곡문학사의 연구』, 중앙인문사, 2000.

__________,『한국희곡문학사의 연구』 III, 중앙인문사, 2000.

사재동,『무령대왕과 백제불교문화사』, 역락, 2014.

______,『불교계 국문소설의 형성과정 연구』, 1977.

______,『불교계 서사문학의 연구』, 중앙문화사, 1996.

______,『불교문학과 공연예술』, 태학사, 2016.

______,『월인석보의 불교문화적 연구』, 중앙인문사, 2006.

______,『한국고전소설의 실상과 전개』, 중앙인문사, 2006.

______,『한국공연예술의 희곡적 전개』, 중앙인문사, 2006.

______,『한국문학의 방법론과 장르론』, 중앙인문사, 2006.

______,『훈민정음의 창제와 실용』, 역락, 2014.

서종문,『판소리의 역사적 이해』, 태학사, 2006.

서한범,『국악통론』, 대림출판사, 1992.

성경린,『한국음악논고』, 동화출판공사, 1976.

손태도,『광대의 가창문화』, 집문당, 2003.

송방송,『고려음악사 연구』, 일지사, 1986.

______,『한국고대음악사연구』, 일지사, 1985.

______,『한국음악사연구』, 영남대 출판부, 1982.

______,『한국음악통사』, 일조각, 1988.

송수남,『한국무용사』, 금광, 1989.

신라문화선양회 편,『신라문학의 신연구』, 서경문화사, 1986.

__________,『신라예술의 신연구』, 서경문화사, 1985.

신은경,「사설시조의 시학 연구」, 서강대 박사논문, 1988.

신재홍,『향가의 미학』, 집문당, 2006.

신형식,『백제의 대외관계』, 주류성, 2005.

심우성 외편,『한국의 민속극』, 창작과비평사, 1984.

안계현,『한국불교사상사연구』, 동국대 출판부, 1983.

양태순,『고려가요의 음악적 연구』, 이회문화사, 1997.

양희철,『고려향가 연구』, 새문사, 1988.

여기현,『신라음악상과 사뇌가』, 월인, 1999.

유민영,『한국현대희곡사』, 새미, 1997.

유병환,『구운몽의 불교사상과 소설미학』, 국학자료원, 1998.

유신,『판소리예술론』, 삼호출판사, 1991.

윤광봉,『한국연회시 연구』, 이우출판사, 1985.

______,『한국연희예술사』, 민속원, 2016.

______,『한국의 연희』, 반도출판사, 1992.

이가원,『한국한문학사』, 민중서관, 1961.

이두현,『한국연극사』, 학연사, 1987.

______,『한국의 가면극』, 일지사, 1985.

이병기,『국문학개론』, 일지사, 1961.

이상택,『한국고전소설의 이론』, 새문사, 2003.

이정재,『중국 구비연행의 전통과 변화－고사계 강창 연구』, 일조각, 2014.

이종찬,『한국불가시문학사론』, 불광출판사, 1993.

______,『한국의 선시』, 이우출판사, 1985.

이행원,『도화집』, 홍법원, 1985.

이혜구,『한국음악서설』, 서울대 출판부, 1967.

______,『한국음악연구』, 국민음악연구회, 1957.

인권환,『판소리 창자와 실전사설 연구』, 집문당, 2004.

임기중,『신라가요와 기술물의 연구』, 이우출판사, 1981.

임형택,『한국문학사의 시각』, 창작과비평사, 1984.

장덕순,『한국설화문학연구』, 서울대 출판부, 1987.

장사훈,『한국전통무용연구』, 일지사, 1986.

장한기,『한국연극사』, 동국대 출판부, 1986.

전경욱,『한국의 전통연희』, 학고재, 2004.

전신재,「판소리의 연극성에 관한 연구」, 성균관대 박사논문, 1989.

전인평,『새로운 한국음악사』, 현대음악출판사, 2000.

전통예술원,『판소리 음악의 연구』, 민속원, 2000.

전홍철,「돈황 강창문학의 서사체계와 연행양상 연구」, 한국외대 박사논문, 1995.

______,『돈황 강창문학의 이해』, 소명출판, 2011.

정규복,『한중문학비교의 연구』, 고려대 출판부, 1987.

정노식,『조선창극사』, 조선일보사 출판부, 1940.

정병욱,『한국의 판소리』, 집문당, 1984.

정병헌,『판소리 열두 마당』, 집문당, 2011.

정병호,『한국의 전통춤』, 집문당, 2002.

정은혜,『정재 연구』, 대광문화사, 1993.

정충권,『판소리 사설의 연원과 변모』, 다운샘, 2011.

조동일 외편,『판소리의 이해』, 창작과비평사, 1978.

조동일,『처용가무의 연극사적 이해』, 홍성사, 1987.

______,『탈춤의 역사와 원리』, 홍성사, 1983.

______,『한국문학통사』2, 지식산업사, 1989.

조윤제,『국문학개설』, 동국문화사, 1955.

______,『시가사강』, 박문출판사, 1937.

조종업,『한국시화연구』, 태학사, 1991.

지헌영,『향가 여요의 제문제』, 태학사, 1991.

차용주,『한국한문소설사』, 아세아문화사, 1989.

최남선,『조선상식문답』(속편), 동명사, 1947.

최동현 외편,『판소리의 바탕과 아름다움』, 인동, 1986.

______,『판소리란 무엇인가』, 에디터, 1994.

최상수,『한국인형극연구』, 성문각, 1988.

최　철,『향가의 본질과 시적 사상력』, 새문사, 1983.

다니엘 A. 키스터,『巫俗劇과 不條理劇』, 서강대 출판부, 1986.

판소리학회 편,『판소리의 세계』, 문학과지성사, 2000.

한국경제사학회,『한국사 시대구분론』, 을유문화사, 1970.

한국정신문화연구원국제협력실 편,『『삼국유사』의종합적검토』, 한국정신문화연구원,
　　　　1987.

한만영,『불교음악연구』, 서울대 출판부, 1981.

한옥근,『한국고전극 연구』, 국학자료원, 1996.

한정섭,『불교설화문학 연구』, 법륜사, 1978.

한　효,『조선연극사개요』, 국립출판사, 1956.

허흥식,『고려불교사연구』, 일조각, 1986.

현용준, 『제주도 무속 연구』, 집문당, 1986.

홍순일, 『판소리 단가의 종합적 고찰과 집성』, 민속원, 2016.

황수영, 『한국불교미술사론』, 민족사, 1987.

황패강, 『신라불교설화연구』, 일지사, 1987.

G. B. 테니슨, 오인철 역, 『희곡원론』, 동아학연사, 1987.

국외 논저

邱鎭京, 『敦煌變文述論』, 商務印書館, 1974.

金岡照光, 『敦煌の文學』, 大藏出版社, 1971.

金維若, 『中國美術史論集』, 明文書局, 1984.

盧仲邦, 「韓國目連故事流傳研究」, 南京大 博士論文, 2013.

唐文標, 『中國古代戲劇史』, 中國戲劇出版社, 1985.

羅宗濤, 『敦煌講經變文研究』, 文史哲出版社, 1972.

藍凡, 『中西戲劇比較論稿』, 學術出版社, 1992.

呂石明 外, 『敦煌與絲路上的石窟寺院』, 文旺圖書出版社, 1986.

林聰明, 『敦煌俗文學研究』, 東吳大 出版社, 1984.

孟瑤, 『中國小說史』, 傳記文學出版社, 1977.

_____, 『中國戲曲史』, 傳記文學出版社, 1964.

牧田諦亮, 『疑經研究』, 京都大 人文科學研究所, 1976.

敏澤 外, 『文學價值論』, 社會科學文獻出版社, 1995.

白文化 外, 『敦煌變文論文錄』, 明文書局, 1985.

徐訏, 『小說彙要』, 正中書局, 1974.

小川貫一, 『佛教文化史研究』, 永田文昌堂, 173.

蘇瑩輝, 『敦煌論集』, 學生書局, 1983.

孫文輝, 『戲劇哲學』, 中國湖南大出版社, 1998.

孫楷第 外, 『俗講說話與白話小說』, 河洛圖書出版社, 1978.

深浦正文, 『佛教文學概論』, 永田文昌堂, 1970.

岩本裕, 『目連傳說と盂蘭盆』, 法藏館, 1968.

楊家駱, 『敦煌變文』, 世界書局, 1977.

葉德均, 『宋元明講唱文學』, 河洛出版社, 1978.

藝能史研究會, 『日本藝能史』, 法政大 出版局, 1990.

吳新雷, 『中國戲曲史論』, 江蘇敎育出版社, 1996.

汪景壽, 『中國曲藝藝術論』, 北京大 出版社, 1994.

王文顔, 『佛典漢譯之硏究』, 天華出版公司, 1984.

姚文放, 『中國戲劇美學的文化闡釋』, 中國人民大出版社, 1997.

姚姬傅, 『古文辭類纂』, 華正書局, 1978.

任半塘, 『唐戲弄』, 漢京文化公司, 1985.

任二北, 『元曲硏究』, 里仁書局, 1984.

張庚 外, 『中國戲曲通史』, 丹靑圖書出版社, 1985.

田仲一成, 『中國的宗敎與戲劇』, 上海古籍出版社, 1992.

________, 『中國祭祀演劇硏究』, 東京大 東洋文化硏究所, 1981.

鄭西諦, 『中國俗文學史』, 平平出版社, 1974.

鄭向恒, 『中國戲劇發展史』, 學藝出版社, 1980.

周育德, 『中國戲曲文化論』, 中國友誼出版公司, 1996.

中國戲曲硏究所, 『說唱藝術簡史』, 文化藝術出版社, 1988.

中國戲曲硏究院, 『中國古典戲曲論著集成』, 新華書店, 1959.

陳萬鼐, 『元明淸戲曲史』, 鼎文書局, 1974.

陳芳英 外, 『中國古典文學論文精選叢刊』, 幻獅文化公司, 1981.

蔡源莉 外, 『中國曲藝史』, 文化藝術出版社, 1998.

靑木正兒(隋樹森譯), 『元人雜劇序說』, 長安出版社, 1981.

澤田瑞穗, 『寶卷の硏究』, 國書刊行會, 1975.

________, 『佛敎と中國文學』, 國書刊行會, 1975.

胡適, 『白話文學史』, 樂天出版社, 1970.

Albert B. Load, The Singer of tales, New York, 1973.

인명

핵심어